JEAN-BAPTISTE LOUVET DE COUVRAY

DIE LIEBES- ABENTEUER DES CHEVALIERS FAUBLAS

ZWEITER BAND

Mit 34 zeitgenössischen Abbildungen

Verlag C. H. Beck München

Originaltitel: Les Amours du Chevalier de Faublas

Deutsche Fassung nach einer anonym erschienenen Übersetzung
Vorrede und Anmerkungen von Eberhard Wesemann

Die 34 Illustrationen nach zeitgenössischen Kupferstichen sind der Ausgabe
Cornelius Gurlitt: Das französische Sittenbild
des achtzehnten Jahrhunderts im Kupferstich, Berlin 1913, entnommen.
Die Universitätsbibliothek Leipzig stellte dankenswerterweise
ihr Exemplar für die Reproduktion zur Verfügung.

Die ›Bibliothek des 18. Jahrhunderts‹ erscheint gleichzeitig
in der Verlagsgruppe Kiepenheuer, Leipzig und Weimar,
und im Verlag C. H. Beck, München.

ISBN für die zweibändige Ausgabe 3 406 08859 7
Lizenzausgabe für die Bundesrepublik Deutschland,
Berlin-West, die Schweiz und Österreich
Verlag C. H. Beck München 1984
© 1979 Gustav Kiepenheuer Verlag Leipzig und Weimar
Lichtsatz: INTERDRUCK Graphischer Großbetrieb Leipzig
Druck und buchbinderische Verarbeitung:
Offizin Andersen Nexö, Graphischer Großbetrieb, Leipzig
Schrift: Baskerville-Antiqua
Gestaltung: Walter Schiller
Printed in the German Democratic Republic

SECHS WOCHEN
AUS DEM LEBEN DES CHEVALIERS
FAUBLAS

(Fortsetzung)

O Venus! Venus! Mit dem hübschen Gesicht eines jungen Mädchens gabst du mir die Kraft eines reifen Mannes, gabst mir Grazie und Leidenschaft, Energie und Anmut, Geistesgegenwart und Beredsamkeit des Augenblicks, die Gewandtheit, welche die Gelegenheit erschafft, die Geduld, welche sie erlauert, die Kühnheit, welche sie ertrotzt. Du weißt, wie sehr ich dir stets durch alles, was ich tat, meine Dankbarkeit bewies, wie teuer mir dein Kultus ist, du weißt, wie manche Opfer auf deinen angebeteten Altären ich dir darbrachte. Wenn du mir jedoch übermenschliche Aufgaben zugedacht hast, wenn du zu deinem Spaß die Hindernisse vervielfältigst und verlangst, daß ich vom Kloster im Faubourg Saint-Marceau bis zum Kloster im Faubourg Saint-Germain von Haus zu Haus angehalten und ohne Unterlaß gezwungen werde, zwischen einer flüchtigen Untreue und ewiger Trennung von meiner Gattin zu wählen, so erkläre ich dir, Göttin, daß ich bereit bin, daß nichts mich erschreckt, daß ich selbst auf die Gefahr hin, meinen Untergang zu finden, alles daransetzen werde, um zu Sophie zu kommen. Du aber sei so gerecht, wie du schön bist: Gib mir die Mittel, die in einem anständigen Verhältnis zu den Schwierigkeiten stehen, sieh auf die Not deines Lieblings gnädig herab. Du hast ihn nicht genug begünstigt! O Venus, du weißt, mit den vergänglichen Reizen des Adonis und mit den ehelichen Kraftleistungen des Vulkans, deines hinkenden Gemahls, ist es hier nicht getan – um eine Laufbahn wie die meine zu durcheilen, braucht es die wunderbare Kraft deines unsterblichen Geliebten, des Mars, oder der fabelhaften Talente des Herkules, der, wie du weißt, fünfzig Schwestern in einer Nacht glücklich machte.

Während ich diese poetische Anrufung von mir gab, vollendete

5

die Prophetin ihren Rundgang im Schlafsaale. Darauf begibt sie sich in ihre Wohnung hinab und läßt mich holen – es ist überflüssig zu sagen, daß ich mich in mein notwendiges Kleidungsstück hüllte und meinen Degen zurücklasse.

»Guten Abend, mein lieber Stiefsohn!« – »Guten Abend, meine charmante Stiefmama!« – »Faublas, sag mir, welches Abenteuer ...« – »Erzähl mir, Coralie, durch welche Verwandlung ...« – »Faublas, ich bin verheiratet.« – »Ich ebenfalls, Madame ...« – »Ach! Dies Ereignis läßt mich sehr für die Ehre des Herrn Leblanc zittern!« – »Ach, meine Sophie, ich glaube sehr, daß ich dieser Versuchung erliegen werde ...« – »Offen gesagt, mein Kleiner, du kommst mir gerade recht. So ein Ehemann ist eine blödsinnige Sache – ich brauche einen Liebhaber.« – »Hör mal, Coralie, ein glücklicher Zufall, daß ich dich gefunden habe, denn erstens ist mir die Begegnung mit einer hübschen Frau nie unbequem, und zweitens habe ich ein Asyl, einen Anzug und ein Souper dringend nötig.« Madame Leblanc ließ mir einen Schlafrock geben und befahl aufzutragen. Man brachte mir die so notwendige Flasche Wein und das heißersehnte Geflügel. Ich trank mit der Hast des nüchternsten Musikanten, der seit drei Stunden unaufhörlich in einem guten Hause gespielt und den Augenblick noch nicht gefunden hat, sich zu erfrischen. Ich aß mit der unerbittlichen Gier eines abgemagerten Autors, der unfehlbar jeden Montag zur Tafel eines gemästeten Verlegers zugelassen wird und sich da periodisch für den Rest der Woche gütlich tut. Während ich dergestalt meine Zeit auf die nützlichste Art anwandte, erzählte mir Coralie ihre Geschichte mit wenigen Worten.

»Einige Tage nach der komischen Katastrophe, die mir Vater und Sohn zugleich raubte, wird ein gravitätischer Doktor zu mir geführt. Herr Leblanc macht mir den Hof, verliebt sich ernstlich und bietet mir seine Hand; ich schlage ihn nicht aus, denn er ist reich; ich heirate ihn ...« – »Du heiratest ihn!« – »Ja, ich heirate ihn! In der Kirche! Und ich will dir etwas noch Unglaublicheres sagen: Ich bin ihm seit drei Monaten treu! Aber die Sache fängt an, mich zu langweilen, und ich will's gerne gestehen, ich bin nicht geschaffen, mit so magerer Kost vorliebzunehmen.« – »Madame, in diesem Falle fürchte ich sehr, daß ich Ihnen nicht so gelegen komme, wie Sie mir die Ehre erweisen zu glauben.« – »Willst du Komplimente haben? Sei nicht so bescheiden! Chevalier! Um wieder auf Leblanc zu kommen, ich hei-

Ja oder Nein

rate ihn also, er führt mich in dieses Haus, das ich voll von eingebildeten Kranken und angeblichen Doktoren finde. Mein Gemahl, den der Magnetismus mit jedem Tag reicher macht, unterweist mich in der famosen Doktrin, die ich, weil sie mir Spaß macht, sehr gut praktiziere. Du weißt, mein Freund, daß ich zum Lachen geboren bin und mich immer auf Kosten der Leute amüsiert habe, denen ich eine Nase drehte. Überdies bin ich doch für die Bühne ausgebildet worden, und der Somnambulismus ist doch ein Theater. Auf Ehre, abgesehen vom Ehestand, mißfällt mir meine Position nicht. Coralie tanzt nicht mehr, sie magnetisiert; sie prophezeit, statt zu deklamieren, du siehst, ich habe immer noch Komödie zu spielen, ich habe bloß das Engagement gewechselt.« – »Sehr gut, Coralie, aber jetzt, nachdem ich soupiert habe, laß uns ernsthaft miteinander reden: Du willst mich also nicht in den Schlafsaal zurückschicken?« – »Fällt mir nicht ein!« – »Du willst die Nacht mit mir verbringen, trotz der Ehe?« – »Trotz der Ehe? Sag lieber, wegen der Ehe, Chevalier, du hast Geist, und ich muß dir sagen, daß ein Zahlverhältnis oder ein Ehemann so ziemlich das gleiche ist. Überdies habe ich gehört, daß man stets eine gewisse Vorliebe für sein erstes Handwerk behält. Ich habe das meinige nicht vergessen, außerdem weiß ich, daß die anständigen Frauen schon seit geraumer Zeit dreinpfuschen: Ich versichere dir, keine andere hat das je mit größerer Bereitwilligkeit getan als ich, und für einen liebenswürdigeren Herrn, als den ich jetzt umarme.« Ich gab Madame Leblanc ihren Kuß zurück und setzte darauf das für einen Augenblick unterbrochene Gespräch fort: »Dein Mann, wo ist er?« – »In Beauvais, in Familienangelegenheiten.« – »Wird dein Kammerkätzchen nicht plaudern?« – »Du hast recht! Ich muß die Person ins Vertrauen ziehen.« Sie klingelte; die Zofe kam sofort, und ihre Herrin hielt folgende kleine Ansprache an sie: »Hör einmal, ich schenke dir einen Louisdor, aber laß dir niemals einfallen, meinem Manne zu erzählen, daß dieser Herr da bei mir geschlafen hat, denn ich würde dich für eine Lügnerin erklären, dir die Augen auskratzen und dich aus dem Hause jagen. Geh!« Nachdem sie diese großartige Rede im majestätischen Tone gehalten hatte, ging Madame Leblanc in ihr Bett, wo sie mich bald darauf empfing.

Aber es war vergebens! Der Magnetismus, immer und ewig trügerisch, hielt seine Verheißung nicht, und Venus hat mich offenkundig nicht erhört. Vergebens schöpfte Coralie, um den schönen Augen-

9

blick herbeizuführen, den sie im Schlafsaale hatte erhoffen können, alle Mittel ihrer alten Kunst und ihres neuen Berufes, und wie Justine brach sie zuletzt voll Verzweiflung in den mir sehr peinlichen Vorwurf aus: »Ach, Chevalier Faublas, wie finde ich Sie verändert! Auf Ehre, das hätte ich nicht prophezeit!«

Ich aber, der ich mich nicht auf eine langwierige Rechtfertigung einlassen wollte, tat bei Madame Leblanc, was ich bei Fräulein von Valbrun getan hatte; ich schlief ein, ohne ein Wort zu erwidern.

O skrupelvoller Sittenrichter, der du meiner Geschichte den Mangel an nützlicher Lehre vorwirfst, du sieh, wie erhaben und tief zugleich die Moral ist, die hier aus dem innersten Kerne des Gegenstandes selbst hervorgeht! Bewundere, welche Gerechtigkeit und welche Fügung des Fatum es war, daß die zwei unwürdigsten Nebenbuhlerinnen Sophiens eine um die andere und auf völlig gleiche Art gerade da hart gestraft wurden, wo sie gesündigt hatten. Da indes die Wahrheitsliebe erste Pflicht eines Geschichtsschreibers ist, so dürfen wir, selbst auf die Gefahr hin, die Moral des Buches könnte dadurch eine Einbuße erleiden, der ›famosen Doktrin‹ nicht einen Fehler unterschieben, den sie nicht hatte. Sagen wir es zur Ehre der Wissenschaft, daß vorwiegend mit Hilfe des Magnetismus die Prophetin bei Tagesanbruch von ihrem Patienten einen ersten Beweis seiner Rekonvaleszenz erhielt. Aber fügen wir auch, um uns streng an die Tatsachen zu halten, hinzu, daß der weibliche Arzt, aus Besorgnis, seine Kunst zu kompromittieren, keinen Versuch wagte, mich ein zweites Mal zu magnetisieren. Es war ungefähr acht Uhr morgens, als Madame Leblanc mich in einen großen, schwarzen Rock schlüpfen ließ, den sie aus der Garderobe ihres Mannes gewählt hatte.

Ehe ich einen ordentlichen Entschluß gefaßt hatte, war es gut, Herrn von Valbrun wissen zu lassen, welches Asyl mein günstiger Stern mir geboten hatte. Der Auftrag war kitzlig, Coralie hatte die Güte, ihn selbst auszuführen. Aber kaum war sie fünf Minuten fort, als ich sie zurückkommen sah. Sie trat rasch ein, warf die Türe zu, verriegelte sie und sagte mir erschrocken, sie habe beim Hinausgehen Stimmen mehrerer beisammenstehender Leute gehört. Einer aus dieser Rotte habe den Klopfer des Hoftores ergriffen und gesagt: »Die Nonne kann gar nicht fern sein, man muß die nächstliegenden Häuser durchsuchen! Ihr holt den Kommissär Chénon, du, Griffart, bewach die Mitte der Straße, und diese Herren da begleiten mich ins Haus, wir brauchen keine Erlaubnis, da es ein Privathaus ist.« Coralie hatte mich, während sie mir diese böse Nachricht überbrachte, nach einer geheimen Treppe geführt. »Chevalier«, flüsterte sie mir jetzt zu, »du kannst nicht über die Treppe zum Hof gehen, weil die Schergen bereits da sind.« – »Sie sind schon da, Coralie?« – »Ja, mein Freund! Während er seine Befehle erteilte, hatte der Gefreite angeklopft und der Portier ihm aufgetan, ich hatte nur noch Zeit, hierher zu eilen, um dich von der Gefahr in Kenntnis zu setzen!« – »Aber wie soll ich ihnen entwischen?« – »Komm her, Faublas. Steig diese kleine Treppe hinauf, klettre ganz aufs Dach und nimm dich, ich bitte sehr, in acht, daß du nicht den Hals brichst.« – »Sei ohne Furcht.«

Sofort schwinge ich mich hinauf, steige beharrlich höher und komme in die Mansarden. Ich trete zum Fenster hinaus, springe auf eine Rinne und schreite weiter mit einer Vorsicht, die durch die Höhe sowie durch die Unebenheit des Terrains, auf dem ich mich befinde, begründet war. Schon wandelte ich einige Minuten über einen Abgrund nach dem anderen hinweg, als ich in einem der Gärten, auf die ich herabblickte, einen Mann entdecke, der mich bemerkt hat und jetzt anfängt, Lärm zu schlagen. Rasch werfe ich mich in ein Dachstübchen, dessen Eingang nur von einem schlechten Rahmen mit Fenstern aus Papier geschützt war. Hier lag auf Stroh, ächzend, ein junger Mann, der mit schwacher Stimme so zu reden anhob: »Was willst du hier? Was verlangst du von mir? Fortwährend ein Opfer der ungerechten Verachtung der Menschen, kann ich nicht einmal meine letzten Qualen ihrem hohnvollen Mitleid entziehen? Antworte, Fremder, warum vermehrst du durch deine Gegenwart die Pein meiner letzten Stunde?« – »Unglücklicher, ich bin weit davon entfernt, Ihre Leiden vergrößern zu wollen. Kann ich Ihnen nicht einigen Trost bieten?« – »Ich will keinen Trost, verlaß mich! Ich will nichts als sterben!« – »Leiden Sie an einem so schimpflichen Übel, daß Sie es niemand gestehen können?« – »Ja, es ist ein schimpfliches, grausames, unerträgliches Übel! Doch es ist tausendmal weniger peinlich, als es das demütigende Geständnis wäre, das du mir vergebens zu entreißen suchst. Laß mich!«

Während er sprach, erwachte ein neben ihm liegendes Kind, das ich nicht bemerkt hatte, streckte die Arme nach mir aus und rief: »Ich habe Hunger!« – »Warum geben Sie dem Kinde nichts zu essen?« – »Warum?« erwiderte der junge Mann, »warum!« Und das Kind rief: »Ich habe Hunger!« – »Ach, Ärmster, Unglücklicher! Das

Elend! ...« – »Ist das Elend?« unterbrach mich der junge Mann. »Es kann alles vernichten, sogar die Tugend! Ist es meine Schuld, wenn ich, durch den Zufall der Geburt in die unterste Klasse geworfen, meine Kindheit von tausend Nöten gepeinigt und zu allen Entbehrungen verurteilt sah? Ist es meine Schuld, wenn meine Arbeit schlecht bezahlt wurde, weil sie mühsam, wenn meine Unternehmungen scheiterten, weil sie ehrlich waren. War es meine Schuld, wenn ich nur auf Kollegen stieß, die meinem Talente zu schaden versuchten, auf Prokuratoren, die unfähig waren, ein Verdienst zu würdigen, das man ihnen nicht anpries, auf Freunde, die nicht imstande waren, mir zehn Louisdor zu leihen. Kann es mir zum Verbrechen angerechnet werden, daß ich mich mit einer Unglücksgefährtin verband, daß ich den lebhaften Stachel der Sinne verspürte, der das Vergnügen der Reichen und das Bedürfnis der Armen ist? Will man mich tadeln, daß meine honette Frau, der Stimme der Natur gehorchend und jene Kunst verschmähend, mit deren Hilfe Eure schönen Damen der Natur ein Schnippchen schlagen, mir dieses Kind gab, das unser Elend noch vergrößerte? Will man mich dafür tadeln, daß ich zuviel für die Krankheit meiner Frau ausgegeben habe, die starb, weil sie keine Ärzte hatte? Großer Gott, der du mich so schwer geprüft, allmächtiger Gott, der du in den Herzen liest, du weißt, ob mein Betragen jemals die Verachtung der Menschen gerechtfertigt hat, du weißt, ob ich nicht alles Mögliche getan habe, damit meine Armut wenigstens ehrenwert sei.« – »Niemand kam Ihnen zu Hilfe?« – »Nur ein einziges Mal tat ich mir, gedrängt von äußerster Not, von den Gefahren, die dem Kinde drohten, geängstigt, Gewalt an und flehte einen Mann um Beistand an, der sich mein Gönner nannte. Wenn Sie wüßten, in welchem Tone der Grausame mich beklagte, mit welcher Roheit er mir vor einem Haufen von Bedienten sein Almosen zuwarf ... ich verdiente eine solche Behandlung: Ich habe geduldet, daß jemand es wagte, mich protegieren zu wollen! Nur hochmütiges Mitleid ... Nein, großmütiger Unbekannter, behalte dein Gold, ich habe keine Zeit mehr ... Seit vierundzwanzig Stunden haben drei Kartoffeln die einzige Nahrung meines Kindes ausgemacht. O mein Kind! Wenn du gleich mir unaufhörlich zwischen der Schande und dem Hunger dich abkämpfen solltest, dann freilich zöge ich dich besser mit ins Grab, aber der Himmel schickt dir einen Befreier. O mein Sohn! Ich überlasse dich deinem Adoptivvater ... Mein Herr, schützen Sie das Kind und lassen Sie mich sterben.« – »Warum sterben? Welch ein Wahnsinn stürzt Ihre Jugend ins Grab? Könnten Sie mich im Verdachte haben, innerlich die Leiden zu verhöhnen, die mir Tränen erpressen?« – »Nein, die zärtlichste Teilnahme ist auf Ihrem Gesichte und in Ihren Worten, ich glaube, daß es in der Welt noch einen Menschen gibt, der menschlicher Regungen fähig ist.« – »So leben Sie für die Gesellschaft, welche durch ihre Ungerechtigkeit gegen Sie noch nicht das Recht verloren hat, Ihre Talente in Anspruch zu nehmen; leben Sie für Ihren Sohn, den Ihr vorzeitiger Tod schutzlos den Schlägen des Schicksals preisgeben würde, das Sie schon allzulange heimgesucht hat ... Mein Freund ... weisen Sie mich nicht zurück, hören Sie mich an ... Seit länger als einem Jahre habe ich, in eine neue Welt geworfen, fortwährend zerstreut durch die Vergnügungen eines sehr lockeren Lebens, Pflichten versäumt, von deren Erfüllung mich nichts entbinden konnte. Ich gestehe es, einzig mit mir selbst beschäftigt, habe ich diejenigen meiner Brüder, an die ich täglich hätte denken sollen, gänzlich vernachlässigt. Wieviel Unglückliche sind vielleicht untergegangen, die ich hätte mit Leichtigkeit vor der Verzweiflung retten können! Mein Freund, ich bitte, helfen Sie mir, diesen Fehler wiedergutzumachen, den ich mir nie verzeihen werde ... Ich will Ihnen nicht bloß eine geringe Unterstützung bieten, welche Sie nur auf einen Augenblick Ihrer beklagenswerten Lage entreißen würde: In dieser Börse hier sind zweihundert Louisdor, entlehnen Sie von mir die Hälfte ... Nehmen Sie diese Summe von mir, ich bitte Sie inständig darum. Hundert Louisdor werden Ihre dringendsten Bedürfnisse decken, Sie in den Stand setzen, Ihre Talente auszubilden, Ihnen die Möglichkeit geben, die Gelegenheit, um sich zu zeigen und bekannt zu machen, ruhig abwarten zu können; diese hundert Louisdor werden vielleicht Ihr Glück begründen!« – »O Engel der Befreiung! ... Gott selbst hat dich zu unserer Rettung gesandt!«

»Mein Herr«, sagte der junge Mensch nach einer Weile, »sagen Sie mir gütigst, wem ich mein Leben verdanke.« – »Ich kann nicht!« – »Sie weigern mir die Antwort. Dann nehmen Sie Ihr Geld zurück.« – »Ach was! ...« – »Sie wollen sich meiner Erkenntlichkeit entziehen! Ich nehme Ihr Geld nicht an.« – »So hören Sie doch vorher die Gründe, die ...« – »Ich nehme es nicht an.« – »Ich bin der Chevalier Faublas!« – »Der Chevalier Faublas! Wohin hat so große Tugend sich verirrt?« – »Wieso?« – »Oh, mein Wohltäter, ich bitte Sie tausendmal um Verzeihung, ich kränke Sie gegen meinen Wil-

len.« – »Meine Abenteuer haben in der Hauptstadt einigen Lärm gemacht, und Sie verurteilen mich etwas zu rasch; vielleicht sind Sie etwas zu streng! Sie kennen mich noch nicht.« – »Ach, verzeihen Sie.
Ich kenne Sie und schulde Ihnen Hochachtung. Sie werden sich ganz
gewiß bessern; mit einem vortrefflichen Herzen wandelt man nicht
lange auf Irrwegen.«

Er ergriff meine Hand und küßte sie nochmals. Ich umarmte ihn
und fragte ihn um seinen Namen. »Florval«, gab er zur Antwort.

»Florval, ich werde Sie also in einer glücklicheren Zeit wiedersehen?« – »Was wollen Sie damit sagen? ...« – »Florval, ich muß mich
verbergen, ich weiß nicht, was aus mir werden soll, man verfolgt
mich.« – »Man verfolgt Sie? Mögen Ihre Feinde in vergeblichen
Nachforschungen sich erschöpfen! Aber warum dieses Kleid? Man
hat Sie vielleicht schon darin gesehen! Warum nehmen Sie kein anderes?« – »Was für eines?« – »Sehen Sie diesen schwarzen Fetzen
dort in der Ecke? Es ist mein Advokatengewand. Nehmen Sie es, Sie
können sich vollkommen darin verkleiden. Verbergen Sie Ihren
Rock darunter.«

Ich richtete die Advokatenrobe so zu, daß ihr Alter weniger ins
Auge fiel; an beiden Seiten war sie unten zerrissen; ich schlug sie ele-
gant zurück, gleich als fürchtete ich, sie zu beschmutzen; einen der
Schöße steckte ich in die Tasche, den anderen hielt ich unter dem
Arm. Ein langer und breiter Riß ließ meine Brust offen; ich machte
einen großen Einschlag und heftete ihn geschickt mit Nadeln an.
Was den Rücken betraf, so waren die Löcher unter den Falten verborgen; somit ging alles aufs beste; der unbedeutende Advokat war
verschwunden, ich gab mir das Aussehen eines Prokurators. »Leben
Sie wohl, Florval. Wenn man Sie zufällig vernehmen sollte ...« –
»Lieber die größten Qualen erdulden, als daß ich Sie der kleinsten
Gefahr aussetze! ... Aber werde ich Sie lange nicht sehen?« – »Ich
weiß nicht, Florval.« – »Oh, ich werde suchen, ich werde mich erkundigen. Sie, Chevalier Faublas, haben Sie die Güte, den nicht zu
vergessen, der Ihnen alles verdankt.« – »Florval, ich werde meinen
Freund nicht vergessen.« – »Leben Sie wohl, mein Wohltäter, leben
Sie wohl!« – Und als ich am Ende des langen Korridors war, strengte
das Kind sein helles Stimmchen an und rief: »Adieu, mein Papa!«

Sein Papa! Und der Vater nennt mich seinen Engel der Befreiung!
Und ich entreiße dem Tode zwei Opfer! Meine Augen sind noch
feucht von den süßesten Tränen, die ich jemals vergossen habe.

Ich ging bis an die Haustüre, wo die Gefahren, die mich umringten, meine Gedanken auf ganz anderes lenkten. Kaum verließ ich die Schwelle, so folgten mir bereits mehrere Leute. Einer von ihnen besonders erschreckte mich gleich anfangs durch einen forschenden Blick; sodann führte er mit einer bald unentschlossenen, bald entschiedenen Miene seine schielenden Blicke abwechselnd auf mein blasses Gesicht und auf die gemeinen Gesichter seiner Gefährten; er schien sich mehrere Male mit ihnen zu beraten und mehrere Male auch zu ihnen zu sagen: Er ist's. Ich sah den Augenblick, wo ich gefangengenommen wurde. Überzeugt, daß ich der Gefahr nur durch Kühnheit entgehen konnte, nahm ich schnell eine zuversichtliche Haltung an, und da mein Gedächtnis mir im rechten Augenblick zu Hilfe kam, wiederholte ich laut den Namen, den Madame Leblanc mir gesagt hatte. Griffart! rief ich. Der garstige Kerl, der mich beunruhigte, war just dieser Griffart. »Was gibt's?« fragte er mich. – »Du erkennst mich nicht?« – »Noch nicht recht.« – »Und ihr, meine Herren?« – »Wir wissen nicht«, antwortete einer von ihnen. Jetzt nahm ich eine vornehme verächtliche Miene an, besah die ganze Truppe über die Achsel, maß den Chef von Kopf zu Fuß und gab endlich die Worte von mir: »Wie, ihr saubern Burschen, ihr kennt den Sohn des Kommissärs Chénon nicht?« Bei diesem verehrten Namen zogen die Schufte alle zusammen ehrerbietigst ihre Filzhüte oder ihre wollenen Mützen ab; sie griffen so artig wie möglich an ihre Toupets, warfen subtil ihre rechten Füße zurück und machten mir unter höchst demütigen Entschuldigungen den gebührenden Knix. Mit einem leichten Kopfnicken gab ich meine Zufriedenheit zu verstehen und wandte mich dann an Griffart mit der Frage: »Nun, mein wackerer Bursche, gibt es etwas Neues?« – »Noch nicht, lieber Herr, aber es wird nicht mehr lange anstehen; ich glaube, wir haben die saubere Dirne auf dem Dache ausfindig gemacht, sie wird wohl bald herunterpurzeln. Sie hat Mannskleider angezogen, aber das ist ganz gleich, der alte Griffart läßt sich von seiner Fährte nicht abbringen.« – »Und wen sie sich am Ende der Straße zeigt?« – »Dann bekommt man sie nur um so gewisser, Ferbras paßt dort mit der verlorenen Mannschaft auf.« – »Und auf dieser Seite da?« – »Da ist es ganz dasselbe. Hier streicht Findall mit den lustigen Brüdern herum.« – »Mit den lustigen Brüdern? Hört einmal, meine Jungen, da habt ihr etwas zu einem Frühstück; dich aber, Griffart, beauftrage ich, sogleich ein Brot, einen schönen Braten und eine Flasche Wein einem Herrn Florval zu bringen, der hier fünf Treppen hoch wohnt. Was von meinen sechs Franken übrigbleibt, kannst du mit deinen Kameraden im Wirtshaus vertrinken.«

Die Leute erschöpften sich in Danksagungen. Sobald sie mich verlassen hatten, hielt ich mit mir Rat: auf der einen Seite Ferbras mit der verlorenen Mannschaft, auf der anderen Findall mit den lustigen Brüdern! Kann ich es wagen, dahin zu gehen? Darf ich mich einer zweiten Besichtigung aussetzen? ... Mir ist bange ums Herz ... Diese angebliche Nonne hat, sagen sie, Mannskleider angezogen, wenn ich Frauenkleider bekommen könnte! ... Ich weiß nicht, aber Ferbras und Findall erschrecken mich! ... Aber, wer ist dieses freundliche Dämchen dort, das vom Fenster des zweiten Stockes herab alle Vorübergehenden anruft? ... Gehen wir einmal hin ... Vielleicht, daß mit Geld und guten Worten ... wir werden sehen; wenn ich nichts Besseres zu tun weiß, kann ich mich immer den lustigen Brüdern als Sohn des Kommissärs vorstellen. Schnell hinauf! Es ist zwar schlechte Gesellschaft, Faublas, aber helfe, was helfen mag! Ich war mit ein paar Sprüngen bei dem armen Kind an der halboffenen Tür. Sie sah mein schwarzes Gewand und glaubte, den Teufel zu sehen. Der durchdringende Schrei, den sie ausstieß, mußte von allen ihren Kunden in der Nachbarschaft gehört werden. Da ich ganz und gar keine Lust hatte, mir die Liebhaberschar dieser modernen Aspasia auf den Hals zu laden, so warf ich, um sie zu beruhigen, schnell das feindliche Gewand ab. Ihre Todesangst verging, sobald sie mich versichern hörte, daß ich nicht der Herr Kommissär sei. Noch ganz anders war es, als ich einen Doppellouisdor aus meiner Börse zog. Die süßeste Hoffnung strahlte auf ihrem vollkommen aufgeheiterten Gesichte.

»Diese zwei Louisdor gehören dir ...« – »Sehr gern!« unterbrach sie mich, und schneller als der Blitz lief sie an ihre Tür, welche sie verschloß; an ihr Fenster, über das sie einen Fetzen hing, welchen weniger diffizile Leute einen Vorhang nennen würden; an ihren Alkoven ... »Komm doch her, du allzu gefälliges und zu lebhaftes Mädchen, wenn du mich hättest zu Ende hören wollen, so hättest du dir die unnötige Demonstration ersparen können, die deiner Eigenliebe ebenso schwerfallen muß wie deiner Schamhaftigkeit. Mein Kind, du hast meine Absichten falsch gedeutet. Für die zwei Louisdor, die ich dir gebe, verlange ich bloß, daß du mir Frauenkleider lieferst und mich anziehen hilfst.« – »Recht gern!« antwortete sie. – »Was gibst

Nach Schluß der Oper

du mir da? Einen angeblichen weißen Unterrock, von oben bis unten beschmutzt?« – »Ich bin vor ein paar Tagen von Nicolet her bei schlechtem Wetter nach Hause gegangen.« – »Und dieser ganz zerrissene Caraco?« – »Er ist mir am letzten Montag so zugerichtet worden, als ich einen Advokatenschreiber durchprügelte, der mich nicht bezahlen wollte.« – »Und dieses garstige Halstüchlein?« – »Ein alter Mönch hat es mir so zerknittert.« – »Und diese ganz angebrannte Faltenhaube?« – »Mein Schatz hat sie mir in einem Anfall von Eifersucht ins Feuer geworfen.« – »Da, Mademoiselle, nehmen Sie Ihre Lumpen wieder, ich will nichts davon … Hör einmal, mein Kind, gib mir deinen besten Anzug, ich will dir dafür bezahlen, was du verlangst. Die zwei Louisdor sind für das Geheimnis.« – »Das laß ich mir gefallen! So wahr ich ein ehrliches Mädchen bin, Fanchette wird Ihnen das Glänzendste geben, was sie besitzt, ihr Pantalongewand. Sehen Sie, ich trete Ihnen das alles um den Ankaufspreis ab, vier Louisdor; dann können Sie noch obendrein diesen großen schwarzen Hut mit dem Federbusch haben und überdies die Beweise meiner Freundschaft, wenn Sie wollen, da Sie sehr artig sind.« – »Das Kleid und den Hut nehme ich an; für das übrige danke ich.«

Nun fehlte mir noch ein Hemd. Fanchette hatte große Mühe, mir eines von mittelmäßiger Güte zu liefern; sie hatte große Mühe, meine schüchterne Schamhaftigkeit nicht zu beleidigen, als sie mir es anlegte. Das Kleid, das sie mir dann anzog, saß so gut, als wäre es mir angemessen worden. »Wie mein Kleid Ihnen paßt!« – »Und überhaupt«, sagte Fanchette, »denn du bist der hübscheste Mann, den ich je mit meinen Augen gesehen habe!« Und wenn ich nicht schnell Ordnung geschafft hätte, so hätte sie mich auf eine höchst unanständige Weise umarmt.

»Nein, Mademoiselle, nein«, rief ich. »Hör, Fanchette, da sind die sechs Louisdor. Nun aber tu mir den Gefallen und hol mir einen Fiaker. Du fährst dann mit mir bis an das Tor des Luxembourg. Dort gebe ich dir zum Abschied noch einige kleine Taler für den Strumpf, aber tummle dich und hüte dich wohl, einem Menschen auch nur ein Wort zu sagen.« – »Ich verspreche es Ihnen. Ich liebe Sie, weil …«. – »Geh, Fanchette, geh schnell.«

Kaum war sie fünf Minuten fort, als ich den Schlüssel im Schlosse sich herumdrehen hörte. Man denke sich meine Überraschung und meinen Schrecken, als die Tür sich öffnete und ich einen Unbekannten hereintreten sah, der so vertraut, als wäre er hier zu Hause, guten

Morgen sagte, ohne mich anzusehen, und seinen Stock und Hut auf das Bett warf. Ich bemerkte, daß seine schwankenden Beine ihn kreuz und quer trugen, daß er herumtaumelte, sich an den Möbeln anklammerte und an die Wände anstieß. Sein Mund öffnete sich mühsam, seine Zunge artikulierte mit Anstrengung, er brachte die Zähne nicht voneinander. Er nahm einen Stuhl und setzte sich neben ihn, dann erhob er sich und machte nach einigen vorläufigen Flüchen die verständige Bemerkung: »Ich habe mich getäuscht.« Hierauf fuhr er fort: »Fanchette, ich bin überzeugt, daß du unruhig warst, weil ich heute nacht nicht nach Hause kam; das hat mich wie dich billig rasend gemacht ... Ach, es gab Gesellschaft im Hôtel d'Angleterre! Wieviel Vergnügen hat man doch an einem solchen Ort! Da gibt es Leute, die sich ruinieren unter lauter Lustbarkeiten, und machen sich den Teufel daraus! Es ging so kreuzfidel zu! Denk dir, es hat gar keine Händel gegeben ... Nur einmal hat einer einen anderen totgeschlagen, aber das war auch alles.«

Er erhob sich, um gerade auf mich zuzukommen, aber unwillkürlich geriet er links, warf sich auf das Fenster und zertrümmerte einige Scheiben. Nach vielen Umwegen gelangte er jedoch bis zu mir und blickte mir einige Sekunden lang unter die Nase, auf eine Art, die mir viel Spaß gemacht hätte, wenn ich weniger unruhig gewesen wäre. »Ich bin's«, fuhr er endlich fort, »du bist's ... Das ist ja deine Kammer und dein schöner Rock, aber ich bin betrunken ... ja, ich bin betrunken. Du hast schwarze Augen, und ich sehe sie blau ... Du bist blond, und du kommst mir braun vor ... Du bist klein, und ich finde dich groß ... Ja, ja, ich habe einen Zopf, das ist klar, aber es tut nichts ... ich will dir doch beweisen, daß du hübsch bist ... und daß ich dein Schatz bin.«

Er näherte sich, ich trat zurück; er folgte mir, ich stieß ihn weg; er hielt mich fest, ich machte eine drohende Gebärde; er versetzte mir einen Faustschlag, ich gab ihm dafür zwei; er warf sich auf meinen Federbusch, ich ergriff ihn bei den Haaren. Sein Fall zog den meinigen nach: der Chevalier Faublas lag auf dem Boden und wälzte sich mit dem Liebhaber einer öffentlichen Dirne im Staube. Was die Ungleichheit dieses ruhmlosen Kampfes beinahe zugunsten meines Gegners wiedergutmachte, war der Umstand, daß ich zu unbequem gekleidet war, um tüchtig dreinschlagen zu können. Inzwischen hätte der Sieg nicht lange unentschieden schwanken können, da unsere Kampfesart den für mich höchst vorteilhaften Unterschied hatte, daß ich, ohne ein einziges Wort zu sagen, zu parieren wußte, bevor ich schlug, während der Schurke, wie ein Heide fluchend, die Parade vernachlässigte und weiter nichts als mich zu schlagen und zurückzuhalten suchte. Man kann sich also leicht denken, daß der Schreier übel zugerichtet wurde; aber bevor ich mich losmachen konnte, liefen auf den Lärm die Nachbarn herbei. Voll Vergnügen über die Gelegenheit, sich ihrer widrigen Hausgenossen entledigen zu können, begannen sie, uns mit Flüchen und Schlägen zu überschütten; dann trennten sie uns, führten uns hinab und übergaben uns der Wache, die einer von ihnen herbeigeholt hatte.

Zwei Soldaten legten meinem Kameraden Handschellen an, zwei gaben mir die Hand, das Volk lachte uns aus, die Kinder liefen mir nach. Am Ende der Straße ging ich triumphierend mitten durch die lustigen Brüder hindurch, die in diesem pomphaften Aufzug und in dieser ehrenvollen Begleitung ihre angebliche Nonne nicht erwarteten. Aber wie viele Straßen mußten wir zu Fuß durchwandern! Welch ein schrecklicher Straßenkot beschmutzte das schöne Pantalongewand! Mit welcher Brutalität schleppten mich meine unhöflichen Begleiter fort! Ach, arme Mädchen, Gott bewahre euch vor der Polizei von Paris!

Gott bewahre euch auch vor dem Kommissär! Ein Friedensrichter, der sich als obrigkeitliche Person gebärdet! Der verurteilen will, ohne gehört zu haben! Ein plumper Korporal erzählte den Tatbestand, den er nicht wußte, seine Soldaten bezeugten das, was sie nicht gesehen hatten, mehrere Zeugen bewiesen, ich sei eine öffentliche Dirne und prügle meinen Freund durch. Der flinke Schreiber, der wenig begriff, aber alles aufschrieb, schloß das Protokoll, bevor man sich noch die Mühe genommen hatte zu fragen, ob wir nicht einige Verteidigungsmittel besäßen, und auf einmal erscholl von dem despotischen Tribunal des hochmütigen Philisters herab der unappellierbare Urteilsspruch: »Den Schlingel ins Loch, die Dirne nach Saint-Martin!«

Nach Saint-Martin! Es ist also wahr, daß der frühreifste aller Jünglinge, daß der Chevalier Faublas, von einem öffentlichen Gerichte als Mädchen erklärt, sich in ein Nebengebäude des Hospitals eingesperrt sah, um daselbst augenscheinlich den großen Tag zu erwarten, wo das Oberhaupt der Polizei ihn mit hundert prostituierten Gefährtinnen abschaffen ließe.

Warum hatte ich mich auch in dieses schreckliche Gefängnis

schleppen lassen? Aber hätte nicht das Bekenntnis meines Geschlechtes mir eine Menge Fragen zuziehen müssen, deren Beantwortung mich in eine große Verlegenheit gebracht hätte? Blieb mir nicht auf alle Fälle dieses äußerste Mittel noch immer? Und durfte ich nicht hoffen, daß tausend andere ebenso leichte Mittel mir die Gefahren des ersteren ersparen würden? Mit Gewandtheit und Gold konnte ich die Türen von Saint-Martin leichter sprengen als die Tore der Bastille. Aber ich mußte vor allen Dingen mich beeilen, ein Augenblick konnte mich zugrunde richten. Im Faubourg Saint-Marceau, das zum zweiten Male der Schauplatz meines Ruhmes und meines Unglücks geworden, konnten tausend Zufälle die Spuren entdecken, welche der Chevalier Faublas soeben auf seinem Gang hinterlassen hatte. Rufen wir einige Freunde um Beistand an! Freunde! Ich habe in Paris nur noch Bekannte … Rosambert … Er hat mir einen garstigen Streich gespielt, Rosambert! Und überdies ist er fern. Derneval ist noch ferner … Frau von B. ist vielleicht nicht angekommen – und dann, wie könnte ich ihr Nachrichten zukommen lassen, ohne sie zu kompromittieren! Aber meine Freundin, meine Geliebte, meine Frau! An sie … ach ja, an sie muß ich mich wenden! … Nein, Duportail ist da und hält ohne Zweifel seine Augen offen. Er kann die Depesche unterschlagen und mir meine Sophie von neuem entreißen … Nein, kein Mittel, das mich möglicherweise des Glücks berauben könnte, meine Sophie wiederzusehen. Bleibt noch der Vicomte von Valbrun. In seine kleine Maison darf ich nicht schicken, und wo sein Hôtel ist, weiß ich nicht: Aber der Kommissär wird sich erkundigen, schreiben wir an den Vicomte.

Was ich da in ein paar Zeilen erzähle, war das Ergebnis zweistündigen Überlegens; auch war mein Brief an den Vicomte noch nicht fertig, als man Fanchette rief. Von Entsetzen ergriffen, konnte ich mich nur mit Mühe entschließen, bis an das erste Pförtchen vorzugehen. Hier sah ich eine elegante Dame, die mir zwei oder drei verachtungsvolle Blicke zuwarf und mir in trockenem Ton befahl, ihr zu folgen. Die Tore des Gefängnisses öffneten sich, meine stolze Gönnerin stieg gravitätisch in ihren Wagen und bedeutete mir mit einem Kopfnicken, daß ich auf dem Vordersitz Platz nehmen könne. Ich gehorchte, wir fuhren an. Jetzt wandte ich mich an die Unbekannte. »Madame, wieviel Dank …« – »Sie schulden mir keinen Dank«, unterbrach sie mich; »es ist wahr, daß ich Sie aus diesem unsauberen Ort befreit habe, wohin Sie nach meiner Ansicht nicht schlecht passen, aber ich versichere Ihnen, es geschah nicht, um Ihnen persönlich einen Gefallen zu erweisen.« – »Inzwischen, Madame ...« – »Inzwischen, Mademoiselle, ersuche ich Sie, mir zu glauben.« – »Warum wollten Sie die gerechte Huldigung ausschlagen?« – »Guter Gott, was Phrasen! Ich liebe solche nicht, Mademoiselle. Plaudern wir nicht miteinander, wenn ich bitten darf.«

Es trat eine augenblickliche Pause ein, während welcher ich mich ganz leise fragte, wer diese unhöfliche Befreierin sein möge, die mir einen so großen Dienst erwiesen hatte und mich so schlecht behandelte; wohin das neue Abenteuer mich führen und was aus mir werden könne.

Die schöne Dame, die mir befohlen hatte zu schweigen, befahl mir alsbald zu sprechen. »Können Sie lesen?« fragte sie. – »Ein wenig, Madame.« – »Und auch schreiben?« – »Ebenso.« – »Sie frisieren?« – »Die Frauen?« – »Natürlich!« – »Nicht übel, Madame! Ist das alles, was ...« – »Schon genug, Mademoiselle. Sie vergessen, daß es Ihnen nicht zusteht, mich zu fragen.«

Bald hielt der Wagen vor einem sehr schönen Hause an. Die Unbekannte führte mich durch prächtige Zimmer und überließ mich zuletzt meinen Betrachtungen in einer Art von Toilettenkabinett, wo ich einige Minuten, die mir wie Jahrhunderte erschienen, allein blieb. Endlich kam meine Befreierin wieder. Sie brachte mir Kleider und befahl mir, diese gegen die meinigen auszutauschen, denn ich sehe abscheulich aus, sagte sie – und ohne meine Antwort abzuwarten, begann sie damit, daß sie mir mein Busentuch abriß. »Ich dachte mir's doch«, rief sie, indem sie einen forschenden Blick auf meine Brust warf, »ich dachte mir's doch, daß irgendein geheimer Fehler diese scheinbar so hübsche Dirne verunstalten werde. Pfui! Meine Hand ist nicht flacher als das.«

Auf die Überraschung, die mich im Anfang ergriff, folgte bald eine peinlichere Empfindung: diese vornehme, stolze und gebieterische Dame, die sich zu gleicher Zeit als eine ebenso flinke Kammerfrau wie als erfahrene Beobachterin zeigte, beunruhigte mich durch ihre Dienstleistungen ebenso wie durch ihre Bemerkungen und brachte mich durch ihre Zuvorkommenheit nicht minder zur Verzweiflung als durch ihre Barschheit. Ich suchte mich ihren Dienstleistungen zu entziehen, aber sie fand meine Zierereien unverschämt und sagte, sie gebe gar nichts auf die Grimassen einer verbrauchten Züchtigkeit.

Eine Schnur ging durch; sie aber zog sie sehr gewandt heraus und befreite mich zugleich von meinem ersten Unterrock. »Guter Gott! ... Madame, werden Sie sich so weit herablassen, Ihre Dienerin zu bedienen?« – »Und wenn ich nun einmal diese Mühe und diese Schmach übernehmen will?« – »Madame, ich werde es nicht dulden! ... Ich kann es nicht dulden! ... Sie sind gar zu gütig.« – »Das kann Sie immer noch nicht berechtigen, sich ebenso lächerlich sittsam als albern hartnäckig zu zeigen.«

Sie sprach mit Feuer. Indes ging ihre Zunge immer noch weniger schnell als ihre Hand, so daß ich beinahe alsbald, trotz meiner ganz vergeblichen Vorsichtsmaßregeln, meinen zweiten und ach! letzten Unterrock fallen sah.

Es blieb mir wenigstens noch ein Schutz, der kleine Caraco, dessen ich nicht so leicht beraubt zu werden hoffte. »Welcher Eigensinn! Welche einfältige Zurückhaltung!« sagte die wütende Dame. »Wenn ich ein Mann wäre, würde Mademoiselle ganz gewiß nicht so viele Umstände machen!« Kaum hatte sie dies gesagt, als sie hinter mir herging und mir schnell mit der Schere vom Bauch bis an die Schultern hinauffuhr, so daß der unglückliche Caraco entzweigeschnitten war und sie keine Mühe mehr hatte, mir die Stücke abzureißen.

Die ihr mich leset, urteilet über meine Pein. Ihr seht hier die arme Fanchette, höchst spärlich gekleidet und in um so größerer Verlegenheit, als die einzige Hülle, die ihr noch bleibt, vor kurzem gar zu lange in den Straßen von Paris herumgeführt worden ist und ich mit gutem Gewissen nicht leugnen kann, daß ich weißer Wäsche bedarf. Auch beeilte sich die gefällige Person, die meine Toilette leitete, mir ein feines Hemd ins Gesicht zu werfen mit dem Befehl, es anzuziehen. Diese Operation besonders war es, die ich fürchtete, und um das Unglück voll zu machen, machte jeder Augenblick sie dringender und schwieriger. Wie wird das außerordentlich unbeholfene Mädchen in diesem kritischsten aller Augenblicke die Gewandtheit haben, um vor scharfblickenden Augen den allzu sichtbaren jungen Mann zu verbergen? Ich weiß nicht, infolge welcher Fatalität meine bis jetzt eingeschlafene Phantasie wieder glühender erwacht: Sie entflammt mich für die Reize dieser Unbekannten, deren rasche und leichte Hand ich noch zu spüren glaube, deren Auge mich fortwährend verfolgt, deren Blick bei mir die Wirkung hervorbringt, welche ich am wenigsten erwartet hätte, die gewöhnlich günstige und jetzt so unglückliche Wirkung, die Wirkung, welche ein paar Stunden zuvor Coralie nicht mehr zu erhoffen wagte, selbst nicht mit Hilfe des Magnetismus! Was soll ich tun? Was wird aus mir werden? Durch welches Mittel kann ich mein Geheimnis hüten?

Der Entschluß, den ich faßte, wird Sie in Erstaunen setzen, verehrter Leser, Sie werden auf meine Kosten lachen. Aber da ich Ihnen zuweilen von meinen Heldentaten vorrenommierte, so muß ich auch die weniger ehrenvollen Dinge aus meinem Leben bekennen. So hören Sie denn, daß ich, da ich mir nicht dachte, daß es etwas Besseres zu tun gäbe, die Schwachheit hatte, dem Feinde den Rücken zu kehren.

»Das Benehmen ist nicht höflich«, sagte die Dame. »Ich gestehe, daß das seltsame Manieren sind.«

An dem Tone, womit diese Worte gesprochen wurden, glaubte ich zu bemerken, daß die beleidigte Person, statt sich von Ungeduld und Zorn hinreißen zu lassen, eine boshafte Freude empfände und mir den Spott nicht erspare. Ein Blick, den ich wagte, bestärkte mich darin. Ich sah, daß man nur mit vieler Mühe ein lautes Gelächter erstickte. Jetzt erst, und ich gestehe es wiederum zu meiner Schande, jetzt erst kam es mir in den Sinn, daß man mich seit einer starken Viertelstunde zum Narren gehalten hatte, daß meine Gönnerin nach Herzenslust einen jungen Mann mystifizierte, indem sie sich die Miene gab, ihn für ein Freudenmädchen zu halten. Diese Entdeckkung rief anfangs einen kleinen Groll in mir hervor, aber ich tröstete mich alsofort, denn schon ahnte ich die süße Rache, die mein Mißgeschick mir in Aussicht stellte.

»Ach, wer Sie auch sein mögen«, rief ich, »Sie sind für solche Unhöflichkeiten nicht geschaffen. Ja, ich bin fest überzeugt, Sie können ebensowenig daran gewöhnt sein, sie zu ertragen, als ich, sie mir zu erlauben, und mit dem aufrichtigsten Herzen bitte ich Sie um Verzeihung.« – »Verzeihung!« wiederholte sie, endlich laut auflachend. »Wenn diese nur der Kühnheit gewährt wird, wie können Sie dann Verzeihung verdient zu haben glauben?« – »Allerdings nicht«, versetzte ich, etwas verblüfft über diesen Vorwurf. – »Nun also«, erwiderte sie mit ungewöhnlicher Geistesstärke, »ich werde warten, bis eine wirkliche Beleidigung ...«

Ich ließ ihr nicht Zeit zu vollenden, denn ihre Reden und besonders ihre Haltung, worin eine seltene Zuversicht atmete, alles vereinigte sich, um im Anfang den Unerschrocknen zu verblüffen, hernach aber selbst dem Ängstlichsten Mut einzuflößen. Ich stürze mich also vor sie hin, und in dieser zugleich demütigen und furchtbaren, für den Liebhaber so bequemen, für die Geliebte so drohenden Positur machte ich ihr im entschiedensten Tone folgende Liebes- und Kriegserklärung: »Wahrhaftig, ich fürchte, Sie haben lange gewartet, Madame.« Ohne sich aus der Fassung bringen zu lassen, versetzte sie: »Was Sie auch sagen mögen, ich darf Ihnen keine Verwegenheit zutrauen. Im übrigen erkläre ich Ihnen, daß ich nicht zu den Frauen gehöre, die aufs bloße Wort hin erschrecken – das sind die schwachen Frauen, die an alle Drohungen glauben.«

Die Antwort war klar: Diese Dame verlangte nichts Geringeres als Taten. Ich konnte vernünftigerweise nicht mehr zweifeln, daß sie so ziemlich wisse, wer ich sei, daß die Gefahr meiner Anwesenheit und meines so einfachen Anzuges sie ganz und gar nicht erschrecke, kurz, daß der Chevalier Faublas ohne alle Indiskretion sich zeigen könne und sogar sich zeigen müsse.

Man empfing ihn mit höchster Anmut; sein vollständiger Triumph wurde ihm nur noch so lange streitig gemacht, als nötig war, damit er ihm noch einigen Wert beilegen konnte. Inzwischen befand ich mich im Schoße des Sieges und war im Begriff, die Früchte zu pflücken, als ein rasch einfahrender Wagen das Pflaster des Hofes erdröhnen machte. »Der Vicomte kommt schon!« sagte meine Unbekannte, »beeilen wir uns … Beeilen wir uns, diesem Scherz ein Ende zu machen.« Sie beeilte sich wirklich, und gleich als hätte ich nicht selbst ein Interesse dabei gehabt, mich zu beeilen, nötigte sie mich sozusagen dazu.

Dank meiner und besonders ihrer Gewandtheit war das, was die originelle Person einen Scherz nannte, soeben zu Ende gekommen; aber der unbekannte Dritte, der das alles vielleicht nicht sehr scherzhaft gefunden haben würde, ließ sich ganz nahe bei uns vernehmen, und meine stolze Beschützerin, die augenscheinlich keine Lust hatte, sehen zu lassen, auf welche Art sie mit ihrem Schützling scherzte, beschränkte sich nicht bloß, ihren Anzug wieder in Ordnung zu bringen, sondern gab mir auch ein Zeichen, meine zerstreut umherliegenden Kleidungsstücke zusammenzuraffen und in ein anstoßendes Kabinett zu eilen.

Ich hatte mich kaum hineingeworfen, als der lästige Kavalier, dessen allzu rascher Besuch meine Verbannung dahin verschuldete, eintrat. »Er wechselt da drinnen seine Kleider«, sagte sie. – »Ohne

Hilfe Ihrer Kammerfrau?« fragte er. – Sie antwortete: »Wenn er sie nicht entbehren kann, so wollen wir sie rufen, aber warum sollen wir ohne Not eine dritte Person ins Geheimnis ziehen?«

Dann kam er zu mir herein: Es war Herr von Valbrun. »Guten Tag, mein lieber Faublas!« sagte er, mich umarmend. »Sind Sie nicht zufrieden mit dem Eifer, womit die Frau Baronin von Fonrose Ihnen zu Hilfe gekommen ist?« – »Zufrieden?« rief ich, »dieser Ausdruck ist viel zu schwach.« – »Ich habe ihn sehr geängstigt, Ihren lieben Faublas«, fiel sie lachend ein. »Fragen Sie ihn, was er davon denkt, fragen Sie ihn, ob ich nicht bereits die Rache meines Geschlechts begonnen habe. Mein artiger Chevalier«, fügte sie hinzu, »keinen Groll! Sehen Sie in mir nur eine hilfreiche Fee, welche Sie bösen Zauberern entführt hat, und sobald Sie wieder angekleidet sind, kommen Sie wieder ehrerbietig, zum Zeichen Ihrer Erkenntlichkeit, mir die Hand zu küssen.«

Während sie sprach, betrachtete ich sie durchs Schlüsselloch. Ihre Haltung hatte sich mit einem Mal dermaßen verändert, daß nur noch eine kalte Würde darin vorwaltete, und die vollendete Ruhe auf ihrem Gesichte schien die Abwesenheit aller Leidenschaften zu verkünden. Ich sah, daß die Frau Baronin vortrefflich Komödie spielte, aber soviel Vergnügen es mir machte, sie in ihrer neuen Rolle zu betrachten, so konnte ich ihr doch nur eine kurze Aufmerksamkeit widmen. Dieser ganze weibliche Anzug, worin ich mich von neuem vermummen mußte, brachte mich in nicht geringe Verlegenheit: Es war eine endlose Arbeit für mich. Ich glaube, sie würde bis zum Abend gewährt haben, wenn nicht Frau von Fonrose auf die wiederholte Aufforderung des Vicomte mir zu Hilfe gekommen wäre. Endlich, und immer nur dem Vicomte zuliebe, trieb sie die Gefälligkeit so weit, daß sie mit ihrer adligen Hand meine verworrenen Haare in Ordnung brachte. Sie war noch immer mit meiner Frisur beschäftigt, als ich rief: »Herr von Valbrun, lassen Sie uns gehen!« – »Wohin?« – »Zu Sophie.« – »Ist Sophie in Paris?« – »Ja, in dieser Vorstadt hier, im Kloster, Rue de ***.« – »Um so besser; aber mäßigen Sie für einen Augenblick Ihre Ungeduld, und hören Sie mich an. Ich muß Ihnen sagen, was ich getan habe, und mich mit Ihnen über das verständigen, was zu tun bleibt.« – »Und ich hätte damit anfangen müssen, Sie meiner ganzen Erkenntlichkeit zu versichern.« – »Sind Sie so eilig mit deren Beweisen?« – »Zweifeln Sie nicht daran.« – »Nun, dann tun Sie mir den Gefallen, mich anzuhören.« –

»Von Herzen gern, aber lassen Sie uns gehen.« – »Bitte, hören Sie mich an.« – »Meine Sophie ...« – »Wir werden sogleich von ihr sprechen, Chevalier, mitten in der Nacht kam ich, wie ich Ihnen versprochen hatte, in mein kleines Haus zurück. Justine versetzte mich durch ihre Erzählung von dem, was vorgefallen war, in große Unruhe um Sie. Da ich nicht wußte, was aus Ihnen werden sollte, und da ich mich bereit halten wollte, Ihnen bei treffender Gelegenheit Beistand zu leisten, so beschloß ich, bei Justine zu bleiben. Die Kleine, die Sie sehr zu lieben scheint, war beständig am Fenster nach der Straße zu. Zweimal des Morgens glaubte Justine, Sie in zwei verschiedenen Verkleidungen zu sehen. Endlich vor zwei Stunden rief sie mir zu, die Wache führe Sie fort, sie erkenne Sie ganz gut, trotz Ihrer neuen Vermummung. Alsbald mischte sich in den Haufen, der Ihnen nachzog, ein getreuer Emissär, dem ich den Auftrag gegeben hatte, sobald als möglich zurückzukommen und mir zu melden, was aus Ihnen geworden sei. Bei seiner Rückkehr erfuhr ich mit ebenso großem Entzükken als Erstaunen, daß ein lichtscheuer Richter die angebliche Fanchette nach Saint-Martin geschickt habe. Alsbald eilte ich zu Frau von Fonrose ...« – »Und ich«, fiel diese ein, »ich konnte nicht umhin, mich für das Schicksal eines jungen Mannes Ihres Schlages höchlich zu interessieren. Ich eilte sogleich auf die Polizei, reklamierte Sie da, und Sie wissen, welchen raschen Gebrauch ich von dem Mandat gemacht habe, das Ihre Freilassung anordnete.« – »Madame, empfangen Sie meinen innigsten Dank ...« – »Chevalier Faublas«, fuhr der Vicomte fort, »hören Sie mich zu Ende.« – »Sophie erwartet mich.« – »Wir werden bald von ihr sprechen, hören Sie mich zu Ende. Während die Frau Baronin auf die Polizei ging, kehrte ich ins Faubourg Saint-Marceau zurück, um daselbst Erkundigungen einzuziehen – es handelt sich nicht mehr um Dorothee, man spricht überall nur von dem Chevalier Faublas.« – »Wie? Jetzt schon?« – »Können Sie darüber verwundert sein? Die Erklärung einer gewissen Schwester Ursula, welche sagte, sie sei dort von den Räubern der Nonne mißhandelt worden, bewies nichts gegen Sie; was aber die ganze Sache aufdeckte, das war die Klage eines gewissen Herrn von Flourvac, welcher vorgab, er sei im Garten des Magnetiseurs von einem jungen Manne angegriffen worden, der sich im Hemd und mit dem Degen in der Hand gerettet habe; ferner der Widerstand, welchen die Polizeileute bei Madame Leblanc fanden, die lieber die Tür ihrer Wohnung einsprengen ließ, als daß sie gutwillig öffnete. Endlich die An-

gabe, zu der sich die wahre Fanchette genötigt sah, mit der man nach ihrer Rückkehr in ihr Stübchen ein ernstes Verhör anstellte. Das Zusammentreffen so vieler außerordentlicher Ereignisse hat Sie verraten, die erstaunlichsten Abenteuer sind auf Rechnung des erstaunlichsten jungen Mannes gebracht worden. In zwei Stunden wird man Sie vielleicht in Saint-Martin suchen, um Sie nach der Bastille zu schaffen. Madame wird ohne Zweifel beunruhigt werden, aber sie steht gegenwärtig gut mit dem Minister. Wenn man Sie nur nicht findet, so ist mir um alles andere nicht bange. Die Freunde des Grafen B., den einer Ihrer Sekundanten getötet hat, verlangen durchaus Rache für ihn, aber ich habe auch Freunde, ich genieße einiges Ansehen, und wir werden diesen Handel beilegen können. Inzwischen ...«
– »Inzwischen will ich meine Sophie sehen, und sollte es mich zugrunde richten!« – »Sie werden sich zugrunde richten, ohne sie zu sehen, denn sobald Sie sich aus dem Hause wagen, sind Sie verhaftet. Es unterliegt keinem Zweifel, daß die allerwachsamsten Spürhunde der Polizei heute auf dem Platze sind. Bitte, warten Sie einige Tage.«
– »Einige Tage! Die Tage sind Jahrhunderte!« – »Würden Sie sie weniger lang finden in einem Staatsgefängnis, wo man Ihnen alle Hoffnung geraubt hätte, Ihre Geliebte je wiederzusehen?« – »Sie ist meine Frau, Herr Vicomte.«
Die Baronin unterbrach uns:
»Chevalier, wenn alles wahr ist, was man von ihr sagt, so wünsche ich Ihnen Glück zu ihr.« – »Vollkommen wahr, Madame, man könnte lange suchen, bis man eine Frau fände, welche in diesem Grade angebetet zu werden verdiente.« – »Ich glaube Ihnen.« – »Eine Frau, welche der unbegrenzten Zärtlichkeit und Ehrerbietung ihres glücklichen Gatten würdiger wäre ...« – »Chevalier«, unterbrach der Vicomte, »die Zeit ist kostbar, lassen Sie uns einen Entschluß fassen. Versprechen Sie mir, sich nichts auszusetzen.« – »Ach! So werde ich sie also heute nicht sehen!« – »Bedenken Sie, daß Ihre Sache jetzt vielleicht beigelegt werden kann, daß ich aber, wenn Sie einmal Gefangener wären, für nichts mehr gutzustehen vermöchte ... nun?« – »Vicomte, Sie sehen mich vom tiefsten Dankgefühl durchdrungen; in einer glücklicheren Zeit wird dies Gefühl nicht minder schwach sein, und ich werde es besser auszudrücken wissen. Heute kann ich Ihnen meinen Dank nur dadurch beweisen, daß ich mich Ihren Ratschlägen füge. Bestimmen Sie, Herr von Valbrun, was ich tun soll, und ich werde gehorchen.« – »Chevalier, ich

kann Ihnen jetzt kein Asyl bei mir anbieten, weil man sicher in mein Haus kommen und Sie da suchen wird.« – »Warum sollte der Herr Chevalier nicht hierbleiben?« sagte die Baronin rasch. – »Weil er hier ebensowenig geborgen wäre.« – »Sie glauben, Vicomte? Ich sehe nicht ein, warum ...« – »Wie, Madame, nach dem Schritt, den Sie soeben getan haben?« – »Nun ja, Vicomte, aber ...« – »Sie setzen mich in Erstaunen, Madame«, erwiderte er etwas übellaunig; »wenn Sie übrigens durchaus den Chevalier behalten wollen, so werde ich mich dem nur in seinem eigenen Interesse widersetzen. Sie wissen, daß ich nicht eifersüchtig bin.« – »Gleichwohl«, antwortete sie, »ich liebe den pikierten Ton, womit Sie das sagen, sehr; er beweist mir, daß Sie in Wirklichkeit größere Anhänglichkeit an mich haben, als Sie sich merken lassen wollen. Meine Herren«, fügte sie hinzu, »es ist spät, lassen Sie uns in den Speisesaal gehen, wo wir nicht lange belieben zu bleiben, und über Tisch können wir alle drei auf Mittel sinnen, diesen liebenswürdigen Kavalier, den Freund aller Frauen und den Liebhaber seiner eigenen, zu retten.«

Frau von Fonrose bot mir ihre Hand, deren aber der Vicomte sich schneller bemächtigte als ich. Wir setzten uns zu Tisch. Die Baronin, die aus ihrem Nachdenken nun erwacht war, um mich von Zeit zu Zeit zu fixieren, unterbrach das Stillschweigen mit einem leisen Lachen. Der Vicomte fragte sie um den Grund dieser plötzlichen Heiterkeit. »Ich will Ihnen das im Salon erklären«, antwortete sie, sich erhebend. Ich war etwas betrübt über diesen Einfall, denn der lebhafte Appetit, den ich noch immer verspürte, sagte mir, daß ich sehr gut das Diner vollendet haben würde.

»Ich habe«, erklärte uns die Baronin, »für dieses junge Mädchen soeben einen Platz gefunden, der in allen Beziehungen vortrefflich für sie paßt: Als ein weibliches Faktotum soll sie Gesellschaftsdame, Vorleserin und Sekretärin bei Frau von Lignolle werden.« – »Bei der kleinen Gräfin?« – »Ja.« – »Gesellschaftsdame bei der kleinen Gräfin. Man wird darüber lachen.« – »Was liegt daran, Vicomte? Sie wünscht eine solche Dame, und die ich ihr geben werde, taugt, glaube ich, soviel wie eine andere.« – »Aber wie ist es denn mit Herrn von Lignolle?« – »Herr von Lignolle ist ein sehr garstiger Mensch, auf den ich schon lange Zeit einen Groll habe. Eine meiner vertrautesten Freundinnen hat Klagen über ihn ... Klagen von der Art, wie sie eine Frau niemals verzeiht. Fräulein Duportail«, fügte die Baronin, sich an mich wendend, hinzu, »ich empfehle Ihnen die

Der Weg zum Glück

kleine Gräfin. Sie ist jung und hübsch, etwas kopflos, sehr lebhaft, äußerst herrisch, etwas launisch. Besonders hat sie eine Grille, in welche sie oft verfällt: Sie gebärdet sich manchmal eine Viertelstunde lang äußerst spröde, spielt die gänzliche Unwissenheit der albernsten Jungfrau, will sich die allergewöhnlichsten Scherze nicht gefallen lassen – und einen Augenblick darauf kann man sie in gleichgültigem Tone sehr leichtfertige Reden führen hören. Im übrigen hat sie Grillen im Kopf, die sie zugrunde richten werden, wenn sie sich nicht zusammennimmt. In ihrem Alter flieht sie die Welt; man trifft sie nirgends, und nur wenige haben das Glück, sie zu Hause zu finden. Ich glaube zwar, daß ihr garstiger Mann mit ihrer Zurückgezogenheit nicht unzufrieden ist, aber er verlangt sie nicht, denn sie ist es, die im Hause befiehlt. Chevalier Faublas, ich beauftrage Sie, dieses Kind zu bilden. Bedenken Sie, daß Sie damit Effekt machen können in der Gesellschaft.« – »Und meine Sophie, Frau Baronin?« – »Ja, ja, Ihre Sophie! Nicht minder glücklicher als gefährlicher Schelm, wenn das allgemeine Gerede mich über Ihren Charakter und Ihre Talente nicht getäuscht hat, so wird Sophie, da sie abwesend ist, die Gräfin nicht retten. Über den Einfaltspinsel von Gemahl brauche ich Ihnen nur ein Wort zu sagen. Er ist ein Mensch, groß, plump von Statur, und sein feistes Gesicht mag seinerzeit vielleicht hübsch gewesen sein. Man versichert, es haben mehrere Frauen Versuche gemacht, ihm zu gefallen, aber man kann nur eine einzige anführen, die er geliebt hat. Dieser Herr hat sein Leben den Musen geweiht. Er gehört zu jenen bedeutungslosen Schöngeistern, wovon Paris wimmelt, zu jenen hochadeligen Dilettanten, welche durch Gedichtchen, die sie periodisch in den Journalen abdrucken lassen, in den Tempel des Ruhms zu gelangen meinen. Er wird sich in Sie vernarren, wenn Sie sich die Mühe nehmen, gegen die moderne Philosophie zu sprechen und Scharaden zu erraten.« – »Gnädige«, sagte Herr von Valbrun, »das ist ein Porträt von Meisterhand. Ich erkenne den Pinsel einer beleidigten Dame.« – »Vicomte«, antwortete sie, »ich habe Ihnen nicht gesagt, daß ich es bin, die sich über ihn zu beklagen hat.« – »Jetzt wollte ich darauf schwören«, versetzte er, »aber was ist Ihnen auch eingefallen?«

Ich unterbrach beide, um die Bemerkung zu machen: »Könnte ich, statt bei der Gräfin ein Frauenzimmer zu machen, es nicht anderswo versuchen? Wäre es nicht möglich, daß ich in diesen Kleidern ins Kloster meiner Sophie dränge?« – » Für heute«, antwortete der

Vicomte, »wäre das mit den größten Gefahren verbunden, und dann welche Möglichkeit, zu bleiben?« – Die Baronin unterbrach ihn: »Warten Sie, denn ich interessiere mich für seine junge Frau. Chevalier, Sie geben mir die Idee zu einem Plan, dessen Erfolg unfehlbar ist. Morgen werde ich selbst in Sophiens Kloster gehen und nachfragen, ob es kein Zimmer gibt ...« – »Für eine Ihnen befreundete Witwe, welche Sie übermorgen selbst ins Kloster bringen würden, Frau Baronin?« – »Übermorgen, nein. Aber am Ende der Woche.« – »O meine Sophie! ...« – »Springen Sie nicht so herum!« sagte Frau von Fonrose zu mir, »Sie verderben ja Ihre ganze Frisur.« Dann fügte sie hinzu: »Ich bewundere diese List ebensosehr, als ich sie gutheiße; man wird niemals glauben, daß ein Ehemann auf diesen Gedanken kommt.« – »Madame«, sagte der Vicomte, »wir können gehen, es wird Nacht. Aber glauben Sie, daß Frau von Lignolle Ihre Gesellschaftsdame noch heute annehmen wird?« – »Dafür lassen Sie mich nur sorgen.« – »Und der Herr von Lignolle wird sich dieser Grille seiner Frau nicht widersetzen?« – »Sie wissen, daß der Herr Graf gehorchen muß, wenn die Frau Gemahlin das entscheidende: Ich will! gesprochen hat. Lassen Sie uns gehen, Sie werden sich Fräulein von Brumont nennen.«

Wir gingen hinunter. Beim Einsteigen in den Wagen sah ich, daß man einen Koffer hinten aufpackte. »Er enthält Ihre Effekten«, sagte die Baronin zu mir. Ich bat den Vicomte, mich morgen bei Frau von Lignolle zu besuchen. Er versprach, mit Einbruch der Nacht zu kommen und mir zu erzählen, was Frau von Fonrose getan habe. Jetzt neigte ich mich an sein Ohr und flüsterte ihm zu: »Ich glaube, daß Frau von B. nach Hause zurückgekommen ist ... könnte ihr nicht Justine Nachrichten von mir überbringen und mir wiederum melden, wie es ihr geht?« – »Gut, ich werde es besorgen. Sie interessieren sich also noch für Frau von B.?« – »Nicht auf die Art, wie Sie meinen, nein, auf Ehre nicht, aber ich bin äußerst begierig, zu erfahren, wie der Marquis sie aufgenommen hat.« – »Ich werde meine Maßregeln treffen, damit ich es Ihnen morgen sagen kann.«

Herr von Valbrun verließ uns, obschon er nicht eifersüchtig sein wollte, erst vor dem Hôtel des Grafen.

Herr von Lignolle war bei seiner Frau, als man uns anmeldete. Die Baronin stellte mich der Gräfin vor mit den Worten: »Ich bringe Ihnen diese junge Person hier, bei welcher Sie alle für das dreifache Amt, womit Sie sie beehren wollen, erforderlichen Eigenschaften vorfinden werden. Sie liest, schreibt und plaudert gut. Sie genießt das Lob, vortreffliche Studien gemacht zu haben, aber das ist ihr geringstes Verdienst. Ich kenne an ihr honette Neigungen, vollkommen lobenswerte Liebhabereien und besonders solide Talente, wie man sie bei einem so zarten Alter und so hübschen Gesicht nur selten findet. Glauben Sie nicht, daß ich übertreibe, Gräfin – bald werden Sie die vertraute Freundin Ihrer liebenswürdigen Vorleserin werden und werden an ihr einen wahren Schatz entdecken, für dessen Erwerb Sie mir danken werden.« – »Ich danke Ihnen zum voraus«, versetzte die Gräfin, »auf Ihre Empfehlung hin nehme ich keinen Anstand.« – »Mehrere meiner Freundinnen möchten gern Gesellschaftsdamen haben wie diese hier«, fuhr die Baronin fort, »aber ich habe eingesehen, daß ich Ihnen den Vorzug schuldete, und um alles herauszusagen, es ist dies ein Geschenk, das ich Herrn von Lignolle machen wollte.«

Die Gräfin wiederholte ihre Danksagungen gegen die Baronin und sagte, »daß schon heute abend ...« – »Schon heute abend?« unterbrach der Graf, »es eilt doch nicht so!« – »Lieber Graf, ich warte nicht.« – »Aber ...« – »Kein Aber, mein Herr. Ich verlange schon seit drei Tagen eine Gesellschaftsdame, und wenn ich noch länger warten müßte, so würde ich krank. Noch heute abend wird Fräulein ...« – »Aber, Madame, ich bemerke Ihnen ...«

Die Gräfin nahm eine stolze Haltung an, blickte Herrn von Lignolle majestätisch an und sagte in gebieterischem Tone zu ihm: »Ich will es haben.« – »Wenn Sie es so nehmen, Madame«, antwortete der Graf, »so muß es allerdings sein. Warum haben Sie sich nicht gleich erklärt? Die Frau Baronin wird nun erlauben, daß ich Ihren Schützling ein wenig examiniere, denn man spricht oft von guten Studien, und Gott weiß, was man darunter versteht. Mein Fräulein, ich zweifle nicht, daß Sie wohl unterrichtet sind, denn Ihr Gesicht ... Ihre Manieren ... Wie heißen Sie, mein Fräulein?« – »Von Brumont, mein Herr.« – »Sie sind doch hoffentlich keine Philosophin?« – »Mein Herr, nein, ich bin ein ehrliches Mädchen.« – »Eine hübsche Antwort! Sie sind offenbar von guter Familie?« – »Herr Graf, ich bin von Adel.« – »Auch das! Gut! Ich sehe, daß wir vortrefflich sympathisieren werden. Ich will Ihnen nur gestehen, daß Sie in einem kostbaren Augenblicke hier angekommen sind. Als man Sie anmeldete, feilte ich eben am letzten Vers meiner Scharade. Hören Sie gefälligst meine Scharade an, und besinnen Sie sich auf die Auflösung.«

Soviel ist gewiß, daß es eines ungemeinen Scharfsinnes bedurfte, diese zu finden. Der Herr Graf war nicht glücklich in der Kunst. »Sie hat es erraten!« rief er. »Ein Beweis, daß die Scharade gut ist! Baronin, Sie haben recht, sie ist ein wahrhaft wunderbares Mädchen!« – »Mein Herr, ich bin sehr erfreut«, versetzte Frau von Fonrose, »daß sie Ihnen ebenso erscheint, aber ich wünsche, daß sie sich vorzüglich in den Augen der Gräfin in so vorteilhaftem Lichte zeige.« – »Lassen Sie mich machen, Herr Graf, wenn ich nur das Glück habe, ihr zu gefallen ...« – »Sie werden ihr gefallen!« – »Glauben Sie?« – »Sie werden ihr ganz gewiß gefallen!« – »Dann werde ich sie viele Dinge lehren, wovon sie gar keine Ahnung hat, darauf gebe ich Ihnen mein Wort.« – »Sie werden mir damit einen großen Dienst erweisen, für den ich sehr erkenntlich sein werde.« – »Sie sind allzu gütig, mein Herr, eine andere würde Ihnen danken, aber ich fühle mich versucht, Ihnen darum zu grollen. Ich habe schon anderwärts einmal die Stelle eingenommen, die Sie mir in Ihrem Hause anbieten, und nie brauchte der Gemahl mich aufzufordern, bei seiner Frau Pflichten zu erfüllen, die ich mir nicht auferlegen würde, wenn die Vollziehung mir unangenehm schiene. Meine Dienstleistungen bei der Frau Gräfin werden, was Sie betrifft, immer uneigennützig sein, das schwöre ich Ihnen.« – »Also in allem Ernst«, begann er wieder, »meine Scharade hat Sie entzückt? Und Sie glauben, daß man das Ding unterzeichnen kann, ohne sich zu kompromittieren?« – »Ganz gewiß, Herr Graf, und rechnen Sie auf den Dank des Publikums.« Er wandte sich an die Gräfin: »Madame, Sie können Fräulein von Brumont in Dienst nehmen; ich versichere Ihnen, daß Sie mit ihr sehr zufrieden sein werden. Ich erkläre Ihnen, daß sie ein seltenes Mädchen ist, dessen Verdienste noch nicht ihre volle Anerkennung gefunden haben. Sie können sie nehmen, ich erlaube es.« – »Mein Herr Gemahl«, antwortete die Gräfin, »es freut mich sehr, daß Sie meiner Ansicht sind, aber die Sache war bereits abgemacht.«

Herr von Lignolle kam zu mir zurück, nahm mich ein wenig auf die Seite und sagte ganz leise zu mir: »Fräulein von Brumont, ich habe Sie um eine Gunst zu ersuchen.« – »Sprechen Sie, Herr Graf.« – »Ich kann nicht zweifeln, daß Sie gute Sitten haben, da Sie adelig und eine Feindin der Philosophen sind, aber ein junges Mädchen hört, so gesetzt es auch sein mag, alle Tage galante Abenteuer erzählen und erzählt sie dann weiter.« – »Pfui doch, mein Herr!« –

»Gut, Sie verstehen mich. Ich wünsche, daß Sie niemals derartige Unterhaltungen mit der Gräfin haben.« – »Das ist nicht leicht, mein Herr, denn die jungen Frauen …« – »Ja, sie lieben es im allgemeinen, von tausend Albernheiten zu sprechen, die ihnen den Verstand verderben und ihnen eine falsche Idee von der Welt beibringen. Ich ersuche Sie, dies soviel als möglich zu vermeiden.« – »Herr Graf, ich bin aufrichtig, ich kann Ihnen nicht dafür stehen …« – »Versuchen Sie es wenigstens, ich habe gute Gründe, Sie darum zu bitten.« – »Ich glaube es, Herr Graf.« – »Überdies wird es nicht so unendlich viel Mühe kosten, die Gräfin ist in diesem Punkte ungemein rückhaltsam.« – »So ist's mir lieb.« – »Und dann hat sie ausgewählte Lektüre, gute, sehr moralische Bücher, die zwar nicht sehr unterhaltsam sind, aber um so belehrender. Keine Romane, zum Beispiel, keine Romane! Denn in allen diesen verdammten Werken ist von Liebe die Rede.« – »Ja, diese Herren quälen uns damit zu Tode. Es ist eine höchst unangenehme Literatur!« – »Mein Fräulein, in meinem Hause darf die Liebe sowenig aufkommen als die Philosophie, denn sehen Sie, die Philosophie und die Liebe …«

Die Baronin, die aufstand, um zu gehen, unterbrach den Grafen und brachte mich um die sehr schöne Sentenz, die ich hätte hören sollen. »Mein Fräulein«, sagte Frau von Fonrose im Protektorstone zu mir, »ich lasse Sie in einem sehr angenehmen Hause, wo alle Vergnügungen Sie erwarten. Bedenken Sie, daß Sie von diesem Augenblicke an der Frau Gräfin gehören, daß Sie nicht nur ihren Willen vollziehen, sondern auch ihren Wünschen zuvorkommen müssen, kurz und gut, daß Ihre erste Pflicht ist, der Frau Gräfin zu gefallen, wenn Sie es auch in manchen Punkten dem Herrn Grafen nicht nach Wunsch machen sollten. Ich glaube, daß Ihnen dies weder unangenehm noch schwer sein wird. Ihre Ehre ist dabei im Spiel, daß Sie die sehr vorteilhafte Meinung, die ich von Ihnen habe, rechtfertigen. Bemühen Sie sich also, so schnell als möglich die Güte einer so reizenden Gebieterin zu gewinnen, und bedenken Sie, daß ich ihr alle meine Rechte abtrete.«

Nach diesem Sermon gab mir meine erhabene Gönnerin einen Kuß auf die Stirn und ging. Sobald sie sich entfernt hatte, bat ich die Gräfin, sie möchte mir erlauben, ins Bett zu gehen. Herr von Lignolle bestand darauf, daß ich bleiben sollte, aber ein: »Ich will es haben« von seiten der Dame verschloß ihm den Mund. Die Gräfin führte mich selbst in das kleine Gemach, das sie für mich bestimmt hatte, eine Art von Kabinett im Hintergrunde ihres eigenen Schlafzimmers. Der Graf wünschte mir mehrere Male in sehr liebreichem Tone gute Nacht, und Frau von Lignolle sagte, indem sie mich auf die Stirn küßte, mit großer Lebhaftigkeit zu mir: »Gute Nacht, Fräulein von Brumont, schlafen Sie wohl, ich will es haben, verstehen Sie mich?«

Endlich bin ich allein und atme wieder auf. Ich befinde mich in einem sichern Hause, wo meine Feinde mich wahrscheinlich nicht suchen werden. Wie viele Gefahren haben mich seit etwa vier Tagen umringt! Wie viele Abenteuer, Ängste und Vergnügen seit achtundvierzig Stunden! Vergnügen fern von meiner Sophie: fern von ihr! Glücklicherweise ist der Raum, der mich von ihr trennte, um ein gutes kleiner geworden. Mehr als sechzig Stunden lagen zwischen uns, jetzt ist sie höchstens fünfhundert Schritte entfernt. Dieselbe Mauer schließt uns ein, wir atmen sozusagen dieselbe Luft ... Ach, und ich kann nicht sogleich zu ihr gehen! Und heute nacht werde ich wieder in einem Traume nur ihr Bild umarmen! Und heute nacht wird sie von neuem ihr einsames Lager mit ihren Tränen befeuchten! Herr von Valbrun, kommen Sie morgen, wie Sie versprochen haben, kommen Sie, denn wenn Sie mir nicht Wort halten, so mache ich mich am Abend allein auf den Weg. Ich gehe auf jede Gefahr hin ins Kloster, frage nach meiner Frau, berausche mich in der Wonne, sie zu sehen, ihre zärtliche Bekümmernis zu belohnen und ihren Schmerz zu trösten. Ja, ich werde es als ein Glück ansehen, einige Augenblicke überschwenglicher Wonne mit meiner Freiheit zu bezahlen, und ich werde mein Schicksal nicht beklagen, wenn man mich erst auf dem Rückwege verhaftet.

Ich werde hingehen! Die Gräfin soll mich nicht zurückhalten ... und doch ist sie hübsch, die Gräfin! ... Eine kleine Brünette von sehr weißem Teint, ganz jung! Und wie lebhaft! Aber von so gebieterischem Wesen! Oh, der kleine Drache! ... Hat sie Geist? Liebt sie ihren Gatten? Aber auf welche Gedanken komme ich? Habe ich die Gräfin etwa darum um Erlaubnis gebeten, mich zurückzuziehen, weil ich mich mit solchen Bagatellen beschäftigen wollte? ... Ich setzte mich und schrieb an meinen Vater:

›Mein lieber Papa!

Vielleicht beschuldigen Sie mich in diesem Augenblick des Undanks und der Grausamkeit. Ich habe Sie allein gelassen in jenem Asyl, das Sie für mich verschönten, aber Sie wissen ja, welche Leidenschaft mein Herz verzehrt, das Sie allzu gefühlvoll gemacht haben, Sie wissen ja, welchen Schlag ihm das unbegreifliche Unterfangen eines Mannes versetzt hat, der sich unser Freund nannte. Aber als ich Sie verließ, nahm ich mir vor, bald zurückzukehren; der Kummer, den Ihnen meine Abwesenheit verursachte, sollte bald verwischt sein; meine Frau dagegen seufzte gleich mir in den Qualen einer Trennung, welche durch die Verzweiflung des einen der beiden Liebenden zu einer ewigen gemacht werden konnte. Vater, es ist wahr, daß ich fern von Ihnen nur halb lebe, aber fern von meiner Sophie hätte ich gar nicht leben können.

Ich habe erfahren, daß sie in Paris sei, und ich bin hierher geeilt. Mein Vater hat meine Abschiedsgrüße nicht empfangen, weil er mir nicht erlaubt haben würde, den Gefahren zu trotzen, die mich unterwegs erwarteten. Keiner der Unfälle, die ich fürchtete, ist mir zugestoßen, aber ich habe mehr als eine Gefahr bestanden, die ich nicht vorhergesehen hatte. Seit meinem dreitägigen Aufenthalte in der Hauptstadt ist dies mein erster freier Augenblick. Ich widme ihn dem, der mir das Liebste auf der Welt sein würde, wenn meine Sophie nicht wäre.

Ich gedachte zu Ihnen zurückzukehren, mein Vater, und nun ersuche ich Sie dringend, hierher zurückzukommen. Sie können in Paris nur die Gefahren fürchten, die mich bedrohen, und bald werden deren keine mehr für mich vorhanden sein. Ich habe mir bereits mächtige Freunde erworben und glaube, daß diese, in Verbindung mit den Ihrigen, meinen unglücklichen Handel beilegen werden. Übrigens hoffe ich, spätestens in drei Tagen mich an einen sichern Ort flüchten zu können. Ich bitte, ich beschwöre Sie, kehren Sie zurück. Welch ein schöner Tag wird es sein, wenn der Chevalier Faublas und seine Frau ihren geliebten Vater umarmen werden!

Bis dieses Glück mir blüht, haben Sie die Güte, mir einige beruhigende Worte zu schreiben. Meine Adresse ist: Witwe Grandval, im Kloster *** Faubourg Saint-Germain. Denken Sie sich meine Freude, Ihre Antwort wird mich in der Nähe Sophiens finden. Bitte, schreiben Sie mir bald, mein teurer Vater, schreiben Sie mir bald!

N. S. Es war mir bisher unmöglich, meine teure Adelaide zu sehen; ich werde, sobald ich kann, in ihr Kloster schicken.‹

Jetzt, da ich diesen Brief versiegelt und die Adresse des Herrn von Belcourt darauf geschrieben habe, jetzt sei es mir erlaubt, mein kleines Gemach ein wenig in Augenschein zu nehmen. Diese Türe führt ins Schlafzimmer der Gräfin, diese andere auf eine geheime Treppe, die in den Hof hinabgeht. Es ist bequem, mein Zimmerchen! Wenn mich in der Nacht die Lust anwandelte, der Frau von Lignolle einen Besuch zu machen? Ich werde es nicht tun, oh, sei ganz ruhig, meine Sophie! Ob der Herr von Lignolle wohl bei ihr schläft? Aber was geht es mich an? ... Doch, was ist denn so Arges daran? Ich interessiere mich nicht sehr lebhaft dafür, es ist einfach Neugierde ... Aber das Ding quält mich doch, ich möchte wissen, ob die Gatten getrennt schlafen ... Ich sehe nur ein Bett im Schlafzimmer der Gräfin, aber es ist groß, und es wäre möglich, daß der Graf kein besonderes Zimmer hätte ... Was tun, um die Sache zu erfahren? ... Teufel! ich werde den Augenblick ablauern und durch das Schlüsselloch gucken ... aber es ist doch erst sieben Uhr. Sie werden vor zehn Uhr nicht soupieren und vor Mitternacht nicht schlafen gehen, ich müßte also fünf volle Stunden warten! ... Die Langeweile würde mich umbringen ... Doch nein! Meine angebetete Frau, ich werde mich nur mir dir beschäftigen, und zum Beweis will ich mich jetzt zu Bette legen!

Ich tat es sogleich und versank in einen so festen Schlaf, daß Frau von Lignolle mich am anderen Morgen rufen lassen mußte, damit ich ihrem Lever anwohnen sollte.

»Wie haben Sie geschlafen, Fräulein von Brumont?« fragte sie mich lebhaft. – »Vollkommen gut, und Madame?« – »Ich habe schlecht geschlafen.« – »Sie haben aber doch frische Wangen und leuchtende Augen!« – »Ich versichere Ihnen, daß ich schlecht geschlafen habe«, antwortete sie lächelnd. – »Daran ist vielleicht der Herr Graf schuld.« – »Wieso? – Antworten Sie doch, mein Fräulein, wieso!« – »Madame ...« – »Erklären Sie sich, ich will wissen ...« – »Ich ersuche Sie, Madame, meine Entschuldigungen anzunehmen; ich habe Ihnen durch diesen, obwohl unschuldigen Scherz vielleicht mißfallen.« – »Ganz und gar nicht, aber ich verstehe ihn nicht, erklären Sie mir ihn, und sputen Sie sich, denn ich warte nicht gerne lange.« – »Madame ...« – »Mein Fräulein, Sie machen mich ungeduldig, sprechen Sie, ich will es haben.« – »Madame, ich werde Ihnen gehorchen. Es ist wahr, daß der Graf bald sein fünfzigstes Jahr erreichen wird, aber die Frau Gräfin ist noch ganz jung, glaube ich.« – »Sechzehn Jahre.« – »Es ist wahr, daß der Herr Graf etwas schwächlich aussieht, aber die Frau Gräfin ist hübsch.« – »Ohne

40

Beim Lever

Komplimente, finden Sie das?« – »Ich wiederhole Ihnen gewiß nur, was jedermann sagen wird.« – »Sie sind sehr höflich, Fräulein von Brumont, aber lassen Sie uns auf das zurückkommen, was Sie vorhin zu mir sagten.« – »Gern. Es ist wahr, daß der Herr Graf Ihr Gatte ist, Madame, aber ich denke, es ist noch nicht lange her, daß die Frau Gräfin seine Frau ist.« – »Zwei Monate.« – »Aus dem allen habe ich geschlossen, Herr von Lignolle hätte, da er in seine reizende Gattin noch verliebt sein muß, wohl können ...« – »Nun? Sagen Sie doch, was er hätte können?« – »Er hätte heute nacht zu Ihnen kommen können.« – »Der Herr Graf kommt bei Nacht nie zu mir.« – »Oder er hätte gestern abend etwas länger als gewöhnlich belieben können zu bleiben und die Frau Gräfin ein bißchen ... quälen können.« – »Mich quälen? Wozu das?« – »Wenn ich sage quälen, so verstehe ich darunter die Liebkosungen, die unter zwei Gatten vollkommen erlaubt sind.« – »Wie? Nichts weiter als das? Auch Sie glauben, ich könne bei Nacht nicht schlafen, weil mein Mann mich abends fünf- oder sechsmal geküßt hat? Ich weiß nicht, welche Tollheit in die Leute gefahren ist, daß sie alle zusammen diese sonderbaren Reden gegen mich führen.«

So sprechend, ging die Gräfin mit ihrer Kammerfrau in ihr Toilettenkabinett und sagte mir, sie werde bald zurückkommen. Allein geblieben, begann ich über die Unterredung, die wir soeben gehabt hatten, nachzusinnen. Diese Frau setzte mich in Erstaunen. Sollte ich die Verlegenheit schlecht gespielt haben? Machte sie sich auf meine Kosten lustig? Nein, sie sprach im Ernst, hatte die Miene der Unschuld, es war der Ton der Aufrichtigkeit. Setzt denn auch eine junge Person nach zweimonatiger Ehe etwas Besonderes darein, in gewissen Beziehungen nicht besser unterrichtet zu sein als zwei Monate zuvor? Sie war doch klar, diese Phrase: Vielleicht ist der Herr Graf daran schuld? Warum sie hartnäckig nicht verstehen wollen? Ist dies eine höfliche Art, die sie anwenden zu müssen glaubte, um einen Scherz zurückzuweisen, der ihr nicht gefiel? Ich bezweifle es. Herrisch und lebhaft, wie sie ist, würde sie einfach zu mir gesagt haben: »Das mißfällt mir.« Nun aber verlangt sie im Gegenteil von mir selbst eine schwierige Erklärung, die zu geben ich Anstand nehmen mußte, deren wahren Sinn nicht zu erfassen sie sich wieder die Mühe gibt, und nach welcher sie mir im naivsten Tone die zweideutige Antwort erteilt: »Sie glauben, ich könnte bei Nacht nicht schlafen, weil mein Mann mich am Abend fünf- oder sechsmal geküßt hat?« Frau Gräfin, wie verstehen Sie das?

Ich bekenne, daß ich Ihren Stand als Neuvermählte, Ihre jungfräulichen Mienen und Ihre entweder zu unschuldigen oder zu freien Reden nicht miteinander vereinigen kann.

Frau von Lignolle kam bald in einem sehr einfachen Negligé zurück, ging in ihr Boudoir, bat mich, ihr dahin zu folgen, und verlangte die Schokolade. Wir wollten eben frühstücken, als Herr von Lignolle herbeigelaufen kam mit dem Ruf: »Nein, nein, keine Gnade, ich werde unerbittlich sein!« – »Was ist denn!« sagte die Gräfin. »Ich habe Sie nie in diesem Zustand gesehen, was gibt es denn?« – »Was es gibt? Madame, etwas Schreckliches!« – »Wieso?« – »Heute nacht schliefen Sie ruhig, und doch war ein Verführer in Ihrer Nähe.« – »Sie träumen immer nur von Verführern, mein Herr, aber sagen Sie mir doch einmal deutlich, was das eigentlich ist.« – »Ohne mich, ohne den Zufall, der mich ihn entdecken ließ ...« – »Dieser Zufall da hat mir nichts entdeckt.« – »Der Unglückselige raubt Ihnen die Ehre.« – »Wie! Ich hätte es geduldet, oder hätte ich es gar nicht bemerkt?« – »Trauen Sie künftiger denjenigen, die sich ...« – »Übrigens, warum die meinige und nicht vielmehr die Ihrige, Herr Graf?« – »Denjenigen, die sich Ihre Freunde nennen. Angebliche Freunde sind es, die ihn Ihnen gegeben haben.« – »Was? Was ist es?« – »Die Ihnen gutgestanden haben ...« – »Mein Herr ...« – »Für seine Sittlichkeit ...« – »Wollen Sie sich endlich einmal ...« – »Für sein Betragen ...« – »Erklären?« – »Für seine Ehrbarkeit.« – »Ich verliere die Geduld!« – »Und die ...«

Der Graf, dessen sämtliche Bewegungen ich beobachtete, richtete keine der beleidigenden Anreden, die sein Zorn ihm entriß, direkt an mich, sondern sah mich sogar nicht einmal an und wußte vielleicht nicht einmal, daß ich es war. Einige seiner Bemerkungen schienen indes so vollkommen auf meine gegenwärtige Lage zu passen, daß mir nichts weniger als wohl dabei zumute war. Die junge Gräfin war, sprudelnd vor Ungeduld, rasch aufgestanden, hatte ihren ganz verblüfften Gatten am Kragen genommen, schüttelte ihn kräftig und sagte zu ihm: »Sie haben mich aus aller Fassung gebracht, mein Herr, es ist unbegreiflich, daß Sie eine ganze Stunde lang ein Spiel mit mir treiben. Erklären Sie es, ich will es haben.« – »Nun gut, Madame, so hören Sie. Ich weiß nicht, welche geheime Inspiration es mir eingab, in Ihr Vorzimmer zu treten. Beim Hindurchgehen bemerke ich auf dem Ofen eine Broschüre, ich trete hinzu, ich lese, ein schreckliches Buch, ein abscheuliches Buch, das gefährlichste aller Bücher, ein philosophisches Buch!« – »Die Abhandlung über den Ursprung der Ungleichheit unter den Menschen.«

Fortan über meine eigene Person beruhigt, erlaube ich mir, Herrn von Lignolle zu unterbrechen und ihn zu fragen, was denn die Ehre der Frauen mit dieser Abhandlung über die Ungleichheit der Menschen zu tun habe. – »Ja, ja, sagen Sie uns das.« – »Was sie miteinander zu tun haben, Madame?« antwortete der Graf hitzig mit viel Wärme. »Sie merken das nicht? Ein philosophisches Werk wird öffentlich in Ihrem Hause gelesen, alle Ihre Lakaien werden Philosophen, und Sie zittern nicht?« – »Welcher Schaden könnte daraus entstehen?« – »Unordnungen aller Art, Madame. Wenn ein Lakai einmal Philosoph ist, so verdirbt er alle seine Kameraden, bestiehlt seinen Herrn und verführt seine Gebieterin.« – »Verführen! Immer verführen! Immer dies Verführen! Mit was, mein Herr Graf, und warum.« – »Ich werde aber auch das Antichambre saubermachen.« – »Sie verabschieden alle unsere Leute?« – »Ja, Madame.« – »Ich verstehe das nicht, wenn einer von ihnen wirklich schuldig ist, so schicken Sie ihn fort, ich habe nichts dagegen.« – »Ich werde alle zusammen fortschicken, Madame.« – »Werden Sie mit Ihrem einfältigen Geschwätz bald aufhören?« »Ja, ich gestehe es, wenn ich das ›Philosophische Wörterbuch‹ oder die ›Abhandlung über den Ursprung der Ungleichheit unter den Menschen‹ und dergleichen Dinge in den Händen meiner Leute sehe, so erschrecke ich über die Maßen und glaube mich keineswegs sicher in meinem Hause.«

Inzwischen hatte sich die Gräfin, wütend darüber, daß Herr von Lignolle vielleicht zum ersten Male sich erfrechte, ihr den Gehorsam zu verweigern, in einen Lehnstuhl geworfen. Hier gab sie sich ganz ihrer ohnmächtigen Wut hin, stampfte auf den Boden, biß sich in die Hände und schrie von Zeit zu Zeit auf wie toll. Ungerührt durch ihre komische Verzweiflung, fuhr der komische Antiphilosoph fort:

»Wie vielen Unglücklichen dieser Klasse hat nicht die Philosophie unseres Jahrhunderts die Köpfe verdreht! Sie hat mehr Selbstmorde und Verbrechen aller Art verursacht als jemals zu einer Zeit das Unglück und Elend. Ich könnte, während ich seine Meinungen verdamme und seine Irrtümer beklage, der Freund eines Mannes sein, welcher der falschen Philosophie anhängt, aber nichts kann mich veranlassen, Lakaien zu halten, welche Philosophen sind.«

»Mein Herr«, rief die Gräfin mit vielem Stolz, »Sie werden jedoch diese da behalten, denn ich will es haben.« Bei diesem entscheidenden Worte ließ der gute Eheherr wie niedergedonnert von seiner vorübergehenden Wut ab und antwortete sehr gemäßigt: »Da Sie es wollen, Madame, so muß ich es wohl auch wollen, aber gestatten Sie mir wenigstens einige Bemerkungen ...« – »Erlassen Sie mir die, mein Herr, und zwingen Sie mich nicht, zu wiederholen, daß ich es haben will.« – »Sehr gut, Madame«, versetzte er, den Kopf schüttelnd, »sehr gut, aber Sie werden die Folgen sehen, Sie werden es schon sehen. Alle Ihre Leute werden Ihnen Lektionen erteilen, ich bin überzeugt, es ist keiner unter ihnen, der nicht schon jetzt Philosoph im Herzen wäre; infolgedessen werden Ihre Lakaien Trunkenbolde, unsaubere, unverschämte Lümmel werden, Ihr Stallknecht wird Ihre Pferde verhunzen; Ihr Kutscher wird die Leute überfahren, Ihr Koch wird seine Saucen schlecht bereiten, Ihr Hausmeister wird die Platten über Ihr Tischtuch und Ihre Kleider ausschütten, Ihre Lieferanten werden ungeheuere Rechnungen machen, Ihr Intendant wird Sie bestehlen, Ihre Kammerfrauen werden Ihre Geheimnisse verraten oder Sie verleumden, und Ihr Gesellschaftsfräulein wird in Ihrem Hause niederkommen.«

Er ging, und es war hohe Zeit; es hätte mir leid getan, laut vor ihm auflachen zu müssen.

Während er uns eingebildete Unglücksfälle in der Zukunft zeigte, war uns ein wirkliches Unglück zugestoßen. Die Schokolade war kalt geworden. Man denke meinen Verdruß, denn ich war tags zuvor nach einem allzu kurzen Diner schlafen gegangen, und die grausame Gräfin sprach davon, das Frühstück in die Küche zurückzuschicken. Fräulein von Brumont, welche sehr fürchtete, es möchte nicht wiederkommen, goß die Schokolade säuberlich in die Kanne und ließ sie im Boudoir selbst neben das Feuer stellen. »Auch gut«, sagte Frau von Lignolle, »schreiben wir einen Brief, bis das Ding wieder warm ist.«

Dieser Brief war an eine liebe Tante gerichtet, die ihre Kindheit erzogen hatte. Wir füllten etwa dreißig Zeilen mit ehrerbietigen Komplimenten und fügten dann zwanzig Zeilen voll zärtlicher Erinnerungen und noch siebenundzwanzig voll kindischer Mitteilungen hinzu. Ich glaubte, das Ding wolle kein Ende nehmen. In Verzweiflung darüber, daß ich die vierte Seite der endlosen Epistel anfangen sollte, erlaubte ich mir, der Frau Gräfin zu bemerken, die Schokolade müsse wieder warm sein. »Ich glaube es auch«, antwortete sie, »aber bringen wir doch erst den Brief zu Ende.«

Ich muß hier noch einen Umstand bemerken, der die Mißlichkeit meiner wahrhaft schmerzlichen Lage noch vergrößerte. Eine unglückselige Kammerfrau, die ich mich nicht entschließen konnte, ein zweites Mal anzusehen, so häßlich war sie, machte sich unaufhörlich um den Kamin zu schaffen. In der ganzen Konstitution dieses Individuums lag etwas, was mich für das Frühstück zittern machte. Auch kündete mir eine geheime Ahnung ihre Ungeschicklichkeit im voraus an, und ihr Benehmen verursachte mir fortwährende Zerstreutheiten.

Frau von Lignolle, deren Brief nicht voranrückte, hatte mehrmals eine schlecht verstellte Besorgnis meinerseits bemerkt und fragte mich zuletzt verdrießlich, ob mir etwas unangenehm sei. Im selben Augenblick stieß die unselige Zofe die Schokoladenkanne um. Ich sah das Unglück, die Feder entfiel meinen Händen, meine Hände und meine Augen richteten sich zum Himmel empor, mein Kopf wurde durch eine beinahe krampfhafte Bewegung rückwärts geworfen, es fehlte wenig, so wäre ich rücklings zu Boden gefallen. »Ach, Madame!« rief ich, »die Schokolade! Die Schokolade!« Die Gräfin aber, die so lebhaft war, wenn sie es nicht sein sollte, zeigte sich jetzt, wo sie alle Ursache hatte, böse zu sein, ganz sanft. Sie warf nur einen einzigen Blick auf das Mädchen, ließ dann ihre heiteren Augen wieder auf mir ruhen und gab mir, einen Helden in seiner unzerstörbaren Ruhe parodierend, mit großer Kaltblütigkeit die Antwort: »Nun wohl, mein Fräulein, was hat die Schokolade mit dem Brief zu schaffen, den ich Ihnen diktiere?«

Ganz weg von meiner Verzweiflung, gab ich irgendeine ziemlich unpassende Antwort: »Diese sympathische Lebhaftigkeit mißfällt mir nicht ganz«, versetzte sie und wandte sich an die schändliche Zofe mit der Bemerkung: »Sagen Sie in der Küche, man soll eine andere machen und uns bringen.« Dieser edelmütige Befehl ließ den Balsam des Trostes in meine Seele rinnen; ich fühlte es, wie meine Kräfte sich neu regten, meine Gedanken wiederkamen, mein Stil sich belebte, und da Frau von Lignolle dazu half, so sagte ich der lieben Tante zuletzt viel schöne Dinge.

Der Brief ist vollendet, ich schließe den Sekretär, ich sehe das Frühstück wieder anlangen. Man bringt ein Tischchen, zwei Tassen werden einander gegenüber aufgestellt, das stärkende Getränk wird eingegossen, die Gräfin hat sich soeben gesetzt, ich bin im Begriff, meinen Platz ihr gegenüber einzunehmen, der glückliche Augenblick naht heran ... Aber, o Unglück! Ein tölpelhafter Lakai bringt einen Brief, die Gräfin bemerkt den Stempel, und »Besançon!« sagt sie. Sie stößt einen Freudenschrei aus, erhebt sich ungestüm, schlägt mit ihren beiden Beinen zugleich an das nur leichte Tischchen und wirft es mir auf die Füße. Hört den Schrei, den ich ausstoße, und – glaubt nicht, daß der Schmerz über meine leichte Verletzung es ist, der ihn mir entreißt; und glaubt nicht, daß ich das zerbrochene Möbel, die zertrümmerten Porzellanschalen, die verbeulte Schokoladenkanne oder meinen schönsten dadurch verdorbenen Unterrock beklage – nein, ich sehe nur die Schokolade, wie sie in großen Strömen über den Boden hinfließt. Während ich unbeweglich sitzen bleibe, liest die Gräfin, den Leib vorgebeugt, die Augen auf das geliebte Papier geheftet, mit zitternden Händen wie folgt:

»Du begreifst, meine liebe Nichte, die ich mit so vielem Vergnügen erzogen habe, wie leid es mir tat, nicht zu deiner Hochzeit kommen zu können, aber endlich hat das Parlament von Besançon seinen Spruch getan: Ich habe meinen Prozeß gewonnen, ich reise ab und werde zugleich mit meinem Briefe ankommen. Ich komme am Fünfzehnten.

Am Fünfzehnten! Der ist heute!« ruft die Gräfin, und indem sie das glückverheißende Papier küßt: »O gute Nachricht! O meine teure Tante, ich werde Sie sehen, ich bin entzückt darüber!« In demselben Augenblick bemerke ich unter einem Lehnstuhl einen kostbaren Überrest, stürze darauf los, ergreife ihn, küsse ihn und sage zu ihm: »O gutes Brötchen! O hilfreiches Überbleibsel! Fortan meine einzige Hoffnung! Ich halte dich fest und bin hocherfreut!«

Inzwischen setze ich mich in ein Eckchen, wo ich meinen kargen Raub verzehre, während Frau von Lignolle, die jeden Augenblick ihren Brief wieder liest und küßt, hundert lustige Sprünge in ihrem Boudoir macht.

Endlich klingelt sie einem Lakaien: »Saint-Jean, sag dem Schweizer, daß ich heute nur für die Frau Marquise von Armincour zu Hause bin«, und dann zu mir: »Fräulein von Brumont, ich habe Sie schon sehr früh gestört, aber Sie können jetzt über den Rest Ihres Morgens verfügen.« Ich machte der Gräfin einen sehr tiefen Knicks, der höflich erwidert wurde, und verschloß mich sodann in mein Stübchen.

Der Leser weiß so ziemlich alles, was ich meiner teueren Adelaide sagen konnte, an die ich schrieb.

Während ich den brüderlichen Brief versiegelte, kam die häßliche Kammerfrau zu mir und frisierte mich auf Befehl ihrer Gebieterin. Verdammtes Finnengesicht, du bist das Frühstück nicht wert, das du mich kostest und dessen Farbe du trägst! Man begreift, daß ich bei meiner natürlichen Höflichkeit diese Betrachtung nicht laut anstellte. Wenn man mich kennt, so errät man auch, daß ich, ebenso lenksam als klug, meinen Kopf hinbot und die Augen schloß. Indes muß ich der armen Jeannette Gerechtigkeit widerfahren lassen: Von der Natur stiefmütterlich behandelt, hatte sie sich zur Kunst geflüchtet – ich fand ihre Hand ziemlich weich und ihre Art, den Kamm zu führen, leicht. Aber wie sehr stehen die erworbenen Talente hinter den natürlichen Gaben zurück! Wie sehnte ich mich in diesem Augenblick nach meiner kleinen Justine.

Als Jeannette meine Frisur vollendet hatte, bot sie mir ihre Dienste nicht weiter an, und ich machte keinen Versuch, sie zurückzuhalten. Ja, wenn es Justine gewesen wäre! Justine wäre geblieben, ohne zu warten, bis ich sie darum gebeten hätte. Im Anfang hätte sie vielleicht meine Toilette etwas verzögert, aber wie rasch würden wir die verlorene Zeit nachgeholt haben! Mit welcher Gewandtheit würde die Schelmin die Anordnung der fünfhundert Kleinigkeiten geleitet haben, die einen vollständigen Damenanzug ausmachen! Ich mußte allein die peinliche Mühe übernehmen, mich von Kopf bis Fuß als Dame zu kleiden, und ich schätzte mich unendlich glücklich, daß es mir gelungen war, nachdem ich dazu mehr Zeit und Überlegung gebraucht hatte als ein sehr faules Mädchen, das man an einem Wintermorgen zwingt, sich in seinen Sonntagsstaat zu werfen, um mit der lieben Mama in die Dorfkirche zu gehen.

Inzwischen schlug es drei Uhr. Die Marquise war angekommen. Herr von Lignolle, der augenscheinlich immer noch böse war, hatte uns sagen lassen, daß er in der Stadt dinieren würde, und ein Bedienter meldete uns, daß man aufgetragen habe. Bei Tisch überhäufte mich die junge Gräfin mit Aufmerksamkeiten, und die alte Tante überschüttete mich mit Komplimenten. Ihre zuweilen in Verlegenheit bringenden Fragen, meine oft zweideutigen Antworten, ihre Leichtgläubigkeit, meine Zuversichtlichkeit, die Schmeicheleien, womit ich ihr Lob vergalt, alles das verdiente vielleicht mitgeteilt zu werden, aber es drängt mich, das Interessanteste zu erzählen.

O Muse der Geschichte, erhabene Klio, du bist es, die ich anrufe! Da du alles weißt, so brauche ich dir nicht erst zu sagen, daß von allen Abenteuern, die meine Jugend vergnügt haben, dasjenige, das ich jetzt erzählen will, nicht das am wenigsten tolle ist. Darum versetzt mich auch der Bericht, den ich darüber erstatten soll, in eine wahre Unruhe. Wo die zu gleicher Zeit leichte und züchtige Gaze finden, durch welche hindurch die Wahrheit halb nackt sich sehen lassen muß? Ich beleidige das noch so wenig kitzlige Ohr, wenn ich das passende Wort ausspreche, und mildere ich den Ausdruck, so entstelle ich die Sache. Wie also die Neugierde aller Welt befriedigen, ohne der Schamhaftigkeit jemandes zu nahe zu treten? O keusche Göttin, wirf einen Blick des Erbarmens auf den verlegensten deiner Diener, steige, ihm zu helfen, vom Himmel herab, tritt in sein Zimmer und führe die Feder, die er eben geschnitten hat.

»Gut, gut, mein Kind«, sagte Frau von Armincour zu Frau von Lignolle. »Aber jetzt, da wir frei sind, laß uns von wichtigen Dingen reden. Bist du zufrieden mit deinem Gemahl?« – »O ja, Frau Marquise«, antwortete sie. – »Warum nennst du mich Frau Marquise? Glaubst du, ich werde dich Frau Gräfin nennen? Das ist ganz recht, wenn Leute da sind, aber unter uns! Geh, du bist das Kind, das ich erzogen habe. Sage ›meine Tante‹, und ich werde ›meine Nichte‹ sagen. Antworte mir, gedenkst du mir bald ein Enkelchen zu geben?« – »Ich weiß nicht, meine liebe Tante.« – »Du bemerkst also in deiner Gesundheit nicht jene Veränderungen ...?« – »Wie meinen Sie, meine Tante?« – »Du hast nicht schon einige Ohnmachten gehabt?« – »Ohnmachten? Habe ich denn sonst an Ohnmachten gelitten?« – »Solange du Mädchen warst, nicht, aber seitdem du Frau bist?« – »Nun, werden denn die Frauen so nervenschwach?« – »Nervenschwach! Es handelt sich hier nicht um Nervenschwäche, meine Nichte.« – »Was fragen Sie mich denn, meine Tante?« – »Ich frage ... ich frage ... Warum auch die Sache so verschleiern? ... Fräulein von Brumont darf dich nicht genieren, sie ist älter als du. Einem Mädchen von zwanzig Jahren, wenn sie auch noch so tugendhaft ist, dürfen gewisse Dinge nicht mehr unbekannt sein.« – »Ich verstehe Sie nicht, meine Tante!« – »Findest du meine Fragen unbescheiden, liebe Nichte?« – »Nein, gewiß nicht, sprechen Sie, meine Tante, sprechen Sie.« – »Höre, mein Kind, wenn ich mich darum bekümmere, so geschieht es aus Interesse für dich. Fürs erste würdest du, wenn man auf mich gehört hätte, Herrn von Lignolle nicht geheiratet haben, ich fand ihn zu alt. Ein Fünfziger ... Ich weiß recht gut, daß Herr von Armincour in diesem Alter ein sehr armer Herr war, doch man behauptet ja, es gäbe welche ... Sag mir, erfüllt der Graf seine Pflicht?« – »Oh, Herr von Lignolle tut alles, was ich will.« – »Alles, was du willst! Und alle Tage?« – »Alle Tage.« – »Dann wünsche ich dir Glück, meine Nichte, du bist sehr zu beneiden. Aber hör einmal, meine Kleine, du mußt dich doch hüten ...« – »Vor was, meine Tante?« – »Du mußt deinen Mann schonen.« – »Wieso?« – »Wieso! Du mußt nicht gar zu oft wollen.« – »Was wollen, meine Tante, was?« – »Das, wovon die Rede ist, liebe Nichte.« – »Ei, mir scheint, es sei von nichts die Rede.« – »Von nichts? Du nennst das nichts? Du weißt also nicht, daß man in Herrn von Lignolles Alter sich leicht erschöpft, wenn man es so stark treibt?« – »Sich erschöpft?« – »Allerdings. Es gibt Strapazen, welche die Frauen aushalten, denen aber die Männer auf die Dauer nicht gewachsen sind.« – »Strapazen?« – »Ganz gewiß, und dann ist euer Alter so sehr verschieden, liebe Nichte.« – »Was tut denn das Alter zur Sache? ...« – »Darauf kommt alles an, liebe Kleine, und du mußt deinen Mann nicht umbringen.« – »Meinen Mann umbringen?« – »Ja, ihn umbringen, mein Kind; es geschieht nicht selten, daß Männer daran sterben.« – »An was sterben, meine Tante?« – »Eben daran, meine Nichte.« – »Daran, daß sie die Wünsche ihrer Frauen erfüllen?« – »Ja, meine Nichte, wenn die Wünsche ihrer Frauen kein Maß und Ziel haben.« – »Aber! Herr von Lignolle befindet sich ganz wohl dabei.« – »Um so besser, meine Nichte. Aber ich wiederhole dir, nimm dich in acht, es möchte nicht lange dauern.« – »Das wollte ich einmal sehen! ... Sie lachen, meine Tante!« – »Ja, ich lache über dein: ›Das wollte ich einmal sehen‹! Was würdest du denn tun, wenn ich fragen darf?« – »Was ich tun würde? Ich würde ihm sagen, daß ich es haben wollte.« – »Ah, das ist etwas Neues!« – »Sie glauben, ich würde es nicht wagen? Das ist mir schon mehr als einmal begegnet.« – »Und es ist dir gelungen?« – »Natürlich. Wenn Herr von Lignolle zögert, werde ich böse.« – »Ah! Ah!« – »Wenn er sich weigert, so befehle ich.« – »Und er gehorcht?« – »Er murrt, aber er geht.« – »Aber er geht? Er tut also nicht, was du willst?« – »Verzeihen Sie, Tante.« – »Er kommt also zurück?« – »Wie? Er kommt zurück, oder er kommt nicht zurück, was liegt mir daran?« – »Wieso? ...« – »Wenn er mir nur gehorcht ...« – »Aber ...« – »Zu tun, was mir gefällt ...« – »Gott, meine Nichte, jetzt sprechen wir schon eine halbe Stunde, ohne uns zu verstehen. Weißt du auch, daß mich das ganz ungeduldig macht?« – »Wieso?« – »Nun ja, ich sage zu dir weiß, und du antwortest. mir schwarz – es ist gerade, als ob ich hebräisch mit dir spräche.« – »Das ist nicht meine Schuld.« – »Ist es etwa die meinige? Ich richte die einfachste Frage von der Welt an dich, und du scheinst mich nicht zu begreifen. Wenn ich von den Pflichten des Herrn von Lignolle spreche, so meine ich seine Pflichten als Gatte.« – »Ja, meine Tante.« – »Und wenn du mir antwortest, daß er deine Wünsche erfülle, so glaube ich, du sprächest von deinen Wünschen als Frau.« – »Natürlich, meine Tante.« – »Als verheiratete Frau.« – »Natürlich, meine Tante.« – »Als lebhafte, junge Frau, welche das Vergnügen liebt.« – »Vollkommen so, meine Tante.« – »Du verstandest mich also?« – »Ja, meine Tante.« – »Und du antwortetest auf das, was ich dich fragte?« – »Ja, meine Tante.« – »Du antwortetest, daß Herr von Lignolle seine Gattenpflicht erfülle?« – »Ja, meine Tante.« – »Nun wohl, liebe Nichte, ich finde es sehr verwunderlich und sehr glücklich, aber, mein Kind, ich wiederhole es dir, du mußt deinen Verstand gebrauchen; dein Gatte ist nicht mehr jung, und du wirst ihn umbringen.« – »Eben das verstehe ich nicht, meine Tante.« – »Was! Du begreifst nicht, daß ein Mann von fünfzig Jahren nicht ohne Lebensgefahr eine junge Frau von ganz unmäßigen Begierden befriedigen kann?« – »Es handelt sich nicht um Begierden, meine Tante.« – »Um Wünsche, wenn du willst.« – »Und wer sagt Ihnen, daß meine Wünsche unmäßig seien?« – »Du selbst, liebe Nichte, da du behauptest, du müssest in dieser Beziehung gebieten können.« – »Nun ja, meine Tante!« – »Und du zwingst deinen Mann, alle Tage eine Dummheit zu begehen.« – »Wahrhaftig, meine Tante, Sie sind heute in einer solchen Laune!« – »Ja, ja, so sind die jungen Frauen! Wenn man ihnen in diesem Artikel widerspricht ...« – »Meine Tante, wollen Sie ...« – »Sie erblicken hierin den Inbegriff aller Herrlichkeiten der Welt.« – »Wollen Sie, meine Tante ...« – »Das allein gilt ihnen für das höchste Gut.« – »Wollen Sie mich zwingen wegzugehen?« – »Ich gestehe, daß es einer der größten Genüsse des Lebens ist.« – »Oh, wie ungeduldig machen Sie mich!« – »Ja, ja, meine Nichte, ich weiß wohl, daß du sehr lebhaft bist, aber ich bin nun einmal deine Mutter, und du mußt mich anhören.« – »Mein Gott!« – »Nein, nein, bleib und hör mich an: Du mußt mir versprechen, daß du Herrn von Lignolle nicht mehr zwingen willst, alle Tage das zu

Die Gefahr des Tête-à-tête

tun, was du deinen Willen nennst.« – »Aber, meine Tante, warum sollte ich mich den einen Tag mehr beherrschen lassen als den anderen?« – »Ein schönes Räsonnement, meine Nichte.« – »Warum sollte ich nicht tun, wie es mir gefällt, warum sollte ich heute nicht tun, was ich gestern getan habe?« – »Aber, mit dieser sauberen Art zu kalkulieren, meine Nichte, wird das Ding nie ein Ende nehmen.« – »So versteh ich's auch; ich verlange freilich, daß es kein Ende nehme.« – »Was antwortet sie denn?« – »Sie mögen sagen, was Sie wollen, meine Tante, ich werde niemals dulden, daß mein Mann mir etwas verweigere.« – »Wie toll!« – »Oder daß er mich regieren wolle!« – »Aber welch ein Unsinn!« – »Nein, ich hindere ihn auch nicht, zu tun, was er will, aber er soll mich meinerseits auch tun lassen, was mir gefällt.« – »Wieso deinerseits! Das kann nicht sein, nur mit ihrem Gatten darf eine ehrbare Frau …« – »Mit ihm, wenn mir das gefällt, mit einem anderen, wenn es mir besser zusagt.« – »Meine Nichte, welche Grundsätze!« – »Die Hauptsache ist, daß er mich in nichts geniere.« – »Meine Nichte, ich begreife dich nicht.« – »Und daß ich in allem meinen Willen tun kann.« – »Meine Nichte, willst du denn, daß ich gehe?« – »Meine Tante, wollen Sie denn, daß ich das Zimmer verlasse?« – »Es ist unerträglich!« – »Es ist zum Verzweifeln!« – »Befolge meine Ratschläge, liebe Nichte.« – »Sprechen Sie vernünftig mit mir, meine Tante, ich bin kein Kind mehr.«

Beide hatten sich erhoben, beide waren verärgert. Die Nichte hatte indes auf die sehr klaren Fragen der Tante mit soviel Unschuld und Wahrhaftigkeit so offenherzige, so zweideutige, so außerordentliche Antworten gegeben, daß ich seltsame Dinge zu argwöhnen anfing. Ich suchte Frau von Armincour zu beschwichtigen, indem ich zu ihr sagte: »Madame, es ist alle Ursache vorhanden, zu glauben, daß die Frau Gräfin in dem Sinn, wie Sie es verstehen, nicht allzu glücklich sei, und jetzt wollte ich wetten, daß sie Ihre Vorwürfe ebensowenig verdient als begreift.« – »Sie glauben?« versetzte sie; »so fragen Sie sie aus, Fräulein von Brumont, wir wollen sehen, ob Sie uns zu einiger Aufklärung verhelfen können.«

Ich wandte mich an die Nichte: »Würde die Frau Gräfin erlauben …« – Sie unterbrach mich lebhaft: »Sehr gern, mein Fräulein …« – »Schläft Herr von Lignolle im Zimmer der Frau Gräfin?« – »Nein.« – »Nie?« – »Nie.« – »Kommt er bei Nacht herein?« – »Nie.« – »Kommt er des Morgens?« – »Ja, wenn ich aufgestanden bin.« – »Schließt er sich bei Tage mit der Frau Gräfin

ein?« – »Nein.« – »Bleibt er abends etwas lange bei der Frau Gräfin?« – »Nach dem Souper höchstens fünf Minuten.« – »Wozu verwendet er diese fünf Minuten?« – »Um mir gute Nacht zu wünschen.« – »Wie wünscht er der Frau Gräfin gute Nacht?« – »Mit
einer Umarmung.« – »Wie umarmt er die Frau Gräfin?« – »Wie
man umarmt, er gibt mir einige Küsse.« – »Wohin, Frau Gräfin?« –
»Nun, wohin man sie gibt.« – »Wollen Sie sich genauer ausdrük-
ken?« – »Auf die Stirne, auf die Augen, auf das Kinn.« – »Ist das alles?« – »Das ist alles.« – »Durchaus alles?« – »Durchaus. Was wollen Sie denn noch mehr?« – »Nun, Frau Marquise, was denken Sie
von der Sache?«

»Ich denke«, antwortete sie, »daß das ganz unglaublich und sehr
schrecklich wäre.« Sie ging rasch auf Frau von Lignolle zu: »Sag mir,
liebe Nichte, bist du Frau oder Mädchen?« – »Frau, da ich vermählt
bin ...« – »Bist du vermählt?« – »Nun ja doch, da Herr von Lignolle
mich geheiratet hat.« – »Weißt du es gewiß, meine Nichte, daß er
dich geheiratet hat?« – »Das will ich Sie fragen, meine Tante.« –
»Wo hat er dich geheiratet?« – »In der Kirche.« – »Und sonst nirgends?« – »Heiratet man auch noch an anderen Orten, meine
Tante?« – »Sag mir, meine Kleine, an deinem Hochzeitstage ...
Sieh, es tut mir sehr leid, daß ich an deinem Hochzeitstage nicht in
Paris sein konnte, ich traute dem Herrn von Lignolle und seinen
fünfzig Jahren nicht ... er sah mir doch aus, wie wenn er nicht fünf
zählen könnte ... Ich hatte ganz ausdrücklich befohlen, man solle dir
wenigstens einige vorbereitende Unterweisungen geben ... Sag mir,
mein liebes Kind, was ist dir in deiner Hochzeitsnacht widerfahren?«
– »Nichts, meine Tante.« – »Nichts! Fräulein von Brumont, in ihrer
Hochzeitsnacht ist ihr nichts widerfahren! Arme Kleine!« fuhr die
Tante weinend fort, »arme Kleine, wie beklage ich dich! Aber antworte weiter: Hat sich dein Gemahl in der Hochzeitsnacht nicht neben dich ins Bett gelegt?« – »Ja, meine Tante.« – »Nun ja, und
dann?« – »Dann, meine Tante, hat er mir gute Nacht gewünscht und
ist gegangen.« – »Und er ist gegangen? Er ist gegangen?« wiederholte die Marquise, in einen Strom von Tränen ausbrechend. »Er ist
gegangen! Ach, meine allerliebste Nichte! Dein hübsches Gesicht
hätte das nicht verdient! Armes Kind! Sie ist also nach zweimonatiger Ehe noch Jungfrau! Welch ein Schicksal! Welch ein grausames
Schicksal!« – »Wirklich, meine Tante, Sie machen mir Angst, erklären Sie sich doch.« – »Mein Kind, ich kann nicht ... Mein Schmerz

erstickt mich … Sie, Fräulein von Brumont, die Sie sich mit so vieler Leichtigkeit ausdrücken, sagen Sie ihr … was das ist − Erklären Sie ihr, wie … Sie sind ohne Zweifel nicht so unwissend wie sie … Sie müssen wissen …« − »So ziemlich, Frau Marquise, ich habe davon reden hören, und dann habe ich gute Bücher gelesen.« − »In diesem Falle tun Sie mir den Gefallen, sie ins klare zu bringen.« − »Erlaubt die Frau Gräfin?« − Sie antwortete mir, ich würde ihr einen Dienst erweisen.

Ich ließ es mir nicht wiederholen. Ich sagte ihr … Aber ich sagte es ihr, weil sie es nicht wußte − euch also, die ihr es wißt, euch werde ich es nicht sagen.

»Wie!« versetzte Frau von Lignolle, ganz erstaunt über das, was sie soeben gehört hatte, »wie! Sie scherzen nicht?« − »Ich würde mir gegen die Frau Gräfin diese Freiheit nicht erlauben.« − »Wie! Meine Tante, es ist alles wahr, was Fräulein von Brumont soeben gesagt hat?« − »Vollkommen wahr, meine Nichte, und dieses liebenswürdige Mädchen hat es dir so gut erklärt, wie wenn sie in ihrem ganzen Leben nichts anderes getan hätte.« − »Also hätte der Graf mich seit zwei Monaten auf diese Art heiraten müssen?« − »Ja, mein armes Kind, seit zwei Monaten beschimpft dich der Herr Graf.« − »Er beschimpft mich?« − »Ja, fühlst du das nicht selbst?« − »Meine Tante, ich sehe bloß, daß er viele Zeit verloren hat.« − »Er beschimpft dich, liebe Nichte; dadurch, daß er deine Reize vernachlässigt, beschimpft er sie und erklärt, daß sie keine Berücksichtigung verdienen; dadurch, daß er dich Jungfrau bleiben läßt, gibt er dir auf die grausamste Art zu verstehen, deine Blume sei nicht wert, daß man sich die Mühe nehme, sie zu pflücken.« − »Ah! Ah!« − »Indem er dich Jungfrau bleiben ließ, arme Kleine, hat er dir die größte aller Demütigungen angetan, denen eine Frau ausgesetzt sein kann.« − »Es ist nicht möglich!« − »Nur allzu möglich, mein liebes Kind, nur allzu möglich! Indem er dich Jungfrau bleiben ließ, erklärte er dir, daß er dich dumm, langweilig, widerlich findet.« − »Großer Gott! … Übertreiben Sie's nicht, liebe Tante?« − »Frag nur Fräulein von Brumont, meine Kleine.«

Alsbald ergriff ich das Wort und wandte mich an die beschimpfte junge Frau: »Gewiß gibt der Herr Graf durch diese mir unbegreifliche Vernachlässigung auf das allerbestimmteste zu verstehen, daß Sie häßlich seien …« − »Häßlich! Er lügt. Ich verberge mein Gesicht nicht, also …« − »Daß Sie schlecht gewachsen seien …« − »Er lügt ... Sehen Sie meine Taille, ist sie schlecht?« – »Daß Sie plumpe Arme haben ...« – »Er lügt. Warten Sie, bis ich meinen Handschuh ausziehe.« – »Einen großen, garstigen Fuß ...« – »Er lügt. Ich will sogleich meine Schuhe ausziehen ...« – »Schlecht geformte Beine ...« – »Er lügt! Sehen Sie.« – »Einen platten Busen ...« – »Er lügt. Da schauen Sie.« – »Eine rauhe Haut ...« – »Er lügt. Fühlen Sie.« – »Ein spitzes Knie ...« – »Er lügt. Urteilen Sie selbst.«

Ich liebte die offene, entschiedene Art und Weise, wie die Gräfin die verleumderischen Anmutungen ihres Gatten, denen ich mit Vergnügen meine Zunge lieh, zurückwies. Neugierig, zu erfahren, wie weit der gerechte Wunsch einer äußerst leichten Rechtfertigung diese so lebhafte Frau fortreißen würde, fügte ich hinzu: »Er gibt ihr endlich zu verstehen, daß sie irgendeinen geheimen Auswuchs habe.« Eine ausdrucksvolle Gebärde, welche Frau von Lignolle machte, eine Gebärde so rasch wie ihr Gedanke, verkündete mir, daß sie auch hier noch den rechtfertigenden Beweis geben wollte, im selben Augenblick, wo sie die Behauptung als Lüge erklärte. Frau von Armincour erriet ebenfalls sehr leicht die Absicht der Gräfin, und zum Unglück für mich eilte sie sehr schnell herbei, um die vollständige Ausführung derselben zu verhindern. »Geh, meine liebe Freundin, es ist nicht der Mühe wert«, sagte sie zu ihrer Nichte. »Ich, die ich dich seit deiner Kindheit nie aus den Augen verloren habe, ich weiß, daß nichts daran ist, und Fräulein von Brumont glaubt dir auf dein Wort. Im übrigen mußt du dich nicht so sehr darüber ärgern.« – »Ich soll mich nicht ärgern?« – »Dein Mann ...« – »Ist ein unverschämter Lügner.« – »Ist vielleicht nicht so schuldig ...« – »Er ist ein schamloser Kerl ...« – »Als wir am Anfang dachten ...« – »Er ist ein Elender ...« – »Es ist möglich, daß eine lange Unpäßlichkeit ...« – »Meine Tante, es gibt keine Unpäßlichkeiten von zwei Monaten.« – »Oder ein häuslicher Kummer ...« – »Es gibt keinen Kummer für einen Mann, der es sich zum größten Glück schätzen sollte, mich zu heiraten ...« – »Oder irgendein großes Unglück ...« – »Ja, der Fortschritt der Philosophie ...« – »Oder eine wichtige Arbeit ...« – »Scharaden. Hören Sie, liebe Tante, verteidigen Sie ihn nicht, denn Sie erbittern mich nur noch mehr. Ich begreife nun die ganze Schändlichkeit seines Benehmens, und sobald er nach Hause kommt ... lassen Sie mich nur machen ... er muß sich erklären ... er muß mir seine Gründe sagen ... er muß mir Genugtuung geben für den Schimpf ... er muß mich auf der Stelle heiraten, oder wir wollen sehen.«

Inzwischen begann der Tag sich zu neigen. Nicht ohne Mühe erhielt ich von der Gräfin einige freie Augenblicke. Ich verschloß mich in mein Zimmer und brauchte nicht lange auf Herrn von Valbrun zu warten. Der Vicomte meldete mir, daß ein zuverlässiger Mann, den ich beauftragt habe, ins Hôtel B. zu gehen und den Brief Justines der Marquise zu eigenen Händen zu übergeben, folgende Antwort mitgebracht hatte: »Diejenige, die sie sendet, erweist mir einen großen Gefallen; ich war nicht ruhig über das Schicksal der Person, über die sie mir Nachricht gibt. Sagen Sie ihr, daß sie mich auch ferner über den Stand der Angelegenheiten der Person, für die ich mich interessiere, unterrichten könne. Sie können hinzufügen, daß Herr von B., der mich anfangs ziemlich schlecht empfangen hat, nun sein Unrecht eingesehen und Verzeihung erhalten habe. Es ist dies kein Geheimnis, sie darf es allen Leuten sagen, die mir dazu Glück wünschen können.«

Herr von Valbrun fügte hinzu: »Frau von Fonrose ist jetzt ins Kloster der Frau Faublas gegangen, morgen früh vor acht Uhr werde ich Ihnen sagen, was wir getan haben.« Ich übergab dem Vicomte meine zwei Briefe, mit der Bitte, den einen in Adelaidens Kloster zu schikken und den anderen auf die Post bringen zu lassen. Beim Abschied hatte er die Güte, mir zu versichern, daß er sofort selbst beide Aufträge besorgen wolle. Unglückseliger Brief an Herrn von Belcourt! Hätte ich nicht all den Verdruß vorhersehen müssen, den du mir bereiten konntest?

Jetzt frage ich mich, warum Fräulein von Brumont, ohne daß sie einen anderen Plan hatte, als sich Sophien wieder zu nähern, trotzdem bei ihrer Rückkehr in den Salon der Gräfin sich davon unangenehm berührt fühlte, daß sie die alte Marquise wieder vorfand? Offenbar weil der Chevalier Faublas, der sich wie so viele andere von Cupido selbst berufen fühlte, das unverzeihliche Unrecht zu sühnen, dessen sich Hymen täglich gegen die Schönheit schuldig macht, unwillkürlich hingerissen wurde und hierin nur dem Drange seines Genius gehorchte. Ich frage mich auch, warum die Nichte, welche die Belehrungen der Tante nur noch mit Zerstreutheit aufnahm und dagegen auf mich von Zeit zu Zeit Blicke warf, die alle meine Sinne erregten, keinen sehr lebhaften Eifer zeigte, die sonst so geliebte Frau von Armincour für den Rest des Abends bei sich zu behalten? Darum, weil auf die reizende Brünette schon der Zauber wirkte, von welchem der hübsche Faublas bereits besessen war; darum, weil

Frau von Lignolle, bereits geleitet von den Strahlen des wohltuenden Lichtes, das ich vor ihren Augen hatte leuchten lassen, und noch mehr von jenem angeborenen Instinkt des schönen Geschlechts, sich innerlich durchdrungen fühlte von der Nichtswürdigkeit eines Mannes, der seit zwei Monaten seine Pflicht gegen sie versäumte, und weil sie den in mir ahnte, der die Beleidigung rächen und die Beleidigte entschädigen konnte. Ich fragte mich ferner, warum Frau von Armincour, obwohl sie die Vorteile ihrer Erfahrung besaß, nicht zu bemerken schien, daß sie überflüssig war, und warum sie trotz der häufigen Zerstreutheit ihrer Nichte darauf beharrte, ihr bis zur Rückkehr des Herrn von Lignolle Gesellschaft zu leisten. Darum, weil die alten Leute von aller Ewigkeit her die Bestimmung hatten, speziell die Jugend zu belästigen, vielleicht damit ihre Wünsche durch die Hindernisse noch glühender gemacht würden. Im übrigen rate ich Ihnen nicht, verehrte Leser, ein blindes Vertrauen in meine Annahmen zu setzen, die vielleicht nicht allzu wahr sind. Mehr als einmal habe ich zu bemerken geglaubt, daß, sobald eine Frau in die mindeste Berührung mit meinen Gedanken kam, sie sogleich alle meine Ideen verwirrte; daher kommt es, daß ich oft schwätze, statt zu denken.

Frau von Armincour beehrte uns auch noch beim Souper mit ihrer Gegenwart. Sie erzählte mir viel von der Provinz, wo sie ihre Nichte erzogen hatte, von ihrem hübschen Schlosse, von ihren schönen Gütern, die ihr Verwalter bewirtschaftete, von diesem Verwalter, den sie uns als den besten Menschen der Welt anpries, und, ich glaube, sie würde noch bis zum anderen Morgen von dem guten André gesprochen haben, aber nach Mitternacht ließ sich der Wagen des Grafen vernehmen. »Es ist mir soeben das unangenehmste Abenteuer von der Welt zugestoßen«, rief Herr von Lignolle beim Eintreten. »Sie kennen doch meine schöne Scharade …« – »Herr Graf«, unterbrach ihn in dem Augenblick die Gräfin, »hier ist die Frau Marquise von Armincour, meine Tante.« Der Graf war etwas überrascht und begann ein langes Kompliment, das die Marquise nicht zu Ende hörte. »Gute Nacht, meine Liebe«, sagte sie schnell zu ihrer Nichte, »gute Nacht, meine liebe Eleonore. Morgen werde ich beizeiten wiederkommen, morgen hoffe ich endlich, der Frau Gräfin von Lignolle guten Tag wünschen zu können. Adieu, mein Herr«, sagte sie trocken zu Herrn von Lignolle. Sie machte ihm beim Hinausgehen eine jener frostigen Verbeugungen, welche die Frauen gewissen Männern vorbehalten, vor denen sie keine Achtung haben. »Sie kennen doch meine schöne Scharade?« wiederholte der Graf, sobald sie gegangen war ... »Fräulein von Brumont«, unterbrach ihn die Gräfin, »tun Sie mir den Gefallen und gehen Sie auf Ihr Zimmer.«

Ich gehorchte, ohne zu antworten, aber ich blieb an meine Tür gelehnt und lauschte mit der größten Aufmerksamkeit.

»Sie kennen doch meine schöne Scharade?« begann Herr von Lignolle zum dritten Male. Madame unterbrach ihn von neuem: »Es handelt sich nicht darum, mein Herr, man heiratet einander nicht, um Scharaden, sondern um Kinder zu machen.« – »Wie, Madame? ... « – »Wie, mein Herr, mußte ich Ihnen das sagen? Wenn meine Tante und Fräulein von Brumont mich nicht unterrichtet hätten, so wäre ich also ein Mädchen geblieben?« – »Madame, Sie verstehen mich nicht. Ich wußte es so gut wie ein anderer ...« – »Sie wußten es! Wenn Sie es wußten, warum taten Sie es nicht!? Es ist also wahr, daß Sie mich häßlich fanden? Es ist also wahr, daß ich seit zwei Monaten der Gegenstand Ihrer fortwährenden Verachtung bin? ... Wohin gehen Sie?«

Ich hörte Frau von Lignolle an die Türe laufen und sie schließen.

»Sie werden nicht hinauskommen, mein Herr, ohne daß Sie Ihre Beleidigungen wiedergutmachen.« – »Meine Beleidigungen?« – »Ja, Ihre Beleidigungen! Ich weiß alles, mein Herr: dadurch, daß Sie mich nicht heirateten, haben Sie mich beschimpft. Sie werden mich aber heiraten, Sie werden mich auf der Stelle heiraten ... Wenn das alles wahr ist, was man mir gesagt hat, so ist dies hoffentlich kein großes Unglück für Sie. Im übrigen ist das Ihre Pflicht, sie mag Ihnen angenehm sein oder auch nicht, Sie müssen sie erfüllen. Ich will es, und ich befehle es.« – »Aber, Madame ...« – »Kein Aber, mein Herr Graf, ich finde Sie noch immer sehr unverschämt. Glauben Sie, daß ich Ihnen in irgend etwas nachstehe? Man wird Ihnen wohl eine junge und hübsche Frau geben, um ihr Scharaden zu machen! ...Sie werden mir ein Kind machen, mein Herr! ... Sie werden mir eins machen! ... Auf der Stelle! ... Hier! ... Da! ... Auf diesem Platze da!«

Die Gräfin hatte ihn bei der Hand genommen und hinter die Vorhänge geführt. Durch das Schlüsselloch hindurch sah ich auf dem Boden, in einem kleinen Raum, welchen der zu kurz gewordene chinesische Vorhang offen ließ, vedeva quattro piedi groppati ... La loro positura, che non era più dubbia, mi dava ben' a conoscere che 'l Lignolo otteneva, od era sul punto d'ottenere il perdono delle sue colpe.

Was für eine Figur machte inzwischen ich! Wie demütigend und peinlich ist es, in einem solchen Falle den Beobachter zu spielen! Ach, ebenso geschwätzige wie verwünschte Tante, warum haben Sie nicht ein wenig früher gehen wollen! Chevalier, was sagst du denn da zu dir selbst? Du verzweifelst an deinem Glück! Geh, mein Freund, dein schützender Genius läßt dich nicht im Stich! Geh, Faublas ist nicht bestimmt, bei einem galanten und wunderlichen Abenteuer eine untergeordnete Stelle einzunehmen. Höre, was die Gräfin sagt, und mach einen Freudensprung.

»Verzeihen Sie, mein Herr, vielleicht habe ich unrecht, vielleicht haben wirklich meine Tante und Fräulein von Brumont mit mir nur einen schlechten Scherz treiben wollen, ich wollte Sie auffordern, die ganze Nacht mit mir zuzubringen, aber ich sehe wohl, Sie würden sich eine sehr unnötige Mühe geben. Ich glaube, Ihnen einen Dienst zu erweisen, wenn ich Sie ersuche, sich auf Ihr Zimmer zu begeben.« – »Madame, ich bitte Sie, die Sache geheimzuhalten; ich hoffe, daß ich ein andermal glücklicher sein werde.« – »Ein andermal! Es kommt noch sehr darauf an, ob ich noch einmal will.« – »Madame, auf alle Fälle rechne ich mit Ihrer Verschwiegenheit.« – »Mein Herr, ich verpreche nichts.« – »Madame ...« – »Ich bitte Sie, mich in Ruhe zu lassen.«

Sie hatte die Tür geöffnet und verschloß sie, sobald er draußen war. Alsbald kam ich aus meinem Zimmer hervor und flog in das ihrige. »Ach, Madame, wie froh ich bin! ...« – »Warum diese tolle Freude?« unterbrach sie mich. – »Madame, Sie können nicht begreifen ...« – »Mein Fräulein«, unterbrach sie mich von neuem im ernsthaftesten Tone, »wenn Sie sich eine richtige Idee von dem machen könnten, was Herr von Lignolle ist, so wüßten Sie, daß zwischen ihm und mir soeben nichts vorkommen konnte, worüber man sich freuen und mir Glück wünschen dürfte.« – »Nichts, worüber ich mich freuen dürfte? Madame, und was würden Sie sagen, wenn ich Ihnen gestände, daß gerade Ihre Pein mir Freude verursacht?« – »Was ich sagen würde, mein Fräulein ...« – »Was würden Sie sagen, wenn ich Ihnen mitteilte, daß das immer gerechte Schicksal einen Rächer zu Ihnen geführt hat?« – »Einen Rächer?« – »Wenn ich Ihnen erklärte, daß Sie zu Ihren Füßen einen jungen Mann erblicken ...« – »Einen jungen Mann?« – »Der Sie liebt!« – »Der mich liebt?« – »Einen jungen Mann, voll von Zärtlichkeit für Sie und voll von Bewunderung für Ihre Reize!« – »Sie sind ein junger Mann! Und Sie lieben mich!« – »Ach! es ist nicht Liebe, es ist …« – »Fräulein von Brumont, wissen Sie auch gewiß, daß Sie ein junger Mann sind?« – »Schöne Frau, ich kann hierüber nicht den mindesten Zweifel hegen.« – »Nun wohl, so kommen Sie und rächen Sie mich: Heiraten Sie mich auf der Stelle, ich will es haben, ich befehle es Ihnen!« – »Ach, Sie brauchen es nicht zu befehlen, reizende Eleonore! Ich kenne keinen höheren Wunsch.«

Sie hatte Ursache, über ihren Mann böse zu sein, ich hatte Ursache, mit Herrn von Lignolle sehr zufrieden zu sein. Dieser Herr von Lignolle hatte so wenig getan, daß mir alles zu tun übrigblieb, aber bei Unternehmungen dieser Art sind die Hindernisse nicht geeignet, einen bewährten Mut niederzuschlagen. Der meinige wuchs durch die Schwierigkeiten, und bald verkündete ein leises, zugleich zärtliches und schmerzliches Stöhnen meinen nahen Triumph, dessen letzter Augenblick ein Schrei war. Ein wahrhaft wonnevoller Triumph, wobei der Sieger in der Trunkenheit des Erfolges sich an den Entzückungen des über seine Niederlage hoch erfreuten Besiegten erlabt. Der süßeste aller Siege für jeden, der im Schoße seines eigenen Glückes sich auch noch über fremdes Glück zu freuen vermag.

Man muß der Geistesgegenwart der Gräfin Gerechtigkeit widerfahren lassen. Sobald sie ihre Sprache wiedererhalten hatte, fragte sie mich, wer ich sei. Vorbereitet auf die höchst einfache Frage, die eine weniger lebhafte Frau ohne Zweifel schon viel früher getan hätte, ließ ich nicht lange auf die Antwort warten. »Reizende Eleonore, man nennt mich den Chevalier von Flourvac. Meine hartherzigen Eltern haben mich, einzig und allein um meinem barbarischen ältesten Bruder ein großes Vermögen zu sichern, zwingen wollen, Mönch zu werden.« – »Sie wollten einen Mönch aus Ihnen machen! Aber dann hätten Sie ja niemand geheiratet! Oh, wie schade wäre das gewesen!« – »Drum hat mir auch, meine holde Freundin, eine innere Stimme immer gesagt, daß ich nicht den mindesten Beruf zu diesem Gewerbe habe. Freilich ahnte ich nicht, daß das günstige Schicksal mir den höchst ungewöhnlichen Vorteil vorbehielt, eine Ehe zu vollziehen, welche nicht die meinige wäre, aber ich hatte ein unklares Gefühl, daß ich zum Heiraten geboren sei. Ich bin also aus dem Kloster entwischt, wo ich eingesperrt war. Mein Freund, der Vicomte von Valbrun, welcher empört ist über die Schändlichkeit meines Bruders und die Grausamkeit meiner Eltern, hat mich aufgenommen, hat mir diese Verkleidung geraten und ein Asyl für mich suchen lassen, das sicherer wäre als sein Haus. Und Tag für Tag werde ich dem günstigen Zufall danken, der mich zu einer jungen, hübschen und jungfräulichen Frau geführt hat.« – »Das Schicksal hat mich nicht weniger begünstigt als dich, mein lieber Flourvac«, antwortete die Gräfin, mich umarmend, »du wirst mir Gesellschaft leisten, bis deine Eltern tot sind.« – »Was für eine Verbindlichkeit übernehmen Sie da, meine teure Eleonore? Mein Vater ist noch jung ...« – »Um so besser, da werden wir also um so länger beisammen wohnen – bleiben Sie bei mir, bis alle Ihre Verwandten tot sind; bleiben Sie, Flourvac, ich will es haben.«

Während ich der Frau von Lignolle die notwendige Lüge erzählte, half ich ihr die lästigen Kleider ausziehen, deren sie sich im Anfang noch nicht entledigt hatte, so eilig hatte mir ihr Racheverlangen geschienen, für so notwendig hatte ich die rasche Vollziehung ihrer förmlichen Befehle gehalten.

Jetzt, werter Leser, hätten Sie nicht Lust, meine Stelle bei der Gräfin einzunehmen, in dem ehelichen Bette, worin ich mich mit ihr befinde!?

Ich will Ihnen nicht umständlich erzählen, wie ich die süßesten Stunden meines Lebens hier verbrachte, aber ich werde Ihnen sagen, welchen zauberischen Erinnerungen ich auf einige Augenblicke meine flüchtigen Gedanken überließ. Bei der liebenswürdigen Schülerin, die ich bildete, gedachte ich des noch liebenswürdigeren Meisters, der mich gebildet hatte. Hier wie dort, heute wie damals, hatten unerwartete und ungewöhnliche Ereignisse mein Glück vorbereitet und mich beinahe unter den Augen eines lächerlichen Ehemannes in die Arme seiner lebhaften Hälfte sozusagen geworfen. Ich befand mich am Platze des Herrn von Lignolle und unterwies die Gräfin in den ersten Elementen der erhabenen Wissenschaft, welche ich von der schönen Frau von B. unter den Auspizien des Marquis erlernt hatte. Aber ach! Von den beiden seltenen Frauen, die mein wunderbar günstiger Stern mir gegeben hatte, war die eine mir bereits geraubt, die andere sollte sich bald verlassen sehen ... Welche Schmach wäre es jedoch für mich, wenn ich meine artige Schülerin im Stiche ließe, ohne ihre Erziehung durchaus vollendet zu haben!

Der Abend in den Tuilerien

Welcher Lehrer könnte sich rühmen, vom Schicksale mehr begünstigt zu sein und eine bessere Schülerin zu besitzen als Frau von Lignolle! Welche Gelehrigkeit fand ich bei ihr! Wieviel Verstand und wieviel Feuer! Welche Gewandtheit! Eine und dieselbe Nacht sah, ich schwöre es Ihnen, ihren vollständigen Unterricht beginnen und vollenden, und diese Nacht wird immer unter meine kürzesten Nächte gezählt werden.

Der Tag mußte bald anbrechen, als wir endlich beide vor Müdigkeit einschliefen. Beim Erwachen zeigte meine Uhr auf zwölf. Großer Gott! Wartet wohl Herr von Valbrun geduldig seit acht Uhr auf mich? Ich verließ geräuschlos die Gräfin, die noch in tiefem Schlaf lag, und beinahe nackt, wie ich war, lief ich auf mein Zimmer, öffnete die kleine Tür nach der Treppe zu, sah aber niemand. Glücklicherweise sah ich im Türschloß ein kleines Papier, das hervorstand. Der Vicomte hatte mit einem Rotstift folgende Worte darauf gekritzelt, die ich mit großer Mühe entzifferte:

»Ich klopfe, und Sie antworten nicht, wo sind Sie, Fräulein von Brumont? Was machen Sie? Ich weiß nicht, aber ich errate es. Welche angenehme Nachricht werde ich der Frau Baronin bringen! Um zwei Uhr werde ich zurückkommen: Wird die Frau Gräfin um zwei Uhr aufgestanden sein?«

Ich weckte meine junge Freundin, indem ich meine Stelle neben ihr wieder einnahm. Der Blick, den sie mir zuwarf, erschien mir mehr lebhaft als zärtlich: Ich hatte Ursache, die sanfte Liebkosung, womit sie ihn begleitete, für nicht ganz uneigennützig zu halten; ich hörte neben häufigen Seufzern einige halb gesprochene Worte. Alles das wollte nach meinem Dafürhalten sagen, daß meine Schülerin ihre letzte Lektion erwartete. Wer von Ihnen würde sie verweigert haben, wenn er sie noch geben konnte? Ich gab sie also, als man derb an die Tür des Schlafzimmers pochte. Ich verließ schnell den Posten, den ich einnahm, und machte mich bereit, aus dem Bette zu steigen, aber sie gab mir einen Wink, an ihrer Seite zu bleiben, und fragte mit fester Stimme: »Wer ist draußen?« – »Ich bin's«, antwortete Herr von Lignolle, »stehen Sie heute nicht auf?« – »Noch nicht!« – »Es ist aber schon spät, Madame.« – »Ja, aber ich bin beschäftigt.« – »Womit, Madame?« – »Mein Herr, ich komponiere.« – »Wer lehrt Sie komponieren?« – »Fräulein von Brumont.« – »Ich möchte gern der Lektion beiwohnen.« – »Das ist nicht möglich, mein Herr, Sie würden sicherlich nichts machen, und Sie würden uns hindern, etwas zu

67

machen.« – »Und was machen Sie denn, Madame?« – »Kinder, die man für die Ihrigen halten könnte.« – »Was wollen Sie damit sagen, Madame?« – »Daß ich eben eine Scharade zu Ende bringe.« – »Eine Scharade? Lassen Sie einmal sehen!« – »Haben Sie Lust, die Auflösung zu suchen?« – »Ja, wahrhaftig.« – »Dann warten Sie eine Minute.«

»Sehen Sie«, sagte sie ganz leise zu mir, »das ist der Augenblick einer vollständigen Rache. Ich will ihm eine Bosheit antun, deren Erinnerung mich noch in fünfzig Jahren, in meinem hohen Alter erfreuen soll. Mein lieber Flourvac, er hat unsere holden Übungen grausam unterbrochen.« Mehr sagte sie nicht, aber ein Blick, ein Kuß, eine Gebärde schienen mir den Befehl auszudrücken, die grausam unterbrochene Übung wieder aufzunehmen. Gern und willfährig gehorchte ich, ohne mir die geringste Bemerkung zu erlauben. Jetzt schien mir Frau von Lignolle beweisen zu wollen, daß außer Coralie noch mehr als eine Frau in einem kritischen Augenblick mehrere wichtige Beschäftigungen auf einmal treiben könne und imstande sei, zu gleicher Zeit sehr konsequent zu handeln und sehr klar zu sprechen; denn sie hob ihre Stimme und sagte zu dem Grafen: »Mein Herr, hören Sie an der Türe?« – »Ich muß wohl, Madame, da Sie mir nicht öffnen wollen.« – »Gut! Hier ist meine Scharade: Ich liebe mein Erstes. (Leise zu Faublas, indem sie ihn küßt:) Ich liebe es sehr.« – »Ich liebe mein Erstes«, wiederholte Lignolle. – »Ja«, fuhr sie fort. »Mein Zweites liebt mich. (Leise zu Faublas:) Du liebst mich. Liebst du mich wirklich?« – Ich antwortete nicht, aber ich küßte sie zärtlich, während Lignolle mit der größten Aufmerksamkeit wiederholte: »Mein Zweites liebt mich.« – »Bravo«, sagte die Gräfin, »und mein Ganzes, obschon aus zwei Personen bestehend, macht nichtsdestoweniger nur eins aus. (Leise zu Faublas:) Ist es nicht die Wahrheit?« ... »Die Wahrheit, mein holder Engel!« – »Aber«, sagte Lignolle, »ihr macht es also in Prosa?« – »Mein Herr ... ja ... in Pro ...« Diesmal erstarb das Wort auf den Lippen der Ohnmächtigen.

Indessen hatte sie vollkommen Zeit, ihre Kräfte wieder zu sammeln, bevor ihr Gemahl, der durchaus erraten wollte, aufgehört hatte zu wiederholen: »Mein Ganzes, obschon aus zwei Personen bestehend, macht nur eins aus.« – »Herr Graf«, rief die unbesonnene Frau, vergnügter, als wenn sie ein episches Gedicht gemacht hätte oder irgendeine andere gute Tat begangen, »ich muß Ihnen, um gewissenhaft zu sein, noch etwas Wesentliches mitteilen: Meine Scharade ist eine Art von Rätsel, das zwei Worte hat. Ich erkläre Ihnen im voraus, daß ich sie Ihnen niemals sagen, und ich glaube, daß Sie sie nie erraten werden.« – »Ich werde sie nicht erraten? Oh, ich will mich in mein Kabinett verschließen und komme in einer halben Stunde wieder herauf.« – »In einer halben Stunde, gut, bis dahin werde ich aufgestanden sein.«

Er kam wirklich nach einer halben Stunde wieder. Neben der Gräfin sitzend, genoß ich in ihrem Boudoir eine große Tasse Schokolade, die ich diesmal ohne weiteres verlangt hatte. »Meine Damen, Sie kennen doch meine schönste Scharade«, sagte Herr von Lignolle beim Eintreten, »gestern hat man sie heruntergemacht. Man hat sie heruntergemacht, Fräulein von Brumont, hätten Sie das gedacht?« – »Ohne Zweifel der Neid!« – »Der Neid, Sie haben recht. Aber lassen Sie sich ein anderes, ebenso unangenehmes Ereignis erzählen. Gestern gibt man in einem Liebhaberzirkel eine Scharade auf, und ich finde das Wort. Einer meiner Nachbarn findet die Auflösung auch, und wir sagen das Wort zu gleicher Zeit. Jedermann beglückwünscht meinen Nebenbuhler, und niemand macht mir auch nur das mindeste Kompliment. Diese Ungerechtigkeit hat mich erbittert, und ich habe mich deshalb an einen gewissen Plan wieder erinnert, der mir schon zwanzigmal in den Kopf gekommen ist. Im ›Mercure de France‹, mein Fräulein, wird unter jede Scharade Name, Vorname, Titel, Wohnung, Name der Stadt und der Provinz des Verfassers gedruckt; und ich finde das sehr gut, weil man die Talente nicht genug aufmuntern kann. Aber ist es nicht etwas Schreckliches, daß ein Mann, der regelmäßig drei oder vier Tage der Woche auf die Auflösung des Logogriphs, des Rätsels und der Scharade jeder Nummer verwendet, für seine Mühe nicht einmal mit einigem Ruhm belohnt wird? Das ist Undank, oder ich verstehe mich nicht auf die Sache. Jetzt, mein Fräulein, hören Sie meinen Plan: Ich will den Redakteuren des ›Mercure‹ den Vorschlag machen, eine Subskription zu eröffnen, deren Ertrag für den Druck eines großen Plakats bestimmt wird, das alle Woche erscheint und auf welchem die Namen aller derjenigen stehen sollen, welche das Logogriph, die Scharade, das Rätsel der vorigen Woche erraten haben.« – »Sehr wohl ausgedacht, mein Herr«, antwortete die Gräfin, »aber da wir gerade von Scharaden sprechen, haben Sie die meinige erraten?« – »Noch nicht, Madame«, antwortete er mit verblüffter Miene. Frau von Lignolle versetzte schnell: »Mein Herr, wenn es Ihnen gelingt, die zwei Worte zu finden, so verspreche ich Ihnen, bis zur Vollführung Ihres großen Planes Himmel und Erde aufzuregen, damit meine Scharade, Ihre Erklärung, mein Name als Verfasserin, Ihr Name als Errater, in den ›Mercure‹ aufgenommen werden, und ich werde dafür sorgen, daß man dem Publikum mitteilt, wie und warum ich sie gemacht habe.« – »Madame, was Sie da sagen, reizt mich noch mehr.«

Das Gerassel eines Wagens, der in den Hof fuhr, unterbrach den Grafen. Ein Lakai meldete die Frau Marquise von Armincour. Sie trat hastig ein, lief gerade auf ihre Nichte zu und sagte zu ihr: »Nun wohl, mein Herzchen, wie fühlst du dich heute? Ist eine Veränderung eingetreten? Ah, kleine Schelmin, dein Gesicht verkündet Müdigkeit, deine Augen sind trübe … Die Sache ist also im reinen. ich verstehe mich darauf. Ich wünsche dir von Herzen Glück, meine Kleine. Und Sie, Herr Graf, empfangen Sie mein Kompliment, lassen Sie uns Frieden schließen, umarmen wir uns … Frisch auf, meine Kinder, Mut gefaßt; ein Enkelchen in neun Monaten!« – »Ein Enkelchen in neun Monaten«, wiederholte die Gräfin, »das wäre wohl möglich; Sie haben recht, meine Tante; aber sagen Sie doch auch dem Fräulein von Brumont guten Tag.«

Während sich die Marquise mit mir beschäftigte, sah ich Herrn von Lignolle sich ans Ohr der Gräfin neigen. Ich gab mir den Anschein, als höre ich auf die Tante, aber ich lauschte den Worten des Eheherrn. Er sagte zu seiner Frau: »Madame, schonen Sie mich, lassen Sie der Marquise einen Irrtum …« – »Wie, mein Herr«, unterbrach sie ihn, »sind Sie mit mir nicht zufrieden?« – »Im Gegenteil, ich danke Ihnen sehr für Ihre Diskretion.« – »Und Sie haben unrecht, mein Herr, diese Diskretion ist natürlich und notwendig, Sie schulden mir ganz und gar keinen Dank dafür.«

Herr von Lignolle kam ganz beruhigt zu mir: »Apropos, mein Fräulein«, sagte er, »ich sage Ihnen meinen Dank, Sie haben die Güte, die Gräfin schwere Dinge zu lehren.« – »Schwere Dinge? Oh, nicht doch, Herr Graf.« – »Ei freilich, mein Fräulein, ich weiß zu genau, was das ist! Ich bin Ihnen wahrhaft verbunden für Ihre Gefälligkeit.« Jetzt wiederholte ich ihm zum Dank für das allzu treuherzige Ehemannskompliment Wort für Wort die zweideutige Antwort, die seine Frau ihm soeben gegeben hatte: »Und Sie haben unrecht, mein Herr, diese Gefälligkeit ist natürlich und notwendig, Sie schulden mir ganz und gar keinen Dank dafür.«

Nach solchen gegenseitigen Höflichkeiten wurde die Unterhaltung allgemein, und auf beiden Seiten wurde nichts vorgebracht, was erwähnt zu werden verdiente. Aber um zwei Uhr meldete man, es fragte jemand nach mir. »Er komme herein!« darauf die Gräfin. Ich stellte ihr vor, daß es offenbar Herr von Valbrun sei. »Nun«, versetzte sie, »er kann hier mit Ihnen sprechen.« – »Das geht nicht gut, Madame.« – »So gehen Sie auf Ihr Zimmer, aber kommen Sie bald zurück.«

Ich eilte. »Guten Tag, Vicomte!« – »Guten Tag, Chevalier!« – »Nun, der Brief an meine Schwester?« – »Ich habe ihn ins Kloster bringen lassen.« – »Der an meinen Vater?« – »Ich habe ihn gestern selbst auf die Post gebracht.« – »Und Sophie?« – »Die Baronin hat sie nicht gesehen, aber es ist in dem von Ihnen bezeichneten Kloster ein Zimmer für Sie bestellt.« – »Lassen Sie uns gehen, Vicomte, lassen Sie uns gehen.« – »Wieso, gehen?« – »Ja, sogleich …« – »Sind wir nicht übereingekommen zu warten?« – »Ich warte keinen Augenblick mehr.« – »Aber bedenken Sie doch …« – »Ich bedenke nichts.« – »Die Gefahren …« – »Ich kenne keine mehr … meine Sophie, ich sollte das Glück, dich zu sehen, um einen Tag hinausschieben?« – »Trotzdem muß es hinausgeschoben werden …« – »Vicomte, wenn Sie mich nicht begleiten wollen, so gehe ich allein.« – »Aber …« – »Ich werde allein gehen. Lieber hundertmal sterben, als sie heute nicht sehen.« – »Chevalier, und die Gräfin?« – »Was sagen Sie da? Was ist die Gräfin, wenn es sich um Sophie handelt?« – »Und Ihre Feinde?« – »Ich biete ihnen allen zusammen Trotz.« – »Also kann keine Rücksicht Sie abhalten?« – »Keine Rücksicht, Herr Vicomte, und ich wiederhole es Ihnen, wenn Sie mich im Stich lassen, so gehe ich allein. Vicomte, die Dankbarkeit, die ich Ihnen schulde, soll darunter nicht leiden.« – »Da Sie sich von Ihren Entschlüssen nicht abbringen lassen, so füge ich mich, aber ich bitte Sie um einen Gefallen. Warten Sie wenigstens bis zur Nacht.« – »Bis zur Nacht?« – »Hören Sie mich an: In einer Viertelstunde diniere ich mit der Baronin, um sechs Uhr bringe ich sie hierher. Sobald Sie sie bei der Gräfin eintreten sehen, können Sie mit Bestimmtheit rechnen, daß meine Karosse Sie vor der Haustüre erwartet. Gehen Sie dann diese kleine Treppe hinab, stoßen Sie zu mir, und ich verspreche Ihnen, daß ich Sie bis ins Kloster begleiten will.« – »Schlag sechs Uhr, Vicomte.« – »Ich gebe Ihnen mein Wort darauf.«

Im Augenblick, wo Herr von Valbrun mir adieu sagte, kam die

Gräfin selbst, um mich abzuholen. Das schwergetäuschte Kind glaubte liebenswürdigerweise ohne Zweifel, selbst der Gegenstand der tiefen Träumerei zu sein, worin sie mich während des Diners, das mir lange schien, versunken sah.

Nach dem Dessert jedoch, als wir im Salon den Kaffee tranken, fixierte ich die junge Lignolle mehrere Male, und immer begegneten meine Augen den ihrigen. Endlich verweilten meine Blicke unwillkürlich auf so vielen Reizen. Welche Lebendigkeit! Welche Frische! Die schöne Haut ... Der hübsche Mund! Ach, reizende Frau, du verdienst es nicht, am Tage nach deiner Hochzeit verlassen zu werden.

Ich näherte mich der Gräfin, neigte mich an ihr Ohr und sagte ganz leise zu ihr: »Meine junge Freundin, könnte ich Sie nicht einen Augenblick allein im Boudoir sprechen?« Frau von Lignolle erhob sich. »Frau Marquise«, sagte sie zu ihrer Tante, »werden Sie erlauben, daß ich Sie auf einen Augenblick verlasse?« – »Ja, ja«, antwortete Frau von Armincour. »Ich weiß wohl, die jungen Frauen haben immer ...« – »Wissen Sie auch, was diese Damen machen werden?« fiel der Graf mit beinahe spöttischem Lachen ein, »eine Scharade in Prosa!« – »Ach, mein Herr«, versetzte die Gräfin, »ich verteidige unser Werk nicht, es hat uns sowenig Mühe gekostet. Aber wer gleich unfähig ist, uns zu erraten und so zu tun wie wir, der hat, dünkt mich, kein Recht, sich auf unsere Kosten zu ärgern oder lustig zu machen.«

Bei diesen Worten führte mich die boshafte Gräfin in ihr Boudoir, und obschon wir nicht lange blieben, so war doch die Scharade fertig, als wir herauskamen.

Die Nacht ließ viel zu lange auf sich warten; endlich kam sie. Ich bebte vor Freude; man meldete die Baronin, ich meinte, krank zu werden; meine Beine trugen mich kaum, ich hatte fast nicht die Kraft, meine Gönnerin mit einer leichten Verneigung zu grüßen; aber sobald diese außerordentliche Aufregung beschwichtigt war, schlug ich den Weg nach meinem Zimmer ein. Ich hatte gehofft, die Gräfin, welche der Baronin ihre ersten Komplimente machte, würde mein Entwischen nicht bemerken, aber keine der Bewegungen des geliebten Gegenstandes entgeht dem wachsamen Auge einer Liebenden. Frau von Lignolle sah mich hinausgehen und rief: »Sie gehen, Fräulein von Brumont?« – »Ja, Madame.« – »Aber Sie kommen doch bald wieder, hoffe ich?« – »O ja ... Madame ... ich werde ... Ja, Madame, so bald wie möglich!«

Ich gestehe, daß meine Stimme stockte, daß ich zitterte, als ich ihr dies unglückselige Lebewohl sagte. Arme Kleine!

Ich schritt durch ihr Zimmer und durch mein Stübchen, ging rasch die kleine Treppe hinab, lief über die Schwelle des Hoftors und stürzte mich in den Wagen des Vicomte.

Fünf Minuten darauf komme ich ins Kloster, in dieses ersehnte Asyl. Eine Nonne öffnet mir die Pforte und fragt mich, wer ich sei. »Die Witwe Grandval.« – »Ich will Sie auf Ihr Zimmer führen, meine Schwester.« – »Nein, meine Schwester; sagen Sie mir, wo sind gegenwärtig alle Ihre Zöglinge versammelt?« – »Beim Abendgebet, meine Schwester.« – »Wo wird das Abendgebet gesprochen?« – »In der Kapelle.« – »Und die Kapelle?« – »Ist vor Ihnen.«

Ich lief nach der Kapelle. Viele Frauen. Eine von ihnen zeichnet sich durch eine tiefere Andacht aus. Mein Herz pocht. Das sind ihre langen braunen Haare, ihre leichte Taille, ihre zauberische Anmut ... Ich mache einige Schritte, ich sehe sie, großer Gott! ... Faublas, glücklicher Gatte, bemeistere die Heftigkeit dieses ersten Entzückens, knie ganz leise und sachte an ihrer Seite nieder.

Frau Faublas war dermaßen in ihre Gedanken versunken, daß sie nicht bemerkte, daß ein Fremder neben ihr Platz genommen hatte.

Meine erste Regung war, mich vor ihr niederzuwerfen und ihr ihren Gatten zu zeigen, doch behielt ich Geistesgegenwart genug, um einzusehen, daß jeder auffallende Schritt uns zugrunde richten würde, und Mut genug, um meine Ungeduld zu zügeln und meine Freude zurückzuhalten. Bis der Gottesdienst zu Ende ginge und ich mich Sophien entdecken könnte, wenn sie allein wäre, berauschte ich mich an dem Glücke, sie zu bewundern.

Das Gebet ist zu Ende. Sophie erhebt sich und sieht mich nicht einmal, weil sie, gänzlich in ihren Schmerz versunken, keinen der Gegenstände sieht, die sie umgeben. Ich richte meine Schritte nach den ihrigen und folge ihr langsam. Sie hat die Kapelle verlassen und will über den Hof schreiten. Im Augenblick, so ich diesen betrete, umringen mich mehrere Männer, die plötzlich aus einem Versteck hervorgekommen sind, und werfen sich auf mich. Die Überraschung und der Schreck entreißen mir einen Schrei, einen furchtbaren Schrei, der in Sophiens Ohr widerhallen muß. Meine Geliebte hat meine Stimme erkannt, sie dreht sich um, zu früh ohne Zweifel, denn sie kann mich noch bemerken. Ich selbst höre sie eine nutzlose Klage an mich richten, ich sehe, wie sie mir ihre Arme entgegenstreckt, sehe, wie sie mitten unter den entsetzten Frauen, die sie umringen, zu Boden sinkt. Ach! Wo sind meine Waffen! Wo sind meine Freunde! ... Die Schergen überwältigen mich, schleppen mich hinweg von meiner Frau! Hinweg von meiner ohnmächtigen Frau! Grausamer Gott! Unbarmherziger Gott!

Vergebliche Wut! Nichts kann mich retten. Sie haben sich soeben wieder geöffnet, die Tore des Klosters, in das ich verwegen eingedrungen bin. Man hat mich in einen Wagen geworfen, der plötzlich abfährt und nicht sehr lange dahinrollt. Ich höre riesige Tore in ungeheueren Angeln knarren, ich sehe ein festes Schloß, die Zugbrücke wird vor mir herabgelassen, ich trete in einen großen Turm, dekorierte Militärs empfangen mich da ... Ich bin in der Bastille. – – –

Ich verbrachte hier beinahe den ganzen Winter, vier Monate, vier volle Monate. Man hat es tausendmal geschrieben, aber ich muß es noch einmal schreiben: Alle Widerwärtigkeiten sind in diesem unseligen Aufenthalte zusammengehäuft, und von allen Widerwärtigkeiten die trostloseste, die Langeweile, die schreckliche Langeweile, wacht hier Tag und Nacht an der Seite der Unruhe und des Schmerzes. Ich glaube, daß bald der Tod allein diese Stätte des Jammers bewohnen würde, wenn es möglich wäre, daß man die Hoffnung verhinderte, hereinzudringen.

Die Sonne, welche für die übrige Welt schon länger als zwei Stunden leuchtete, begann für uns unglückliche Gefangene kaum zu erscheinen. Kaum traf einer ihrer schwächsten Strahlen in schiefer Richtung die erste Hälfte des schmalen und langen Fensterchens, das in eine Wand von ungeheurer Dicke eingezwängt war. Meine Augen, die seit langer Zeit keine Tränen mehr hatten, meine schwer gewordenen Augen wollten sich für etliche Minuten schließen, für einige Minuten hörte ich auf, Sophie oder den Tod anzurufen. Da vernehme ich, wie meine dreifache Tür sich öffnet; der Gouverneur tritt ein und ruft mir entgegen: »Freiheit! Freiheit!«

Wie kann ein Unglücklicher, der nur ein paar Tage lang in einem der mindest schrecklichen Keller gefangengehalten wurde, dieses Wort vernehmen, ohne vor Freude zu sterben? Wie habe ich das Übermaß der meinigen ertragen können? Ich weiß es nicht; aber was ich noch gut weiß, ist die Tatsache, daß ich mich ganz nackt aus meinem Grabe herausstürzen wollte, als man mir vorstellte, ich müsse mir wenigstens Zeit nehmen, mich anzukleiden. Niemals erschien mir eine Toilette länger, und niemals ist eine schneller fertig geworden.

74

Ich brauchte wenig Zeit, um das erste Tor zu erreichen. Sobald es sich öffnete, lief Herr von Belcourt auf mich zu, mit welchem Entzücken umarmte ich meinen Vater, mit welcher Wonne empfing er mich an seiner Brust!

Nachdem er mir die freundlichsten Vorwürfe gemacht, nachdem er mich mit den zärtlichsten Vorwürfen überhäuft hatte, hörte der Baron endlich die delikate Frage, welche ein von Unruhe verzehrter Gatte ihm bereits wiederholte. »Deine Sophie«, sagte er zu mir, »ich möchte sie dir gerne wiedergeben können, aber eine reizende Dame, welche den lebhaftesten Anteil an allem nimmt, was dich betrifft ...«

Ich glaubte, der Baron spräche von Marquise von B., und ein Seufzer entfuhr mir. Wer sich an alles das erinnert, was die Marquise für mich getan und gelitten hat, der wird diesen Seufzer verzeihen. Ich weiß nicht, ob mein Vater davon überrascht war, aber er schwieg einige Augenblicke und betrachtete mich sehr aufmerksam; dann fuhr er fort:

»Diese Dame, die einen lebhaften Anteil an allem nimmt, was dich betrifft, hat mir gesagt ...« – »Sie haben sie gesehen? Gesprochen?« – »Ich habe sie gesprochen, ja.« – »Nicht wahr, sie ist ... doch Sie haben es ja eben selbst bemerkt, sie ist wahrhaft reizend!« – »Ich gebe es zu.« – »Und Sie glauben, mein Vater, sie interessiere sich noch immer sehr ...« – »Für Sie, ja, ich glaube es.« – »Mein Vater, sie hat Ihnen gesagt? ...« – »Daß Frau Faublas am Tage nach Ihrer Verhaftung sich genötigt gesehen habe, ihr Kloster zu verlassen; niemand hat ausmitteln können, wo Lovzinski sie verborgen hat.« – »Ich sah sie zu Boden sinken ... ohnmächtig ... sterbend! Ach! Wenn meine Sophie nicht mehr lebt, so ist für mich alles zu Ende.« – »Deine Frau ist gewiß nicht tot, sie lebt, um dich zu lieben. Am Tage, da sie ihr Kloster verließ, schien sie sehr trostlos, sehr unruhig, aber man fürchtete nicht für ihr Leben.« – »Sie beruhigen mich, Sie trösten mich, Vater, wir werden sie wiederfinden!« – »Ich habe nachforschen lassen, wir werden damit fortfahren, aber ich gestehe, daß ich am Erfolg zu verzweifeln beginne.« – »Wie? Sie lebt, ich bin frei, und ich sollte sie nicht wiederfinden? Oh, ich werde sie wiederfinden, glauben Sie sicher, daß ich sie wiederfinden werde!«

Inzwischen fuhr unser Wagen ab. Wir hatten bereits die Höfe der Bastille hinter uns und waren an der Porte Saint-Antoine angelangt, als ein Diener zu Pferd, nachdem er unserem Kutscher ein Zeichen gegeben, mir einen Brief zustellte mit den Worten: »Von meinem Herrn, welcher hier ist.« Er zeigte mir einen jungen Kavalier, der gerade am Eingange der Boulevards vor unserer Karosse her ritt. Trotz des runden Hutes, womit der hübsche Junge seine Augen beinahe verdeckt hielt, erkannte ich den Vicomte von Florville; ich erkannte den eleganten englischen Frack, womit er sich in glücklicheren Zeiten geschmückt hatte, um sogar aufs Zimmer des Chevaliers Faublas zu kommen und einen allzu ungerechten Liebhaber zurechtzuweisen, und ein andermal, um Fräulein Duportail nach dem niedlichen Häuschen in Saint-Cloud zu führen. Ich stürzte mich an den Schlag und rief: »Sie ist's!« Alsbald beehrte mich der Vicomte mit dem liebkosendsten Lächeln, begrüßte mich mit der Hand und fiel in Galopp. Entzückt, ihn wiederzusehen, und außerstande, meine Freude in Schranken zu halten, rief ich fortwährend: »Sie ist's!« Der Baron rief: »Du wirst hinausfallen, du wirst hinausfallen, nimm dich doch in acht.« – »Mein Vater, sie ist's!« – »Wer sie?« – »Sie, mein Vater ... diese reizende Frau, von der wir soeben sprachen. Sehen Sie!«

Ich hatte Herrn von Belcourts Hand ergriffen oder zu ergreifen geglaubt, ich zog an und zerriß seine Manschette. »Wenn Sie wollen, daß ich sie sehe, so seien Sie doch ein wenig ruhiger«, sagte er. »Wo ist sie denn?« – »Da unten, da unten. Sie ist schon ein wenig entfernt, aber Sie können ihr hübsches Pferd und ihr reizendes Kostüm noch bemerken.« – »Wie! Trägt sie sich zuweilen als Kavalier?« – »Oft.« – »Und sie reitet?« – »Gut, sehr gut, mit unendlicher Anmut und Gewandtheit.« – »Sie sind besser unterrichtet als ich«, antwortete der Baron, der etwas verstimmt schien, »ich wußte das nicht.« – »Mein Vater, Sie erlauben, daß ich lese, was sie mir schreibt?« – »Ja, und zwar laut, wenn es möglich ist, Sie werden mich verbinden.«

»Bis Ihr unglückliches Duell gänzlich vergessen ist, mein Herr, können Sie sowenig als Ihr Herr Vater, der wohl daran getan hat, seinen in Luxemburg angenommenen Namen beizubehalten, unter Ihrem eigenen Namen in der Hauptstadt auftreten. Lassen Sie sich Chevalier von Florville nennen, wenn Ihnen das nicht zu unangenehm ist und wenn Sie nichts Peinliches darin finden, sich zuweilen einer Freundin zu erinnern, deren dringender Verwendung Sie endlich Ihre Freiheit verdanken.«

»Ich wußte wohl, daß sie Schritte tat«, unterbrach der Baron, »aber ich hoffte nicht auf einen so schnellen Erfolg. Ich habe die glückliche Nachricht von Ihrer Befreiung erst diesen Morgen erhal-

Glückliche Aussicht unter der Schaukel

ten; auch ist sie mir nur durch eine Schrift von unbekannter Hand gemeldet worden. Lesen Sie weiter, mein Freund.«

»Heute abend werden wir einen Augenblick miteinander plaudern können, heute abend werden Sie einen Besuch von Frau von Montdesir empfangen, und Sie werden tun, was sie Ihnen sagen wird.«

Der Baron fragte mich lebhaft, wer diese Frau von Montdesir sei. Ich antwortete ihm, ich wisse nichts davon. »Es ist doch«, versetzte er mit Ungeduld, »es ist doch etwas Wunderliches in allem, was Ihnen zustößt. Übrigens werde ich mir heute abend dies alles noch erklären lassen.« – »Heute abend noch, mein Vater?« – »Ja, heute abend; wir werden zu dieser Dame gehen und ihr danken.« – »Wir werden zu ihr gehen! ... Ich kann mich ja nicht bei ihr zeigen, ich!« – »Warum denn?« – »Weil ihr Gemahl ...« – »Könnte ihr Gemahl es übelnehmen! Und überdies ist er tot.« – »Er ist tot?« – »Ja doch, er ist tot. Sie scheinen doch in allem, was sie betrifft, gut unterrichtet zu sein, wie kommt es, daß Sie das nicht wissen?« – »Fragen Sie mich vielmehr, wie ich es wissen sollte, mein Vater. Er ist also gestorben! Das tut mir wahrhaftig leid. Armer Marquis von B.! Offenbar ist er an den Folgen seiner Wunden gestorben. Oh, ich werde mir das immer vorzuwerfen haben.«

Herr von Belcourt hörte mich nicht mehr, weil der Wagen soeben vor einem Kloster in der Rue Croix-des-Petits-Champs, in der Nähe der Place Vendôme, angehalten hatte. »Sie werden Ihre Schwester sehen«, sagte der Baron zu mir. – »Ah, meine teure Adelaide.« – »Ich habe sie hierher gebracht«, fuhr mein Vater fort, »um sie mehr in unserer Nähe zu haben. Sie werden ohne Zweifel mit Vergnügen bemerken, daß Sie von den Fenstern des Hôtels aus, das ich jetzt bewohne, Ihre Schwester sehen können, wenn sie in den Erholungsstunden im Garten spazierengeht. Sie begreifen, daß ich ein anderes Quartier nehmen mußte als das im Faubourg Saint-Germain. Folgen Sie mir, wir wollen Adelaide abholen, es wird ihr Freude machen, mit uns zu dinieren.«

Sie kam sogleich ins Sprechzimmer. Wie hatte sie sich noch verschönt in den mehr als fünf Monaten, seit ich sie nicht gesehen hatte! Wenn ich nicht dein Bruder wäre, was hätte ich nicht getan, dein Geliebter zu sein!

Aus dem Kloster verfügten wir uns in weniger als einer Minute nach unserem Hôtel, wo mein Vater mich sogleich in Besitz der Wohnung setzte, die er für mich bestimmt hatte. Zu meinem unaussprechlichen Vergnügen fand ich im Vorzimmer den getreuen Jasmin wieder; aber nicht ohne großen Verdruß konnte ich in meinem kleinen Schlafzimmer ein einziges, ganz schmales Bett sehen. »Vater, Sie haben den Chevalier Faublas so logiert, als ob er noch lange Zeit im Witwertume schmachten sollte, das ist ein Junggesellenzimmer!« Statt aller Antwort öffnete mir Herr von Belcourt eine nahe Tür. Nachdem ich durch mehrere Zimmer geschritten, kam ich in einen sehr schönen Raum, wo sich zwei Alkoven und zwei Betten befanden. Ich tat einen Freudensprung. »Amor wird mir hierher meine Frau zurückbringen. Mein Vater, ich werde dieses Zimmer nur mit Sophie bewohnen; bis meine Frau mir wiedergeschenkt ist, werde ich mit diesem anderen, so traurigen Gemach vorliebnehmen. Niemand wird dieses hier betreten, niemand.«

Als er diesen zum mindesten nutzlosen Eid tat, war der Chevalier Faublas weit entfernt zu ahnen, daß noch vor Ende des Tages ein großer Skandal an dem mit so verwegenen Worten eingeweihten Orte stattfinden sollte.

Mein Vater zeigte mir, daß man von dem Boudoir aus in ein Toilettenkabinett und vom Toilettenkabinett in einen Korridor ging, an dessen Ende sich eine geheime Treppe befand. Nicht ohne Mühe riß man mich aus dem Gemache meiner Frau. Herr von Belcourt mußte, ehe er mich bestimmen konnte, in seine Wohnung zu gehen, die zärtlichen Reden belächeln und die sanften Liekosungen bewundern, womit ich die niedlichen Möbel des allerliebsten Boudoirs eins um das andere beehrte.

Da öffneten sich unten geräuschvoll die Tore des Hôtels. Beim Gerassel eines Wagens, der hereinfuhr, lief mein Vater an das Fenster: »Mein Freund, sie ist's. Obgleich sie sehr wohl wußte, daß Sie hier sind, habe ich es ihr doch noch sagen lassen.« – Ich wollte mich auf die Treppe stürzen, mein Vater hielt mich zurück: »Sie werden Ihren Dank nicht im Hausflur abstatten; es ist meine Sache, sie zu empfangen. Bleiben Sie bei Adelaide, ich wünsche es.«

Er ging hinab und kam nach einem Augenblick zurück. Ich erwartete in der Tat, die Marquise von B. erscheinen zu sehen – es war die Baronin von Fonrose, die eintrat. Mein bereits sehr großes Erstaunen erreichte den höchsten Grad, als ich in ihrer Begleitung eine hübsche kleine Brünette erblickte, die sich blitzschnell in meine Arme stürzte. Nachdem sie mich zwanzigmal an sich gedrückt, zwanzigmal geküßt, zwanzigmal ihren lieben Freund genannt hatte, bemerkte sie, daß noch zwei Personen da waren, die sie nicht kannte und die, sehr verwundert über ihre unmäßige Freude sowie über ihre noch maßlosere Lebhaftigkeit, ihr schweigend zusahen und ungeduldig zu warten schienen, daß sie dem Ding ein Ende mache. »Verzeihen Sie«, sagte sie zu meinem Vater, indem sie ihn begrüßte, »ich hatte Sie nicht bemerkt ... aber es ist nicht meine Schuld, deshalb ... deshalb muß ich Ihnen sagen, daß ich von Natur aus ein wenig rasch bin.« Und ohne Herrn von Belcourts Antwort abzuwarten, fragte sie mich, auf Adelaide zeigend: »Wer ist diese junge Person?« Sobald ich ihr geantwortet hatte, es sei meine Schwester, lief sie auf sie zu und küßte sie mit den Worten: »Mein Fräulein, ich bin sehr erfreut, daß Sie so nahe mit ihm verwandt sind, denn ich finde Sie sehr hübsch.«

Adelaide war im höchsten Grade verblüfft und vermochte kein Wort zu erwidern; dagegen hörte ich, wie mein Vater, nachdem er sich kaum von seiner ersten Überraschung erholt hatte, Frau von Fonrose ganz leise ersuchte, ihm den Namen dieser jungen Dame zu sagen, die er in der Tat ziemlich rasch finde. Die Baronin antwortete ganz laut: »Es ist eine meiner vertrautesten Freundinnen; ich glaube, Ihnen schon einige Male von der Gräfin von Lignolle erzählt zu haben.« Mein Vater wandte sich an die Gräfin: »Es scheint, mein Sohn hat die Ehre, mit Madame bekannt zu sein.« – »Ja, sehr genau, mein Herr«, sagte sie. – »Ja, sehr genau«, wiederholte die Baronin lachend, »sie haben miteinander Scharaden gemacht.«

Alle hatten sich gesetzt, die Gräfin gab mir einen Wink, an ihrer Seite Platz zu nehmen: Ich wollte dies eben tun, aber der Baron hielt mich auf. »Wie gedankenlos Sie doch sind!« sagte er zu mir; dann stellte er mich der Frau von Fonrose vor: »Empfangen Sie, Frau Baronin, die Danksagung meines Sohnes.« – »Ich muß gestehen, daß er mir einigen Dank schuldet«, antwortete sie, »ich habe ihm eine hübsche Dame wiedergebracht, für die er ohne Zweifel einige Freundschaft hat.« – »Aber«, versetzte er, »es handelt sich nicht darum allein.« – »Sie haben recht, er ist mir auch noch dafür verpflichtet, daß ich ihm zur Bekanntschaft mit ihr verholfen habe. Deshalb bin ich auch heute früh sogleich zur Gräfin geeilt, als ich von Ihnen erfuhr, daß der Chevalier soeben aus dem Gefängnis gekommen sei.« – »Als Sie es von mir erfuhren? Sie wußten es doch, hoffe ich, ehe ich es Ihnen sagte?« – »Nein.« – »Wieso? Sie haben keine Schritte getan, um die Befreiung des Chevaliers auszuwirken?« – »Es ist wahr, ich habe etwas getan.« – »Und er verdankt seine Entlassung nicht

Ihnen?« – »Ich glaube nicht.« – »Madame, Sie setzen mich in Erstaunen«, rief er etwas ärgerlich, »warum wollen Sie sich der Erkenntlichkeit des Vaters entziehen, während Sie den Dank des Sohnes verlangen?« – »Während ich den Dank des Sohnes verlange? Erklären Sie sich, mein Herr.« – »Ja, Madame, Sie machen mir ein Geheimnis aus Ihrem glücklichen Erfolg, während Sie nichts Eiligeres zu tun hatten, als den Chevalier in Kenntnis zu setzen.« – »Sagen Sie mir«, erwiderte sie ungeduldig, »wie ich den Chevalier in Kenntnis setzen konnte, indem ich ...« – »Nun, durch einen Brief, den Sie heute geschrieben haben.« – »Durch einen Brief?«

Jetzt ist es mir klar, daß den ganzen Morgen hindurch ein langes Mißverständnis zwischen dem Chevalier Faublas und seinem Vater obgewaltet hatte; es war klar, daß dieser immer von Frau von Fonrose gesprochen hatte, während ich nur an Frau von B. dachte. Aus der Wärme, die Herr von Belcourt in seiner Erklärung an Frau von Fonrose an den Tag legte, konnte ich deutlich entnehmen, daß er sehr verliebt und auf mich ein wenig eifersüchtig war. Ich brauchte bloß ein Wort zu sagen, um die Baronin zu rechtfertigen, aber ich durfte die Marquise nicht kompromittieren und mir keinen Streit mit der Gräfin zuziehen. Was sollte ich tun? Während ich auf ein passendes Mittel sann, um all die widerstreitenden Interessen zu versöhnen, schien Adelaide in Gedanken versunken, Frau von Lignolle unruhig, Frau von Fonrose ungeduldig, und der Baron fuhr fort:

»Aber ja, Madame, ein Brief, welchen man ihm in Ihrem Namen zustellte, als wir eben an die Porte Saint-Antoine kamen, ein Brief, worin Sie ihm den Namen Florville zu geben beliebten.« – »Den Namen Florville?« – »Und worin Sie ihm ferner auf heute abend den Besuch einer gewissen Frau von Montdesir ankündigen.« – »Ich bin sehr erfreut, daß Sie mich mit diesem Namen bekannt machen, allein, ich kann nicht leugnen, daß ich mit Ungeduld darauf warte, daß Sie die Güte haben, diesem allzu langen Scherz ein Ende zu machen.« – »Es liegt nur an Ihnen, Madame, gestehen Sie einfach, daß Sie sich geduldig am Eingang des Boulevards postiert hatten und auf einen Blick des Chevaliers warteten.« – »Wenn der Herr Baron sich nicht einen Spaß macht, so hat er den Verstand verloren.« – »Gestehen Sie es, Madame, ich habe ja keinen Grund, es übelzunehmen; alles, worüber ich mich ein wenig verwundern könnte, ist der Umstand, daß Sie es für nötig gefunden haben, mit verhängten Zügeln zu entfliehen, als ich mich am Schlage zeigen wollte.« – »Mit verhängten

Zügeln! Der Ausdruck ist vortrefflich.« – »Wie im Galopp, wenn Sie lieber wollen, mit verhängten Zügeln oder im Galopp, Sie waren ja zu Pferde als Kavalier.« – »Ich, heute morgen auf dem Boulevard, zu Pferde und als Kavalier? Ich? Wissen Sie auch, was Sie sagen? Das ist zu stark.« – »Madame, man hat Sie gesehen, wie ich Sie sehe.« – »Wer?« – »Mein Sohn.« – »Er?« – »Jawohl.« – »Nun, ich lasse es darauf ankommen, was er sagen wird. Sprechen Sie, Chevalier, haben Sie mich gesehen?« – Ich antwortete: »Nein, Madame.« – »Wie?« rief Herr von Belcourt, »haben Sie mir nicht gesagt? ...« – »Mein Vater, wir haben uns mißverstanden; als Sie glaubten, es sei von Madame die Rede, sprach ich von einer anderen Person.« – »Und von wem denn?« – »Erlassen Sie mir das ...«

Jetzt erhob sich die Gräfin mit großer Lebhaftigkeit und rief: »Ich will es wissen, ich!« Ich lachte und wiederholte: »Sie wollen es wissen?« – »Ja«, versetzte sie, »ich will es wissen, welche Dame so große Eile hatte, Sie zu sehen, daß sie sich heute früh in den Weg stellte und an Sie schrieb.« – »Sie wollen es wissen?« – »Wie machen Sie mich so ungeduldig! Ja, ich will es haben!« – »Durchaus, Madame?« – »Ja, doch.« – »Und wenn ich Ihnen gehorche, werden Sie mir nicht böse werden?« – »Nein.« – »Aber dann werde ich es Ihnen wenigstens allein und ganz leise sagen müssen?« – »Wie martern Sie mich ... Nein, ganz laut und vor aller Welt.« – »Sie erlauben es?« – »Ich befehle es.« – »Gut, ich will es sagen. (Zum Baron und zur Baronin, auf die Gräfin deutend.) Madame war es.« – »Das ist nicht wahr!« rief sie. – »Meinen Sie denn, ich habe Sie nicht erkannt?« – »Ich schwöre Ihnen, daß ich es nicht war.«

Ich behauptete ihr ins Gesicht, sie sei es gewesen, ich behauptete es mit solcher Zuversichtlichkeit und mit einer sicheren Miene der eigenen Überzeugung, daß mein Vater es fest glaubte. Die Baronin selbst ließ sich täuschen. »Es ist wahr«, sagte sie zur Gräfin, »Sie kleiden sich manchmal als Kavalier, und ich habe Sie heute früh nicht zu Hause getroffen, als ich Sie abholen wollte; ich mußte beinahe eine Stunde auf Sie warten.« Frau von Lignolle war untröstlich, untröstlicher, als ich es sagen kann, und vergebens rief sie: »Ich war zu meiner Tante, der Marquise von Armincour, gegangen, ich bin nie in meinem Leben auf ein Pferd gekommen, ich wußte nicht, daß der Chevalier seine Freiheit so bald erhalten sollte.« Vergebens rief sie das, niemand schien ihr zu glauben, und ich, der ich mich fortwährend mit einer Kaltblütigkeit gewaffnet hatte, die wohl geeignet war, ihre lebhafte Ungeduld noch zu verdoppeln, ich wiederholte ganz ruhig: »Oh, ich habe Sie wohl erkannt!« – Ich glaube wahrhaftig, die Gräfin würde sich jetzt aus dem Fenster gestürzt haben, wenn ich grausam genug gewesen wäre, ihr die einzige Freude zu rauben, die ihre drollige Wut etwas beschwichtigte, das heißt, wenn ich sie verhindert hätte, mich in die Arme zu kneifen und ihren Fächer auf meinen Händen zu zerschlagen. »Sie werden böse, Madame, ich hatte es ja gesagt! Ich sah es voraus, und deshalb sträubte ich mich so lange. Warum mußten Sie mich auch nötigen zu sprechen?« – »Konnte ich's denn ahnen? ...« – »Daß ich Sie nennen würde? Ah, jetzt geht mir ein Licht auf! Sie bestürmten mich deshalb so, weil Sie glaubten, daß ich eine andere Person nennen würde. Wie konnte ich nicht daran denken! Wie dumm bin ich!« So sprechend, tat ich, als wollte ich meine Stimme dämpfen, sprach aber noch deutlich genug, daß alle mich verstehen konnten. Dieser letzte Schlag brachte sie gänzlich außer Fassung, sie wollte mich im Ernst schlagen, und ich lief davon.

Meine Sophie, ich lief nach deinem Zimmer, ich lief bis in dein Boudoir, eine Freistätte zu suchen, die ich sicher glaubte. Aber ich täuschte mich. Frau von Lignolle trat beinahe zu gleicher Zeit ein wie ich. Zu verdorben oder zu kopflos, dachte ich nur noch an das Vergnügen, sie an einem Ort der Wonne zu sehen, wo ich so schnell auf die grausamen Ausbrüche des Zorns die holden Rasereien der Liebe folgen lassen konnte. Ich nahm sie in meine Arme und sagte im zärtlichsten Tone zu ihr: »Da Sie mir versichern, Sie seien es nicht gewesen, so muß ich Ihnen wohl glauben, ich hätte indes mein Vermögen darauf gewettet, daß Frau von Lignolle mir heute in der Nähe des Boulevards begegnet sei. Schöne Gräfin, dieser Irrtum meiner Augen, dieser Irrtum, worüber Sie sich betrüben – was beweist er? Wahrhaftig nichts anderes, als daß der Liebhaber, der Sie anbetet, zu allen Zeiten so einzig und allein mit Ihnen beschäftigt ist, daß er überall nur Sie sieht.« – »Nun, das ist ein guter Grund«, antwortete die Gräfin, alsbald beschwichtigt, »warum sagten Sie das nicht früher? Dann würde ich mich nicht erzürnt haben.« Und sie küßte mich.

Von meinen Schwüren war der eine bereits vollständig vergessen, da Frau von Lignolle im Boudoir blieb, in welches ich sie zu leicht hatte eindringen lassen. Den andern – ich lege in aller Demut dieses peinliche Geständnis ab –, den andern, den man nicht als den unwesentlicheren betrachten wird, würde ich ebenso gottlos und ebenso schnell verletzt haben, wenn nicht plötzlich Frau von Fonrose hereingestürzt wäre und es verhindert hätte. Ach!

»Kinder«, sagte sie, »was wollt ihr da machen? Ihr seid doch zu kopflos. Der Baron ist ärgerlich und will seine Tochter nicht mit euch dinieren lassen. Und er hat nicht unrecht. Kommt schnell in den Salon zurück mit mir.«

»Das ist ein nettes Boudoir«, antwortete die Gräfin, »wir werden hierher zurückkommen, Chevalier Faublas, Duportail, von Flourvac, von Florville, denn Sie sind der junge Mann mit den fünfzig Namen.« – »Gräfin, Sie wissen also das alles?« – »Ja, und noch mancherlei mehr, wir werden einigen Streit miteinander haben, das sage ich Ihnen im voraus.«

Ich verschloß das Zimmer meiner Frau. Die Gräfin nahm die Gelegenheit wahr, mir den Schlüssel zu nehmen, den sie in die Tasche steckte. »Sie haben ohne Zweifel einen anderen«, sagte sie, »ich brauche diesen da.«

Als die Damen in den Salon zurückkamen, war mein Vater nicht mehr da. Ich eilte ihm nach auf die Treppe, die er eben mit Adelaide hinabging. Meine liebe Schwester hatte Tränen in den Augen. »Diese Dame da macht uns viel Kummer, mein Bruder. Ohne Zweifel ist sie daran schuld, daß wir nicht zusammen dinieren. Sie ist zu vertraulich und zu lebhaft, diese Dame, trau ihr nicht. Schau, mein Bruder, ich liebe die Frauen nicht, welche reiten; zieh dich nicht wieder wegen dieser da als Amazone an, daß du dich hernach mit ihrem Manne schlagen mußt. Mein Bruder, liebe diese Dame nicht, ich bitte dich, liebe sie nicht. Denke an meine gute Freundin; meine gute Freundin wird wiederkommen; sie liebt dich sehr, meine gute Freundin, und ich sage dir, diese Gräfin würde ihr ebensoviel Kummer machen wie einst die Marquise, wegen der sie soviel geweint hat.«

So gab mir meine teuere Adelaide ganz anspruchslos und ohne alle Hintergedanken vortreffliche Lehren. Aber wie ist es möglich, an ihrer Moral Geschmack zu finden, jetzt, wo die Gräfin mich oben erwartet? Es wird ein Tag kommen, meine liebe Schwester, es wird ein Tag kommen, wo du selbst, belehrt durch die Leidenschaft, nicht ohne schwere Kämpfe deine Theorien mit dem Beispiele bekräftigen wirst. Inzwischen, unschuldige Predigerin, vergeudest du deine guten Worte.

»Mein Zweites liebt mich«, sagte Frau von Fonrose, die mir zusah.

»Ich liebe mein Erstes«, sagte Frau von Lignolle, mir einen Kuß zurückgebend. Aber nachdem sich Frau von Fonrose hastig zwischen uns geworfen, fügte sie hinzu: »Sachte, liebe Kinder, es tut mir unendlich leid, die zwei hübschen Personen zu trennen; Sie müssen indes den Schluß der glücklichen Scharade für einen anderen Augenblick aufsparen.«

Aus der beinahe ebenso glücklichen Nutzanwendung, welche die Baronin machte, sah ich deutlich, daß die Gräfin keine Geheimnisse vor ihr hatte.

Zwischen zwei hübschen Damen sitzend, von denen die eine sich an den Zärtlichkeiten erfreute, womit mich die andere überhäufte, mußte mir die Zeit sehr rasch vergehen, und als mein Vater zurückkam, glaubte ich, er sei kaum ausgegangen. Der Baron nahm einen höflich kühlen Ton gegen die Gräfin an, aber Frau von Fonrose wußte doch dafür zu sorgen, daß das Diner heiter wurde. Jeder geistreiche Einfall des Herrn von Belcourt trug ihm ein Lächeln von der Baronin ein, und Herr von Belcourt schien dieses Lächeln sehr zu lieben. Er sprach oft von Adelaide, und jedesmal, wenn er von ihr sprach, kostete ihn das Bedauern über ihre Abwesenheit mehr als einen Seufzer. Ja, während dieses allzu kurzen Mahles, mein Vater, da bedurfte es für mich keiner gespannten Aufmerksamkeit, um zu erkennen, daß Ihre Geliebte Sie einen Augenblick zerstreuen konnte, daß aber der Gedanke an Ihre Tochter Sie in Ihrem Innersten rührte und daß Sie durch Ihren Sohn glücklich waren.

Ein gemeinschaftlicher Freund kam: Der Vicomte von Valbrun, der soeben von meiner Befreiung gehört hatte, erschien, um mir Glück zu wünschen. Es schien mir, als wünschte Frau von Fonrose, daß er sich weniger eilig gezeigt hätte. Herr von Valbrun nahm gegen sie den stolz-bescheidenen Ton an, der dem ehemaligen Liebhaber eigen zu sein scheint; dagegen sah ich, daß Herr von Belcourt die überlegene Miene des bevorzugten Liebhabers zur Schau trug. »Ich, es ist eine abgemachte Sache«, sagte der Vicomte ganz leise zu mir, da er bemerkte, daß ich die einzelnen handelnden Personen bei dieser für mich neuen Szene beobachtete, »es ist eine abgemachte Sache, ich gelte nichts mehr bei der Baronin. Ach!« fuhr er lachend fort, »ich habe all mein Unglück selbst verschuldet. Durch mich von Ihrer Verhaftung in Kenntnis gesetzt, kommt der Baron nach Paris zurück, ich stelle ihn der Baronin vor, und auf einmal raubt sie mir der Undankbare. Ich muß mich jetzt glücklich schätzen, wenn sein

Herr Sohn die Güte haben will, mich im ruhigen Besitz dieser kleinen Justine zu lassen, die für den Augenblick allein meine Mußestunden beschäftigt.« – »Sein Herr Sohn wird Ihre Liebesangelegenheiten nicht stören, dessen können Sie sicher sein, Vicomte.« – »Ich traue nicht ganz – schwören Sie bei Sophie.« – »Von Herzen gern! Ich schwöre es.«

Dieser Tag war für mich kein Tag der glücklichen Schwüre. Bald wird man erfahren, daß ich auch diesen hier noch brechen sollte.

»Meine Herren, werden Sie bald aufhören?« sagte Frau von Lignolle, ungeduldig über unser leises Gerede. »Von wem unterhalten Sie sich denn so geheimnisvoll? Von Frau von Montdesir?« – »Frau von Montdesir?« wiederholte der Vicomte. »Es ist dies«, fuhr die Gräfin fort in einem halb ärgerlichen, halb ironischen Ton, »es ist dies eine schöne Unbekannte, welche dem Herrn Chevalier heute abend einen Besuch machen wird. Sie hat ihn heute früh durch ein Billetdoux davon in Kenntnis gesetzt.« Herr von Valbrun wiederholte mit verblüffter Miene die Worte: »Ein Billetdoux?« – »Ja«, antwortete die Gräfin, »ersuchen Sie den Herrn Chevalier, es Ihnen zu zeigen, und Sie werden sehen, daß es sehr interessant ist.« – »Ach, Chevalier, tun Sie mir doch den Gefallen.«

Ich hatte keinen Grund, Herrn von Valbrun den Brief der Marquise nicht anzuvertrauen. Er las ihn mehrere Male mit einer Aufmerksamkeit durch, welche mir mit Unruhe gemischt schien, dann gab er ihn mir zurück, ohne die mindeste Bemerkung. Aber einen Augenblick nachher, als wir von der Tafel aufstanden, zog er mich ohne Umstände in eine Fensternische. »Ich errate, woher dieser Brief kommt«, sagte er zu mir. – »Vicomte, Sie haben sehr wohl daran getan, nichts davon zu sagen.« – »Ach, seien Sie ruhig. Was Frau von Montdesir betrifft, so ist es Frau von B., welche ...« – Ich unterbrach Herrn von Valbrun: »Ich glaube es auch; es ist die Marquise, sie ist es gewiß.« – Der Vicomte fuhr fort: »Während Ihrer Gefangenschaft, welche sehr lange hätte währen können, hat Justine mir hundertmal gesagt, daß Frau von B. unaufhörlich an Ihrer Befreiung arbeite. Sie hat Ihnen vielleicht sehr interessante Dinge mitzuteilen.« – »Wie Sie sagen, Vicomte, und dies ist ohne Zweifel der Grund ihres Besuches, den sie mir heute abend machen wird.« – »Chevalier, es freut mich, daß sie zu Ihnen kommt, denn dieser Schritt kann Ihnen nützlich sein, aber seien Sie wenigstens vernünftig, denken Sie an Frau von Lignolle, denken Sie an Sophie, lassen Sie ...«

Die Gräfin, die mich keine Sekunde aus dem Auge verlor, kam jetzt zu uns und beendigte diese Unterhaltung, bei welcher der Vicomte und ich einige mehrfacher Deutung fähige Worte auf verschiedene Weise aufgefaßt hatten.

Inzwischen sprach die Baronin davon, in die Oper zu gehen. Sobald Herr von Belcourt hörte, daß die Gräfin ihre Freundin nicht dahin begleite, erklärte er, daß er nicht ausgehen werde. Die gefällige Baronin versuchte alle Mittel, ihn zu bereden, und in ihrem Ärger darüber, daß sie ihn unerschütterlich fand, sagte sie zuletzt, sie werde ebenfalls bleiben. Auf der anderen Seite versicherte mir die unruhige Gräfin ganz leise, daß sie mich den ganzen Abend nicht verlassen werde. »Ich werde«, sagte sie mit bebender Stimme, »sehr erfreut sein, diese Frau von Montdesir kennenzulernen, die so schnell bereit ist, Ihnen ein Rendezvous zu geben«, und fügte mit viel Holdseligkeit·hinzu: »Haben Sie mir nichts unter vier Augen zu sagen?« Ich gestehe, daß die Eifersucht der Frau von Lignolle und ihre Zärtlichkeit mich in eine sehr sonderbare Verlegenheit versetzten. Allerdings gab ich mich mit Entzücken der heiteren Hoffnung hin, welche die so höfliche Frage in mir hervorrief: ›Haben Sie mir übrigens nichts unter vier Augen zu sagen?‹ Auf der anderen Seite aber schmeichelte ich mir mit einer noch süßeren Hoffnung: Da ich überzeugt war, daß Frau von B. unter einem falschen Namen vielleicht schon in einer Viertelstunde im Zimmer des Chevaliers von Florville sich einfinden würde, so fragte ich mich, welches dringende Interesse sie so schnell zu mir zurückführen möge. Nun sieht jeder, in welcher Verlegenheit der Chevalier Faublas sich befand: Er brannte vor Verlangen, so bald und so gut als möglich der geliebten Wohltäterin zu danken, gegen die er so vielfache Verpflichtungen hatte, aber er wurde auf Schritt und Tritt von einer eifrigen Schülerin verfolgt, die voll Ungeduld die Lektion zu erwarten schien, welche ihr Lehrer ihr sehr ungern verweigert haben würde. Beklage also jeder einen unglücklichen jungen Mann, der zuerst genötigt ist, die hübsche Gräfin zu beseitigen, um die schöne Marquise einzulassen, und dann sich in die harte Notwendigkeit versetzt zu sehen, seine erste Lehrerin wegzuschicken, um seine erste Schülerin zu empfangen; man fürchte in diesem Augenblick besonders, daß er irgendeine Dummheit begehen möchte. Und wer hätte nicht unter so schwierigen Umständen gleich mir den Kopf verloren?

Ich faßte einen Entschluß, den ich für gut hielt, und ergriff einen

Augenblick, wo die Gräfin mit der Baronin plauderte, um aus dem Salon zu entwischen; ich eilte auf mein Zimmer und rief meinen Bedienten. »Jasmin, stell dich vor der Haustüre auf, bald wird eine Dame kommen und nach den Chevalier von Florville fragen. Du ersuchst sie, dir zu folgen, aber du mußt es ganz höflich zu ihr sagen, denn es ist eine sehr vornehme Dame. Unter dem Schutz der Nacht könnt ihr hereinkommen, ohne daß euch der Schweizer sieht. Ihr schreitet durch den Hof und geht die geheime Treppe hinauf. Die Dame wird wohl die Güte haben, in meinem Zimmer zu warten. Du löschst dann das Licht aus, weil man von den Fenstern des Barons nicht zu merken braucht, daß jemand bei mir ist. Du verstehst mich doch?« – »Ja, Herr Chevalier.« – »Das ist noch nicht alles. Statt in den Salon zu kommen und es mir zu melden, gehst du in den Hof hinab und spielst auf deiner schlechten Geige die Melodie, die du so gut zu kratzen verstehst: ›Wenn alles schläft.‹ Wenn du glaubst, ich habe dich hören müssen, so kommst du wieder hierher und erwartest meine letzten Befehle. Hast du alles begriffen?« – »Ja, gnädiger Herr.« – »Brauche ich es dir nicht zu wiederholen?« – »Nein, gnädiger Herr.«

Ich hatte die Gräfin nur eine Minute verlassen, und doch verlangte sie bereits, daß ein Bedienter nachsehen sollte, wo ich sei. Schon eine gute Stunde wartete ich auf das verabredete Zeichen, als Jasmin es endlich gab. Mein guter Jasmin kratzte darauf los wie ein Marktfiedler; aber bei dem ersten Geknarre der kreischenden Fiedel glaubte ich unter den Fingern meines Lakaien die Harfe des königlichen Propheten, oder wenn man lieber will, die Leier Amphions ertönen zu hören.

Glücklicherweise riß mich die Begcisterung nicht so weit fort, daß ich darüber den freudenreichen Augenblick vergessen hätte, der mir verkündet wurde. Ich neigte mich an das Ohr der Gräfin und sagte in eifrigem Ton zu ihr: »Wann werden Sie denn erlauben, daß ich Sie ohne Zeugen spreche?« – »Sobald als möglich«, antwortete sie naiv, »es handelt sich nur noch um eine Gelegenheit zu entwischen. Ich will darüber nachdenken; besinnen Sie sich auf ein Mittel … Aber hören Sie … Ja, ja, lassen Sie mich nur machen. Mein Herr«, sagte sie zu meinem Vater, »die Baronin hat mir gesagt, daß Sie das Tricktrack lieben.« – »Ja, Madame.« – »Ich spiele es nicht schlecht.« – »Wollen Sie eine Partie machen, Madame?« – »Gern.«

Wer war verblüffter als ich! Mit meinem Vater zu spielen, während es sich um ein Tête-à-tête handelte! Das schien mir eine Ungeschicklichkeit, worüber ich mich jedoch bei einiger Überlegung tröstete, denn wenn der Liebhaber der Gräfin darunter litt, so konnte der Freund der Marquise dabei profitieren. Ja, ich glaubte, entwischen zu können, ohne daß selbst Frau von Lignolle es bemerkte. Aber ich täuschte mich: Die kleine Person behielt ihre Augen offen, rief mich an ihre Seite, zwang mich zu sitzen und erlaubte mir unter keinerlei Vorwand, meinen Platz zu verlassen.

Das währte so eine halbe Stunde; ich begann, mich stark zu langweilen, und offenbar langweilte sich die Marquise auch, denn Jasmin begann sein Solo von neuem. Mein werter Vertrauter fürchtete vielleicht, ich möchte ihn im Anfang nicht gehört haben, denn diesmal machte er einen wahren Höllenlärm. Man begreift, wie sehr diese dringende musikalische Mahnung meine Unruhe vermehren mußte. Es war mir, als würde ich mit hunderttausend Nadeln gestochen, und welche Undankbarkeit: die Leier Amphions erschien mir nur noch wie ein Dudelsack. Der Baron, der in diesem Moment seine Augen aufzuzeichnen vergaß, fand diese Musik ebenfalls nicht sehr melodisch; er lief ans Fenster, öffnete es und fragte, wer der verdammte Fiedler sei, der seine Ohren so peinige. »Ich bin's«, antwortete Jasmin sogleich, dankbar für das Kompliment. »Aufhören!« rief der Baron ihm zu, und ich als guter Sohn rief aus Rücksicht für meinen Vater, der sich am Fenster erkältete und außer Atem redete, mit der vollen Kraft meiner Lunge: »Hör doch auf, Jasmin, was machst du für einen Lärm! ... Man hört dich im Salon, wie wenn du da wärst; hör auf ... sogleich ... verstehst du mich?« – »Ja, ja, gnädiger Herr, ich will's mir gesagt sein lassen, ich verstehe Sie vortrefflich.«

Gerührt über meine Aufmerksamkeit, setzte sich der Baron wieder ans Spiel. Die kopflose Gräfin verlor bald ihre Vorteile und die Partie. Ein plötzliches Kopfweh lieferte den Vorwand, die Revanche zu verweigern, und sie bat die Baronin, diese für sie zu übernehmen. Sobald Frau von Fonrose sich an ihren Platz gesetzt hatte, kam die Gräfin in eine Ecke des Salons zu mir und fragte mich ganz leise, ob die Treppe beleuchtet sei. – »Ja, meine hübsche kleine Schülerin.« – »In diesem Falle gehen Sie, ich folge Ihnen.« – »Sogleich?« – »Ja, mein Freund.« – »Welche Unvorsichtigkeit!« – »Warum?« – »Weil es unmöglich ist, daß wir beide zu gleicher Zeit die Gesellschaft verlassen.« – »Ach, was!« – »Unmöglich! Man würde es bemerken, Sie würden sich zugrunde richten. Ich will hinaufgehen, man kann glauben, ich sei auf meinem Zimmer beschäftigt, und in einer guten halben Stunde ...« – »In einer halben Stunde? Das ist viel zu lange.« – »Es ist durchaus notwendig.« – »Ich soll eine halbe Stunde lang hier zuschauen?« – »Die Zeit wird mir nicht kürzer erscheinen als Ihnen, schöne Gräfin, aber wahrhaftig, wenn wir es anders machten, wir würden uns ja benehmen wie zwei Kinder. Sehen Sie, der Baron hat sich schon mehrmals umgedreht, er beobachtet uns.« – »Der Baron! Der Baron! Was gehen ihn unsere Angelegenheiten an?« – »Er glaubt, sich in die meinigen mischen zu dürfen, weil ich sein Sohn bin. Was will man machen? Beinahe alle Väter und Mütter haben diese lächerliche Einbildung.«

Jasmin wagte es nicht mehr, auf seiner Geige zu spielen, dagegen hörte ich ihn mit der vollen Kraft seiner Lunge brüllen: ›Wenn alles schläft.‹

»Meine reizende Freundin, ich gehe; ich erwarte Sie in meinem Schlafzimmer.« – »Nein, im Boudoir.« – »Warum?« – »Weil es hübscher und bequemer ist.« – »Aber ...« – »Ich will es haben.« – »Dann muß ich gehorchen. Hüten Sie sich übrigens, vor einer halben Stunde zu kommen.« – »Ja.« – »Sie versprechen es mir?« – »Ja, ja, ja.«

Blitzschnell eilte ich davon. »Jasmin, geh hinaus, schließ die Türen und stell dich unten an der geheimen Treppe auf, um diese Dame zu erwarten, die bald wieder herabkommen wird. Du hast sie doch heraufgebracht, ohne daß man sie sah?« – »Ja, gnädiger Herr.« – »Du wirst sie mit derselben Vorsichtsmaßregel wieder zurückführen. Wo ist sie?« – »Ach, gnädiger Herr! Wie glücklich sind Sie! Die schöne Dame!« – »Sag doch, wo sie ist!« – »Gnädiger Herr, wir sind zu dem Toilettenkabinett hereingegangen.« – »Und dann?« – »Sie lassen mir gar keine Zeit, gnädiger Herr. Sie hat das Boudoir gesehen, und da wollte sie nicht weitergehen. Ich habe sie ohne Licht gelassen, wie Sie mir sagten.« – »Gut! Lösch auch dieses da, ich bedarf seiner nicht mehr; geh und schließ die Türen hinter dir.«

Schließe die Türen hinter dir! Schöne Vorsicht! Mußte ich nicht daran denken, daß die Gräfin sich meines zweiten Schlüssels bemächtigt hatte!

In fataler Sicherheit ging ich durch das Gemach meiner Frau, so schnell, als die tiefe Dunkelheit ringsum es gestattete, und trat in das glückselige Boudoir: »Liebe Mama! Zärtliche Freundin! Sind Sie also hier! Der Chevalier von Florville hat also das Glück, Sie bei sich zu besitzen!« – Mit erstickter Stimme antwortete sie: »Ja.« – »Welche Zärtlichkeit und welche Erkenntlichkeit schulde ich Ihnen! Wie liebe ich Sie! Wie danke ich Ihnen!«

Zwei willfährige Arme, denen ich begegnete, zogen mich an, ich wurde an einen heftig atmenden Busen gedrückt, ein zuvorkommender Mund suchte den meinigen und bezahlte mir glühend meine glühenden Küsse zurück. Alsbald wagte ich mehr; statt mir den mindesten Widerstand entgegenzusetzen, schien meine schöne Freundin, mehr als schwach, nur darauf bedacht, den Erfolg meiner raschen Unternehmungen zu beschleunigen. Das Ruhebett zog ihren und meinen Fall nach sich.

Wehe dem, der es nicht weiß! Es gibt für den Menschen mit Phantasie Augenblicke im Leben, wo das Gefühl des Glücks allzu lebhaft in ihm wird und jedes andere Gefühl in sich aufgehen läßt. Augenblicke, wo die nach einem einzigen Gegenstand gierige Seele, irregeführt durch den quälenden Wunsch, diesen zu besitzen, ihn schafft und sogar in einem fremden Gegenstande sich aneignet. Der Wille ist dann so allmächtig, daß kein Geistesvermögen seine besonderen Kräfte ausüben kann, um ihn zu zerstören, das Gedächtnis weiß sich nicht mehr zu erinnern, der Geist kann nicht mehr überlegen, das Urteil nicht mehr vergleichen. Wehe dem, der es nicht kennt! Inzwischen hatte ich, wie man bald sehen wird, allerlei Ursache zu beklagen, daß ich in diese Ekstase geraten war.

Große Götter! Ich höre Lärm! Meine teure Mama, retten Sie sich! Aber wie hätte sie sich retten sollen! Sie befand sich ohne Licht in einer unbekannten Wohnung, deren Wege ich selbst noch schlecht innehatte. Ich wollte ihre Flucht begünstigen, und indem ich sie bei der Hand nahm, suchte ich die Türe des Toilettenkabinetts zu finden; ich hatte nicht Zeit dazu; die andere Türe des Boudoirs öffnete sich zu bald. Zu bald erreichte, begünstigt vom Zufall und der Liebe, welche in der Dunkelheit ihre raschen Schritte leiteten, Frau von Lignolle das liebende Paar. »Endlich habe ich Sie, mein Freund«, sagte sie, eine Hand küssend, die sie ergriffen hatte – und es war nicht meine Hand, die sie küßte. Die Marquise blieb auf einmal stehen und wagte sich nicht mehr zu bewegen. Ich aber, der ich ihre Angst und ihre tödliche Verlegenheit begriff, ich warf mich schnell zwischen sie und Frau von Lignolle, und so deckte ich mit meinem Körper den, von welchem die Gräfin ein wesentliches Glied gefan-

Heimliche Nachricht

genhielt und fortwährend zärtlich liebkoste. »Ich habe Sie, mein Freund!« wiederholte sie. Gezwungen, ihr zu antworten, war ich in meiner äußersten Verlegenheit ungerecht genug, ihr ein Verbrechen daraus zu machen, daß sie den festgesetzten Augenblick des Rendezvous nicht abgewartet habe. »Könnten Sie finden, daß ich zu schnell gekommen bin?« antwortete sie. »Ich sah den Baron sehr mit seiner Partie beschäftigt, ich konnte meine Ungeduld nicht bemeistern, ich habe den Augenblick benutzt, um zu entwischen.« – »Und Sie haben unrecht getan, Madame, Sie hätten nicht so sehr eilen sollen ... Sie mußten warten ... ich hatte Sie darum gebeten, Sie hatten es mir versprochen. Mein Vater wird Ihr Entwischen bemerken, mein Vater wird kommen ...«

Ach! Ich glaubte nicht, so wahr zu sprechen: Er kam im selben Augenblick herbei. Ein Angstschrei entfuhr mir: »Meine teuere Mama, Sie sind verloren!« Der Baron, der eine unglückselige Kerze in der Hand hatte, blieb in der Vertiefung der Türe stehen, und welch eine Angstszene beleuchtete er! Fürs erste war er selbst, der nur eine Frau bei seinem Sohne zu finden gedacht hatte, nicht wenig erstaunt, deren zwei zu sehen, die einander freundschaftlich bei der Hand hielten. Sodann zeigte Frau von Lignolle, die ebenso empört als beschämt und überrascht war, auf ihrem Gesicht, in welchem sich die Kämpfe mehrerer widerstreitender Leidenschaften abspiegelten, daß sie weder mir die Untreue, die ich ohne Zweifel soeben an ihr begangen, noch sich selbst die einfältigen Liebkosungen verzeihen konnte, womit sie vor einem Augenblick noch ihre Nebenbuhlerin, die unbeweglich starr an der Wand stand und kein Lebenszeichen von sich gab, überhäuft hatte. Aber man kann sich denken, daß von den vier handelnden Personen dieser wunderlichen Szene ich nicht die am wenigsten verblüffte war, als ein verstohlener Blick auf die unglückliche Bildsäule mich erkennen ließ ... ich sah sie noch dreimal an, bevor ich mich überzeugte, daß meine Sinne mich nicht in dem Grade hatten irreführen können ... Diese Frau, in deren Armen ich die schönste der Frauen zu besitzen geglaubt hatte, war weiter nichts als eine leidlich hübsche Brünette! Die Person, in der ich soeben Frau von B. anbetete, war nur Justine.

Schönheit, Gabe des Himmels, Tochter der Natur und Königin des Weltalls, dulde, daß einer deiner ehrerbietigen Untertanen dir eine Frage vorlege, welche deine enthusiastischen Anbeter vielleicht eine Lästerung nennen werden. Da die immer tätige und immer beständige Phantasie dich in jedem Augenblick und in einem Augenblick hundertmal schaffen und vernichten kann, so sag mir, was bist du denn in deinem eigentlichen Wesen? Worin liegt denn dein größter Zauber? Wo sitzt deine wahre Macht?

Diese Frau, in der ich soeben noch Frau von B. anbetete, war nur Justine!

Aber vielleicht war es doch etwas Besseres als Justine. Diese zierlichen Schuhe, dieses elegante Kostüm, dieser stolze Hut mit wallenden Federn, tausend andere pompöse Putzsachen, besonders diese Schminke, diese vornehme Schminke, welche niemals niedrig geborene Wangen färbte, was ist denn das? Nichts von diesem glänzenden Putz gehört weder der Zofe der Frau von B. noch selbst der Prinzessin im Venustempel des Vicomte. Oh, Frau von Montdesir, sehen Sie meine Verlegenheit, und erbarmen Sie sich: Sind Sie unter einem neuerdings wahr gewordenen Namen in meiner Wohnung erschienen? Haben Sie auf Kosten irgendeines Tölpels das adlige ›von‹ erworben, auf das ich für Sie stolz bin? Aber die Löwenhaut ist nicht so gut verdeckend, daß man nicht noch ein kleines Endchen des verräterischen Ohres sehen könnte. In ihrem Aufputz als Dame liegt eine gewisse allzu affektierte Unanständigkeit, welche das Dirnchen verrät – also alles genau ins Auge gefaßt, es war doch bloß Justine.

Sie bemerkte es auch, die boshafte Gräfin, die mit verachtungsvollem Blick ihre unwürdige Nebenbuhlerin vom Kopf bis zum Fuß musterte. »Madame ist offenbar Frau von Montdesir?« sagte sie zu ihr. Justine, die sich eben wieder erholt hatte, suchte sich durch Unverschämtheit aus der Verlegenheit zu ziehen, und antwortete schnippisch: »Zu dienen, Madame.« – »Madame ist vielleicht verheiratet?« fragte die Gräfin weiter. – »Oh, ganz richtig, ja, verheiratet, Madame.« – »Was ist der Mann von Madame?« – »Ach, alles mögliche. Und der Ihrige, Madame?« – »Nichts«, versetzte die Gräfin, »Sie sind sehr keck, mich auszufragen. Antworten Sie bloß auf die Fragen, womit man Sie zu beehren die Gnade hat. Ich frage Sie, was Ihr Mann, was sein Stand, sein Gewerbe ist, kurz, was er ist.« – »Was er ist? ... Nun, er ist ... was offenbar der Ihrige auch ist, Madame.«

Ich gestehe, daß ich hier ein neues Unrecht gegen Frau von Lignolle beging. Dieser Einfall Justines war allerdings lustig, aber ich durfte doch nicht vor der Gräfin ein lautes Gelächter aufschlagen, wie ich es tat. Es ist wahr, da ich doch einmal im Zuge bin, alles zu sagen, es ist wahr, daß die ungeduldige kleine Person mich derb dafür züchtigte, sie gab mir … ja, ich glaube, es war eine Ohrfeige, was sie mir gab.

Man begreift, daß mein Vater kein müßiger Zuschauer einer so skandalösen Szene blieb, aber es ist nicht überflüssig zu erzählen, wie er ihr ein Ende machte, wie er meinen Schimpf rächte. Auf den Lärm, den die heftig gezogene Klingel verursachte, kam ein Bedienter herbei, dem Herr von Belcourt befahl, der Frau von Montdesir bis an die Haustüre hinabzuleuchten. Sodann wandte er sich an die Gräfin: »Madame, ich habe vielleicht dreimal Ihr Alter, ich bin Vater, und Sie sind in meiner Wohnung. Ich sehe mich also genötigt, Ihnen ohne Umschweife zu sagen, was ich von Ihrem Benehmen denke, es ist dermaßen unbesonnen, und Sie müssen es mir danken, Madame, daß ich aus einem Rest von Schonung mich nicht eines stärkeren Ausdrucks bediene, es ist dermaßen unbesonnen, daß ich nur in Ihrer außerordentlichen Jugend eine Entschuldigung sehe. Wenn mein Sohn Freundinnen hat, so kann er sie hier nicht empfangen, und eine Frau, die sich nicht über alle Rücksichten des Anstandes hinwegsetzt, wird nie das Haus seines Vaters und das Gemach seiner jungen Gattin wählen, um dem Chevalier ein Rendezvous zu geben. Endlich, Madame, wird eine wohlerzogene Frau und namentlich eine Frau von Stand sich wohl hüten, ihren Geliebten, selbst wenn er sich wirklich eines großen Unrechtes gegen sie schuldig gemacht hätte und selbst wenn sie mit ihm allein wäre, so zu behandeln, wie Sie sich nicht entblödet haben, den Ihrigen in meiner Gegenwart zu behandeln.«

Frau von Lignolle stand einige Zeit wie niedergedonnert da. Der Baron fuhr in weniger strengem Tone fort: »Sooft die Frau Gräfin nur als die Freundin des Herrn von Belcourt und des Chevaliers von Florville die Güte haben wird, beiden zugleich Besuche abzustatten, so werden sich beide sehr geehrt fühlen, aber wenn ich Sie heute länger zurückhalten würde, Madame, so hieße das, denke ich, die Verlegenheit Ihrer Lage mißbrauchen … Mein Sohn, gehen Sie in den Salon zurück, sagen Sie der Baronin, daß die Frau Gräfin, welche sogleich gehen will, sie ersuche, sie nach Hause zu begleiten, und sie in ihrem Wagen erwarte. Madame, erlauben Sie mir, Sie hinabzubegleiten.« Die Gräfin war so wütend, daß sie ganz den Verstand darüber verlor. Sie stieß die Hand meines Vaters zurück und sagte: »Nein, mein Herr, ich kann allein hinabgehen. Sie schicken mich aus Ihrem Hause«, fügte sie mit jenem gebieterischen Tone hinzu, den ich sie gegen ihren Gemahl hatte annehmen sehen, »aber erinnern Sie sich daran! Kommen Sie nur einmal zu mir, dann werden Sie sehen!«

Ich hörte nicht, was Herr von Belcourt auf diese Drohung antwortete, die ihn in Erstaunen setzen mußte. Um wenigstens durch meine Folgsamkeit die Vergehen einigermaßen zu sühnen, deren ich mich schuldig fühlte, um meinen mit Recht erbitterten Vater zu beschwichtigen, vollzog ich bereits seinen Auftrag an die Baronin, die über den plötzlichen Weggang der Gräfin höchlich verwundert war und mich um die Ursache befragte. Ich versicherte, Frau von Lignolle werde ihr das unglückliche Ereignis in allen seinen Einzelheiten besser schildern als ich. Frau von Fonrose nahm die Hand des Vicomte und ging hinab, ich begleitete sie bis an die Haustüre. Von da hörte ich die ungeduldige Gräfin statt aller Antwort ihr unaufhörlich zurufen: »Der Treulose! Der Undankbare!«

Mein Vater, der jetzt mit mir allein war, ging in Sophiens Wohnung zurück, wohin ich ihm folgte. Er blieb vor der Türe des Boudoirs stehen. »Diesen Morgen«, sagte er zu mir, »durfte keine Sterbliche hierher dringen, und heute abend sind bereits zwei Frauen hineingegangen. Die, die ich nicht kenne, will, glaube ich, nicht viel besagen, aber die andere! Diese Frau von Lignolle! Sie erschreckt mich! Eine Frau in diesem Alter! Ein Kind! Schon so unternehmend, so unvernünftig, so keck! Mein Freund, diese Frau von Lignolle erschreckt mich! Ich habe nie ein tolleres, unbesonneneres, leidenschaftlicheres Weib gesehen. Hüten Sie sich, Sie selbst sind zu unbesonnen, zu lebhaft, diese Frau kann Sie weit führen. Sehen Sie, wie Sie dieser Frau wegen mehrere Stunden lang die vergessen konnten, deren Abwesenheit ich Sie den ganzen Morgen beweinen sah. Ach, Faublas! Faublas!«

Der Baron sah meine Tränen fließen und verließ mich ohne ein Wort des Trostes. Wie langsam entschwand mir der Rest des Abends! Als der Augenblick des Schlafengehens gekommen war, wie peinlich erschien es mir, unmittelbar neben dem Gemach mit den zwei großen Betten das Zimmer einzunehmen, das nur ein ganz schmales Bett hatte! Ich muß jedoch gestehen, daß ich es weniger schlecht fand als in der Bastille. In meinem Gefängnis rief ich den Tod an, in meinem Stübchen war es der Schlaf, den ich anflehte.

Aber ich erfreute mich weder des stärkenden Schlafes noch der glücklichen Träume.

Ein Brief, der mir schon am Morgen gebracht wurde, versetzte mich wieder in einige Heiterkeit.

›Niemals, Herr Chevalier, niemals lassen Sie einer armen Frau Zeit, zur Besinnung zu kommen. Ich sollte an Ihre Manieren gewöhnt sein, aber ich lasse mich immer übertölpeln, weil ich kein Gedächtnis habe und weil ich den Kopf verliere. Sie hätten sich indes an unsere alten Bedingungen erinnern müssen, welche darin bestanden, daß ich immer mit meinem Auftrage anfangen sollte.

Gestern abend haben Sie mich einen sehr wichtigen vergessen machen: Eine gewisse große Dame, deren unwürdige Dienerin ich bloß war, als Sie für ihren treuen Diener galten, ist sehr böse darüber, daß ich Sie gestern nicht sprechen konnte, wie sie mich beauftragt hatte, und nun ersucht sie mich, Ihnen heute zu schreiben, daß sie eine kurze Unterredung mit Ihnen zu haben wünscht. Sie wird in zwei Stunden bei mir sein. Kommen Sie früher, wenn Sie inzwischen mit mir unter vier Augen frühstücken wollen. Ich für meine Person habe die größte Lust dazu, denn Sie wissen sich so gut zu benehmen, daß man gar nicht widerstehen kann.

Ganz die Ihrige, von Montdesir.‹

Von Montdesir! Es ist kein Zweifel mehr möglich, Justine hat sich geadelt. Der Wohlstand verändert die Sitten. Justine verschmäht den Namen ihrer glanzlosen Voreltern, dieses ›ganz die Ihrige‹ klingt sehr obenhin. Und warum denn nicht! Ich bin adelig, aber sie ist hübsch. Ist die ewige Frage schon entschieden, ob es mehr erlaubt ist, auf den Zufall stolz zu sein, welcher die Geburt und die Reichtümer gibt, oder auf den, welcher Anmut und Schönheit spendet? Justine ist, was die holden Kämpfe der Venus betrifft, mehr wert als manche Herzogin, und ich selbst, dürfte ich mich wohl zu rühmen wagen, ihr hierin gewachsen zu sein? Mein lieber Faublas, demütige dich, lege eine kindische Eitelkeit ab, verzeih deinem Besieger ein bißchen Hochmut … »Eine große Dame, deren unwürdige Dienerin ich bloß war«, usw. Frau von B. ganz gewiß! Frau von B. will mich in einem dritten Hause sehen! Frau von B. will mich unter vier Augen sprechen! Götter! Wenn die Liebe sie mir ebenso zärtlich zurückgäbe … »Jasmin!« – »Gnädiger Herr.« – »Wartet man auf Antwort?« – »Ja, gnädiger Herr.« – »Sag, ich komme sogleich … richtig, sie wird erst in zwei Stunden dort sein … was liegt daran? Ich werde Justine besuchen, ich werde mit dieser Kleinen plaudern, ich bin verdrießlich, das wird mich zerstreuen ... Jasmin, sag, ich werde dem Überbringer auf dem Fuße nachfolgen.«

In der Tat war ich beinahe zugleich mit ihm im Palais-Royal. Was mir bei Frau von Montdesir auffiel, das war weniger die Schönheit ihrer Wohnung, die Eleganz ihrer Möbel, die unverschämte Miene ihres kleinen Lakaien und ihrer häßlichen Zofe als der wahrhaft gönnerhafte Empfang, womit Justine mich beehrte. Halb liegend auf einer Ottomane, spielte sie mit einer Angorakatze, als man ihr meinen Besuch anmeldete. »Ach!« sagte sie nachlässig, »nun wohl, er mag hereinkommen«, und ohne sich zu derangieren, ohne die Pfoten der hübschen Katze loszulassen, begann sie: »Sie sind es, Chevalier? Es ist noch sehr früh, aber Sie werden mich dennoch nicht belästigen, ich habe schlecht geschlafen, und es ist mir nicht unangenehm, Gesellschaft zu haben.« Sie wandte sich an ihre Zofe: »Mamsell, werden Sie die Toilette nicht bald in Ordnung bringen? Wahrhaftig, ich weiß nicht, womit Sie Ihre Zeit hinbringen, aber Sie werden mit nichts fertig.« Nun kam die Reihe wieder an mich: »Mein Herr Chevalier, nehmen Sie doch einen Stuhl, setzen Sie sich und lassen Sie uns plaudern.« Die Soubrette erregte abermals ihre Aufmerksamkeit: »Schon gut, Sie machen mich ungeduldig, verlassen Sie uns. Wenn jemand kommt, ich bin nicht da.« – »Madame, Sie haben aber Ihre Schneiderin bestellt ...« – »Guter Gott! Mamsell, wie dumm sind Sie doch! Wenn ich sage jemand, so spreche ich doch nicht von der Schneiderin. Ist denn diese Schneiderin jemand? Sie soll warten.« – »Madame, und wenn sie nicht Zeit hat?« – »Ich sage Ihnen, daß Sie sie warten lassen; sie ist dazu da, und Sie sind da, um zu schweigen. Gehen Sie, entfernen Sie sich.«

Ich war im Anfang, stumm vor Überraschung, stehengeblieben – schließlich aber konnte ich ein schallendes Gelächter nicht zurückhalten. »Sag mir, schönes Kind, seit wann spielst du die Prinzessin?« – »Es ist gut«, sagte sie, »wenn man diesen Leuten gegenüber und vor ihnen seine Würde bewahrt. Stoß dich also nicht an dem Ton, den ...« – »Wie, Justine, du duzest mich?« – »Warum denn nicht? Da du der Frau von Montdesir gefällst und sie liebst?« – »Sehr gut, meine Kleine. Wirklich, ich habe das vor kaum einer halben Stunde zu mir selbst gesagt, als ich deinen Brief las. Indes erlaube ich mir eine Bemerkung: Liebtest du mich früher nicht?« – »Früher? Pfui doch! Ich liebte dich, ja, soweit eine unglückliche Zofe lieben kann.« – »Und jetzt?« – »Jetzt habe ich nicht weniger Zärtlichkeit, aber diese Zärtlichkeit ist honetter, nobler, denn ich habe meine eigene Einrichtung, ich bin wer.« »In der Tat, Madame, ich mache Ihnen mein Kompliment darüber, alles hier atmet Wohlhabenheit ... Erzähl mir doch, wie bist du in diese glänzenden Umstände gekommen.« – »Gern, aber ich habe dir vorher noch viel interessantere Dinge zu sagen.«

Ich ließ Justine sprechen, denn sie erklärte sich ganz vortrefflich. Es schien mir, als habe die Kleine seit drei Monaten außerordentlich gewonnen, und ich wunderte mich jetzt weniger über den Mißgriff, der gestern abend meine Sinne getäuscht hatte. Im übrigen möchte ich nicht zu versichern wagen, daß es ohne alle künstlichen Zutaten angegangen sei – ein hübsches Morgenkleid wirkt oft mächtiger, als man glaubt, und wer es nicht selbst erfahren hat, der macht sich keinen Begriff davon, wie sehr die schon bekannten Reize einer jungen Person, deren Anzug lange Zeit allzu vernachlässigt war, durch einen eleganteren hervorgehoben werden können. Ich will sogar noch etwas sagen, was vielleicht viele Männer nicht wissen, daß schon oft eine Dame, die verschmäht oder verraten wurde, nur eine neue Blume in ihr Haar zu stecken, ein neues Kostüm, eine neue Farbe der Strümpfe zu wählen brauchte, um den Widerspenstigen zu unterwerfen oder den Unbeständigen zurückzuführen.

Glauben Sie indes nicht, daß ich Herrn von Valbrun gänzlich vergaß. Es ist wahr, ich erinnerte mich an ihn und mein gegebenes Wort spät genug, daß Frau von Montdesir sich weder zu verwundern noch zu beklagen brauchte, aber dies war bloß ein Fehler meines Gedächtnisses und ganz und gar nicht böser Wille, denn wirklich, ich würde Ihnen dies ebenso aufrichtig gestehen.

Als der Augenblick der vertraulichen Mitteilungen und der Ruhe gekommen war, bat ich Frau von Montdesir, mir zu sagen, welche Art von Interesse der Vicomte an ihrem Schicksal nehme, und nun schenkte sie mir ohne Bedenken klaren Wein ein. Herr von Valbrun war seiner kleinen Einrichtung bald überdrüssig geworden, hatte aber seine Mätresse mit jedem Tage mehr liebgewonnen und Justine vollständig ausgestattet. Er gab ihr fünfundzwanzig Louisdor monatlich, ohne den Mietzins, den er bezahlte, ohne die zahlreichen Geschenke und allerlei Nebenausgaben für die Haushaltung; das war es also, was Frau von Montdesir einen Stand nannte. Sobald ich hörte, daß sie in der vollständigen Bedeutung des Wortes ein unterhaltenes Mädchen war, bat ich sie in allem Ernst, ihr Verhältnis mit mir als eine Nebenliebschaft zu betrachten, zog einige Louisdor aus der Tasche und zwang sie, diese anzunehmen. Nun kann ich bei dieser Gelegenheit nicht umhin, dem Leser eine für unsere Sittengeschichte wichtige Bemerkung vorzulegen. Solange sich Justine früher, als Zofe der Marquise und in der Glanzlosigkeit ihres dienstlichen Verhältnisses, edelmütig in ihren freien Stunden jedem hingab, der sie hübsch fand, machte ich mir kein Bedenken daraus, sie unentgeltlich zu lieben; ich betrachtete sogar die kleinen Geschenke, womit ich ihren gefälligen Eifer bisweilen belohnte, als den reinen Ausfluß meiner Freigebigkeit. Jetzt, da sie im Solde des Vicomte stand, trieb Frau von Montdesir Handel mit ihren Reizen, und ich hätte diese nicht umsonst benützen zu können geglaubt, ohne die Delikatesse zu verletzen. Alle unsere jungen Leute, die einige Grundsätze haben, tun dies; deshalb ist es auch für ein hübsches Mädchen, das sich durch seine Reize zu einigem Vermögen emporschwingen will, durchaus nicht schwer, fünfzig junge Herren zu finden, denen sie eine gewaltige Meinung von sich beibringen kann, aber es kostet Mühe, einen honetten Mann aufzutreiben, welcher zuerst auf den Gedanken kommt, einen bestimmten Preis für sie festzusetzen.

Ich bezahlte also Frau von Montdesir und wagte es, sie um ein Frühstück zu bitten. Ein Diener brachte es. Der Bursche hatte ein hübsches Gesichtchen, und ich bemerkte sogleich, daß seine Gebieterin gegen ihn nicht die Gesichter machte wie gegen die arme Zofe. »Frau von Montdesir, ich beobachte Sie genau, und Sie merken es nicht, Sie scheinen mir diesem glücklichen Diener gegenüber die famose Würde, von der Sie gesprochen haben, nicht gar zu streng festzuhalten. Frau von Montdesir, entweder täusche ich mich sehr, oder Sie behalten in Ihrer gegenwärtigen Herrlichkeit die ursprünglichen, so uneigennützigen Neigungen Ihres ersten Standes bei. Justine, dieses Bürschchen da erinnert mich an La Jeunesse« – … Vicomte, lieber Vicomte, nehmen Sie sich in acht; das geht Sie an und wird fortan nur Sie allein angehen; denn von diesem Augenblick an verspreche ich heilig, daß ich mit Ihrer Mätresse nichts mehr zu tun haben werde … Aber denken wir nicht mehr an Frau von Montdesir – mir scheint, ich höre Frau von B.

Frau von B. kam nicht von der Seite her, von welcher ich eingetreten war. Ich sah sie auf einmal im Hintergrunde des letzten Zimmers erscheinen, das Frau von Montdesir bewohnte. Ich eilte, mich vor ihre Füße zu werfen und diese zu umschlingen. Die Marquise neigte sich über mich und küßte mich; als sie jedoch sah, daß ich mich rasch erhob, um ihr den Kuß zurückzugeben, wich sie zwei Schritte zurück und reichte mir nur die Hand, aber auch das geschah mit einer mehr höflichen als verbindlichen Geste, mit einer Miene, die, weit entfernt, eine Liebkosung zu begehren, vielmehr eine Huldigung zu gebieten schien. Ich aber, der ich entzückt war, diese seit so langer Zeit geliebte Hand wieder einmal in der meinigen zu halten, ich fühlte, indem ich mehrere sehr lebhafte Küsse darauf gedrückt, daß sie noch immer der Liebe würdig und für die Ehrerbietung und Freundschaft zu schön war. Frau von Montdesir kam, um Frau von B. ihre Reverenz zu machen; diese empfing sie, wie sie früher Justine empfing. »Kleine«, sagte sie zu ihr, »ich bin zufrieden mit dem Eifer und dem Verstand, den du bei der raschen Ausführung meiner Befehle gezeigt hast, du kennst mich, ich werde nicht undankbar sein. Geh, schließ diese Tür und laß niemand bis zu uns herein.«

Sobald Justine gehorcht hatte, suchte ich der Frau von B. das ganze Übermaß meiner Erkenntlichkeit und Freude zu erkennen zu geben. »Chevalier«, antwortete die Marquise, ihre Hand zurückziehend, die ich offenbar zu stark drückte, »Sie werden mich in diesem Punkte niemals die Delikate spielen und eine Tatsache leugnen sehen, welche dennoch bald tausend Leute erfahren und Ihnen bestätigen würden: Durch meine Bemühungen haben sich die Tore der Bastille für Sie erschlossen. Vielleicht hat Ihnen die kleine Montdesir bereits gesagt, wie sehr viermonatige beständige Besuche bei Hofe den Kredit vergrößert haben, den ich genoß, und ich versichere Ihnen, mein Freund, daß der Gedanke an Ihr Unglück zu denjenigen Betrachtungen gehörte, die mich bei der Verfolgung meiner ehrgeizigen Pläne am meisten belebten und aufrechterhielten. Ich stehe jetzt auf dem höchsten Gipfel der Gunst, welchen das Glück eines Höflings erreichen kann, und wenn Ihre, im Anfang beinahe tagtäglich umsonst erbetene, endlich aber tausend Hindernissen und tausend Feinden zum Trotz ausgewirkte Freiheit nicht so schnell, wie ich es wünschen konnte, den ganzen Umfang meiner Macht bezeichnen kann, so kann ich mich wenigstens rühmen, daß sie der unzweideutigste Beweis derselben ist, und ich scheue mich nicht, Ihnen zu gestehen, daß ich darin meinen liebsten Erfolg erblicke. Glauben Sie indes nicht, daß Ihre beste Freundin ihre Gefälligkeiten für Sie so eng zu begrenzen gedenkt. Ich weiß, daß die Freiheit Ihnen nicht das höchste der Güter ist, ich weiß, daß Faublas, obgleich unaufhörlich von mehreren Freundinnen geliebkost, nicht glücklich leben kann, wenn er von derjenigen, die er immer bevorzugt hat, getrennt schmachtet. Ich vermesse mich, sie Ihnen zurückzugeben, ich vermesse mich, Duportails Versteck auszumitteln, und wäre es am Ende der Welt.« – »O meine Wohltäterin!« rief ich, »o meine großherzige Freundin!« Die Marquise zog ihre Hand zurück, die ich wieder ergreifen wollte.

»Und, Chevalier, wenn es mir gelungen sein wird, die beiden reizenden Gatten wieder zu vereinigen, so werde ich für ihr beiderseitiges Glück noch etwas Kühneres zu versuchen wagen. Wenn Faublas mich mit seinem Vertrauen belohnt und wenn er mir erlaubt, seiner Jugend mit meinen Ratschlägen beizustehen, so werde ich ihn gegen die Verführungen meines Geschlechts und die Verirrungen des seinigen zu bewahren suchen, werde ihm klarzumachen suchen, daß ein junger Mann, welcher von Hymen in dem Maße begünstigt worden ist wie er, sein Glück in seiner Treue finden muß. Glauben Sie ja nicht, daß ich mich über die Schwierigkeiten dieses Unternehmens täusche, nein, ich weiß recht gut, daß die größeren nicht von Ihnen kommen werden. Ich kenne Sie, Ihre ungeduldige Lebhaftigkeit, die Ihnen selten Zeit läßt, den gefährlichen Gelegenheiten zu widerstehen, ich kenne Ihre Phantasie. Sehen Sie, Faublas, das sind die Feinde, die ich fürchte; das erschreckt mich mehr als die zärtlichen Aufwallungen Ihrer kopflosen Gräfin, mehr als die schlauen Einflüsterungen der Baronin, ihrer intriganten Freundin.« – Ich unterbrach Frau von B.: »Sie kennen diese Damen? Woher wissen Sie denn? …« – »Herr von Valbrun hat keine Geheimnisse vor Frau von Montdesir, welche seit drei Monaten keine mehr vor mir hat.«

Die Art, wie Frau von B. mich ansah, während sie die zweideutigen Worte: »welche seit drei Monaten keine mehr vor mir hat« mit entschiedener Absichtlichkeit betonte, erlaubte mir nicht, an der wahren Bedeutung zu zweifeln, die sie ihnen geben wollte. Ich konnte nicht umhin zu erröten. Die Marquise sah meine Verlegenheit und sagte: »Lassen wir Justine, wir wollen sogleich von ihr sprechen; vorher aber muß ich Sie über den Charakter der Frau von Fonrose aufklären, und es wird mir nicht unangenehm sein, Ihnen zu zeigen, daß ich Frau von Lignolle kenne.

Die kleine Gräfin, eitel auf ihre Reize, die sie unvergleichlich glaubt, auf ihren Geist, den man ihr als originell vorpreist, auf ihre Geburt, deren Rechtmäßigkeit verdächtigt wird, ohne daß sie es

Promenade am Morgen

weiß; stolz ferner auf die Reichtümer, welche sie erwartet, und auf den Rang, den sie hofft; pochend auf den Zufall, welcher ihr die schwächste der Tanten und den blödsinnigsten der Männer gegeben hat; diese kleine Gräfin bildet sich ein, man schulde ihr nur Huldigungen, Verehrungen und Anbetungen. Unbesonnen, herrisch, eigensinnig, launisch und eifersüchtig, hat sie alle Fehler eines verzogenen Kindes. Sie wird sich immer weniger aus dem Glück zu gefallen machen, als aus dem Vergnügen zu gebieten. Man wird an ihr die anspruchsvollste Geliebte finden, wie sie die unverschämteste der Frauen ist; sie wird bald aus ihrem Liebhaber ihren ersten Bedienten machen, wie sie bereits aus ihrem Manne ihren letzten Sklaven gemacht hat. Ich stehe Ihnen dafür, daß sie ebenso unfähig ist, ihre unsinnigen Meinungen zurückzuhalten, als ihre ungeordneten Leidenschaften einzudämmen. Sie werden unaufhörlich sehen, daß sie die Dummheit, die sie gemacht hat, durch die Dummheit zu entschuldigen ·sucht, die sie sagen wird, und ich wage Ihnen zu prophezeien, daß sie bei ihrer bekannten unerschöpflichen Eigenliebe sich vergebens bemühen wird, die Laster zu verbessern, welche Natur und Erziehung zusammen in sie gelegt haben.

Was die Baronin betrifft, so ist ihr Ruf erledigt. Niemand schätzt sie, weil jedermann sie kennt. Der Verdruß über den Skandal ihres ersten Auftretens hat Herrn von Fonrose, einen sehr braven Mann, der sich bloß des Fehlers schuldig machte, bei einem hohen Rang seiner zu noblen Frau Sinn für bürgerliche Tugenden beibringen zu wollen, das Leben gekostet. Madame nannte ihn in ihren lustigen Einfällen den Herrn Philosophen von der Rúe Saint-Denis. Zur Zeit, als ihr Mann starb, beeilte sich Frau von Fonrose, die jetzt gänzlich frei war, die glänzenden Hoffnungen zu rechtfertigen, welche sie erweckt hatte. Wir haben es gesehen, wie sie sich über alle Anstandsregeln als über die ewigen Feindinnen ihres Geschlechtes hinwegsetzte, und bei allen Zusammenstößen hat sie stoisch ihren großen Charakter behauptet. In weniger als zehn Jahren hat sich die Zahl ihrer Eroberungen dermaßen vergrößert, daß sie am Ende fürchtete, sie möchte die eine oder die andere vergessen, und neuerdings auf den sehr klugen Einfall gekommen ist, mit eigener Hand ein ehrenreiches Verzeichnis darüber aufzusetzen. In diesem endlosen Wörterbuch ist der Name Ihres Herrn Vaters vielleicht der tausendste, und wahrscheinlich werden ihm noch tausend folgen, den Ihrigen ungerechnet. Was den unüberwindlichen Mut dieser Dame, welche imstande ist, so viele Männer zu ertragen, noch erstaunlicher macht, das ist die Tatsache, daß sie jedermann aufnimmt und niemanden fortschickt. Bei dieser Messalina begeht der Neuangekommene niemals ein Unrecht gegen den Vorgänger. Sie wird dreißig zugleich behalten, wenn dreißig es sich gefallen lassen. Der, dem diese Einrichtung nicht zusagt, zieht sich ohne Skandal zurück. Wenn man die Lücke bemerkt, die er hinterläßt, so ersetzt man sie, aber in allen Fällen kann der Deserteur, wenn er nach sechsmonatiger Abwesenheit zurückkehrt, einer freundlichen Aufnahme versichert sein. Glauben Sie übrigens nicht, daß diese kleinen Details allein imstande sind, einen so großartigen Kopf wie den der Baronin auszufüllen. Dieses intrigante Weib verlangt auch Beschäftigung nach außen. Untröstlich über die müßigen Augenblicke, die ihre eigenen Liebesgeschäfte ihr lassen, findet sie ihre Befriedigung darin, den Liebesgeschäften anderer Vorschub zu leisten. Gehen Sie einmal an einem Empfangstag zu ihr, Sie werden sie umringt sehen von hübschen Jungen, welche sie heranbildet, und von artigen Kindern, die sie fertigmacht.

Dies sind die Feindinnen, die ich mit Ihnen zu bekämpfen gedenke, ich glaube aber, ihnen noch einige Zeit das Vergnügen Ihrer Niederlage gönnen zu müssen. Vergrößern Sie unaufhörlich die unübersehbare Liste derer, welche Frau von Fonrose glücklich gemacht hat. Diese Dame wird bei ihrer Überhäufung mit Geschäften einen jungen Mann, den ich als gefühlvoll kenne, nicht länger als einen Tag fesseln können. Was Frau von Lignolle betrifft, so erlaube ich, daß Sie diese noch einige Wochen festhalten. Da Sie durchaus eine Zerstreuung haben müssen, so ziehe ich ein launenhaftes und leichtfertiges Kind, das Ihnen nur eine Laune, flüchtig und vorübergehend wie Ihre eigene, einflößen wird, jeder andern vor. Seien Sie also in Ihren müßigen Tagen die Puppe, in die sie sich vernarrt, aber bedenken Sie, daß Sie, sobald ich Ihnen Sophie werde zurückbringen können, unwiderruflich mit der Gräfin brechen müssen.«

Ich versprach es der Marquise; dankte ihr lebhaft für die Teilnahme, die sie mir schenkte, und gelobte ihr, keine andere als meine Frau zu lieben, sobald meine Frau mir zurückgegeben sei. Indes hatte ich Frau von B. nicht ohne Verdruß zugehört, wie sie meine Treue für Sophie in Anspruch nahm, und damit niemand in Versuchung gerate, das lebhafte Mißvergnügen zu tadeln, das ich unwillkürlich empfand, beeile ich mich mitzuteilen, daß die Marquise in diesem Augenblick mehr als je in der ganzen Anmut ihrer Jugend und dem vollen Glanz ihrer Schönheit strahlte. Ich fand ihre Haut blendender weiß, die Rosen ihrer Wangen schienen mir mehr Frische zu haben, und meine Erinnerung führte mir andere Reize vor, die meine Phantasie mir noch vollkommener zeigte; aber ich fühlte mich auch genötigt, in ihrer noch immer zauberischen Haltung etwas Züchtigeres, Zuversichtlicheres und in ihrer ganzen, noch ebenso wie früher von Anmut stahlenden Person eine gewisse Würde zu erkennen, die nicht zu den Liebesangelegenheiten gehörte. Ich war in Verzweiflung. Zwanzigmal wollte ich ihr die Erinnerung, die mich aufregte, die schmerzliche Erinnerung an mein entschwundenes Glück zurückrufen, und zwanzigmal gebot sie mir Stillschweigen durch eine Gebärde, welche zu sagen schien: Beklagen Sie mein Unglück und respektieren Sie Ihre Freundin.

Ich mußte mich entschließen, sie zu respektieren, ich mußte mich entschließen, ihr noch einige Zeit ohne Unterbrechung zuzuhören. Sie erzählte mir von den vielfachen Mitteln, die jetzt in ihrer Macht ständen und die sie aufzubieten gedächte, um Frau Faublas zu suchen. Endlich, als sie mich fest überzeugt sah, daß niemand in der Welt Sophie auffinden könne, wenn Frau von B. es nicht könne, begann sie von Justine zu sprechen. »Die Kleine«, sagte sie, »hat mir versprochen, dem Besserungsplane, den ich für Sie entworfen habe, keine Hindernisse in den Weg zu stellen, aber ich traue ihr wenig Kraft zu, an einem verzweifelten Entschlusse festzuhalten, darum ersuche ich Sie, ihren Mut nicht auf eine harte Probe stellen zu wollen. Sie können«, fügte sie hinzu in einem ernsthafteren Tone, »anständigerweise das Liebesverhältnis, das Sie seit langer Zeit mit ihr hatten, nicht länger fortsetzen. Eine Intrige dieser Art steht Ihnen in ganz und gar keiner Beziehung zu. Mein Freund, Sie sind nicht so verrückt, Frau von Montdesir bereichern zu wollen, und nicht so gemein, daß Sie daran denken könnten, sie unentgeltlich zu lieben.«

Um die Achtung der Marquise zu rechtfertigen, verhehlte ich ihr nicht, daß Frau von Montdesir erst heute früh und soeben noch ihr verwegenes Versprechen mit mir gebrochen habe, und erzählte ihr sogar naiv, welcher süße Mißgriff mir gestern abend einen der glücklichsten Augenblicke meines Lebens bereitet und Justine in meinen Armen mit allen Reizen der Frau verschönt habe. Ich sah die Marquise mehrere Male erröten über meinen allerdings unentschuldbaren Irrtum. Kühn gemacht durch ihre Verwirrung, wagte ich es, mit einer leisen Liebkosung eine hinterlistige Frage aufzuwerfen: »Und

Sie, meine teuere Lehrerin, denken Sie denn niemals an mich? Niemals eine zärtliche Erinnerung? ...« Frau von B., die sich bereits wieder gesammelt hatte, unterbrach mich: »Dürfen Sie fragen, ob ich an Sie denke! Beweist Ihnen nicht alles, was ich sage, daß Ihre Freundin unaufhörlich mit Ihren teuersten Interessen beschäftigt ist? ...« – »Also ist es wahr, daß Sie meine Freundin sind? ... Ach, Sie sind nur noch meine Freundin!« – »Faublas, Sie sollten mir dazu Glück wünschen.« – »Meine teuere Mama! Ich kann mich nur darüber beklagen.« – »Mein Freund, Sie müssen Madame sagen.« – »Madame zu Ihnen? Nie werde ich mich daran gewöhnen.« – »Dennoch muß es sein, Faublas.« – »... Madame, ich heiße Florville.« – »Um so besser, ich freue mich über Ihre Fügsamkeit.« – »Meine teuere Madame! Welch ein Glück! ...« – »Mein Freund, Sie müssen Madame sagen.« – »Welch ein Glück ruft dieser Name in mir zurück!« – »Lassen wir das.« – »Mit welchem Vergnügen gedenke ich des liebenswürdigen Vicomte, der ihn trug!« – »Sprechen wir von etwas anderem, mein Freund.« – »Warum bin ich nicht mehr Fräulein Duportail! Warum reiten wir nicht mehr nach Saint-Cloud!«

»Guter Gott! Schon zwölf Uhr!« rief sie, auf ihre Uhr sehend, »Florville, ich will Ihnen jedoch, ehe ich gehe, einen Auftrag geben.« Sie zog aus ihrer Brieftasche ein Papier, das sie mir zustellte. »Ich habe selbst den Minister um dies Schreiben ersucht, das meinen bittersten Todfeind nach Frankreich zurückruft; tun Sie mir den Gefallen, es an den Grafen Rosambert nach Brüssel, wo er gegenwärtig ist, zu adressieren. Melden Sie ihm, er könne unter seinem eigenen Namen in der Hauptstadt und sogar bei Hof wieder erscheinen. Ich erlaube Ihnen, ihm mitzuteilen, daß die von ihm beschimpfte Dame ihn mit einem einzigen Worte seiner Güter, seiner Ämter, seines Vaterlandes auf immer berauben konnte und daß sie statt dessen seine Rückkehr ausgewirkt hat; er glaube indes nicht, daß ich meiner Rache entsage, aber er wisse, daß ich sie meiner würdig will: Eine feige Züchtigung soll nicht der Preis einer feigen Beleidigung sein. Wenn ich einen seiner Geburt unwürdigen Menschen, der sich nicht entblödete, mich niederträchtig zu beleidigen, auf edle Weise strafe, so strafe ich ihn doppelt. Adieu, mein Freund!« – »Adieu, Madame! ... Werde ich lange das Glück entbehren müssen, Sie wiederzusehen?« – »Nein, Florville, ich denke einige Male hierher zurückzukommen.« – »Sagen Sie oft.« – »Oft, wenn ich kann.« – »Und bald?« – »So bald wie möglich ...« – »In einigen Tagen?« – »Ich werde es Ihnen durch Justine sagen lassen. Adieu, mein Freund!«

Als Frau von B. gegangen war, rief ich Frau von Montdesir. »Sag mir, wohin führt diese Türe da, durch welche ich die Marquise ein- und ausgehen sah?« – »Ins Haus des benachbarten Bijoutier, welchen Madame tüchtig dafür bezahlt hat; es ist hier ganz so wie im Boudoir der Modistin.« – »O nein, Justine, es ist nicht so, es fehlt sehr viel.« – »Was denn? Ist unsere Freundin grausam gewesen?« – »Ja, meine Freundin.« – »Vielleicht weil Sie verheiratet sind?« – »Glaubst du?« – »Ich fühle, daß mich das an ihrer Stelle furchtbar quälen würde, ich wäre im Anfang wie ein kleiner Teufel; aber wir Frauen können nun einmal nicht lange zürnen, und ich würde mich am Ende dreinfinden.« – »Du denkst also, daß die Marquise ...« – »Sich dreinfinden wird. Ja, seien Sie ruhig. Und dann«, fügte sie in kosendem Tone hinzu, »weiß ich ja, daß es noch andere Tröstungen für dich gibt.«

Frau von Montdesir schien wirklich geneigt, mir solche anzubieten; aber ich hatte den Mut, meinen Verdruß nach Hause zu tragen.

Jasmin wartete ungeduldig auf meine Rückkehr. Er sagte mir, Frau von Fonrose habe soeben hergeschickt und lasse mich ersuchen, zu ihr zu kommen. Ich schrieb zuerst an Rosambert einen kurzen Brief, den ich auf die Post bringen ließ, und dann begab ich mich zur Baronin.

Als man ihr den Chevalier von Florville anmeldete, tat Frau von Fonrose einen Freudenschrei. Sie führte mich in ihr Toilettenkabinett, stellte mich vor einen Spiegel und klingelte einer ihrer Zofen, die, weniger hübsch, aber nicht minder gewandt als Justine, mir in einem Augenblick mit Bändern und Blumen die eleganteste Frisur machte, auf die eine junge Person je stolz sein konnte. Sodann sah ich mich mit einem Kleid von Peking-Lilas geschmückt, und um die Metamorphose vollständig zu machen, wurde mein Fuß in einen blauen Saffianschuh eingezwängt. Frau von Fonrose schickte hierauf ihre Zofe weg; dann hatte sie die Güte, mir unter Küssen zu sagen, daß es wenige so liebenswürdige Damen gebe, wie ich es sei. Ich wollte ihr eben, unvorsichtig genug, sowohl ihre Schmeichelworte als ihre Zärtlichkeiten zurückgeben, als ein hilfreicher Lakai von der Tür aus rief: »Herr von Belcourt!«

Die Baronin, welche fürchtete, mein Vater möchte bis ins Toilettenkabinett dringen, eilte ins nächste Zimmer, um ihn zu empfangen. »Ich komme«, sagte der Baron zu ihr, »um Ihnen Entschuldigungen nebst Vorwürfen zu bringen und mein Bedauern auszusprechen. Wir mußten uns gestern etwas rasch trennen; es tat mir sehr leid, aber die Schuld liegt ganz an Ihnen, Baronin; Sie haben mir da das tollste Persönchen gebracht ...« – »Sagen Sie vielmehr eine allerliebste Dame, mein Herr, reizend, lebhaft, voll Anmut, voll Geist ...« – »Das mag sein, Madame, aber ...« – »Kein Aber«, unterbrach sie. Er fuhr jedoch fort: »Ich gestehe Ihnen, daß ich nicht ohne Verdruß meinen Sohn in eine neue Intrige verwickelt sehe. Es wäre mir ein zu schmerzlicher Gedanke, daß seine Frau immer abwesend bleiben könnte ...« – »Ach, mein Gott! Beruhigen Sie sich, Baron, wenn sie wiederkommt, werden wir ihr ihren Mann zurückgeben!« – »Zu spät vielleicht, er wird sie weniger lieben, und seine Sophie verdient, glücklich zu sein.« – »Was Sie nicht sagen! Ich bewundere Sie! Wenn man Sie hört, sollte man meinen, eine Frau könne ihr Glück nur in der beständigen Anbetung ihres Mannes finden. Sie haben da aus Ihrer Provinz diese Idee vom vorigen Jahrhundert mitgebracht, daß jeder gute Ehemann echt spießbürgerlich seine Frau mit einer ewigen Liebe umbringen müsse. Mein Herr, woher kommen Sie denn? Wissen Sie noch nicht, daß gegenwärtig ein honetter Mann nur heiratet, um ein Haus, einen Stand, einen Erben zu haben?« – »Und daher kommt es wohl, Madame, daß die honetten Leute, von denen Sie sprechen, nach einigen Jahren weder einen Stand noch ein Haus, noch Kinder haben, die ihnen gehören.« – »Sie sind«, versetzte die Baronin lachend, »der amüsanteste Mensch von der Welt, wenn Sie sich die Mühe dazu nehmen. Man soll anspannen!« sagte sie zu einem Bedienten. – »Sie dinieren nicht zu Hause?« rief mein Vater. – »Nein, leider nicht.« – »Und ich wollte den Abend bei Ihnen zubringen!« – »Es tut mir unendlich leid«, antwortete sie kosend, »aber es ist rein unmöglich.« – »Madame, kann man ohne Indiskretion fragen, wo Sie dinieren?« – »Bei der kleinen Gräfin.« – »Gehen Sie allein hin?« – »Nein.« – »Mit meinem Sohne vielleicht?« – »Mit dem Chevalier? Gott bewahre!« – »Sie lachen, Baronin.« – »Ich gebe Ihnen mein Ehrenwort, daß es nicht Ihr Sohn ist, der mich zur Gräfin begleitet.« – »Wer denn?« – »Eine junge Person, von der Sie, glaube ich, noch nie gehört haben.« – »Ihr Name?« – »Fräulein von Brumont.« – »Von Brumont? Nein, ich kenne sie nicht. Kommt sie zu Ihnen, oder holen Sie sie ab?« – »Ich weiß selbst nicht, ich warte.« – »Bleiben Sie lange bei Frau von Lignolle?« – »Ich dachte bald zurückzukommen, um mit Ihnen zu soupieren.« – »Da haben Sie eine vortreffliche Idee, Baronin.« – »Und ich würde meine Türe jedermann verbieten lassen«, fuhr sie fort, »wenn Sie nicht allzusehr das Tête-à-tête fürchteten.« – »Ich fürchte bloß, das Tête-à-Tête möchte zu kurz sein«, antwortete er, ihre Hand küssend.

Ein Bedienter meldete, der Wagen sei angespannt. Fräulein von Brumont, die große Eile hatte, ihr Gebieterin wieder zu sehen, fand, daß der Baron gar zu lange mit seiner Freundin plauderte. Ja, meine Sophie, ich bitte dich deshalb um Verzeihung: Faublas sann auf ein Mittel, seinen Vater rasch zu entfernen.

Agathe, die flinke Zofe, die mich frisierte, hatte die Güte, einen Louisdor anzunehmen und sich meiner Not zu erbarmen. Sie führte mich über eine kleine Treppe in den Hof, wo ich die Karosse der Baronin vorfand. Sodann übernahm sie es, ihrer Gebieterin zu sagen, Fräulein von Brumont sein angekommen; da sie aber erfahren, daß Frau von Fonrose Besuch habe und da sie niemanden sehen wolle, so erwarte sie die Baronin in ihrem Wagen.

Mein Auftrag wurde pünktlich vollzogen. Bald sah ich Frau von Fonrose herabkommen, mein Vater gab ihr die Hand. Er warf einen neugierigen Blick in den Wagen, aber ich hatte die Unhöflichkeit, mein Gesicht mit meinem Fächer zu verdecken.

Wir fuhren ab. Die Baronin wünschte mir lachend Glück zum Erfolg meiner List. Sie ergriff meine Hand, drückte sie sanft, beehrte mich mit mehreren zärtlichen Blicken und wiederholte mir mehr als einmal, mein Vater könne für einen höchst liebenswürdigen Mann gelten, ich aber sei die reizendste Dame, welche sie jemals gesehen habe. Inzwischen kamen wir dem Orte unserer Bestimmung näher, das Gespräch nahm eine andere Wendung. Frau von Fonrose hatte die Güte, mir vorherzusagen, die Gräfin, die ohne Zweifel noch sehr erbittert sei, werde mich im Anfang ziemlich schlecht empfangen, »doch«, fügte sie hinzu, »ich würde diese Frau beschwichtigen, wie man sie alle beschwichtigt: mit Schwüren, Lob und Liebe.«

Der Herr Graf war bei seiner Gemahlin, als man uns anmeldete. »Ja, meiner Treu«, sagte der Graf, »sie ist's!« Frau von Lignolle erhob sich in ihrer ersten Aufregung rasch und streckte mir die Arme entgegen; auf einmal aber schien ein entgegengesetztes Gefühl die Oberhand zu gewinnen, sie warf sich in ihren Lehnstuhl zurück und rief: »Ich will sie nicht sehen.« – Ich wollte gehen, aber Frau von Fonrose kam mir zuvor: »Ich bringe sie Ihnen bußfertig und sehr betrübt zurück; ich versichere Ihnen, daß sie vor Verlangen brennt, ihre Begnadigung zu verdienen.« – »Begnadigung, nach solcher Undankbarkeit?« – »Es ist wahr«, sagte Herr von Lignolle, »das Fräulein hat sich uns gegenüber ein seltsames Benehmen erlaubt. Nur zwei oder drei Tage dazubleiben und uns sitzenzulassen, ohne ein Wort zu sagen! Sie hätte der Frau Gräfin wenigstens einige Tage zuvor kündigen müssen.« – »Sie hätte mir kündigen müssen«, rief Frau von Lignolle, »es wäre sehr gut gewesen, wenn sie mir gekündigt hätte? Mein Herr, Sie wissen nicht, was Sie sagen. Man soll mir nicht aufkündigen, denn man soll mich nicht verlassen.« – »Sie müssen aber doch gestehen, daß das Fräulein frei war und das Recht hatte, ihren Abschied von Ihnen zu verlangen, wie Sie das Recht hatten, sie fortzuschicken. Aber in diesem Falle, ich wiederhole es, kündigt man einige Tage vorher.« – »Mein Herr, wollen Sie nicht die Güte haben, mir Ihre Betrachtungen zu erlassen? In einem anderen Augenblick würden Sie mich vielleicht ergötzen, jetzt aber, ich gestehe es, langweilen Sie mich.« Der Graf schwieg, und ich ergriff das Wort: »Madame, ich gebe zu, daß ich mir einiges Unrecht gegen Sie vorzuwerfen habe, aber der Schein zeigt mich schuldiger, als ich in der Tat bin.« – »Haben Sie sich vielleicht keine Untreue gegen mich erlaubt?« – »Und eine Untreue von vier Monaten«, fiel der Graf ein. »Vier Monate, ohne auch nur eine Nachricht von sich zu geben! Mein Fräulein, Madame hat recht, das ist nicht schön.« – »Man muß doch auch etwas zu ihrer Verteidigung anführen«, sagte Frau von Fonrose. »Ich weiß aus guter Quelle, daß diese viermonatige Abwesenheit ihr sehr lang erschienen ist und daß sie, wenn man ihr die Freiheit gelassen hätte, Sie zu besuchen, von Herzen gern davon Gebrauch gemacht hätte.« – »Baronin, Sie werden sie umsonst zu entschuldigen suchen; Sie wissen ja, daß sie mich verraten hat!« – »Madame, ich erkenne mich schuldig, aber …« – »Sie hören es«, rief die Gräfin, indem sie in leidenschaftlicher Aufregung ihre hübschen Hände rang und zuerst gegen den Plafond erhob, dann aber die Augen und ihre Stirn damit bedeckte. »Sie hören es, sie ist in ein anderes Verhältnis eingegangen, sie gesteht es selbst.« – »Madame, haben Sie die Güte, mich zu Ende zu hören, erlauben Sie …« – »Sie hat ein anderes Verhältnis!« rief die Gräfin schmerzlich, indem sie zu weinen anfing, »sie hat ein anderes Verhältnis!« – »Bei einer Dame?«

fragte der Graf. – »Ja, natürlich, bei einer Dame«, antwortete Frau von Lignolle mit großer Lebhaftigkeit; »Sie stellen doch auch Fragen! ...« – Er wandte sich an mich: »Wer ist diese Dame, bei welcher ...« – »Was liegt Ihnen daran, wer sie ist?« unterbrach ihn die Gräfin. »Was liegt daran, in welcher Eigenschaft?« fuhr sie fort. – »Ist sie von Adel, diese Dame?« fragte er. – »Jawohl, von Adel«, rief sie, »wie mein Stallknecht.« – »Und was macht sie?« – »Was sie macht! Was sie macht!« sagte die Gräfin, deren Zorn bei jeder Frage ihres neugierigen Gemahls sich steigerte, »Dummheiten und schlechte Späße.« – »Und sie heißt?« – Frau von Lignolle rief: »Oh, ich weiß wohl, wie sie heißt; aber ich verlange, daß Sie es sagen, mein Fräulein.« – »Madame, erlassen Sie mir ...« – »Mein Fräulein, keine schlechten Entschuldigungen. Ich will es haben.« – »Nun wohl, sie heißt Montdesir.« – »Montdesir! Ich wußte es doch. Montdesir! ... Sie hat mich wegen einer anderen verlassen! ... Sie ist mit einer Madame Montdesir ein Verhältnis eingegangen!« Und die Gräfin begann von neuem zu weinen.

»Jetzt wird sie gerührt«, sagte die Baronin zu mir, »sie wird sich beruhigen, sie wird verzeihen. Fallen Sie ihr zu Füßen, mein Fräulein, und bitten Sie um Gnade.« Ich warf mich vor ihr nieder, umfaßte ihre Knie, und während Frau von Fonrose ganz leise einige Worte des Trostes an sie richtete, hielt mir der Graf eine väterliche Bußpredigt.

»Sie sind jung, Fräulein von Brumont, Sie haben allen Schmuck des Geistes und der äußeren Gestalt für sich, trotzdem wird es Ihnen nie gelingen, die Ungerechtigkeit zu sühnen, welche das Schicksal in anderen Beziehungen an Ihnen begangen hat, wenn Sie sich nicht treu an eine Person halten, wenn Sie immer wieder neue Verhältnisse eingehen und nirgends bleiben können. Wen haben Sie uns vorgezogen, ich bitte Sie! Eine Bürgerliche, eine Frau Nichts, die Philosophin ist, ich wollte darauf wetten. Waren Sie nicht hundertmal besser hier? Ich habe es gewiß nicht an Rücksichten fehlen lassen für ein Fräulein, das ich in der Tat sehr schätzte, und meine Frau, die liebte Sie bis zum Wahnsinn. Überdies hatten Sie, ohne tausend andere Vorteile zu rechnen, bei uns einen sehr großen Vorteil, welchen man selten anderswo findet, nämlich den, täglich Scharaden aufzulösen und nach Herzenslust selber welche zu machen.«

Der Verdruß der Gräfin konnte gegen die letzten Betrachtungen ihres Gemahls nicht standhalten. Kaum hatte Herr von Lignolle ausgesprochen, so verfiel Madame in die Zuckungen eines unauslöschlichen Gelächters. Auf einmal wich so der Schmerz einer tollen Freude auf diesem reizenden Gesichte, wo ich Tränen und Lachen miteinander vermischt sah. Ich konnte leicht bemerken, daß Frau von Fonrose Gold dafür gegeben hätte, ebenso laut lachen zu dürfen wie die Gräfin, aber ich wurde wie sie durch die Besorgnis zurückgehalten, einen seltsamen Verdacht bei diesem Eheherrn zu erwecken, der uns anschaute und über den heftigen Kummer seiner Frau ebenso verwundert sein mußte wie über ihre maßlose Heiterkeit. Der Graf bemerkte in der Tat meinen Mangel an Zuversicht, und er beruhigte mich auf folgende Art:

»Sie sehen verblüfft aus, mein Fräulein, aber Sie dürfen sich nicht darüber verwundern. Mir entgeht keine Regung der Seele: In Ihrer Abwesenheit hatte die gute Laune von Madame sichtbar gelitten; ich habe entdeckt, daß es ein sicheres Mittel gibt, ihr die Heiterkeit zurückzugeben, und ich habe ihr von Scharaden erzählt. Da begann sie alsbald zu lachen, wie toll. Ich habe die Probe mehrmals wiederholt und immer mit gleichem Erfolg. Sie selbst sind Zeuge: Seit einer Viertelstunde hört sie nicht auf, und sehen Sie, sie treibt es immer noch ärger.«

In der Tat begann die Gräfin von neuem zu lachen, laut aufzulachen, und Frau von Fonrose genierte sich auch nicht mehr; ich wurde wie hingerissen, und Herr von Lignolle konnte nicht drei Personen sich so herzlich ergötzen sehen, ohne an ihrer Heiterkeit teilzunehmen. Man mußte unser schallendes Gelächter in der ganzen Nachbarschaft hören.

Wenn auch Fräulein von Brumont sich inzwischen halbkrank lachte, so verlor doch der Chevalier Faublas den Kopf nicht. Mit gierigem Munde preßte er die Lilien eines flaumweichen Armes, und mit kosender Hand drückte er sanft das hübscheste Knie von der Welt. »Verzeihen Sie ihr!« sagte Frau von Fonrose, der es keine Langeweile machte, mir zuzusehen, und die kein Detail von dieser fröhlichen Pantomime verlor, zur Gräfin. »Verzeihen Sie ihr!« rief der vertrauensvolle Gemahl, der mir nicht nur mit Blicken und Zeichen Beifall spendete, sondern sich auch zweimal zu mir herabbeugte, um mir die vollkommen ermutigenden Worte ins Ohr zu flüstern: »Gut, gut! Lassen Sie nicht nach, sie ist überwunden.«

»Verzeihen Sie mir«, rief ich meinerseits im zärtlichsten Tone und mit flehender Stimme, »verzeihen Sie mir, denn ich tue Buße, und

Beim Coucher

ich liebe Sie!« – »Und ich liebe Sie auch«, antwortete sie, mich küssend, »und ich verzeihe Ihnen«, fügte sie hinzu mit einem Kusse, »aber unter der Bedingung, daß Sie diese Frau von Montdesir nicht mehr besuchen.« – »Nie mehr.« – »In diesem Falle verzeihe ich Ihnen, ich liebe und küsse Sie, und wenn Sie mir Wort halten, so werde ich mein ganzes Leben lang Sie lieben und küssen.« – »Nun wohl!« rief Herr von Lignolle, entzückt über die Freude seiner Frau, »da Madame Sie liebt, Sie küßt und Ihnen verzeiht, so will ich auch Ihnen verzeihen, Sie lieben und Sie küssen.« Er beehrte mich mit mehreren Küssen. »Und auch ich«, sagte Frau von Fonrose, »auch ich liebe Sie, verzeihe Ihnen und küsse Sie, denn seit einer Viertelstunde haben Sie mir soviel Freude gemacht.«

»Jetzt sage man noch, die Scharaden seien zu nichts gut!« begann der Graf mit triumphierender Miene wieder. »Da sehen Sie, wie Sie uns alle zusammen in gute Laune versetzt haben, wie der Friede zustande gekommen ist, sobald ...« Die Gräfin unterbrach ihn: »Da gerade von Scharaden die Rede ist, wissen Sie auch, Fräulein von Brumont, daß der Herr Graf die unsrige noch nicht hat erraten können?« – »Allerdings, weil sie nicht genau ist«, antwortete er. – »Wie! Mein Fräulein, Ihre Scharade ist nicht genau?« rief Frau von Fonrose. – Ich erwiderte ihr, auf die Gräfin zeigend: »Madame hat sie gemacht.« – »Ja«, antwortete diese, »aber Sie haben mir die Anleitung dazu gegeben.« – »Gleichviel«, versetzte die Baronin, »wenn sie nicht genau ist, so muß man sie von neuem anfangen.« – Die Gräfin: »Das ist unsere Absicht, Madame.« – »Allerdings«, sagte Herr von Lignolle, »man muß von neuem anfangen.« – »Es wird Ihnen also Vergnügen machen?« fragte ihn seine Frau. – »Ganz gewiß, Madame; ich möchte Ihnen nur selbst beistehen, ich möchte Ihnen Anleitung geben können ...« – »Ich danke tausendmal«, unterbrach sie ihn. »Ich will fortan keinen anderen Lehrer als Fräulein von Brumont. Ohnehin, mein Herr, würden Sie sich vielleicht sehr vergeblich Mühe geben, der meinige zu werden.« – »Allerdings! Ich habe in meinem Leben sowohl in Rätseln als Scharaden wohl mehr als fünfhundert Gedichte gemacht, es wäre eine wahre Arbeit für mich, wenn ich mich wieder mit den ersten Elementen befassen wollte.« – »Ich will mir indes«, sagte ich zu ihm, »die Freiheit nehmen, mein Herr, Ihnen zu bemerken, daß die Frau Gräfin jung, wißbegierig und sehr aufs Lernen erpicht ist.« – »Nun wohl, mein Fräulein, Sie brauchen keinen Helfer, um ihr alles zu zeigen, was ihr zu wissen not tut; ich bin überzeugt, daß Sie sehr gut imstande sind, Ihrer Schülerin vortreffliche Grundsätze beizubringen, und wenn Sie zum Beispiel einmal eine Scharade begonnen haben, so übernehme ich es sehr gern, sie zu Ende zu bringen.« – »Nicht, wenn ich bitten darf; ich wünsche weder den Ruhm noch das Vergnügen an der Sache jemandem abzutreten.« – »Tun Sie ganz, wie Sie wollen; das wird mich nicht hindern, mich lebhaft für die Fortschritte Ihrer Schülerin zu interessieren.« – »Mein Herr, was Sie die Güte haben, mir zu sagen, ist sehr geeignet, mich aufzumuntern. Ich werde der Frau Gräfin gute Lektionen geben, das verspreche ich Ihnen.« – »Geben Sie, mein Fräulein, geben Sie!« – »Also mein Herr«, sagte Frau von Lignolle, »ich kann mich also mit dieser kleinen Arbeit beschäftigen, ohne daß ich fürchten muß, Ihnen zu mißfallen?« – »Ach, guter Gott, Madame, den ganzen Tag, wenn es Ihnen Freude macht.« – »Gut«, versetzte sie, »ich bin zufrieden! Ich machte mir einige Skrupel, weil ich mir ein Recht anzumaßen fürchtete, das ich nicht hätte, aber jetzt, da Sie mir die Erlaubnis erteilt haben, bin ich gänzlich beruhigt darüber.« – »Immerzu; aber ich fordere Sie auf, diejenige wieder anzufangen, die Sie miteinander nur skizziert haben, denn ich würde sie ganz sicher erraten haben, wenn sie besser ausgearbeitet gewesen wäre. Auf, Mademoiselle, nur nicht träge und keine falsche Scham; fangen Sie das Ding von neuem an, und machen Sie es besser.« – »Ich werde es versuchen, mein Herr, so gut und so bald wie möglich.« – »Auf der Stelle, wenn Madame es verlangt.« – »Nein«, fiel die Baronin ein, »lassen Sie uns vorher dinieren, Sie werden dann immer noch Zeit dazu haben. Ich gedenke, sie vierzehn Tage hier zu lassen.« – Ich glaubte, falsch gehört zu haben. »Wie? Vierzehn Tage?« sagte ich. – »Allerdings«, antwortete sie, »der Termin scheint Ihnen kurz, ich begreife es, aber ich habe keinen längeren auswirken können.« – »Auswirken können …« – »Ich habe das Unmögliche versucht, mein Fräulein, denn ich wußte, wie sehr Sie Ihren Aufenthalt bei der Gräfin zu verlängern wünschen.« – »Gewiß, aber …« – »Aber Ihre Verwandten sind unerbittlich geblieben.« – »Sie sagen, Madame, meine Verwandten …« – »Sie haben Ihnen nur vierzehn Tage bewilligt.« – »Meine Verwandten bewilligen, sagen Sie …« – »Ja, nur vierzehn Tage, nichts hat sie bestimmen können, sich auf längere Zeit des Glücks zu berauben, Sie bei sich zu besitzen.« – »Vierzehn Tage! Frau Baronin, Sie wissen es gewiß? …« – »Ich weiß es gewiß, mein Fräulein, daß sie Ihnen keinen längeren Aufenthalt gestatten werden, richten Sie sich darauf ein: In vierzehn Tagen führe ich Sie zurück, so ist es ausgemacht.« – »Beschlossen, Madame?« – »Unwiderruflich beschlossen, mein Fräulein.«

»Inzwischen werde ich, wie Sie sich wohl denken können, Sie beinahe täglich besuchen.« – »Ja, Madame.« – »Und auch Ihre Verwandten werde ich beinahe täglich sehen.« – »Ja, Madame. « – »Sie werden also beständig Nachrichten von ihnen haben.« – »Ja, Madame.« – »Und auch Sie werden Ihren Verwandten beständig Nachrichten geben.« – »Ja, Madame.« – »Sehen Sie, heute abend soupiere ich mit einem von ihnen.« – »Ich weiß es; es ist dies einer von meinen nächsten Verwandten, glaube ich.« – »Ganz richtig, mein Fräulein, ich werde mit ihm über Sie und Ihre Abwesenheit sprechen.« – »Ah! Ich werde Ihnen sehr verbunden sein.« – »Ich zweifle nicht, daß diese vierzehntägige Trennung sowohl ihn als die anderen erschrecken wird, aber ich werde ihm in dieser Beziehung Vernunft beibringen.« – »Sie werden mir einen großen Dienst erweisen.« – »Ich stehe Ihnen dafür, daß er nicht böse sein wird.« – »Madame, ich verlasse mich ganz auf Sie.«

Man begreift, daß ich über die listige und kühne Art, wie die Baronin mich sozusagen wider meinen Willen bei der Gräfin einführte, höchlich verwundert war. Ich will indes nicht zu behaupten wagen, daß die Sache mich sehr verdrossen hätte.

Der Graf, der von meinem Zwiegespräch mit Frau von Fonrose nichts verloren hatte, fragte, ob meine Verwandten sich in Paris aufhielten. Die Baronin antwortete, sie seien inkognito da, aus Gründen, die sie aber nicht sagen könne.

Wir setzten uns zu Tische. Ich wurde zwischen die beiden Gatten gesetzt; von Zeit zu Zeit ließ die Gräfin gewandt unter das Tischtuch eine Hand gleiten, welche jedesmal der meinigen begegnete, und mein Knie berührte das ihrige. Herrn von Lignolle würden unsere häufigen Zerstreutheiten gewiß aufgefallen sein, wenn nicht die immer aufmerksame und gefällige Frau von Fonrose zwanzigmal die ersterbende Unterhaltung wieder aufgenommen und uns zwanzigmal sehr gewandt auf unsere Unbesonnenheiten aufmerksam gemacht hätte; beim Dessert jedoch hatte ich einen schweren Strauß zu bestehen. Die Baronin, ob sie mich nun von dem Gegenstande ablenken wollte, mit dem sie mich allzusehr beschäftigt sah, oder ob sie sich ein Vergnügen daraus machte, mich ein wenig zu quälen, die Baronin ließ sich's einfallen, einen Schlag gegen mich zu führen, der schwerer zu parieren war als alle anderen. »Apropos«, sagte sie, »Sie wissen ohne Zweifel die große Neuigkeit: Der Chevalier Faublas ist aus der Bastille gekommen.« – »Wer, der Chevalier Faublas?« fragte der Graf. – »Sie erinnern sich doch der Geschichte von jenem hübschen Jungen, der sich in Frauenkleidern ...« – »Bei dem Marquis von B. eingeschlichen hat? Und man hat diesen liederlichen Schlingel wieder freigegeben? Und läßt diesen Taugenichts nicht sein ganzes Leben lang im Käfig?« – »Graf, Sie sind zu streng. Man sagt, er sei ein sehr liebenswürdiger Junge.« – »Nein, ein Wüstling ist er, den man auf öffentlichem Platze hätte auspeitschen müssen.« – Die Baronin wandte sich jetzt an mich: »Fräulein von Brumont spricht kein Wort, ist sie der Ansicht des Grafen?« – »Nein, Madame, nicht ganz, nein ... Dieser Chevalier Faublas, von dem Sie sprechen, scheint mir Entschuldigung zu verdienen, weil er noch jung ist, und wofern er nicht andere Fehler begangen hat ...« – »Er hat Abscheulichkeiten begangen«, rief Herr von Lignolle. »Sie wissen also seine Geschichte nicht, mein Fräulein? Ich will sie Ihnen erzählen. Fürs erste hat er die Kleider seines Geschlechtes abgelegt und, indem er sich für ein Mädchen ausgab, das Bett der Marquise von B. bestiegen, beinahe unter den Augen ihres Gemahls. Ist das nicht schrecklich?« – »Erlauben Sie, daß ich Ihnen in die Rede falle, Herr Graf, es dünkt mich nicht wahrscheinlich! Ist es möglich, daß ein Mann eine täuschende Ähnlichkeit mit einer Frau habe?« – »Es ist nichts Gewöhnliches, aber es ist doch schon vorgekommen.« – »Wenn Sie es mir nicht versicherten, würde ich es nicht glauben«, sagte die Gräfin. – »Man muß es glauben«, versetzte er, »denn es ist eine Tatsache. Im übrigen bleibt dieser Marquis von B. bei all seinen physiognomischen Kenntnissen ein Dummkopf. Die Wissenschaft des menschlichen Herzens ist es, die man besitzen muß ....« – Ich unterbrach ihn: »Ich bin überzeugt, wenn Sie an der Stelle des unglücklichen Marquis gewesen wären, dieser Chevalier Faublas würde Sie nicht übertölpelt haben.« – »Oh, das dürfen Sie wohl glauben. Ich habe vielleicht nicht mehr Geist als ein anderer, aber ich bin ein Beobachter, ich kenne das Herz des Menschen, und keine Regung der Seele entgeht mir.« – »Wir wissen das«, sagte die Baronin, »aber auf unseren Bruder Liederlich zurückzukommen, so werden Sie sich doch ein wenig wundern, wenn ich Ihnen sage, daß er der Marquise seine Freiheit zu verdanken hat.« – »Der Frau von B.?« rief der Graf. – »Der

Frau von B.?« rief die Gräfin mit großer Lebhaftigkeit. – »Der Frau von B.?« rief ich selbst, indem ich mich verwundert stellte. – »Der Frau von B.«, wiederholte die Baronin trocken, »jedermann versichert es.« Die Gräfin erhob sich schnell und sagte lebhaft zu mir: »Wie! Die Marquise ist's?«

Sie sprach so laut und so schnell, sie schien so überrascht, so unruhig und so böse, daß ich aus Furcht, sie möchte mir irgendeinen unvorsichtigen Vorwurf machen oder eine gefährliche Frage an mich richten, sie schnell unterbrach: »Halten Sie sich an die Frau Baronin. Warum wollen Sie mich fragen, da ich doch von der ganzen Fabel kein Wort weiß?« – Herr von Lignolle hatte die Güte, mir zu Hilfe zu kommen: »Eine Fabel, wie das Fräulein sehr gut sagte. In der Tat, wie läßt sich denken, daß die Marquise sich unterstanden hat?...« – »Es ist alles buchstäblich wahr, was ich erzähle«, versetzte die Baronin. »Daß ein ganz unerfahrenes Mädchen, eine reine Jungfrau ohne alle Leidenschaften und von unbescholtenem Wandel, das Ereignis, das ich erzähle, skandalös findet und in der Unschuld ihres Herzens nicht daran glauben will, das scheint mir sehr natürlich. Ich kann sogar nicht umhin, die Gräfin, die doch bereits einige Welterfahrung besitzt, beiläufig darum zu tadeln, daß sie sogleich sich versucht fühlte, eine so unerfahrene Person, wie ihr Gesellschaftsfräulein ist, über gewisse Dinge auszufragen. Daß aber Herr von Lignolle, ein Mann von Geist und Kopf, Herr von Lignolle, der aus langer Erfahrung den Hof, die Welt und ganz besonders die Frauen kennt, daß Herr von Lignolle, ein tiefer Beobachter und vortrefflicher Beurteiler, kurz, daß Herr von Lignolle eine allerdings ungewöhnliche, aber dennoch nicht beispiellose und vielleicht für jeden, welcher die Sitten dieses verdorbenen Jahrhunderts kennt, nicht einmal unwahrscheinliche Tatsache als Fabel behandelt, das ist etwas, was ich nicht begreife.« – »Dazu«, antwortete der Graf, »müßte ich den Charakter der Frau von B. ganz genau studiert haben. Ich kenne sie aber bloß vom Hören.« – »Und ich kenne sie unglücklicherweise daher, daß ich ihr oft auf meinem Wege begegnet bin. Ich könnte ihr sowohl die natürlichen als die erlernten Talente abstreiten, aber die meisten jungen Leute sagen, sie sei schön, und sie wissen es genau; aber die alten Höflinge versichern, sie tue es allen zuvor an Schlauheit der Gabe, sich einzuschmeicheln, an Hinterlist und Verstellung; man muß ihnen glauben. Die ersteren geben ihr viel Geist, die letzteren erkennen große Talente an ihr, alle zusammen geben zu, daß sie zur Intrige geboren sei. Zuweilen verblüfft sie ihre Feinde und ihre Nebenbuhlerinnen durch die kühnen Schläge, die sie führt; oft ermüdet sie sie durch ihre ruhige Geduld und ihre Ausdauer. Bald ist es der gereizte Tiger, der sich auf den Jäger stürzt und ihn zu Boden wirft, bald die heimtückische Katze, welche man ganze Stunden lang neben dem Versteck der Beute, der sie auflauert, zusammengeduckt sieht. Sehen Sie, ich will zum Beweis für ihre seltene Fähigkeit nur die Art anführen, wie sie sich nach ihrem furchtbaren Fall mächtiger wieder erhoben hat. Als ihr Handel mit dem Chevalier Faublas so großen Lärm machte, glaubten wir sie verloren; sie allein hatte den Mut, nicht an ihrem Stern zu verzweifeln. Wie sie ihrem gehörnten, geschlagenen und mißvergnügten Gemahl weismachte, daß er nicht genarrt worden sei, kann ich Ihnen nicht sagen, aber so viel steht fest, daß wir sie heute recht gut miteinander leben sehen. Dies ist indes der geringste der Erfolge, die sie sich versprochen hatte. Sobald sie den guten Gemahl verzaubert hatte, dachte sie an die Erlösung des bezaubernden Freundes. Was tut sie? Herr von ***, der viele Anhänger hatte, weil er ein unbedeutendes Verdienst und ein ansehnliches Vermögen besaß, Herr von *** war schon lange vergebens in sie verliebt und trachtete vergebens nach dem Ministerium. Die Marquise tritt in die zahlreiche Partei ein, die ihn in die Höhe heben will. Nach viermonatigen Anstrengungen stürzt sie den Minister, erschreckt einen der Konkurrenten, täuscht den anderen, und der glückliche Bewerber, welchen sie unterstützt, erblickt sich endlich im Besitz des famosen Portefeuilles. Jetzt verschmähte es seine Wohltäterin nicht, seine Geliebte zu werden … Sie scheinen verwundert, Fräulein von Brumont? Ach ja, das schöne Lamm hat sich auf die Schlachtbank geliefert, sie hat edelherzig das große Opfer vollbracht. Auf diese Art findet Frau von B. ihr früheres Ansehen wieder und vergrößert es noch mit jedem Tage. Auf diese Art ist der Chevalier Faublas der Gesellschaft zurückgegeben worden, um, wenn wir nicht wohl auf unserer Hut sind, von neuem seine tollen Streiche zu machen.«

Endlich schwieg Frau von Fonrose, und da sie mich bloß in Verlegenheit bringen wollte, so hatte sie alle Ursache, sich über die fatale Nachricht zu freuen. Ich nenne sie fatal, denn ich betrübte mich darüber. Wenn ich mich nur ein wenig prüfte, so fand ich es nicht sehr wahrscheinlich, daß der Gatte Sophiens und der Liebhaber der Gräfin noch in Frau von B. verliebt sein könne. Und doch hörte ich aus der Tiefe meines Herzens eine geheime Stimme, die mir zurief, daß die Marquise mich hätte im Gefängnis lassen sollen. Ja in meinem äußersten Mißvergnügen wagte ich es, meiner Freundin Vorwürfe darüber zu machen, daß sie zuviel für mich getan habe.

Frau von Lignolle, die über meinen unschwer zu merkenden Verdruß unzufrieden war, machte ganz laut die Bemerkung: »Sie sehen sehr ernsthaft aus, mein Fräulein.« – »Wahrhaftig ja«, sagte der Graf. – Ich antwortete der Gräfin nichts, weil die Baronin, welche die Unbesonnenheit ihrer Freundin leicht erriet und schnell darauf bedacht war, sie abzuwehren, sich bereits ihrer bemächtigt hatte und ganz leise etwas zu ihr sagte, wodurch sie sie zurückzuhalten und beschwichtigen zu können glaubte; aber ich ergriff diesen Augenblick, um mich Herrn von Lignolle zu nähern und ihm ein großes Geheimnis anzuvertrauen: »Herr Graf, wenn ich ein gutes Gedächtnis besitze, so haben Sie früher einmal gegen mich den Wunsch ausgesprochen, daß in Gegenwart Ihrer Frau Gemahlin niemals von einem Liebeshandel oder einer galanten Geschichte die Rede sein möchte.« Er antwortete mir: »Das ist wahr, aber es ist von diesem Wüstling die Rede; ich erzürne mich, lasse mich hinreißen und vergesse meine Entschlüsse. Übrigens danke ich Ihnen für die gütige Mahnung und werde davon profitieren; wir wollen jetzt von anderen Dingen reden.« Er hielt mir grausam Wort. Ich war den ganzen Abend genötigt, Scharaden aufzulösen und lange Abhandlungen über die Seele anzuhören.

Um zehn Uhr entfernte sich die Baronin, um bei dem zu soupieren, den sie meinen nahen Verwandten nannte. Um zwölf wünschte Herr von Lignolle der Gräfin gute Nacht und dem Fräulein von Brumont einen guten Schlaf. Von diesen beiden einander so widerstreitenden Wünschen konnte nur der eine erhört werden: Die Gräfin hatte eben deshalb eine gute Nacht, weil Fräulein von Brumont wenig schlief.

Am anderen Morgen hatten wir ein herrliches Frühstück miteinander, denn wir wurden nicht durch die Gegenwart eines Dritten belästigt. Herr von Lignolle, der nach Versailles ging, wo er mehrere Tage bleiben mußte, hatte mir empfohlen, seiner Frau treulich Gesellschaft zu leisten und wohl für sie zu sorgen.

Sie war es, die wohl für mich sorgte: Ihre Hände ordneten meine Haare, ihre Hände kleideten mich an. Es ist wahr, daß ich darum um nichts besser frisiert und angezogen war; es ist wahr, daß ich ihr in der Fülle meiner Dankbarkeit ungeschickt, wenn man will, aber dennoch sehr gut, wie sie sagte, all die Dienste zurückgab, die ich von ihr empfangen hatte. Der Morgen verfloß wie ein Augenblick in diesen holden Beschäftigungen. Die von Haus aus so lebhafte Frau von Lignolle ist noch um die Hälfte unbesonnener geworden, sollte sowohl Faublas, den ihr alle kennt, vernünftiger sein als sie? Erratet die Geschwätzigkeit unserer Händel und die Schweigsamkeit unserer Kämpfe.

Frau von Lignolle hatte ihre Tür nicht für jedermann verbieten lassen. Nachmittags empfingen wir die Besuche der Frau von Fonrose, welche mir Nachrichten von meinem Vater brachte, und der Marquise von Armincour, der ihre Nichte die Rückkehr des Fräuleins von Brumont gemeldet hatte. Die gute Tante war entzückt, mich wiederzusehen, und überschüttete mich mit Komplimenten. Von der tiefsten Achtung für mich durchdrungen, hatte sie nicht vergessen, daß ich mit dem ziemlich gewöhnlichen Vorteil, alles zu erkennen, das seltene Talent verband, alles zu erklären, und daß ich ihr bei einer schwierigen Angelegenheit sehr guten Beistand geleistet hatte, um ihrer Eleonore Unterweisungen von der höchsten Wichtigkeit zu geben. Die alte Marquise liebte mich dermaßen und machte mir so viele Liebkosungen, daß ich, ohne mich gegen die Pflicht der Dankbarkeit zu versündigen, ihren Besuch nicht zu lang finden konnte. Ich bemerkte, daß die Baronin, die mich augenscheinlich für undankbar hielt, sich alle mögliche Mühe gab, die gute Tante zu veranlassen, daß sie bei ihr soupieren möchte. Als sie sah, daß dies unmöglich war, sie davon abzubringen, entschloß sie sich, selbst bei uns zu bleiben. Um Mitternacht entfernten sich unsere beiden Gäste. Dieselbe hübsche Kammerfrau, die mich angekleidet hatte, beeiferte sich, ihr Werk zu zerstören, und die Freundin der Gräfin wurde wieder ihr Liebhaber.

Ich sage die Freundin der Gräfin, und mit vollem Recht. Man wußte im Hôtel, daß ich nicht mehr ihr Gesellschaftsfräulein war. Am Morgen bei der Toilette der gnädigen Frau präsidieren, den Nachmittag hindurch in ihrem Boudoir plaudern und des Nachts ihr Bett besteigen, in alledem sehe ich nichts, was ein junger Mann von guter Geburt peinlich finden und nicht mit Ehren tun könnte. Was mich betrifft, so weiß ich recht gut, daß ich die verschiedenen Obliegenheiten meiner Stelle mit großem Vergnügen erfüllte und daß mir niemals die Besorgnis kam, ich könnte dadurch meinem Adel Abbruch tun. In jeder Beziehung fand ich mich bei Frau von Lignolle wohl wie zu Hause.

Wohl wie zu Hause! ... Von Zeit zu Zeit, aber nicht immer. O meine Sophie! Ich brannte vor Verlangen, zu Justine zu gehen, um zu vernehmen, ob Frau von B. nicht von deinem Schicksal erfahren habe, und der Gedanke an dein Unglück vergiftete mein schuldbeladenes Glück.

Aus Liebe zu meiner Frau begann ich, sobald der Tag anbrach, einen ernstlichen Streit mit meiner Geliebten. »Ich glaube, du weinst?« rief die Gräfin erstaunt, »was hast du noch?« Wenn ich ihr bekannt hätte, daß ich diese Tränen der Abwesenheit Sophiens widme, so wäre dies eine Grausamkeit gewesen; ich wollte mir lieber eine höfliche Lüge erlauben: »Ich betrübe mich, weil ich dich auf einige Stunden verlassen muß, meine Eleonore.« – »Mich verlassen? Was willst du denn tun?« – »Einen Besuch machen ...« – »Wem?« – »Meinem Vater nicht, denn er würde mich zurückhalten, und ich will wiederkommen, aber meiner Schwester.« – »Deiner Schwester! Mein guter Freund, das hat keine Eile.« – »Ich kann es schlechterdings heute nicht unterlassen.« – »Du kannst es nicht?« – »Durchaus nicht.« – »Dann werde ich mit dir gehen.« – »Was denkst du! Wenn wir uns zusammen in den Straßen von Paris zeigten! Wenn man uns erkennen würde?« – »Wir lassen die Vorhänge herab.« – »Ja, aber muß man nicht jedenfalls ein- und aussteigen! Und wie wäre es möglich, daß ich dich in dieses Kloster führe? Was müßte man denken?« – »Ich werde dich vor dem Tore erwarten.« – »Nein, nein!« – »Sie wollen nicht!« – »Ich wollte von Herzen gern, aber ...« – »Sie hintergehen mich.« – »Meine holde, liebe Freundin, kannst du das glauben?« – »Ich glaube es: Sie sinnen auf eine Untreue.« – »Eleonore ...« – »Sie gehen nicht zu Ihrer Schwester, sondern zu dieser schändlichen Marquise, oder vielleicht zu dieser dummen Gans, der Montdesir.« – »Meine liebe Eleonore! ...« – »Aber, wenn Sie ein Rendezvous haben, so werden Sie es verfehlen, denn ich verbiete Ihnen auszugehen.« – »Sie verbieten mir's?« – »Ja, ich verbiete es Ihnen.« – »Madame, nehmen Sie diesen Ton gegen Herrn von Lignolle an, solange er sich ihn gefallen lassen will; was mich betrifft, so erkläre ich Ihnen, daß ich nicht dulden werde, so behandelt zu werden, und daß ich sogleich ausgehen will.« – »Und ich, mein Herr, ich erkläre Ihnen, daß Sie nicht ausgehen werden.« – »Ah, wir wollen sehen!«

Ich machte eine Bewegung, um mich aus dem Bette zu stürzen; mit der rechten Hand hielt sie mich an den Haaren zurück, mit der linken zog sie so heftig an der Klingelschnur, daß sie diese abriß. Ihre Frauen kamen voll Angst an die Türe gelaufen; sie rief ihnen zu: »Man sage dem Schweizer, daß er das Hôtel fest verschlossen halte und daß er keine von meinen Frauen hinausgehen lasse.«

Diese Art, einen Liebhaber zu bewachen, erschien mir so neu, daß ich darüber lachen mußte. Meine Heiterkeit gefiel der Gräfin, und sie begann ebenfalls zu lachen. Einige Minuten verstrichen im Wahnwitz dieser Freude. Dann standen wir auf, und als ich angezogen war, begann der Streit von neuem.

»Eleonore, ich gehe. Ich gebe Ihnen mein Ehrenwort, daß ich vor zwei Stunden zurückkehren werde.« – »Fräulein von Brumont, ich gebe dir mein Wort, daß mein Schweizer dich nicht hinauslassen wird.« – »Ich werde mir den Ausgang nicht zu erzwingen suchen, weil wir uns offenbar bloßstellen würden, wenn ich zu Ihrer Unklugheit eine neue hinzufügte, aber erinnern Sie sich der Gewalt, die Sie mir antun, bedenken Sie, daß Sie nicht immer die Macht haben werden, Ihren Liebhaber wider seinen Willen zurückzuhalten, und daß er, wenn er einmal frei ist, lange zögern könnte, ein Joch wieder auf sich zu nehmen, welches Sie ihm schwer gemacht haben.« – »Ha, der Schändliche droht, mich zu verlassen! ... Faublas, wenn du nicht wiederkommst, so werde ich dich suchen, ich werde zu allen deinen Geliebten gehen, von einer zur andern, zur Marquise, um dich von ihrem Manne herauszuverlangen, nötigenfalls sogar zu deiner Frau, um ihr zu erklären, daß ich auch deine Frau bin, ja, deine Frau ... Dieser Herr von Lignolle ist nur mit meinem Vermögen vermählt. Du aber hast mich wirklich geheiratet, du allein, mein Freund, du weißt es wohl ... Warum willst du ausgehen und eine Treulosigkeit gegen mich verüben? Solange du in der Bastille warst, habe ich mit niemandem ein Rendezvous gehabt, ich! Ich konnte nichts tun, als dich rufen, mich abhärmen und seufzen ... Ist es Frau von B., die dich erwartet? Gesteh es, ich verzeihe dir, wenn du hingehst ... Was hat sie denn vor mir voraus, diese Frau von B., daß du sie mir vorziehst? Ist sie schön? Ich bin hübsch. Hat sie Talente? Du kennst die meinigen noch nicht alle; ich singe gut, ich tanze noch besser, und ich werde dir, wenn du es haben willst, alle Sonaten von Clementi auf meinem Piano vorspielen. Hat sie Geist? Mir fehlt es auch nicht daran. Liebt sie dich sehr? Ich liebe dich noch mehr, und ich bin jünger, frischer, liebenswürdiger; ich sage es dir, ich sage dir ... Du lachst, Faublas! Geh nicht aus, wir wollen miteinander lachen, plaudern, spielen, einander nachspringen, uns liebkosen, uns schlagen, uns ... wie gestern, gestern ist die Zeit so schnell vorübergegangen. Bleib bei mir, guter Freund, ich verspreche dir, daß der heutige Tag uns nicht minder kurz werden soll als der gestrige.« – »Alles ist unnütz, Madame; Sie halten mich mit Gewalt zurück, aber nehmen Sie sich wohl in acht, daß Ihnen Ihr Gefangener nicht entwische, denn wenn er seine Kette verläßt, so wird er sie zerbrechen.« – »Treuloser! Ich werde dich überall verfolgen, ich überrasche dich bei einer Nebenbuhlerin, ich töte mich, und noch in meinem letzten Seufzer beweise ich dir, daß ich dich anbete, Undankbarer, der du bist! Faublas, mein Freund, sei nicht böse, geh nicht aus. Du sprichst kein Wort. Ach! Ich bitte dich, verzeih mir. Komm, sieh her, ich weine, ich knie vor dir.«

Gerührt richtete ich sie auf, tröstete sie; wir ließen uns auf Unterhandlungen ein, wir kapitulierten. Ich setzte durch, daß das ihrem Schweizer erteilte Verbot, das für mich einer Gefangenschaft gleichkam, alsbald aufgehoben wurde; aber sie setzte durch, daß ich nicht ausgehen solle.

Am folgenden Tage jedoch fühlte ich mich unruhiger, und da ich entschlossen war, Justine um jeden Preis zu sehen, so sprach ich der Gräfin von meiner Schwester. Der endlose Streit war im Begriff, hitzig zu werden, als auf den Hammerschlag des Herrn von Lignolle die Tore des Hôtels sich schmetternd öffneten. Herr von Lignolle kam nach dem Zimmer seiner Frau gelaufen und rief uns schon von weitem zu: »Wünschen Sie mir Glück, meine Damen, ich bringe das Patent zu einer Pension von zweitausend Talern aus Versailles mit.« – »Für wen?« fragte die Gräfin. – »Für mich«, antwortete er mit der zufriedensten Miene von der Welt. – »Mein Herr, es freut mich sehr, da die Sache Ihnen soviel Vergnügen zu machen scheint, aber was will eine Pension von sechstausend Franken für Sie besagen.« – »Ich habe keine größere bekommen können.« – »Sie verstehen mich falsch«, versetzte sie kühl, »ich beklage mich durchaus nicht darüber, daß die Pension zu gering ist, sondern ich wundere mich darüber, daß Sie darum nachgesucht haben, Sie, der Sie mehr als 1200000 Franken in liegenden Gütern besitzen und dem ich beinahe das Doppelte mitgebracht habe.« – »Madame, man ist nie zu reich.« – »Ach, mein Herr, so viele anständige Leute sind nicht reich genug! Herr Graf, ich kenne weder die Welt noch das menschliche Herz noch die Kunst der schönen Räsonnements, aber ich höre auf mein Gewissen: Es ruft mir zu, daß Sie heute die Minister hintergangen, den König betrogen und Unglückliche bestohlen haben.« – Madame, der Ausdruck ...« – »Ja, mein Herr, bestohlen!« Der Ehegemahl wollte hinausgehen, sie hielt ihn zurück und fuhr dann in einem Ton, welcher ruhiger schien, fort: »Wenn Sie es nicht binnen einigen Tagen möglich machen, sich Ihrer Pension zugunsten eines, der sie braucht, zu entäußern, so erkläre ich Ihnen, daß ich es als meine Pflicht betrachten werde, ihm jährlich zweitausend Taler auf indirektem Wege und in Form einer Rückerstattung zukommen zu lassen.« – »Wie es Ihnen beliebt, Madame, Sie können das tun, ohne sich zu genieren; es wird dies höchstens der dritte Teil der jährlichen Summe sein, welche Sie sich als Taschengeld vorbehalten haben.« – »Schmeicheln Sie sich nicht damit, mein Herr, ich werde diesen Teil meiner Einkünfte nicht antasten. Obschon ich Ihnen durchaus keine Rechnung schuldig bin, so will ich Ihnen doch wiederholen, was ich Ihnen schon hundertmal gesagt habe: Ich kann es nicht übers Herz bringen, zwanzigtausend Franken für Toiletten-Bagatellen wegzuwerfen, solange es auf Ihren Gütern Unglückliche gibt, die kein Brot haben. Ich werde meine Ersparnisse so verwenden, wie es meinem Herzen zusagt. Sie werden diese zweitausend Taler aus unserem gemeinschaftlichen Vermögen bezahlen. Wenn Sie mir diese Angelegenheit allein überlassen, so werde ich meine Diamanten versetzen, und wenn ich diese Ihretwegen einmal in den Mont-de-Piété geschickt habe, so wollen wir schon sehen, ob Sie sie nicht wieder auslösen.« – »Nein, Madame.« – »Ich glaube, Sie unterstehen sich, nein zu sagen! Ich wiederhole Ihnen, daß ich das haben will und daß das geschehen wird. Herr Graf, lassen Sie uns in Frieden leben, treiben Sie mich nicht auf das Äußerste; ich habe Verwandte, ich habe Freunde, ich habe gute Gründe, meine Trennung wäre nicht schwer auszuwirken. Sie werden meine Person leicht entbehren, das weiß ich, aber der Verlust meines Vermögens könnte Sie bittere Reue kosten. Höre, Brumont, denn ich kann es nicht verschweigen, du siehst hier den hartherzigsten Filz in der Welt vor dir. Ich muß tagtäglich mit ihm streiten, um Knickereien oder Ungerechtigkeiten zu verhindern. Seit den sechs Monaten, die wir zusammenleben, habe ich nicht ein einziges Mal das Vergnügen gehabt, daß er einem Unglücklichen eine Unterstützung gereicht hätte; sein einziges Glück besteht darin, Schätze anzuhäufen, er hat sich aus seinem Geld einen Gott gemacht! Heute, da er seine Reichtümer vermehrt hat, lebt er nur der Hoffnung, sie morgen aufs neue zu vermehren, und fragen Sie mich, für wen? Für Seitenverwandte! Denn daß es Arme gibt, weiß er nicht, und Kinder wird er niemals haben, wenn nicht anders eine unglückliche Scharade …«

Seit einer Viertelstunde war die Gräfin sehr im Zorn, auf einmal begann sie wie närrisch zu lachen; nach kurzer Überlegung fuhr sie fort: »Wenn anders eine unglückselige Scharade ihm die Stelle eines geliebten Kindes vertritt … Im übrigen hat er allen Grund, sie zu lieben, denn sie kosten ihn nichts … Da wir indes von Kindern reden, so verlangt es mich, die meinigen wiederzusehen. Ich wünschte letzten Herbst einen Besuch im Gâtinois zu machen. Sie haben mich durch Hochzeitsbesuche aufgehalten, und später habe ich gehört, daß Sie eine Reise auf mein Landgut gemacht haben, von welcher ich nichts erfahren sollte. Jetzt, da ich Sie kenne, beunruhigt mich dieser geheimnisvolle Besuch um meiner Bauern willen. Mein Herr, ich verlange, daß an ihren Verhältnissen nichts geändert werde, ich verlange, daß die Untertanen der Marquise von Armincour es nicht zu beklagen haben, unter die Herrschaft der Gräfin von Lignolle gekommen zu sein. Gute Leute, meine wackere Tante erzog mich unter euch, sie machte aus euren ehrenvollen Arbeiten meine ersten Vergnügen und aus euren unschuldigen Vergnügungen meine angenehmsten Beschäftigungen, sie lehrte euch, mich zu lieben, sie lehrte mich, euch zu achten. Oft sagte sie zu mir: Eleonore, findest du es nicht erfreulich, in deinem Alter so viele Kinder zu haben, als Einwohner im Dorfe sind!? Ja, es sind meine Kinder.«

Soeben noch hatte die Gräfin gelacht, jetzt sah ich ihre Augen sich mit Tränen füllen.

»Mein Herr Gemahl, ich reise morgen ab.« – »Morgen? Madame, es ist zu früh, die Saison …« – »Verzeihen Sie, der Frühling rückt heran und bringt die schönen Tage zurück, es ist herrliches Wetter – morgen reise ich nach meinem Landgut im Gâtinois; ich bleibe dort einige Tage, komme dann zurück, um meine Tante abzuholen, deren Geschäfte beendigt sein werden, und bringe hernach einige Wochen in der Franche-Comté zu. Ich habe auch in dieser Provinz Kinder.« – »Aber Madame …« – »Ich reise morgen ab, es ist fest beschlossen. Ich werde Fräulein von Brumont mitnehmen. Wenn Sie bereit sind, so können Sie mit uns kommen; haben Sie Geschäfte, genieren Sie sich nicht. Ich bedarf weder zu meinen Arbeiten noch zu meinen Vergnügungen eines Mannes, der gleich unfähig ist, zum Glück eines anderen mitzuwirken oder für fremdes Unglück Mitgefühl zu haben.«

Im gleichen Augenblick befahl sie, ihre Koffer und ihren Reisewagen in Bereitschaft zu setzen. Herr von Lignolle entfernte sich mißvergnügt und unterwürfig, um nach einigen Minuten zurückzukehren. Glücklicherweise hatte ich die Riegel vorgeschoben. »Sie haben sich eingeschlossen? Warum denn?« – »Weil wir unsere Scharade wieder anfangen.« – »Ist das ein Grund, daß ich nicht hineinkommen darf?« – »Ob das ein Grund ist! Ich glaube es wohl. Ich habe es Ihnen bereits gesagt, daß ich nicht gestört sein will, wenn ich dichte. Kommen Sie in einer Viertelstunde wieder, die Lektion wird dann zu Ende sein.« Die Lektion währte nicht so lange; aber nachdem sie gegeben und genommen worden, hatten Schülerin und Lehrer eine kleine Erklärung miteinander, welche nicht jedermann zu hören brauchte.

»Eleonore, meine reizende Freundin, soeben hörte ich dir mit Entzücken zu, wie du deinem Mann, der sie nicht kennt, Tugenden predigst, welche ich über alle Maßen schätze. Du bist mir teurer geworden, du erscheinst mir noch schöner.« – »Das«, antwortete sie, »hat meine Tante mir immer gesagt; sie hat mir immer wiederholt, ein gutherziger Ausdruck schmücke ein Gesicht besser als die schönsten Hüte der Madame Bertin. Sie hatte also recht, da mein Geliebter dieselbe Bemerkung macht. Oh, wie vergnügt bin ich, wie froh bin ich über meine Gutherzigkeit, wenn sie mich wirklich in deinen Augen liebenswürdiger macht. Faublas, mein Freund, ich habe meine Fehler wie andere Leute; ich bin lebhaft, herrisch und zuweilen zornsüchtig; man könnte mich für böse halten, und doch gibt es im Grunde keine bessere Frau als mich. Jeden Tag wirst du neue Eigenschaften an mir entdecken, das sage ich dir. Du wirst sehen, du wirst sehen ... Morgen führe ich dich auf mein Gut, freust du dich darauf?« – »Im höchsten Maße, meine kleine Freundin.« – »Warum klein? Ich bin nicht so klein, wie mir scheint. Findest du nicht, daß ich seit vier Monaten gewachsen bin?« – »Wenigstens um ein Zoll.« – »Oh, ich will noch mehr wachsen. Glaube sicher, ich werde noch wachsen. Das wird dir auch Vergnügen machen, nicht wahr?« – »Ganz gewiß, großes Vergnügen. Um auf die Frage zurückzukommen, die du soeben an mich stelltest, so freue ich mich sehr, mit dir aufs Land zu gehen, aber wenn du willst, daß ich morgen abreisen soll, so mußt du erlauben, daß ich heute zu Adelaide gehe, und zwar, daß ich allein hingehe.«

Hier begann unser Streit wieder, der diesmal ganz zu meinem Vorteil endigte; ich hatte sogar das Glück, der Gräfin begreiflich zu machen, daß sie mir ihre Karosse nicht geben müsse. Man ließ einen anständigen Fiaker vorfahren, dem ich zuerst Adelaidens Kloster nannte; aber einige Schritte vom Hôtel bat ich meinen Phaethon, mich zu Justine zu führen.

Die Faulenzerin lag noch im Bette, wo Herr von Valbrun mit ihr plauderte. Beide riefen jedoch, sobald man Fräulein von Brumont angemeldet hatte, sie möge hereinkommen. Ich wurde wie ein gemeinschaftlicher Freund empfangen. Ich weiß nicht, ob der Vicomte ganz von Eifersucht frei war und mich wirklich mit so großem Vergnügen bei seiner Mätresse sah, wie er versicherte, aber das weiß ich ganz genau, daß Frau von Montdesir unglückliche Anstrengungen machte, um ihn nicht merken zu lassen, daß sie ihm Chevalier Faublas vorzog. Das arme Kind war in seinem Gewerbe noch etwas neu und fand sich schwer in seine Aufgaben. Ich gestehe, daß ich nicht die Absicht hatte, ihr aus der Verlegenheit zu helfen, wenn ich von meinen Angelegenheiten mit ihr zu reden anfing. Sie schien es zu bedauern, daß sie mir keine Nachricht von der Marquise geben konnte, und sie übernahm gerne den Auftrag, ihr die Mitteilung zukommen zu lassen, daß ich mit Frau von Lignolle nach dem Schlosse *** abreise. Der Vicomte seinerseits versprach mir, der Baronin nicht zu sagen, an welchem Orte er mich getroffen hatte.

Vom Palais-Royal fuhr ich nach der Rue Croix-des-petits-champs, in das Kloster meiner Schwester. Hätte ich mich in meiner neuen Verkleidung vor ihr gezeigt, so würde ich meine teuere Adelaide sehr betrübt und eine nutzlose Unvorsichtigkeit begangen haben. Ich begnügte mich, in meinem Wagen ein kleines Billett zu kritzeln und es der Türsteherin übergeben zu lassen. Ich machte darin dem Fräulein Faublas die Mitteilung, daß ihr Bruder für einige Tage aufs Land gehen werde.

In der Tat reisten wir, das heißt Frau von Lignolle und ich, am anderen Morgen schon in der Frühe ab. Der Graf, den einige Geschäfte zurückhielten, ließ uns sagen, daß es ihm unmöglich sein würde, vor acht Tagen nachzukommen. Ich will es nicht unternehmen, die tolle Freude meiner jungen Freundin zu schildern, als sie sich mit mir unterwegs sah, und ich will Ihnen ebensowenig sagen, wieviel Freude mir diese Reise machte – Sie wissen ja selbst, daß man sich an der Seite einer Frau, die man liebt, im Reisewagen nicht langweilt. Es war etwa fünf Uhr, als wir in ihrem mehr als zwanzig Stunden von Paris gelegenen Schloß ankamen. Wir hatten nicht diniert, und ich empfand ein lebhaftes Verlangen, mich zu Tisch zu begeben, aber die Gräfin beschäftigte sich zuerst mit anderen Dingen, die sie für wesentlicher hielt. Wir besichtigten vor allen Dingen das Zimmer, das man für sie in Bereitschaft gesetzt hatte. Sie ließ ein zweites Bett neben dem ihrigen aufstellen. Es wurde fortan beschlossen, daß Fräulein von Brumont überall da schlafen solle, wo Frau von Lignolle schlief.

Inzwischen hatte sich die Nachricht von unserer Ankunft in den der Gräfin angehörigen Dörfern verbreitet, und noch am selben Abend strömte eine Menge Volks nach dem Schlosse. Frau von Lignolle empfing weder den langweiligen und zeremoniösen Besuch eines auf seine antike Nutzlosigkeit stolzen Krautjunkers, noch zeigten sich bei ihr reich gewordene Spießbürger, die sich infolge ihrer neuen Privilegien noch mehr aufblähten als zuvor. Ihr zahlreicher Hof bestand lediglich aus jenen beinahe überall verachteten und überall achtungswerten Menschen, denen gegenüber die meisten unserer vornehmen Leute behaupten wollen, daß die erste der Künste ein gemeines Gewerbe sei. Weniger leichtgläubig und glücklicher schien jeder der ehrsamen Bauern, die ich sah, im besonderen das Bewußtsein seiner Gaben und im allgemeinen den edlen Stolz seines Standes zu haben. Alle zeigten vor Frau von Lignolle eine bescheidene Zuversichtlichkeit, alle waren wieder Männer geworden, seit eine echte Frau sie in Schutz genommen hatte, alle wünschten sich Glück zur Rückkehr der Gräfin, drückten aber zugleich ihr Bedauern aus, die Marquise nicht wiederzusehen, und baten den Himmel, er möchte der Nichte die Wohltaten vergelten, womit die Tante sie überhäuft hatte. Die Weiber scharten sich um meine reizende Gebieterin und überhäuften sie mit Danksagungen und Lobsprüchen, die Mädchen bedeckten sie mit Blumen, die Kinder stritten sich um die Ehre, ihr Kleid zu küssen. Würdig der Liebe, welche sie einflößte, hatte Frau von Lignolle alle Namen behalten; sie erfreute den alten Thubau durch eine freundliche Danksagung, die gute Nicole durch eine verbindliche Frage, die junge Adele mit einem schmeichelhaften Kompliment, den kleinen Lukas mit einer Liebkosung.

Der Seigneur bei seinem Pächter

»Eleonore«, sagte ich zu ihr, »Sie verdienen, der Gegenstand der allgemeinen Freude zu sein, denn Sie scheinen lebhaft zu empfinden.« – »Sehr lebhaft, mein Freund, das versichere ich dir, ich bin bis zu Tränen gerührt. Nie hat mich diesen Winter die interessanteste Tragödie so stark ergriffen. Sag mir doch, warum so viele wohlhabende Leute, die auf ihren Landgütern niemand etwas Gutes tun, nach Paris rennen und sich im Theater durch erdichtete Leiden rühren lassen?« – »Sie lassen sich nicht rühren, meine Freundin, nur der dritte Stand ist es, der dort weint. Die sogenannten vornehmen Leute wissen es nicht einmal, wenn der Schauspieler da ist; sie gehen ins Theater, um sich in den Logen zu lorgnettieren und sich in den Korridoren zu begrüßen. Sie begreifen, daß diese Leute sich nicht amüsieren, aber sie übertäuben für einige Stunden die Langeweile, welche sie verzehrt.« – »Du hast recht, ich habe das selbst schon bemerkt, und deshalb habe ich meinen Entschluß gefaßt. Ich werde den größeren Teil des Jahres auf meinen Gütern zubringen und das Geld, das mich eine Loge in jedem der drei Theater kostet, zu wohltätigen Werken verwenden. Wenn nur du mich nicht verlässest, Faublas, wenn nur du mir getreu bist ...« – »Warum sollte ich es nicht sein, meine reizende Freundin?« – »Du wirst mich also immer lieben?« begann Frau von Lignolle ganz leise von neuem. – »Immer.« – »Du wirst dich immer nur mit mir beschäftigen?« – »Nur mit dir ... Aber sehen Sie doch, Frau Gräfin, wie hübsch diese Bäuerinnen sind!« – »Und wie gut diese jungen Burschen aussehen!« antwortete sie. »Wahrhaftig, ich gerate in Versuchung, zu glauben, daß hier viele Kinder gemacht werden, und zwar schöne Kinder, weil die Väter mit ihrem Schicksal zufrieden sind.«

Währenddem waren mehr als hundert Gedecke auf einem riesigen runden Tisch in einem grünen Saal zugerichtet worden. Auch die Geigen waren angekommen. Eine ungeduldige Jugend scharte sich um uns und erwartete das Signal. Frau von Lignolle nahm einen hübschen Burschen zur Hand, ich tat desgleichen, und der Ball begann.

Die Stunde des Abendessens schlug zu früh für die Tänzerinnen und Tänzer, aber zur großen Zufriedenheit der Mütter und Väter, die sich in solchen Fällen weit mehr an die Tafel halten als die Kinder.

Durch die Beschäftigungen der vorhergehenden Nächte etwas ermüdet, kannte ich diese ganze Nacht hindurch kein anderes Vergnügen als das, neben der erstaunten Eleonore ruhig zu schlafen. Herr von Lignolle würde an meiner Stelle nicht mehr und nicht weniger getan haben; auch bin ich weit entfernt, mich dessen zu rühmen, sondern erzähle es als eine Selbstanklage. Aber der allezeit gerechte Amor hatte beschlossen, daß meine junge Freundin am folgenden Morgen eine Entschädigung erhalten sollte.

Es war noch nicht Mittag; seit mehreren Stunden jagte mich die flinke Gräfin in ihrem Parke herum. Ein englischer Garten lud uns ein, im Schatten seiner gewundenen Gebüsche einiger Ruhe zu genießen; ein Zephir wiegte sanft das Laubwerk der Bäume. Auf ihren vermählten und verschlungenen Zweigen besangen tausend Vögel den Frühling. In der Tiefe eines düsteren Lusthaines, welchen die Syringe und der Rosenstrauch, das Geißblatt und der Hagedorn in lieblicher Verschlingung bildeten, befand sich eine geheimnisvolle Grotte, der letzte Zufluchtsort der Liebe.

Ich gehe vor und lese über dem Eingange die Inschrift: Scharaden-Grotte! »Ich brauche nicht zu sagen«, rief die Gräfin mit lautem Lachen, »ob der Herr Graf im letzten Herbste seine Übungen hier angestellt hat«, und dann wiederholte sie in majestätischem Tone: »Scharaden-Grotte! Faublas, wirst du es wagen einzutreten?« Und ihr Auge lud mich ein, das Unrecht der vergangenen Nacht wiedergutzumachen. Ich hatte die Kühnheit, mit ihr in diesen Ort der Wonne einzudringen. Ein Moosbett schien von der Hand der Liebesgöttin selbst bereitet zu sein: es empfing zwei Liebende ... Einige Minuten lang hörten wir weder den Zephir noch die Wellen ... Die glückliche Grotte hatte soeben ihren Namen verdient, und vielleicht wollten wir ihn noch einmal bekräftigen, als das Herannahen eines Profanen uns nötigte, unserem Entzücken Einhalt zu tun.

Es war Herr von Lignolle, der uns durch seine plötzliche Ankunft überraschte. »Sie waren eben im Begriff, hier zu arbeiten?« – »Ja, mein Herr, haben Sie mir nicht erlaubt zu arbeiten?« – »Allerdings.« – »In diesem Falle muß der Ort Ihnen gleich sein.« – »Vollkommen gleich ... aber Madame, Sie sehen verlegen aus; sollte ich etwa ungelegen gekommen sein?« – »Ungelegen ... nein, ganz und gar nicht ... wir beschäftigten uns mit Ihnen.« – »Indem Sie eine Scharade komponierten?« – »Wir machen niemals eine, ohne daß Ihrer dabei gedacht würde.« – »Wieso?« – »Das Wie kann ich Ihnen nicht sagen. Im übrigen seien Sie ruhig; es handelt sich nur um eine Kleinigkeit ... welche Sie allerdings ein wenig angehen sollte, die Sie aber in der Tat durchaus nichts angeht.« – »Meiner Treu, Madame, das ist zu dunkel, ich begreife nichts mehr.«– »Das muß sein; aber Sie werden es vielleicht mit der Zeit erfahren. Lassen wir jetzt die Scharaden. Sie sind sehr schnell gekommen. Sie haben Ihre Geschäfte rasch beendet?« – »Madame, ich habe sie nicht besorgt. Ich gedenke, übermorgen wieder abzureisen. Ich bin gekommen, weil es mich verlangte ... erstens, Sie wiederzusehen ... und dann, mich wieder einmal auf diesem Gute umzuschauen, das seit einer Reihe von Jahren ziemlich schlecht verwaltet wird.« – »Ziemlich schlecht? Sie werden es nie besser verwalten. Ich verlange nicht, daß es anders verwaltet werde.« – »Trotzdem wird man einige kleine Reformen vornehmen müssen.« – »Absolut nicht; ich erkläre Ihnen im voraus, daß ich es nicht dulden werde. Mein Herr«, fügte sie im Hinausgehen aus der Grotte hinzu, »Sie haben vielleicht eine Scharade zu fertigen, ich laß Sie allein.« – »Madame, ich will Sie nicht vertreiben, und die Ihrige?« – »Die unsrige ist fertig; wir hätten vielleicht eine zweite angefangen, aber da kommen Sie herbei wie ein Eifersüchtiger.« – »Madame, ich bitte Sie, an mir ist es zu gehen, wenn der Platz Ihnen Vergnügen macht.« – »Nein, nein«, antwortete sie lachend, »bleiben Sie, ein andermal; wir werden dabei nichts verlieren, seien Sie ruhig.«

Nachmittags machte mir Frau von Lignolle den Vorschlag, ihre ›Kinder‹ zu besuchen. Wir traten im ersten Dorfe bei einem Pächter der Gräfin ein. Sie sagte zu ihm: »Bastian, du bist gestern nicht zu meinem Abendessen gekommen, jetzt bitte ich dich um ein Vesperbrot. Warum habe ich dich gestern nicht mit deinen Kameraden gesehen? Liebst du mich nicht mehr?« – Der ehrliche Mann schlug die Augen nieder mit verlegener Miene. Seine weniger schüchterne Frau antwortete: »Mein Mann hat gesagt, er wolle sich nicht die Ehre nehmen, unserer gnädigen Frau das Vergnügen zu machen, sie zu besuchen, weil er ihr mit seinem Kummer nicht das Herz schwermachen wollte.« – »Eben weil ich nichts davon weiß, muß man es mir schnell sagen. Komm her, Bastian, erzähl mir, wo dich der Schuh drückt. Wir sind alte Freunde, mein Junge, komm, setz dich zu mir und sprich.«

Der gute Pächter ließ sich ein wenig drängen und erklärte sich dann: »Ich habe meine Pacht erneuert, Ihr Verwalter hat sie mir höhergesetzt.« – »Höher? Um wieviel?« – »Um hundert Pistolen.« – »Bastian, sprich die Wahrheit: Wieviel verdienst du bei mir?« –

»Zweitausend Franken.« – »Du hast also nur noch einen Gewinn von hundert Pistolen!« – »Nicht mehr.« – »Und du bist Vater von fünf Kindern, glaube ich?« – »Seit wir die gnädige Frau das letzte Mal gesehen haben, hat mir Gott noch eins geschenkt.« – »Ein schönes Geschenk für einen armen Teufel!« Sie wandte sich an mich: »Der Vater, die Mutter, sechs Kinder! Und alles das zu ernähren und zu kleiden, hundert elende Pistolen! Ich weiß, daß dies, strenggenommen, in dieser Gegend nicht unmöglich ist, aber niemals einen Freund empfangen, niemals ein Huhn im Topfe zu haben, sich unaufhörlich jede Ausgabe versagen zu müssen, welche nicht durchaus notwendig ist, und endlich, nach jahrelanger Arbeit und Sparsamkeit nichts zu besitzen, um die Söhne auszustatten, nichts um die Töchter auszusteuern! Nein, ihr guten Leute, nein, das soll nicht geschehen ... höre, Brumont, tu mir den Gefallen und sag La Fleur, er soll meinem Amtmann melden, daß ich ihn hier erwarte.«

Als ich zurückkam, sagte die Gräfin: »Sei ruhig, Bastian, fasse Mut und hol mir Rahm; denn Fräulein von Brumont liebt ihn sehr und ich auch.« Er brachte zwei volle Näpfe. Da kam schon der Amtmann.

»Ich möchte doch wissen, Herr Amtmann, warum Sie, ohne mich zu fragen, die Pacht dieses ehrlichen Mannes bei der Erneuerung höher angesetzt haben?« – »Madame, ich kenne die Absichten des Herrn Grafen ...« – »Ich verstehe. Aber Sie haben nicht bedacht, daß Sie sich durch dieses Mittel, ihm den Hof zu machen, mein größtes Mißfallen zuziehen. Hören Sie, ich will diesen Handel mit Herrn von Lignolle nicht erörtern, Sie haben den Fehler begangen, Sie müssen ihn wiedergutmachen. Wenn Sie mir nicht morgen vormittag einen neuen Pachtvertrag bringen, der alles auf dem alten Fuße herstellt, so schlafen Sie in der Nacht nicht mehr im Schlosse.« – »Madame ...« – »Keine Antwort! Gehen Sie.«

Der Mann, die Frau und die älteste Tochter warfen sich vor der Gräfin nieder und benetzten ihre Hände mit Tränen. »Meine lieben Freunde«, sagte sie zu den Pächtersleuten, »steht doch auf, steht auf.«

Sie erhoben sich, und wir gingen; was von dem Rahm noch übrigblieb, wurde vergessen.

Und sollte der allzu rasche Übergang von einer sehr interessanten zu einer sehr lustigen Szene höchlich in Verwunderung setzen und sogar einen Augenblick verdrießen, so muß ich doch den komischen

Zwischenfall der folgenden Nacht erzählen, den ich nicht zu verschweigen vermag.

Die Gräfin wußte, daß Herr von Lignolle das Zimmer neben dem unsrigen genommen hatte, aber die unbesonnene Person hatte nicht bemerkt, daß nur ein einfacher Verschlag ihr Bett von demjenigen trennte, worin ihr Mann noch nicht schlief. Nun schließen Sie, verehrte Dame, aus den Fragen, die er an seine Frau richtete, schließen Sie auf die Ursache des Geräusches, das er gehört hatte: »Sind Sie unwohl, Madame?« – »Wer spricht mit mir?« –»Ich.« – »Was fragen Sie mich?« – »Ob Sie unwohl seien?« – »Nicht im geringsten.« – »Ich hörte Sie doch soeben klagen.« – »Klagen, mich? Ich klagte nicht, ich versichere Ihnen, Sie haben geträumt.« – »Ich habe gut gehört, aber Sie selbst träumten vielleicht ... Übrigens brauche ich mich nicht zu beunruhigen, wenn Sie ein Bedürfnis haben sollten, so sind Ihre Frauen nicht fern.« – »Und Fräulein von Brumont ist ganz nahe bei mir.« – »Oh, würde sich Fräulein von Brumont darauf verstehen, für ein Frau zu sorgen, welche ...?« – »Besser als alle Kammerfrauen der Welt.« – »Haben Sie schon Gelegenheit gehabt, es zu erfahren, Madame?« – »Mehrmals, mein Herr.« – »Schon?« – »Ja, und ich versichere Ihnen, daß meine Frauen und Sie selbst, mein Herr, auch Sie, mich hätten sterben lassen, weil sie mir die Unterstützung nicht geben konnten, welche Fräulein von Brumont das Talent hatte, mir in reichem Maße angedeihen zu lassen.« – »In diesem Falle kann ich ruhig schlafen.« – »Ja, schlafen Sie, schlafen Sie.« – »Ich wünsche Ihnen eine gute Nacht, Madame.« – »Danke vielmals, sie beginnt nicht ganz übel.« – »Gute Nacht, Fräulein von Brumont.« – »Mein Herr, ich versuche es.«

Dies war für die lebhafte Gräfin wenigstens eine Mahnung, leiser zu stöhnen, wenn sie überhaupt noch stöhnte, und besonders, mir keinen anderen Namen als meinen Mädchennamen zu geben, ob es ihr nun gefiel, neue Hilfeleistungen anzunehmen, oder ob sie mir bloß noch Dank abstatten zu müssen glaubte.

Es war heller Tag, als wir erwachten. Frau von Lignolle machte mir den Vorschlag, auszufahren und ihren Mann aufzusuchen, der schon am frühen Morgen auf die Jagd gegangen war. Ich war's zufrieden. Etwa eine halbe Stunde vom Schloß stiegen wir aus, weil die Gräfin einen Hügel mit mir hinangehen wollte. Schon waren wir dem Gipfel nahe, und die Leute der Frau von Lignolle waren noch ziemlich weit hinter uns, als wir zu unserer großen Überraschung einen Reiter bemerkten, der anfangs im Galopp einherkam, aber, als er in unsere Nähe kam, sein Pferd anhielt und uns neugierig musterte. »Was will dieser Mann?« fragte die Gräfin. – »Ich bringe einen Brief für das Fräulein von Brumont.« – »Gib her.« – »Ich muß ihn dem Fräulein selbst zustellen.« – »Ich bin's.« – Er antwortete ihr: »Nein, Sie sind's nicht, der ist's«, fügte er, auf mich deutend, hinzu. – »Wie, der?« – »Ja, der.« – Er warf mir das Billett zu und jagte, so schnell er gekommen war, wieder von dannen.

Ich erbrach das Schreiben und las. »Was ist denn, Faublas, was ist?« rief sie, »du wirst blaß.« – »Nichts, nichts, meine Freundin.« – »Zeig mir dies Billett.« – »Ich kann nicht.« – »Nicht?« Bevor ich ihre Absicht erraten hatte, entriß sie mir das verwünschte Papier und steckte es in die Tasche.

Wir gingen den Hügel wieder hinab und nach dem Schlosse zurück; aber trotz meiner dringenden Bitten konnte ich sie nicht bestimmen, mir den Brief zurückzugeben. Nach der Rückkehr in ihre Wohnung schloß sich die Gräfin mit mir ein; dann aber schlich sie sich unversehens in ein Toilettenkabinett, verschloß die Türe hinter sich, und nun konnte nichts mehr sie hindern, die unglückselige Epistel zu lesen. Sie enthielt eine Herausforderung, die folgendermaßen abgefaßt war.:

›Du warst lange Zeit Fräulein Duportail, du bist jetzt Fräulein von Brumont. Ich habe immer in deiner Physiognomie gelesen, daß du dein ganzes Leben lang das Gewerbe treiben würdest, Ehemänner zu betrügen und Frauen zu verführen. Es wäre mir ein leichtes, einen Sekundanten für meinen Streit zu finden, indem ich dein Geheimnis verriete, aber du würdest glauben, ich habe Angst. Wenn du nicht wirklich ein Weib geworden bist, so wirst du dich in drei Tagen, am Zehnten des gegenwärtigen Monats März, im Walde von Compiègne, in der Mitte des zweiten Querweges links, einfinden. Ich werde von fünf bis sieben Uhr abends dort sein, ohne Freunde, ohne Bedienten, und ich werde keine anderen Waffen haben als meinen Degen.

Marquis von B.‹

Frau von Lignolle war noch nicht zwei Minuten verschwunden, als sie zurückkam und sich in meine Arme stürzte. »Du mußt hingehen, mein Freund«, sagte sie zu mir, »du mußt hingehen. Ich kann dir nichts raten, was gegen die Ehre wäre. Wir wollen sogleich dinieren und dann abreisen, nicht wahr?« – »Ja, meine Freundin.« – »Am Zehnten! Heute ist der Neunte, du hast beinahe vierzehn Stunden zu machen; wir haben keinen Augenblick zu verlieren. Nicht wahr?« – »Ja, meine Freundin.« – »Wir werden heute nacht in Paris ankommen. Du wirst morgen abend in Compiègne sein und noch vor Nacht den Marquis töten. Ja?« – »Ja, meine Freundin.« – »Aber nimm dich wohl in acht, daß du ihn nicht fehlst, töte ihn, das ist sehr wesentlich, töte ihn, er besitzt unser Geheimnis ... Du begreifst die Gefahr? Du begreifst?« – »Ja, meine Freundin.« – »Und doch ist es eine sehr grausame Sache, einem Menschen das Leben zu nehmen! ... ein Menschenleben auf dem Gewissen zu haben! Nein, Faublas, nein, töte ihn nicht, verwunde ihn bloß, und nimm ihm dann das Ehrenwort ab, daß er nichts sagen will. Hörst du?« – »Ja, meine Freundin.« – »Dann komm sogleich zurück und beruhige mich durch die Versicherung, daß die Sache abgemacht ist; ich werde dich in Paris erwarten. Du wirst sogleich zurückkommen, nicht wahr?« – »Ja, meine Freundin.« – »Oder ich kann auch mit dir gehen, das ist nicht unmöglich. Was hältst du davon?« – »Ja, meine Freundin.« – »Er sagt nur immer ja. Er antwortet mir, ohne mich zu hören.«

Ich hörte sie, aber ich verstand sie nicht. Erschreckt durch das Unglück, das mich bedrohte, dachte ich mit Verzweiflung daran, daß ein Duell mich nun zum zweitenmal meines Vaterlandes berauben, mich meinen Freunden, der Marquise, meiner Schwester, meinem Vater entreißen sollte, und ach! auch meiner Sophie! ... Und, soll ich es gestehen? dieser kleinen Frau von Lignolle, die ich mit jedem Tag liebenswürdiger und interessanter fand.

»Faublas«, fuhr sie fort, »sag mir doch, was dich beunruhigt? Betrübst du dich deswegen, weil du mich auf einige Tage verlassen mußt? Mein Freund, ich bin wie du trostlos darüber, aber diese Abwesenheit wird nicht lange währen. Ich werde dich übermorgen früh wiedersehen? Sprich doch.« – »Ja, meine Freundin.« – »Dieses Ja, noch immer derselbe Ton ... Faublas, du hörst nicht auf deine Eleonore.« – »Ja, meine Freundin.« – »Guter Gott! Wie bist du niedergedrückt! Wer kann auch so ganz ... Doch ja ... allerdings ... wenn ein Unglück geschähe! Wenn das Gegenteil einträte und Herr von B. dich ... aber nein, das ist nicht möglich! Mein Geliebter ist der gewandteste und der tapferste aller Menschen. Faublas! Du wirst ihn töten, ich sage dir's, du wirst ihn töten! ... Antworte mir doch.« –

»Ja, meine Freundin.« – »Wieder dieses Ja! ... Es bringt mich zur Verzweiflung. Du! Du!« – »Ach, hören Sie auf, Sie machen mich krank!« – »Sprechen Sie doch mit mir, sprechen Sie mit mir ... Sag, mein Freund, was dich beunruhigt?« – »Was mich beunruhigt? Du fragst noch? ... Eleonore, ein Duell!« – »Er hat recht, große Götter! Frankreich verlassen! ... Mein Freund, verlaß es nicht, komm zu mir, du wirst es bei mir besser haben als im Auslande ... Und wenn man dich verhaftete, wenn man dich wieder einsperrte, uns für immer trennte! ... Ach, Faublas, ich bitte dich, dulde nicht, daß man dich verhafte, laß dich nicht ins Gefängnis führen, erwarte diejenigen nicht, die dich verfolgen wollen. Komm schnell nach Paris zurück, flüchte dich zu deiner Freundin ... und wenn sie es wagen, dich bis in mein Haus zu verfolgen ... wenn sie es wagen, dann laß nur mich machen, sie sollen es mit mir und dir zugleich zu tun haben, mein Freund. Faublas, ich werde dich verteidigen, du wirst mich verteidigen, wir werden zu zweien sein.«

Frau von Lignolle erteilte mir in ihrer Verzweiflung noch tausend andere ungefähr ähnliche Ratschläge, von denen ich nicht wohl Nutzen ziehen konnte. Endlich unterbrach man sie. »Ich bin nicht zu sprechen«, rief sie. »Madame« lautete die Antwort, »es ist der Herr Pfarrer.« – »Der Herr Pfarrer! Den darf man nicht fortschicken. Er mag eintreten.« Sie öffnete schnell die Türe. »Würdiger Mann, Sie kommen sehr gelegen; ich wollte Sie eben zu mir bitten lassen. Ich frage Sie nicht, was Sie mit den Geldern angefangen haben, die meine Tante bei ihrem letzten Aufenthalte hier zurückgelassen hat, denn ich weiß recht gut, daß Sie ein ebenso verständiger wie rechtschaffener Mann sind. Überdies habe ich in den zwei Tagen, die ich hier bin, in allen Wohnungen Wohlstand und auf allen Gesichtern Dankbarkeit gesehen, ich bin zufrieden – ... Und doch kann ich Ihnen nicht verhehlen, daß zwei Dinge mich bekümmern. Sie wissen, die Frau Marquise hat niemals geduldet, daß auf ihrer Herrschaft auch nur ein einziger Mann genötigt sein sollte, als Tagelöhner zu arbeiten. Ich höre, daß einer sich in diesem Falle befindet. Man versichert, er sei ein braver Bursche und habe das Unglück nicht verdient, das ihn neuerdings in die traurige Lage versetzt hat, im Tagelohn arbeiten zu müssen.« – »Es ist wahr, Frau Gräfin.« – »Kaufen wir ihm einige Morgen Landes! Der ehrliche Mann habe, wie alle meine Untertanen, sein kleines Feld zu bebauen. Was mir ferner Schmerz macht, ist, daß ich gestern beim Spazierengehen in der unteren Straße bemerkt habe, daß das vierte Häuschen rechter Hand in Trümmer fällt. Es gehört, wenn ich ein gutes Gedächtnis habe, dem Weingärtner Duval.« – »Sie vergessen nichts.« – »Sehen Sie, der gute alte Mann hat vielleicht nicht die Mittel, es wiederherstellen zu lassen. Es ist die alte Wohnung seiner Väter, er hat zufrieden darin gelebt, ich wünsche, daß er ruhig darin sterbe. Wir wollen einige Louisdor darauf verwenden. Was die Vizinalstraße nach der nächsten Stadt betrifft, die meine Tante hat anfangen lassen, so habe ich nicht darnach sehen können, aber ich glaube nicht, daß sie sehr vorgerückt ist.« – »Nein, Madame.« – »Das ist schlimm. Diese armen Kinder, die ihre Waren bei jedem Wetter auf den Markt führen müssen, verlieren zuweilen ihre Pferde auf dem abscheulichen Wege und müssen oft bis ans Knie im Kot waten; das ruiniert ihren Geldbeutel und ihre Gesundheit ... Würden zwölfhundert Franken genügen, um diese Straße zu vollenden?« – »Ich glaube schon, Frau Gräfin.« – »Nun, so wollen wir sie in diesem Jahre ausbauen.«

Sie nahm eine Feder, schrieb einen Augenblick und kam dann zu dem Geistlichen zurück. »Hier, Herr Pfarrer, ist eine Anweisung von viertausend Franken an meinen Amtmann. Haben Sie die Güte, davon die Summe zu nehmen, deren Verwendung wir eben festgesetzt haben, und verteilen Sie den Rest je nach den Umständen an die Bedürftigsten. Ich entschuldige mich nicht darüber, daß ich Ihnen soviel Mühe mache, denn ich weiß, meine Kinder sind auch die Ihrigen. Glauben Sie, daß ich sehr gerne die Sorgen teilen würde, die Sie ihnen widmen, aber eine sehr dringende Angelegenheit ruft mich nach Paris zurück.« – »Sollte es eine unglückliche Angelegenheit sein?« rief der würdige Mann, »Sie haben verweinte Augen, auf Ihrem Gesicht ist Kummer zu lesen.«

Einige Stunden nach dem Weggang des braven Priesters kam Herr von Lignolle von der Jagd zurück. Er begann eine lange Geschichte von all den glücklichen Schüssen, die er getan, als Madame ihm ankündigte, daß wir sogleich dinieren und abreisen würden. Der Graf empfing diese Nachricht mit Verwunderung, aber auch mit Vergnügen; er sagte, obschon er eigentlich beabsichtigt habe, erst am folgenden Tag nach Paris zurückzukehren, so möchte er doch das Vergnügen haben, mit uns zu reisen. Die Gräfin, welche am liebsten mit mir allein gereist wäre, machte einige Versuche, ihren Gemahl von seinem Vorhaben abzubringen. Unglücklicherweise hatte er bereits berechnet, daß diese gemeinschaftliche Rückkehr einige Kosten ersparen würde, und Madame hielt augenscheinlich den Fall nicht für geeignet, um ein Machtwort zu sprechen.

Allerdings zeigte sich bald eine bessere Gelegenheit, um zu sagen: Ich will es haben. Wir standen eben vom Tische auf, als der Amtmann vor seiner Gebieterin erschien, um den Grafen zu ersuchen, er möchte Bastians neuen Pachtvertrag unterzeichnen. Der Herr Gemahl weigerte sich anfangs, die Frau Gemahlin wurde sogleich unwirsch. Der Streit war kurz, aber lebhaft, und Herr von Lignolle unterzeichnete mit schweren Seufzern.

Endlich machten wir uns auf den Weg. Die niedergeschlagene Miene der Frau von Lignolle sagte mir deutlich genug, daß sie sich mit dem Unglück beschäftigte, das unserer Liebe drohte, und dennoch glaubte ich, daß ich selbst noch unruhiger und trauriger war als sie. Dieser von gerechten Gesetzen verpönte, von der tyrannischen Ehre gebotene Kampf, dem ich entgegenging, quälte mich schrecklich. Ich weiß nicht, welche holde und zugleich grausame Ahnung mir aber auch verkündete, daß der interessanteste Augenblick meines Lebens herannahe, daß einige Minuten die peinlichste Lage für mich herbeiführen würden.

Wir hatten zwei Stunden zurückgelegt. In der Ferne entdeckte ich Nemours und in der Nähe den Glockenturm von Fromonville. Frau von Lignolle fühlte sich unwohl. Die Unpäßlichkeit, über die sie klagte, machte mich vor Unruhe und Freude zugleich zittern; es war ein starkes Herzweh. Welche Freude und welcher Schmerz für mich! Meine Eleonore war Mutter! ... Sie war es ohne allen Zweifel! ... Aber ich war auf dem Punkt, sie zu verlassen, ich war auf dem Punkt, mich zu schlagen! Und in drei Tagen sah ich mich vielleicht genötigt, alles zu verlassen! Alles! Die Geliebte, das Kind, das Vaterland, meinen Vater! ... Und meine Sophie! ... Sophie, die ich nicht mehr allein anbetete, aber noch immer anbetete.

So empfand meine Seele tausend widerstreitende Gefühle, und es war dies nur ein schwaches Vorspiel der furchtbaren Aufregungen, die meine Geliebte bald mit mir teilen sollte. Ihr Mann riet ihr zuerst, und ich selbst drängte sie, ihre Berline auf einen Augenblick zu verlassen und sich ein wenig Bewegung zu machen. Sie kannte die Gegend und sagte, sie fühle sich in der Tat stark genug und habe Lust, bis an die Brücke von Montcour zu gehen, wo sie dem Kutscher uns zu erwarten befahl. Sie wollte nicht dulden, daß ihre Frauen, die in einer Kalesche nachfolgten, ausstiegen, um sie zu be-

Was sagt der Abbé dazu?

gleiten. Wir verließen die Hauptstraße und gingen durch das Dorf Fromonville bis an die Schleuse. Die Gräfin hatte den Arm des Grafen von Lignolle ausgeschlagen und lehnte sich auf den meinigen. Wir schritten langsam über den grünen Rasen, der an dieser Stelle die Ufer des Kanals bedeckt. Fortwährend unpäßlich, neigte meine teuere Eleonore von Zeit zu Zeit ihren Kopf, der auf meine Schulter zu ruhen kam, und gab von Zeit zu Zeit mit einem zärtlichen Seufzer eine leise Klage von sich. Ihr Blick schien, indem er mir verkündete, daß sie die Ursache des Leidens kenne und liebe, mehr meine Liebe als mein Mitleid zu begehren. Und ich, ich gestehe es, ich war für den Augenblick weniger bang für die Gefahren ihres Zustandes als entzückt über das Glück, Vater zu sein, und mit mehr Wonne als Furcht betrachtete ich den Schmerz auf diesem schönen, durch seine Blässe noch schöner gewordenen Gesichte. Beide gänzlich miteinander beschäftigt, konnten wir von der reizenden Landschaft, die Herr von Lignolle bewunderte, nichts sehen.

Auf einmal trifft ein schmerzlicher Schrei, ein einziger Schrei, der von einem Hause herkam, das ich nicht einmal bemerkt hatte, mein Ohr und dringt mir bis ins Herz. Götter! ... Welche Stimme! ... Ich stürze plötzlich nach der Richtung hin. Ich bemerke durch Gitter, die mich zurückhalten, ich bemerke am Ende eines großen Gartens, unter einer bedeckten Allee, eine offenbar ohnmächtige junge Person. Zwei Frauen tragen sie nach einem ziemlich entfernten Pavillon, dessen Türe alsbald hinter ihnen zufällt. Ich habe die Züge der Unglücklichen nicht zu unterscheiden vermocht, aber ich habe ihre langen braunen Haare gesehen, die bis auf die Erde herabfielen, ich habe die zauberhafte Taille gesehen, die nur ihr angehören kann, und diesen Schmerzensschrei besonders, ihn habe ich zu erkennen geglaubt. Ja, ich habe zum zweitenmal jenen Schrei der Verzweiflung zu erkennen geglaubt, jenen kläglichen Ton, den sie nicht zurückhalten konnte, als im Kloster des Faubourg Saint-Germain barbarische Schergen mich verhinderten, in ihren Armen zu sterben. Angeklammert an das wohlverschlossene Gittertor, das ich schüttere und gerne umreißen möchte, rufe ich unaufhörlich: »Sie ist nicht wohl! Sie ist nicht wohl!« und höre kaum Frau von Lignolle, die mich anfleht, nicht zu vergessen, daß auch sie sich unwohl fühle.

Eine Bäuerin kommt vorüber, und da sie meine Unruhe sieht, sagte sie: »Sie ist wohl krank?« – »Wer? Diese Jungfer?« – »Wie heißt sie?« – »Ich wollte es Ihnen gerne sagen, Mamsell, aber ich weiß es selbst nicht.« – »Diese Frauen, wer sind die?« – »Da wird kein Mensch daraus klug, Mamsell, sie sprechen anders als wir.« – »Wie denn?« – »Wie? Ei, das weiß ich nicht, denn selbst der Herr Pfarrer, der sein Latein so gut kann wie sein Meßbuch, versteht sowenig davon als mein kleiner Finger; die plaudern ein Kauderwelsch, das der Teufel nicht versteht.« – »Sind Männer im Hause?« – »Von Zeit zu Zeit, Mamsell; manchmal sehen wir einen, den wir alle für den Vater halten.« – »Ist er alt?« – »Nicht gerade alt, aber in reifen Jahren.« – »Spricht er französisch?« – »Der? Oh, da ist's noch viel schlimmer, er spricht gar nichts; das ist, mit Respekt zu melden, ein Bär, Mamsell. Wenn wir uns seiner Höhle nähern, so sieht er aus, als wollte er uns alle fressen. Und dann ist noch ein Diener da, der gar nicht mehr jung ist und auch so welsch wie die anderen ...« – »Seit wann wohnen diese Leute alle hier?« – »Ei, es sind ungefähr drei oder vier ...«

Frau von Lignolle war außer sich und ließ sie nicht vollenden: »Schweig, Schwätzerin, geh deines Weges ... und Sie, mein Fräulein, will Sie denn bis zum Abend hier stehenbleiben? ... Bis wir verloren sind?« Der Graf, der zum guten Glück den wahren Sinn dieser zweideutigen Worte ›bis wir verloren sind‹ nicht begrifft, sucht sie vergebens durch die Bemerkung zu beruhigen, daß wir selbst auch bei der Nacht auf einer guten Straße nicht verlorengehen könnten. Vergebens sagte er es zu ihr; sie beunruhigt sich, sie jammert, sie ruft: »Grausamer! Könnten Sie mich auf solche Art verlassen? Werde ich in meinem Zustand die Vorübergehenden um Mitleid anrufen müssen?«

Ich sah vor allem Frau von Lignolle an, und ich bebte. Es war nicht mehr dieses interessante Gesicht, auf welchem das lebhafte Vergnügen mit dem schwachen Schmerz kämpfte – alle ihre Züge hatten sich entstellt. Der glühende Zorn leuchtete in ihren Augen; die blasse Furcht entfärbte ihre Wangen; ihre wankenden Knie trugen sie kaum mehr; sie zitterte an allen Gliedern.

Ihre letzten Worte und der Zustand, worin ich sie erblickte, riefen endlich meine verirrte Vernunft zurück. Ich erkannte augenblicklich die Menge Gefahren, die uns an diesem furchtbaren Orte umgaben, wo ich hartnäckig bleiben will. Wenn mein Ohr mich nicht getäuscht hat, wenn die Aufregung meines Herzens mich nicht irreführt, so ist es meine Sophie, die ich soeben seufzen hörte, die ich soeben sterbend sah; ohne Zweifel hat sie diesen Verzweiflungsschrei nur ausgestoßen, weil sie unter den verräterischen Kleidern ihren ungetreuen Gatten erkannte. Da meine Frau in diesem Hause ist, so bewohnt es Duportail mit ihr; der verkleidete Liebhaber der Frau von Lignolle würde dem ersten Blicke des Mannes nicht entgehen, welcher so oft die Metamorphose des Liebhabers der Frau von B. gesehen hat, und mein unbeugsamer Schwiegervater wird, wenn er es bemerkt, gleich morgen ein anderes Versteck für sie aufsuchen und mir meine angebetete, obschon verratene Gattin von neuem entreißen. Herr von Lignolle endlich, der mich bereits fragt, welches Interesse ich an diesen Damen nehme, der davon spricht, sich zu erkundigen, wer diese Fremden seien, und ins Haus hineinzugehen, Herr von Lignolle kann bei dem ersten Wort einer so leichten und doch so unseligen Erklärung das doppelte Geheimnis meines Geschlechtes und meines Namens entdecken.

Die Menge dieser furchtbaren Betrachtungen erfüllte mich mit Entsetzen, und in meinem plötzlichen Schreck mache ich von dem Tore hinweg einen ebenso raschen Sprung wie vor einigen Augenblicken, als ich auf das Tor losstürzte.

Ich presse in meinen linken Arm den rechten Arm der Gräfin; mit der rechten Hand ergreife ich die linke ihres neugierigen Gatten, und ohne zu denken, ob der eine mir folgen will und die andere die Kraft dazu hat, ziehe ich sie beide in einem Atem mehr als zweihundert Schritte weit von dem gefährlichen Hause fort. Hier bleibe ich stehen; unschlüssig drehe ich mich um, und mein trauriger Blick schweift von neuem nach den Orten, die ich fliehe ... Ach! Ein vielleicht günstiger Wald von Pappeln verbirgt mir die Mauern, wo ich das Teuerste, was ich auf der Welt besitze, in der Verzweiflung zurücklasse!

Jetzt schnürt sich mein Herz zusammen; ich brauche meine Tränen nicht mehr zu verbergen, denn ich kann keine mehr vergießen.

Inzwischen drängt mich die Gräfin, welche behauptet, ein schnelles Gehen tue ihr wohl, sie rasch weiterzuführen. Ich muß zu gleicher Zeit meine unglückliche Freundin aufrecht halten, die jeden Augenblick umzusinken droht, meine äußerste Unruhe verbergen und Herrn von Lignolle, der, mich ausfragend, hinter uns dreinkeucht, befriedigende Antworten geben.

Wir kommen nach Montcour. Die Gräfin wirft sich äußerst erschöpft in ihre Karosse und öffnet den Mund nur, um ihrem Kutscher zuzurufen, er solle so schnell wie möglich nach Fontainebleau fahren, wo wir Postpferde nehmen werden. Herr von Lignolle, der sich außer Atem gelaufen hat, schweigt eine Zeitlang, um besser auszuruhen. Ich kann endlich ungestört die Wunden meines Herzens prüfen und mich meinen qualvollen Betrachtungen überlassen.

Faublas, wohin entführt dich dieser rasche Wagen? Grausamer, wohin eilst du so schnell? Wen lässest du hinter dir? ... Seit vier Monaten von dem getrennt, den sie wie ihren Gott verehrt, rief sie täglich unter Tränen nach ihm; aber die Qualen der Abwesenheit konnten wenigstens gelindert werden durch die tröstende Idee, daß ein getreuer Gatte ebenso schmerzlich seufze wie sie. Jetzt ist sie noch weit unglücklicher, sie muß sich sagen, daß der Undankbare sie im Stiche läßt und sie flieht ... Oh, Sophie! Sophie! Wenn du in meinem Herzen zu lesen vermöchtest, du könntest mich nur beklagen, müßtest mir verzeihen und mich auch jetzt noch lieben ... Es ist wahr, deine Nebenbuhlerin ist bei mir, aber sieh den Schmerz, den die Liebe ihr verursacht, die ich dir gelobt habe, die Liebe, die ich dir weihe. Sie ist bei mir, aber in welchem Zustand, große Götter! Soeben zerschmolz sie in Tränen, soeben tat sie sich, um nicht in Vorwürfe auszubrechen, die Gewalt an, kein Wort, nicht ein einziges Wort der Klage an mich zu richten; ihre entzündeten Wimpern sind schwer geworden, eine schmerzliche Betäubung drückt sie nieder, die Blässe des Todes hat sie getroffen. Meine teure Eleonore! Wie liebe ich dich! Was habe ich gesagt? Oh, Sophie, beruhige dich. Wenn der Augenblick gekommen sein wird, dann wirst du sehen, ob ich zwischen meiner Frau und meiner Freundin schwanke ... Eleonore, du könntest mir selber kein Verbrechen daraus machen, wenn ich dich ihretwegen verließe, denn meine Sophie ist schöner als du, und sie besitzt meine Schwüre. Eleonore, fürchte indes nicht, daß dein grausamer Freund dich gänzlich verlassen könnte. Sollte dein Geliebter unnatürlich genug sein, zu vergessen, daß er dich zur Mutter gemacht hat? Nein, meine Freundin, nein. Ich werde zuweilen heimlich kommen und mit dir dein Unglück beweinen. Wir werden keine ganzen Tage mehr unter demselben Dach verbringen, aber ... Welche Pläne! Ach! Es handelt sich nicht darum, mich unter sie zu teilen – ich soll sie alle beide verlieren. Ich komme nur auf einige Augenblicke nach Paris. Nie vielleicht werde ich Fromonville wiedersehen. Die Ehre ruft mich nach Compiègne, wo ich nicht den Tod zu suchen habe, sondern die Verbannung, die in diesem Augenblick schrecklicher ist als der Tod …

»Mein Fräulein«, rief auf einmal Herr von Lignolle, »wir wollen doch sehen, ob Sie diese da erraten.« Ich antwortete ganz leise: »Möge der Himmel das ganze Geschlecht der Scharaden vertilgen!« und laut: »Sie wählen Ihre Zeit schlecht, Herr Graf, ich bin heute ganz dumm und wie vernagelt.« – »Da sieht man die Damen«, versetzte der Graf, »sie sind ängstlich wie Hasen. Ich sage Ihnen, die Gräfin wird von der Furcht vor ihrem Übel weit mehr geplagt als von ihrem Übel selbst! Denn es ist gar keine Krankheit, die sie hat, sondern die gewöhnliche Wirkung der Landluft, des Frühlings, einer allzu starken Bewegung … Sie strengen sie auch gar zu sehr an, mein Fräulein, Sie werden sie noch ernstlich krank machen, das sage ich Ihnen … Ohne Zweifel ist es bei der Gräfin vielleicht auch nur Überfülle der Gesundheit, ein Zuviel von Säften, von günstigen, förderlichen Säften … von guten Säften … kurz, das ist ganz klar. Sie sehen, daß der Zustand meiner Frau nicht beunruhigend ist. Sie betrübt sich jedoch, und warum? Weil ihre Seele sich affiziert, und ihre Seele affiziert sich, weil die Seelen der Frauen nun einmal so sind. Wenn ich Frauen sage, so meine ich auch die Mädchen, und da Sie die Gräfin lieben, so bekümmern Sie sich um ihren Kummer, so daß Sie ganz dumm davon werden, wie Sie selbst sagen, aber ich denke, daß man das Ding nicht so buchstäblich nehmen darf. Soviel bleibt jedenfalls klar, daß Sie meine Scharade nicht erraten können, weil Ihre Seele sich affiziert, und auf folgende Art hängen die größten Operationen des Geistes von den kleinsten Affektionen der Seele ab.« – »Das mag sein, Herr Graf, aber ich bitte, überlassen Sie mich meinen Gedanken.«

Mehr als einmal mußte ich ihm diese Bitte wiederholen, bevor wir in Paris waren, wo wir erst morgens drei Uhr ankamen. Die Gräfin erlaubte ihrem Gemahl kaum, ihr Zimmer zu betreten, dann schickte sie schnell auch ihre Frauen weg, und als sie mit mir allein geblieben war, sank sie in meine Arme. »Faublas, belüge mich nicht – sie ist es, die du wiedergefunden hast?« – »Ja, meine Freundin, sie ist's.« – »Wie unglücklich bin ich! … Sag, könntest du vielleicht die Absicht haben, mich zu verlassen?« – »Dich verlassen, meine Eleonore! Ach, wie wäre das möglich? Wie wäre es möglich, von dir geliebt zu werden, ohne dich anzubeten, ohne vor Verlangen zu brennen, dich wiederzusehen!« – »Nicht wahr, Faublas? Geradeso sage ich auch zu

mir, wenn ich an dich denke, und ich denke unaufhörlich an dich ...
Also, mein lieber Freund, du wirst von Compiègne hierher zurückkehren, ohne dich anderswo aufzuhalten, ohne anderswohin zu gehen?« – »Ohne anderswohin zu gehen. Und meine Frau?« – »Nun,
Ihre Frau?« – »Meine Frau, die schon so lange Zeit ...« – »Er will
wieder zu ihr gehen! Wie glücklich ist sie, seine Frau zu sein! Gesetz-
liche Rechte zu besitzen, weil sie in einer Kirche ja gesagt hat! Denn
das ist der ganze Unterschied. Gerade wie sie haben Sie auch mich
betrogen, mich verführt, und ich bin damit zufrieden und bete Sie
an, wie sie ... Und dieses Herzweh, glauben Sie, daß das nichts bedeutet? Es ist ein Kind, ein Kind, das Sie gemacht haben ... Ich beklage mich nicht darüber, ich sage nicht, daß es mir leid tue, im Gegenteil. ... meine Schwangerschaft wird mich kompromittieren, wird
mich in Gefahr bringen, wird mich vielleicht zugrunde richten, ich
weiß es, man mag aber mir meinen Rang und mein Vermögen nehmen, ich bin's vollkommen zufrieden, wenn sie mir nur meine Freiheit und meinen Geliebten lassen ... Ja, wenn ich alles genau überlege, so freue ich mich sogar darüber, daß ich Mutter werde. Es ist
dies erstens ein Vorteil, den ich gegen deine Sophie voraus habe, und
dann mußt du mich noch mehr lieben, denn ich liebe dich auch noch
mehr. Aber wie undankbar sind Sie! Sie wagen es, daran zu denken,
mich in meinem Zustande zu verlassen!« – »Aber, meine Freundin,
bedenken Sie doch, daß ich selbst nicht weiß, was aus mir werden
soll: Heute abend wird es sich vielleicht nicht darum handeln, nach
Paris zurückzukehren, sondern Frankreich zu verlassen ...« – »Sie
nehmen sich vergebliche Mühe, mich zu hintergehen: In Fromonville
hoffen Sie ein Asyl zu finden! Aber ich erkläre Ihnen, daß Sie, wenn
Sie dahin gehen, mich mitschleppen müssen; ich erkläre Ihnen, daß
ich mit Ihnen nach Compiègne reise, daß ich Ihnen überallhin folge,
daß ich mich wie ein Schatten an Ihre Schritte hefte. Sie sollen, das
schwöre ich Ihnen, kein anderes Mittel haben, sich meiner zu entledigen, als wenn Sie mich an der Seite Ihres Feindes niederstoßen.« –
»Bitte, beruhige dich doch, höre ...« – »Ich höre nichts. Sie wollen
mich verlassen, ich werde Sie wider Ihren Willen zu behalten wissen,
ja, ich werde Gewalt anwenden. Wir gehen zusammen nach Compiègne, das ist beschlossen, und was Fromonville betrifft, so kann ich
Sie allerdings vielleicht nicht hindern, dahin zurückzukehren, aber
ich hoffe, daß Sie mich ebensowenig hindern können, Ihnen zu folgen. Übrigens sind Sie noch nicht so weit! Ein tüchtiger Degenstoß

kann Ihnen vielleicht verbieten, so schnell nach Fromonville zu laufen!... Große Götter! Was habe ich gesagt. Nein, Faublas, nein. Mein Freund, verteidige dich gut, wir wollen hernach sehen, wer von uns siegen wird, Sophie oder ich; verteidige dich aus allen Kräften, laß dich nicht verwunden wie bei deinem ersten Duell. Töte ihn nur, oh, ich bitte dich, töte ihn ... Mein Freund, ich werde dabeisein, ich werde dich mit meinen Ratschlägen unterstützen; ich werde dich durch mein Schreien ermutigen, du wirst unter meinen Augen, vor mir, vor der Mutter deines Kindes fechten, du wirst unüberwindlich sein ... Aber antworte mir doch, sprich doch mit mir.« – »Was werde ich Ihnen antworten, wenn Sie die unsinnigsten Pläne entwerfen? ... Eleonore, meine teuere Eleonore! Sag, ist's möglich, daß du nach Compiègne gehen und dich da fremden Augen bloßstellen willst? ...« – »Das ist möglich, denn es wird geschehen.« – »Meine Freundin, seien Sie doch vernünftig. Angenommen, du ertrügest die Strapazen dieser zweiten Reise, und ein unbegreifliches Glück füge es, daß niemand Frau von Lignolle erkennt, die mit dem Chevalier Faublas Extrapost reist, könnte ich's dulden, daß du Zeugin einer blutigen Szene wärest, während dein kritischer Zustand so vielfache Rücksichten erheischt?«– »Rücksichten! Allerdings. Ebendarum muß ich Ihnen nach Compiègne folgen, und darum dürfen Sie nicht nach Fromonville gehen. Was soll aus mir werden, wenn ich weiß, daß Sie abgereist sind, um Ihren Gegner ... und vielleicht meine Feindin zu treffen? Ich werde fortwährend von der schrecklichen Unruhe geplagt sein und meinen Geliebten untreu oder sterbend sehen. Auf welche Art man mir ihn rauben mag, was liegt mir am Leben, wenn ich ihn verliere? Faublas, ich flehe dich an, hab Mitleid mit mir, mit deinem Kind, mit dir selbst. Gib mich nicht meiner Verzweiflung preis ... Faublas, ich beschwöre dich, versprich, daß du morgen Sophie nicht besuchst, versprich, daß ich heute abend den Marquis mit dir sehen werde.«

Sie lag zu meinen Füßen, die sie umschlang und mit ihren Tränen benetzte.

Obwohl wir mit Anbruch der Morgenröte abreisen mußten, so konnten wir uns doch nicht entschließen, bis zu ihrem Erscheinen aufzubleiben. Frau von Lignolle bedurfte sowohl des Trostes als der Ruhe. Wir legten uns nieder; ich ließ glücklich auf die peinlichen Aufregungen eines allzu langen Tages die süßen Aufregungen einer allzu kurzen Nacht folgen, und erschöpft durch soviel Anstrengungen, versank die Gräfin zuletzt in einen tiefen Schlaf. Das war es, was ihr unglücklicher Liebhaber erwartete, welchem das zärtliche Mitleid eine Lüge entrissen hatte und den die gebieterische Notwendigkeit zur Treulosigkeit zwang.

Endlich bricht der verhängnisvolle Tag an. Beim schwachen Scheine seines ersten Strahles gleite ich aus dem Bette, das stumm bleibt; schon berühren meine Füße den Boden oder vielmehr, sie streifen ihn kaum, die Decke fällt sanft zurück, und auf diesem Lager, wo kaum zuvor die glückliche Liebe stöhnte und jetzt noch ruht, wird bald die verlassene Liebe seufzen.

Ich habe mich langsam angekleidet, weil ich alles Geräusch vermeiden mußte. Inzwischen bin ich schon bereit, stehe im Begriff zu gehen ... Welcher Todesschauer erfaßt mich! ... Ich trete in das Schlafzimmer des Fräuleins von Brumont, in dieses Zimmer, das nach der kleinen Treppe führt, ich trete ein und fühle, daß mein Herz mir entsinkt. Unschlüssig bleibe ich stehen, unruhig drehe ich mich um, entferne mich, kehre zurück, will fliehen und nähere mich ... Habe ich mich getäuscht? Hat sie nicht einige Worte gesagt, hat sie nicht meinen Namen genannt? ... Ja, diesmal habe ich sie genau verstanden. Es ist Faublas, es ist ihr Freund, den sie mit schmerzlich erstickter Stimme ruft ... Arme Kleine! Ein Traum warnt sie vor meiner Flucht, und er ist nicht trügerisch! ... Gerührt, trostlos neige ich mich über sie, mein Mund flüstert ihr ein Lebewohl, meine Lippen haben beinahe die ihrigen gedrückt, ich habe auf ihren entblößten Busen eine Träne fallen lassen ... Ach! Und nun bin ich auf der geheimen Treppe.

Mein unglückliches Los wollte, daß ich im Hofe Herrn von Lignolle begegnete, der bereits zu Wagen stieg. »Ah! So früh?« sagte er zu mir. – »Ja, Herr Graf ... ich ... gehe aus ...« – »Wie, ohne die Gräfin?« – »Sie ist müde, doch sie schläft tief, sie weiß, daß ich auf vierundzwanzig Stunden zu tun habe.« – »Allein? Zu Fuß?« – »Ich werde einen Fiaker nehmen.« – »Nein, mein Fräulein, ich werde Sie an das Haus führen, wo Sie zu tun haben.« – »Aber, Herr Graf, das wird Sie genieren, Sie haben Eile.« – »Was liegt daran? Erlauben Sie ...« – »Ich werde es nicht annehmen.«

Während ich mich mit Herrn von Lignolle herumstreite, kann die Gräfin erwachen und einen furchtbaren Lärm machen: dies bestimmt mich. Ich werfe mich in den verwünschten Wagen, Herr von Lignolle steigt hinein und ersucht mich, seinem Kutscher zu sagen, wohin ich geführt zu werden wünsche. Mein erster Gedanke galt dem Kloster meiner Schwester, aber alles genau überlegt, hielt ich es für besser, mich zu Frau von Fonrose führen zu lassen.

Wir kommen vor das Haus der Baronin, ich steige aus, und während ich eben hineingehen will, kommt Herr von Belcourt inkognito heraus.

Er erkennt mich und ruft: »Sieht man Sie doch endlich! Muß erst immer der Zufall ...« − Zitternd unterbreche ich ihn: »Mein Vater, ich habe die Ehre, Ihnen den Herrn vorzustellen, den Sie hier in seinem Wagen sehen. Es ist der Graf von Lignolle, der Gemahl der Dame, bei welcher ...« Der Graf, der uns gehört hat, steigt eilends aus, wirft sich meinem Vater an den Hals und wünscht ihm Glück, eine so geistreiche Tochter zu besitzen, die alle Scharaden errate, welche man ihr aufgebe. Er fügt hinzu: »Wir geben sie Ihnen auf vierundzwanzig Stunden zurück, aber wir hoffen, daß Sie uns morgen das Vergnügen machen werden, sie selbst wieder zu uns zu bringen.« Herr von Belcourt lehnt es ab; Herr von Lignolle besteht auf seinem Verlangen. »Fräulein von Brumont muß durchaus zurückkommen, denn meine Frau ist krank ...« − Der Baron, welcher bereits ungeduldig wird, antwortet: »Es tut mir leid, aber ...« − »Aber«, versetzte der andere, »das darf Sie nicht beunruhigen. Es ist nichts, eine Unpäßlichkeit, ein Herzweh, das kommt, glaube ich, daher, daß sie sich in den letzten Tagen zu viel Bewegung gemacht hat ... mit Ihrem Fräulein Tochter, welche stark, flink, kräftig gebaut ist ... das Temperament der Gräfin ist nicht so beschaffen. Im übrigen, wie gesagt, es ist nichts. Doch könnte das Ding ernsthaft werden, wenn Fräulein von Brumont nicht zurückkäme, weil meine Frau, welche sie bis zum Wahnsinn liebt, sich darüber grämen würde. Ihre Seele würde sich affizieren, mein Herr, und wenn die Seele einer Frau sich affiziert, da hält es niemand mehr um sie aus.« − »Mein Herr, ich wiederhole Ihnen, daß ich nichts versprechen kann.« − »Ich verlasse Sie nicht, bis Sie mir Ihr Wort gegeben haben.« − »Aber ich bitte sehr! ...« − »Ach, tun Sie mir doch den Gefallen, Herr von Brumont.«

Der Baron rief, hingerissen von dieser Lebhaftigkeit: »Mein Herr, lassen Sie mich in Ruhe.« Dann warf er mir einen Blick zu und sagte zu mir: »Ist es nicht schrecklich, daß ich unaufhörlich bloßgestellt werde? ...« Ich zitterte und warf mich in seine Arme. »Vater! Erinnern Sie sich an die Porte Maillot.«

Diese Worte gaben ihm wieder so viel Kaltblütigkeit, daß er sich sogleich von Herrn von Lignolle verabschiedete, sich gegen ihn entschuldigte und ihm verbindlichen Dank sagte. Der war indes immer noch sehr verwundert über den Zorn, welchen der angebliche Herr von Brumont gezeigt hatte. Um allen seinen Argwohn in dieser Beziehung zu verscheuchen, glaubte ich mich genötigt, ihm ganz leise und in sehr geheimnisvollem Tone die hinterlistige Mitteilung zu machen: »Frau von Fonrose hat Ihnen gesagt, daß gewisse Familienangelegenheiten meinen Vater nötigen, unbekannt in diesem Lande zu leben, und Sie verlangen, daß er Sie besuche! Und Sie lassen es sich einfallen, ihn ganz laut bei seinem Namen zu nennen!« – »Ach, wie bedauere ich meine Unüberlegtheit«, sagte der Graf zum Baron sogleich. – »Und ich meine Lebhaftigkeit«, antwortete dieser. – »Sie spotten«, versetzte Herr von Lignolle, »ich war's, der unrecht hatte. Aber wie konnten Sie sich auch weigern, Ihr Fräulein Tochter meiner Frau zurückzugeben? Wenn Sie sie nicht selbst zurückbringen können, so versprechen Sie mir wenigstens, sie uns zu schicken.« – »Ich verspreche«, erwiderte Herr von Belcourt, »daß ich Ihnen keinen Anlaß geben werde, Ihre Höflichkeit gegen mich zu bereuen.« – »Es gilt, ich gehe zufrieden weiter ... Aber Sie haben keinen Wagen, wünschen Sie, daß ich Sie nach Hause begleite?« – Jetzt ergriff ich das Wort: »Sehr verbunden, ich muß die Baronin sprechen; ich hoffe, daß mein Vater die Güte haben wird, mich zu ihr zu begleiten; wir haben ihr etwas Wichtiges zu sagen.«

Er fuhr ab, endlich! ... Als sein Wagen in einiger Entfernung war, warfen wir uns in einen Fiaker, der uns vom äußersten Ende des Faubourg St-Germain nach der Place Vendôme führte. Einzig und allein mit meinen Angelegenheiten beschäftigt, gab ich mir das Aussehen, als hörte ich aufmerksam auf die weisen Vorstellungen, welche Herr von Belcourt in diesem Augenblick an mich verschwendete. Inhaltslose Töne schlugen an mein Ohr. »Sie steigen hier aus, Sie wollen Adelaide besuchen?« – »Ja, mein Sohn.« – »Ich werde mich in diesem Kostüm nicht im Sprechzimmer zeigen. Ich will ins Hôtel zurückkehren, meine Kleider wechseln und dann ... Leben Sie wohl, mein Vater! Verzeihen Sie mir all den Kummer, den ich Ihnen bereite.« – »Von Herzen gern, mein Freund, aber ich bitte dich ...« – »Ich möchte ja gern vernünftig werden, aber ich werde hingerissen ... Sie werden doch die Güte haben, meine Schwester für mich zu küssen?« – »Du kannst sogleich deinen Auftrag selbst ausrich-

Die gewonnene Wette

ten.« – »Ja, mein Vater ... morgen.« – »Was? Bist du verrückt?« –
»Wohl, es ist wahr, ich spreche ohne Überlegung. Leben Sie wohl, in
einer Stunde werden Sie von mir hören.«

Ich kam ins Hôtel; Jasmin stand an der Tür Schildwache. Der
Schurke lächelte, da er mich als Fräulein erblickte, und sagte mir,
Frau von Montdesir habe diesen Morgen schon zweimal hergeschickt
und fragen lassen, ob ich vom Lande zurückgekommen sei; man ersuche mich, sobald ich ankomme, zu ihr zu eilen. – Das paßt zu meinen Plänen. »Schnell, Jasmin, frisiere mich.« – »Als Kavalier, mein
Fräulein?« – »Ja.«

Es währte nicht lange.

»Jasmin! Feder, Tinte, Papier! Schnell ... Gut! Solange ich
schreibe, richte sogleich einen vollständigen Anzug für mich.« – »Als
Kavalier, mein Fräulein?« – »Natürlich. Dann sattle mein und dein
Pferd.« – »Ich werde den gnädigen Herrn begleiten?« – »Ja.« –
»Wir werden gewiß irgendeinen lustigen Spaß ausführen.« – »Jasmin, hol mir meinen Degen.« – »Um so schlimmer, wenn wir uns
schlagen werden, denn wir werden jemand töten. Dieser arme kleine
Marquis, ich sehe ihn noch immer, wie er auf die Erde hinsank ...
Aber er war selbst schuld, denn wir schonten ihn, es war schrecklich! ... Wenn seine Seele ihm nicht in den Bauch genäht wäre, so
müßte er gestorben sein.« – »Jasmin, zum Teufel, geh doch! Wir haben keinen Augenblick zu verlieren ... und schwatze nicht.« – »Ich
wollte mich lieber hängen lassen, gnädiger Herr.«

Inzwischen schrieb ich an meinen Vater. Ich gab ihm alle nötigen
Mitteilungen über Sophiens Versteck, und mein Brief endigte wie
folgt:

›Ich bitte Sie aufs dringendste, reisen Sie sogleich nach Fromonville. Lassen Sie sich Duportail nicht noch einmal entwischen; was
auch seine Gründe sein mögen, besuchen Sie meinen Schwiegervater, sprechen Sie mit ihm, erweichen Sie ihn; er gebe uns seine Tochter zurück; nehmen Sie meine liebe Adelaide mit; bitte nehmen Sie
sie mit. Die beiden Freundinnen werden so erfreut sein, sich wiederzusehen! Adelaidens Gegenwart möge Sophie die Rückkehr ihres
Faublas ankündigen. Und versäumen Sie nichts, um Sophie ohne
Gefahr die Nachricht von unserer baldigen Wiedervereinigung mitzuteilen. Sie ist jetzt in Verzweiflung, ihre Freude würde sie töten.
Mein Vater, ich lege meine teuersten Interessen in Ihre Hände.
Warum kann ich nicht ebenfalls nach Fromonville! Ach! Ich gehe

anderswohin. Brauche ich es Ihnen zu sagen, daß eine unumgängliche Angelegenheit es mir zum Gesetze macht? Beunruhigen Sie sich indes nicht – morgen vormittag werde ich bei meinem Vater und bei meiner Frau sein; ich schwöre es bei ihr und bei Ihnen.‹

Ich kleidete mich an und versiegelte meinen Brief; ein zuverlässiger Mann wurde beauftragt, ihn in Adelaidens Kloster zu tragen und Herrn von Belcourt zu übergeben. Jasmin erhielt Befehl, mich an der Porte Saint-Martin zu erwarten, und ich eilte zu Frau von Montdesir.

Ich traf bei ihr nicht Frau von B., sondern den Vicomte von Florville. »Endlich«, sagte er, »endlich sind Sie da!« Ich entschuldigte mich, daß ich ihn habe warten lassen, und dankte der Marquise, daß sie in demselben Augenblick nach mir geschickt habe, wo ich mich voll Kummer gefragt, wie ich mir das Glück verschaffen könne, sie nur auf einige Minuten zu sprechen. Ich fügte hinzu, daß ich eine Nachricht vom Lande mitbringe. – »Was denn?« – »Ich habe Sophie gesehen.« Sie erblaßte und rief: »Es ist nicht möglich!«

Mit zwei Worten sagte ich ihr, welches Versteck Duportail gewählt und wie ein glücklicher Zufall mir zur Entdeckung geholfen habe. Die Marquise hörte mich mit bestürzter Miene an; ich bat sie dringend, sogleich Leute nach Fromonville zu schicken, welche Duportail bewachen und ihm überallhin folgen sollten, denn ich zitterte, mein Schwiegervater möchte wiederum eine Möglichkeit finden, Herrn von Belcourt zu entwischen. »Warum«, fragte sie mit bebender Stimme, »warum gehen Sie nicht selbst hin?« – »Ich kann nicht, eine wichtige Angelegenheit verlangt mich anderwärts.« – Sie versetzte mit ruhigerer Miene und festerem Tone: »Wie? Hat Frau von Lignolle bereits soviel Gewalt?« – »Nicht Frau von Lignolle ist es, die mir Sophie entreißt; eine unumgängliche Pflicht ...« – »Darf ich nicht wissen?« – »Glauben Sie, meine teure Mama, daß es mir unendlich leid tut, ein Geheimnis vor Ihnen zu haben.« – »Chevalier, das heißt deutlich genug gesagt, daß es von meiner Seite unbescheiden wäre, die Fragen weiterzutreiben. Ich will gerne annehmen, daß ich mich über diese große Zurückhaltung nicht zu beklagen habe. Ich werde die dringendsten Befehle erteilen, damit Duportail noch heute abend genau bewacht werde und keinen Schritt mehr tun kann, den ich nicht sogleich erfahre, ich ... oder in meiner Abwesenheit die kleine Montdesir«, fügte sie mit einem Seufzer hinzu. – »In Ihrer Abwesenheit, Mama, verlassen Sie denn Paris?« – »Sogleich.« – »Welches Unglück für mich! Wie bedaure ich, Sie zu verlieren, zumal in einem Augenblick, wo Ihr Rat und Ihr Beistand mir so notwendig gewesen wären! Wohin gehen Sie denn?« – »Nach Versailles fürs erste.« – »Nach Versailles in diesem Aufzug? … Mama, es ist dies, wie mir scheint, der englische Frack des reizenden Vicomte, der mir seinen Namen gegeben hat, dieser Frack, der Ihnen so schön stand an dem Tage, da wir miteinander in Saint-Cloud waren!« – »Es ist möglich«, sagte sie in einem Tone, als ob sie es nicht genau wüßte, »ja, ich glaube, ja.« – »Und von Versailles gehen Sie wohin? …« – »Chevalier, ich sehe mich zu meinem Bedauern genötigt, Ihre eigenen Ausdrücke zu wiederholen: Glauben Sie, daß es mir unendlich leid tut, ein Geheimnis vor Ihnen zu haben!« – »Aber, wird diese Reise lange dauern?« – »Vielleicht, mein Freund, vielleicht«, sagte sie mit zitternder Stimme, »und ebendeshalb habe ich, bevor ich sie unternahm, so lebhaft gewünscht, Ihnen Lebewohl zu sagen.« – »Mir Lebewohl zu sagen! Mama, meine teure Mama, Sie beunruhigen mich, Sie scheinen traurig, bitte, vertrauen Sie mir …« – Sie unterbrach mich: »Ehren Sie mein Geheimnis, ich habe keine Versuche gemacht, das Ihrige zu erfahren. Ich will es nicht einmal erraten, ich will es nicht. Gehen Sie, Faublas, und kehren Sie zufrieden zurück, wenn es möglich ist. Ich kann mich nicht erklären, ich kann nicht sagen, welches Ereignis im Anzuge ist. Welche Befürchtungen erregen mich …! Aber, mein Freund, mein liebenswürdiger Freund, wie schmerzlich wäre es, sich nicht wiederzusehen!« – »Sie haben Tränen in den Augen?« – »Leben Sie wohl, Faublas, allzu teures Kind, leben Sie wohl! Ich verlasse Sie nur mit Schmerz; erinnern Sie sich dessen, wenn irgendein unglückliches Ereignis eintritt, vergessen Sie nicht, daß die Marquise von B. Sie durch einen Verrat verlor und selbst das Opfer eines Elenden wurde, der sich Ihren Freund nannte. Vergessen Sie besonders nicht, daß sie Ihnen unaufhörlich die zärtlichste Freundschaft bewahrte – die zärtlichste«, wiederholte sie, mir die Hand drückend.

Sie gab mir einen Kuß und entwischte.

Ich war verwirrt durch das, was ich soeben vernommen hatte. Es unterliegt keinem Zweifel, Frau von B. weiß, daß ich mich schlagen will, und sie kennt meinen Feind … ›Wie schmerzlich wäre es, sich nicht wiederzusehen!‹ Sie werden mich wiedersehen, Frau von B., Sie werden mich wiedersehen, zweifeln Sie nicht daran – ich werde siegreich aus einem Kampfe hervorgehen, dessen Preis Sie sind.

Unkluger Marquis! Welche Kühnheit von Ihnen, Faublas auf das Feld der Ehre zu rufen! Welche Verwegenheit, ein Leben antasten zu wollen, das so gut verteidigt ist! Die Geschicke dreier reizender Frauen sind mit dem meinigen auf das engste verknüpft.

Justine, welche dazukam, hatte vielleicht auch die Absicht, mir auf ihre Art einige Aufmunterung zu geben, aber es war schon so spät, daß ich sie nicht hätte anhören können, selbst wenn mich die Lust dazu angewandelt hätte.

An der Porte Saint-Martin traf ich meinen Diener, der mich bis nach Bourget begleitete; dort befahl ich ihm, mein Pferd nach Paris zurückzubringen, und nahm die Post.

Vor fünf Uhr abends befand ich mich im Walde von Compiègne an dem bezeichneten Ort. Ich ging einige Minuten da spazieren, als plötzlich zwei Männer auf mich zukamen und mir ihre Pistolen auf die Brust setzten. Sie fragten mich, ob ich Edelmann sei. Ich antwortete: »Ja.« – »In diesem Fall«, sagten sie, »haben Sie die Güte, diese Maske vor Ihr Gesicht zu nehmen und als Zeuge eines Kampfes dazubleiben, welche zwei Personen von hohem Stand hier ausfechten werden. Geben Sie Ihr Wort, daß Sie sich während des Kampfes keine Gebärde, kein Wort erlauben und daß Sie, was auch der Erfolg sein mag, tiefe Verschwiegenheit beobachten werden.« – »Ich rühme mich nicht, meine Herren, von hohem Stande zu sein, aber es ist wahr, daß ich außer einigem Reichtum einen alten Namen besitze. Ich selbst habe hier ein Rendezvous, um mich zu schlagen. Vielleicht täuschen Sie sich, vielleicht werde ich eine der handelnden Personen bei der unglücklichen Szene sein, bei welcher Sie mich zum ruhigen Zuschauer machen wollen.« – »Wir werden bald erfahren, wie es sich damit verhält; inzwischen nehmen Sie diese Maske, und geben Sie Ihr Ehrenwort.«

Man begreift, daß ich alles tat und versprach, was sie verlangten.

Ich befand mich beinahe eine Stunde in dieser Lage, die mir beunruhigend zu werden anfing, als ich am Ende der Allee, die nach der Hauptstraße führt, Geräusch zu vernehmen glaubte. Einen Augenblick darauf sah ich von derselben Seite her, in den Querweg, wo ich mich befand, eine Postchaise einlenken, die von mehreren bewaffneten Masken umringt war. Es schien mir, als habe diese Truppe, welche ich am Anfang für eine Mörderbande hielt, sich des Lakaien und Postillions versichert und zwinge den Herrn, auszusteigen. Da ich befürchtete, er möchte vor meinen Augen niedergemetzelt werden, so wollte ich in der ersten Regung eines verwegenen Eifers ihm zu Hilfe eilen; meine zwei Wächter begnügten sich, mich zurückzuhalten mit den Worten: »Das ist der Augenblick, denken Sie an Ihr Versprechen.«

Unterdessen kam der Unbekannte, fortwährend von den Bewaffneten umringt, mit festem Tritt und entschlossener Miene auf uns zu. Je mehr er sich näherte, um so gewisser glaubte ich die Züge eines jungen Mannes zu erkennen, den ich seit langer Zeit nicht gesehen hatte. Als er nur noch in ganz kurzer Entfernung war, ging einer meiner Wärter gerade auf ihn zu, ersuchte ihn stehenzubleiben und sagte zu ihm: »Ein Ehrenmann beklagt sich, von Ihnen tödlich beleidigt worden zu sein, und verlangt auf der Stelle Genugtuung zu erhalten. Fällt er von Ihren Waffen, so verspricht er, daß die näheren Umstände dieses Kampfes gegen niemand verlauten sollen; stirbt er nicht an seinen Wunden, so verpflichtet er sich, alsbald nach seiner Herstellung an Ort und Stelle wieder herzukommen, um seinen Streit von neuem auszufechten, welcher nur durch den Tod eines der beiden Kämpfer beigelegt werden kann. Übernehmen Sie dieselben Verpflichtungen, Herr Graf, und schwören Sie bei Ihrer Ehre, sie einzuhalten.« – »Wie!« antwortete der junge Mann, »Mylord Barrington nimmt es übel, daß ich England verlassen habe, ohne seiner erhabenen Gemahlin Lebewohl zu sagen? Man muß gestehen, diese Ehemänner sind allenthalben ein kurioses Volk. Dieser überseeische Herr aber treibt es doch ganz besonders stark. Verlangt er, ich soll mich durch eine ewige Flamme für seine schmachtende Hälfte versengen lassen? Wenn er übrigens noch einen Groll gegen mich hegte, warum hat er es mir nicht in seinem Lande gesagt? Warum ist er nicht nach Brüssel gekommen, wo ich mich noch lange genug aufhielt, weil man mir sagte, er suche mich? Warum nach sechs Wochen mit diesem entsetzlichen Rüstwerk mich in meinem Vaterlande überfallen, im Augenblick, wo ich dahin zurückkehre? Ich hoffe aber wenigstens, wir werden uns nicht auf Fäuste schlagen?«

An seiner Stimme wie an seinem Gesicht, an der Art seiner Reden wie an seinem spöttischen Lächeln konnte ich unmöglich Rosambert länger verkennen. Jetzt erst begann eine seltsame Ahnung der Wahrheit in mir aufzutauchen: O Frau von B., für Sie bebte mein Herz! Aber ich hütete mich wohl, meine äußerste Überraschung und meinen tiefen Schreck durch Gebärden zu verraten oder Worte auszudrücken: Ich war durch meine Schwüre gebunden.

Inzwischen führte man Rosambert bereits ein Pferd vor, mit der Aufforderung, es zu besteigen, und reichte ihm eine Pistole mit der Bitte, sie selbst zu laden. Der Graf schwang sich sogleich auf das Tier und sagte während des Ladens zu seiner Umgebung: »Ja, Sie haben recht, das ist der Kampf, welchen die englischen Herren so sehr lieben ... Abgesehen von der Pistole bin ich dem hochedlen Lord großen Dank schuldig: Er verjüngt mich um mehr als tausend Jahre. Wahrhaftig, ihr Herren von der Tafelrunde, die heroische Parade, welche der Ehrenmann uns hier aufführen läßt, gleicht vollkommen einem Abenteuer des Königs Artus! Gleich den Helden seiner Zeit, haltet ihr die Vorübergehenden auf der Heerstraße an und zwingt sie mit graziöser Höflichkeit, eine Lanze mit euch zu brechen.« Dann warf er seine Augen auf mich und fuhr fort: »Dieser so hübsch gedrechselte Kavalier, der seitwärts steht, kein Wort spricht und sich nicht in eure Renommistereien mischt, ist dies ein edler Herr, den ich befreien soll, oder irgendeine vornehme Prinzessin, die sich verkleidet hat? Letzteres würde mir am besten gefallen. Und der Riese, den ich mitten entzweispalten soll, der famose Riese, wo ist denn der?« – Der Fremde, der bis dahin das Wort geführt hatte, sagte zu Rosambert: »Herr Graf, schwören Sie, die vorgeschriebenen Bedingungen zu erfüllen.« – »Auf Kavaliersparole, meine Herren!« rief er.

Einer meiner Wächter gab das Signal durch einen Schuß. Alsbald sahen wir vom anderen Ende der Allee einen Kavalier heransprengen. Rosambert erwartete ihn mit unerschütterlicher Festigkeit, aber sei es nun, daß er sich selbst zuviel zutraute, sei es, daß er die bei solchen Gelegenheiten notwendige Kaltblütigkeit nicht im vollen Maß bewahrte, er feuerte aus zu großer Entfernung auf seinen Gegner und fehlte ihn. Der andere dagegen zeigte größere Gewandtheit sowohl als Unerschrockenheit: Er schoß beinahe zu gleicher Zeit, aber doch schoß er zuletzt. Die Kugel pfiff an Rosamberts Ohren vorbei, riß ihm eine Haarlocke hinweg und traf seinen Hut so, daß er in die Höhe fuhr. Der Graf setzte ihn wieder zurecht und rief: »Das Ding wird ernsthaft, die schöne Maske hat es auf mein Gehirn abgesehen.«

Sein Gegner hatte wirklich sein Gesicht mit einer dünnen Maske bedeckt; aber ich konnte mich eines Zitterns nicht erwehren, als ich den englischen Frack erkannte, in welchem sich mir die Marquise noch diesen Morgen bei Justine gezeigt hatte.

Der Vicomte von Florville, denn ich zweifle nicht mehr, daß er es war, hatte soeben sein Pferd gewendet und galoppierte ans Ende der Allee zurück, von wo er gekommen war. Rosambert, der ihm mit den Augen folgte, bemerkte: »Es ist allerdings der nationale Frack des Mylord, aber, beim heiligen Georg, es ist nicht sein dicker Hals. Meine Herren«, fügte er in einem Tone hinzu, aus welchem Ärger und Kühnheit deutlich zu erkennen waren, »ich hätte der englischen Nation niemals den Schimpf angetan, zu glauben, daß ihre Raufbolde sich mit Masken und durch Bevollmächtigte schlagen. Übrigens werde ich, und sollte man glücklicherweise den Besten der drei Königreiche auf mich gehetzt haben, es so einzurichten suchen, daß ein Ausländer, und wenn er der Teufel wäre, sich nicht rühmen kann, einen gefahrlosen Sieg über einen Franzosen erfochten zu haben. O du, der du niemals eine Schwalbe im Fluge fehltest, o mein lieber Faublas, wo bist du? Warum habe ich nicht zur Züchtigung eines Verräters und zur Ehre Frankreichs, warum habe ich nicht zu dieser Stunde deinen scharfen Blick und deine allzeit sichere Hand.«

Nachdem der Graf seine Pistole wieder geladen hatte, wurde ein neues Signal gegeben. Diesmal blieb Rosambert nicht unbeweglich, er trieb sein Pferd kräftig an, und die beiden Gegner, die sich ungefähr in der Mitte der Bahn begegneten, schossen auf eine Distanz von fünf oder sechs Schritten. Der Graf jagte seine Kugel durch den Frackkragen seines Gegners; dieser aber war glücklicher, er zerschmetterte ihm die rechte Schulter und warf ihn zu Boden.

Alsbald demaskierte sich der Sieger und zeigte dem verblüfften Überwundenen das Gesicht der Frau von B. »Hier, du Schuft«, sagte die Marquise, »schau her, erkenne mich, stirb vor Scham: Ein Weib hat dich zu Boden gestreckt! Dein Mut und deine Gewandtheit reichten nur aus, um sie zu beschimpfen.«

Rosambert schien einen Augenblick niedergedrückt durch den Schmerz seiner Wunde und den Schimpf seiner Niederlage. Einige Sekunden lang heftete er wirre Blicke auf die Marquise, bald aber fand er sich wieder und richtete mit erloschener Stimme folgende abgebrochene Worte an sie: »Wie! Schöne Dame ... Sie sind's ... die ich ... das Glück habe ... wiederzusehen! ... Wie haben sich doch die ... Zeiten ver ... ändert ... Indes unsere letzte ... Zusammen-

kunft hat mir doch ... viel Spaß ... gemacht ... und auch Ihnen ...
Sie Schalk ... was Sie auch ... sagen mögen ... Undankbare! Mußten
Sie auf solche Art ... einen braven, jungen Mann ... kampfunfähig
machen ... der noch vor kurzem eigens ... von Paris nach Luxemburg gekommen war ... um Ihnen einen ... süßen ... Zeitvertreib zu
verschaffen?« – »Rosambert«, erwiderte die Marquise, »vergebens
suchst du deine Wut und deinen Schmerz zu verdecken. Der Himmel ist gerecht; ich darf mir zu einer doppelten Rache Glück wünschen; deine Züchtigung hat bereits begonnen, ist aber ihrem Ende
noch nicht nahe. Erinnere dich unserer Bedingungen; erinnere dich,
daß mein Gegner überall mein Geheimnis bewahren und mir mein
Opfer hierher zurückbringen muß.«

Der Graf richtete mit Anstrengung seinen Kopf empor und
wandte sich gegen mich: »Dieser junge Mann«, sagte er, »... ist gewiß der Chevalier Faublas! ... Faublas!« Ich nahm meine Maske ab
und eilte zu ihm. »Umarmen wir uns vor allen Dingen«, fuhr er fort.
»Sie hat mich ... überwunden, mein Freund ... Wundern Sie sich
nicht darüber ... es ist nicht das erste Mal, daß sie ... mich zu Fall
bringt ... und Sie, während ich ... ganz aufrichtig Ihren Namen rief,
da standen Sie da ... und wünschten mir mein Unglück ... aber ich
verzeihe Ihnen ... sie ist so ... liebenswürdig! Besuchen Sie mich ...
in Paris, wenn ich nicht gerade nur ankomme, um mich dort ... begraben zu lassen.«

Die Marquise nahm mich jetzt auf die Seite und sagte zu mir:
»Chevalier, verzeihen Sie mir die Art, wie ich Ihnen die Gefahr ge-
heimhielt, der ich mich aussetzte, und die List, deren ich mich bedient habe, um Sie zu deren Zeugen zu machen. Mein Geliebter
hatte leider den Schimpf gesehen; mein Freund mußte bei der Sühne
zugegen sein. Ich weiß wohl, Faublas hatte noch so viel Anhänglichkeit für mich, daß er gern meinen Streit zu dem seinigen gemacht
hätte, aber seine Achtung für mich ging vielleicht nicht so weit, daß
er mich für würdig hielt, ihn selbst auszufechten. Ich habe jedoch«,
fügte sie mit einer Freude, worein sich Stolz mischte, hinzu, »soeben
bewiesen, daß ich vor sechs Monaten keine Verpflichtung, die über
meine Kräfte ging, übernahm, als ich den Schwur tat, Sie durch
meine Rache in Staunen zu setzen. Jetzt, Faublas, erklärt sich alles
Zweideutige oder Dunkle, was meine Reden heute früh haben konnten, von selbst. Sie sehen ein, welcher Furcht ich mich nicht erwehren konnte, als ich mit Tränen in den Augen meinen Freund fragte,

ob es nicht schmerzlich sei, einander nicht wiederzusehen! Sie begreifen, welche Art von Bangigkeit mich überkommen mußte, als Sophiens Liebhaber mir ankündigte, er habe sie soeben wiedergefunden. Ach, glauben Sie mir, ich habe sogleich eingesehen, daß Duportail Sie auf der Straße von Montcour erkennen konnte, und es sollte mir unendlich leid tun, wenn diese Reise nach Compiègne Ihrem Schwiegervater die Zeit gegeben hätte, Ihnen Ihre Gemahlin abermals zu entführen. Faublas, wenn dieses Unglück geschehen sein sollte, so begehen Sie nicht die Ungerechtigkeit, es Ihrer Freundin zur Last zu legen, und sagen Sie sich zu meiner Rechtfertigung, daß in dem Augenblick, wo ich Ihnen unter dem Namen des Herrn von B. diese Herausforderung zustellen ließ, für mich schlechterdings keine Ursache vorhanden war, zu ahnen, daß Sie Ihre Sophie treffen würden. Sagen Sie sich, daß es heute früh nicht mehr nötig war, Sie nach Fromonville zurückzuschicken, weil Sie auch bei der größten Eile unmöglich vor den getreuen Emissären anlangen konnten, welche ich sogleich abgeschickt habe mit dem ausdrücklichen Befehl, alle Schritte Duportails zu bewachen, wenn er sein Versteck noch bewohne, oder ihn zu verfolgen, wenn er es bereits verlassen habe. Jetzt, da nichts mehr Sie zurückhält, gehen Sie und ...«

Frau von B. wurde unterbrochen durch ein durchdringendes Geschrei, das aus Rosamberts Postchaise zu kommen schien, die auf dem Querweg seitwärts, jedoch in einiger Entfernung von der Hauptstraße, stehengeblieben war. Wir liefen alle auf den Lärm hinzu; bei dem Verwundeten blieb nur noch der Arzt, der ihn verband. Als wir hinzukamen, sahen wir hinter dem Wagen des Grafen ein Kabriolett, in welchem eine Frau sich abkämpfte, weil sie von denselben Männern zurückgehalten wurde, die den Lakaien und den Postillion Rosamberts festgenommen hatten. »Mein Gott!« rief sie, »maskierte Leute! Es ist also geschehen! Sie hätten ihn nicht überwinden können, und darum haben sie ihn meuchlings ermordet! Ach!« rief sie mit einem Freudenschrei, »da ist er! Da ist er!« Dann fügte sie in schmerzlichem Tone hinzu: »Treuloser! So ist es wahr, daß Sie die Grausamkeit gehabt haben, meinen Schlaf zu benützen!«

Die Marquise fragte mich ganz leise, ob das nicht die kleine Gräfin sei. Ich antwortete ja und warf mich in die Arme meiner Freundin.

»Ist es vorüber?« fragte sie mich. »Ich habe mehrere Schüsse gehört. Wer sind diese Leute, die mich angehalten haben? Sie sollten sich ja auf den Degen schlagen; ich zittere ... ich bin von Entsetzen ergriffen. Dein Gegner, wo ist er? Bist du Sieger? Er sollte ja niemand mitbringen. Warum all diese Leute? Diese Waffen? Diese Masken? Mein Freund, wie bin ich froh, dich zu sehen! ... Oh, wie bin ich in Angst! ... Grausamer! Wie zürne ich dir, daß du mich so feig verlassen hast!«

So verriet Frau von Lignolle durch die Unordnung ihrer Fragen den Wirrwarr in ihren Gedanken.

»Würdest du es glauben?« fuhr sie fort, »ich habe schlafen können, als du nicht mehr da warst! Ich habe bis zum Mittag schlafen können! Aber welch ein Schlaf! Welch schreckliche Träume! Du entflohst mir jeden Augenblick, und ich sah nur Schauerliches um mich her: den Marquis, die Marquise, deine Frau! Deine Frau! ... Ich, ich bin deine Frau! Ist's nicht wahr, mein Freund? Und du hast ihn getötet, den Marquis?« – »Nein, meine Freundin.« – »Heda«, sagte Frau von B., für welche dieses Gespräch etwas Beunruhigendes haben mochte, »heda, Florville, zu Pferd! Zu Pferd! Sie haben keine Zeit zu verlieren.« – »Was nennen Sie Zeit verlieren?« rief die Gräfin, indem sie dem Vicomte von Florville einen furchtbaren Blick zuwarf. »Verliert er seine Zeit, wenn er bei mir ist? Wer ist dieser unverschämte junge Mann?« fragte sie mich. – »Ein Verwandter des Herrn von B.« – »Sieh, mein Freund, all diese Leute machen mir angst ... Oh! Wie leide ich seit gestern! Unaufhörlich um mich selbst und um ihn zittern zu müssen! Welche Marter! Mich beständig mit der Nebenbuhlerin zu beschäftigen, die ihn mir entreißen will! Mit diesem Feind, der sein Leben bedroht! Hast du ihn verwundet?« – »Nein, meine Freundin.« – »Du hast ihn nicht verwundet? Ich hatte es dir doch so dringend empfohlen! Aber wie denn? ... Er ist also nicht gekommen, der Marquis?« – »Florville«, bemerkte Frau von B., »die Stunden enteilen, die Nacht rückt heran!« – »In was mischt sich denn dieser Fremdling?« versetzte die Gräfin ... »Faublas, hör nicht auf ihn, bleib da. Wie leide ich seit gestern! Wie unselig die Liebe wird, sobald sie aufhört, glücklich zu sein!« – »Was sagst du, meine Eleonore? Mein Herz ist aufs tiefste ergriffen von deinem Leiden!« – »Wenn das so ist, so will ich mich trösten lassen; ich bin zufrieden; laß uns gehen.« – Ich wiederholte mit ihr: »Laß uns gehen.«

»Chevalier«, rief die Marquise, »vergessen Sie, daß eine dringende Pflicht Sie ruft?« – »Ach!« – »Nicht in Paris werden Sie erwartet.«

Ich machte mich aus den Armen der Gräfin los und sprang von

der Schwelle des Kabrioletts auf das Pferd, welches die Marquise mir bot. »Er wird sich schlagen«, rief Frau von Lignolle. »Ich will ihm folgen, ich will diesem Kampf beiwohnen!« Der Vicomte wußte sie schnell zu beschwichtigen, indem er ihr sagte: »Beruhigen Sie sich, es ist keine Gefahr für ihn, dieser Kampf ist zu Ende.« – »Zu Ende!« wiederholte sie schmerzlich, »zu Ende! ... Also nach Fromonville? ... Der Undankbare verläßt mich von neuem! Er opfert mich!«

Sie wollte mir nacheilen, die Leute des Vicomte hielten sie zurück. Sie stieß einen Schrei aus und sank bewußtlos in ihrem Kabriolett zusammen.

Wer hätte dieses allzu gefühlvolle Kind nicht beklagt? – Wen hätten ihre Leiden nicht gerührt? Die Marquise gab sich keine Mühe zu verhindern, daß ich vom Pferde sprang und wieder in den Wagen der Gräfin stieg: Ich war sogar außerordentlich gerührt, als ich sah, mit welcher Sorgfalt Frau von B. ihre Nebenbuhlerin pflegte. Mit der einen Hand hielt sie den Kopf meiner Geliebten empor, mit der anderen goß sie ihr Fläschchen über ihr Gesicht aus; sie wischte ihr mit dem Tuche den kalten Schweiß von der Stirne. »Armes Kind!« sagte sie, »sehen Sie, wie diese Augen erloschen sind, die soeben noch im hellsten Glanze strahlten! Welche Blässe ihre Wangen bedeckt! Armes Kind!« – »Mein Gott! Sie beunruhigen mich, meine Freundin! Glauben Sie, daß Gefahr vorhanden ist?« – »Gefahr? Vielleicht. Die Gräfin hat einen leidenschaftlichen Charakter und scheint Sie bereits sehr zu lieben.« – »O ja, sehr. Überdies hat sie seit gestern leichte Unpäßlichkeiten, Herzschmerzen ...« – »Sie wäre also schon schwanger? Ah, um so besser«, rief Frau von B. in einer lebhaften Freude. Dann dämpfte sie auf einmal diese erste Bewegung und fuhr in einem Ton des Erbarmens fort: »Um so besser ... für Sie, mein Freund ... nicht für die Gräfin! ... Für diese ist es ein mißliches Ereignis, das ihr vielerlei Gefahren bringen kann ...« – »Das ihr Gefahren bringen kann ... Und ich, in welcher Klemme befinde ich mich! Die eine ist hier und stirbt aus bloßer Furcht, ich möchte sie verlassen! Die andere ist dort und verzweifelt, weil ich sie verlassen habe! Sagen Sie mir doch, was ich tun soll, raten Sie mir ...« – »Soeben noch«, unterbrach mich die Marquise, »forderte ich Sie auf zu gehen; ich gestehe, daß ich jetzt an Ihrer Stelle selbst verlegen wäre. Es wäre grausam, die Gräfin in einem solchen Zustand im Stich zu lassen. Sie ist sehr lebhaft ... Sie glauben sie schwanger ... und die arme Kleine liebt Sie, wie man Sie lieben muß, viel zu sehr! ... Wenn

Sie in diesem Augenblick gehen, so überliefern Sie sie sicher Aufregungen, welche ihr das Leben kosten können ... Ich halte es für wahrscheinlicher, daß Sophie, die einen weit sanfteren Charakter hat, Sophie, die seit langer Zeit an die Abwesenheit, das Verlassensein gewöhnt ist, sich mit weniger Ungeduld in ihr Schicksal fügen wird ... das ist jedoch eine Sache, die ich nicht verbürgen möchte. Es ist vollkommen möglich, daß Ihre Gattin, da sie Sie nicht wiederkommen sieht, sich gänzlich verlassen glaubt und in Verzweiflung ist.«

»In Verzweiflung, ja«, wiederholte mit schwacher Stimme Frau von Lignolle, die endlich wieder zur Besinnung kam. Sie erkannte mich: »Sie sind es, Faublas, Sie haben mich nicht verlassen? Ja, bleiben Sie da, ich will es haben, bleiben Sie da.« Dann sagte sie zur Marquise: »Und du, verlaß uns, Grausamer! Meine Leiden finden dich gefühllos! Du hast also niemals fremden Mitleids bedurft? Du, du hast also niemals geliebt?« – »Wenn Sie wüßten, wem Sie diese Vorwürfe machen«, antwortete ihr Frau von B., ihre Hand ergreifend, »wenn Sie wüßten, daß Frau von Lignolle, obschon sehr unglücklich, dennoch weniger zu beklagen ist als die bedauernswerte Person, die mit ihr spricht! Auch ich, auch ich habe von dieser Liebe geglüht, die Sie verzehrt, auch ich habe ihre flüchtigen Wonnen und ihr untröstliches Sehnen gekannt. Gräfin, unglückliche Gräfin! Sie haben noch viel zu leiden, wenn Sie soviel leiden wollen wie ich!«

Hier begegneten meine Augen denen der Marquise, und ihr Blick machte mein Herz erbeben.

»Sollte es wahr sein«, fuhr sie heftiger fort, »daß eine böswillige Gottheit die menschlichen Geschicke lenkt und ein schauerliches Vergnügen darin findet, ihre kostbaren Gaben auf die ungleichste Art zu verteilen? Sollte es wahr sein, daß sie sich mit raffiniert grausamer Berechnung nur deshalb gegen eine sehr kleine Anzahl bevorrechteter Wesen so verschwenderisch zeigt, um die ungeheure Menge der anderen durch ihren Geiz mißhandelten Menschen desto schwerer zu quälen! Allzu begünstigter junger Mann! Die Grazie, den Geist, die Talente, die Schönheit, die Empfindung: Alle diese Eigenschaften und tausend andere, deren Vereinigung vielleicht in keinem anderen außer in dir geglänzt hat, ein unbarmherziger Gott sollte sie dir nur gegeben haben, um deine Nebenbuhler in Verzweiflung zu stürzen und deine Geliebten zu Tode zu martern? Und die Beständigkeit sollte dir dieser eifersüchtige Gott nur darum versagt haben,

Am Abend

damit sich auf Erden für keine Frau die Hoffnung auf ein großes Glück ohne Leiden und in keinem Manne ein absolutes Muster von Vollkommenheit vorfinde? Alle sterblichen Frauen, die dich gesehen haben, werden sie unwiderstehlich zur heftigsten Liebe gezwungen und ach! zur längsten Reue genötigt sein? O Schicksal!«

Die Gräfin hatte der Marquise mit Aufmerksamkeit zugehört. »Wer Sie auch sein mögen«, sagte sie nun zu ihr, »Sie kennen ihn genau, Sie sprechen von ihm, wie ich selbst von ihm sprechen könnte. Ich bin wieder ein wenig mit Ihnen versöhnt, aber lassen Sie uns jetzt voneinander Abschied nehmen. Wir wollen gehen, Faublas, wir wollen gehen ... Sie wollen nicht?«

Ich warf der Marquise einen Blick zu, welcher ihr meine Unschlüssigkeiten und mein Bedürfnis nach ihrem leitenden Rate verkündete. Der Vicomte begriff mich und erklärte sich. »Ich würde mich nicht mehr bedenken, ich würde nach Fromonville gehen...« – »Nach Fromonville!« unterbrach die Gräfin. – »Morgen!« versetzte der Vicomte, »und heute abend würde ich mit Frau von Lignolle nach Paris zurückkehren.« – »Das nenne ich einen guten Rat!« rief die Gräfin, »seinen zweiten Teil finde ich vollkommen gut, und du, Faublas?« – »Ich auch, meine Eleonore.«

In ihrem Entzücken gab die Gräfin der Frau von B. einen Kuß, und ich gestehe es, nicht ohne lebhaftes Vergnügen fühlte ich einige Minuten die Hände dieser zwei reizenden Frauen in meinen glücklichen Händen vereinigt und gedrückt.

»Mein Herr«, sagte Frau von Lignolle, sich an den Vicomte wendend, »wir wollen Ihnen jetzt Lebewohl sagen; aber zuvor gestatten Sie eine Frage, die ich an Sie richten werde, weil ich eifersüchtig bin; ich weiß es und mache kein Geheimnis daraus. Soeben weinten Sie noch beinahe; Sie sind unglücklich in der Liebe, und daran ist der Chevalier schuld. Tun Sie mir den Gefallen und sagen Sie mir, bei wem der Chevalier Sie ausgestochen hat. Sie werden es seiner Freundin verzeihen, wenn sie sich einbildet, daß er in Wahrheit den Vorzug verdient; aber ich glaube wenigstens, und ich will Ihnen kein Kompliment machen, ich glaube, daß man eine Zeitlang zwischen Ihnen und ihm schwanken könnte ... Mein Herr, ich ersuche Sie dringend, das Vertrauen, das ich von Ihnen nicht verlangt hatte, zu vollenden. Fürchten Sie nicht für Ihr Geheimnis, Sie besitzen das meinige.« – »Madame«, antwortete der Vicomte, der sich endlich zu einer Antwort auf die heikle Frage entschlossen hatte, »in einem

Augenblick der Verwirrung beklagt man sich über tausenderlei Dinge ...« – »Ach! Ich bitte Sie, sagen Sie mir, welche Geliebte Ihnen Faublas ...« – »Madame, ich bin, wie der Herr Chevalier Ihnen soeben sagte, ein Verwandter des Herrn von B. Ich bete seine Frau an ...« – »Seine Frau! Sprechen Sie mir nicht von ihr, ich verabscheue sie.« – »Das ist undankbar von Ihnen, denn sie liebt Sie.« – »Wer hat es Ihnen gesagt?« – »Sie selbst.« – »Kennt sie mich denn?« – »Sie hat das Vergnügen gehabt, Sie zu sehen und zu sprechen.« – »Wo?« – »Das kann ich Ihnen nicht sagen.« – »Nun, meinetwegen, aber sie hat unrecht, mich zu lieben, denn ich wiederhole es Ihnen, ich verabscheue sie.« – »Darf man Sie um den Grund fragen?« – »Um den Grund? ... Sie ist eine gefährliche Frau ...« – »Ihre Feinde versichern das.« – »Eine Intrigantin.« – »Die Leute streuen das aus.« – »Nicht hübsch genug, um soviel Lärm zu machen.« – »Die Frauen sagen das.« – »Überdies kokett.« – »Es mangelt ihr weder an Reizen noch an Geist. Warum sollte man ihr nicht einige Abenteuer in die Schuhe schieben?« – »Einige? Sie hat deren tausend gehabt!« – »Bezeichnet man den einen oder den anderen mit Namen?« – »Das will ich meinen! Ich komme nicht viel in die Welt, und doch kenne ich ihrer drei.« – »Wollen Sie diese nennen?« – »Der Graf von Rosambert.« – »Der ist ein Geck, und sie hat es immer geleugnet.« – »Ein guter Grund! ... Faublas.« – »Oh, was diesen betrifft, so will ich nicht streiten, der dritte?« – »Herr von ***.« – »Herr von ***?« wiederholte die Marquise, die ich im gleichen Augenblick mehrmals erröten und erblassen sah. – »Ja, Herr von ***, der neue Minister, dem sie sich hingegeben hat, um die Freiheit des Chevaliers auszuwirken. Was ich Ihnen da sage, schmerzt Sie?« – »Herr von ***!« wiederholte die Marquise mit weniger Verwirrung und deutlicher hervortretendem Erstaunen. – »Das schmerzt Sie? Ich sehe, daß Sie noch immer sehr verliebt sind.« – »Herr von ***! Das ist eine ganz neue Beschuldigung.« – »Die Sache ist auch noch nicht alt.« – »Aber hat man wenigstens einige Beweise?« – »Wie kann man die verlangen? Sie haben keine Zeugen dazu gerufen.« – »Dennoch, Madame, wagen Sie es zu versichern?« – »Aber weil alle Welt es versichert.« – »Alle Welt! Chevalier, Sie wußten es also?« – »Vicomte ... man hat es mir gesagt, aber ich glaube es nicht.« – »Das tut nichts zur Sache«, versetzte er mit mißvergnügter Miene, »Sie mußten mich darauf aufmerksam machen.« – »Ja«, sagte die Gräfin, »man erweist einem braven Mann einen Dienst, wenn man ihn über das Benehmen einer Kokette aufklärt, die ihn hintergeht. Mein Herr, ich beklage aufrichtig, daß Sie in die Netze dieser Person gefallen sind – Sie scheinen etwas Besseres zu verdienen ... Aber kommen wir auf das zurück, was mich betrifft. Beunruhigt Sie der Chevalier nicht mehr?« – »Verzeihen Sie, Madame.« – »Er geht also oft zur Marquise?« fragte sie den Vicomte. – »Zuweilen.« – »Sehen Sie, mein Herr! Sie gehen zuweilen hin! Er ist also noch in sie verliebt!« – »Noch ein wenig, glaube ich.« – »Sehen Sie, sehen Sie! Sie sind in sie verliebt!« – »Man darf sich jedoch«, versetzte die Marquise, »nicht ganz auf mich verlassen. Ich bin bei der Sache interessiert, vielleicht sehe ich schlecht.« – »Oh! Sie sehen gut, mein Herr, Sie sehen nur zu gut! ... Faublas, lassen Sie mich nur machen, ich werde zu verhindern wissen, daß Sie zu dieser Kokette gehen und sie lieben. Wir verlassen Sie«, fuhr sie gegen Frau von B. fort. »Nach der Szene, die Sie soeben mit angesehen haben, bitte ich nicht um Verschwiegenheit, sondern ich rechne darauf; denn Ihre ganze Erscheinung, mein Herr, macht einen vorteilhaften Eindruck ... Wenn es einen dritten Platz in meinem Kabriolett gäbe, würde ich Ihnen diesen anbieten. Ich gestehe Ihnen, daß ich sehr erfreut sein werde, Ihre Bekanntschaft fortzusetzen. Besuchen Sie mich in Paris. Der Chevalier wird mir einen Gefallen erweisen, wenn er Sie zu mir bringen will. Oder, noch besser, kommen Sie allein, Sie brauchen von niemandem erst vorgestellt zu werden. Kommen Sie, und ich verspreche, wenn Ihnen das wirklich Schmerz macht, ich verspreche, daß ich Ihnen gegenüber niemals übel von der Marquise reden werde, trotzdem sie eine garstige Frau ist.«

Wir fuhren. Ich gab dem Postillion, der uns nach Croix-Saint-Ouen führte, einige Louisdor; die Gräfin hatte ihn dort genommen, und er versprach, von allem, was er gesehen hatte, nichts zu sagen. Frau von Lignolle glaubte auch die Verschwiegenheit ihres Lakaien erkaufen zu müssen, den sie wohl oder übel zum Reisegefährten und folglich zum Vertrauten unserer Liebe gemacht hatte.

Inzwischen überhäufte mich meine junge Freundin mit Liebkosungen, die ich ihr zurückgab, mit Vorwürfen, die ich nicht verdiente, und mit Fragen, die zu beantworten mir nicht möglich war. Vergebens stellte ich ihr vor, es müsse ihr genügen, daß ihr Geliebter weder tot noch verwundet noch gezwungen sei, sein Vaterland und somit auch sie zu verlassen; sie begnügte sich nicht mit dem Geheimnis, welches das Ehrenwort mir auferlegte, das ich nicht hätte geben sollen, sagte sie.

Die Unterhaltung fiel natürlich auf den Vicomte von Florville. »Er ist sehr liebenswürdig, dieser junge Mann«, rief die Gräfin, welche neugierig den Eindruck zu beobachten schien, den ihre Reden auf mich machten. – »Oh, sehr liebenswürdig.« – »Er hat viel Anmut.« – »Ganz gewiß.« – »Zierlich gewachsen.« – »Allerdings.« – »Ein sehr hübsches Gesicht.« – »Sehr hübsch.« – »Eine Stimme, so sanft wie die deinige.« – »Ja.« – »Doch ist sie ein bißchen zu hell; es fehlt da etwas.« – »Er ist noch ein Kind.« – »Ja, das glaube ich. Wie alt mag er sein, sechzehn?« – »Höchstens.« – »Gleichviel«, fuhr sie mit Affektion fort, »er ist allerliebst.« – »Allerliebst.« – »Er scheint viel Geist und Gefühl zu haben.« – »Wie du sagst, meine Freundin.«

So redete ich nur einsilbige Worte, um nicht viel zu antworten, und ich affektierte große Gleichgültigkeit, um jede Art von Verdacht zu beseitigen.

»Wollen Sie mir gefälligst antworten«, rief Frau von Lignolle. – »Was gibt es denn?« – »Das gibt es, daß Ihre Kaltblütigkeit mich zur Verzweiflung bringt.« – »Meine Kaltblütigkeit ...« – »Ja, ich gebe mir die Mühe, als schenkte ich diesem jungen Manne große Aufmerksamkeit, und das alles rührt Sie nicht.« – »Ich sehe nicht ein, wie mich das verdrießen könnte ...« – »Ebendeshalb beklage ich mich. Sie zeigen nicht die mindeste Unruhe.« – »Weil ich mich in der Tat keineswegs beunruhigen kann, meine Freundin«, antwortete ich ihr lachend. – »Warum das? Warum sollten Sie nicht ein bißchen eifersüchtig sein? Ich bin es sehr, ich!« – »Eleonore, ich wiederhole dir, daß der Vicomte mich nicht beunruhigen kann.« – »Lachen Sie nicht, mein Herr, ich liebe das Lachen nicht, wenn ich vernünftig spreche. Sagen Sie mir gefälligst, warum der Vicomte? ...« – »Warum? ... Weil er ein ... ein Kind ist.« – »Und Sie? Sollte man nicht meinen, Sie wären schon alt?« – »Und dann gründet sich meine Sicherheit auf Achtung, welche du mir einflößest.« – »Die Achtung! Die Achtung! Nicht soviel Achtung, mein Lieber, und mehr Liebe! Als ich es noch nicht verstand, habe ich es oft sagen hören, und jetzt, da ich die Sache kenne, fühle ich's, daß es sehr wahr ist, wenn man sagt: Man ist nur dann recht verliebt, wenn man sehr eifersüchtig ist. Werden Sie eifersüchtig, wenn Sie mir gefallen wollen!« – »So seien Sie doch zufrieden, Madame; ich gestehe Ihnen, daß mir ganz und gar nicht wohl zumute war, als Sie den Vicomte mit einer Aufmerksamkeit besahen ...« – »Das«, unterbrach sie mich mit einem Kuß, »das heiße ich vernünftig gesprochen, das hättest du gleich sagen sollen ... Beunruhige dich indessen nicht, Faublas – sieh, ich bewundere den Vicomte nur, um dich noch mehr zu bewundern. Ich sagte zu mir: Er ist hübsch, dieser junge Mensch! Aber mein Geliebter ist noch hübscher, viel hübscher; mein Geliebter hat ein nicht minder reizendes Gesicht, und seine Taille ist schlanker. Man bemerkt in seiner Miene, in seiner Haltung, in seiner ganzen Person etwas Achtunggebietendes, etwas Stolzes, was in Erstaunen setzt, ohne zu schrecken ... Mich erschreckt es nicht, es macht mir Vergnügen ... Geist! Gefühl! Könnte der Vicomte beide Eigenschaften in gleichem Grade haben wie du? Wie du, der du mich den ganzen Tag über lachen und von Zeit zu Zeit weinen machst! ... Dann bin ich sehr zufrieden, denn du spottest nicht wie die anderen Männer, die über unsere Tränen lachen; im Gegenteil, mein Freund, du tröstest mich, indem du dich mit mir betrübst; du weißt zu weinen, du, du ... Geh, sei ganz ruhig. Ich ziehe dich in demselben Grade diesem hübschen Jungen vor, wie er mir seinerseits von allen denen, die ich bisher gesehen habe, den Vorzug zu verdienen scheint ... Sag mir, liebt dein Vater den Vicomte?« – »Sehr!« – »Dann sollte er diesem jungen Manne deine Schwester geben. Das gäbe ein so reizendes Paar.« – »So einfach mir diese Liebe erscheint, so würde ich sie doch nie gehabt haben.« – »Ich sehe durchaus kein Hindernis; der Vicomte ist in die Marquise vernarrt, das ist sehr schade ... Weißt du aber auch, warum ich ihn eingeladen habe, mich zu besuchen? Ich will es dir sagen, denn wie könnte ich dir etwas verhehlen? Er ist eifersüchtig auf dich, weil er in Frau von B. verliebt ist. Er wird mir sagen, ob du zu ihr gehst.« – »Sehr gut ausgedacht!« – »Allerdings! Ich lasse mich durch deine falsche Heiterkeit nicht beirren, dein Lachen geht dir gar nicht von Herzen. Ich habe immer darauf gesonnen, wie ich dich verhindern könnte, zu dieser Frau zu gehen, und nun gibt mir der Zufall ein Mittel in die Hand, das ich durchaus nicht unbenützt lassen darf.«

Unterdessen kamen wir näher – gegen Paris allerdings, meine Sophie, aber tröste dich, es war auch näher gegen Fromonville. Sophie, ich stand im Begriff, abermals im Hause deiner Nebenbuhlerin eine jener Nächte zu suchen, die ich so kurz fand, aber verzeih! Sieh, ich dachte weniger an das Vergnügen der kommenden Nacht als an die

Wonnen des Tages, der darauf folgen sollte, jenes Tages, wo ich in den Armen meiner geliebten Frau endlich das höchste, seit so langer Zeit ersehnte Glück genießen könnte. Freue dich, Sophie, es ist wahr, daß ich, und zwar gerade in diesem Augenblick, von Frau von Lignolle einen Kuß erhalte; es ist wahr, daß diese süße Gunst die Belohnung eines Seufzers ist, welchen Eleonore soeben überrascht hat; aber, o meine Sophie, freue dich: Dieser so zärtliche Seufzer war für dich.

Wir verließen die Post in Bourget, demselben Dorfe, in welchem ich Jasmin zurückgeschickt hatte. Die Gräfin hatte hier ihre Pferde in einem Wirtshause stehenlassen; wir nahmen sie jetzt wieder, und sie brachten uns bald nach Paris zurück. Man begreift, daß Faublas, der jetzt gekleidet war, wie es sich immer für ihn gebührt hätte, nicht zu Frau von Lignolle gehen und bei ihr das Fräulein von Brumont vorstellen konnte, ohne zuvor seine Kleider gewechselt zu haben; wir beschlossen also, bei Frau von Fonrose abzusteigen.

»Schlimme Kinder!« sagte die Baronin, »woher kommt ihr denn?« – »Wir verhungern«, antwortete die Gräfin, »lassen Sie uns etwas zu essen geben.«

Während wir das Huhn zu verspeisen anfingen, das man gebracht hatte, sagte Frau von Fonrose zu Frau von Lignolle: »Ich habe mich zur Stunde des Diners in Ihrem Hôtel eingefunden. Man hat mich sehr beunruhigt durch die Nachricht, daß Sie in Verzweiflung über die Flucht des Fräuleins von Brumont soeben ausgegangen seien, um sie zu suchen. Schon einige Stunden vorher«, fuhr sie gegen mich fort, »hatte mir Herr von Belcourt in Begleitung des Fräuleins Faublas einen kurzen Besuch abgestattet. Sie reisten beide nach Fromonville, in der Überzeugung, daß Sie durch ein Duell in Anspruch genommen seien. Sie hatten keine Ahnung davon, daß ein weniger teures Interesse als das der Ehre Sie abhalten könne, mit ihnen zu kommen und sich zu den Füßen Ihrer Gemahlin zu werfen. Beide zittern um Sie, beide werden, ich kann es Ihnen nicht verhehlen, ein Raub der tödlichsten Unruhe sein, wenn Sie sich nicht vor Mitte des Tages, der demnächst anbrechen wird, bei ihnen einfinden.«

Bereits dachte die Gräfin nicht mehr an ihr kaum begonnenes Mahl. Sie unterbrach die Baronin mit der Erklärung, sie werde nicht dulden, daß ich sie verlasse, und bemerkte, es komme ihr höchst sonderbar vor, daß Frau von Fonrose, die sich für ihre Freundin ausgebe, es sich herausnehme, in ihrer Gegenwart ihrem Geliebten solche Ratschläge zu erteilen. Die Baronin war um eine Rechtfertigung nicht verlegen: »Wenn Sie den Sohn anbeten, so liebe ich den Vater. Herr von Belcourt würde es mir nie verzeihen, wenn ich unter so wichtigen Umständen dazu beigetragen hätte, seinen Sohn von ihm entfernt zu halten. Was verlangen Sie übrigens auch von dem Chevalier? Daß er nutzlos alle Regeln des Anstands verletze. Ich bin weit entfernt, ihm eine Infamie anzuraten, ich sage nicht, er solle Sie verlassen, sondern nur, er solle Sophie aufsuchen, sie zurückbringen und es hernach machen, wie alle Leute von der Welt, wie die besten Ehemänner, welche die Liebe zu den Gegenständen ihrer Zärtlichkeit mit dem guten Benehmen, das sie ihren Frauen schulden, in Einklang zu bringen wissen. Jedes andere Verhalten würde Sie zugrunde richten. Ich frage Sie zum Beispiel, ob der Chevalier fortwährend bei seiner Geliebten wohnen kann, wenn seine Frau nicht mehr abwesend ist, ob er so öffentlich die Verzweiflung der einen und die Güte der anderen zur Schau stellen soll? Vorausgesetzt, Ihre Leidenschaft blende Sie so sehr, daß Sie diese Albernheit erwarten, und er sei schwach genug, sie Ihnen nicht zu verweigern, so frage ich, ob nicht alle Welt bald erfahren müßte, daß Chevalier Faublas sich in Ihrem Hause zum Fräulein gemacht habe, weil es ihn langweile, in seinem eigenen der Mann zu sein? Ich spreche nicht von Herrn von Lignolle: Hoffen wir, daß der Schutzgott der Liebenden für diesen Ehemann dasselbe tue, was er gewöhnlich für die andern tut; hoffen wir, daß dieser würdige Gatte der letzte ist, welcher erfährt, daß Sie ihn zum Stadtgespräch gemacht haben; aber wird wohl seine Familie ruhig den Spott ertragen, womit jeder Tag ihn bedecken wird?«

»Seine Familie! Was liegt mir an seiner Familie!« antwortete die Gräfin, welche bis jetzt den klugen Vorstellungen der Baronin nichts als Geschrei und Tränen entgegengesetzt hatte. »Was Ihnen daran liegt?« versetzte Frau von Fonrose, »gedenken Sie denn den Chevalier zurückzuhalten, trotz der Seufzer seiner Witwe, die ihn unfehlbar zurückfordern und über Skandal klagen wird, trotz der unversiegbaren Geschwätzigkeit Ihrer ewigen Tante, die jeden Morgen kommen und Ihnen von ihren gotischen Grundsätzen vorfaseln wird, trotz des famosen Kapitäns von Lignolle, der imstande ist, seine Flibustier zu verlassen und per Post herbeizueilen, um Ihnen mit seinem gewaltigen Schnurrbart und seinem langen Degen Angst einzujagen, und endlich auch trotz des Publikums, das unaufhörlich die Tollheiten ausplaudert, welche es verschweigen sollte, und die Skandale hervorsucht, die es begraben müßte, des Publikums, das niemand und auch sich selbst nicht respektiert, das die Ehemänner lächerlich macht, während es sie beklagt, die Frauen in Schutz nimmt, während es sie tadelt, und streng die Fehler verurteilt, über die es sich dennoch tagtäglich lustig macht; endlich, trotz des Barons, welcher ...« – »Der ganzen Welt zum Trotz, Madame!« – »Haben Sie den Verstand verloren oder glauben Sie, daß ich übertreibe? Sie kennen diesen Herrn von Belcourt nicht, von dem ich eben sprechen wollte. Wenn Sie ihn reizen, so ist er der Mann, seinen Sohn selbst aus Ihrem Schlafzimmer herauszuholen!« – »Und ich, wenn man sich nicht scheut, mich zum Äußersten zu treiben, ich ...« – »Was werden Sie tun?« – »Ich werde mich töten.« – »Ein schöner Einfall! Ich beklage Sie ... Ich beklage Sie, daß Sie nicht einsehen, daß es weit besser ist, für einen Augenblick ein kostbares Gut zu opfern und es hernach ohne Hindernis zu besitzen, als sich dadurch, daß Sie es einige Tage lang behalten wollen, der Gefahr aussetzen, sich über seinen Verlust zu Tode zu grämen.« Frau von Fonrose sprach noch und sprach in den Wind, als wir eine Karosse in den Hof fahren hörten. Sie konnte niemand anders gehören als Herrn von Lignolle. Ich hatte noch Zeit, meine Freundin zu küssen, ein Stück Geflügel an mich zu reißen und mich in das Toilettenkabinett der Baronin zu retten.

Einen Augenblick darauf hörte ich, wie der Graf den Damen guten Abend wünschte. Erstaunt darüber, daß seine Frau, die selten in der Stadt speiste, morgens um drei Uhr noch nicht zurück sei, hatte er geahnt, daß sie bei der Baronin soupiere und dort unwohl geworden sei. Er fragte sie, ob sie Fräulein von Brumont im Laufe des Tages habe finden können. – »Ja, mein Herr Gemahl«, antwortete die Gräfin, »und ich hoffe, daß sie zu mir zurückkommen wird ...« – »Sie wird allerdings zurückkommen«, unterbrach sie der Graf, »denn ich habe ihrem Herrn Vater das Versprechen abgenommen. Bedenken Sie indes, Gräfin, daß es spät ist; nehmen Sie einen Platz in meinem Wagen an und kommen Sie ...« – »Sehr verbunden«, versetzte sie trocken, »ich gedenke nicht, vor Tage zurückzukehren.«

Ich hätte leicht das Ende dieser Unterhaltung hören können, die mich ziemlich nahe berührte ... Sophie, teuere Interessen beschäftigten bereits meine Gedanken: Einen Augenblick hört die allmächtige Verführung des anwesenden Gegenstandes auf, unmittelbar auf mich zu wirken, und dieser entscheidende Augenblick kann den lange schwankenden Sieg zu deinen Gunsten feststellen. Deine Nebenbuhlerin ist nicht mehr an meiner Seite, um mich durch ihre Leiden deine Qualen und durch ihre Zärtlichkeit deine Liebe vergessen zu machen. Ihre Stimme schlägt nur an mein Ohr und dringt nicht bis an mein Herz, das voll Erinnerung an dich ist. Sophie, ich habe dich kaum erst ohnmächtig, sterbend wiedergesehen! Deine Verzweiflung hat mein Herz durchdrungen! Ich habe gebebt über die Leiden, die dich peinigten; der Gedanke an das Glück, das uns erwartete, hat mich zittern gemacht! – –

Wer mit einiger Aufmerksamkeit liest, muß sich erinnern, daß vor kurzer Zeit eine hübsche Kammerfrau in demselben Kabinett, wo ich mich jetzt befinde, mich frisiert hat. Er muß sich erinnern, daß ich damals, von dem Wunsche gedrängt, die Gräfin zu sehen und dem Baron zu entgehen, mich über eine geheime Treppe in den Hof der Frau von Fonrose führen ließ. Jetzt ist der entgegengesetzte Fall eingetreten: Um meinen Vater wiederzufinden und vor meiner Geliebten zu fliehen, suche ich tappend denselben Weg in diesem Teil des Hauses, wo ich jetzt schon ein wenig Bescheid weiß. Ich gelange auf die geheime Treppe, sodann in den Hof und bald auf die Straße.

In seiner zärtlichen Besorgnis hatte Herr von Belcourt etwas getan, was jeder andere als ein Vater nicht hätte vorhersehen können. Da es nicht unmöglich sei, hatte er bei seiner Abreise gesagt, daß besondere Gründe mich zwingen, wieder durch die Hauptstadt zu kommen, so soll der Schweizer die ganze Nacht hindurch wachen, um mich zu erwarten, und mein Bedienter eine Postchaise jeden Augenblick für mich bereithalten. Man liebte den Baron und seinen Sohn zu sehr, um die Befehle des einen und die Interessen des anderen zu vergessen. Im Hôtel angelangt, brauchte ich mich nur in den Wagen zu setzen, und mein getreuer Jasmin verlangte durchaus, mir vorreiten zu dürfen. So fand ich auf jeder Station schon die Pferde bereit; die Postillione, denen ich reichliche Trinkgelder spendete, beklagten sich nicht darüber, daß man sie so früh weckte; sie nannten mich Exzellenz, und wir flogen dahin wie der Sturm.

Die Morgenröte kam, die mir den schönsten Tag verhieß. So befinde ich mich denn wieder auf dieser Straße, welche ich zwei Tage zuvor in der entgegengesetzten Richtung so qualvoll zurückgelegt hatte! Welche glückliche Veränderung haben sechsunddreißig Stunden in meiner Lage hervorgebracht! In Fromonville wird mich mein Vater, alsbald beruhigt, an seine Brust schließen, dort wird bald meine Frau getröstet ... »Wir kommen ja nicht von der Stelle, fahr doch zu, Postillion!« Bald werde ich sie mit meinen Küssen bedecken, werde ihre Knie umschlingen, werde den Lohn für meine grenzenlose Liebe begehren ... Es ist wahr, Adelaide wird dasein ... Werden wir Adelaide nicht wegschicken können? Müßte man es bis zur Nacht aufschieben? Ein ganzes Jahrhundert des Wartens! Aber die Nacht! Die Nacht! Nie werde ich eine wonnigere verbracht haben! ... Wie langsam diese Schindmähren mich doch fortschleppen! »Postillion, fahr doch zu!« ... Und morgen, morgen werde ich wieder auf dieser Straße sein! Aber ich werde Sophie bei mir haben! Ich werde meine Frau nach Paris zurückbringen! In die Kammer Hymens, neben der des Zölibats, welche nunmehr verlassen bleiben wird! Auf immer verlassen! Und ich werde ihr hundertmal erzählen, was ich ausgestanden habe, all das Unglück, das mir zugestoßen ist – alles? Nein. Ich werde ihr nicht sagen, wie sehr die Marquise zu beklagen ist und welches zärtliche Mitleid ich ihr immer noch widme. Sophie ist argwöhnisch, sie könnte sich beunruhigen, und ich will ihr nicht nur die vollkommenste Treue bewahren, sondern auch die Qualen der Eifersucht ersparen ... Auch von der Gräfin werde ich ihr nichts erzählen ... Die Gräfin! Sie ist jetzt allein! Ganz verblüfft! Ganz traurig! Sie weint, sie verzweifelt, ich hätte ihr wenigstens ein paar Worte sagen, sie in Kenntnis setzen, sie vorbereiten sollen ... Wie der Kerl fährt! »Postillion, du jagst ja dahin wie der Teufel! Halt doch nur einen Augenblick! Wohin führst du mich denn so schnell?« – »Nach Villeneuve-Saint-George, mein schöner Herr«, antwortete er, »die Straße nach Fontainebleau«, seine Pferde anhaltend, »die Straße nach Fromonville.« – »Die Straße nach Fromonville? Gut! Nun ja, welcher Teufel hält dich denn auf?« – »Haben Sie es nicht selbst befohlen?« – »Sieh doch, wie die Zeit verlorengeht! Vorwärts! Laß knallen und fahr schneller.« – »Bald heißt es: fahr langsamer, bald: fahr schneller; jetzt kann ich nicht mehr, bin nicht aus dem stärksten Galopp herausgekommen, ich kann unmöglich mehr tun!« – »Du hast recht, mein Freund, du hast recht, aber ich bitte dich, fahr schneller.«

Der tausendmal verfluchte Wagen rollt noch sieben tödliche Stunden. Endlich erblicke ich die Brücke von Montcour und auf der Straße nach Fromonville zwei geliebte Personen. Bald empfange ich ihre Umarmungen und teile ihre Freude. Die eine fragt mich, ob ich keine gefährlichen Wunden empfangen habe, die andere, ob man

Beim Lever

wiederum Frankreich verlassen müsse. »Nein, meine teure Adelaide, ich bin nicht verwundet. Nein, Vater, wir werden unser Vaterland nicht verlassen ... aber lassen Sie uns eilen, ich bitte Sie ... Welchen Dank bin ich Ihnen schuldig! Sie haben sie verlassen können, um mir entgegenzufahren. Kommen Sie, lassen Sie uns zu ihr hinfliegen, stellen Sie ihr ihren Gatten vor, seien Sie Zeuge! ... Wie, Vater! Sie schlagen bestürzt die Augen nieder! Schwester! Du weinst? ... Es ist geschehen! ... Sophie! ... Die Verlassenheit! ... Sie hat nicht widerstehen können, sie ist nicht mehr! ...« – »Sie lebt«, rief der Baron, »aber ...« – »Ich verstehe! Also raubt sie mir ihr Tyrann zum drittenmal!«

Beide antworten mir nur durch Schweigen, beide sind darauf bedacht, der Wirkung meiner ersten Aufwallung vorzubeugen und zu verhindern, daß meine Verzweiflung mir nicht das Leben koste. Herr von Belcourt bemächtigt sich meiner Pistolen und meines Degens, Adelaide streckt einen Arm vor, um ihren Bruder aufrecht zu erhalten, den sie erblassen und taumeln sieht. Meine teure Schwester, du bist nicht stark genug! Faublas ist soeben beinahe sterbend auf denselben Rasenplatz niedergesunken, den er zwei Tage zuvor kaum streifte, als er, um einer nunmehr verlassenen Geliebten zu folgen, mit raschen Schritten vor seiner Frau entfloh, nach welcher er sich heute vergebens zurücksehnt.

»Adelaide! Ach! Ich beschwöre dich, hab Mitleid mit deinem Bruder! ... Mein Vater! Lassen Sie mich, lassen Sie mich sterben! Sie ist mir entrissen, sie glaubt mich schuldig! Sophie weiß nicht, daß ich die Hälfte meines Lebens dafür geben wollte, wenn es mir erlaubt wäre, ihr die andere Hälfte zu weihen ... Sie ist mir entrissen, sie glaubt mich schuldig – laßt mich, laßt mich sterben!«

»Vater, weiß man wenigstens, was aus ihr geworden ist? Weiß man, auf welcher Straße ihr Räuber sie fortschleppt? Sie antworten nichts! ...«

»Wie? Es ist also wahr, daß ich sie ganz verloren habe, daß mir keine Hoffnung mehr übrigbleibt? Jetzt trennt uns ein langer Zwischenraum, vorgestern habe ich sie dort unten gesehen! ... Sieh dorthin, Adelaide, von hier kannst du es sehen, das Gittertor, das ich mit allzu schwacher Hand rüttelte, dieses Gittertor, das ich hätte einreißen sollen. Deine gute Freundin war dort! Sie war dort, meine Vielgeliebte! Jetzt trennt uns ... Sophie! Sophie!«

»Diesmal«, sagte mein Vater, »hat sich Duportail nicht von uns entfernt, ohne mich von seinen Gründen und seinen Entschlüssen in Kenntnis zu setzen. Ein Brief, den er für mich zurückgelassen hat ...« – »Ein Brief, lassen Sie ihn sehen!« – »Warte, bis wir in das nächste Dorf kommen.«

Wir traten in einen Gasthof von Montcour. Der Baron wollte das Schreiben meines Schwiegervaters selbst vorlesen; er gab jedoch meinen Bitten nach und vertraute es mir an.

›Da Ihr Sohn soeben von neuem mein Versteck ausgeforscht hat, da er darauf beharrt, überall sein Opfer zu verfolgen, so muß ich Sie, Herr Baron, endlich von dem großen Unglück meiner Tochter in Kenntnis setzen.

Sie wissen, in welcher beinahe unvermeidlichen Schlinge Sophie gefangen wurde. Sie werden niemals vergessen, an welchen Orten und wie der unglückliche Lovzinski seine so schmerzlich ersehnte Dorliska wiederfand, seine Dorliska, die noch im Schoße des Verbrechens nicht sowohl Tadel als Mitleid verdiente. Baron, die Entführung dieses Kindes war noch nicht das größte Verbrechen Ihres unwürdigen Sohnes.‹

»Das größte Verbrechen Ihres unwürdigen Sohnes! Welche Worte! Welche Lüge! Sie selbst, mein Vater, Sie sind empört über diese Beschimpfung! ...« – »Geben Sie her«, sagte der Baron zu mir, »geben Sie her, ich will den Brief vorlesen.« – »Nein ... erlauben Sie ... ich flehe darum!«

›Am Tage, wo ich ihm seine Geliebte gab, in demselben Augenblick, wo alles zu ihrer Vereinigung vorbereitet wurde, höre ich in der Hauptstraße von Luxemburg einen Fremden nach dem Chevalier Faublas fragen, und trotz ihrer neuen Verkleidung erkenne ich die, welche zuerst Ihren Sohn in der fluchwürdigen Kunst bildete, Frauen zu verführen und Ehemänner zu betrügen. Sie kam, wie sie es ohne Zweifel miteinander verabredet hatten, herbeigeeilt, um mit dem Mörder ihres Gatten am Orte seiner Verbannung zusammenzuleben.‹

»Großer Gott! Vater, ich schwöre, daß dies nicht wahr ist! Ich wußte nicht, daß die Marquise mir nach Luxemburg folgen würde. Ich wußte nicht ...« – »Ich will das gerne glauben, mein Freund. Ich kann dich nicht der Abscheulichkeiten fähig halten, welche Duportail so rasch angenommen hat. Aber er ist Vater und ein unglücklicher Vater. Wir müssen ihn entschuldigen, ihn beklagen, uns bemühen, ihn wiederzufinden und ihn zu erweichen. Lies weiter.«

›Bei dieser Erscheinung ahne ich all das Unglück, das meine Dorliska bedroht, ich sehe nur ein einziges Mittel, sie der Gefahr einer öffentlichen Beschimpfung zu entreißen, und doch komme ich in die Kirche, ohne noch zu wissen, ob ich mich beeilen soll, einen Entschluß auszuführen, welcher mir extrem scheint. Eine freche Nebenbuhlerin, welche vor nichts zurückschreckt, erscheint beinahe zu gleicher Zeit wie wir vor dem Altar. Die Tempelschänderin! Im Angesicht des Gottes, welcher die Schwüre der Gatten empfing, forderte sie diesen auf, die seinen alle zu verletzen.

Was hoffte Ihr grausamer Sohn, der würdige Zögling einer schamlosen Frau, der niederträchtige Verführer eines wehrlosen Mädchens? Was hoffte er, als er die eine dem Aufenthalte entriß, den ihre Tugenden verschönten, und sich von der anderen auf die auffallendste Weise eine verdorbene Welt zum Opfer bringen ließ, deren Abgott sie war? Was er hoffte? Er wollte für ganz Europa ein Schauspiel werden, er wollte sich an dem Ruhme berauschen, ein verführtes Mädchen und eine ehebrecherische Frau an denselben Wagen gefesselt mit sich zu schleppen, er wollte sich seine beiden Geliebten zu derselben Schmach beigesellen, er wollte Fräulein von Pontis, die einen gemeinen Liebhaber und die öffentliche Verachtung mit der Marquise teilen sollte, von Land zu Land führen.

Solcherart waren seine Pläne, denen ich zuvorgekommen bin. Durch meine Wachsamkeit wurde Dorliska gerettet; und die Ereignisse haben überdies meinen ganzen Argwohn gerechtfertigt. Niemals hat man genau erfahren, was aus der Marquise während der sechs Wochen geworden war, welche Ihr Sohn in der Umgebung von Luxemburg zugebracht hat: Ohne Zweifel lebten sie da zusammen ...‹

»Ist das wahr?« fragte Adelaide. – »Liebe Schwester, es ist wahr, daß Frau von B. mich von Zeit zu Zeit besuchte, aber ich wußte nicht, daß sie es war, die mir einen Besuch abstattete.« – »Wie konntest du das nicht wissen?« – »... Das kann ich dir nicht erklären, es wäre zu weitschweifig.« – »Ich bin mit dieser Antwort nicht zufrieden. Was mich noch mehr verdrießt, ist, daß Herr Duportail manchmal recht hat, wenn er dir solche Vorwürfe macht. Das beweist, daß du dich wirklich sehr schwer gegen meine liebe Freundin vergangen hast. Lies weiter.«

›Einige Tage nach der Rückkehr ihres Geliebten in die Hauptstadt sah man sie mit frecher Stirne wieder bei Hofe erscheinen, und wenn alle Intrigen die Einsperrung des Chevaliers nicht verhindern konnten, so weiß man wenigstens genau, daß sie durch ihre Prostitution seine Befreiung ausgewirkt hat.‹

»Durch ihre Prostitution! ... Nein, mein Vater, nein, ich kann das nicht glauben.« – »Lies doch weiter!«

›Welchen Gebrauch hat er von seiner Freiheit gemacht? Da Sophie nicht wiederkam, so mußte eine andere ihre Stelle einnehmen. Der Chevalier Faublas ist nicht der Mann, der sich mit einer einzigen Eroberung begnügt: zwei Opfer zu gleicher Zeit, wenigstens zwei Opfer sind ihm notwendig. Was ich nicht begreife, ist der Umstand, daß er, nachdem er in neuester Zeit meinen Aufenthalt entdeckt, es für zweckdienlich erachtet hat, Sophie daselbst die neue Nebenbuhlerin zu zeigen, die er ihr vorzieht.‹

»Die ich ihr vorziehe! Während ich Sophiens wegen die Gräfin im Stiche lasse! Die Gräfin, die jetzt schmerzlich nach mir seufzt! Die Gräfin! Ach, mein Vater, wenn Sie wüßten, wie teuer ich ihr bin! Wie gefühlvoll sie ist! Wie liebenswürdig! Wie ....« – Der Baron unterbrach mich: »Mein Sohn, wissen Sie auch, was Sie zu mir sagen?« – »Ich habe unrecht, mein Vater, aber ich bin ... Ich bitte um Verzeihung.«

›Dieses unbegreifliche Benehmen, dessen Gründe ich nicht durchschaue, schließt offenbar ein anderes schändliches Geheimnis in sich, welches die Zukunft aufdecken wird. Wer ist diese junge Person, an deren Seite ich Ihren Sohn in trügerischen Kleidern erkannte? Ein einfaches Mädchen, dem ihre Unschuld keinen genügenden Schutz gewähren, oder eine erfahrene Frau, deren Tugenden er schon im Keim verderben wird. Wer ist dieser Mann von reifem Alter, der ihn begleitete? Ein unglücklicher Gatte, den er mit Schande und Spott bedecken, oder ein vertrauensvoller Vater, dessen Freundschaft er verraten wird.

Baron, Sie sind auch Vater, aber Sie scheinen sich dessen nie erinnern zu wollen. Ich werde keine nichtssagenden Rücksichten gegen Sie beobachten, sondern ohne Umschweife mit Ihnen sprechen. Fürchten Sie, der Himmel möchte endlich müde werden und die Ausschweifungen des Sohnes und die Schwachheit des Vaters zu gleicher Zeit bestrafen; fürchten Sie, er möchte eines Tages in seinem Zorn meiner Tochter einen Rächer und der Ihrigen einen Verführer senden ...‹

»Seiner Tochter einen Rächer! Herr Duportail, ich möchte ihn doch sehen, diesen Rächer, den Sie mir da ankündigen; Herr Duportail, wenn er zu lange ausbleibt, so wird Faublas ihn aufsuchen. Nicht zufrieden, mich indirekt zu bedrohen, wagt er es, auch noch meine Schwester zu beschimpfen! Meiner teuren Adelaide einen Verführer!« – »Sehen Sie, mein Freund, wie sehr die Leidenschaften die Menschen inkonsequent und grausam machen! Der bloße Gedanke, daß Adelaide verführt werden könnte, bringt ihren Bruder in Wut! Er verzeiht ihn dem Manne nicht, dessen Tochter, trotz aller Liebe zur Tugend, doch zu den verdammenswertesten Ausschweifungen einer verbrecherischen Liebe hingerissen wurde! Wegen einer Annahme, die er beleidigend findet, spricht Faublas davon, sich gegen seinen Schwiegervater zu bewaffnen, und doch dachte Lovzinski in Luxemburg nicht daran, die Verirrungen seiner Dorliska an einem fremden Räuber zu rächen.« – »Erlauben Sie, mein Vater ... lassen Sie mich endlich seine Entschließungen erfahren.«

›Möge mein Beispiel Ihnen wenigstens eine nützliche Warnung sein! Ich trug selbst zu den Verirrungen des Chevaliers bei, und obschon ich nur deren unfreiwilliger Mitschuldiger geworden war, so sah ich mich doch bald genug dafür bestraft. Alle Leiden, die mich niederdrücken, habe ich diesem undankbaren jungen Mann und seiner unseligen Mätresse zu verdanken, deren verbrecherische Liebesgeschäfte ich ruhig mitansah. Bald hatte ich, in einen ungerechten Streit verwickelt, den Schmerz, das weiseste Gesetz eines gastlichen Staates zu verletzen, welcher mir Freunde und beinahe das Vaterland wiedergegeben hatte, meine vom Blute des Unschuldigen befleckten Hände halfen zum Triumph der ungerechten Sache; ich selbst gab endlich meiner Tochter das Geleite, als man sie entführte, ich half ihrem Räuber zu ihrer Entehrung.

Ach! Wie weit weniger als ich ist die angebetete Gattin zu beklagen, deren tragisches Ende ich seit zwölf Jahren beweine! Ein frühzeitiger Tod hat sie den schmerzlichsten Leiden ihrer Tochter und ihres Freundes entzogen.

Gleichwohl sei dir Dank gesagt, ewige Vorsehung, deren Fügungen man immer segnen muß, Dank sei dir gesagt, selbst in deiner Strenge, barmherzige Gottheit! Du wolltest, daß Lovzinski seine Lodoiska überlebe, um dereinst seiner hintergangenen Tochter eine, wenn auch leider zu spät gekommene Hilfe zu leisten; um Dorliska vor den letzten Demütigungen zu schützen, welche ihr unbarmherziger Verführer gegen sie vorhatte.

Ja, meine entehrte Tochter ist nicht herabgewürdigt. Meine Tochter kann noch immer den Trost, die Freude, den Stolz ihres Vaters ausmachen.‹

Hier konnte ich vor Schluchzen einen Augenblick nicht weiterlesen. ›Sie kann der Stolz ihres Vaters, ihrer Familie und ihres Gatten sein!‹ Indem ich hierauf ein Wort überging, das ein Vater niemals hätte schreiben sollen, das ein Gatte nicht wiederholen durfte, las ich von neuem diesen Satz, der meinen Unmut und Zorn ein wenig beschwichtigte, diesen Satz, um dessen willen Sophiens Geliebter Herrn Duportail die Abscheulichkeiten verzieh, welche er dem Sohne des Barons Faublas in die Schuhe schob. Ich las weiter:

›Ja, meine Tochter ist nicht herabgewürdigt worden. Meine Tochter kann noch den Trost, den Stolz, die Freude ihres Vaters ausmachen. Das anbetungswürdige Kind! Ihre Entschuldigung liegt in den Tugenden, die ihr noch bleiben, in der kummervollen Reue, welche sie den Tugenden weiht, die sie nicht mehr hat ...‹

Wie, Sophie, wäre es möglich? ... Kummer und Reue! Ach, ich hätte geglaubt, die Abwesenheit allein könnte Kummer und Reue erwecken.

›... Ihre Entschuldigung liegt in den Tugenden, welche ihr bleiben, in der ... und soll ich es sagen ... in der Menge von unschätzbaren Vorzügen, welche die Natur an ihren Verführer verschwendet hat, an diesen erstaunlichen jungen Mann, welchen wir alle bewundert haben würden, wenn er nur die Hälfte der Anstrengungen, die seine schlechten Streiche ihn kosten mußten, zu guten Dingen versucht hätte, wenn er die seltenen Eigenschaften, die er zum Verbrechen mißbrauchte, zur Ausübung der Tugend hätte anwenden wollen.

Baron, ich habe Ihnen von meinen gerechten Gründen Rechenschaft abgestattet, es bleibt mir nur noch übrig, Ihnen meine unwiderruflichen Entschlüsse bekanntzugeben.

Aus dem Versteck, wohin ich mich flüchte, werde ich meine Augen fortwährend für meinen Verfolger offenhalten ... Meine Dorliska ist mir unendlich teuer, ich bete in ihr das leibhaftige Abbild einer Gattin an, die ich tagtäglich beklage ... Sie können daraus entnehmen, wie glühend ich ihr größtes Glück wünsche ... Ach, mit welchem Entzücken wollte ich den Unmut über die mir widerfahrenen Beleidigungen ihren teuersten Wünschen opfern! Aber der, der seine Geliebte verführte, wird seine Frau nur dann erhalten, wenn er sie verdient hat, und wenn er auch Sophiens Jugend hinterging, so wird er meine Erfahrung nicht täuschen. Der Chevalier mache also keine Versuche, mich zu übertölpeln: Ich habe ihn zu genau kennengelernt, um mich jemals durch äußeren Schein bestimmen zu lassen. Vergebens würde er sich jetzt die Mühe nehmen, gute Sitten zur Schau zu tragen; ich werde in seinem Benehmen nur Heuchelei erblicken, solange die Marquise noch am Leben ist. Baron, ich gebe Ihnen mein Ehrenwort, Faublas wird, selbst wenn es scheinen könnte, er sei gänzlich von seinen Verirrungen zurückgekommen, Sophie nicht wiedersehen, bevor der Himmel in seiner Gerechtigkeit die Einsperrung oder den Tod der Frau von B. angeordnet hat.

Aber ich verweile bei Voraussetzungen, die mir schmeicheln, ohne mich zu blenden. Ich spreche von einer Strafe, auf die ich nicht hoffe. Gewiß bereitet ein Gott, der zu gerecht ist, um die großen Ausschweifungen durch Straflosigkeit zu ermutigen, der Marquise eine Katastrophe vor. Aber das Beispiel ihrer Züchtigung würde, sollte es heute auch alle diejenigen, die ihr gleichen, mit Entsetzen erfüllen, für Ihren Sohn zu spät gegeben werden. Ihr Sohn ließ sich zuerst verführen, dann wurde er zum Verführer. Er wird in der Gesellschaft seiner würdigen Freunde, die grundsätzliche Wüstlinge sind, immer mehr verdorben werden. Man wird ihn kaltblütig mit ihnen auf Ausschweifungen sinnen sehen. In Ermangelung der Ehemänner und der Väter, die selten ihre Beschimpfungen zu rächen verstehen, werden bald Langeweile, Krankheiten, Verdrießlichkeiten seiner erschöpften Jugend sich bemächtigen. In jungen Jahren muß er ein Greis werden, muß, wenn er nicht selbst Hand an sein Leben legt, durch das feindliche Schwert fallen, muß vor der Zeit zugrunde gehen.

Ich werde indes darauf hingearbeitet haben, meine Tochter von ihrer unseligen Leidenschaft zu heilen. Derselbe Gott, der die Frevler verfolgt, wacht über die Gerechten. Sophie wird für ein neues Leben erwachen. Meine Pflege wird beitragen, die Wunden ihres Herzens zu schließen. Nach schrecklichen Stürmen werde ich wieder schöne Tage für sie anbrechen sehen. Der glückliche Augenblick wird kommen, wo ihre Vernunft ihr bestätigen wird, was ihr vortreffliches Herz ihr bereits gesagt hat: Eine Tochter wie sie hat nichts zu beklagen, solange ihr ein Vater bleibt wie ich.

Ich bin, Herr Baron, mit einer Hochachtung, die durch die Vergehungen Ihres Sohnes nicht geschwächt worden ist, Ihr Freund

Lovzinski.‹

Das Erstaunen, die Unruhe, die Verzweiflung hatten mich während dieser langen und schmerzlichen Lektüre aufrechterhalten. Nun sammelte ich alle meine Kräfte, um Herrn von Belcourt zu fragen, wie weit man meiner Frau nachgefolgt sei, und als man mir sagte, daß man in La Croisière – vier Stunden unterhalb Montargis – ihre Spuren verloren, fiel ich in Ohnmacht.

Sie währte nicht lange. Die Bemühungen meiner Schwester riefen mich ins Leben zurück, die Stimme meines Vaters gab mir meinen Mut wieder. Mein Vater, der mir mit einer Hoffnung schmeichelte, die er vielleicht nicht hatte, forderte mich auf, selbst mit meiner Schwester und ihm Nachforschungen anzustellen, welche, wie er sagte, glücklicher sein würden. Während er mit mir sprach, zog ein neben meinen Stuhl gefallenes Papier meine Aufmerksamkeit auf sich. Es war der Brief meines Schwiegervaters, welchen der Baron, der ausschließlich mit meinem Zustand beschäftigt war, wieder zu sich zu nehmen vergessen hatte. Ich sann darauf, mich seiner zu bemächtigen, ehe er etwas davon sah; es gelang mir, und das machte mir mehr Freude, als wenn ich den seltensten Schatz erobert hätte. Der Brief war schrecklich, aber er war ungerecht. Ich wurde darin mißhandelt, aber man erzählte mir auf jeder Seite von Sophie. Ich steckte also dieses so grausame und so teure Schreiben zu mir. Ach, Faublas! Wo solltest du es verlieren und wiederfinden!

Unterdes drohte ein unvorhergesehener Unfall uns in Montcour zurückzuhalten. Als wir eben alle drei in den Wagen gestiegen waren, um wenigstens noch das Dorf La Croisière zu erreichen, fühlte sich Adelaide sehr unwohl.

»Vater, diese Glockentürme, die Sie von hier aus sehen, ich erkenne sie: Es sind die Türme von Nemours. Wir brauchen höchstens zwanzig Minuten, um in die Stadt zu kommen, wo wir alle Hilfe finden werden, deren meine Schwester bedürfen kann.«

Wir stiegen da in einem Gasthofe ab. Kaum hatten wir unsere teuere Adelaide verpflegt, die sehr unwohl schien, als ein Kurier nach mir fragte. Er übergab mir ein von unbekannter Hand geschriebenes Billett, das lautete:

›Der Herr Chevalier wird im Namen des Vicomte von Florville benachrichtigt, daß Herr Duportail, der vorgestern abend in La Croisière die Post verlassen, gleichwohl um Mitternacht sie in Montargis wieder genommen hat ...‹

»Kommen Sie, Vater, schnell! ...« – »Ist denn Adelaide«, entgegnete er mir, »imstande, uns zu begleiten? Und kann ich sie allein und krank in einem Wirtshause lassen?« – »Sie haben recht ... wie bedaure ich selbst, sie verlassen zu müssen! Aber es ruft mich ein so dringendes Interesse, mein Vater! ... Erlauben Sie mir, sogleich abzureisen ... Nur mein Diener soll mich begleiten ... Sie haben meine Pistolen und meinen Degen; geben Sie diese Jasmin, verbieten Sie ihm, sie mir anzuvertrauen. Ihre Befehle werden respektiert werden ... Glauben Sie mir aber, daß diese Vorsichtsmaßregel ganz zwecklos ist: Geben Sie mir meine Waffen, und seien Sie ruhig, ich werde mich ihrer weder gegen mich selbst noch gegen Sophiens Vater bedienen. Fürchten Sie nichts von meiner Lebhaftigkeit, wenn ich ihn treffe, und wenn ich ihn nicht treffe, so fürchten Sie nichts von meiner Verzweiflung. Sophiens Gatte wird seine Frau nur durch eine rasche Rechtfertigung, durch Bitten, nötigenfalls durch Tränen von Duportail zurückerhalten ... Ich verzichte auf jedes andere Mittel ...«

Herr von Belcourt konnte nicht so schnell, als ich gewünscht hätte, zu einem Entschluß kommen. Vielleicht erschrak er über die Gefahr, einen ungestümen jungen Menschen sich selbst zu überlassen; doch bestimmte ihn zuletzt die noch größere Besorgnis vor den Tollheiten, zu welchen meine schmerzliche Ungeduld mich treiben konnte, wenn er darauf bestand, mich bei sich zu behalten. Trotzdem erteilte er mir die so dringend erbetene Erlaubnis nur, nachdem er mich mehrmals hatte wiederholen lassen, daß ich, wenn ich das Glück hätte, eine Entdeckung zu machen, ihn alsbald in Kenntnis setzen, wenn es dagegen wahrscheinlich würde, daß längere Nachforschungen keinen Erfolg hätten, zu ihm zurückeilen, und daß ich endlich jedenfalls nicht einen Tag vergehen lassen sollte, ohne ihm Nachrichten zu geben.

Zwei mit Anstrengungen ausgefüllte Tage, beinahe vierzig Meilen, die ich in weniger als sechsunddreißig Stunden zurückgelegt hatte, zwei Nächte, von denen die eine mit den Mühen einer Reise verloren, die andere nur zu gut in den Spielen der Liebe angewandt worden war, endlich die Aufregungen des Herzens, die noch hundertmal niederschlagender wirken als die körperlichen Strapazen – das alles mußte meine Kräfte erschöpft haben: Ich fand sie nur noch in meinem Mute und in meinen Hoffnungen.

Trotz der größten Eile kamen wir erst abends sieben Uhr nach Montargis, wo wir in den Postställen nicht ein einziges Pferd vorfanden. Dasselbe Unglück war mir soeben in Puy-la-Lande widerfahren, aber ich hatte den Postillion von Fontenay gezwungen, mich weiterzufahren. Hier aber weigerte sich trotz meiner Bitten, Anerbietungen und Drohungen der tausendmal verfluchte Faulenzer, mich weiter zu befördern, und er zeigte mir, mit der Postverordnung in der Hand, daß ich ihn auf keinen Fall nötigen könne, mehr als zwei Stationen mit mir zu fahren.

Während mein Diener die ganze Hölle zu meinem Beistand heraufbeschwor, zog ich Erkundigungen ein. Der Postmeister sagte mir zwar, es seien allerdings in der vorletzten Nacht ein Mann von reiferem Alter, ein ganz junges Fräulein und fremde Damen gekommen und haben Pferde von ihm verlangt, aber sie haben sich nur eine halbe Stunde weit bis auf eine Querstraße führen lassen und seien dort ausgestiegen. Ich fragte den Postillion aus, der sie geführt hatte. Dieser Mann konnte mir nicht sagen, was aus ihnen geworden sei, erbot sich aber, mich genau an die Stelle zu führen, wo er sie gelassen hatte. Ich mußte den Weg unter die Füße nehmen, und ich entschloß mich dazu, trotz meiner äußersten Müdigkeit. Ach! Und ich gab mir eine nutzlose Mühe – niemand hatte meine Sophie gesehen!

Traurig, trostlos, aber unfähig, meiner letzten Hoffnung zu entsagen, suchte ich mir einzureden, daß Duportail aus Furcht, verfolgt zu werden, mittels eines ausdrücklich bestellten Relais einen langen Umweg habe machen können, um einige Stunden von da auf derselben Route die Post wieder zu nehmen. Ich schickte also Jasmin fort, um auf der nächsten Post Pferde zu holen, und befahl ihm, diese so bald als möglich in ein Wirtshaus nach Montargis zu bringen, das ihm der Postillion bezeichnete, der mich allein dahin führen sollte.

»Mein Herr«, fragte die Kellnerin, »wünschen Sie zu soupieren?« – »Es wäre mir sehr nötig, aber ich habe nicht die geringste Lust dazu. Ich will ein Zimmer, Licht, und man soll mich in Ruhe lassen.«

Und der Augenblick naht heran, der meine letzte Hoffnung zerstören soll. Duportail hat sechsunddreißig Stunden vor mir voraus, er scheint nichts versäumt zu haben, um meinen Verfolgungen zu entgehen …

Es scheint, sie haben sich alle zu meinem Verderben verschworen … Dieser unverschämte Postmeister! Kein Pferd in seinen Ställen zu haben … und dieser lümmelhafte Postillion, der sich weigert, vier abscheuliche Schindmähren zu Tode zu hetzen, während ich

Die Begegnung im Bois de Boulogne

mich erbiete, ihm den zehnfachen Wert zu bezahlen! Aber Jasmin, Jasmin bringt mich noch mehr in Verzweiflung als die anderen alle zusammen. Der Schurke kommt nicht zurück ... die kostbaren Stunden entfliegen ...

Auch die Ereignisse sind wider mich. Frau von B. muß gerade in dem Augenblick, wo ich ihrer allmächtigen Hilfe am meisten bedarf, sich einen unangenehmen Handel zuziehen; meine Schwester muß gerade in dem Augenblick, wo der Baron meine einzige Stütze blieb, krank werden. Es ist vorbei – der günstige Stern, der über meinen Unternehmungen stand, hat mir seinen Einfluß entzogen. Sie ist für immer vorüber, die Zeit der Erfolge. Früher kam das Glück meinen geringsten Wünschen zuvor, jetzt gefällt es sich darin, meine Pläne zu durchkreuzen; dessen Schicksal vor einem Jahr noch jeder beneidet hätte, ich soll jetzt der Gegenstand des allgemeinen Mitleids werden.

Hat je ein Mensch unglücklicher geliebt? Kaum daß eine Frau mich auszeichnet und mich interessiert, so erklären ihr gleich die Menschen, der Zufall und das Schicksal einen grausamen Krieg ... Frau von B., über welche sie alle losziehen, die sie mit ihrer unsühnbaren Feindschaft verfolgen, was hat sie denn so Tadelnswertes getan? ... Sie hat mich zu sehr geliebt. Das ist das Verbrechen, das ihr nicht verziehen wird. Diese Frau ist wahrlich schon zu sehr gestraft, und man will mir auferlegen, sie nicht mehr zu sehen! Man will mich zwingen, sie zu verabscheuen! Nicht genug, daß ich ihre Jugend entehrt, ihre schönen Tage verdorben, vielleicht sogar ein baldiges Ende herbeigeführt habe, man verlangt auch, daß ich mich darüber freuen soll, verlangt von mir, daß ich ihr einen vorzeitigen Tod wünsche ... Bald wird die eifersüchtige Wut dieser Leute auch die Gräfin angreifen, denn sie betet mich an, und ich liebe sie so ... Die Gräfin! Sie ist schwanger! O mein Kind! ... Mein Kind? Ach! Nein, niemals wird der Vater es seinen Sohn nennen, meine Sophie wird es nicht erziehen, Adelaide wird ihm ihre Liebkosungen verweigern, es wird den Namen Faublas nicht tragen, und seine Geburt wird vielleicht seiner Mutter Ehre und Leben kosten! Sie aber, grausame Götter, respektiert wenigstens sie! Es ist meine rechtmäßige Geliebte, es ist meine angebetete Gattin, meine Sophie ...

Da ist er, dieser Brief, worin mein Schwiegervater selbst mir mein tragisches Ende ankündigt! Mein Blick fällt auf die Stelle: ›Er muß, wenn er nicht selbst Hand an sein Leben legt, durch das feindliche

Schwert fallen, er muß vor der Zeit zugrunde gehen!« Barbar! Deine Vorhersagungen sind Befehle, die ich vollziehen werde.

Wie traurig die Ruhe rings um mich ist! Wie schrecklich dieses tiefe Schweigen! Warum bin ich allein hier? ... Wo ist denn meine Schwester? ... Wer kann meinen Vater zurückhalten? ... Was macht die Marquise? ... Meine Eleonore, was ist aus ihr geworden? ... Warum haben sie sich nicht vereinigt, um zu verhindern, daß er sie mir noch einmal entreißt ... oder um ihn zu zwingen, daß er sie mir zurückgibt? ... Aber alle verlassen mich ... alle Tröstungen verlassen mich mit einem Male ... Ich habe keine Verwandten, keine Geliebten mehr. Die von meinen Freunden, die an mich denken, weichen mir aus; die, die mich nicht fliehen, vergessen mich. Der Tod bleibt mir noch! Der Tod ist weniger schrecklich als der Zustand, in dem ich mich befinde!

Plötzlich öffnet sich die Tür. »Da sieh«, sagte sie zu mir, »du bereitest mir absichtlich größten Kummer, und ich eile herbei, um dich zu trösten. Du entwischst mir, sobald du kannst, und ich werde nicht müde, immer zuerst zu dir zu kommen!« Es war Frau von Lignolle!

Man kennt meine Ungeduld und ihre Kopflosigkeit, meine rasche Glut und ihre Lebhaftigkeit. Sanft in ihre Arme gedrückt, konnte ich da noch daran denken, mich in einen ewigen Schlaf zu versenken? Eine andere Lust als die der Zerstörung machte bereits mein Blut schneller, und das Fieber der Verzweiflung schlug gänzlich in das der Liebe um.

Jedermann weiß, in welchem schlechten Zustand sich gewöhnlich das wichtigste Möbel eines Wirtshauszimmers befindet. Und wer wird es übelnehmen, daß ein und derselbe Wunsch den Chevalier und die Gräfin auf den erbärmlichsten Schragen hinzog? Ich könnte zu ihrer gemeinschaftlichen Rechtfertigung bemerken, daß die dem Morpheus liebsten Betten der Venus nicht die angenehmsten sind; aber diesmal spreche ich mein Verdammungsurteil über eine Tatsache aus, die ich geheimhalten würde, wenn nicht der Faden der Ereignisse mich zwänge, sie zu erzählen. Ich will es also sagen, daß hier von seiten des Priesters und des Opfers eine gleich verdammenswerte Übereilung stattfand, ich will gestehen, daß letzteres allzu unehrerbietig am Fuße eines Altars geschlachtet wurde, der nicht einmal Vorhänge hatte. Ich will vor allem gestehen, daß Faublas, bevor er das Opfer begann, wenigstens für die Uneingeweihten den Eingang des Tempels verschließen mußte.

Wir starben für die Gottheit, deren sämtliche Feuer uns versengten, als man uns in ihrem Kultus störte. Die Zimmertür öffnete sich schnell, es trat jemand rasch ein. Eine Stimme, welche mir den Ton des Schmerzes und der Überraschung zu haben schien und die ich zu kennen glaubte, ließ den ganz einfachen Ausruf vernehmen: »Guter Gott! Was sehe ich?« Ach! Ich sah bereits nichts mehr; ich hatte nicht eimal die Kraft, eine Bewegung zu machen, um womöglich diejenige zu sehen, welche auf solche Art zwei Liebende störte. Sei es nun, daß die kläglichen Klänge dieser immer teuern Stimme in meinem ganzen Wesen eine allzu rasche Revolution hervorgebracht hatten, oder vielmehr, daß die Natur, endlich erschöpft durch so viele außerordentliche, in so wenigen Tagen gehäufte Strapazen, zu schwach war, um die letzten Anstrengungen der Liebe zu ertragen, ich sank bewußtlos in den Armen der Gräfin zusammen, die für den Augenblick in eine Ohnmacht wünschenswerterer Art versunken und außerstande war, mir beizustehen. – – –

Das Geräusch einer Berline und ihre Stöße riefen meine Lebensgeister zurück. Ein günstiger Mond gestattete mir, meine Lage in allen ihren Einzelheiten zu sehen: Ich fand sie in Wahrheit um so angenehmer, je weniger meine Krankheit mir schmerzlich erschien. Man hatte mir die Kleider meines Geschlechts genommen und meine Frauenkleider zurückgegeben. Ich lag beinahe in dem Wagen. Auf derselben Seite in der hinteren Ecke trug Frau von Lignolle eng zusammengedrückt den größten Teil meines Körpers, der in Wahrheit eine Last geworden war; mein schwerer Kopf ruhte auf ihrem Busen, ihre beiden Hände bedeckten meine eisige Stirn, mein Gesicht, das von dem ihrigen erwärmt wurde, empfing Küsse und Tränen, der belebende Atem einer Liebenden gab dem ungewissen Atem meines beinahe erloschenen Lebens wieder einige Kraft.

Ihr und mir gegenüber, auf dem Vordersitze, in der linken Ecke, hielt ein junger Mann, dessen reizendes Gesicht die unverkennbaren Zeichen einer schweren Betrübnis darbot, meine Beine auf seinem Schoße und lehnte sich, halb übergebeugt, leicht an meine Knie. Er versuchte, die liebliche Wärme seiner Hände in meine mit seinen Tränen benetzten Hände überströmen zu machen. Die ermüdendste Haltung schien seinem Mute nichts zu kosten. Er wartete mit Unruhe, aber ohne Ungeduld darauf, daß sein Freund endlich die Augen wieder öffne und alle seine Bemühungen mit einem Blicke belohne.

»Guten Abend, Eleonore ... und Sie, meine ...« – ich verbesserte mich – »mein Freund, lieber Vicomte von Florville, guten Abend!«

Beide antworteten mir durch ihre Liebkosungen, durch den rührenden Ausdruck ihrer Ängste und Hoffnungen. »Vicomte, ich hatte mich also nicht getäuscht? ...« – »Ja, ich war es«, unterbrach er mit einem tiefen Seufzer. – »Ich bin noch ganz beschämt darüber«, sagte Frau von Lignolle. »Glücklicherweise wußte der Herr Vicomte so ziemlich ... aber, gleichviel, das ändert die Sache nicht. Mein Herr, ich beschwöre Sie noch einmal, niemandem etwas davon zu sagen, und ganz besonders der Marquise von B. nicht, denn ich würde mich darüber zu Tode grämen.« – Er antwortete in tiefer Ergriffenheit: »Die Frau Gräfin kann auf die tiefste Verschwiegenheit rechnen.« – »Der Herr Vicomte ist es, der Ihnen zuerst Beistand leistete«, fuhr Frau von Lignolle fort. »Der Herr Vicomte hat sich auch die Mühe genommen, Sie anzukleiden, denn der Anstand erlaubte es mir ja nicht ...« – »Sehen Sie!« fiel der Vicomte ein. – »Ah, um so besser«, sagte die Gräfin mit einem Freudenschrei, »er leidet ohne Zweifel weniger ... Seine Heiterkeit verläßt ihn ja nie! Faublas lacht immer! ... Aber zuweilen weint er auch. Mein Geliebter versteht zu weinen.« Der Vicomte antwortete bloß: »Zu wem sagen Sie das?« Frau von Lignolle besann sich einen Augenblick, dann gab sie mir einen zärtlichen Kuß. »Lieber«, sagte sie zu mir, »Sie lachen darüber, daß Ihre Geliebte, die man in Ihren Armen überrascht hat, von Anstand spricht, aber ich habe dennoch recht. Wie konnte eine überdies noch ganz verblüffte Frau in einem Wirtshaus und vor einer Masse von Leuten, die auf die Kunde von Ihrem Unfall herbeigeströmt waren, Sie ankleiden? Indem der Vicomte dieses Geschäft übernahm, hat er mit den größten Dienst erwiesen und uns allen beiden zu gleicher Zeit geholfen. Ihm haben wir's zu verdanken, daß nicht fremde Leute meine Unordnung sahen und daß die Zudringlichen sich rasch zurückzogen. Im Nu waren Sie von Kopf bis Fuß angekleidet. Man könnte keine geschicktere und flinkere Kammerfrau finden ... Wahrhaftig, Herr Vicomte, Sie besitzen im höchsten Grade die Kunst, den Frauen beizustehen ... Aber bewundere, mein Freund, wie weit seine Vorsicht geht! In der Hoffnung, uns zusammen zu treffen, hat er sich mit den Kleidern versehen, welche du jetzt trägst.«

Ich hörte mit geheimem Vergnügen die Lobsprüche, womit die Gräfin ihre Nebenbuhlerin überschüttete.

»Lieber Vicomte, Sie sind in der Tat der edelherzigste, der zartsinnigste Freund. Wie soll ich Ihnen meinen Dank ausdrücken?« – »Schonen Sie sich«, antwortete er, »sprechen Sie nicht, fürchten Sie jede Art von Aufregung.« – »Hat mein Diener Sie in diesem Wirtshaus getroffen?« – »Nein.« – »Wie! Mein Vater und meine Schwester werden mich also ankommen sehen, ohne darauf vorbereitet zu sein?« – »Schweigen Sie, ich weiß, daß sie in Nemours sind; wir werden sie morgen in aller Frühe in Kenntnis setzen.« – »Morgen! ... Wohin führen Sie mich denn?«

Ich weiß nicht, was mir geantwortet wurde: Ich versank in meine Lethargie zurück.

Sie war diesmal von schrecklichen Träumen beunruhigt und währte länger als die erste; es war heller Tag, und ich fühlte mich sehr schwach, als ich erwachte.

Ich erkannte das Schloß im Gâtinois, das Gemach der Frau von Lignolle, ihr Bett, das glückliche Bett, wo Eleonorens Liebhaber ganz kürzlich zwei Nächte mit ihr verbracht hatte. Hier schmachtete jetzt Fräulein von Brumont, niedergedrückt von Seelenleiden und körperlichen Schmerzen. Im Bettgange kniend, ein Taschentuch vor den Augen, die Arme gegen mich ausgestreckt, den Kopf an das Ende meines Kissens gelehnt, seufzte verzweiflungsvoll Florville zu meiner Rechten. Zur Linken erblickte ich eine nicht minder bemitleidenswerte Person: Eleonore, mit aufgelösten Haaren, todblaß, den Tod in den Augen. Eleonore, die, auf dem Rand des Bettes mehr sitzend als liegend, unter lautem Schluchzen sagte: »Der Grausame! Wenn er wenigstens nur von seiner Gattin spräche! Aber er wünscht meine verabscheuteste Nebenbuhlerin herbei, ruft unaufhörlich diese Frau von B., deren Namen ich nicht hören kann! Ruft sie beinahe ebensooft wie seine Eleonore! ... Aber wie macht er es nur, um alle Leute so zu lieben? Ich kann nur einen einzigen Mann anbeten! Welche Frau hätte ich zu fürchten, wenn der Undankbare meine Liebe mit gleicher Liebe vergelten wollte?« – »Madame, er ist in Ihrem Hause«, fiel der Vicomte ein, der aus der tiefen Niedergeschlagenheit erwacht war, worin ich ihn versunken gesehen hatte. »Sie haben gegen diejenigen, die Sie Ihre Nebenbuhlerinnen nennen, schon jetzt den Vorteil voraus, Mutter zu sein, bald werden Sie noch den größeren Vorteil besitzen, sein Leben gerettet zu haben. Er ist bei Ihnen, sind Sie nicht glücklich darüber?« – »Ja«, rief sie entzückt, »sein Leben, das seine Frau in Gefahr gebracht hatte, das die Marquise verkürzt haben würde, ich werde es retten, ich! Ich werde das Glück haben, es vielleicht zu verlängern und zu verschönen! Mir wird es gewidmet sein, denn mir wird es angehören … Ja, retten wir ihn, benützen wir dieses neue Mittel, um geliebt zu werden, da alle andern nicht ausreichen … Retten … Aber werde ich's können? … Wenn dieses Übel immer neue Fortschritte macht! Wenn dieses Fieber noch hitziger wird! Wenn er, wie soeben noch, in einem Wutanfall sein Bett verlassen, aus diesem Zimmer gehen und zu Sophie laufen will, die er zu sehen glaubt, zu Frau von B., die er zu hören meint? Wie soll ich ihn beruhigen, wenn er mich zur Verzweiflung bringt? Wie soll ich ihn zurückhalten, wenn ich so schwach bin? Ach, ich bin ganz erschöpft! … Sie, Herr Vicomte, Sie haben mehr Kraft und Geistesgegenwart als ich, und doch scheinen Sie sehr niedergeschlagen! Sollte sein Freund wie seine Geliebte nur noch Mut haben? … O mein Gott, verleih uns Kräfte! Hab Erbarmen mit einer schwachen Sünderin! … Wenn aber meine Wünsche dennoch nicht erhört werden? … Wenn Faublas unterliegt? … Dann werde ich mir wenigstens seinen Tod nicht vorzuwerfen haben – seine Frau wird daran schuld sein … Nein, diese schändliche Geliebte, die Marquise von B.! Die Erinnerung an Sophie verursachte ihm Aufregung, aber die Erinnerung an Frau von B. ist es, die ihn verfolgt, die ihn quält, die ihn in Flammen setzt! Sie ist es, die sein Blut entzündet, sie ist es, die ihn tötet! … Wenn Faublas unterliegt, so werde ich diese Frau aufsuchen, werde ich sie töten, und dann werde ich an das Grab meines Geliebten gehen … ich werde nicht mehr weinen, ich werde mich erdolchen …«

So belehrte mich Frau von Lignolle in ihrem Schmerz über die Gefahren meines Zustandes. Was ich für Lethargie hielt, war der Schlummer des Fiebers, was ich meine Träume nannte, war Delirium.

Um mir durch Veränderung meiner Lage einige Erleichterung zu verschaffen, versuchte ich mich aufzurichten. Meine beiden Wächterinnen warfen sich bei der Bewegung, die sie mich machen sahen, auf mich, ergriffen mich bei den Armen und hielten mich mit vereinten Anstrengungen in der Lage zurück, die mich belästigte. »Warum wollen Sie Ihren Freund verlassen?« sagte die Marquise. – »Bleib da«, rief die Gräfin, »bleib da.« – »Eleonore, teure Freundin, ich will ja nicht gehen. Sei ruhig.« – »Ah«, sagte sie, mich küssend, »du erkennst mich also? … Bleib da, ich bitte dich! … Schau, ich werde dich gut pflegen ... schau, du sollst an nichts Mangel leiden ...« – Ich wandte mich an Frau von B.: »Und auch Sie, fassen Sie Mut, meine edelmütige Freundin ...« – »Er deliriert noch«, fiel Frau von Lignolle ein. – »Im Gegenteil«, antwortete die Marquise, »ich glaube, daß er wieder gänzlich zur Besinnung gekommen ist. Er redet von der Marquise, und doch spricht er fortwährend zu der Gräfin! Er schaut mich an, und doch sieht er nur Sie. Sie haben keine Ursache, sich zu beklagen!« – »Mein lieber Florville, wieviel Uhr ist es?« – »Zwölf Uhr.« – »Zwölf Uhr! ... Gräfin, haben Sie meinen Vater benachrichtigen lassen? Haben Sie sich nach meiner Schwester erkundigen lassen?« – »Sie sollten schon zurückgekommen sein«, antwortete sie mir.

Im gleichen Augenblick hörten wir ein Geräusch im Gang. Es war La Fleur, der von Nemours zurückkam. Die Gräfin öffnete schnell die Türe ihres Zimmers und verschloß sie wieder, sobald der Diener eingetreten war.

Er hatte Herrn von Belcourt gesprochen: Meine Schwester befand sich weit besser, mein Vater wollte am Abend kommen und der Frau Gräfin einen Besuch machen. – »Sehr gut, La Fleur«, sagte sie zu ihm, »aber lüg mich nicht an; ich hatte Julien befohlen, nach Paris zu reiten, um Herrn von Lignolle von unserer Ankunft in Kenntnis zu setzen – ist er sogleich abgereist?« – »Schon vor zwei Uhr morgens, Madame.« – »Gut, geh jetzt ... hör einmal, La Fleur ... nimm dies Geld, halte reinen Mund ... Schick uns schnell Herrn Despeisses, der drunten geblieben sein muß.«

Dieser Herr Despeisses ließ nicht auf sich warten. Er fühlte mir den Puls, sah mir in die Augen, ließ mich die Zunge herausstrecken und erklärte, es sei nicht der mindeste Schein von einer Gefahr mehr vorhanden. Nur, fügte er hinzu, bedürfe die Kranke der Ruhe. Die Gräfin sprang in freudigem Entzücken dem Doktor an den Hals, küßte ihn und schickte ihn dann fort.

Frau von B. schien seit einigen Minuten ernsthaft. Sie brach endlich das Schweigen, um Frau von Lignolle einen Rat zu erteilen, der nicht ganz uneigennützig war. – »Glücklicherweise«, sagte sie, »ist es nicht mehr nötig, daß wir alle beide bei ihm bleiben. Würde die Frau Gräfin nicht wohl daran tun, sich in ihren Kleidern auf das Feldbett zu legen, das in ihrem Kabinett aufgeschlagen ist?« – »Aber Sie selbst, mein Herr ...« – »Mit mir hat es keine Eile«, fiel der Vicomte ein, »ich bin offenbar weniger angegriffen als Sie, und überdies werde ich heute nachmittag vollkommen Zeit haben – Sie, Madame, werden den Besuch des Barons empfangen müssen!« Die Gräfin erklärte, daß sie mich nicht verlassen würde, und ich glaube, die geschickten Zureden der Marquise wären vergebens gewesen, wenn ich sie nicht mit meinem dringendsten Bitten unterstützt hätte; aber auch dann gehorchte Frau von Lignolle erst, nachdem sie uns das Versprechen abgenommen, sie nicht länger als zwei Stunden schlafen zu lassen.

Einige Minuten lang war alles still; dann verließ mich der Vicomte ohne Geräusch, ging auf den Zehen mehrmals im Zimmer umher, blickte durch die Scheiben des Kabinetts, wo die Gräfin ruhte, dann kam er zurück und nahm seine Stelle zu Häupten meines Bettes wieder ein. »Sie schläft«, sagte er leise zu mir. Mit unruhiger Miene fuhr er fort: »Chevalier, ich habe Ihnen tausend Dinge zu sagen, aber unterbrechen Sie mich ja nicht, ermüden Sie sich nicht, sondern hören Sie mich bloß an. Ach, sehen Sie, ob ich nicht Ursache habe, das Schicksal anzuklagen! Ich, die ich, seit sechs Monaten und für ewig zur Reue, zur Gleichgültigkeit, zu vergeblichem Sehnen verurteilt, nur noch den einen möglichen Trost sah, etwas zu Ihrem Glücke beitragen zu können, ich habe jetzt all Ihr Unglück verschuldet! Ich möchte für meinen Freund das Teuerste, was ich habe, opfern, und nun hat er durch mich verloren, was er am innigsten liebt! Bin ich unglücklich genug? Seit langer Zeit müssen Sie mich nicht mehr lieben, Faublas, von nun an werden Sie mich hassen.« – »Sie nicht mehr lieben?« – »So sprechen Sie doch leiser, oder sprechen Sie vielmehr gar nicht. Das regt Sie auf, das schadet Ihnen ... Faublas, Sie werden mich hassen!« wiederholte sie, und als sie mich im Begriff sah, sie neuerdings zu unterbrechen, fügte sie schnell hinzu: »Doch nein, nein, das wäre allzu ungerecht! ... Faublas, da Sie mich nicht schuldig zu finden wünschen, so wiederholen Sie sich zu meiner Rechtfertigung das, was ich Ihnen im Walde von Compiègne gesagt habe.« – »Oh, glauben Sie mir, ich bewahre nur die Erinnerung an eine Großmut, eine Delikatesse, mit der sich nichts vergleichen läßt, und soll ich es sagen? An eine Lieb ...«, ich würde es ausgesprochen haben, aber die Marquise fürchtete offenbar das Wort zu hören, sie unterbrach mich schnell: »An eine Freundschaft, die nur mit dem Leben endigen wird. Ich begreife, aber reden Sie nicht, Faublas. Lassen Sie mich allein reden, lassen Sie mir die Freude, Ihnen zu erzählen, wie ich mich seit unserer Trennung im Walde mit Ihnen beschäftigt habe. Gequält von der Besorgnis, das grausame Ereignis, das ich befürchtete, nicht mehr verhindern zu können, eilte ich, damit ich wenigstens früh genug ankäme, um Ihnen die Pflege der Freundschaft zu bieten.« Und in sehr traurigem Tone fügte sie hinzu: »Es ist wahr, ich nahm mir eine sehr nutzlose Mühe, denn schon tröstete Sie die Liebe: eine Ihnen teurere Frau ...« – »Eine mir teurere Frau! ... Behaupten Sie das nicht, denn ich weiß in Wahrheit nicht, was ich selbst davon denken soll ...« – »Wie?« antwortete sie, indem sie tat, als lasse sie sich täuschen, »Sie lieben Frau von Lignolle nicht ebensosehr wie Sophie?« – »Ebensosehr wie Sophie? Nein, gewiß nicht. Weder Frau von Lignolle noch ...«

Ich glaube, ich wollte sagen, noch Frau von B.; sie verhinderte mich daran.

»Schreien Sie doch nicht so, Faublas, Sie werden sich schaden ... Mein Freund ... ich weiß nicht mehr, was ich zu Ihnen sagte.« – »Daß Sie hierher geeilt seien, um mich zu trösten.« – »Um Sie zu trösten? Das habe ich nicht gesagt! ... Um Ihnen beizustehen, Chevalier ... In der Tat, sobald Frau von Lignolle Sie weggeführt hatte, sobald Rosambert ...« – »Ja, was ist aus ihm geworden?« – »Ich habe ihn nach Compiègne bringen lassen, in das Haus eines meiner Freunde.« – »In das Haus eines Ihrer Freunde?« – »Ja. Der Arzt sprach davon, daß man den Transport nach Paris wagen könne; ich wollte jedoch nicht den Herrn Grafen die Strapaze einer weiteren Reise ertragen lassen und duldete nicht, daß man ihn ins Wirtshaus brachte: Er hätte vielleicht dort nicht die nötige Hilfe gefunden, und in seinem Zustande hätte ihm der Mangel an genügender Pflege den Tod bringen können. Der Elende hat ihn verdient, aber er muß ihn von meiner Hand empfangen. Ich werde die Sorge für seine Züchtigung, die mich allein angeht, nicht den gewöhnlichen Vorkommnissen des Lebens überlassen. Was ich übrigens am meisten wünsche ...« – »Aber fürchten Sie keine schlimmen Folgen dieser Geschichte? Sind Sie der Verschwiegenheit so vieler Leute sicher?« – »Mein Freund, sprechen Sie nichts mehr, Sie ermüden sich. Ich habe die Verschwiegenheit der Leute schwer erkauft, und außer dem Geld sind Versprechungen und Drohungen verschwendet worden.« – »Diese Vorsichtsmaßregeln genügen nicht immer.« – »Still doch ... ich habe auch noch andere ergriffen«, fuhr sie mit verlegener Miene fort, »darum mußte ich in die Hauptstadt zurück, wo ich einige Stunden verloren habe. Aber sobald ich mich frei sah, eilte ich in der

Richtung nach Fromonville zu, wo ich eher anzukommen glaubte als Sie, da Sie die Nacht bei der Gräfin zubringen sollten ... Halbwegs begegnete mir einer meiner Sendlinge, der nach Paris gehen wollte, um mir über das zu berichten, was seine Gefährten in Montcour entdeckt hatten. Er hatte alle Reisenden auf der Straße scharf ins Auge gefaßt. An den verschiedenen Beobachtungen, die er mir mitteilte, ersah ich nicht ohne einige Überraschung, daß Sie mir um ein nicht unbedeutendes voraus waren und daß auch Frau von Lignolle einen Vorsprung von einigen Stationen hatte. Auf diese Nachricht verdoppelte ich meine Eile, und wenn es mir nicht in Puy-la-Lande an Pferden gefehlt hätte, so kam ich noch vor der Gräfin nach Montargis.« – »Ja, aber sie kam zuerst, und auch in dieser Beziehung bin ich Ihnen vielen Dank schuldig, und ganz besonders muß ich Sie um Verzeihung bitten ... Sie fanden uns ... wie konnte ich vergessen, diese Tür zu schließen?« – »Chevalier, erlassen Sie mir die Einzelheiten und lassen Sie, ich bitte Sie, von diesem Zusammentreffen zwischen uns nie mehr die Rede sein. Sie werden nie mehr von diesem Abenteuer sprechen, wenn Sie für mich noch einige ...«

Die Marquise hielt einen Augenblick inne, um den passenden Ausdruck zu suchen. Sie sagte zuerst: »Rücksicht haben« – das Wort Achtung wagte sie erst nachher mit zitternder Stimme und beinahe demütiger Miene zu sagen.

»Ja, ich habe für Sie viele Rücksicht, viele Achtung, viel ...« – »Freundschaft, ich verstehe Sie, vollenden Sie nicht ... Faublas, ich bin vollkommen belohnt, zu meiner Beruhigung fehlt nur noch die Gewißheit Ihrer gänzlichen Wiederherstellung. Sie haben viel zuviel gesprochen, ruhen Sie jetzt aus, versuchen Sie zu schlafen ... wäre es auch nur auf eine Viertelstunde ... ich bitte Sie darum ... ich verlange es.«

Wenn sie es mir nicht befohlen hätte, so würde ich mich bald genötigt gesehen haben, sie um Erlaubnis zu bitten. Aber der qualvolle Schlaf, der mich niederdrückte, währte nicht lange. Ich erwachte so bald und so plötzlich, daß die Marquise erschrak. Ich überraschte sie, wie sie Tränen über einem Papier vergoß, das sie schnell meinen Blicken zu entziehen suchte. »Was ist denn«, wagte ich sie zu fragen, »was ist denn das für ein Schreiben, das Ihnen solche Tränen entlockt?« – »Warum soll ich es Ihnen sagen?« antwortete sie seufzend. – »Freilich«, versetzte ich mit einiger Bitterkeit, »freilich ist die Zeit vorüber, wo Sie keine Geheimnisse vor Ihrem Freunde hatten.« – »Wenn ich welche hätte, so hätte ich nur ein einziges, und dieses, Faublas, würden Sie ohne Mühe erraten – aber dann müßten Sie mir aus Barmherzigkeit sowohl als aus Zartgefühl dazu helfen, es zu bewahren.« – »Barmherzigkeit? Welch ein Ausdruck!« – »Der passendste von allen. Mein Kummer ...« – »Ich werde mich wenigstens bemühen, ihn zu trösten.« – »Und wenn er jetzt«, rief sie verzweiflungsvoll, »untröstlicher ist als je! Sehen Sie, mein Freund, ich beschwöre Sie, fragen Sie mich nicht aus, verlangen Sie nichts von mir zu wissen, überlassen Sie mich allein und ganz meinem Schmerz; lassen Sie mich weinen ... Klagen und Tränen sind jetzt das einzige, was ich noch habe, und doch habe ich mich für fähig gehalten, die harten Prüfungen, welche den unglücklichen Frauen und der unglücklichsten von allen zugedacht sind, geduldig zu ertragen. Ich habe den Stolz gehabt, mich für immer gegen die Ungerechtigkeiten des Schicksals und die Verfolgungen der Menschen gefeit zu halten. Wie töricht war ich ... Wenigstens habe ich mich heute aus eigener Erfahrung von einer Wahrheit überzeugt, die ich immer geahnt hatte und die meine Schwachheit tröstet: Dieser gewisse Mut, auf welchen ihr Männer so stolz seid, ist unter allen Arten von Mut der leichteste und alltäglichste. Es ist nicht schwer, für die Rache oder den Ruhm einen Augenblick sein Leben einzusetzen, aber das ist schwer, mehrere unerwartete Schicksalsschläge mit gleicher Standhaftigkeit zu ertragen. So viele andere noch größere, ebensowenig vorhergesehene, ebensowenig verdiente Unglücksfälle hatten mich nicht gänzlich zu Boden geschlagen, warum drückt dieser mich so schwer nieder? Ich weiß nicht, aber ich habe eine Zentnerlast auf dem Herzen; wenn ich nicht bald Erleichterung erhalte, so unterliege ich; mein Freund, lassen Sie mich weinen, lassen Sie mich ...«

Ich wollte sprechen, aber sie legte mir die Hand auf den Mund. Ich nahm diese immer liebe und hübsche Hand, drückte sie, küßte sie, legte sie auf mein Herz.

Man hätte sagen können, Frau von Lignolle hätte diesen Augenblick abgepaßt; sie kam auf einmal aus ihrem Kabinett, wo ich sie schlafend glaubte. Meine erste Regung war, die Marquise zurückzustoßen. Sie bewahrte mehr Geistesgegenwart als ich. Überzeugt, daß es zu spät sei, wollte sie weder ihre Hand zurückziehen noch ihre Lage verändern. »Sie hätten mich bis morgen schlafen lassen«, sagte die Gräfin. Dann blickte sie den Vicomte an und fragte: »Was ist denn?« – »Ein Herzklopfen«, antwortete er kaltblütig. – »Ein Herzklopfen ... aber Sie weinen? Ist denn ein Herzklopfen gefährlich?« – »Gewöhnlich nicht, aber in seinem Zustande kann jede Aufregung schädlich werden.« – Die Gräfin zu mir: »Mein Freund, sollten Sie sich übler fühlen?« – »Im Gegenteil, ich fühle mich besser.« – »Weil du mich siehst?« – »Weil ich die wiedersehe, die mir teuer ist. Die, der ich allzuviel Kummer bereitet habe, die, deren unruhige Zärtlichkeit über meinem Leben wacht.« – »Es ist genug«, sagte Frau von B., indem sie mir die Hand drückte, »sie versteht Sie, sie ist für ihre Sorgen belohnt.« – »Allerdings verstehe ich ihn«, rief Frau von Lignolle, mich küssend, »aber lassen Sie ihn reden, er spricht so hübsch!«

Obschon die Gräfin den Wunsch äußerte, mich zum Plaudern zu bringen, so schwieg ich dennoch. Und was hätte ich noch sagen können? Ich hatte mich soeben auf eine Art ausgesprochen, womit beide Damen zufrieden waren.

Einige Augenblicke darauf war es niemand mehr, denn Herr von Lignolle kam weit früher, als man ihn erwartet hatte. Julien, den man zu ihm abgeschickt hatte, war ihm schon unterwegs begegnet. Er fragte mit Teilnahme nach meinem Befinden, aber die Art, wie er die Marquise ansah, beunruhigte mich in hohem Grade. »Der Herr hier ist ein vertrauter Freund des Fräuleins von Brumont«, sagte die Gräfin zu ihm, die wie ich seine Unruhe und sein Erstaunen bemerkte. – »Ein Freund?« wiederholte er. Die Marquise eilte, das Wort zu ergreifen: »Ein Jugendfreund.« – »Sind Sie von Adel, mein Herr?« – »Ich bin Vicomte.« – »Vicomte von ...« – »Von Florville.« – »Dieser Name ist neu für mich.« – »Kann man alle Namen wissen?« – »Ohne mich zu rühmen, es gibt nur wenige, die ich nicht wüßte.« Er nahm einen Stuhl und fügte mit einem Blick auf die Marquise hinzu: »Offenbar ist Ihre Familie nicht alt?« – »Der Großvater meines Urgroßvaters ist in den Karossen des Königs gefahren.« – »Ah! ah! ... Mein Herr, ich bin Ihr gehorsamster Diener.« Er hatte sich erhoben und soeben der Marquise seine Komplimente gemacht. – »Durch welchen Zufall«, fragte er seine Frau, »haben wir das Glück, den Herrn Vicomte bei uns zu sehen?« – »Durch welchen Zufall? Weil ... weil ...« – »Die Sache ist so«, fiel der Vicomte ein, der die Verlegenheit der Gräfin bemerkte. »Das Fräulein ließ mich schon seit langer Zeit hoffen, daß sie mir einmal das Vergnügen machen würde, bei mir zu dinieren. Sie hatte ihr Wort bisher nicht gehalten, weil sozusagen eine Reise zu machen ist ...« – »Wo wohnen Sie denn?« – »In Fontainebleau. Ich bringe acht Monate im Jahre dort

Die neugierige Gemahlin

zu, ich habe eine Wohung im Schlosse.« Herr von Lignolle ver-
beugte sich.

Ich hörte der Marquise mit Vergnügen und Bewunderung zu.
Diese Frau, die soeben noch, ich weiß nicht, was für ein neues Unglück beweinte und vergebens ihr Schluchzen zurückhalten zu wollen
schien, ist es wirklich dieselbe, die ich einen Augenblick darauf mit
bewundernswürdiger Kaltblütigkeit der Gräfin einen blauen Dunst
vormachen sah? Ist sie wohl dieselbe, die ich jetzt mit fester Stimme,
ruhiger Miene und dem Tone der Wahrhaftigkeit dem Herrn von
Lignolle ein sinnreiches und wahrscheinliches Märchen aufbinden
höre? O Frau von B.!

Sie fuhr fort: »Gestern jedoch kam das Fräulein ...« – »Ah! Da
haben wir's«, rief der Graf, sich an mich wendend, »das ist also die-
ses unumgängliche Geschäft, das Sie nötigte, auf vierundzwanzig
Stunden auszugehen! Um einer Lustpartie willen verließen Sie die
Gräfin, die durch eine ziemlich bedeutende Unpäßlichkeit ans Bett
gefesselt war? An ihrer Stelle würde ich Ihnen nicht verzeihen.« –
Die Marquise fuhr fort: »Sie kam, und um dem Glück die Krone
aufzusetzen, brachte sie mir die Frau Gräfin mit ...« – »Wie?« sagte
Herr von Lignolle zu seiner Frau, »Sie haben bei einem jungen
Manne diniert, den Sie nicht kennen und der Sie nicht einmal einge-
laden hatte?« – »Sparen Sie sich Ihre Moral«, hierauf die Gräfin,
»hören Sie die Geschichte zu Ende.« – »Sie begreifen«, fügte der Vicomte hinzu, »wie sehr mich dieser Besuch entzückte. Aber meine
Freude war nicht von langer Dauer. Nachmittags fühlte sich das
Fräulein unwohl; wir glaubten, es habe nicht viel auf sich, aber gegen
Abend verschlimmerte sich das Übel; wir waren, wie Sie sich wohl
denken können, anfangs in großer Verlegenheit; denn wie konnte ein
krankes junges Fräulein bei einem Junggesellen bleiben? Glücklicherweise ist die Frau Gräfin, die viel Geistesgegenwart besitzt ...« –
»Weit weniger als Sie, Herr Vicomte, ich lasse Ihnen Gerechtigkeit
widerfahren ...« – »Auf den Gedanken gekommen, das Fräulein
hierher zu bringen, und sie hat die Güte gehabt, meine Begleitung
anzunehmen.« – »Warum denn hierher und nicht nach Paris?« sagte
der Graf zu Frau von Lignolle. – »Warum? ... Gott, fragen Sie den
Vicomte.« – Dieser antwortete schnell: »Weil man vierzehn tödlich
lange Stunden hätte zurücklegen müssen, und weil es von Fontainebleau bis hierher nur sieben Stunden sind.«

Der Graf, der diesen Grund nicht schlecht fand, schwieg einige

Zeit: Er schien Herrn von Florville und Fräulein von Brumont zu beobachten. »Da Sie der Freund des Fräuleins sein wollen«, sagte er endlich, »so müssen Sie auch Scharaden auflösen können.« – »Ja, mein Herr Graf«, versetzte die Marquise, »aber jetzt nicht, wenn ich bitten darf: Ich bin ganz und gar nicht dazu aufgelegt.«

Dies war für Herrn von Lignolle ein neuer Lichtblick; er nahm die Gräfin beiseite; da wir aber zu erfahren wünschten, was er sagte, so lauschten wir höchst aufmerksam.

»Madame, dieser junge Mann da ist nicht der Freund Ihrer Gesellschaftsdame.« – »Wer soll er denn sein?« – »Er ist ihr Liebhaber.« – »Ah, was Ihnen auch einfällt!« – »Lachen Sie nicht, Madame, Sie wissen, daß ich mich darauf verstehe, und ich glaube, daß man ein wachsames Auge auf Fräulein von Brumont haben muß.« – »Wirklich?« – »Man muß sie genau bewachen. Dieser Vicomte ist jung, hat ein hübsches Gesicht, es scheint ihm weder an Geist noch an Routine zu fehlen ... und ich habe ihn schon irgendwo gesehen ... er sieht vollkommen aus wie ein Verführer, Madame.« – »Ich bewundere den Scharfblick, womit Sie die Leute in einer Viertelstunde durchschauen.« – »Das kommt von meiner genauen Kenntnis des menschlichen Herzens, Gräfin. Ich fürchte sehr, die kleine Brumont hat sich bereits von diesem jungen Mann da übertölpeln lassen.« – »Was Sie sagen!« – »Was hat sie vorgestern gemacht?« – »Sie hat den Tag bei ihrem Vater verbracht.« – »Wissen Sie das genau?« – »Ja.« – »Aber gestern, dieses Diner auf dem Lande? Das hat eine verdammte Ähnlichkeit mit einer feinen Partie.« – »Ich weiß nicht, was eine feine Partie ist.« – »Das ist eine Partie zu zweien.« – »Wir waren doch drei.« – »Ich bin auch überzeugt, daß Sie die beiden durch Ihre Anwesenheit sehr belästigt haben, und ich habe überhaupt mehrere Beweise von der Neigung, welche dieser junge Mann für dieses Mädchen hat.« – »Die wären?« – »Seine Augen sind rot, weil sie geweint haben; seine Augen haben geweint, weil seine Seele affiziert ist; seine Seele ist affiziert, weil seine Geliebte krank geworden ist: Folglich liebt er das Fräulein von Brumont.« – »Ihre Logik ist schlagend.« – »Und seine Seele muß tief affiziert sein, da er meine Scharaden nicht hat auflösen wollen! Lachen Sie nicht, Madame, die Sache ist ernsthaft. Beobachten Sie das Benehmen Ihrer Gesellschaftsdame genau: Geben Sie ihr für immer den Abschied, oder verlassen Sie sie keine Minute.« – »Meine Wahl ist getroffen; ich ziehe es vor, sie nicht zu verlassen.« – »Was diesen jungen Mann betrifft, so will ich ihn höflich ersuchen, wieder nach Hause zu gehen.« – »Unter keinen Umständen.« – »Aber, Madame ...« – »Kein Aber! Ich will es nicht haben.« – »Um so schlimmer für Sie. Madame, man hintergeht Sie dann. Diese jungen Leute werden Ihnen irgendeinen Streich spielen, das sage ich Ihnen voraus.«

Etwas unzufrieden mit seiner Frau, aber ungemein zufrieden mit sich selber, verließ Herr von Lignolle das Zimmer. Die Gräfin stattete jetzt dem Vicomte den lebhaftesten Dank ab. »Sie haben mich«, sagte sie zu ihm, »sehr geschickt aus meiner grenzenlosen Verlegenheit gezogen. Sie sind nach Faublas der geistreichste und liebenswürdigste junge Mann der Welt.« – Er antwortete ihr: »Verlieren Sie Ihre Zeit nicht mit Komplimenten an mich; Sie sind noch immer von einer sehr nahen Gefahr bedroht, der man Sie zu entziehen suchen muß. Der Graf ist hier, der Baron wird bald kommen – und wenn sie einander treffen, womöglich kann es zu einer Erklärung kommen, deren Folgen Sie fürchten müssen.« – »Sie haben recht, aber was tun?« – »Lassen Sie Chevalier Faublas sagen, er möge nicht kommen.« – »Aber ich freue mich sehr, ihn zu sehen und zu sprechen.« – »Und doch möchte ich mir die Freiheit nehmen, Ihnen vorzustellen ...« – »Sehen Sie, mein Herr Vicomte, alle Vorstellungen sind da vergebens: Wenn der Baron nicht von selbst käme, so würde ich nach ihm schicken.« – »In diesem Falle denken Sie wenigstens auf ein Mittel, Herrn von Lignolle zu entfernen.«

Sie ließ ihn rufen und sagte ihm, sie wünsche einiges Wildbret. Hocherfreut über den Auftrag, dinierte der Graf schnell und ging auf die Jagd. Die Marquise nahm jetzt ganz beruhigt auf dem Feldbett im Kabinett den Platz ein, den eine Stunde zuvor Frau von Lignolle da innegehabt hatte.

Die Gräfin und ich hatten uns kaum eine Viertelstunde der Annehmlichkeit dieses Tête-à-tête erfreut, als man derb an die Tür klopfte. Es war Herr von Lignolle, der bereits von der Jagd zurückgekehrt war. Er rief: »Öffnen Sie, öffnen Sie schnell, ich bringe Ihnen Frau von Fonrose ... Ja, Frau von Fonrose wollte Sie besuchen ... und ich bin ihr begegnet, als ich eben den Park verließ ...« – »Welch ein Glück!« Die Gräfin eilte nach der Türe. »Einen Augenblick, meine liebe Eleonore, einen Augenblick, laß dir etwas sagen. Es ist Frau von Fonrose. Sag ihr nichts von dem Vicomte.« – »Warum?« – »Weil ... Ja, ich hätte dich früher darauf aufmerksam machen sollen, aber ich war so krank, ich habe nicht daran gedacht ... Der Vicomte und die Baronin sind geschworene Feinde. Es scheint, daß Florville, der ihr den Hof gemacht hat, nicht schlecht von ihr behandelt worden ist, aber sie sind sehr schlecht auseinander gekommen, sie hassen sich ... Öffne jetzt, denn man klopft schon wieder. Gib acht auf deine Worte und sprich nicht vom Vicomte.« – »Nein, nein, sei nur ruhig.« Ich kann nur Wort für Wort eine der merkwürdigsten Szenen berichten, der ich als mithandelnder Zeuge anwohnte; es ist wahr, daß meine damalige Lage mir nicht gestattete, durchaus alles zu hören, was von der einen und von der anderen Seite gesagt wurde; aber ich habe die Einzelheiten, die mir damals entgingen, später aus dem eigenen Munde der Person erfahren, die infolge ihrer Unklugheit und ihres Unglücks die Hauptrolle dabei spielen mußte.

Der Graf beim Eintreten: Wo ist denn der Vicomte?

Die Gräfin: Bst!

Der Graf: Was ist?

Die Gräfin: Schweigen Sie.

Die Baronin, indem sie Frau von Lignolle verblüfft ansieht: Störe ich Sie etwa, Gräfin?

Die Gräfin: Ganz und gar nicht.

Die Baronin zu Faublas: Nun, wie geht's diesem lieben Kinde?

Der Graf: Es ist nichts, sage ich Ihnen, nur ein bißchen Fieber.

Faublas: Ich habe mir zu schmeicheln gewagt, daß mein Vater ...

Der Graf: Ihr Herr Vater ist ein sehr sonderbarer Mann, mein Fräulein.

Faublas: Wieso, mein Herr?

Der Graf: Nun ja, er bemerkte mich aus der Ferne, da steigt er plötzlich aus dem Wagen und entflieht querfeldein, wie wenn er den Teufel gesehen hätte. Man muß doch nicht so menschenscheu sein.

Die Baronin: Wir haben Ihnen schon hundertmal gesagt, daß Herr von Brumont geheime Angelegenheiten habe.

Der Graf: Auf meinem Gute?

Die Baronin: Nein, aber in der Umgegend.

Der Graf: Bei Herrn von Florville vielleicht?

Die Gräfin: Still doch!

Faublas zur Baronin, die mit verwunderter Miene Frau von Lignolle ansieht: Durch welchen Zufall ist die Frau Baronin in diese Gegend gekommen?

Die Baronin: Gestern nacht hat mir ein Expreß gemeldet, Ihr Herr Vater bedürfe meiner Dienste aufs dringendste.

Faublas: Ach ja ... Ist meine liebe Adelaide besser?

Die Baronin: Weit besser.

Die Gräfin zu Faublas: Sprechen Sie nicht so viel, schonen Sie sich.

Die Baronin: Wie eine Nacht Sie verändert hat!

Der Graf: Eine Nacht? Sagen Sie, mehrere Nächte, Madame! Denn täuschen Sie sich nicht, diese Krankheit da schreibt sich schon früher her. Die beiden Damen haben bei ihrem letzten Aufenthalte nur ans Vergnügen gedacht, und Gott weiß, wie man es getrieben hat: Den ganzen Tag im Park herumlaufen, atemlos nach Hause kommen und dann von neuem anfangen. Sie spielten wie zwei Kinder, sie schlugen sich wie zwei Schuljungen, kein Möbel konnte an seinem Platze bleiben, und in der Nacht ... Oh! In der Nacht ging es noch weit ärger her!

Die Gräfin lachend: Mein Herr Gemahl, gedenken Sie der Baronin etwas Neues mitzuteilen?

Der Graf, ohne auf sie zu hören: In der Nacht schlafen sie in demselben Zimmer ... und, sollten Sie es glauben, statt zu schlafen, hörte man sie beständig zischeln, nichts anderes! ... Was ich Ihnen da sage, Madame, müssen Sie ganz buchstäblich nehmen, sie taten nichts anderes. Ich hörte sie, weil wir, sehen Sie ... nur durch diesen Verschlag da getrennt sind ... Nun begreift jeder vernünftige Mensch, daß man, wenn man sich den ganzen Tag über viel Bewegung gemacht hat und sich auch noch bei Nacht ermüdet, notwendig sich selbst aufreiben muß. Die Gräfin hat sich aber auch auf dem Heimweg nach Paris sehr unwohl gefühlt: Migränen, Herzweh!

Die Baronin: Herzweh, Gräfin?

Die Gräfin: Oh, es ist nichts.

Die Baronin: Aber so nehmen Sie sich doch in acht!

Der Graf entzückt: Nicht wahr, sie muß sich in acht nehmen? Das Fräulein, das stärker konstituiert ist, hat länger widerstanden, und vielleicht, wenn sie bei uns ausgeruht hätte, statt zu diesem Herrn von Florville zu gehen. –

Die Gräfin: Schweigen Sie doch!

Faublas lebhaft zur Baronin, die nur noch mehr verwundert scheint: Frau Baronin!

Die Baronin: Nun?

Faublas: Ein Geheimnis ... (Ganz leise:) Sie sind durch Nemours gekommen?

Die Baronin halblaut: Dort habe ich Ihren Vater getroffen. Ich habe meine Kammerfrau bei Adelaide gelassen.

Der Graf beginnt von neuem: Ja, ich glaube, wenn sie nicht bei dem Vicomte diniert hätte ...

Die Gräfin: Seien Sie doch still!

Die Baronin: Ich verstehe, die Damen wollen mich nicht ins Geheimnis einweihen! Ich muß Ihnen also sagen, daß ich ganz genau unterrichtet bin. Ja, ich weiß, daß Sie gestern in Fontainebleau diniert haben. Der Herr Graf hat es mir gesagt.

Faublas mit einem Zeichen des Einverständnisses gegen die Baronin hin: Die Frau Baronin kennt ihn, den Vicomte?

Die Baronin mit feiner Miene: Ob ich ihn kenne! ... Es ist ein hübscher Junge ... Lebensart ... Geist ...

Die Gräfin zu Faublas: Es scheint mir, sie ist doch nicht so ganz böse auf ihn zu sprechen.

Faublas leise: Weil sie sich verstellt – warten Sie nur.

Die Baronin: Der Großvater seines Urgroßvaters ist in den Karossen des Königs gefahren.

Die Gräfin leise zu Faublas: Du hast recht, das scheint mir wie Ironie zu klingen.

Faublas leise: Nicht anders.

Die Baronin: Bei alledem hat er doch einen schrecklichen Fehler.

Die Gräfin: Ah!

Der Graf: Nun?

Die Baronin: Wenigstens hörte ich so. Es ist der Herr Graf, der es mir gesagt hat: Der arme junge Mann ist im Fach der Scharaden nicht stark.

Die Gräfin laut auflachend: Sind Sie etwa darum böse auf ihn?

Die Baronin sieht den Chevalier und die Gräfin an: Bin ich böse auf ihn?

Faublas macht ihr ein Zeichen des Einverständnisses: Allerdings, Sie haben sich doch überworfen! Wollen Sie denn ein Geheimnis daraus machen?

Die Baronin mit feiner Miene: Nun ja, wir haben uns überworfen, er hat sich auch wirklich sehr schlecht gegen mich benommen.

Faublas leise zur Gräfin: Siehst du? ... (Laut zur Baronin.) Ich wollte nicht, daß man von ihm spricht, aber da der Herr Graf ...

Die Baronin: Ja, wir sind keine Freunde (zum Grafen nach kurzer Überlegung), und, aufrichtig gestanden, dies hat mich verhindert, gestern die Damen zu begleiten, denn sie hatten mich eingeladen.

Faublas: Ganz vortrefflich!

Die Gräfin in demselben Tone: Das ist nicht ungeschickt, ich danke Ihnen.

Der Graf zur Baronin, indem er auf und ab geht: Die Damen ... die Damen hätten wohl daran getan, es ebenso zu machen wie Sie, aber wo ist denn dieser Herr Vicomte?

Die Gräfin: Er schläft.

Der Graf durch die Fenster des Kabinetts blickend: Ja wahrhaftig, da liegt er auf dem Feldbett, hat sich in voller Kleidung darauf geworfen.

Die Baronin: Werde ich ihn nicht zu sehen bekommen?

Der Graf: Wenn Sie ihn sehen wollen, so gehen Sie doch hinein.

Faublas mit Ungestüm: Gehen Sie nicht hinein, er ist schrecklich müde, er ruht jetzt aus.

Die Baronin etwas erstaunt: Guter Gott! Welche Lebhaftigkeit! Mein Fräulein, Sie werden sich schaden.

Faublas mit verstellter Ruhe: Aber, was ist das auch für ein Einfall, diesen jungen Mann zu stören, der die ganze Nacht nicht geschlafen hat!

Die Baronin, den Chevalier beobachtend: Ist es unmöglich, sich ihm zu nähern, ohne Geräusch und Ihnen Kummer zu machen?

Faublas mit bebender Stimme: Es handelt sich nicht um mich, aber wenn Sie ihn aufwecken, wenn ...

Die Baronin: Wenn ich ihn aufwecke, so wird er wieder einschlafen, das ist das ganze Unglück ...

Faublas verlegen: Das ist das ganze Unglück! Das ist das ganze Unglück! Aber es ist ein großes Unglück ...

Die Baronin: Mein Fräulein, Sie mögen sagen, was Sie wollen, ich bin sehr neugierig, Ihren Busenfreund ... den Freund Ihrer Kindheit zu sehen ..., den Sie um alles in der Welt nicht stören lassen wollen. (Sie erhebt sich.)

Die Gräfin boshaft: Warum denn? Sie kennen ihn sehr gut.

Die Baronin: Ich will wissen, ob er sich verändert hat, seit ich ihn nicht gesehen. (Sie nähert sich dem Kabinett.)

Faublas leise zur Gräfin: Halten Sie sie doch auf.

Die Gräfin: Warum? Sie liebt ihn vielleicht noch und will wenigstens das Vergnügen haben, ihn anzusehen, das ist doch nichts so Arges.

Faublas: Kennen Sie die Baronin nicht? Sie wird eine Szene machen.

Die Gräfin: Wart, ich will mit ihr sprechen. (Sie geht auf Frau von Fonrose zu.) Treten Sie doch ein, sehen Sie ihn an, wenn Ihnen das Vergnügen macht, aber wecken Sie ihn nicht, denn er muß sehr müde sein.

Man denke sich meine Lage; ich weiß keinen vernünftigen Einwand mehr zu machen, und meine Schwäche hält mich im Bette zurück; schon ist die Baronin nahe bei der Glastüre, und ich habe Mühe, meine namenlose Unruhe zu verbergen. Welches glückliche Hindernis beruhigt mich auf einmal! Der Vicomte hat sich im Kabinett eingeschlossen! Die Marquise ist also in Sicherheit? ... Nein, ach beileibe nicht, diese Vorsichtsmaßregel wird sie nicht retten. Frau von Lignolle hat soeben der Frau von Fonrose einen Hauptschlüssel gegeben.

Sobald die Baronin eingetreten war, hörte ich folgende Worte: »Ja, dieses Gesicht ist sehr hübsch, aber ich sollte es wirklich kennen ... Nein ... Und doch ... es ist so, es ist wirklich so ... Das hätte ich nicht zu vermuten gewagt. Das Abenteuer erschien mir ganz unglaublich ... Erwachen Sie, reizender junger Mann! Erwachen Sie, Herr Vicomte! Kommen Sie ein wenig in die Gesellschaft! Kommen Sie, ich will Ihnen die Hand geben.«

Es war der Arm, den sie ihm gab; denn Frau von B. schlief noch stehend und konnte sich kaum aufrecht halten.

Wer auch nur ein einziges Mal in seinem Leben ganz plötzlich aus einem sehr tiefen Schlaf gerissen worden ist, der hat genau empfunden, was ich nur schlecht beschreiben kann. Die Augen öffnen sich, aber sie bleiben verdunkelt, das Ohr hört, aber es faßt nicht den kleinsten Teil der Worte auf, die man ihm sagt, und es entstellt sie; im Hirn besonders ist die Verwirrung grenzenlos. Man blickt, ohne zu sehen, man hört, ohne zu begreifen, man spricht, ohne zu denken.

In diesem Zustand befand sich offenbar Frau von B., als sie, gestützt oder vielmehr geschleppt von Frau von Fonrose, in das Zimmer kam, in dem wir waren.

Vorsicht!

Die Marquise ist ganz verblüfft. Was ist das? Ein Traum? ... Sie sagt einige unzusammenhängende Worte, dann schließt sie wie ermüdet die Augen. Aber bald wieder schlägt sie sie auf. Frau von B. kann aufs neue das weibliche Gespenst betrachten, das sie so erstaunt. Schließlich bekommt sie ihre Sinne wieder, und ein letzter Blick überzeugt sie, daß es kein Traum und daß sie wirklich in die Hände ihrer Todfeindin gefallen ist. Und der Kampf begann.

Die Marquise: Obzwar ich mehr Bedürfnis nach Ruhe als nach Besuch habe, bin ich doch entzückt, Sie zu sehen.

Die Baronin: Entzückt kommt mir etwas viel vor. Ich glaube, der Herr Vicomte übertreiben.

Die Marquise: Sie sind zu bescheiden.

Die Baronin: Sie sind zu höflich.

Die Gräfin zur Baronin: Sie sind es jedenfalls gar nicht. Warum haben Sie ihn aufgeweckt? Ich habe Sie doch gebeten ... Und ich habe Sie, Madame, darauf aufmerksam gemacht, wie sehr es mir mißfiele, wenn Sie ihm eine Szene bei mir machen.

Die Baronin lachend: Zürnen Sie mir nur wie ich Ihnen.

Die über das, was die Gräfin sagte, erstaunte Marquise schien mich mit ihren Blicken um Aufklärung zu fragen. Ich wollte sie ihr ganz leise geben, aber die Baronin kam mir zuvor.

Die Baronin, indem sie sich zwischen die Marquise und Faublas wirft: Nein, nein, bitte! Ich zweifle nicht, daß Sie sich viel zu sagen haben, aber Sie müssen laut sprechen ... Geniert Sie doch nicht? Ich bitte Sie, Vicomte, Sie sind doch so gut zugeritten!

Die Marquise: Darauf versteht sich Madame! Ihr Urteil stützt sich auf lange Erfahrung ...

Die Baronin gekränkt: Lang! Als ob ich hundert Jahre alt wäre!

Die Marquise boshaft: Verzeihen Sie, wenn ich Sie beleidigt haben sollte.

Die Baronin: Durchaus nicht beleidigt.

Die Marquise: Madame hat die Attacke aufgegeben, um sich mit der Verteidigung zu beschäftigen. Wie schade!

Die Baronin: Das Übel ist nicht so groß; (zu Faublas) und Sie, mein scheues Fräulein, sagen kein Wort?

Faublas: Ich höre zu, ich leide, ich warte.

Die Gräfin lebhaft: Und ich auch, ich erwarte sehr ungeduldig das Ende dieser Geschichte.

Der Graf: Bis jetzt verstehe ich nicht viel von dem Streit, als daß Sie alle sehr aufgeregt sind.

Die Baronin zur Gräfin und zu Faublas: Der Kampf ermüdet Sie. Aber nur Mut, es wird nicht lang dauern. (Auf den Grafen weisend.) Ich weiß genau, der Streit ist sofort zu Ende, sowie uns der Graf adieu sagt.

Der Graf: Jetzt verstehe ich. Sie sind meiner Meinung – eine Liebelei der jungen Dame.

Die Gräfin: Madame, Sie wagen es, bei mir jemanden zu beleidigen, dem ich sehr verpflichtet bin.

Die Baronin lachend: Sehr verpflichtet!

Die Gräfin: Ja, außerordentlich verpflichtet. Ohne ihn wäre ganz Montargis ... (Sie hält inne.)

Der Graf neugierig: Nun, ganz Montargis?

Faublas lebhaft: Ganz Fontainebleau meint die Gräfin.

Die Gräfin verlegen: Natürlich ... ganz Fontainebleau ... ganz Fontainebleau ...

Die Marquise zur Gräfin: Gut, wir haben die Hilfe für Mademoiselle gefunden. Zweifelsohne wäre es besser, diese Stadt zu verlassen. Aber indem ich Ihnen diesen Rat gebe, habe ich Ihnen nur einen sehr kleinen Dienst erwiesen.

Die Gräfin leise zur Baronin: Hat er Geist?

Die Baronin: Ja, aber ich, Gräfin, will, was immer Sie auch sagen, mir Rechte auf Ihre ewige Erkenntlichkeit erwerben: Ich will Sie von Monsieur befreien.

Die Gräfin: Warum denn so eigensinnig?

Die Baronin: Seien Sie nicht bös. Warten Sie, ich will mich mit dem Vicomte verständigen; er selber wird zugeben ...

Die Gräfin: Madame, Ihr Benehmen ist sonderbar, unentschuldbar! Und Monsieur war Ihnen fünfzigmal untreu ...

Die Baronin lachend: Untreu? Er?

Die Gräfin: Aber bestimmt!

Die Baronin: Mir untreu? Er?

Die Gräfin: Aber ja, Ihnen! Glauben Sie, ich weiß nicht, daß er Ihr Liebhaber war?

Die Baronin: Er mein Liebhaber?

Der Graf: Pst! Sprechen wir nicht von solchen Dingen. Ich mag solche Unterhaltungen nicht.

Die Gräfin: Mein Herr, ich bewundere Sie! Es ist ja die Rede von dem, was Sie nicht lieben!

Die Baronin: Er mein Liebhaber! Hübsche Geschichte das! (Laut lachend.) Gräfin, ich bitte Sie, wer hat Ihnen denn das gesagt? ... Sicher die kleine Brumont. (Zu Faublas.) Durchtriebenes Frauenzimmer! ... Schöne Sachen das! Haben Sie den Mut, mir das ins Gesicht zu sagen?

Faublas: Warum nicht! Wenn Sie mich dazu verpflichten.

Die Baronin: Reizend! ... Und Sie, Vicomte? Es fehlt, um das Abenteuer ganz komisch zu machen, nur, daß Sie es behaupten.

Die Marquise: Madame, es gibt Eroberungen, die ein junger Mann aus Stolz publik macht; es gibt Glücksfälle, die er aus Scham nicht zugibt: Es liegt bei Ihnen der Entscheid, ob ich indiskret sein darf.

Die Baronin: Ich kann mir denken, daß Sie in größter Verlegenheit wären, sollten Sie alle Ihre Eroberungen zugeben; ich halte sie, ohne Kompliment, bereits für sehr zahlreich, und Sie sind in Versailles auf dem besten Weg...

Der Graf: Stimmt! Stimmt! Da hab ich ihn gesehen.

Die Baronin: Durch die Frauen haben Sie doch Zutritt zum Minister.

Der Graf leise zur Baronin: Wenn er beim Minister so gut steht, dürfen Sie nicht so zu ihm sprechen...

Die Marquise: Der glaubt nicht an das, der dennoch den Schein erweckt, als glaube er daran ... Übrigens haben Madame meine Frage umgangen: Soll ich indiskret sein?

Die Baronin mit Laune: Sie sollen es sein!

Die Marquise: Ich bin für Abstimmung darüber.

Die Baronin: Einverstanden, Graf?

Die Marquise: Nein, nein, Sie mißverstehen mich! Wenn es sich um eine Angeklagte wie Sie handelt, so kann diese schwierige Enquête nicht en petit comité gemacht werden. Man muß da beim Hof herumfragen, in der Stadt, in der Provinz.

Die Baronin: Das ist zu unverschämt.

Die Gräfin: Sie verdienen das! Warum haben Sie ihn aufgeweckt? Warum wollen Sie ihn vor meine Tür setzen?

Die Baronin zur Gräfin: Ich darf nicht böse sein, denn es ist ja nur zum Lachen. Was mich sehr amüsieren könnte, ist, zu sehen, daß Sie gegen mich Partei nehmen ... Aber die Sache muß ein Ende haben ... man erwartet mich ... (sieht auf die Uhr) ... ich bin pressiert ... Der Herr Vicomte wird nicht zu Fuß gehen, ich bitte ihn, mich an meinen Wagen zu bringen, wo er wohl einen Platz annehmen wird. Ich will ihn bis nach Fontainebleau bringen – ist das nicht nett von mir?

Die Marquise: Sehr gerührt, Baronin, aber wenn die Gräfin es erlaubt, bleibe ich hier.

Die Gräfin: Da haben Sie recht.

Die Baronin zur Gräfin: Er hat natürlich recht, und geben Sie nach ... (Zur Marquise.) Reden Sie im Ernst?

Die Marquise: Sehr ernst! Ich bleibe hier, solange für Mademoiselle Gefahr besteht und solange es Madame nicht geniert.

Die Baronin: Und Sie glauben, ich lasse Sie hier?

Die Marquise: Ich wüßte wenigstens nicht, wie Sie mich zwingen könnten, wegzugehen.

Die Baronin zornig: Diese Frechheit! Bedenken Sie, daß ich nur ein Wort zu sagen brauchte!

Die Marquise ruhig: Sie werden es nicht sagen.

Die Baronin: Wer wird mich daran hindern?

Die Marquise: Ein wenig Überlegung. Sie kennen mein Geheimnis; sehen Sie um sich, und sagen Sie mir, was für ein Vorteil für die Beteiligten daraus entstünde.

Die Gräfin leise zu Faublas: Was bedeutet das?

Faublas leise: Das bezieht sich auf deinen Mann. Später erkläre ich dir das.

Die Marquise zur Baronin leise und freundschaftlich: Die Gräfin ist sehr unbesonnen und wird sich im Zorne verraten; ich bitte Sie um Schonung.

Die Baronin leise: Ich werde Herrn von Lignolle entfernen.

Die Marquise laut: Ich glaube es nicht.

Die Baronin laut und lebhaft: Wer wird mich daran hindern?

Die Marquise: Madame, das Fräulein und ich.

Die Baronin: Herr Vicomte, gehen wir zusammen.

Die Marquise: Nein.

Die Baronin: So werde ich sprechen.

Die Marquise: Tun Sie es, wenn Sie den Mut haben.

Die Baronin erstaunt: Ich hatte Ihre wunderbaren Talente sehr loben hören; das Gerücht, das alles Merkenswerte auf dem Gebiete der Galanterie in die Öffentlichkeit bringt und übertreibt ...

Die Marquise ironisch: Ach, schmeicheln Sie mir nicht. Dieses Gerücht hat Ihnen nichts von mir gesagt. Sie wissen, daß keine Zeit mehr übrigbleibt, von andern zu sprechen, seit Sie ihm volle Beschäftigung geben.

Die Baronin ebenso: Immerhin fand es Zeit, sich mit Ihnen zu beschäftigen. Es behauptet, daß Sie, nachdem Sie sich den Gegenstand Ihrer Neigung aus der Menge gesichert ...

Die Marquise: Gesichert? Sehr gut für meine Geliebte und mich! Es ist ein Beispiel, das ich gewissen Frauen aus meinem Bekanntenkreise gebe. Wenn diese einen Liebhaber nehmen, wird er nicht aus der Menge genommen, sondern mit ihr vermischt.

Die Baronin zornig: Sie wird man allerdings nicht zur Menge rechnen. Sie besitzen zu verschiedenartige Talente; ganz nach Wunsch verändern Sie Ton, Charakter, Benehmen, Name, Ge ...

Die Marquise: Aber! ... Nehmen Sie sich in acht, Frau Baronin! Sie besitzen keine Kaltblütigkeit mehr ... (Die Gräfin und Faublas anblickend.) Sie stehen im Begriff, uns zu kompromittieren. Es ist selten gefährlich zu schweigen, oft aber bedenklich, recht zu sprechen.

Die Baronin, ruhiger werdend: Herr Graf, zwei Worte.

Die Marquise zur Gräfin: Verhindern Sie diese vertrauliche Mitteilung, ich rate Ihnen gut.

Die Gräfin zu Herrn von Lignolle: Ich will nicht, daß Sie mit ihr sprechen.

Die Baronin zur Gräfin: Aber ...

Die Gräfin zur Baronin: Sie werden nicht mit ihm sprechen.

Die Baronin zu Herrn von Lignolle: In diesem Falle bitte ich um Verzeihung; ich muß Sie jedoch ersuchen, uns einen Augenblick allein zu lassen.

Die Marquise zur Gräfin: Erlauben Sie nicht, daß er geht.

Die Gräfin zu Herrn von Lignolle: Ich bitte, bleiben Sie.

Der Graf halblaut: Sie brauchen mir nichts zu sagen, ich sehe alles. Ich sehe, sosehr die Baronin es auch zu unterdrücken versucht, daß sie leidet, und dieser junge Mann, der etwas beim Minister gilt, er soll sich über keine schlechte Behandlung in meinem Hause zu beklagen haben. Ich bin Weltmann! Und zugleich der Hausherr, das imponiert immer. (Laut.) Um allem vorzubeugen, bleibe ich.

Die Marquise: Ja, bleiben Sie.

Die Gräfin: Bitte, bleiben Sie.

Faublas: Bleiben Sie.

Die Baronin: Da alle es wünschen, so bleiben Sie ... die Sache wird sehr lustig werden, ich müßte übler Laune sein, sollte ich meine Freude nicht daran haben. (Sie lacht sehr stark.) Gräfin, reichen Sie mir Ihre Hand; Sie sind hintergangen, und ich bin dem Spotte preisgegeben.

Alle zugleich: Erklären Sie das.

Der Graf, sich die Hände reibend: So etwas ahnte mir doch! Ich sagte ja bereits, Gräfin, man hintergeht Sie. (Zur Baronin.) Ich möchte aber doch genauer wissen, wieso; bitte erklären Sie mir das.

Die Baronin: Ja gewiß! Aber wie ... ich weiß nur, daß ich noch einige Zeit dazu brauche ... Nun denn, Geduld und ... Mut. (Sie setzt sich.)

Die Marquise: Ich glaubte, Madame hätte etwas zu tun!

Die Baronin: Diese Bemerkung ist nicht sehr höflich, mein Herr; aber ich entschuldige sie wegen der Verlegenheit, in der Sie sich befinden. Gewiß hatte ich den Wunsch, Sie rasch mitzunehmen, aber da Sie sich nicht entschließen konnten, so gestattete ich mir das Glück, bei Ihnen zu bleiben.

Die Gräfin geärgert: Wie Sie wollen.

Die Marquise zu Herrn von Lignolle: Der Herr Graf wird doch nicht stehen bleiben? (Bietet einen Stuhl an.)

Die Baronin: Wie aufmerksam man gegen Sie ist, Herr Graf!

Der Graf: Sehr verbunden. (Gibt der Marquise einen Stuhl.)

Alle setzen sich um mein Bett herum, und ich betrachte mir die merkwürdige Gruppe.

Die Gräfin teilt ihre liebevollen Sorgen zwischen der Marquise und mir; sobald sie sich erinnert, daß Frau von Fonrose da ist, gibt sie ihr Mißvergnügen durch eine Geste oder ein kurzes Wort zu erkennen.

Herr von Lignolle vernachlässigt die Baronin maßlos. Die ganze Aufmerksamkeit des Hofmannes wendet sich gegen Herrn von Florville, diesen jungen Mann, der so viel beim Minister gilt; er drängt sich ihm durch Schmeicheleien förmlich auf. Der Vicomte nimmt bescheiden den Dank der Gräfin und mit Würde das Entgegenkommen des Grafen entgegen. Er macht den Eindruck der größten Sicherheit, als vergäße er vollkommen seine Gefahren und seine Gegnerin; je weniger er den Eindruck machte, daran zu denken, desto mehr beschäftigte er sich aber damit. Von Zeit zu Zeit richtete Florville einen stolzen, gebietenden Blick, zugleich triumphierend, auf die Baronin. Es wäre jedoch zu verwundern, wenn die Marquise ihre exponierte Stellung vergessen könnte, da doch ihre Gegnerin das Schlachtfeld immer noch nicht verlassen hatte und sich absolut nicht für geschlagen hielt. Ich fürchtete als ängstlicher Krieger, erstaunt über den ersten Erfolg, den zweiten Angriff. Sosehr mich der Mut meiner Bundesgenossen beruhigt, sosehr ängstigt mich die Hartnäkkigkeit ihrer Feindin; vor der einen wie vor der anderen senke ich demütig meine Stirn, hoffe, zittere, bewundere und beobachte in aller Stille.

Die Baronin ihrerseits macht sich auf Kosten aller andern lustig. Sie bestraft den Grafen, der sie im Stiche läßt, damit, daß sie übertrieben alles lobt, was er sagt; sie sucht mich wegen meiner Treulosigkeit mit einem verstohlenen mißbilligenden Blick, einem zugleich liebkosenden Blick, der mir Vorwurf und Glückwünsche zugleich zu bringen scheint. Durch ihr gutes Gewissen sichergestellt, erwidert sie den ungerechten Zorn der Gräfin nur wiederholt durch ein schallendes Gelächter. Den stolzen Augenwurf ihrer Gegnerin weist sie mit einem bitteren und drohenden Lächeln zurück.

Nun endlich sammelt sie sich und denkt nach; dann steht sie auf, ruft in den Korridor nach einem Bedienten, gibt diesem Befehle und kommt zurück mit der lauten Weisung: Der Kutscher möge sich bereit halten!

Habe ich recht gehört? Sie will fahren? Guter Geist der Marquise, ich danke dir, wir sind gerettet!

Jetzt kommt die Unterhaltung mit Hilfe des Grafen auf abgedroschene allerlei Dinge; Herr von Lignolle ermahnt Florville, die Scharaden nicht zu vernachlässigen. Er hält ihm eine glänzende Lobrede auf die Neigungen der Seele, insbesondere der Seele eines Hofmannes. Auf solche Weise vergeht eine Viertelstunde. Plötzlich vernehmen wir aus geringer Entfernung einen Flintenschuß und den Ruf: »Zu den Waffen! Wilddiebe!« Alles ist vergessen, Scharaden und Hof: Herr von Lignolle erhebt sich und stürzt fluchtartig hinaus. Die Gräfin will ihm nachlaufen, Frau von Fonrose aber hält sie auf, indem sie sagt: »Es ist weiter nichts geschehen, eine von mir erfundene List, um Ihren Gatten gegen Ihren Willen zu entfernen und gegen Ihren Wunsch Ihre Nebenbuhlerin zu vertreiben.«

Die Gräfin: Wieso meine? …

Die Baronin: Aber jetzt, unglückliches Kind! Sie lassen sich auf recht abscheuliche Art zum Narren halten. Betrachten Sie doch einmal diesen angeblichen ›Mann‹. Erkennen Sie nicht an seiner Taille und den Zügen die Frau? Sie sollten an ihrer Treulosigkeit, Routine und Frechheit doch erkennen, daß es …

Die Gräfin: Die Marquise von B. ist! Alle Götter!

Die Marquise zu Faublas: Mein Freund, ich verlasse Sie nicht gerne, aber Sie werden bald von mir hören. (Zu Frau von Fonrose, drohend.) Baronin, rechnen Sie auf meine Erkenntlichkeit, nur respektieren Sie mein Geheimnis; versuchen Sie nicht, durch Ausschwatzen dieses Abenteuers mich zu kompromittieren. (Zu Frau von Lignolle.) Leben Sie wohl, Frau Gräfin; tragen Sie dem Vicomte von Florville keinen Groll nach, und ich verspreche Ihnen, der Marquise von B. Ihre Schwächen nicht zu verraten.

Sie ging, bald hernach auch die Baronin.

Man kann sich kaum einen Begriff von dem wachsenden Zorn der Gräfin machen, außer man ist selbst von ähnlicher Leidenschaft erfaßt. Anfangs überwog das große Erstaunen, aber dann war der Ausbruch um so entsetzlicher. Ich sehe Frau von Lignolle erschaudern und erblassen; ihr Körper schien sich krampfartig zu dehnen, der Hals streckte sich, die Lippen begannen zu zittern, das Auge flammte, und das Gesicht färbte sich blau und rot; das arme Kind wollte schreien, es gelang aber nicht; die Füße stampften den Boden, ihre schwache Faust zerschlug sich an den Möbeln, sie zerraufte sich das Haar; sie unternahm es sogar, ihr reizendes Gesicht zu zerkratzen, so daß Blut floß. Welches Unglück für uns beide! Eine solche Verzweiflung habe ich nicht erwartet. So erschöpft, wie ich mich fühle, finde ich doch die Kraft, mein Bett zu verlassen und mich bis zu ihr zu schleppen; die Unglückliche sieht mich nicht. Sie stürzt zur Türe und schreit: »Man bringe sie mir zurück, ich will mich rächen! Ich zerreiße sie, ich töte sie.« – »Eleonore! Meine teure Eleonore!« hört sie rufen, da dreht sie sich um und sieht mich mitten im Zimmer; außer sich, springt sie herbei: »Du willst zu ihr? Nun denn, geh, Treuloser, und laß dich nie mehr sehen! Wer kann dich zurückhalten? Sie wartet auf dich und den Lohn ihrer Verruchtheit. Geh! Und freue dich mit ihr meiner Schmach, deiner Undankbarkeit und ihrer Schande! Geh, geh!

Bedenke aber, wenn ich euch je zusammen sehe, bringe ich euch um!«

Sie hatte meinen Arm genommen und schüttelte ihn so stark, daß ich auf meine Knie und Hände fiel. Ein Schrei entfuhr ihr, aber nicht mehr Zorn, sondern Furcht klang daraus. »Eleonore, wie kannst du glauben, daß ich in diesem Zustande daran denke, ihr nachzugehen? ... Ich wollte nur bis zu dir gehen, dich um Verzeihung bitten, meine Freundin, dich zu trösten suchen ... Eleonore, hör mich an und beruhige dich, ich bitte dich um alles! Bitte, verschone doch aus Liebe zu mir deine Reize, deine feine weiße Haut und die zarten Händchen, dieses lange Haar und dein so schönes Gesicht. O du, vom Liebesgott absichtlich so schön geschaffen, zerstör doch nicht absichtlich eines seiner bezauberndsten Werke; respektiere die tausend Reize, die für seine Liebkosungen und Vergnügungen geschaffen sind.«

Wenn man das Unglück hatte, seine Geliebte zu erzürnen, so muß man sie schnell wieder versöhnen; ist man in solchem Falle keiner Tat fähig, so muß man sprechen; man muß, wenn man nichts Besseres tun kann, seine Worte in Liebkosungen einkleiden, die sonst die tröstende Tat verrichtet hätte. Aber ich mochte nicht behaupten, daß sich die Gräfin dabei beruhigte. Denn plötzlich war aller Zorn vergessen. Mitleid bewegte meine gefühlvolle Freundin, sie vergaß all das erlittene Unrecht, als sie die Gefahr sah, in der ich war. Sei dem nun, wie auch immer, Frau von Lignolle richtete mich empor, stützte mich und führte mich in mein Bett zurück; dann setzte sie sich daneben, neigte sich zu mir und verbarg unter Tränen ihr Gesicht an meiner Brust.

Durch das Geräusch aufgeschreckt, das die Rückkunft von Frau von Fonrose verursachte, änderte die Gräfin ihre Haltung. »Guter Gott«, rief ihre Freundin, »wie schauen Sie aus!« Sie fuhr ihr mit dem Taschentuch über das Gesicht, indem sie sagte: »Madame, wie oft habe ich Ihnen gesagt, eine hübsche Frau kann aus Verzweiflung weinen, seufzen, ja schreien, ihre Dienstboten und Kammerzofen schelten und quälen, mit ihren Geliebten zanken und den Gatten krank ärgern, aber sie muß sich selbst respektieren und ihr Gesicht schonen. Ich hätte darauf gewettet, daß Sie sich in der ersten Anwandlung ganz kindisch aufführen würden! Ich konnte nicht bei Ihnen bleiben.« – »Diese Frau von B., was ist aus ihr geworden?« fragte Frau von Lignolle. – »Sie hat nobel meinen Wagen ausgeschlagen ... sie hatte ihn auch nicht nötig. Der bequeme Vicomte hatte sich vollkommen bei Ihnen eingerichtet: Er hatte in Ihrer Bedientenstube einen Lakaien, natürlich ohne Livree, und zwei Pferde in Ihrem Stalle.« – »Welch ein Weib!« rief die Gräfin lebhaft, »welche Kühnheit im Benehmen und welche Unverschämtheit in ihrem Reden! Ich treffe sie in Compiègne, sie gibt sich mir als Verwandten des Marquis von B. aus! Auch Sie, mein Herr, haben mir diesen Bären aufgebunden! Sie haben mich schändlich betrogen! Was hatten Sie in Compiègne zu tun? Antworten Sie ... Sie sagen kein Wort ... Sie sind ein Verräter! Gehen Sie auf der Stelle! Ich bin so gutmütig, Ihnen zu glauben! Sie folgt uns auf der Straße, holt uns in Montargis ein und trifft mich ... große Götter, in welchem Zustande! Zeitlebens werde ich Tränen der Scham und Wut darüber vergießen! Was mich besonders zur Verzweiflung bringt, ist die Einsicht, daß, wenn ich einige Augenblicke später gekommen wäre, ich meine schändliche Nebenbuhlerin in den Armen eines Treulosen überrascht hätte; denn er liebt alle, die ihm in den Weg kommen: ob Marquise oder Gräfin, was gilt es ihm? Wenn es nur eine Frau ist. Nun, wie viele Geliebte brauchen Sie? ... Wollen Sie, daß ich mehrere Liebhaber nehme? ... Versuchen Sie es nicht, sich zu rechtfertigen! Sie sind ein Mensch ohne Zartgefühl, ohne Rechtschaffenheit, ohne Treu und Glauben! Gehen Sie sofort, und zeigen Sie sich nie mehr bei mir.«

Frau von Lignolle geriet allmählich wieder in ihre erste Wut hinein, und mir bangte, ihr Mann möchte zurückkommen. Die Baronin beschwichtigte meine Bedenken. »Dieser angebliche Wilddieb ist mein Läufer«, erzählte sie, »der andere Kleider anziehen mußte. Er hat gute Beine, ich glaube, er macht es gut. Ich sagte ihm, daß der Herr Graf ihn selbst verfolgen würde, er möge ihm das Vergnügen eines Spazierganges verschaffen. Ich stehe dafür, daß er ihm Bewegung machen wird und wir hier genügend Zeit haben.«

Frau von Lignolle hörte gar nicht zu, sondern fuhr fort: »Sie überrascht mich! Sie tut so, als beklage sie mich und wolle mir beistehen! Ich mache ihr tausend Komplimente, überhäufe sie mit Danksagungen, lächerlich, der Herr Chevalier läßt mich reden, nein, er tut noch mehr, er verständigt sich mit ihr, um sich über mich lustig zu machen ... Und Sie, Frau Baronin, warum sagten Sie es mir nicht sofort, als Sie sie erkannten?« – »Sie können nicht im Ernst so sprechen. Ich kenne Sie doch zu gut, um nicht zu wissen, daß Sie sofort Lärm gemacht hätten, sogar in Gegenwart Ihres Mannes ...« – »Ge-

Adieu

wiß, in Gegenwart meines Mannes hätte ich sie entlarvt, hätte ich sie zuschanden gemacht, hätte sie … Statt sich spaßeshalber mit ihr herumzustreiten, Madame, hätten Sie Ihre Leute herbeirufen sollen und sie zum Fenster hinauswerfen lassen.«

»Ja, gewiß, dieses einfache und sanfte Mittel stand mir zu Gebote, es fiel mir nur nicht ein, man denkt nicht an alles!« – »Der Betrüger!« rief die Gräfin mit einem Blick auf mich, »er hielt uns beide zum besten; er sagte mir im Vertrauen, daß diese Frau Ihr Liebhaber sei … Wenn er mir gestanden hätte, daß Sie früher ein Mann waren, ich hätte es geglaubt, und nun sehen Sie, wie er mein blindes Vertrauen mißbraucht hat; er wird mich aber nicht mehr verraten. Er soll gehen! Ich verabscheue ihn! Ich will ihn nicht mehr sehen!« – »Wie soll er denn gehen?« – »Wenn ich bedenke, daß diese abscheuliche Marquise die ganze Nacht dageblieben ist, bei mir … in seiner Nähe … und auch einen Teil des Tages … (Sie schreit auf.) Ach, mein Gott, ich habe sie allein beieinander gelassen! … Eine Stunde lang! Ein ganzes Jahrhundert lang! Mein Herr, sagen Sie mir, was Sie zusammen getan haben … Sprechen Sie … was ist geschehen, während ich geschlafen habe?« – »Nichts, meine Freundin, wir haben geplaudert.« – »Ja, ja, geplaudert! Denken Sie nicht, daß Sie mich noch einmal belügen. Sagen Sie die Wahrheit, was haben Sie zusammen gemacht, ich verlange es!« – »Gräfin«, unterbrach die Baronin lachend, »Sie unterschieben ihm ein Verbrechen, das er, ohne ihn beleidigen zu wollen, seit vierundzwanzig Stunden unfähig zu begehen war.« – »Er unfähig? Niemals … Mein Herr, als ich zurückkam, sagte die Abscheuliche, Sie hätten Herzklopfen, und sie hat es gewagt, ihre Hand auf Ihr Herz zu legen, und Sie waren gutmütig genug, es zu dulden. Mir aber gehört Ihr Herz, sonst niemand! Ach, was sage ich? Der Undankbare, der Flatterhafte! Er gibt sich aller Welt hin … Ich bin überzeugt, daß er, während ich schlief … Aber ich will das Geständnis aus Ihrem eigenen Munde, ich verlange es. Ich will nicht mehr an meinem Unglück zweifeln und in dieser Ungewißheit leben. Faublas, sprich, was habt ihr zusammen getan? Wenn du gestehst, so verzeihe ich dir … Gestehen Sie, oder Sie bekommen den Laufpaß, ich bin fest entschlossen, ich schicke Sie fort, ich jage Sie aus dem Hause.«

»Warum denn aus dem Hause jagen?« sagte Herr von Lignolle, der eben eintrat, »das müssen Sie nicht tun. Ich bereue es sogar, daß ich weggegangen bin, denn Sie haben den Vicomte weggeschickt ...« – »Den Vicomte! Mein Herr, bitte, sprechen Sie diesen Namen nicht mehr aus.« – »Aber Madame, was haben Sie denn? Ihr Gesicht ...!« – »Mein Gesicht gehört mir, mein Herr, ich kann damit machen, was ich will. Kümmern Sie sich um Ihre Angelegenheiten.« – »Ja, ich bereue es, das Zimmer verlassen zu haben, denn man hat meine Abwesenheit benutzt.«

Die Baronin: Sie währte doch nicht lange. Der Wilddieb scheint schneller gefaßt worden zu sein, als ich hoffte.

Der Graf, sich in einen Lehnstuhl werfend: Fangen? Nein, nicht der flinkste Mensch bekommt ihn in vierundzwanzig Stunden. Der verdammte Kerl! Wenn er kein Vogel ist, so ist er der Teufel selbst. Stellen Sie sich einen Hirsch vor, den man hetzt. So, Madame, lief er! Er kehrte sogar mehrmals um! Man konnte ihn auf Pistolenschußweite sehen, und sofort hatte er wieder hundert Schritte Vorsprung. Glaubte man ihn fern, da war er wie vom Himmel gefallen nahe bei uns, beinahe neben uns. Ich gestehe, es war, als triebe er seinen Spott mit uns.

Die Baronin: Auch mit Ihnen, mein Herr?

Der Graf: Mit mir, das ist etwas anderes; ich war ihm immer der erste auf den Fersen. Der Schlingel merkte, mit wem er es zu tun hatte; sobald ich ihm zu nahe kam, jagte er davon wie ein Hase. Sie hätten Spaß gehabt, die Angst mit anzusehen, die er vor mir hatte! Zehnmal hatte ich ihn beinahe, und doch wußte ich, ich würde ihn nicht bekommen; ich besann mich plötzlich auf den Vicomte und gab den Spaß auf. Jetzt hat er ein leichtes Spiel, da ich nicht mehr dabei bin; meine Leute können sich lendenlahm laufen.

Die Gräfin zu Faublas: Warum wollen Sie nicht gestehen?

Faublas: Ich schwöre Ihnen, es ist nichts.

Die Gräfin: Bekennen Sie, oder ich schicke Sie fort.

Der Graf zu Faublas: So bekennen Sie doch, geben Sie der Frau Gräfin diese Genugtuung; es kann Ihnen doch nicht so schwer werden.

Die Baronin, lachend zum Grafen: Wissen Sie denn, was für ein Geständnis man von dem Fräulein erwartet?

Der Graf: Nun – daß der Vicomte ein liebenswürdiger junger Mann ist ... offenbar.

Die Baronin: Offenbar, was meinen Sie damit?

Der Graf: Ist es denn nicht klar? Ich will sagen, daß das Fräulein den Vicomte offenbar sehr liebenswürdig findet. (Zur Gräfin.) Genaugenommen ist kein Grund vorhanden, sie deshalb wegzuschicken ...

Die Gräfin zu ihrem Gemahl: Mein Gott, lassen Sie mich in Ruhe, oder Sie bekommen Grobheiten zu hören. (Zu Faublas.) Gestehen Sie ...

Der Graf zu Faublas: Aber ich bitte Sie, gestehen Sie! Sehen Sie, wir gestehen es alle. Sagen Sie es dem Vicomte, und vergessen Sie nicht, von mir aus hinzuzufügen, daß ich sein Fortgehen sehr bedauert habe. Versichern Sie ihm, daß es uns ein großes Vergnügen machen wird, wenn er uns besuchen würde in Paris oder ...

Die Gräfin: Sollte er es jemals wagen, sich bei mir zu zeigen, so lasse ich ihn durch die Bedienten aus dem Hause jagen.

Der Graf: Ich begreife nicht ... Soeben nahmen Sie sich seiner mit solcher Wärme an, und jetzt ... Seien Sie doch wenigstens konsequent!

Die Gräfin: Aber Sie selbst, Graf, hatten doch vor einer Stunde noch eine ganz entgegengesetzte Ansicht.

Der Graf: Seit einer Stunde hat sich eben alles verändert!

Die Baronin: Ja natürlich!

Der Graf zur Baronin: Nicht wahr, Madame? Sie besitzen einige Weltkenntnis, und ich wollte wetten, daß Sie die Gründe erraten, warum ich das alles nun aus einem anderen Gesichtspunkte betrachte. (Halblaut.) Fürs erste glaubte ich, daß dieser Herr von Florville, der sonst einer guten Familie angehört wie die meisten jungen Leute seines Alters, nur eine sehr geringe Rolle in der Welt spielt; nun sehe ich nicht ein, wohin diese Neigung das Fräulein von Brumont führen soll. Was mich betrifft, so habe ich den Grundsatz, daß ein Mann von Stand sich mehr als ein anderer vor neuen Bekanntschaften hüten und nur solche schließen soll, die ihm Vorteil bringen. Bemerken Sie wohl, meine Gnädigste: Jeder Mensch, der uns in keinem Falle nützlich sein kann, fällt uns früher oder später doppelt zur Last, weil er eben nie etwas zu geben hat und immer zuletzt noch etwas fordern wird. Besonders in Sachen des Ehrgeizes ist jeder, der unser Vorwärtskommen nicht fördert, ein Hindernis; und deshalb lag mir auch nichts daran, die Bekanntschaft des Vicomte zu machen. Aber sagten Sie nicht, daß er in Versailles eine gute Stelle habe? Das würde meine Anschauung freilich ändern. Ich gehe nicht auf Ihre kleinlichen Händel ein und will nichts mit Weiberstreit zu tun haben: Es steht mir nicht einmal eine Untersuchung darüber zu, ob die Mittel, die dieser junge Mann zu seinem Fortkommen braucht, gerade delikater Natur sind – die Hauptsache ist, daß die Mittel wirken. (Ziemlich laut.) Nun scheint es mir, daß in dieser Beziehung Herr von Florville nichts zu wünschen übrigläßt; es scheint mir ferner, daß er bei seinen glücklichen Anlagen und infolge seiner Stellung, die es ihm möglich macht, alle seine Vorteile ins Licht zu setzen, schnell und weit kommen muß. Somit ist er eine wertvolle Bekanntschaft, sowohl für das Fräulein von Brumont, die darauf denken muß, sich ein Vermögen zu gründen, als auch für mich, dem alles daran liegen muß, das seinige zu vergrößern.

Die Gräfin erregt: Herr Graf, hören Sie auf mit allen Ihren Berechnungen ... Ich bin außer mir ... Ich wiederhole: Man spreche in meiner Gegenwart nie mehr von dieser ...

Die Baronin unterbricht sie sehr schnell: Unverschämten Kreatur. (Zum Grafen.) Sehen Sie, wie sie ihn jetzt behandelt.

Der Graf zur Baronin: Das ist nur Ihre Schuld, und ich bereue es sehr, mich entfernt zu haben. (Halblaut.) Um auf meine Pläne zurückzukommen, so wissen Sie, daß man in Versailles fortwährend sollizitieren muß.

Die Baronin: Ja, und der schlimmste Fall ist, daß man nichts bekommt.

Der Graf: Durchaus nicht. Mit Zudringlichkeit erzwingt man immer etwas ... wohlverstanden, wenn man Freunde hat, und der beste Beweis ist die Pension, die ich mir neulich ergattert habe. Aber Frau von Lignolle verlangt, daß ich sie diesem Herrn von Saint-Prée abtreten soll, was ein sehr großer Kummer für mich ist, wie ich gestehe. Die Gräfin ist ein Kind, das vom Werte des Geldes keine Ahnung hat. Sie bildet sich ein, mit hundertfünfzigtausend Franken Rente bedürfe man der Wohltaten des Königs nicht mehr ... Sie, Madame, sollten, da Sie ihr Vertrauen besitzen, ihr wirklich Vorstellungen darüber machen.

Die Gräfin sehr laut: Alles, was Sie mir sagen wollen, ist umsonst. Ich lasse mich einfach nicht mehr zum besten halten ... sondern ich verlange, daß Sie Ihr Unrecht eingestehen. Gestehen Sie – oder ich jage Sie fort.

Der Graf ziemlich laut: Suchen Sie ihr auch begreiflich zu machen, daß sie, statt Fräulein von Brumont fortzujagen, ihre Höflichkeiten, Aufmerksamkeiten und Rücksichten gegen sie verdoppeln und namentlich Herrn von Florville auffordern müsse, uns so oft als möglich zu besuchen.

Die Gräfin erhebt sich wütend: Mein Herr, Sie haben Ihr eigenes Zimmer: Haben Sie die Güte, mich in dem meinigen allein zu lassen.

Die Baronin zum Grafen: Ja, wir haben es unbequem hier, man unterbricht uns jeden Augenblick, wir wollen anderswohin gehen.

Der Graf: Gerne, weil man mit Ihnen, Madame, doch kein vernünftiges Wort reden kann; ein Augenblick ...

Die Gräfin zu Faublas: Gestehen Sie?

Der Graf zur Gräfin und zu Faublas: Ich will Ihnen beiden, bevor ich gehe, noch einen guten Rat erteilen: Sie, mein Fräulein, gestehen Sie doch! Denn wenn es auch nicht wahr ist, so muß es doch sein, und wir glauben es eben; so müssen auch Sie es immer zuletzt machen. Sie, Madame, werden, ob sie nun gesteht oder nicht, Ihre Gesellschaftsdame nicht fortschicken, denn ich kenne Ihre Seele: Eine Stunde darnach würden Sie untröstlich sein. Was den Vicomte betrifft, so werde ich von ihm nicht mehr mit Ihnen sprechen, aber ich werde an ihn denken.

Wir blieben allein. Frau von Lignolle beharrte darauf, mir das Geständnis meines vermeintlichen Fehlers zu entreißen, und ich, der ich überzeugt war, daß eine Lüge hier nichts weniger als notwendig sei, blieb beharrlich bei der Wahrheit. Trostlos darüber, alle meine Versicherungen vergebens verschwendet zu haben, machte ich eine letzte Anstrengung, die der Erfolg krönte. »Meine Freundin, ich wiederhole und schwöre es dir, nur selten denke ich an die Marquise, seit ich immer nur an dich denke. Seit du mir angehörst, gehört Frau von B. mir nicht mehr an. Heute wie gestern war ich bloß ihr Freund, und das werde ich morgen sein wie heute. Sag mir, welcher Wahn mich erfassen müßte, wenn ich mich an deiner Seite mit ihr beschäftigen könnte? Wäre es möglich, daß ich mich nach einigen Details, welche sie − ich bitte! − hat, zurücksehne, während ich an dir tausend Eigenschaften glänzen sehe, die ihr durchaus fehlen? Muß ich dich nicht, trotz aller ihrer angelernten Kenntnisse, um deinen natürlichen Verstand beneiden? Erscheinst du nicht weit schöner mit deinen hervorkeimenden Reizen, mit deiner naiven Grazie, mit deiner pikanten Unbesonnenheit als sie mit ihrer strahlenden Jugend, mit ihren vornehmen Manieren und ihrer stolzen Würde? Hat sie − und dies betone ich, meine Eleonore –, hat sie eine Seele, welche der deinigen an Mitgefühl und Edelmut gleichkäme? Glaubst du, daß ich die Freude deiner Leute über deine Rückkehr, die Erkenntlichkeit deiner Pächter, die Lobsprüche deines verehrungswürdigen Pfarrers vergessen kann? Ich habe das gesehen, und mein Herz hat sich darüber gefreut. Du bist hier der Gegenstand der allgemeinen Verehrung, du bist für diese guten Leute die wohltätige Vorsehung, von welcher man niemals etwas zu begehren braucht und der man unaufhörlich danken muß. Und dein Geliebter soll der einzige sein, den deine Güte undankbar machte? Glaube es nicht, hüte dich, es zu glauben! Sieh, meine anbetungswürdige Freundin, ich wünsche mir weiter nichts als die Erlaubnis, mit Eleonore, fern von jeder anderen Versuchung, mein Leben in der Hütte zuzubringen, welche die Gräfin von Lignolle für den alten Duval neu aufgerichtet hat. Ach, hör auf, dich zu beklagen, hör auch auf, mich zu beargwöhnen, hör auf, eine allzu schwache Nebenbuhlerin zu fürchten. Sie achte ich, dich aber verehre ich; ich bewahre noch einen Rest von Freundschaft für sie, aber dir weihe ich die zärtlichste Liebe. Es ist wahr, daß ich früher in ihrer Nähe einige süße Augenblicke verbracht habe, aber später habe ich bei dir wonnige Tage gefunden. Frau von B. könnte mir vielleicht jetzt noch gewisse Vergnügungen bieten, aber du, meine Eleonore, wirst mir das Glück geben.«

Das Glück! So in Anspruch genommen durch eine schwierige Parallele zwischen zwei beinahe gleich verführerischen Nebenbuhlerinnen, denen aber die Natur ihre kostbaren Gaben sehr verschieden gespendet hatte, vergaß ich eine noch mehr begünstigte Frau, die in sich allein alle Tugenden und Reize vereinigte und jedem Gegenstand der Vergleichung unendlich überlegen war: Ich vergaß Sophie, und in meinem Irrwahn ging ich sogar so weit, Wünsche gegen unsere Wiedervereinigung zu hegen. Ach! ich wage es nicht zu hoffen, daß das Bekenntnis eines solchen Fehlers ihn jemals in den Augen anderer vollkommen sühnen könne, sowenig als in meinen eigenen.

Je schwerer ich mich übrigens gegen meine Frau verging, um so mehr hatte meine Geliebte Ursache, zufrieden mit mir zu sein. »Gut«, sagte die Gräfin und warf sich mir an den Hals, »so hättest du schon im Anfang sprechen müssen, dann würdest du mich sogleich überzeugt haben. Da du mich liebst und sie nicht liebst, so bin ich zufrieden; da du mit ihr keine Untreue gegen mich begangen hast, so verzeihe ich dir alles andere.« – »Aber ich, ich verzeihe dir nicht! Dir nicht, denn du hast mein Gut, mein kostbarstes Gut, nicht verschont! Du hast dein Gesicht zerrissen.« – »Wirst du mich deshalb weniger lieben? Du hättest unrecht; bin ich auch weniger hübsch, so doch interessanter.« – »Ich will so was Interessantes nicht! Versprich, daß du dich nie mehr solchen Wutausbrüchen hingeben willst.« – »Dann mußt du mir aber versprechen, Faublas, daß du mir nie mehr die Veranlassung dazu geben willst.« – »Auf Ehre!« – »Nun wohl«, sagte sie lachend, »sieh, wie gut ich bin: Ich verspreche, mich nie mehr über dich zu erzürnen.«

In diesem Augenblick kam der Graf zurück. Er rief: »Gott sei gelobt, sie hat gestanden!« – »Sie hat gestanden?« wiederholte die Baronin erstaunt. – »Ganz und gar nicht«, antwortete die Gräfin, in die Hände klatschend und mit einem Freudenhupfer. – »Wieso?« fragte Herr von Lignolle, »und Sie sind so guter Laune?« – »Eben weil sie es nicht gestanden hat«, versetzte die Unbesonnene. – »Das ist«, rief der tiefe Beobachter, »das ist etwas, was ich nicht begreife. Ich werde daraus wenigstens die Wahrheit des Prinzips ableiten, daß die Seele einer Frau in ihren Launen unerklärlich ist.« – »Ich«, sagte Frau von Fonrose, »ich werde nichts daraus ableiten, aber ich entferne mich ruhig und zufrieden.«

Am folgenden Tage, als sie uns wieder besuchte, war Herr von Lignolle nicht mehr im Schloß. Briefe aus Versailles, die am Morgen eingetroffen waren, hatten ihn veranlaßt, uns schleunig zu verlassen, und obschon wir von den wichtigen Angelegenheiten, die ihn an den Hof zurückriefen, keine so hohe Meinung hatten wie er, so hatten wir durchaus keinen Versuch gemacht, ihn zurückzuhalten. Aber die Baronin störte die Freude ihrer Freundin, statt ihr Glück zu wünschen. Mein Vater hatte Frau von Fonrose beauftragt, mich nach Nemours zurückzubringen, wo außerdem meine teure Adelaide mich erwartete, die sich bereits vollständig von ihrer Unpäßlichkeit und ihren Strapazen erholt hatte. Das erste Wort der Gräfin war, daß wir uns fortan nie wieder verlassen würden, und als die Baronin sie gezwungen hatte, anzuerkennen, daß mein Vater Rechte auf mich besitze, da behauptete Frau von Lignolle, indem sie sich auf Herrn Despeisses berief, ich sei noch viel zu schwach, um transportiert werden zu können. Überdies, erklärte sie, sei sie weit entfernt, mich gehen zu lassen, solange man noch eine Gefahr für mein Leben befürchten müsse, sondern habe vielmehr den festen Entschluß gefaßt, in eigener Person den Fortgang meiner Rekonvaleszenz zu überwachen, und daß überhaupt keine Macht sie zwingen werde, sich von ihrem Geliebten zu trennen, bevor er vollständig wiederhergestellt sei. Frau von Fonrose reiste nach vergeblichen Bitten, Drohungen, ziemlich mißvergnügt über den schlechten Erfolg ihrer Sendung, wieder ab.

Am folgenden Tage kam mein Vater selbst, um mich abzuholen. Sobald man Herrn von Brumont anmeldete, schickte die Gräfin die Dienerschaft weg und lief meinem Vater entgegen. »Sehen Sie doch«, sagte sie freudig in liebkosendem Ton zu ihm, »treten Sie näher, er liegt nicht mehr im Bett; dort sitzt er in einem Lehnstuhl, dort sitzt er! ... Wir sind soeben mehrere Male im Zimmer miteinander auf und ab gegangen, er hat gut geschlafen, seine Kräfte kehren wieder; es ist besser, viel besser. Sie verdanken seine Erhaltung meiner Wachsamkeit und seine Wiederherstellung meiner Pflege; ich habe ihn von seiner Verzweiflung gerettet, ich habe ihn von seiner Krankheit geheilt; durch mich lebt er, deshalb muß er auch für mich leben ... einzig und allein für mich ... und für Sie, seinen Papa, das gebe ich zu, aber nur für Sie allein.« – Der Baron redete mich an: »Zu welchen Schritten nötigen Sie einen Vater, der Sie liebt? War es das, was Sie mir versprochen hatten? Mußte ich hier meinen Sohn wiederfinden?« – Frau von Lignolle unterbrach ihn lebhaft: »Grausamer, hätten Sie ihn lieber in Montargis tot gefunden? Als ich ihn dort einholte, war er allein, im Wahnsinn, eine Pistole in der Hand ... Mein Herr, ich wiederhole Ihnen, ich habe ihn vor der Verzweiflung gerettet! Ach, und gleichwohl war es nicht der Schmerz über meinen Verlust, was seine Vernunft störte und sein Herz zerriß!« – Mein Vater wandte sich fortwährend an mich: »Da Frau von Fonrose Sie gestern nicht zurückbringen konnte, so komme ich heute selbst.« – »Er hört mich nicht einmal an«, rief sie, »er würdigt mich nicht einmal einer Danksagung, der Undankbare, nicht einmal ein Kompliment! ... Mein Herr, wenn Sie meinen Diensten die gebührende Anerkennung versagen, so haben Sie wenigstens für mein Geschlecht die Rücksichten, die es verdient, und bedenken Sie, daß Sie hier nicht bei Fräulein von Brumont, sondern bei mir sind.« – »Um mich als Ihren Schuldner zu betrachten, Madame, müßte ich bloß Ihre Handlung kennen, von Ihren Beweggründen aber nichts wissen. Sie haben alles für diesen jungen Mann und nichts für mich getan. Was Fräulein von Brumont betrifft, so kenne ich sie nicht, ich suche hier bloß den Chevalier Faublas und den Gatten Sophiens.« – »Sophiens! Nein, mein Herr, er ist mein Gatte, ich bin seine Frau. Oh, ich bin seine Frau. (Sie küßt mich.) Und Ihre Tochter«, fügte sie hinzu, indem sie eine seiner Hände ergriff und sie küßte. »Verzeihen Sie mir, was ich soeben zu Ihnen gesagt habe; verzeihen Sie mir die Unbesonnenheit, die ich das letzte Mal bei meinem Besuche in Ihrem Hôtel begangen habe; entschuldigen Sie meine Unerfahrenheit und meine Lebhaftigkeit. Erinnern Sie sich bloß, daß ich Sie liebe ... und daß ich ihn anbete ... Sehen Sie, ich brannte vor Verlangen, Sie wiederzusehen, mit Ihnen zu sprechen ... Ich will Ihnen alles sagen. Seit einigen Tagen ist eine große Veränderung vorgegangen ... eine glückliche Veränderung ... die Bande, die ihn an mich knüpfen, sind jetzt unauflöslich: Vor neun Monaten werden Sie ein Enkelchen haben ... Hören Sie mich an, hören Sie mich doch an! ... Ja, es wird ein Junge sein, ein hübscher Junge, liebenswürdig, edelmütig, gefühlvoll, fröhlich, unerschrocken, strahlend vor Grazie und von Schönheit wie sein Vater ... Hören Sie mich an, machen Sie keinen Versuch, Ihre Hand zurückzuziehen ... Bedauern Sie es denn, daß ich das Pfand seiner Liebe in meinem Schoße trage? Oder könnten Sie denken ... Oh, es ist sein Kind. Es ist von ihm, das dürfen Sie fest glauben; es ist nicht von Herrn von Lignolle. Herr von Lignolle hat niemals ... ich versichere Ihnen, daß niemand vor Faublas mich gehabt hat. Fragen Sie ihn, wenn Sie glauben, daß ich lüge. Niemand hat mich vor ihm gehabt, und niemand wird mich nach ihm haben, das schwöre ich Ihnen.« – »Unglückliches Kind!« sagte endlich der Baron, den die äußerste Überraschung lange Zeit zum Schweigen genötigt hatte. »Welcher Wahnsinn führt Sie irre! Und wie können Sie mir solche Sachen sagen!« – »Gerade Ihnen muß ich sie sagen,« Ihnen, der Sie nur die leichtsinnigen Streiche und die Schwachheiten der Frau von Lignolle kennen, deshalb auch den ungünstigen Begriff von ihrem Charakter haben und sie streng beurteilen. Es ist wahr, ich habe mich verführen lassen; aber wie und durch wen? Schauen Sie ihn nur an, und sagen Sie mir, ob ich nicht zu entschuldigen bin? Es ist wahr, sein Sieg war das Werk eines Augenblicks, aber gerade das rechtfertigt meine Niederlage. Meine Niederlage wäre, wenn ich sie berechnet hätte, weniger rasch gewesen, und vielleicht wäre ich überhaupt nicht unterlegen, wenn ich gewußt hätte, was kämpfen heißt. Aber in meiner tiefen Unkenntnis verstand ich von alledem nichts, gar nichts. Ich hatte von einer jungen Frau nur den Namen. Zweifeln Sie daran? Fragen Sie Faublas, er wird es Ihnen sagen. Er wird Ihnen sagen, daß er mich zuerst unterwiesen hat in der ... Liebe. Und begreifen Sie, wie eine ganz einfache, ganz unschuldige Person, die von der Ehe nichts, ja nicht einmal ihre Rechte kannte, ihre Pflichten hätte kennen und respektieren sollen? Ich nahm einen Liebhaber, wie ich einen Gatten genommen hatte, ohne Überlegung, ohne Neugierde, aber dennoch, ich gestehe es, geleitet von dem Wunsch, so bald als möglich eine Beleidigung zu rächen, die man mir als unverzeihlich schilderte. Ich nahm den Chevalier, erstens weil er im kritischen Augenblick bei der Hand war, und dann, weil ein gewisser natürlicher Instinkt mich ihn als sehr liebenswürdig betrachten ließ. Also, mein Herr, Sie sehen selbst, man kann es mir nicht zu schwer anrechnen, wenn ich mich verirrt habe. Wenn ich gleich beim ersten Schritt gefallen bin, so liegt die Schuld an denjenigen, die mich, als sie mich in eine neue Laufbahn einführten, im Finstern ließen, statt mich zu unterrichten und aufzuklären. Wenn ich für immer unglücklich und entehrt bin, so ist daran das Schicksal schuld, dem man mich geopfert, und der Zufall, der mich zu spät bedient hat. Ach, warum ist er nicht einige Monate früher vor mir erschienen, der Mann, durch den mein Leben erst beginnen sollte? Warum kam er nicht am ersten Tage des vergangenen Frühlings in diese Franche-Comté, wo ich mich zum erstenmal mit meiner Tante langweilte, wo ich mich von einer neuen Unruhe aufgeregt, von einer unbekannten Flamme verzehrt fühlte, wo ich das heftigste Bedürfnis empfand, zu lieben, Faublas zu lieben, nur ihn! Warum kam er damals nicht! Ich hätte ihm damals gleich mein Vermögen und meine Hand gegeben, meine Person und mein Herz, und ich wäre seine rechtmäßige Gattin geworden, und ich wäre für mein ganzes Leben glücklich und die geachtetste aller Frauen gewesen ... Ach, er kam nicht! Ein anderer erschien, und welcher andere, große Götter! Man führte ihn vor mich, man sagte zu mir: Dieser Herr will sich verheiraten, und er paßt für dich. Ein Mädchen kann nicht Mädchen bleiben: Mach dich zur Frau. Ich verspreche, es zu werden, ohne mich auch nur zu erkundigen, um was es sich dabei handelt, und sieh da, eines Abends, nach zwei Monaten, werde ich es. Aber nun findet es sich, daß ich zwei Gatten habe: Einen, der den Titel führt, aber die Funktionen nicht versehen, und einen, der wohl die Funktionen versieht, jedoch den Titel nicht führen kann. Was unter so mißlichen Umständen tun? Die Scheidung von Herrn von Lignolle fordern, oder plötzlich und für immer mit Fräulein von Brumont brechen? Der erste von diesen

Beim Pferderennen

beiden gleich extremen Schritten würde mich mit unauslöschlichem Spott bedeckt und meine Ruhe zerstört haben. Der zweite hätte mich mein Glück gekostet und mich für mein ganzes Leben zum Witwentum gezwungen. Ich handelte also nicht unklug, wenn ich meinen Groll gegen meinen Gatten nicht zum Ausbruch kommen ließ und meinem Geliebten, der mich verführte, meine Zufriedenheit bezeigte. Inzwischen, wie war es möglich, daß ich nicht mit jedem Tag eine höhere Meinung vom Geliebten bekam? Wie konnte ich es vermeiden, daß ich im Grunde meines Herzens den Gatten immer mehr verachtete? Wie den Ekel und die Verachtung bannen, während Herr von Lignolle sie beständig hervorruft? Wie konnte ich jemals die Tugend zurückwünschen, während Faublas sie unaufhörlich auf die Seite drängt? Also, Herr Baron, sehen Sie selbst, daß ich für immer genötigt bin, den Gatten, den ich verabscheue, und den Geliebten, den ich anbete, zu behalten. Jetzt, da ich Ihnen ein getreues Bild meiner Lage entworfen habe, werden Sie kein ungerechtes und schlimmes Vorurteil gegen mich bewahren. Im Gegenteil, wenn es jemals so weit kommen sollte, daß die Welt meine Liebe erführe und den Stab über mich bräche, so werden Sie mich nicht ihrem übereilten Urteil preisgeben. Ach, ich bitte Sie, verteidigen Sie dann Frau von Lignolle, zeigen Sie sie so, wie sie ist. Sagen Sie jedermann, daß ihre Verirrungen ihr nicht angerechnet werden dürfen, daß ihre Familie allein dafür verantwortlich ist und daß man darüber hauptsächlich das böse Schicksal anklagen muß.« – »Madame«, antwortete mein Vater in teilnehmendem Tone, »ich fühle mich geschmeichelt durch Ihr Vertrauen, obschon Sie mir es sehr unbesonnen schenken. Ich begreife, daß Ihr außerordentliches Ungestüm Ihnen in gewissen Fällen zur Entschuldigung dienen kann, und ich will Ihnen sogar nicht verhehlen, daß Ihre Bekenntnisse mich durch Ihre unvorsichtige Offenheit gerührt haben. Früher habe ich Ihre Verirrungen getadelt, heute beklage ich Ihre Leidenschaft. Aber Sie erwarten gewiß nicht, daß ich sie jemals gutheiße; und täuschen Sie sich nicht: Selbst wenn ich diese maßlose Nachsicht für sie hätte, so würde doch die Welt, welche derartige Vergehungen nicht als entschuldbare Schwachheiten betrachtet, Ihre Fehler nicht weniger streng beurteilen. Wenn Sie daher auf deren Meinung etwas geben, wenn Ihnen alles daran liegt, die Freundschaft Ihrer Mitmenschen, die Achtung Ihrer Freunde, Ihre eigene Achtung, Ansehen bei den rechtschaffenen Leuten, die Ruhe eines guten Gewissens sich zu bewahren, so halten Sie ein auf der Bahn des Abgrundes, in den Sie verwegen zwischen zwei immer blinden und oft treulosen Führern, der Hoffnung und Sicherheit, hinabschreiten. Halten Sie ein, solange es noch Zeit ist. Was mich betrifft, so geht jetzt meine Pflicht dahin, gütliche Mittel zu versuchen, um Sie an die Ihrigen zu erinnern. Aber wenn Sie nicht auf mich hören, so muß ich einen Machtspruch tun, um meinen Sohn zur Erfüllung seiner Pflicht zu nötigen. Sie und er, Madame, Sie haben am Fuße der Altäre geschworen, eine Person ungeteilt zu lieben, und diese Personen sind weder Sie noch er. Sie beide haben demselben Gotte versprochen, sich nicht zu lieben. Man schuldet seinen Schwüren ewige Heilighaltung. Die Ihrigen sind dadurch, daß sie schon verletzt worden sind, noch nicht aufgehoben. Faublas gehört Ihnen ebensowenig an, als Sie Faublas angehören, und wie die Liebe, von der Sie gegen ihn erglühen, nicht macht, daß Sie aufhören, die Frau des Herrn von Lignolle zu sein, so werden auch die häufigen Treulosigkeiten, deren der Chevalier sich gegen Sophie schuldig gemacht hat, nicht machen, daß er nicht mehr ihr Gatte ist. Frau Faublas hat sein Wort, Fräulein von Pontis hat seine Liebe.« – »Nein, mein Herr, nein, denn er betet mich an; er sagte es mir soeben noch ... Bitte, hören Sie mich an: Ich will wohl zugestehen, daß er der Gatte einer anderen ist, aber Sie müssen Ihrerseits wenigstens zugeben, daß ich seine Frau bin ... und die Mutter seines Kindes ... Ja, ebendas entzückt mich, ebendas verleiht mir unbestreitbare Rechte auf ihn; diesen Vorteil habe ich vor Frau Faublas voraus ... Frau Faublas! Wie beneide ich dennoch ihr Los. Wie weit besser ist sie bedacht als ich? Sich dem Stolz hingeben zu können, ihn zum Gatten zu haben, seinen Namen, seinen so teuren Namen zu tragen! Ach, diese allzu begünstigte Sophie, was hat sie denn so Preiswürdiges getan, daß sie das Glück verdiente, Faublas zu erhalten? Und die arme Eleonore, ach, was hat sie so Tadelnswertes getan, daß sie zur Qual verurteilt werden mußte, diesen Herrn von Lignolle zu heiraten?« – »Glauben Sie mir, Sie dürfen Ihr Unglück nicht dem Schicksal vorwerfen, klagen Sie vielmehr Ihre eigene Schwäche an, und bereiten Sie das Ende derselben durch einen mutvollen Entschluß vor. Um über eine unglückliche Leidenschaft Herr zu werden, hören Sie auf, den Gegenstand derselben zu sehen.« – »Ihn nicht mehr sehen? Lieber sterben!« – »Hören Sie auf, ihn zu sehen, Sie müssen das; Sie müssen dieses einzige Mittel versuchen, um dem äußersten Unglück, das Sie bedroht, zu entgehen.« – »Lieber sterben!« – »Gräfin, ich werde Sie wohl betrüben ... aber ich muß es Ihnen ein für allemal sagen, die Umstände legen auch mir peinliche Pflichten auf. Wenn ich Ihnen das schmerzliche Opfer angeraten habe und Sie hartnäckig darauf bestehen, es nicht zu bringen, so darf ich meinerseits nicht versäumen, Sie dazu zu zwingen.« – »Großer Gott!« – »Ich nehme sogleich den Chevalier mit mir.« – »Nein, Sie werden ihn nicht mitnehmen! Nein, Sie werden diese Grausamkeit nicht begehen!« – »Ich nehme ihn mit, es muß sein.« – »Es muß nicht sein! Was zwingt Sie dazu?« – »Die Notwendigkeit, ihn allzu mächtigen Verführungen zu entziehen.« – »Und Sie würden den Mut haben, mich zur Verzweiflung zu treiben?« – »Ich werde den Mut haben, Sie wieder zur Besinnung zu bringen.« – »Sie wollen einer Frau ihren Geliebten rauben?« – »Und Sie wollen einem Vater seinen Sohn rauben?« – »Ich?« antwortete sie mit ungemeiner Zungenfertigkeit, »ganz und gar nicht; berauben Sie sich seiner nicht. Bleiben Sie hier; wer hat Ihnen gesagt, daß Sie gehen sollen? Sollte ich's gesagt haben, so wäre es in Gedanken geschehen. Bleiben Sie bei uns; das wird mir das größte Vergnügen machen und ihm auch. Denn ich liebe Sie sehr; aber er liebt Sie noch mehr. Bleiben Sie bei uns; ich werde Ihnen ein sehr bequemes, sehr schönes Zimmer geben; sehen Sie, das Zimmer meines Mannes; und was Ihr Fräulein Tochter betrifft, so habe ich auch noch ein Zimmer für sie ... ja, lassen Sie Ihr Fräulein Tochter holen, er wird sehr erfreut sein, seine Schwester zu sehen: Sie komme und Frau von Fonrose auch ... die ganze Familie! Die ganze Familie kann sich einrichten, ich habe Platz genug für die ganze Familie ... ausgenommen für Sophie! Heda!« fügte sie gegen mich hinzu, »Sie sprechen ja kein Wort! Helfen Sie mir doch ihn bitten, daß er bei uns bleibt.« – »Welches Gerede!« rief mein Vater. »Erlauben Sie, daß ich meinerseits spreche?« – »Da sind keine langen Verhandlungen nötig«, versetzte sie wieder sehr lebhaft, »man antwortet einfach: ja.« – »Nein, Madame ... Nein! Der Chevalier muß durchaus mit mir kommen.« – »Durchaus?« – »Es ist unumgänglich.« – »Unumgänglich? In diesem Falle gehe ich mit ihm. Lassen Sie uns alle drei gehen.« – »Sie verlieren gänzlich den Kopf? Warum das, wenn ich fragen darf? Ich wollte Sie bei mir zurückhalten ... warum können Sie sich weigern, mich bei sich aufzunehmen? Glauben Sie, mir zuviel Ehre anzutun? Glauben Sie das? ...« – »Sie beginnen zu faseln ... Faublas, bereiten Sie sich, mir zu folgen.« – »Lassen Sie sich das nicht einfallen«, sagte sie zu mir, und dann wieder zu meinem Vater: »Mein Herr Baron, Sie werden entweder mich mitnehmen, oder Sie werden ihn nicht mitnehmen! ...« – »Gräfin, zu welchen äußersten Maßregeln werden Sie mich zwingen? Werde ich Gewalt gebrauchen müssen?« – »Gewalt, das steht Ihnen wohl an! ... Ich bin's, die Gewalt brauchen wird. Ach, diesmal sind Sie nicht in Ihrem Hause! Jetzt werde ich meine Leute rufen! ...« – »Madame, wenn mein Entschluß nicht unwiderruflich wäre, so würden Ihre letzten Äußerungen genügen, mich vollends zu bestimmen.« – »Ach, wenn ich Sie beleidigt haben sollte, so ist es in aller Unschuld geschehen, das schwöre ich Ihnen. Ich sage eben alles heraus, was mir auf dem Herzen liegt. Sollten meine Worte etwas Verletzendes für Sie gehabt haben, so müssen Sie es nur meiner Lebhaftigkeit zuschreiben, weder Bosheit noch Überlegung. Bedenken Sie, daß eine geängstigte Frau zu Ihnen spricht, die überdies noch ein Kind ist ... und zwar Ihr Kind! Die Frau Ihres Sohnes! Ihre Tochter! Den ich mit so großem Vergnügen meinen Vater nennen werde, entziehen Sie, bitte, mir meinen Gatten nicht ... nein, ich will sagen Faublas ... ich gebe es ja zu, daß er nicht mein Gatte ist ... nehmen Sie mir meinen Faublas nicht! Herr Baron, ich bitte Sie flehentlich! Wenn Sie wüßten, in welchen Ängsten ich vierundzwanzig tödliche Stunden an seinem Lager zugebracht, wie oft ich für sein Leben gezittert habe! ... Und nachdem meine Bemühungen ihn ins Leben zurückgerufen, nachdem ich angefangen habe, mit ihm neu geboren zu werden, da könnten Sie die barbarische Undankbarkeit haben, uns zu trennen? ... Ach, ich würde mich weniger unglücklich fühlen, wenn er gestorben wäre, dann dürfte ich ihm doch folgen ... ins gleiche Grab. Herr Baron, nehmen Sie ihn mir nicht fort! Sie würden es vielleicht bald zu bereuen haben, und Ihr Bedauern wäre vergeblich. Ich fühle es, und ich sage es, ich könnte in meiner Verzweiflung ... Sie wissen nicht, was ich alles könnte! ... Nehmen Sie ihn nicht fort, haben Sie Mitleid mit einer Mutter!« Und, indem sie sich vor ihm niederwarf und seine Knie umschlang: »Ja, ich flehe Sie um meines Kindes willen an!« – »Was machen Sie?« antwortete er mit unsicherer Stimme, »erheben Sie sich, Madame!« – »Ach«, fuhr sie fort, »meine Schmerzen haben Sie gerührt – warum wollen Sie es leugnen, warum es mir verbergen? Stoßen Sie mich nicht zurück, wenden Sie Ihr Gesicht nicht ab, sagen Sie nur ein Wort ...«

Mein Vater war wirklich im höchsten Grade ergriffen und konnte nicht mehr sprechen, aber er machte mir ein Zeichen, das plötzlich den Tränen der Gräfin Einhalt tat und ihre Rührung in Wut verwandelte. »Ich sehe Sie«, rief sie, sich erhebend, »Sie schändlicher, undankbarer Mensch!« – Der Baron tat sich jetzt Gewalt an und stammelte die Worte: »Mein Sohn, haben Sie mich nicht gehört?« – »Nein«, antwortete sie mit Ungestüm, »und er wird Sie auch nicht hören, weil er nicht treulos und hartherzig ist wie Sie!« – »Chevalier, verlassen Sie dieses Zimmer!«

»Hüte dich wohl, es zu tun!« – »Faublas, ein Freund ersucht Sie zu gehen.« – »Faublas, eine Geliebte beschwört dich, sie nicht zu verlassen!« – Der Baron, der mich noch schwanken sah, sagte in sehr festem Tone zu mir: »Ich befehle es Ihnen.« Die Gräfin, die mir ansah, daß ich im Begriffe stand zu gehorchen, rief mir zu: »Ich verbiete es dir!«

Ach! Wem von beiden sollte ich gehorchen? ... Oh, meine Eleonore! Mit Verzweiflung im Herzen verweigert dir dein Geliebter Gehorsam, aber wie kann ein Sohn den Befehlen seines Vaters widerstehen? Frau von Lignolle war im höchsten Grade überrascht und trostlos, als sie mich aufstehen sah, um mich nach der Türe zu schleppen. Sie wollte auf mich zulaufen, der Baron hielt sie fest; sie versuchte es, sich auf die Klingel zu werfen, er hinderte sie daran; sie hoffte wenigsten rufen zu können, er legte ihr die Hand auf den Mund; auf einmal sank sie ohnmächtig in den Stuhl, den ich eben verlassen hatte.

Ich wollte zurück, mein Vater schleppte mich fort, er nahm mich beim Arm, und wir gingen. In unserem Wagen sah ich eine Dame, die sich verborgen hielt: Es war Frau von Fonrose. Der Baron sagte zu ihr: »Sie haben keinen Augenblick zu verlieren. Eilen Sie zu Ihrer Freundin, die sich unwohl fühlt. Wir selbst sind sehr pressiert und können unmöglich auf Sie warten. Bleiben Sie bei der Gräfin zum Diner und ersuchen Sie sie heute abend um ihre Berline zur Rückfahrt.«

Die Baronin verließ uns sogleich, und wir fuhren augenblicklich ab. Mein Vater saß lange Zeit in Gedanken versunken; sodann hörte ich einen Seufzer und die Worte: »Armes Kind, ich beklage sie!« – Hierauf ließ er seine Blicke mit gerührtem Ausdrucke auf mir ruhen, und in ziemlich festem Tone, obschon mit einer immer noch bewegten Stimme, sagte er zu mir: »Mein Sohn, ich verbiete Ihnen, Frau von Lignolle wiederzusehen.«

In Nemours fand ich meine teuere Adelaide wieder, deren

Schmerz den meinen erneuerte. O meine Sophie! Ich hatte dich verloren, und obschon Frau von Lignolle mir mit jedem Tag teurer wurde, so warst und bliebst du doch immer diejenige, die ich vorzog.

Frau von Fonrose kam am Abend zu uns zurück. Sie hatte viel Mühe gehabt, die Gräfin aus der Ohnmacht zu wecken, und noch mehr Mühe hatte sie es gekostet, sie zu überzeugen, daß sie nicht mitkommen und hier eine nutzlose Szene anfangen dürfe. Die Baronin fügte gegen meinen Vater hinzu: »Ich halte sie für fähig, demnächst alle Arten von Tollheiten zu begehen, wenn Sie nicht ihrem Unglück sowie ihrer Jugend einige Rücksichten schenken und erlauben, daß dieser junge Mann, wenn auch selten, doch wenigstens hie und da zu ihr gehe und ihr die einzigen Tröstungen gebe, welche ihr ihren Zustand einigermaßen erträglich machen können.« Mein Vater, den ich aufmerksam beobachtete, beantwortete diese Worte der Baronin mit keinem Zeichen der Billigung oder des Mißvergnügens. Ich verbrachte, wie man alle Ursache hatte zu fürchten, eine sehr unruhige Nacht. Tags darauf kehrten wir nach Paris zurück, wo bereits drei Briefe mich erwarteten. Der erste kam von Justine, den zweiten hatte meine Eleonore geschrieben, und was den dritten betrifft, so werden Sie dasselbe tun müssen, wozu ich genötigt war, das heißt, Sie werden erraten müssen, von wem er kam.

Der erste Brief:

›Ich weiß, daß der Herr Chevalier demnächst als Rekonvaleszent zurückkehren wird; ich ersuche ihn, so bald als möglich zu mir zu kommen. Er wird die Güte haben, mich tags zuvor durch ein Billett von seinem Besuch in Kenntnis zu setzen.‹

Der zweite:

›Ihr Vater ist ein garstiger Mensch. Leiden Sie ebensosehr wie ich unter den Qualen, die er uns verursacht? Sieh, mein Freund, wenn Du nicht willst, daß ich meinem Kummer erliege, so beeile Dich, wieder zu Kräften zu kommen, daß Du mich besuchen kannst. Wenn ich Dich nur sehe, so werde ich zufrieden sein. Seit den zwei Tagen, daß der Grausame uns getrennt hat, vergehe ich vor Unruhe, vor Liebe und vor Kummer.‹

Und der dritte:

›Herr Chevalier!

Der arme junge Mann ist am Abscheiden; aber er sagt, es werde ihm Vergnügen machen, wenn er Ihnen Lebewohl sagen könne, und er habe Ihnen etwas Wichtiges mitzuteilen. Er ist jeodch sehr in Angst, Sie möchten aus Groll nicht zu ihm kommen wollen, und deshalb beauftragt er mich, Sie darum zu ersuchen. Einem Kranken, der im Sterben liegt, pflegt man seine Launen zu verzeihen, und was Sie betrifft, so könnten Sie, der, wie er sagt, so liebenswürdig gegen jedermann ist, in Ihrem Herzen keine so harte Seele haben, um diesen geringen Dienst einem Freunde zu verweigern, der nicht ohne Gleichgültigkeit gegen Sie ist. Ich erwarte Sie also, um Sie meinem Herrn vorzustellen, damit Sie ihn seine Lust zu sprechen büßen lassen und ihm wieder ein wenig zu seinem alten lachenden Ton verhelfen, ihm, der sonst immer einen lustigen Spaß auf der Zunge hatte, jetzt aber so traurig aussieht wie die Nachthaube meiner seligen Großmama Robert, welche Gott selig haben möge. Nebenbei werden Sie guttun, wenn Sie ihn zwischen dem Gespräche ein paarmal tüchtig umarmen, ohne daß es Sie geniert, weil er sich in den Kopf gesetzt hat, daß ihm das wohltun würde. Trotzdem sage ich, daß Sie aufmerksam sein und sich in acht nehmen müssen, daß Sie ihn nicht ersticken, weil er am ganzen Leibe sehr schwach ist. Kurz und gut, um zu endigen, die Zeit drängt, da die Chirurgen behaupten, er könne jeden Augenblick wie ein Licht auslöschen. Dies ist der einzige Grund, warum es ihm schlechterdings unmöglich wäre, lange Zeit auf Ihre Güte zu warten; wenn er es also täte, so geschähe es durchaus nicht aus Unhöflichkeit oder aus allzu großer Ungeduld, aber sehen Sie, wenn Der von oben uns ruft, so muß man ohne viele Komplimente der Gesellschaft Valet sagen. Derowegen werde ich Ihnen, wenn Sie wollen, morgen seinen Wagen schicken, dessen er sich nicht mehr bedient, seit er sein Bett nicht verlassen hat. Mittels dessen erwarte ich Sie festen Fußes, womit ich höchst ehrerbietig, Herr Chevalier, bin

Ihr untertänigster und gehorsamster Diener
Robert, sein Kammerdiener.‹

Ich rief Jasmin: »Geh auf der Stelle zu Frau von Montdesir...« – »Das ist wohl die Dame, die Sie so warten lassen, denn sie läßt immer nach Ihnen fragen.« – »Du dankst ihr für ihr Billett, sagst ihr, ich lasse mich der Person, in deren Namen sie geschrieben hat, bestens empfehlen, und sie möge dieser Person diesen Brief da zustellen ... Merk dir's, er ist unterzeichnet: Robert ... oder vielmehr, ich will ein Kuvert darüber machen. Du verstehst mich? Der Frau von Montdesir mußt du das übergeben.« – »Ja, gnädiger Herr.« – »Von da gehst du zur Frau Gräfin von Lignolle ...« – »Ah, das ist diese hübsche kleine Brünette, so drollig und flink, die Ihnen neulich im Boudoir eine so tüchtige Ohrfeige versetzte ... Diese Frau muß Sie schon sehr lieben, gnädiger Herr.« – »Ja, aber du hast ein zu gutes Gedächtnis ... also du gehst nicht zur Gräfin selbst, sondern du fragst nach ihrem Lakaien La Fleur, du sagst ihm, daß ich seine Gebieterin anbete ...« – »Da Sie mich beauftragen, es ihm zu sagen, so weiß er es schon.« – »Er weiß es, du hast recht.« – »Gut. Es ist also notwendig, daß Herr La Fleur und ich gute Freunde werden. Gnädiger Herr, wenn ich ihm ein Glas Wein vorsetzte.« – »Setze ihm zwei vor, auf meine Gesundheit ... Jasmin, du verstehst mich?« – »Jawohl, gnädiger Herr, Sie sind der liebenswürdigste und generöseste ...« – »Sag La Fleur, er soll der Frau von Lignolle melden, daß ich sie besuchen werde, sobald ich mit Frau von Fonrose die Mittel habe verabreden können, meine Frauenkleider wiederzubekommen und das Hôtel zu verlassen, ohne daß der Baron mich sieht.« – »Eine sehr gute Kommission das, ich werde sie nicht vergessen.« – »Endlich gehst du zu dem Herrn Grafen von Rosambert ...« – »Das freut mich. Er ist immer ein sehr jovialer Junge... Ich werde eilen, ich langweilte mich, ihn nicht mehr zu sehen ...« – »Jasmin, so hör mich doch an! ... Du sprichst mit Robert, seinem Kammerdiener, und sagst ihm, daß ich, trotz meiner Schwäche, seinen Herrn schon morgen besuchen werde. Ich nehme sein Anerbieten betreffs des Wagens an. Robert braucht ihn mir nur morgens zehn Uhr zu schicken.« – »Jawohl, gnädiger Herr.« – »Aber zu Frau von Lignolle nicht in meiner Livree!« – »Ganz recht, gnädiger Herr, ich muß meine Zivilkleider anziehen, ich Dummkopf!« – »Jasmin, du sagst überall, daß ich nicht schriftlich geantwortet habe, weil ich mich noch zu schwach fühle.« – »Jawohl, gnädiger Herr.« – »So wart doch! Wenn Herr von Belcourt nach dir fragt, so werde ich antworten, ich habe dich zu Herrn von Rosambert geschickt, von den anderen zwei Kommissionen sagen wir lieber nichts.« – »Ganz recht. Die Frauenangelegenheiten gehen nur Sie etwas an; Ihr Herr Vater braucht da nicht eingeweiht zu werden ... aber, fällt mir ein, er wird finden, daß ich lange ausgeblieben sei. Er wird mir die Leviten lesen.« – »Dann, mein Lieber, hörst du ihn geduldig an und antwortest ihm nicht.« – »Das fällt mir schwer, ich lasse mich nicht gern auszanken, wenn ich meine Pflicht tue.« – »Das Zeugnis deines guten Gewissens wird dich beruhigen, Esel! Und willst du denn gar nichts mir zuliebe leiden?« – »Ihnen zuliebe, gnädiger Herr? Oh, da will ich mich zehn Katarrhfiebern aussetzen und hundert Strafpredigten über mich ergehen lassen, Sie sollen sehen!«

Mein edelmütiger Bedienter hielt Wort: Er kam in Schweiß gebadet zurück, und statt sich auch nur das geringste murrende Wort zu erlauben, als der Baron ihn wegen seiner Langsamkeit ausschalt, gestand er edelsinnig, daß er sich unterwegs amüsiert habe. Oh, mein guter Junge, was würden nicht eine Menge junger Leute von Stand dafür geben, einen Diener gleich dir zu besitzen!

Herr von Belcourt verließ diesen Abend mein Zimmer erst, als ich eingeschlafen war. Mein Kummer weckte mich mit Tagesanbruch. Die Marquise bekam einen Seufzer, meiner Eleonore gedachte ich mit sehr lebhaftem Bedauern und Sehnen, und meiner Sophie wurden tausend bittersüße Erinnerungen gewidmet. Aber wie groß war meine Unruhe, als ich den Brief ihres Räubers wieder lesen wollte und ihn nicht mehr fand! Ich ließ mir meine Frauenkleider wiederbringen, durchsuchte alle Taschen, das kostbare Papier war verschwunden! Ach! ich habe es ohne Zweifel bei Frau von Lignolle liegenlassen! ... Und wenn es in ihre Hände gefallen ist! Große Götter!

Rosamberts Leute holten mich sehr früh ab. Robert öffnete mir das Schlafzimmer seines Herrn. »Sie können ein wenig mit ihm sprechen«, sagte er traurig zu mir. »Er ist noch nicht ganz tot, aber er wird es nicht mehr lange treiben, der arme junge Herr! Soeben hatte er noch ein Fieber wie ein Gaul! Oh, ich bitte Sie, Herr Chevalier, widersprechen Sie ihm bei keiner seiner Ideen, sagen Sie alles, wie er es sagt ...« – »Mit wem sprechen Sie da so leise?« fragte der Graf mit beinahe erloschener Stimme. Der Kammerdiener antwortete: »Es ist der Herr Chevalier Faublas.« Sobald er meinen Namen gehört hatte, richtete Rosambert mit Anstrengung seinen Kopf empor, und nicht ohne Mühe stammelte er die Worte: »Ich sehe Sie wieder! Ich werde also den Trost haben, Ihnen meine letzten Gefühle anvertrauen zu können! Kommen Sie, Faublas, treten Sie näher ... Gestehen Sie es unparteiisch zu; es ist nicht sehr wild und sehr romantisch von dieser kitzligen Amazone, wegen eines geselligen Scherzes einen ihrer beständigsten Anbeter ins Grab zu spedieren?«

Hier belebte sich Rosambert; seine im Anfang langsame und gezwungene Sprache wurde auf einmal fest, kurz und deutlich. »Diese Frau von B., welche die Welt und ihre Gebräuche, die Galanterie und ihren Kodex, die Rechte unseres Geschlechtes und die Privilegien des ihrigen so gut kennt, konnte sie nicht mit gutem Gewissen annehmen, daß durch den Erfolg meines letzten Attentats sie und ich vollkommen quitt miteinander geworden seien? Da sie so bestraft worden war, wie sie mich beleidigt hatte, konnte sie sich nicht ganz leise gestehen, daß wir uns billigerweise gegenseitige Vergessenheit der kleinen Bosheiten schuldeten, mit denen sie zuerst das große Werk unseres an einem Abend vollendeten Bruches erheitert und womit in der Folge ich, ermächtigt durch ihr Beispiel, unsere in einer und derselben Nacht, in einem und demselben Augenblick abgeschlossene und wieder abgebrochene Versöhnung herbeiführen zu dürfen glaubte? Wie kommt es denn, daß sie das allgemeine Gesetz und ihre eigenen Grundsätze so weit vergessen und diesen wunderlichen Entschluß fassen konnte, wie eine Närrin, mit Gefahr ihres den Liebesgöttern so teuern Lebens das meinige anzugreifen, das ihnen nicht ganz gleichgültig war? Wer hat ihr diesen wahrhaft höllischen Plan eingegeben? Die Ehre? Frau von B. hat sich's nie einfallen lassen, die ihrige in den Punkt zu setzen, in welchem ich sie getroffen habe. Sie besitzt zu gründlich die sehr verschiedene Wissenschaft der Worte und der Dinge. Es ist also der Dämon der Eigenliebe. Dieser hat allerdings, ich wußte es wohl, niemals eine gedemütigte Frau getroffen, die nicht geneigt gewesen wäre, blind seinen einfältigsten Ratschlägen zu folgen. Indessen hätte ich doch nicht gedacht, daß er Macht genug besäße, um eine schöne Dame zu bestimmen, einen Mann zu ermorden, der sich etwa rühmen dürfte, über sie einen Vorteil errungen zu haben, wodurch ihr kleinlicher Stolz sich beleidigt fühlen könnte … Mein Freund, ich versichere Ihnen, ich habe in bezug auf Frau von B. nur eins zu bereuen, nämlich, daß ich ihr eine zu milde Beleidigung antat. Nichtsdestoweniger will ich nicht behaupten, daß mein Benehmen bei dieser Gelegenheit ganz vorwurffrei gewesen wäre; aber ich erkläre, daß Sie allein das Recht hatten, sich darüber zu beklagen. Faublas, was wollen Sie! Ich ließ mich hinreißen, ich sah nur das süße Vergnügen, die geschickte Person so wieder zu treffen, wie sie mir auf zwanzig lustigen Umwegen entwischt war. Die Rücksichten, die mich hätten zurückhalten können, wurden mir nicht lebendig, da ich gänzlich mit meinen wunderlichen Racheplänen beschäftigt war, und erst nachdem ich meine Geliebte wieder in Besitz genommen, erkannte ich mich einigen Unrechts gegen meinen Freund schuldig. Welche furchtbare Züchtigung folgte jedoch auf den entschuldbarsten der Fehler! Welcher Feind hat die Streitsache des Chevaliers Faublas zu der seinigen gemacht, und wie hat er ihn gerächt! Ach! Hat wohl Rosambert dafür, daß er Ihnen unbesonnenerweise einen flüchtigen Verdruß bereitete, verdient, mit dreiundzwanzig Jahren zu sterben, und von der Hand eines Weibes zu sterben?«

Diese letzten Worte wurden mit so schwacher Stimme gesprochen, daß ich meiner ganzen Aufmerksamkeit bedurfte, um sie zu verstehen. Das dem Herzen der Jugend angeborene Mitleid regte sich in meinem Herzen. »Rosambert, mein lieber Freund, ich beklage Sie.« – »Das ist nicht genug«, antwortete er mir. »Sie müssen mir verzeihen ...« – »Oh, von ganzem Herzen.« – »Und müssen mir Ihre ursprüngliche Freundschaft wieder schenken ...« – »Mit großem Vergnügen.« – »Und müssen mich alle Tage besuchen, bis mein letztes ...« – »Welche Idee! Die Natur hat in unserem Alter so viele Hilfsmittel! Hoffen Sie ...« – »Wahrlich, man hofft immer«, unterbrach er mich, »aber das verhindert nicht, daß man eines schönen Morgens von seinen Freunden Abschied nehmen muß, Faublas – wiederholen Sie mir, daß Sie mir verzeihen.« – »Ich wiederhole es Ihnen.« – »Daß Sie mich wieder wie früher lieben.« – »Wie früher.« – »Geben Sie mir Ihr Ehrenwort darauf.« – »Ich gebe es Ihnen.« – »Besonders versprechen Sie mir, daß Sie mich, ohne der Marquise etwas davon zu sagen, pünktlich bis zu meinem letzten Tag besuchen wollen.« – »Rosambert, ich verspreche es Ihnen!« – »Auf Kavaliers-Parole?« – »Auf Kavaliers-Parole.« – »Dann«, rief er heiter, »werden Sie mir noch mehr als einen Besuch machen ... Heda, Robert, öffne die Läden, ziehe die Vorhänge auseinander, hilf mir aufsitzen ... Chevalier, Sie wünschen mir gar nicht Glück? Ist mein Kammerdiener nicht ein talentvoller Mann? Was sagen Sie von seinem Stil? Wissen Sie auch, daß sein Brief mich zehn Minuten tiefen Nachdenkens gekostet hat? Gestern haben mir die Ärzte erklärt, daß sie für mich gutstehen. Herr Robert hat sogleich die Feder ergriffen. Ei nun, Faublas, warum denn diese ernste und frostige Miene? Sollte es Ihnen leid tun, die Gewißheit zu haben, daß ich diesmal davonkommen werde? Als Sie mir heute verziehen, geschah es etwa unter der Bedingung, daß ich mich morgen begraben lasse? Sollten Sie finden, daß sie mich noch nicht genügend bestraft habe, die heroische Frau, die mich zu Boden geworfen? Mußte sie mich notwendig töten, um Ihnen vollständige Rache zu verschaffen? Ich habe sie nicht getötet, als ich ihr Leben in meinen Händen hielt. Ich habe sie nur verwundet, die delikate Person, sanft verwundet, oh, ganz sanft! Ich wußte gewiß, daß sie nicht daran sterben würde; aber es tut mir leid, daß sie sich um ihr kleines Unglück so sehr betrübt und darüber den Kopf verloren hat. Weil ich sie einmal in ihrer eigenen Kunst überwunden habe, mußte sie deshalb für immer an den Waffen ihres Geschlechts verzweifeln und zu den Waffen des meinigen greifen, um ihren Strauß mit mir auszufechten? Es ist wahr, daß sie den unsterblichen Ruhm erworben hat, die Schulter des Herrn von Rosambert beinahe zusammengeschossen zu haben; es liegt darin allerdings viel Ehre für sie; aber einen Vorteil kann ich nicht erblicken. Sehen Sie, Faublas, ich sage es Ihnen im Vertrauen, und eines Tages wird vielleicht die Marquise selbst sich entschließen, es Ihnen zu gestehen: Frau von B. hat, indem sie die Natur unserer Kämpfe verwandelte, sich selbst nur weit mehr Leid angetan als mir. Wenn zwischen zwei jungen Leuten verschiedenen Geschlechts ein alter Zank obwaltet, so läßt sich die Liebe sehr angelegen sein, ihn zu verjüngen. Sie erneuert ihn immer wieder, ohne ihn jemals zu beendigen. Die beiden reizenden Gegner hören, unversöhnlich geworden, niemals auf, sich zu verfolgen, sich zu treffen und sich zu bekämpfen. Nun geschieht es, das weiß jedermann, bei diesem Kampfe, den man für ungleich halten könnte, daß nicht der schwächere Gegner am seltensten triumphiert. Wenn die Kriegerin ermüdet zuweilen schwankt, so erschöpft sich der allzu glückliche Athlet im Schoße des Sieges, und er kann eine Niederlage niemals verheimlichen, kann sie nicht mit Entschuldigungen umgeben oder sich nach seinem Fall wieder furchtbarer erheben. Ach, es ist vorüber, ich darf meine Kräfte nicht mehr auf diese Art mit Frau von B. messen. Die Törin! Sie hat unsere Interessen und ihre Rache dem grausamen Kriegsgott anvertraut. Venus wird uns nicht mehr zusammen zu ihren holden Übungen rufen … Mars wird uns fortan die Kämpfe befehlen … die ernsten und blutigen Kämpfe. Wir werden also statt der Liebesgötter die Furien zu Zeugen haben und zum Schlachtfeld eine Heerstraße statt eines Boudoirs; und unsere Waffen selbst, diese höflichen Waffen, von denen sie und ich Leib an Leib einen so loyalen Gebrauch machten, sie werden gegen mörderische Pistolen vertauscht werden, die aus der

Ferne …« – »Pistolen? Wie? Sie wollen nach Compiègne zurückkehren? …« – »Ob ich zurückkehren werde! Welche Frage!« – »Wie, Rosambert, Sie wollen sich mit einer Frau schlagen?« – »Sie scherzen. Diese Frau ist ein Grenadier. Überdies habe ich versprochen … ich habe versprochen, Faublas, gleichviel welchem Gotte.« – »Wie, Rosambert, Sie wollen Ihr Leben aussetzen und bedrohen dafür …« – »Ihre Ansicht, Faublas, ist also, daß ich im Grunde nicht mehr verbunden sei?« – »Allerdings!« – »Nun wohl, beruhigen Sie sich. Das ist auch meine Meinung. Ich denke, daß selbst unsere skrupulösesten Kasuisten mich nicht verpflichtet glauben können, eine lächerliche und grausame Verbindlichkeit zu erfüllen, welche durch Gewalt erzwungen und durch List ergattert worden ist. Lieber lasse ich meine heroische Gegnerin sich über meine Niederlage rühmen, als daß ich mich einer Frau gegenüberstelle, um sie in die andere Welt zu befördern und selber in die Fremde zu wandern. Überdies wissen Sie ja, ich liebe das Blut nicht, ich hasse die Duelle, und ich glaube in Wahrheit, wenn ich noch einmal genötigt würde, mich zu schlagen, so würde mir der Tod wünschenswerter erscheinen als die Langeweile einer zweiten Verbannung. Ach, mein Freund, wie langsam haben sie sich hingeschleppt, die Tage unserer Trennung! Guter Gott! Das tödliche Land, aus dem ich eben komme! Dieses so gepriesene England, wie traurig ist es! Da müssen Sie hingehen, wenn Sie eine redselige Philosophie, eine schwatzhafte Politik und lügnerische Journale wünschen. Da müssen Sie hingehen, wenn Sie in der Arena des Faustkampfes vornehmer Herren mit ihren Portechaisen, im Hause der Gemeinen und der Lords volkstümliche Farcen, im Theater Kirchhöfe und am Galgen Helden sehen wollen. Gehen Sie nach London, suchen Sie hier unsere Manieren und unsere Moden, auf die barockeste Art entstellt oder lächerlich übertrieben durch ungeschickte Affen oder tölpische Zierpuppen, wiederzuerkennen. Gehen Sie dahin, Faublas, und möchten Sie ihren Bildsäulen von Frauen Leben einhauchen können! Wenn Sie, ein neuer Pygmalion, das zustande bringen, wie schnell werden Sie da gesättigt sein von Vergnügungen, die ohne Hindernis gewährt, ohne Kunst genossen, ohne alle Abwechslung wiederholt werden! Wie werden diese Ladys Sie mit ihrer grenzenlosen Erkenntlichkeit und ihrer endlosen Zärtlichkeit zu Boden drücken! Ja, ich wette, daß Sie in den Armen einer Engländerin schon in der zweiten Nacht den Überdruß finden werden. Was gibt es Kälteres als die Schönheit, wenn nicht die Grazien ihr Bewegung und Leben verleihen? Was Unschmackhafteres als selbst die Liebe, wenn nicht ein bißchen Unbeständigkeit und Koketterie sie erheitert? Diese Lady Barington zum Beispiel ist eine wahre Venus, aber ... sehen Sie, ich fühle mich heute zu müde; morgen werde ich Ihnen die Geschichte von unserer ewigen Verbindung erzählen, welche noch andauern würde, wenn ich nicht durch einen neuen und pikanten Scherz ein schnelles Ende herbeigeführt hätte. Chevalier«, fuhr er fort, indem er mir die Hand reichte, »es war mir ein Bedürfnis, Sie wiederzusehen und auch Frankreich. Mein glückliches Vaterland, das sehe ich wohl, ist das einzige Land des Vergnügens. Wir haben nicht das Recht, unsere Pairs zu richten, aber wir beginnen jeden Morgen am Putztische einer hübschen Dame den Prozeß des gestrigen Romans und des morgigen Stückes. Wir haranguieren unsere Parlamente nicht, aber wir geben abends im Schauspiel den Ton an und führen das gebietende Wort in unseren Zirkeln. Wir lesen nicht Tausende von Zeitungen monatlich, aber die Skandal-Chronik jeden Tages gibt unseren allzu kurzen Soupers die Würze der Heiterkeit. Es ist wahr, unsere Französinnen zeichnen sich gewöhnlich nicht durch den Adel ihrer Haltung und die Würde ihres Benehmens aus: Sie haben etwas, das man weniger bewundert und mehr sucht, die Taille, das reizende Gesicht, die Lebhaftigkeit, die Ungezwungenheit, den Geschmack, die anmutsvolle Leichtigkeit der Grazien; sie haben schon von Geburt an die Kunst zu gefallen und uns allen den Wunsch einzuflößen, sie alle zu lieben. Freilich könnte man ihnen den Vorwurf machen, sie wüßten im allgemeinen nichts von jenen großartigen Leidenschaften, welche in London binnen weniger Tage eine romantische Heldin dem Grabe zuführen; dagegen verstehen sie es sehr gut, wie man eine Intrige anspinnen und recht endigen muß. Sie verstehen es, durch Unbesonnenheit zu provozieren, durch Schlauheit zu täuschen, zu avancieren, um zu fechten, zurückzuweichen, um anzuziehen, ihre Niederlage zu beschleunigen, wenn es sich darum handelt, sie zu sichern, sie hinauszuschieben, wenn nur noch der Preis gesteigert werden soll, mit Grazie zu gewähren, mit Wollust zu verweigern, bald zu geben und bald nehmen zu lassen, beständig den Wunsch anzuregen, ihn ja niemals gern erlöschen zu lassen, oft einen Liebhaber durch Koketterie zurückzuhalten, ihn zuweilen durch Unbeständigkeit zurückzuführen, ihn endlich mit Ergebung zu verlieren, wo nicht mit Gewandtheit aus dem Hause zu schicken, ihn aus Laune oder Langeweile wieder aufzunehmen und ohne Ärger wieder zu verlieren oder ohne Skandal von neuem zu entlassen. Ach! es war mir Bedürfnis, mein Land wiederzusehen. Ja, mit jedem Tage befestigt sich in mir die Überzeugung, in meinem Lande allein wird es mir vergönnt sein, Geliebte wiederzufinden, die abwechselnd flatterhaft und zärtlich, frivol und vernünftig, leidenschaftlich und tugendhaft, schüchtern und kühn, zurückhaltend und schwach sind. Geliebte, welche die große Kunst besitzen, sich jeden Augenblick in einer anderen Gestalt zu zeigen und uns tausendmal im Schoße der Beständigkeit die pikanten Vergnügungen der Untreue kosten zu lassen; heuchlerische, trügerische und sogar etwas treulose, welterfahrene, geistreiche, anbetungswürdige Frauen wie Frau von B. Nur den glücklichen Damen von Versailles und Paris ist es vergönnt, elegante junge Leute ohne Anmaßung, ohne Geckenhaftigkeit zu treffen; junge Leute, die ohne Niederträchtigkeit gefällig, häufig indiskret sind, aber nur aus Leichtsinn; unbeständig, aber bloß, weil die Gelegenheit sich darbot; verführerisch, aber aus Instinkt; übrigens unermüdlich bei einem weiblichen Gesichtchen; mit sittsamer Miene unternehmend bis zur Verwegenheit; junge Leute, die, da sie von ihrem lebhaften Blut, von der günstigen Gelegenheit, von der Gefälligkeit der Schönen nie zuviel vorausgesetzt haben, die eine mit Sentimentalität, die andere auf dem Wege der Lustigkeit, die dritte durch Kühnheit überraschen. Die ängstliche und mißtrauische Emilie in ihrem eigenen Salon, wo jedermann zu jeder Stunde eintreten kann; die kokette Lisa nicht weit von dem Ehebett, wo der Eifersüchtige wacht; die unschuldige Zulma im Hintergrund des engen Alkovens, wo ihre wachsame Mutter soeben eingeschlummert ist. Junge Leute, welche, mit der mitteilsamsten Fülle von Gefühlen ausgestattet, sehr gut zwei oder drei Frauen zugleich anbeten können; Liebhaber endlich, vollendete Liebhaber, wie Faublas und wie ... Gott verzeih mir's! Ich wollte Rosambert sagen; aber ich halte inne: Ich fühle, daß es eine Entweihung zweier großer Namen wäre, wenn ich ihnen meinen allzu unwürdigen Namen beigesellen wollte.«

Ich konnte mich eines Lächelns nicht erwehren. »Mein Freund, soll ich allein die Kosten der Unterhaltung tragen?« fuhr er fort. »Also setzen Sie sich, und sprechen Sie jetzt auch was. Sagen Sie mir, was ist aus der schönen Sophie geworden? ... Ach! Unglücklicher Gatte! Ich verstehe Sie ... Und aus ihrer Nebenbuhlerin? Wie verhalten Sie sich zu ihr?« – »Zu ihrer Nebenbuhlerin? ... Zu ihrer Nebenbuhlerin ... nun ...« – »Nun ja!« rief er lachend, »er wird mich fragen, welche, und so muß es freilich sein. Er tritt in die Welt, mit allen Mitteln sich auszuzeichnen, und sein erstes Abenteuer stellt ihn in ein noch glänzenderes Licht! Es kann nicht anders sein, als daß sich die Frauen um ihn reißen! Glücklicher Sterblicher! ... Also heraus mit der Sprache! Die Nebenbuhlerinnen Sophiens, wie viele sind's?« – »Eine einzige, mein Freund.« – »Eine einzige? Die Marquise hält Sie also noch immer gefesselt?« – »Die Marquise ... Ich will Ihnen etwas sagen, Herr Graf, lassen wir die Marquise; ich höre nicht gern von ihr reden.«

Der Ton meiner Worte verkündete etwas wie Ärger, der aber bald beschwichtigt war, denn ich liebte Rosambert noch, und seine Lustigkeit verführte mich jedesmal. Aber vergebens richtete er hundert Fragen an mich, um zu erfahren, was mir seit unserer Trennung zugestoßen sei. Ich hatte den Mut, ihm jede Art vertraulicher Mitteilung zu verweigern, denn das Vertrauen war nicht wiedergekehrt. »Nun, da geht einmal viel Diskretion verloren«, sagte er endlich, als er mich im Begriffe sah wegzugehen. »Bedenken Sie doch, daß ich künftig nicht einmal nötig habe, darum zu fragen, und daß ich dennoch alles erfahren werde, was Sie tun. Mir, der Marquise und besonders Ihren eigenen Verdiensten«, fügte er lachend hinzu, »denn ich möchte Ihrem Ruhm ganz und gar keinen Eintrag tun, Ihren eigenen Verdiensten haben Sie es zuzuschreiben, wenn Sie jetzt eine zu angesehene Person sind, als daß das Publikum sich nicht neugierig erkundigen sollte, was Sie treiben. Aber bis es mir von Ihrem Liebesglück berichtet hat, Chevalier, glaube ich Ihnen wiederholen zu müssen: Wenn Sie Ihre Gemahlin lieben, so mißtrauen Sie der Frau von B. Ihre Gemahlin wird, darauf wollte ich wetten, niemals eine furchtbarere Feindin haben ... Leben Sie wohl, Faublas; morgen, denn ich verlasse mich auf Ihr Wort, und die Marquise darf, bedenken Sie das, nicht wissen, daß Ihre Freundschaft mir wiedergeschenkt ist. Leben Sie wohl!«

Ein Billett von Frau von Montdesir traf ein, als ich eben nach Hause kam. Die Marquise ließ mir sagen, der Graf, dessen Transport die Ärzte schon vorgestern erlaubt hätten, könne nicht mehr so übel dran sein, wie der angebliche Brief des angeblichen Kammerdieners mir melde. Frau von B. ersuchte mich deshalb, Herrn von Rosambert den erbetenen Besuch nicht machen zu wollen. – »Ich ... ich, ich werde ihn nicht machen; sagen Sie, daß ich ihn nicht machen werde.« So lautete die Antwort, die der verspätete Bote mitnahm.

Inzwischen verfolgten mich die Erinnerungen an Sophie unaufhörlich, und tausend qualvoll-sehnsüchtige Gedanken drängten sich mir auf, als ich allein war. Nichtsdestoweniger will ich gestehen, daß die süße Hoffnung, bald Eleonore zu umarmen, und vielleicht auch – denn wie wäre es möglich, meinen gefühlvollen Lesern die Hälfte meiner Empfindungen zu verschweigen? –, vielleicht auch der lebhafte Wunsch, die Marquise zu sehen, mein Unglück ein wenig linderte und dazu beitrug, mir meine Kräfte wiederzugeben. Die häufigen Botschaften von La Fleur und Justine verkündeten mir deutlich, daß ich von beiden Seiten beinahe mit gleicher Ungeduld erwartet wurde. Aber ach! Wenn Sie jemals empfunden haben, um wieviel glühender die Leidenschaften werden, sobald sie auf Hindernisse stoßen, so beklagen Sie den Liebhaber der Frau von Lignolle und den Freund der Frau von B. Herr von Belcourt, gerührt durch die Leiden, die ich im gestehen durfte, aber gefühllos für meine geheimen Schmerzen, beklagte mit mir den Verlust Sophiens und verschloß den schlecht erstickten Seufzern, welche Eleonorens Abwesenheit mir entriß, sein Ohr. Trotz meiner indirekten Bitten, trotz aller Vorstellungen der Baronin bestand mein Vater, der sich diesmal nicht erweichen ließ, hartnäckig darauf, mir keinen freien Augenblick zu lassen. Er kam morgens auf mein Zimmer und begleitete mich abends auf dem Spaziergang. Auf solche Art verlängerte sich meine Rekonvaleszenz um acht tödliche Tage.

Der neunte war der Karfreitag: Ein herrlicher Morgen versprach, . daß der letzte Tag von Longchamps prächtig ausfallen würde. Frau von Fonrose, die bei uns dinierte, schlug eine Spazierfahrt im Bois vor. »Wir wollen den Chevalier mitnehmen«, sagte sie zu meinem Vater. Zu unglücklich, um lärmende Vergnügen zu suchen, wollte ich Einwendungen machen. Ein Blick der Baronin gab mir zu verstehen, daß ich annehmen müsse, und als Herr von Belcourt uns auf einen Augenblick verließ, machte mir Frau von Fonrose die um so angenehmere, weil ganz unerwartete Mitteilung: »Sie ist dort, weil sie hofft, daß Sie hinkommen werden.« – »Die Gräfin?« – »Nun, wer denn sonst? Wollten Sie vielleicht lieber die Marquise?« – »Nein, nein! Die Gräfin! Ich werde das Glück haben, sie zu sehen!« – »Sie zu sehen? Ist das alles, was Sie verlangen?« – »Alles, was ich verlange, ja … da es unmöglich ist, zu …« – »Zu?« unterbrach sie mich nachäffend. »Und wenn es nicht unmöglich wäre, zu …?« – »Ich würde mich im Himmel glauben!« – »Nun wohl, Sie sollen hineinkommen in den Himmel! Aber um dahin zu kommen, müssen wir erst verabreden, was Sie auf der Erde zu tun haben. Vor allen Dingen lassen Sie sich nicht beigehen, sich mit dieser langweiligen Frau von Fonrose und diesem überlästigen Baron von Belcourt in eine düstere Berline einzusperren. Aber Sie hören ja gar nicht!« – »O freilich, ich bin ganz Ohr.« – »Ich glaube es! Er zittert vor Ungeduld! Er sieht aus, als ob er meine Worte verschlingen wollte. Sie werden auf Ihrem Fuchs kommen. Wenn Sie in einiger Entfernung von dem Kabriolett, worin Ihre Freundin sitzen wird, hundert Reiterkunststückchen gemacht haben werden; wenn die Gräfin sich nach Herzenslust in dem Vergnügen berauscht haben wird, Sie mit unendlicher Grazie Ihr schönes Pferd tummeln zu sehen, dann wird das ihrige, welches sie schlechter oder besser regieren wird, auf einmal Reißaus nehmen. Im Anfang werden Sie ruhig dem flüchtigen Wagen mit dem Auge folgen; aber nach einigen Minuten wird Ihr Pferd Sie gleichfalls entführen, nach einer anderen Seite jedoch, mein Herr.« – »Nach einer anderen Seite?« – »Ja, aber beruhigen Sie sich. Nach langen Umwegen, nach Verlauf einer Stunde ... einer ganzen Stunde, nach Verfluß eines Jahrhunderts, wird das Tier, das gar nicht dumm ist, Faublas gerade dahin tragen, wo seine Eleonore ihn erwarten wird. Erraten Sie?« – »Nach der Wohnung der Gräfin vielleicht?« – »Welch ein Einfall! Sind Sie es wirklich, der mir diese Antwort gibt? Nach meiner Wohnung, junger Mann. Sie werden dort nur den Schweizer und meine Agathe treffen, zwei brave Leute, die nichts sehen, hören und sagen, als was mir gefällt, für die ich Ihnen gutstehe.« – »In Ihrem Hôtel! Wie danke ich Ihnen!« – »In der Tat«, sagte sie in beinahe ernsthaftem Tone, »ich hoffe, daß Sie sich wie vernünftige Leute aufführen werden. Wenn ich glaubte, daß Sie bloß Kindereien treiben würden, so würde ich Ihnen nur meinen Salon einräumen. (Sie begann zu lachen.) Aber ich kenne Sie beide, Sie werden Ihre Zeit zu wichtigeren Dingen anwenden, Sie werden Scharaden machen: eine, zwei, drei ... was weiß ich, wozu Faublas fähig ist. Sehen Sie, hier ist der Schlüssel zu meinem Boudoir ... Aber ich bitte, verrücken Sie mir nicht alle meine Möbel; meine Frauen, die an keinerlei Unordnung gewöhnt sind, wüßten nicht, was sie denken sollten. Mein Ruf ... ich halte viel auf meinen Ruf ...« Herr von Belcourt kam zurück; wir sprachen noch von Longehamps; ich äußerte den größten Wunsch, hinzureiten. Mein Vater bemerkte, eine zu starke Bewegung könnte mir schädlich sein. Er machte jedoch keine

Einwendung mehr, als ich ihm vorstellte, wenn er mich über die Porte Maillot in seinem Wagen mitnehmen wolle, werde mir die größte Strapaze erspart bleiben. Noch in weiterer Entfernung, erst am Eingang des Waldes selbst, sollte mich Jasmin mit einem Pferde erwarten. Der Baron erkannte im Augenblick, als ich seine Karosse verließ, die Porte Maillot, und gleich als hätte er das gefahrvolle Zusammentreffen geahnt, das mich erwartete, sagte er mit einem tiefen Seufzer: »Dieser Ort wird meinem Gedächtnis stets vorschweben. Ich habe hier einen der schmerzlichsten und süßesten Augenblicke meines Lebens verbracht.«

Alsdann suchte ich Frau von Lignolle, und es währte nicht lange, so traf ich sie, und bald sah sie mit unbeschreiblicher Freude ihren Geliebten an ihrem Wagen vorbeikommen. Ihr jungen Leute, die ihr euch an den Triumphen des Chevaliers erfreut, bereitet ihm euere größten Glückwünsche vor. Er, den bereits das Vergnügen berauschte, die Gräfin zu bewundern und von ihr bewundert zu werden, hatte noch das Glück, mehrere Personen, die sie ansahen, rufen zu hören: »Oh, die schöne Frau!« Wenn diejenigen, welche ihr dieses für mein Ohr so wonnig klingende Kompliment machten, mir einige Augenblicke gewidmet hätten, so hätten sie bemerken können, daß ich ihnen durch ein Lächeln dankte, durch ein stolzes Lächeln, welches ihnen zu antworten schien: Es ist meine Eleonore! Sie gehört mir, diese Dame, die ihr so allerliebst findet; und ohne es zu bemerken, wiederholte ich: Die schöne Frau! Sie hat bloß einen einzigen Bedienten, den Vertrauten unserer Liebe, den verschwiegenen La Fleur. Ihr Wagen! Es ist ganz einfach das kleine Kabriolett, das sie mir in den Wald von Compiègne brachte. Ihre Kleider! Sie sind weder ausgesucht noch kostbar, aber vollkommen. Sie ist hierher gekommen, wie sie immer zu Hause ist, fast nur mit ihren Reizen geschmückt. Wie hübsch es sie kleidet, dieses feine Linon, das weniger weiß ist als ihre Haut; wie gern sehe ich an ihr statt Diamanten diese Blumen, rührende Symbole ihrer kaum begonnenen Jugend, diese Frühlingsveilchen und diese frühen Rosenknospen, die man ohne alle Kunst in ihr Haar geworfen glauben könnte! Ach! Mit welcher Freude erkenne ich, mitten unter dem Pomp der Welt, an ihrem einfachen Putz und der bescheidenen Equipage die Wohltäterin von tautausend Untertanen!

Aber in der langen und doppelten Wagenreihe, welchen Platz hatte ihr da der neckische Zufall angewiesen? Der prächtige Wisky vor ihr, welche Göttin trägt er? Welche Nymphe nimmt den strahlenden Phaethon ein, der unmittelbar nach der Gräfin daherkommt?

Ich schaue zuerst nach der prachtvollen Equipage: Eine stolze Dame sitzt darin, im ganzen Pomp ihres Aufputzes, im vollen Glanz ihrer Schönheit. Ihr erster Anblick nötigt allen das Schweigen der Bewunderung ab; hierauf in kurzen Abständen Ausrufe der Begeisterung; sodann folgt ein leises Geflüster, und hierauf hört man jedermann wiederholen: »Ja, sie ist's, sie ist's, es ist die Marquise von B.«

Wer machte ihr aber die Ehren von Longchamps streitig? Die hübsche Dame vom Phaethon. Nachlässig in einer silberplattierten Muschel sitzend, handhabe sie mit graziöser Leichtigkeit so reichgeschmückte Zügel, daß man glaubte, ihre zarten Händchen sollten das Gewicht derselben nicht lange tragen können; spielend scheint sie die vier isabellfarbigen Pferde mit schönen Mähnen und langen Schweifen, prachtvoll aufgeschirrt, mit Bändern und Blumen geschmückt, zurückzuhalten; vier muntere Tiere, die, ihre Köpfe stolz emporwerfend, mit den Füßen die Erde stampfend und ihr Gebiß mit Schaum bedeckend, sich darüber zu empören scheinen, daß eine Frau und das Kind vom Jockei die Verwegenheit haben, sie zu regieren. Jedermann sieht wohl, daß die Nymphe weniger Haltung als Manieren und weniger Frische als Glanz hat, aber niemand könnte sagen, ob in ihrer Haltung mehr Unanständigkeit oder auf ihrem Gesichte mehr Schalkhaftigkeit liegt; ob in dem maßlosen Luxus ihrer Equipage und ihres Anzuges bloßer Reichtum oder aber Eleganz sich entfalte. Und doch, o Frau von B., diese Dame, die jetzt mit wallenden Federn, Diamanten und Stickereien geschmückt, auf einem Triumphwagen, umringt von vornehmen jungen Herren und verfolgt von dem freudigen Beifallsgeschrei der Menge, einherfährt, können Sie erraten, daß es das kleine Mädchen ist, das Sie ein Jahr lang bediente? Herr von Valbrun hat sich für sie also ruiniert.

Ich ritt mehrere Male am Wisky der Frau von B. vorüber; sie gab sich die Miene, mich nicht zu sehen; ich hatte die Diskretion, sie nicht zu grüßen; aber offenbar neugierig, ob ich ihr zuliebe da sei, ließ die Marquise nach allen Seiten ihre unruhigen Blicke schweifen. Als sie sich umdrehte, erkannte sie in ihrem bescheidenen Kabriolett Frau von Lignolle, die mit einem graziösen Lächeln begrüßt, und auf ihrem Triumphwagen Frau von Montdesir, die durch einen gönnerhaften Blick gedemütigt wurde. Es ist alle Ursache vorhanden, anzu-

Aufwartung am Morgen

nehmen, daß Frau von B. so nahe bei der Gräfin, deren eifersüchtige Lebhaftigkeit sie kannte, und nicht fern von Justine, die sich einige unvorsichtige Vertraulichkeiten erlauben konnte, sich nicht sicher glaubte. So viel wenigstens steht fest, daß sie augenblicklich die Reihe verließ und etwas weiter oben wieder einlenkte. Vielleicht wurde sie zu dieser Art von Flucht auch dadurch bestimmt, daß sie in der Ferne ihren Gemahl erblickte, der gerade auf mich los zu kommen schien.

Mein erster Gedanke war, schnell umzukehren, um dem unwillkommenen Reiter auszuweichen, aber nach näherer Überlegung und weil ich, allerdings mit Unrecht, fürchtete, er möchte mich der Feigheit zeihen, beschloß ich, in meiner Linie zu bleiben, ja ich glaubte sogar, nur im Schritt weiterreiten und den herannahenden Feind stolz anblicken zu müssen. Gleichwohl war ich, wie man leicht errät, fest entschlossen, Herrn von B. vorüberziehen zu lassen, wenn er mich nicht anreden würde.

Er redete mich an. »Herr Chevalier, ich bin hocherfreut über den Zufall ...« – »Vollenden Sie nicht, Herr Marquis, ich verstehe Sie, aber ich bitte, was soll das Wort Zufall besagen? Es ist, dünkt mich, nicht so ganz unmöglich, mich in der Welt zu treffen, und jedermann, der mir etwas Dringendes zu sagen hat, kann immer darauf rechnen, mich zu Hause zu finden.« – »Wirklich? Ich wollte Sie aufsuchen.« – »Wer hat Sie daran verhindern können?« – »Wer? Meine Frau.« – »Sie glauben also, daß die Frau Marquise unrecht getan habe, Sie daran zu hindern?« – »Nicht so ganz in einer Beziehung. Sie hatte ihre Gründe ...« – »Ihre Günde?« – »Mich zu ersuchen, daß ich Ihnen meinen Besuch nicht machen möchte; ich hatte meine Gründe, daß ich Sie wenigstens irgendwo zu treffen wünschte, Herr Chevalier.« – »Die Begegnung ist also, wie Sie soeben sagten, sehr glücklich.« – »Weil ich eine Erklärung von Ihnen haben will ...« – »Ah! Sogleich, wenn Sie wollen, Herr Marquis.« – »Von Herzen gern.« – »Verlassen wir das Gewühl.« – »Ja ... aber ich bitte sehr um Verzeihung.« – »Und warum?«

Beim Wegreiten glaubte ich, Frau von Lignolle wenigstens begrüßen und ihr womöglich durch Zeichen begreiflich machen zu müssen, daß ich bald wiederkehren werde.

»Sie sehen unaufhörlich nach dieser Seite«, versetzte Herr von B. »Offenbar beschäftigt Sie diese schöne Dame im Phaethon? Ich störe Sie.« – »Lassen Sie doch den Scherz, Herr Marquis.« – »Ich scherze nicht. Lassen Sie uns hier bleiben.« – »Hier? Wir sind da nicht ungestört.« – »Warum? Niemand wird uns hören.« – »Aber jedermann kann uns sehen!« – »Was liegt daran?« – »Was daran liegt? ... Nun ja, wie Sie wollen ... Sie haben also Ihre Pistolen?« – »Meine Pistolen?« – »Allerdings, weder Sie noch ich haben Degen.« – »Aber, was denn mit Pistolen und Degen machen, Herr Chevalier?« – »Wie? Was damit machen? Handelt es sich nicht darum, daß wir uns schlagen sollen?« – »Uns schlagen? Im Gegenteil, mein Herr, ich bereue es, mich bereits mit Ihnen geschlagen zu haben.« – »Was?« – »Ich bereue es, einen schlimmen Handel mit Ihnen angefangen zu haben.« – »Ah!« – »Ihre Verbannung verursacht zu haben.« – »Ah! Ah!« – »Und später Ihre Einsperrung.« – »Herr Marquis, Sie werden zugestehen, daß ich das nicht erraten konnte.« – »Darum suche ich Sie schon, seit Sie die Bastille verlassen haben.« – »Wahrhaftig, Sie sind allzu gütig.« – »Und wie gesagt, ich würde selbst zu Ihnen gekommen sein, wenn nicht meine Frau ...« – »Die Frau Marquise hat wohl daran getan, Ihnen abzuraten, denn das hieße gar zu viel ...« – »Ich weiß nicht. Ein Ehrenmann kann ein Unrecht nie zu schnell und zu vollständig wiedergutmachen. Das ist meine Meinung. Sehen Sie, Sie haben die unangenehme Erfahrung gemacht; ich bin lebhaft, ein Wort kann mich in die Hitze bringen, ich werde wütend, bevor ich mich erkläre; aber einen Augenblick darauf besinne ich mich und gestehe offen mein Unrecht ein. Alle meine Freunde werden Ihnen das sagen. Ich gewinne bei näherer Bekanntschaft; im Grunde bin ich nämlich ein guter Kerl.« – »Sie sehen mich davon überzeugt.« – »Gut, aber sagen Sie mir, daß Sie mir verzeihen.« – »Sie spotten!« – »Sagen Sie es, ich bitte Sie darum.« – »Nie, nie könnte ich ...« – »Sie werden mir nie verzeihen?« – »Es ist nicht das, was ...« – »Hören Sie mich an. Ich habe Ihnen mein Unrecht eingestanden, ich darf Ihnen auch meine Dienste nicht verschweigen; mir haben Sie Ihre Befreiung aus der Bastille zu verdanken.« – »Ihnen, Herr Marquis?« – »Jawohl, mir. Ich bin meiner Frau zu Füßen gefallen und habe sie angefleht, um Ihre Freilassung nachzusuchen.« – »Und Sie haben sie dazu bestimmen können?« – »Es hat keine geringe Mühe gekostet, aber ich muß ihr Gerechtigkeit widerfahren lassen: Sie hat sich die Sache ebenso zu Herzen genommen wie ich; sie hat den neuen Minister mit einem Eifer bestürmt, wovon Sie sich keinen Begriff machen.« – »Man sagt, sie stehe gut mit dem neuen Minister?« – »Ganz vortrefflich. Sie schließen sich stundenlang miteinander ein ... Meine Frau ist eine Dame von großem Verdienst; ich kannte sie genau, als ich sie heiratete; ihr Gesicht versprach viel, und die Marquise hat alles gehalten, was ihr Gesicht versprach ... Apropos, wenn Sie ein kleines Amt wünschen, eine Pension, einen Haftbefehl ...« – »Unendlich verbunden.« – »Sie brauchen nur zu sprechen. Frau von B. hat dann ein Gespräch mit ihm ...« – »Ich danke tausendmal.« – »Um auf unsere Sache zurückzukommen ... Aber Sie hören mich ja nicht an?« – »Ich sehe da unten nach dieser alten Dame ... ist es nicht die Marquise von Armincour?« – »Ich kenne sie nicht.« – »Ja, sie ist's ... Herr Marquis, lassen Sie uns nicht mehr nach dieser Seite hinblicken.« – »Ich verstehe! Sie möchten nicht gern genötigt sein, der alten Dame den Hof zu machen?« – »Allerdings.« – »Um auf uns selbst zurückzukommen, ich habe Sie also aus der Bastille befreit; und dann, hatte ich nicht bereits, was ich verdiente? Hatten Sie mir nicht diesen tüchtigen Degenstoß versetzt ...« – »Es tat mir unendlich leid, dazu genötigt gewesen zu sein.« – »Oh, es war ein Meisterstoß. Wissen Sie auch, daß ich beinahe daran gestorben wäre?« – »Ich gebe Ihnen mein Ehrenwort, daß mir das ewigen Kummer verursacht hätte.« – »Sie waren also nicht böse?« – »Gott bewahre!« – »Warum weigern Sie sich aber jetzt, mir zu verzeihen?« – »Aber ich tue es mit dem größten Vergnügen.« – »Herr Chevalier, ich bin hocherfreut!« – »Und Sie, Herr Marquis, Sie verzeihen mir doch auch?« – »Ob ich Ihnen verzeihe! Nach dem eigenen Geständnis meiner Frau hatten sie sich ja bei der ganzen Geschichte nur sehr leicht gegen mich vergangen, und gegen sie ... soviel wie gar nicht.«

Diese Unterhaltung, die mir im Anfange nur Schlimmes zu bringen schien, ergötzte mich jetzt und machte mich immer neugieriger. Aber ich sah ein, daß Frau von Lignolle, die schon über mein Wegreiten sehr erstaunt gewesen war, meine Rückkehr mit tödlicher Ungeduld erwarten mußte; wenn ich zu lange ausblieb, konnte sie eine Unbesonnenheit begehen. »Herr Marquis, wir sind also im reinen, lassen Sie uns in die Reihen zurücktreten.« – »Wir könnten aber hier viel bequemer schwatzen.« – »Wir werden dort unten ebenso bequem sein.« – »Ich sagte es doch, daß das hübsche Mädchen Ihnen am Herzen liegt«, rief Herr von B.

In der Tat führte ich ihn zu dem Fräulein im Phaethon zurück, aber die Dame im Kabriolett war es, die alle meine Blicke anzog, und ich brauche Ihnen nicht zu sagen, daß sie entzückt war, mich wiederzusehen. Gleichwohl konnte ich leicht bemerken, daß der Fremde, den sie hinter mir erblickte, sie beunruhigte. Auch Frau von Montdesir schien sich sehr geschmeichelt zu fühlen über die neue Huldigung, welche ich ihr darzubringen schien, indem ich zum zweiten Mal die Zahl ihrer Anbeter vergrößerte. Aber sobald sie in dem Kavalier, der mich begleitete, ihren alten Gebieter erkannt hatte, erstickte sie ein lautes Lachen, um ihm sowie mir sehr bedeutungsvolle Blicke zuzuwerfen. Inzwischen sagte der Marquis, der auf seine erste Idee zurückkam, zu mir: »Sie haben sich gegen die Marquise und mich nur sehr leicht vergangen, es sind dies Vergehungen, wie jeder andere junge Mann ...« – »Nicht wahr, mein Herr, an meiner Stelle würde jeder andere ebenso gehandelt haben wie ich, nicht wahr?« – »Allerdings. Aber Herr von Rosambert hat sich bei der ganzen Sache sehr schlecht benommen; wir werden deshalb ewig Feinde bleiben. Herr Duportail seinerseits hat sich auch einige Vorwürfe zu machen.« – »In der Tat, ja ...« – »Sie gestehen es also?« – »Allerdings.« – »An dem fatalen Tag, wo ich Sie alle in den Tuilerien traf, mußte Herr Duportail mehr Geistesgegenwart bewahren, mich auf die Seite zu nehmen, mich aufmerksam machen, daß die Ehre und die Ruhe einer ganzen Familie ihn zu dieser Lüge nötigen; konnte ich's denn ahnen?« – »Freilich nicht.« – »Auch Ihr Fräulein Schwester hätte nicht übel getan, wenn sie mir ein Wort ins Ohr zu flüstern versucht hätte; aber die junge Person hatte Angst, ihr Vater war da. Sie, Herr Chevalier ...« – »Ah! Ich ...« – »Nun, was wollen Sie sagen?« – »Nein, nein, sprechen Sie.« – »Nach Ihnen.« – »Ganz und gar nicht, Herr Marquis, ich habe Sie unterbrochen.« – »Das macht nichts; sprechen Sie.« – »Sprechen Sie selbst.« – »Ich bitte sehr!« – »Ich bitte gehorsamst!« – »Also Sie, Herr Chevalier, Sie waren mir keine vertrauliche Mitteilung schuldig. Fürs erste stand es Ihnen nicht zu, mir die kleinen Seitensprünge Ihres Fräulein Schwester zu erzählen ... das hätte Ihnen Schmerz bereitet? ... Oh, glauben Sie nicht, daß ich indiskret bin. Ich habe mein Ehrenwort gegeben ... und hüten Sie sich wohl, der Marquise deshalb zu grollen. Ich habe Ihre Geheimnisse lange nicht von ihr herausgebracht, und es geschah nicht aus Freude am Schwatzen, wenn sie mir dieselben anvertraut hat.« – »Ich glaube es. Ich halte die Frau Marquise einer Ungeschicklichkeit oder einer Indiskretion für unfähig.« – »Unfähig! Das ist das rechte Wort ... Die Unbesonnenheiten Ihres Fräulein Schwester, ein gefährlicher Scherz, welchen Herr von Rosambert Ihnen angeraten, und die letzte Lüge des Herrn Duportail hatten die Marquise in meinen Augen außerordentlich bloßgestellt ... ich beschuldigte meine Frau ... Oh, ich habe sie hundertmal um Verzeihung gebeten, und ich werfe es mir noch jetzt alle Tage vor ... Ich beschuldigte meine Frau ... die tugendhafteste aller Frauen! Wäre sie nur aus Grundsatz tugendhaft, so könnte man der Sache nicht recht trauen; aber bei ihr«, fügte er leise hinzu, »hat die Tugend einen festen und soliden Grund, sie rührt von einem eisigen Temperament her; denn – sollten Sie es glauben? – nur aus reiner Gefälligkeit schenkt mir Frau von B. von Zeit zu Zeit eine Nacht, mir, der ich doch ihr Gemahl bin und den sie anbetet! Gleichwohl beschuldigte ich sie. Sie mußte also, um sich zu rechtfertigen, Ihre kleinen Familienwiderwärtigkeiten erzählen, die ich so ziemlich wußte.« – »Nun ja, Herr Marquis, was mir am meisten Vergnügen macht, ist Ihr eigenes Eingeständnis, daß ich nicht verpflichtet war, Ihnen die Seitensprünge des Fräuleins Duportail zu bekennen.« – »Sagen Sie doch nicht mehr Duportail; Sie sehen ja, daß ich genau eingeweiht bin!« – »Des Fräuleins Faublas, wenn Sie wollen.«

»Gut ... Erstens waren Sie dazu nicht verpflichtet, und dann hätte ich vielleicht, wenn Sie die Miene gehabt hätten, eine Erklärung zu verlangen, während ich vor Kampfbegier brannte, Sie sehr mit Unrecht des Mangels an Mut verdächtigt. Nun kann ein junger Mann seinen ersten Handel nicht mit zu großer Festigkeit ausfechten, und bei diesem, das habe ich der Marquise gesagt, die sich genötigt sah, es anzuerkennen, haben Sie sich in jeder Beziehung als der tapferste Mann bewiesen ... Ja, Sie sind ein Mann voll Mut, und wer sich darauf versteht, sieht es an Ihrer Physiognomie. Oh, ich habe große Achtung für Sie, und meine Frau auch. Sehen Sie, ich wollte Sie einladen, uns zu besuchen, aber die Welt ist so dumm. Sobald es ihr einmal gefallen hat, einer Dame diesen oder jenen Liebhaber zu geben, so läßt sie sich nicht mehr davon abbringen. Ich finde eine Menge Leute, die mir bloß aus Gefälligkeit nicht widersprechen, wenn ich Ihnen versichere, ich sei kein ... Auch Sie selbst könnten es beteuern, man würde Ihnen ebensowenig glauben, und doch weiß es außer der Marquise niemand so gut wie Sie. Aber bemerken Sie den ungeheuren Unterschied: Jetzt, da ich über Ihr Abenteuer beruhigt bin, könnten Sie und hunderttausend andere, noch liebenswürdigere junge Leute, wenn es deren gibt, der Reihe nach zu allen Teufeln gehen, bevor Sie mir einreden würden, daß sie die Gunstbezeugungen der Marquise genossen haben. Ich habe Ihnen bereits gesagt, wie viele Gründe mich an die Tugend der Frau von B. glauben lassen; es ist aber noch einer vorhanden, der mir ebenso stark scheint wie alle anderen zusammen. Ich lasse mir's zuweilen einfallen, mich im Spiegel zu betrachten, und ich finde in meiner Physiognomie keinen einzigen Zug, welcher ankündigt, ich sei vielleicht ... Zum Teufel! Herr von B. glaubt gar nicht, das Gesicht eines Einfaltspinsels zu haben! Und Herr von B. versteht sich darauf! ... Ich bitte, schenken Sie mir doch ein wenig Aufmerksamkeit! Seit einer Stunde haben Sie kein Ohr für mich, haben Sie Ihre Augen auf das hübsche Mädchen gerichtet! Es scheint mir auch, als ob sie von Zeit zu Zeit nach Ihnen sähe. Wahrhaftig, sie lorgnettiert Sie!« – »Ganz und gar nicht, Herr Marquis, es ist auf Sie gemünzt.« – »Oh, nicht doch! Sie sind ein hübscherer Junge als ich. Nicht als ob ich mich nicht in Ihrem Alter sehr gut ausgenommen hätte, aber, mein Gott, Sie haben jetzt den Vorteil der ersten Jugend mir voraus ... Gleichwohl glaube ich, daß Sie sich nicht täuschen; ich glaube, daß auch mir ein Teil von den verliebten Augenwürfen der Prinzessin zukommt ... Ich will offen gestehen, daß mich das Ding zu quälen anfängt; für mich ist das Gesicht neu, die Person muß erst seit ganz kurzer Zeit auf der Bahn sein. Sagen Sie mir ihren Namen.« – »Ihren Namen? ... Ich weiß ihn nicht.« – »Aber Sie kennen das Dämchen doch?« – »Ah! Wie man solche Frauenzimmer kennt ... aus irgendeiner Erinnerung. Ja, ich glaube mich zu erinnern, daß ich ziemlich oft wo soupierte, wo sie mir zuweilen unter die Hand kam und ein bißchen die Zeit vertrieb. Sehen Sie, ungefähr um dieselbe Zeit, wo ich eine Grille für eine gewisse Justine hatte, Sie wissen ja!« – »Ja, ja, eines der Mädchen der Marquise, die schamlose kleine Dirne, mit der Sie sich's so bequem machten, daß Sie Ihre Liebeleien sogar in meinem Hôtel trieben. Ja, Herr Bruder Liederlich, ich war zu gut damals bei dem Kommissär!« – »Herr Marquis, Sie mögen sagen, was Sie wollen, ich kann mich nicht überzeugen, daß diese Schönheit da Ihnen gänzlich unbekannt sein soll. Tun Sie doch den Gefallen, etwas näher zu kommen und sie genau anzusehen.« – »Meiner Treu, Sie haben recht: Ich habe dieses pikante Gesichtchen schon irgendwo gesehen.« – »Wir sprachen soeben von Justine, und diese Kokotte da erinnerte ein wenig an sie. Die Ähnlichkeit kommt mir sehr groß vor.« – »Groß? Nein.« – »Ich finde es.« – »Ja freilich Sie«, rief er mit Feuer, »Sie sind kein Physiognom! Da wir gerade von Ähnlichkeiten sprechen, wissen Sie zwei

Personen, die einander wie aus dem Gesichte geschnitten gleichsehen? Ihr Fräulein Schwester und Sie. Da ist die Ähnlichkeit wirklich auffallend. Der gewandteste Kenner ließe sich täuschen, und sogar ich, die erste physiognomische Autorität im Königreich, ich habe mich geirrt! Mehrere Male! ... Mehrere Male mich geirrt! Es scheint, Ihr Fräulein Schwester liebt die Vergnügungen sehr. Wenn sie müde, geschwächt ist, so bemerkt man leicht, daß Sie es nicht sind. Aber in ihren gesunden Tagen! Der Teufel könnte da beide nebeneinander sehen und wüßte nicht zu sagen, welches das Mädchen und welches der Junge ist! Apropos, werden Sie Ihrem Fräulein Schwester von unserem Zusammentreffen erzählen?« – »Wenn es Ihnen angenehm ist.« – »Ja, tun Sie mir den Gefallen, sagen Sie ihr, daß ich sie, trotz der unangenehmen Verwechslung, zu welcher ihre erste Vermummung Anlaß gegeben, noch immer von ganzem Herzen liebe, und obwohl Ihr Herr Vater etwas rasch ist, so versichern Sie ihn dennoch meiner vollen Hochachtung. Sogar Herrn Duportail können Sie sagen, daß ich ihm nicht sehr grolle; aber jetzt, Herr Kenner, blicken Sie einmal in das Kabriolett, das vor dem Phaethon fährt, und sehen Sie diese junge Dame an. Das nenne ich ein Gesichtchen! Das ist einmal ein allerliebstes Persönchen! Weit weniger geputzt als die andere und weit hübscher; sie sieht nicht aus wie ein Mädchen ... eine Dame von Stand, beim Zeus! Ich kenne diese Livree. Im übrigen«, fügte er, sich in die Brust werfend, hinzu, »freue ich mich sehr, Ihnen bemerken zu können, daß auch diese Dame schon lange Zeit uns ansieht, und zwar sehr genau und oft ... Sehen Sie, sollte man nicht meinen, sie wollte mit uns sprechen?«

Es ist wahr: Frau von Lignolle verlor die Geduld und suchte mir durch ihre Zeichen begreiflich zu machen, daß ich mich um jeden Preis dieses lästigen Kavaliers zu entledigen und mich unverzüglich beim Rendezvous einzustellen habe, wohin sie, des Wartens müde, jetzt eilen wollte. Mehrere Male zeigte sich die Gräfin, durch ihr natürliches Ungestüm fortgerissen, mit dem halben Leib außer dem Wagen. Inzwischen konnte Frau von Montdesir von ihrer Höhe herab die Ungeduld ihrer Nebenbuhlerin bemerken. Ich glaube nicht, daß sie damals wissen konnte, daß Frau von Lignolle es war, welche ihr meine Aufmerksamkeit entzog, aber ohne Zweifel vermutete sie es. Um sich ihrer Sache zu vergewissern, gab sie sogleich ihrem Jockei den etwas kühnen Befehl, seine Reihe zu verlassen und womöglich dem Kabriolett vorzufahren. Letzteres gelang ihm nicht, aber einige Sekunden lang fuhr er unmittelbar auf derselben Linie, und dann kam er auch um einige Schritte vor. Justine, die jetzt Frau von Lignolle erkannte, erlaubte sich, sie mit unverschämter Vertraulichkeit zu begrüßen und auf impertinente Weise laut aufzulachen. Ich war empört. Ich wollte ... ach, was ich nicht alles tun wollte! Die Gräfin ließ mir aber nicht Zeit, sie als ihr Rächer zu kompromittieren. Zu lebhaft, einen Schimpf zu ertragen, rief sie sogleich: »Platz da!«, trieb ihr Pferd an, versetzte der Frau von Montdesir mit der Peitsche beinahe eins über das Gesicht und fuhr zu gleicher Zeit so derb an den Phaethon an, daß eins seiner Räder zerbrach. Das Fuhrwerk fiel um, die Göttin purzelte heraus. Ich fürchtete einen Augenblick, sie möchte sich ihr Gesicht an der Erde zerstoßen. Glücklicherweise warf Justine in ihrem Falle instinktiv die Hände nach vorn, so daß sie mit einigen Abschürfungen an den Händen davonkam und von ihrem Gesicht weiteren Schaden abwehrte. Aber infolge eines Zufalls geschah es, daß die Füße der Nymphe, ich weiß nicht wieso, in der Höhe ihres Wagens hängenblieben. Nun konnte bei dieser Positur nichts die Unterröcke verhindern, über die Schultern zu fallen und einen anderen Teil zu entblößen. Da noch überdies der boshafte Zephir im rechten Augenblick das feine Leinen in die Höhe blies, das allein auf der weißen Haut zurückgeblieben war, so zeigte Frau von Montdesir ... respektieren wir die Wunderlichkeiten der Sprache: Es wäre plump, das bei seinem wahren Namen zu nennen, was Frau von Montdesir jetzt zeigte. Ich will wenigstens sagen, was mir zu sagen erlaubt ist: nämlich, daß die ganze Gesellschaft diesen modernen Antinous sehr hübsch fand und seine Erscheinung mit lautem Händeklatschen begrüßte.

Gleichwohl eilten einige junge Leute zu der Unglücklichen hin, und ich selbst stieg, durch den rührenden Anblick ihres Unglücks sogleich beschwichtigt, schnell vom Pferde, um ihr zu Hilfe zu kommen. »Warten Sie«, sagte Herr von B. zu mir, »ich gehe mit Ihnen, denn ich beklage die Kleine und wiederhole Ihnen, ich habe das Gesicht schon irgendwo gesehen.«

Als ich in die Nähe Justinens kam, hatte man sie bereits wieder auf die Beine gebracht. »Ah!«, rief sie, als sie mich erblickte, »ah, Chevalier Faublas, wie hat sie mich zugerichtet!« Ich unterbrach sie und sagte ganz leise zu ihr: »Mein liebes Kind, es ist dir vollkommen recht geschehen, aber laß dir ja nicht einfallen, die Gräfin anzusprechen, denn, auf Ehre, du kämest sonst nicht so wohlfeil davon.« —

»Ah, Chevalier Faublas, Sie glauben, es sei mir recht geschehen?« versetzte Justine ganz verzweifelt.

Sie hatte mehrere Male meinen Namen genannt, mehrere Stimmen wiederholten ihn, und bald flog er von Mund zu Mund. Die Menge, die Frau von Montdesir umgab, drängte sich plötzlich um mich, so daß ich und der Marquis kaum zu Pferde steigen konnten und im Schritt weiterreiten mußten. Die Zahl der Neugierigen vergrößerte sich mit jedem Augenblick. Junge Leute und Greise, Herren und Damen, Fußgänger und Reiter, alles lief herbei, alles warf sich mir entgegen, sogar die Equipagen hielten an. Keiner der Helden des Vaterlandes, weder Lafayette noch Suffren, noch tausend andere sahen sich bei ihrer Rückkehr aus ihren glorreichen Kriegszügen auf den öffentlichen Promenaden von einer größeren Volksmenge umlärmt. Und dennoch ist es – o leichtfertigste aller Nationen! –, gleichwohl ist es nur Fräulein Duportail, die du mit soviel Ehren überschüttest.

Doch welcher junge Mann vermöchte in dem Grade sich zu bemeistern, daß er den Zauber dieses Triumphes von sich gewiesen hätte? Einige Minuten lang war ich davon berauscht, einige Minuten lang empfand ich etwas wie Stolz beim Anblick so vieler junger Leute, welche selbst in der Kunst zu gefallen berühmt waren, sich durch ihre Liebesabenteuer einen Namen erworben hatten und nun mich als ihren Besieger zu proklamieren schienen. Die Damen, besonders die Damen! Mit Entzücken sah ich mich als den Gegenstand ihrer Aufmerksamkeit. Das lebhafte Verlangen, ihrer würdig zu sein, mußte meiner Haltung mehr Grazie, meinem Gesicht mehr Ausdruck verleihen, und mit sanfterem Blicke mußte ich ihrem kosenden Augenaufschlag entgegnen, der mir ewig glückliche Verhältnisse zu verheißen schien; mit gierigem Ohre lauschte ich ihrem bezaubernden Lob, daß sie mir vor allen den Preis der Schönheit zuerkannten.

Aber verzeih, meine Eleonore! Verzeih einen Irrtum, denn das eitle Blendwerk dauerte nicht lange. Konnte Faublas in Longchamps verweilen? Konnte er, zurückgehalten durch die doppelt trügerischen Bande der Eigenliebe und der Koketterie, lange dableiben, während die Liebe, die ungeduldige Liebe ihn zu nicht minder schmeichelhaften Triumphen und zu wesenhafteren Genüssen in Paris erwartete?

»Herr Marquis, wenn wir uns der Menge zu entledigen versuchten?« – »Ich bin's zufrieden«, antwortete er mir, »aber sagen Sie mir, wie kommt es, daß so viele Leute Sie kennen?« – »Sie wissen ja, wie es in diesem Lande hier zugeht: Alles, was nicht geradezu alltäglich ist, macht großen Lärm und verleiht Ihnen auf vierundzwanzig Stunden eine Art von Ruf: unser Duell, meine Verbannung, meine Gefangenschaft …« Er unterbrach mich: »Habe ich mich getäuscht? Ist das nicht mein Name? …« – »Ja, es ist Ihr Name, der an meine Ohren tönt, und hören Sie nur, gewiß zweihundert Personen rufen ihn.« – »Zweitausend!« antwortete er mit großer Freude, »aber bei mir wundert es mich nicht; ich bin sehr bekannt.« – »Der Lärm wird immer größer. Guter Gott! Welch ein Getöse!« – »Darum sind alle diese Leute da sehr vergnügt, uns beisammen zu sehen. Ja, ich sehe auf ihren Physiognomien, daß sie sehr vergnügt sind. Es ist ihnen im höchsten Grade angenehm, uns so vollkommen versöhnt zu sehen. In der Tat, es war sehr schade, daß von allen Männern Frankreichs gerade die zwei …« – »Herr Marquis, ich glaube wie Sie, daß sie sehr vergnügt sind, aber eilen wir, uns ihrem Freudengeschrei zu entziehen.«

Die Leute waren wirklich sehr vergnügt, denn sie lachten aus vollem Halse, und sichtlich galten ihre jetzt höhnischen Beifallsrufe dem Herrn von B. Der Marquis schien indes erfreuter über ihre Heiterkeit, als ich auf ihre Huldigung stolz war. Sehr gegen meinen Willen, aber zum großen Vergnügen meines so rühmlich ausgezeichneten Gefährten, mußte ich den Fluten dieser Menge bis ans Ende der Reihe folgen. Hier gelang es mir nicht ohne große Mühe, mir in den etwas weniger gedrängten Reihen unserer Bewunderer eine Bahn zu öffnen. Da verabschiedete ich mich von Herrn von B., der, da er sie nicht von neuem empfangen wollte, spornstreichs mir nachritt. Auch andere Reiter galoppierten hinter ihm her, aber sie hatten es nicht auf ihn abgesehen, denn nachdem sie ihn bald überholt hatten, ritten sie immer noch so schnell als zuvor. Ich hoffte noch einige Zeit, ihnen durch die Flucht zu entgehen; als ich mich nach langen und nutzlosen Umwegen im Begriff sah, eingeholt zu werden, hielt ich es für nötig, andere und vielleicht wirksamere Mittel zu versuchen, um diese unbescheidenen Verfolger loszuwerden.

Ich drehte mich gegen sie um. Es waren Pagen, etwa ihrer acht. »Meine Herren, was kann ich zu Ihrem Dienste tun?« – »Uns erlauben, Sie zu sehen und zu umarmen«, war die schnelle Antwort. – »Meine Herren, Sie sind noch sehr jung, aber dennoch sollten Sie

Die Sitten der Zeit

vernünftig sein. Warum doch, ich bitte Sie, gegen einen Ehrenmann einen schlechten Scherz wagen, der verdrießliche Folgen haben kann.« – »Es ist kein Scherz«, versetzte der Tollkopf, der sich als Wortführer aufgeworfen hatte; »wir würden unendlich bedauern, Sie zu beleidigen; aber in Wahrheit, wir vergehen vor Verlangen, Fräulein Duportail zu umarmen.« – »Nein«, sagte ein anderer, »nicht Fräulein Duportail, sondern den Besieger des Marquis von B.«

Während sie mit mir sprachen, ließ ich unruhige Blicke über das Feld schweifen. Ich sah ihn bereits in der Ferne, diesen berufenen Marquis; er näherte sich zusehends, und ich zitterte für mein Rendezvous. »Meine Herren, ich kenne Fräulein Duportail nicht, aber ich will Ihnen etwas sagen; ich habe Eile, lassen Sie uns dem Ding ein Ende machen. Wenn Faublas durchaus von Ihnen in der Runde umarmt werden soll, so bin ich's zufrieden, jedoch unter einer Bedingung, daß Sie den Kavalier, den Sie von hier aus bemerken können. erwarten und unter beliebigen Vorwänden einige Minuten lang aufhalten. Einen noch bedeutenderen Dienst würden Sie mir erweisen, wenn Sie ihn zu größerer Sicherheit veranlassen wollten, mit Ihnen nach Longchamps zurückzureiten.«

Während ich noch sprach, näherte sich mir mit geheimnisvoller Miene ein ziemlich schlecht gekleideter Mann, den ich anfangs für den Lakaien eines dieser jungen Leute gehalten hatte. Jetzt erkannte ich trotz des umgestülpten Hutes, den er bis über die Augen hereingedrückt hatte, Herrn Desprez, den werten Doktor von Luxemburg. Er sagte ganz leise zu mir: »Ich will Sie nicht umarmen, aber ich komme, um Ihnen zu melden, daß Frau von Montdesir Sie inständig ersucht, auf einen Augenblick zu ihr zu kommen.« – »Frau von Montdesir? ... Ja, ja, ich begreife ... Mein Lieber, sagen Sie, es tue mir unendlich leid, aber es sei mir schlechterdings unmöglich, voi zwei vollen Stunden ihrer Einladung Folge zu leisten.«

Inzwischen versprachen mir meine Wildfänge von Pagen alle zusammen, den überlästigen Kavalier, der schon ganz nahe war, aufzuhalten und mit sich zurückzunehmen. Sie gelobten mir das, umarmten mich und sahen es mit Bedauern, wie ich mich so schnell als möglich entfernte.

Es war Zeit, daß ich kam. Frau von Lignolle fand die Augenblicke sehr lang. Sobald sie mich sah, überhäufte sie mich mit Vorwürfen. – »Liebe Freundin, wie ungerecht Sie sind! Ist es meine Schuld, wenn diese Frau die Frechheit begeht ...« – »Ja, es ist Ihre Schuld. Warum kennen Sie solche Geschöpfe? Warum haben Sie dieser Frau von Montdesir wegen eine Untreue gegen mich begangen?« – »Ach, Gott! Sie erinnern da an einen Streit, der längst vergessen ist.« – »Vergessen? Niemals. In meinem ganzen Leben werde ich nicht vergessen, daß ich einfältigerweise die Hand dieser impertinenten Dirne geküßt habe, die sich heute untersteht und erfrecht ...« – »Sie haben sie gebührend dafür bestraft; Sie haben sie ganz verunstaltet.« – »Ich hätte sie umbringen sollen.« – »Es fehlte wenig; sie ist aus ihrem zertrümmerten Wagen köpflings herabgefallen.« – »Köpflings?« rief die Gräfin mit großer Unruhe. »Mein Gott! Ich habe sie vielleicht gefährlich verwundet?« – »Nein, aber ...« –

Um Frau von Lignolle zu beruhigen, beeilte ich mich jetzt, Justines Mißgeschick zu erzählen, und Sie können sich leicht denken, wie sehr meine flüchtige, aber getreue Darstellung die in den Ausbrüchen ihrer Heiterkeit und ihrer Wut gleich lebhafte Gräfin ergötzte. Ich fürchtete, sie möchte sich zu Tode lachen. Ich schloß sie in meine Arme, in der Meinung, die Stunde der Versöhnung sei gekommen. Ich täuschte mich: Die grausame Eleonore stieß ihren Liebhaber zurück. »Sie werden doch immer«, sagte sie, in ihren Zorn zurückfallend, »Sie werden doch immer der undankbarste aller Männer sein. Seit einem Jahrhundert vergehe ich vor Liebe und Ungeduld; dennoch überläßt er mir das Geschäft, die Mittel zu einer Zusammenkunft auszusinnen.« – »Liebe Freundin, ich habe nutzlos mehrere Pläne versucht.« – »Endlich finde ich eine günstige Gelegenheit, ich fliege nach diesem Longchamps, das mich langweilt, ich fliege hin, um Faublas zu sehen, einzig und allein, um ihn zu sehen. Er kommt wirklich, aber er benützt bloß die Gelegenheit, meinen beiden Nebenbuhlerinnen den Hof zu machen.« – »Eleonore, ich beschwöre dich, du täuschst dich.« – »Und um seiner Verräterei die Krone aufzusetzen, richtet es der Barbar so ein, daß ich, deren Herz die Eifersucht zerfleischt, gerade zwischen meine Todfeindinnen hineinkomme.« – »Wie? Sie wollen behaupten, auch daran sei ich schuld?« – »Ja, versuchen Sie es, Sie Lügner, versuchen Sie es, mich zu überreden, daß nur der Zufall es gefügt habe, daß der Wagen der Frau von B. unmittelbar vor dem meinigen kam.« – »Eleonore, ich gebe dir mein Ehrenwort ...« – »Sie hat wohlgetan, sich aus dem Staube zu machen, diese Frau von B., Sie haben wohlgetan, ihr nicht zu folgen! Ich hatte es schon halb und halb geahnt! Noch einen Augenblick, und ich hätte Ihnen beiden eine Lektion gegeben, die

Sie gewiß nicht vergessen hätten.« – »Liebe Freundin, wenn ich aber ihr zuliebe gekommen wäre, würde ich ihr dann nicht gefolgt sein?«

Sie besann sich einen Augenblick, und dann küßte sie mich sogleich. Aber auf einmal rief sie: »Nein, nein! Ich bin noch nicht überzeugt! Also weil Sie notwendig der Frau von Montdesir zu Hilfe kommen mußten, lassen Sie mich beinahe eine halbe Stunde warten!« – »Nein, meine Freundin, ich wurde lange durch diesen lästigen Kavalier aufgehalten ...« – »Der so eifrig zu Ihnen sprach und dem Sie mit so großem Vergnügen zuzuhören schienen?« – »Mit Vergnügen? Nein.« – »Was sagte er denn so Schönes, dieser Herr?« – »Er sprach von meiner Schwester.« – »Er kennt sie?« – »Ja, es ist ein Verwandter ...«– »Ein Verwandter? – – Diesmal glaube ich Ihnen ... denn ich habe ihn genau ins Auge gefaßt, um mich zu vergewissern, ob es nicht wieder irgendeine vermummte Dame sei. Oh, Sie sollen mich nicht mehr übertölpeln, ich werde auf meiner Hut sein.« – »Apropos, meine Freundin, sag mir, hast du deine Tante in Longchamps nicht gesehen?« – »Nein, ich sah nur dich. Aber Sie, Sie konnten Ihrer ganzen Umgebung Aufmerksamkeit schenken.« – »Ich habe der Marquise Aufmerksamkeit geschenkt, weil es mir schien, als sehe sie mich an.« – »Glücklicherweise für uns«, sagte die Gräfin, »hat sie ihre fünfzehnjährigen Augen nicht mehr.« – »Eleonore, wenn sie mich gleichwohl erkannt hätte?« – »O nein, nein!« rief sie, »Faublas, das wäre ein großes Unglück ... aber man muß das Beste hoffen.«

Schon sprach die Gräfin sanfter zu mir, und bald hatte ich sie von meiner vollkommenen Unschuld überzeugt. Jetzt schien sie mir mit Entzücken zuzuhören, wie ich ihr hundertmal die Versicherungen einer treuen Liebe wiederholte; aber ebenso betrübt als überrascht war ich, als ich sah, daß sie die Beweise dieser Liebe ausschlug. »Nein, nein«, sagte sie in festem Tone ... »Du weinst, mein Freund, warum denn?« – »Weil Sie mich nicht mehr lieben wie früher!« – »Noch mehr, mein Lieber!« – »Früher, da hat nie eine Weigerung ...« – »Ja, als Sie nicht krank waren ... Du weinst! ... Wie kindisch du bist!« – Und meine sehr vernünftige Freundin ließ mich den Kopf auf ihren Schoß legen, um meine Tränen abzuwischen und zu küssen.

»Faublas, du mußt mir nicht weinen, es macht mir Schmerz. Hör doch, mein Freund, ich erinnere mich des Tages, als du in meinen Armen das Bewußtsein verlorst; deine Krankheit hat dich seitdem immer noch mehr geschwächt, deine Rekonvaleszenz ist erst im Anfange – willst du sterben? Sieh, ich würde auch sterben ... wahrhaftig, wäre das nicht schade? Alle beide noch so jung und verliebt ineinander! Ach, ich bitte dich, Faublas, laß uns erst so spät als möglich sterben, um uns solange als möglich zu lieben. Du lachst? Sehe ich etwa so lächerlich aus, wenn ich vernünftig rede? ... Da fangen Sie schon wieder von neuem an. Soll denn alles, was ich sage, nichts gelten? ... Hör auf, Faublas, hör auf ... Lassen Sie mich, lassen Sie mich. Ich werde böse werden! ... Hören Sie doch. Zeigen Sie ein bißchen Mut ... Faublas! Mein Lieber! Faublas«, fügte sie mit Hingebung hinzu, nachdem sie mir den zärtlichsten Kuß gegeben, »es ist schon mir nicht so leicht, meinen Wünschen zu widerstehen, aber wenn ich zu gleicher Zeit über die deinigen Herr werden soll, so stehe ich nicht dafür, daß ich die nötige Kraft habe!«

Mit vollem Rechte mißtraute sie sich selbst, meine anbetungswürdige Eleonore, denn nach einigen Augenblicken eines süßen Kampfes sagte sie mit zitternder Stimme zu mir: »Du siehst, mein Freund, was soeben geschehen ist ... und als ich hierherkam, hatte ich geschworen, daß es nicht geschehen sollte!« Nun muß ich, da ich ihre Niederlage berichte, auch ihre Siege erzählen. Trotz meiner mit jedem Augenblick sich erneuernden Anstrengungen konnte ich von meiner zärtlichen Geliebten nicht zum zweiten Mal erlangen, daß sie ihre keuschen Entschließungen vergaß. »Meine allerliebste Freundin! Die glücklichen Stunden verfließen so schnell! Wir müssen uns bereits trennen.« – »So bald?« – »Wenn ich zu spät käme, so würde es mir unmöglich, Herrn von Belcourt eine nur halb wahrscheinliche Fabel vorzulügen; meine Sklaverei ...« – »Einen Augenblick«, rief sie mit Tränen in den Augen, »nur einen Augenblick noch! Faublas, wir verlassen uns auf drei Tage.« – »Auf drei Tage!« – »Morgen gehe ich ins Gâtinois!« – »Ohne mich! Was denn tun?« – »Ach, leider ohne dich. Dein Vater ... dein Vater wird mich noch töten vor Verdruß! Wie traurig wird dieses Fest sein! Und als ich mir die Hoffnung gestattete, daß mein Geliebter es durch seine Gegenwart verschönern würde, da machte ich mir eine so reizende Vorstellung davon!« – »Eleonore, deine Tränen bereiten mir ein allzu schmerzliches Vergnügen, trockne deine Tränen, warte ... Sag mir, meine schöne Freundin, was ist das für ein Fest?« – »Mitten unter tausend gleichgültigen Leuten zu sein und das nicht zu finden, was man liebt! Sich von einer Menschenmenge umringt sehen, während man in einer Einöde seufzen möchte!« – »Sag mir doch, was ist das für ein Fest?« – »Alle Jahre am Ostertag ... alle Jahre, solange ich lebe ... empfängt das Rosenmädchen aus meinen Händen ... im letzten Jahre wußte ich noch nicht, was ich tat; jetzt weiß ich es! Ich weiß es! ... Wenigstens schmeichelte ich meiner Schwachheit mit der Hoffnung, daß mein Geliebter dasein würde, um mich zu trösten, wenn ich mit einigem Schrecken daran dächte, daß ich, während ich der Tugend den Kranz aufsetze, selbst nicht tugendhaft sei ... ach, ich werde es immer sagen, es ist nicht meine Schuld! Ich werde es unaufhörlich wiederholen: Warum hat man mir diesen Herrn von Lignolle gegeben? ... Was ich da sage, tut dir weh? Faublas! ... Geh, beruhige dich, ich habe keine Gewissensbisse, ich fühle nicht einmal ein Bedauern ... nur zuweilen ... seit dein Vater mir so stark vorgepredigt hat, da überrasche ich mich auf Gedanken an die zahllosen Gefahren ... geh, beruhige dich; solange du mich lieben wirst, fürchte nicht, daß ich dich verlasse, und wenn du mich nicht mehr lieben wirst ... wenn du mich nicht mehr lieben wirst, dann werde ich in der Verzweiflung meinen letzten Trost finden. Du weinst! Schau, mein Freund, komm her und küsse mich, komm und laß unsere Tränen sich vermengen! Morgen reise ich ab. Am Sonntag findet das traurige Fest statt, am Montag schon sehr früh kommt alles zurück. Ich nehme nebst meiner Tante Frau von Fonrose mit, die uns so sehr liebt; Frau von Fonrose und ich sinnen auf irgendeine glückliche List, welche dich noch am Montag abend deiner Eleonore zurückgeben soll.«

Obwohl es schon spät war, obwohl die Marquise mich erwartete, obwohl mein Vater über mein langes Ausbleiben ungeduldig werden mußte, so sagte ich doch Frau von Lignolle noch hundertmal Lebewohl, ehe ich sie verlassen konnte.

Endlich fanden wir Kraft genug, uns zu trennen, und ich eilte zu Justine, um Frau von B. zu treffen.

Die Marquise hatte rote Augen, ihr Atem war schwer, auf ihrem Gesicht lag tiefer Kummer. Trotzdem sah sie es mit großem Vergnügen, wie ich mich ihrer Hand bemächtigte, die sogleich zwanzigmal geküßt wurde. »War es ganz unmöglich«, sagte sie mit unendlicher Sanftmut zu mir, »daß Sie mich ein bißchen weniger warten ließen?« Dann fügte sie, ohne mir Zeit zur Antwort zu lassen, mit affektierter Freude und einem wohlgefälligen Blick auf meine Person hinzu: »Er sieht wieder vollkommen gut aus! Sollte man's glauben, daß dieser

Junge vor zwölf Tagen so gefährlich krank war? Würden sie es glauben, diese Damen, die soeben noch in Longchamps diesen Teint von Lilien und Rosen bewunderten und es nicht müde wurden, seinen Glanz anzustaunen, seine Schönheit, seine Frische, seine ...« Frau von B. schien sich Gewalt anzutun, um nicht noch mehr zu sagen. Ihr Blick, der sich belebt hatte, wurde wieder traurig, ungewiß, nachdenklich. Mit schwacher, schleppender Stimme begann sie von neuem: »Ich hätte mir's nicht einfallen lassen, dahin zu gehen, wenn ich gedacht hätte, daß Sie kommen würden; aber wie konnte ich es ahnen? Wie konnte ich mir einbilden, daß Sie imstande wären, sich öffentlich zu zeigen, während die kleine Montdesir seit acht Tagen vergeblich auf die Ankündigung Ihres Besuchs wartet?« – »Ach, klagen Sie mich nicht an; ich habe Ihrer Einladung keine Folge leisten können. Mein Vater ist mir überallhin nachgefolgt; auch heute war er mit mir in Longchamps.« – »Haben Sie mich in Longchamps nicht gesehen?« fragte sie etwas unruhig. – »Ja, ich habe Sie aber nicht gegrüßt, weil ich nicht ...« – Sie unterbrach mich mit einem Freudenschrei. »Ich wage mir zu schmeicheln, daß er mich wohl erkannt hat und daß er bloß aus Diskretion ... Empfangen Sie meinen Dank: Ich erkenne Sie, an diesem großherzigen, zartsinnigen Benehmen erkenne ich den Freund meiner Wahl.« – »Meine liebe Mama, warum haben Sie sich nur so flüchtig auf dieser prächtigen Promenade gezeigt, deren erste Zierde Sie waren?« – »Die erste? ... Nein ... nein, das glaube ich nicht ... Im übrigen habe ich mich erst in dem Augenblick entfernt, als ich die Volksmenge Sie umringen sah.« – »Das heißt, Sie haben Justinens Unfall noch gesehen?« Ein Lächeln streifte die Lippen der Marquise. »Ja, ich habe ihren Unfall noch gesehen«, sagte sie, und in sehr ernsthaftem Ton fügte sie hinzu: »Aber ist dieser Unfall eine genügende Strafe für sie? Es soll mir sehr lieb sein, wenn Sie mir in ihrer Gegenwart sagen wollen, was Sie davon denken, und darum wollen wir sie erwarten, falls Sie sich nicht gar zu sehr hier langweilen.«

Wir warteten nicht lange, denn im selben Augenblick öffnete man für sie draußen im Vorzimmer. Ein galanter Kavalier sprach sehr laut zu ihr: »Diese jungen Leute haben mich empfangen, feierten mich, haben mich geliebkost. Und so verbindlichen Manieren und Zuvorkommenheiten von Leuten, die mich lieben, kann ich nicht widerstehen. Inzwischen gewann der andere einen großen Vorsprung vor mir. Als ich das sah, kehrte ich unverzüglich dir zuliebe nach

Longchamps zurück, denn deine Physiognomie hatte Eindruck auf mich gemacht.« – »Täusche ich mich?« sagte Frau von B. zu mir, »ist das nicht? ...« – »Sie täuschen sich nicht. An seiner Stimme wie an seinen Reden glaubte ich auch, ihn zu erkennen.« – »Oh, er ist's! Er ist's! Retten wir uns!« – Es war kein Augenblick zu verlieren; wir liefen nach der Türe, die zu dem Bijoutier führte. »Guter Gott«, rief die Marquise, »wo habe ich nur den Schlüssel!« Ein sehr hoher, aber sehr schmaler und zum großen Glück sehr tiefer Schrank in einer Mauerecke neben dem Kamin bot uns eine letzte Zuflucht. Frau von B. warf sich zuerst hinein. »Schnell, Faublas.« Ich hatte nur noch Zeit, mich ihr nachzuwerfen und die Tür hinter uns zu verschließen.

Sie kamen in das Zimmer, das wir ihnen soeben abgetreten hatten. »Ja«, fuhr er fort, »deine Physiognomie hatte Eindruck auf mich gemacht, und ich starb vor Verlangen, dich zu sprechen.« – »Sie haben mich also erkannt?« – »Auf der Stelle. Aber wie kannst du das mich fragen, der ich alle Gesichter im Kopf behalte!« – »Aber dieses prächtige Gespann, diese glänzende Equipage, meine kostbare Toilette, alles das konnte mich wohl unkenntlich machen.« – »Für die Augen jedes anderen, ja. Aber für die meinigen! Hast du denn vergessen, was für ein starker Physiognom ich bin? Was deine Equipage betrifft, so sag mir doch, wer ist der prachtliebende Sterbliche, der sich deinetwegen ruiniert? Der Chevalier Faublas vielleicht?« – »Na, Sie, das ist mir ein sauberer Windbeutel.« – »Hören Sie das impertinente Ding?« – »Schweigen Sie!« bat die Marquise. – »Trotzdem«, fuhr Herr von B. fort, »scheint es mir, du habest in Longchamps nicht schlecht mit ihm kokettiert?« – »Mit einer solchen Rotznase? Nein, Sie habe ich angesehen.« – »Ich gefalle dir also?« – »Wem gefallen Sie nicht?« – »Es ist wahr, ich habe die glücklichste Physiognomie von der Welt; ich treffe auf lauter Leute, die mich lieben. Noch heute in Longchamps hast du die allgemeine Freude sehen können, welche meine Gegenwart verursachte.« – »Ja, jedermann schien hochvergnügt, und niemand war es mehr als ich, das versichere ich dir.« – »Dennoch, meine arme Kleine, ist dir ein sehr unangenehmes Abenteuer zugestoßen. Wer ist diese Dame, die dich so mißhandelt hat?« – »Eine elende Lumpendirne!«

»Diese unverschämte Person ...« – »Schweigen Sie!« bat wiederum Frau von B. Ihr Gemahl fuhr fort: »Sie hatte einen Bedienten in Livree.« – »Jawohl, eine ausgeborgte Livree.« – »Dein hübscher

Phaethon ist sehr beschädigt.« – »Ich bedauere das um so mehr, als er das Geschenk einer Freundin ist.«

Bei dieser Stelle des interessanten Zwiegesprächs konnte die Marquise nicht umhin, ganz leise zu eifern: »Einer Freundin! Die Unverschämte!« – »Meine schöne Mama, sind Sie es etwa? ...« – »Ja.« – »Dann erlauben Sie, daß ich meinerseits sage: Schweigen Sie!«

Inzwischen verloren wir durch unseren Dialog einiges von Justinens Worten »... ganz exprès von England kommen«, fuhr sie fort. »Eine deiner Freundinnen?« rief der Marquis. »Donnerwetter, du mußt dieser Dame große Gefälligkeiten erwiesen haben oder noch erweisen.« – »Das können Sie sich denken.« – »Aber, mein Engel, wir verstehen uns. Ich hätte nämlich wenig Freude an einer Geliebten, welche die Frauen liebt.« – »Was? Sie bilden sich ein? ... Es ist ja nicht das, es ist ja nicht das ... Sehen Sie, ich will es Ihnen sagen, es ist eine Dame von vornehmem Rang und ... sie ist zu Hause geniert ...« – »Ich verstehe! Ich verstehe! Da ist wieder so ein Einfaltspinsel von Ehemann, dem man eins anhängt!...« – »Oder anhängen wird, Herr Marquis!« – »Mein Gott! Wie gutmütig sind sie doch, diese Ehemänner! ... Du leihst also dieses Schlafzimmer her zu ...« – »Nein, o nein! Es geht nichts Unanständiges vor zwischen ihnen, das glaube ich bestimmt.« – »Die Intrige fängt also erst an?« – »Im Gegenteil, sie ist alt, sie ist eine ganz alte Geschichte, Herr Marquis.« – »Erzähle! Erzähle! Wenn ich von den Streichen höre, die diese Dummköpfe von Ehemännern sich spielen lassen, so habe ich immer meinen größten Spaß daran. Erzähle!« – »Die Dame hat den jungen Mann früher gehabt, aber er hat sie um einer anderen willen aufgegeben, und sie will ihn nicht teilen und verlangt ihn wieder.«

Hier murmelte die Marquise: »Die unverschämte Lügnerin!« – »Oh, meine schöne Mama, schweigen Sie doch!« Und ich wagte es, ihr einen leisen Kuß zu geben, den sie nicht abzuwehren vermochte. Inzwischen hatten wir wiederum einige Worte überhört. »Sie erlaubt ihm gerade noch nichts«, sagte Frau von Montdesir, »aber der Augenblick naht, wo sie ihm alles erlauben wird.« – »Du bist also vollkommen ins Geheimnis eingeweiht?« – »Nein, es ist eine zu mißtrauische und zu schlaue Dame; sie sagt mir beinahe nichts; aber ich sehe wohl an ihrem Benehmen ... Über was lachen Sie?« – »Über die Gesichter, welche dieses Liebespärchen machen muß, wenn es beisammen ist. Ich, der ich Physiognom bin, würde hundert Louisdor dafür

288

geben, ihr Mienenspiel betrachten zu können … Du solltest mir einmal dieses Vergnügen verschaffen.« – »Ihnen?« – »Natürlich
mir.« – »Unmöglich, Herr Marquis!« – »Warum? Ich würde mich
irgendwo verstecken.« – »Unmöglich! Ich sage es Ihnen.« – »Sieh,
wenn ich zum Beispiel unter dein Bett kröche?« – »Unter mein Bett?
Dann könnten Sie nur ihre Beine sehen.« – »Du hast recht. Vielleicht einen Schrank. Du hast doch Schränke hier?« – »Wie Sie sehen.« Das Gespräch nahm eine fast beängstigende Wendung; es war
mir gar nicht wohl dabei zumute, und ich fühlte, daß die Marquise
zitterte. »Wart einmal!« rief der Marquis.

Welch ein Glück, er ging an den Schrank, der auf der anderen
Seite des Kamins stand, und als er die Tür geöffnet hatte, sagte er:
»Sieh, das ist gerade, was ich brauche. Ein etwas starker Mann
könnte es ja nicht darin aushalten, aber ich würde mich nicht gar zu
schlecht darin befinden. Und siehst du, durch das kleine Schlüsselloch da würde ich die handelnden Personen ganz mit Muße betrachten. Komm Justine, laß dich erweichen; ich werde dich für deine Gefälligkeit bezahlen und reinen Mund halten.« – »Auf Ehre, wenn die
Sache nicht schlechterdings unmöglich wäre, so würde ich mich der
Seltenheit wegen entschließen.« – »Ist die Dame hübsch?« – »Nicht
so übel; aber sie hält sich für die Allerschönste.« – »Das ist immer
so, und der Galan?« – »Oh, der ist allerliebst, wirklich allerliebst!« –
»Schöner als der Chevalier Faublas?« – »Schöner? Nein! Aber vollkommen ebensoschön.« – »Weißt du, daß ich auf den Chevalier eifersüchtig bin? Weißt du das?« – »Wieso? Sie glauben noch immer, daß
die Frau Marquise …« – »Nein, nein, aber du, mein Kind.« – »Ich!
Da haben Sie unrecht.« – »Früher doch …« – »Früher, ja, da hatte
ich keine soliden Neigungen. Doch habe ich immer für Sie eine besondere Schwäche empfunden, Herr Marquis.« – »Das glaube ich!
Ich sage dir, mein Gesicht! … Es bringt bei allen Frauen diese Wirkung hervor.« – »Ja, die Ihrige zum Beispiel betet Sie an.« – »Sie betet mich an! Du hast das wahre Wort gesprochen … Weißt du aber
auch, daß in die Länge nichts ermüdender wird als diese Anbetungen? Frau von B. kann für schön gelten, das ist wahr; aber immer dieselbe Frau, immer dieselbe! Überdies ist die Marquise bei all ihrer
Zärtlichkeit in der Hauptsache kalt, ich aber, ich lege gerade darauf
den Hauptwert! Ich bin jung, ich bedarf der Vergnügungen und Zer-
streuungen … Mein Kind, ich soupiere mit dir.« – »Sie soupieren?« – »Ja, ich soupiere. Ich soupiere immer, das mußt du doch wis-

sen, und ich schlafe dann auch, meine Königin.« – »Hier, Herr Marquis?« – »Nirgends sonst, das kannst du glauben.«

Wir hörten eine Börse auf den Kamin fallen. »Wir wollen sofort in den Speisesaal gehen«, sagte Justine. – »Warum denn in den Speisesaal? Laß uns hier bleiben, wir sind da ganz gut. Laß etwas Geflügel bringen. Sieh, mein Engel, vor und bei dem Souper können wir uns tausend interessante Dinge mitzuteilen haben.«

Frau von Montdesir klingelte ihrem Jockei. »Schnell zwei Kuverts und niemand hereinlassen.«

»Und wir, meine schöne Mama, wir werden also unsererseits in diesem Schranke da soupieren und schlafen?« – »Ach, mein Freund«, antwortete sie, »mein Freund! Ich zittere noch immer, er hat mir schreckliche Angst eingejagt!«

Jetzt, da ich darüber nachdenke, frage ich mich, warum mir bei dem Gedanken bangte, die ganze Nacht in dem Schrank zuzubringen, wo ich mich doch so gut befinden mußte. Ich habe bereits erzählt, daß er uns der Breite nach nicht gefaßt haben würde, und da wir, die Marquise und ich, uns in seiner Tiefe fest aneinandergedrückt halten mußten, wäre es da nicht zu ungewöhnlich gewesen, wenn ich höflicherweise der Frau von B. den Rücken gekehrt hätte? Ich hatte also meine Stellung in der entgegengesetzten Richtung genommen. In dieser unendlich angenehmen Positur streiften meine Lippen beständig die ihrigen; meine Brust ruhte an ihrem Busen, und ich konnte die Schläge ihres Herzens zählen; wir berührten uns vom Kopf bis zu den Füßen. Welcher Mensch, und wäre er in den kalten Öden Sibiriens aus den Umarmungen eines erfrorenen Paares geboren und hätte man ihn unter einer keusch albernen Kutte im Haß gegen die Frauen und in der Furcht vor der Liebe erzogen und hätte man ihn beständig mit Vegetabilien ohne Würze und ohne Saft ernährt, ihm fortwährend mit den erfrischendsten Kühltränken das Blut verdünnt – welcher Mensch hätte nicht bei den allmächtigen Reizen einer Versuchung, die so drängend war wie die, welche mich jetzt aufregte, sein Herz in Wallung geraten, alle seine Lebensgeister gären und all sein Blut kochend gefühlt? Das meine brannte in meinen Adern, und Sie selbst, o Frau von B.! Sie selbst ... Ach, welche Tugend wäre nicht unterlegen?

Meine ersten Liebkosungen versetzten sie jedoch in eine Überraschung, die mit Schreck gemischt war. »Faublas, ist's möglich, können Sie an so was denken? ...«

Der Marquis, der in seinem Liebesgeschäfte schneller ans Ziel gelangte als ich, zwang mich durch den raschen Erfolg seiner Unternehmungen, die Lebhaftigkeit der meinigen einzustellen. Es herrschte jetzt im Zimmer eine Stille, die uns verraten haben würde, wenn ich es gewagt hätte, mir die mindeste Bewegung zu erlauben: »Meine schöne Mama? Mich deucht, Ihr Gemahl begeht eine Untreue an Ihnen.« – »Meinetwegen«, sagte sie. »Was liegt mir daran, wenn nur mein Freund einige Rücksicht für mich behält und meine höchst verdrießliche Lage nicht mißbraucht, was liegt mir an dem übrigen!«

Die Exerzitien des Liebespaares im Zimmer und unsere eigenen Mitteilungen wurden plötzlich durch die Rückkehr des kleinen Bedienten unterbrochen. Er brachte den Tisch; wir hörten, daß er ziemlich nahe an unseren Schrank gestellt wurde. Sobald das Souper aufgetragen, schickte Frau von Montdesir ihren Jockei weg. »Jetzt sind wir ungestört«, sagte sie zu Herrn von B., »lassen Sie uns plaudern. Ich bin entzückt, Ihnen anzugehören, Herr Marquis. Es ist dies eine Eroberung, die ich zu sehr wünschte, als daß ich sie nicht hätte machen sollen. Aber warum habe ich sie so spät gemacht? Durch welchen Zufall haben Sie mir gar keine Beachtung geschenkt, während ich in Ihrem Hause wohnte?« – »Doch im Hause meiner Frau!« – »Nun ja! ... Sehen Sie, seien Sie aufrichtig, alle Männer sind so: Sie lieben mich jetzt, weil ich etwas geworden bin.« – »Du scherzest! Habe ich nicht schon damals in deiner Physiognomie deutlich gesehen, daß etwas aus dir werden würde? Denn sie ist glücklich, deine Physiognomie! Ein bißchen verdorben heute abend! Dieser Peitschenhieb hat dich gezeichnet, aber für einen Kenner ist das eine Kleinigkeit; der Charakter der Züge bleibt immer ... Justine, ich versichere dir, daß ich zu allen Zeiten an deiner Miene gesehen habe, daß du dein Glück machen wirst; in meinem Hause habe ich, wenn ich dich anblickte, hundertmal zu mir gesagt: Ich bemerke im Gesichte dieses Mädchens da ein gewisses Etwas, das mir zuletzt noch gefallen wird.« – »Trotzdem haben Sie mich vor einem halben Jahr aus dem Hause gejagt.« – »Doch nur aus Zorn. Man wollte mich glauben machen, daß meine Frau ...« – »Sagen Sie mir doch, ich bin sehr neugierig, wie Sie ihre Unschuld entdeckt haben, denn sie ist unschuldig.« – »Nicht wahr, sie ist es?« – »Ich bin ganz fest überzeugt und habe es immer behauptet, Sie werden sich wohl noch erinnern.« – »Ja.« – »Aber ich möchte von Ihnen selbst erfahren, wie Sie die Beweise davon erhalten haben.« – »Wahrhaftig, es war sehr notwendig, daß Frau von B. mir die nötigen Aufklärungen gab. Höre!«

Was der Marquis jetzt sagen wollte, mußte in jeder Beziehung meine lebhafte Neugierde erregen, also verdoppelte ich meine Aufmerksamkeit.

»Hör mir zu: Fürs erste hat Herr Duportail kein Kind, das ist die Wahrheit; was den Namen betrifft, so hatte Fräulein Faublas, die ein sehr aufgewecktes Persönchen ist, ihn angenommen, um in einem Jagdkleid auf den Ball zu gehen. Mit diesem Fräulein Faublas hat die Marquise Bekanntschaft gemacht. Fräulein Faublas ist es, die im Bett meiner Frau geschlafen hat. Du selbst weißt etwas davon, wie du mir seinerzeit hundertmal wiederholt hast.« – »Gewiß! Ich habe sie entkleidet.« – »Richtig! Überdies war es von meiner Seite abscheulich, anzunehmen, daß die Marquise sich auf einmal einem jungen Manne, den sie nicht kannte, habe an den Hals werfen können. Aber laß dir noch einen Umstand mitteilen, an den ich mich später erinnert habe und den ich mich wohl hüten werde, der Frau von B. zu gestehen. Mein Gesicht hatte auf die junge Person die gewöhnliche Wirkung hervorgebracht: das lebhafte Fräulein hatte mir so gut wie erlaubt, bei Nacht zu ihr zu kommen und ihr einen Besuch abzustatten. Tastend ließ ich sogleich meine Hand über den Hals des jungen Mädchens gleiten ... und zum Teufel, ein Junge hat keine solche Brust! Du lachst?« – »Ja, ich lache, weil ... weil ich denke, daß Madame in diesem Augenblick Ihre Hand spüren konnte ... denn Madame lag dicht daneben.« – »Oh, Madame war eingeschlafen. Unglücklicherweise hat das Geräusch sie zu bald aufgeweckt ...« – »Ah? Und auf diese Art haben Sie wohl gar neben dem Fräulein, das vielleicht noch schlief ...« – »Es schlief, ja.« – »Neben dem Fräulein haben Sie vielleicht Ihre Gemahlin umarmt?« – »Ganz richtig, meine Königin. Es war nicht anzunehmen, daß ich umsonst gekommen sei; überdies wäre es doch eine Beleidigung gegen die Marquise gewesen, wenn ich gegangen wäre, ohne die ehelichen Pflichten vollzogen zu haben.« – »Dennoch bin ich sehr erstaunt, daß Madame es Ihnen in einem solchen Augenblick erlaubt hat. Sie müssen selbst gestehen, daß der Anstand ...« – »Die Marquise verlangte es in dieser Nacht durchaus, weil ...«

»Meine schöne Freundin, ich bin Zeuge, daß er lügt.« – »Faublas! Faublas! Beklagen Sie mich.«

»… Die eifersüchtige Marquise«, sagte Herr von B., als ich ihm meine Aufmerksamkeit wieder zuwandte. – »Es ist wahr, sie ist schrecklich eifersüchtig! … Herr Marquis, das sind bereits zwei schlagende Beweise, daß es Fräulein Faublas war. Aber sollten Sie nicht noch einen andern haben?« – »Allerdings, an diesen erinnerte ich mich nicht mehr. Frau von B. hat ihn mir ins Gedächtnis zurückgerufen. Am folgenden Tage begleiteten wir das angebliche Fräulein Duportail nach Hause. Sie war genötigt, uns zu ihrem falschen Vater zu führen; aber wir fanden dort ihren wahren Vater, der sie behandelte, wie man ein Fräulein behandelt, dessen Aufführung nicht vollkommen gut ist. Nun kenne ich ihn, diesen Baron Faublas. Ich habe zweimal Gelegenheit gehabt, dessen Charakter und Physiognomie zu studieren. Er ist ein lebhafter Mann, aufbrausend, zuweilen brutal und unfähig, irgendwie Rücksichten zu nehmen. Wäre es der junge Mann gewesen, den wir in dieser Vermummung nach Hause gebracht haben, so würde er wie bei diesem Kommissär gerufen haben: Es ist mein Sohn!« – »Also war es Fräulein Duportail, die abends in der Amazone kam, und am folgenden Tag …« – »Am folgenden Tag? Nein, das war ihr Bruder.« – »Ihr Bruder? … Ich weiß es wohl. Aber hat man Ihnen gesagt, warum?« – »Weil Herr von Rosambert ihn aufgefordert hatte, diesen schlechten Spaß zu machen. Herr von Rosambert hatte seine Gründe; er war in meine Frau verliebt und wütend darüber, daß sie ihn mit der größten Verachtung behandelte. Er wollte sich rächen. Er schickte also den Chevalier in den Kleidern seiner Schwester zur Marquise, dann benützte er den Umstand, kam am Abend und machte meiner Frau eine Szene, eine abscheuliche Szene, die sie schrecklich kompromittieren konnte! Eine Szene … Ich erinnere mich der Einzelheiten nicht mehr, denn ich habe nur für Physiognomien ein Gedächtnis … Aber die Marquise war mir gut zu Hilfe gekommen, und nun erinnere ich mich so im allgemeinen, daß die Szene greulich war. Dieses Benehmen Rosamberts scheint mir infam, deshalb werde ich den Herrn in seinem Leben nicht wiedersehen, oder wenn ich ihn je wiedersehe … sieh, Justine, ich habe gute Lust, mich auf Leben und Tod zu schlagen.« – »Lassen Sie sich das nicht einfallen. Ihr Liebchen würde sterben vor Unruhe!« – »Mein Liebchen, das …« – »Das bin ich …« – »Gut, meine Kleine, sehr gut, was du da sagst!« – »Herr Marquis, erzählen Sie mir doch auch … Verzeihen Sie meine vielen Fragen. Sie müssen einsehen, wie hocherfreut ich bin, daß Sie in Beziehung auf Madame wieder gänzlich zur Besinnung gekommen sind, und namentlich auch in Beziehung auf mich, denn Sie meinten damals, ich hätte Ihnen eine Menge Lügen vorerzählt. Was ist aus Fräulein Faublas geworden?« – »Fräulein Faublas? Sie ließ sich zuerst mit Herrn von Rosambert und dann mit anderen in sehr vertrauliche Verhältnisse ein. Ich bin überzeugt, sie gab bald diesem, bald jenem ein Rendezvous. Ich habe einen Brief gefunden, den sie an einem sehr verdächtigen Orte zurückgelassen hatte, und sie selbst, die junge Person, ist mir einmal auf einer Liebesexkursion in der Nähe des Bois de Boulogne begegnet. Aus all diesem ist entstanden, was gewöhnlich daraus entsteht: ein Kind.« – »Ein Kind?« – »Ein Kind, das weiß ich ganz genau. Ich habe sie schwanger, mit bereits ganz runder Taille gesehen, und es war vollkommen die Physiognomie einer Frau. Ich verstehe mich darauf! Sie verbarg sich damals unter dem Namen Madame Ducange in einem Hôtel des Faubourg Saint-Honoré. Trotz dieser Vorsichtsmaßregel konnten dem Vater die Ausschweifungen seiner Tochter nicht lange verborgen bleiben; er hatte die Verwandten zusammengerufen. Die Verwandten haben, um wenigstens die Ehre der Familie zu retten, beschlossen, der Bruder solle sich von Zeit zu Zeit in Damenkleidern zeigen, und sie wollten daraus Gelegenheit nehmen, überall zu verbreiten, der Chevalier Faublas sei es gewesen und nicht seine Schwester, der in verschiedenen Vermummungen sich auf den Bällen herumgetrieben habe. Herr Duportail hat die Güte gehabt, bei diesem Plane mitzuhelfen. Auf diese Art hat man die Lästerer hinters Licht geführt, mit Ausnahme von Rosambert und zwei oder drei jungen Leuten von Welt, welchen man niemals einreden wird, daß das Fräulein der Junge war. Was aber bei diesem Handel wahrhaft schrecklich ist«, fügte er in geheimnisvollem Tone hinzu, »sie haben, glaube ich, die junge Person abortieren lassen, oder es müßte irgendein anderer Zufall die Frühgeburt veranlaßt haben. Soviel wenigstens weiß ich, daß sie sich beeilten, sie auf allen Promenaden zu zeigen. Am Tag, wo ich sie in den Tuilerien traf, war die Ärmste mager, blaß, abgemattet … aber jetzt schau, wie viele Zufälle sich vereinigten, um an diesem Tage meine physiognomischen Kenntnisse zuschanden zu machen. Ich finde das Fräulein sehr verändert und bezeige ihr ganz leise mein Beileid. Der Vater, der hinter mir ist, hört mich; die Verzweiflung darüber, daß ich ins Geheimnis eingeweiht sei, bringt ihn in Wut. Der junge Mann kommt an, und da ich ihn zum erstenmal als Bruder neben der Schwester sehe, so bin ich höchst verblüfft über ihre außerordentliche Ähnlichkeit. Inzwischen nennt der Chevalier den Baron seinen Vater, Herr Duportail hat keine Kinder. Herr Duportail sagt mir die Lüge, zu welcher er sich verpflichtet hat; er versichert mir, es sei immer der Chevalier gewesen, der die verdammte Amazone angehabt habe. Ich, ganz betrübt über so viele Verwechslungen und höchst kitzlig im Punkte der Ehre, verliere den Kopf, brause auf, glaube ihren Reden mehr als meinen Augen, beschuldige meine Frau ... und was noch mehr ist, die physiognomische Wissenschaft, mich zu gleicher Zeit getäuscht zu haben. In blinder Wut fordere ich den Chevalier, welcher die Marquise nicht gehabt hat, da er sie kaum kennt ... welcher sie nicht gehabt hat und auch niemals haben wird, er sowenig wie irgendein anderer ... der junge Mann indes, welcher dabei interessiert ist, den Kampf auszufechten, der die ganze Familie angeht, erklärt sich nicht. Er nimmt trotzig an, und tags darauf ...«

Der Marquis hörte nicht auf zu sprechen, aber da ich nun von ihm vernommen hatte, was zu erfahren ich so neugierig gewesen war, so hörte ich auf, ihm zuzuhören. Ein dringendes Interesse gebot mir eine süßere Beschäftigung. Frau von B., die sich in einer für den Angriff nicht sonderlich günstigen, aber wenigstens für die Verteidigung unbequemen Stellung befand, überdies durch die Furcht, gehört zu werden, zurückgehalten wurde, konnte keine starken Bewegungen wagen und vermochte meinen sich rasch wiederholenden Anstrengungen nur einen kurzen Widerstand entgegenzusetzen. Als daher nach einigen Minuten ihr wonnetrunkener Gemahl wiederholte: »Der Chevalier hat sie nie gehabt und wird sie auch bei Gott niemals haben, er sowenig wie ein anderer«, als er das wiederholte, fehlte nur sehr wenig, daß ich sie hatte. Die Marquise schien meinen nahen Sieg zu ahnen, denn sie nahm den sanft flehenden Ton einer Frau an, die ihre Niederlage bloß verzögern will: »Einen Augenblick, mein Freund«, sagte sie, »nur einen Augenblick! ... Faublas, ich hätte mehr Großmut bei Ihnen erwartet!« – »Meine schöne Mama, dazu wäre Heldenmut nötig!« – »Grausamer! Werden Sie mir einen Augenblick verweigern? Faublas, mein Freund, lassen Sie mich wenigstens wissen, ob die Gefahr nicht schrecklich groß ist ... wollen Sie mich bloßstellen? ... Lassen Sie mich wissen, ob sie nicht bei dem mindesten Geräusch zu uns kommen können. Wo sind sie?« – »Sie soupieren.« – »Vergewissern Sie sich.« – »Wie?« – »Schauen Sie.« – »Durch was?« – »Nun, durch das Schlüsselloch.« – »Das ist nicht leicht; ich kann mich nicht bücken.« – »Versuchen Sie's.« – »Sie sitzen am Tische.« – »Wie sitzen sie?« – »Justine in der Front.« – »Von diesem Schrank?« – »Ja. Und der Marquis kehrt uns den Rücken.«

Kaum habe ich das gesagt, so macht sich die Marquise blitzschnell aus meinen Armen los, stößt heftig unsere Tür auf, stürzt sich auf den Tisch, wirft ihn um ... ich sehe nichts mehr. Die Tür wird vor mir zugeworfen, die Kerzen sind soeben erloschen; aber so verblüfft ich bin, so bleiben mir noch immer meine Ohren: Ich kann das Geklatsche von fünf oder sechs Ohrfeigen hören, die sehr schnell ausgeteilt werden; ich kann Frau von B. in festem Tone also sprechen hören: »Es steht dir wohl an, du erbärmliche Kreatur, die ich aus der Hefe des Volkes und des Elends hervorgezogen habe, du, die du ohne mich noch die Kühe auf deinem Dorfe jetzt hüten würdest und die ich mit einem Wort auf deinen Misthaufen zurückschleudern kann, es steht dir wohl an, den tiefen Respekt zu vergessen, den du deiner Wohltäterin schuldest, und ihr Privatleben zum Gegenstande deiner Unterhaltungen, deiner impertinenten Neugierde, deiner unverschämten Bemerkungen zu machen. Besonders finde ich es höchst frech, daß du meinen Gemahl zu liederlichen Orgien verleitest ... Und Sie, mein Herr, das ist also der Lohn, womit Sie meine grenzenlose Anhänglichkeit vergelten? Ich dachte mir's wohl, daß Eroberungspläne Sie nach Longchamps geführt haben mußten; ich ließ Sie verfolgen, man hat Sie gesehen. Ich habe es mit eigenen Augen gesehen, wie Sie schamlos genug das schmähliche Gefolge einer öffentlichen Dirne vergrößerten und sich unter der Masse ihrer Liebhaber um die Ehre des Schnupftuches bewarben: Man hat Sie lange Zeit sich mit einem jungen Manne unterhalten sehen, mit welchem Sie aus Rücksicht für mich niemals öffentlich, ja nicht einmal unter vier Augen sprechen sollten. Man hat Sie zurückkommen sehen, um diese Person da wegen des allzu kleinen Unglücks zu trösten, das ihre Unverschämtheit ihr zugezogen hatte, und sie zuletzt im Triumph nach Hause zu begleiten. Mademoiselle, wer ein Gewerbe daraus macht, sich an den ersten besten zu verkaufen, muß sich darauf gefaßt machen, nur solche Bediente zu haben, die der erste beste bestechen kann; ich habe die Ihrigen tüchtig bezahlen lassen; sie haben sich nicht geweigert, mir Ihre Wohnung anzugeben, und einer von ihnen hat mich da in diesem Zimmer versteckt, wo ich zitterte, Sie, mein Herr, mit Ihrer Geliebten bald ankommen zu sehen. Aber so hart es

Das Boudoir

mir wurde, so war ich diesmal fest entschlossen, mir endlich den sicheren Beweis für Ihre täglichen Untreuen zu verschaffen. Ich hatte mir sogar gelobt, mein Gefängnis nur zu verlassen, um meine unwürdige Nebenbuhlerin und meinen treulosen Gemahl im Bett zu überraschen. Ich habe aber nicht die Geduld gehabt, so lange zu warten. Sie haben mir zudem die Mühe erspart, und ich darf mich nicht darüber wundern. Diese hübsche Person ist Ihrer ganzen Flamme so würdig!... Beruhigen Sie sich indessen; ich werde mich nie mehr über Sie noch über die Dirne erzürnen. Ich bereue sogar schon jetzt die Gewalttaten, deren ich mich soeben in einer ersten Aufwallung gegen dieses Mädchen schuldig gemacht habe. Künftig werde ich bei solchen und ähnlichen Zusammentreffen mehr Ruhe zu bewahren wissen, oder vielmehr diese Szene wird die letzte sein, welche die eifersüchtige Marquise sich erlaubt hat; und, um mich fortwährend Ihrer so ungemein verbindlichen Ausdrücke zu bedienen, meine Anbetungen werden Sie nicht mehr ermüden. Da ich übrigens jetzt weiß, daß nur der Wunsch, mich nicht zu beleidigen, Sie bestimmte, mich zuweilen mit dem zu beehren, was Sie die eheliche Pflicht zu nennen belieben, so brauche ich Ihnen gefälligst nicht zu wiederholen, was ich Ihnen schon tausendmal mit allzu großer Mäßigung gesagt habe, nämlich, daß dies für mich die gleichgültigste Sache von der Welt ist. Ich will Ihnen noch sagen, daß ich mich von diesem Augenblick an derselben gänzlich entbunden glaube. Es liegt mir wenig daran, ob ein tyrannischer Gebrauch dem schwächeren Geschlechte dieses unglückliche letzte Hilfsmittel gegen die Verbrechen des stärkeren Geschlechtes untersagt; ich erkenne nur Gesetze an, welche gerecht sind; und gerecht sind nur diejenigen, welche Gleichheit gestatten. Es ist zu schrecklich, daß die zahllosen Treulosigkeiten des Gatten ihm noch Beifall eintragen, während die Frau sich durch eine einzige Schwachheit entehrt sieht! Es ist allzu schrecklich, daß ich, die man verurteilt haben würde, in einem schimpflichen Verstecke vor Schmerz zu sterben, weil ich den meiner Wahl würdigsten Liebhaber angebetet hätte, gezwungen werden kann, meinen unwürdigen Gemahl, der eben aus den Armen einer Hure kommt, in den meinigen zu empfangen. Ich schwöre, daß das nicht geschehen soll. Herr Marquis, erinnern Sie sich des Tages, wo leere Gerüchte und Ihr gehässiger Argwohn mich anklagten! Hätte ich mich nicht gut oder schlecht, ja, gut oder schlecht, gerechtfertigt«, wiederholte sie mit Nachdruck, »wäre ich nicht imstande gewesen, Sie von meiner Unschuld zu überzeugen, so hätten Sie von Ihren Rechten, den Rechten des Stärkeren, Gebrauch gemacht. Sie erklärten mir bereits, unsere Bande seien zerrissen, und ich würde mein Leben im Gefängnisse beschließen. Nun wohl, mein Herr, damals sprachen Sie für, heute gegen sich selbst, nicht das Urteil Ihrer Gefangenschaft, denn es gibt für die Männer leider in solchen Fällen kein Kloster, sondern das Urteil unserer Trennung aus. Sie haben es soeben in diesem Zimmer, hier auf Fräulein Justines Sofa unterzeichnet. Frau von B. beteuert es Ihnen, und Frau von B. ist, Sie müssen das wissen, nicht die Frau, die in ihren Entschlüssen wechselt. Ich werde ehelos, aber ich werde frei leben; ich werde nicht mehr das Eigentum, die Sklavin, das Möbel eines Menschen sein; ich werde nur mir selbst angehören. Sie aber, Herr Marquis, werden, noch etwas glücklicher als zuvor, ohne allen Zwang hundert Mätressen haben, wenn es Ihnen paßt. Alle Frauen, denen Sie gefallen, alle Mädchen, die Ihnen gefallen … diese hier jedoch ausgenommen. Ich will nicht, daß diese Ihre Freigebigkeit ausbeute, und das ist meine einzige Rache. Ich erkläre hier, daß ich, wenn es noch einmal vorkommt, Sie bei sich zu empfangen, sie unbarmherzig fortführen lasse … Mademoiselle, ich tue Ihnen einen Schaden an, den Sie für unersetzlich halten, nicht wahr? Aber trösten Sie sich«, fügte sie in einem Tone hinzu, welcher für Justine den wahren Sinn dieser zweideutigen Rede enthüllen mußte; »seien Sie immer scharmant … schlau … getreu … andere, reichere oder großmütigere Personen werden Sie, was den Geldpunkt betrifft, für den Verlust des Herrn Marquis schadlos halten. Andere, glauben Sie mir, werden Sie vollständig für dieses unumgängliche Opfer belohnen … Mein Herr, ich schmeichle mir, daß Sie die Gewogenheit haben werden, mir den Arm zu reichen und mit mir wegzugehen, um nach Hause zurückzukehren.«

»Ja, ich begreife, ja, ich verstehe, Frau Marquise«, rief Justine, welche den Marquis und seine Frau bis ins Vorzimmer begleitet hatte und sich nun allein glaubte, »Sie werden mich für dieses Opfer entschädigen! Ich bin's wohl zufrieden. Meine Angelegenheiten werden um so besser gehen, da ich Herrn von Valbrun werde behalten können.«

Während Frau von Montdesir dieses halbe Selbstgespräch führte, blieb ich immer noch im Schranke und war ganz verblüfft über das, was sich soeben zugetragen, was ich soeben gehört hatte.

Justine jedoch fing an, laut aufzulachen: »Sie sind fort!« rief sie,

»ich brauche mich nicht mehr zu genieren ... ich ersticke beinahe ...
ach, die köstliche Szene! ... Wenn ich den Chevalier sehe, so gibt es
etwas zu erzählen! ... Ah! die köstliche Szene! ... Wie zum Teufel
hätte ich ahnen können, daß Madame hier drinnen steckte ... in diesem Schrank da! ...«

Sie öffnete ihn und fand mich. »Ha! Und da ist auch der andere! ... Mein Gott! ... Mein Gott! ... Ich werde mich zu Tode lachen! ... Die Szene hat mir schon vorher gefallen, jetzt ist sie noch
viel schöner! ... Wie, Herr Chevalier, Sie waren da? ... Wir spielten
eine Quadrille? Der Marquis liebte mich nur aus Repressalie? Wirklich? Seit einer Stunde finden Sie sich in diesem Schrank? Seite an
Seite, Gesicht an Gesicht! Herr Chevalier, Sie haben sie doch gehabt? Sie haben eine so schöne Gelegenheit, Ihre Rechte wiederzuer-
halten, doch nicht ungenützt gelassen?« – »Justine, sprich nicht davon: Du siehst mich noch ganz erstaunt über die Geistesgegenwart
dieser Frau, über ihre fabelhafte Kühnheit! Durch eine List, eine
echte Weiberlist hat sie mir den Sieg entrissen, den Sieg, den ich sicher glaubte!« – »Das tut mir wahrhaft leid, es wäre noch drolliger
gewesen! Das Unglück ist aber nicht groß! Ich brachte noch diesen
Eheherrn zum Schwatzen, wie wenn seine Hälfte tausend Meilen
weit entfernt gewesen wäre! Wie wenn ich's geahnt hätte, daß Sie,
Chevalier Faublas, sich ganz in der Nähe befänden! Wissen Sie auch,
daß ich vortreffliche Sachen aus ihm herausgebracht habe? Auch ist
es nicht ganz schlecht, was ich ihn da machen ließ, hier, beinahe unter den Augen seiner Frau ... eine Rache des Himmels! Denn die tu-
gendhafte Frau hat Sie vor Zeiten auch unter den Augen ihres Mannes ... angebetet! Wie sie es dem Marquis vorhin auf so lustige Art
zu verstehen gab! Beim lieben Gott, sie ist eine Frau ohnegleichen!
Sie hat ihm da schöne Erklärungen gemacht! Er hat harte Wahrhei-
ten verschlucken müssen. Der arme Mann! Sie hat ihm gar nicht Zeit
gelassen, zur Besinnung zu kommen. Die Augenbrauen starrten empor, der Mund stand offen, die Augen waren ganz blöde. Ich wollte
wetten, daß er zu Hause ankommt, bevor er noch die Kraft gefunden
hat, ein Wort zu erwidern. Was mich bei der ganzen Sache noch am
meisten freut«, fügte Frau von Montdesir hinzu, indem sie in jeder
Hand eine volle Geldbörse wog, »das ist, daß ich noch reich werde,
wenn es so fortgeht: Der Mann bezahlt mich für seine Liebkosungen
und die Frau für ihre Schläge.« – »Wieso?« – »Natürlich! Diese hier
habe ich auf meinem Sofa verdient; diese da hat mir die Marquise

vorhin, ehe die Kerzen wieder angezündet waren, sehr gewandt mit der einen Hand zugesteckt, während sie mit der anderen diese kleinen Ohrfeigen versetzte, die mir mehr Angst machten als weh taten. Herr Chevalier, wenn Ihre Gräfin die Schläge, die sie austeilt, wenigstens auch so bezahlte!« – »Justine, sprechen Sie mir nie von der Gräfin, und bemühen Sie sich vielmehr, wenn Sie gut Freund mit mir zu bleiben wünschen …« – »Ich werde alles tun, was in meinen Kräften steht«, unterbrach sie mich, indem sie sich mir an den Hals warf. »Verlangen Sie Beweise? Bleiben Sie hier; ich sollte nun einmal heute nacht nicht allein schlafen, und ohne Kompliment, ich glaube, bei dem Tausch viel gewonnen zu haben.« – »Justine, ich denke, sie werden jetzt weit genug entfernt sein, daß ich ohne Gefahr hinuntergehen kann. Gute Nacht!« – »Wie? Wirklich? Was ist aus der Liebe geworden, die Sie für mich fühlten?« – »Diese Liebe ist seit mehreren Tagen verschwunden, meine Kleine!« – »Ach, o versuchen Sie es doch, daß sie eines Tages wiederkehrt«, sagte sie nachlässig, indem sie sich im Spiegel betrachtete, »und wenn sie wiederkehrt, so kommen Sie hierher, Sie können immer auf eine gute Aufnahme rechnen. Aber essen Sie doch erst wenigstens etwas, ehe Sie gehen.« – »Essen! Es ist wahr, ich bin ganz ausgehungert. Doch nein, es ist schon spät, mein Vater wird unruhig sein. Leben Sie wohl, Frau von Montdesir!«

Sobald ich mich an der Tür meines Hauses zeigte, rief der Schweizer: »Da ist er!« – »Da ist er!« rief Jasmin auf der Treppe. »Ist er nicht verwundet?« fragte der Baron, auf mich zulaufend. – »Nein, mein Vater. Sie haben mich also mit dem Marquis von B. im Gewühl gesehen?« – »Ich habe Sie gesehen und mich vergebens bemüht, mir bis zu Ihnen Bahn zu brechen. Seit drei langen Stunden bin ich zu Hause und vergehe vor Unruhe. Was ist Ihnen denn begegnet? Wie konnte Ihr Feind Sie so lange zurückhalten?« – »Die Sache verhält sich so: Als wir uns endlich dem Jubelgeschrei der Menge entziehen konnten, waren wir beide sehr erhitzt.« – »Sie haben ihn getötet?« – »Nein, mein Vater, aber er hat mich gezwungen …« – »Abermals ein schlimmer Handel? Abermals ein Duell?« – »Ganz und gar nicht, Papa, hören Sie mich doch zu Ende: Er hat mich gezwungen, ihn nach Saint-Cloud zu einem Freunde, den er dort hat, zu begleiten und daselbst Erfrischungen anzunehmen.« – »Erfrischungen?« – »Ja, Papa, Herr von B. hat nur einen einzigen Kummer, nämlich den, daß er Händel mit mir angefangen hat; er ist untröstlich darüber; er hat mich zwanzigmal um Verzeihung gebeten; er liebt mich, er ehrt Sie; ich bin beauftragt, Sie seiner ganzen Hochachtung zu versichern.«

Mein Vater suchte bei diesen Worten seinen Ernst zu behaupten, da es ihm aber nicht gelingen wollte, so kehrte er mir den Rücken. Frau von Fonrose, die nicht dieselben Gründe hatte, sich Gewalt anzutun, überließ sich ihrer Heiterkeit von ganzem Herzen, ihre Blicke verkündeten mir indes, daß sie errate, wo ich Erfrischungen zu mir genommen. Die Baronin verabschiedete sich von uns, als sie genug gelacht hatte. »Ich verlasse Sie«, sagte sie, »weil ich morgen zeitig aufstehen muß, um mich aufs Schloß der kleinen Gräfin zu begeben.«

Ich weiß nicht, ob Frau von Fonrose früher daran war als Frau von B., aber noch vor sieben Uhr weckte mich ein Billett von Justine:

›Herr Chevalier!

Der Herr Vicomte von Florville ist bei mir, er diktierte mir in die Feder. Er bedauerte sehr, daß dringendere Geschäfte ihn gestern verhindert haben, mir in Ihrer Gegenwart zu sagen, was er von meinem Benehmen gegen die Frau Gräfin halte. Ein Mädchen von meiner Art muß wirklich den Kopf verloren haben, wenn sie sich die unverschämte Frechheit herausnehmen konnte, eine Frau ihres Ranges öffentlich zu beschimpfen. Meine tolle Schamlosigkeit hätte auch Herrn von Florville bloßstellen können; denn wenn Sie ihn nicht so gut kennen würden, so könnten Sie vielleicht vermuten, er habe teil an diesem schändlichen Benehmen. Herr Vicomte verzeiht mir jedoch für seine Person, aber er zweifelt, daß Sie zu derselben Nachsicht gegen mich geneigt seien, und er erklärt mir, daß, wenn Sie mir nicht verzeihen, die geringe Protektion des Herrn von Valbrun und andere, noch mächtigere Rücksichten es nicht verhindern werden, daß ich heute nacht an einem anderen Ort schlafen muß, und zwar in ... Herr von Florville will gütigst erlauben, daß ich nicht die Demütigung habe, dieses Wort zu schreiben.

Ich bin mit Reue, mit Besorgnis, mit Ehrerbietung usw.

Montdesir.‹

Ich antwortete:

›Melde dem Herrn Vicomte meine ehrerbietigen Komplimente, mein armes Kind, und versichere ihn meiner ganzen Erkenntlichkeit; aber sage ihm auch, daß er sich ohne allen Grund beunruhigt und daß es mir nie einfallen könne, ihn für fähig zu halten, Mittel wie die gestrigen und ein Mädchen wie dich zu gebrauchen, um der Frau

Gräfin Verdruß zu bereiten. Ermangle nicht, hinzuzufügen, daß ich dir aus der dreifachen Rücksicht auf den Peitschenhieb, den Sturz und die Ohrfeigen von gestern verzeihe, und damit gehab dich wohl, meine Kleine!«

Inzwischen wurde mir inmitten der außerordentlichen Ereignisse, die sich eigens deshalb zu überstürzen schienen, um meine Rekonvaleszenz zu sichern, indem sie mich über meine Lage betäubten, ein Augenblick der Ruhe vergönnt, um mich zu sammeln, und dieser Augenblick war meiner Sophie ganz und gar gewidmet. Frei und ruhig rief ich nach meiner Gattin, die ich nicht weniger liebe und mit jedem Tag schmerzlicher ersehne. O meine Sophie, wann wirst du durch deine Gegenwart die lebhaften Eindrücke schwächen und zerstören, welche die Zärtlichkeit und die Reize deiner Nebenbuhlerinnen auf den Geist und das Herz deines jungen, für so viele Prüfungen zu schwachen Gemahls hervorrufen? Aber was sage ich von Nebenbuhlerinnen! Sophie, du hast in der Tat nur eine einzige; diese kann ich wirklich nicht anders als anbeten, und ich werde ihr wenigstens keine Genossinnen geben.

Aber was vermag ein Sterblicher gegen das Schicksal? Der böse Geist, der mich verfolgte, traf in demselben Augenblicke, wo ich die schönsten Entschlüsse faßte, seine Anstalten, um mich gebieterisch zu mehreren neuen Untreuen zu nötigen, die man mir, wie man sehen wird, ohne allzu große Ungerechtigkeit nicht ganz allein aufbürden darf.

Frau von Fonrose, die ich bereits über Berg und Tal glaubte, kam um Mittag und sagte uns, da eine leichte Unpäßlichkeit sie in der Stadt zurückgehalten habe, wolle sie mit uns dinieren. Man beschloß sofort, nach Tisch einen Spaziergang in die Tuilerien zu machen. Ich lehnte meine Beteiligung ab. Vor Tisch sagte Frau von Fonrose, die meinen Vater einige Augenblicke allein mit mir ließ, zu mir: »Sie haben wohlgetan, nicht mit uns kommen zu wollen. Tun Sie einen Freudensprung: Heute nacht werden Sie Frau von Lignolle sehen.« — »Es ist nicht möglich!« —

»Hören Sie und danken Sie ihrer Freundin: Heute morgen, als ich meine Toilette machte, ist mir ein lichtvoller Gedanke gekommen: Ich bin zur Gräfin geeilt, um ihr denselben mitzuteilen. Aber, wie sie in allen Dingen rasch ist, so war sie bereits abgereist. Ich habe mich plötzlich über die alte Tante hergemacht und zu Frau von Armincour gesagt, Fräulein von Brumont habe soeben erst die unerwartete

Erlaubnis erhalten, ins Gâtinois zu gehen, und nun ersuche sie die Marquise, ihre Abreise einige Stunden aufzuschieben, um ihr einen Platz in ihrem Wagen zu lassen.« – »Im Wagen der Marquise? Und warum nicht in dem Ihrigen?« – »Was für eine Frage! Weil ich mich aufopfere! Damit Sie aufs Land gehen können, darf ich nicht mitgehen. Nach dem Konzert nehme ich Ihren Vater mit mir nach Hause, und um ihn die ganze Nacht zurückzuhalten, besitze ich ein Mittel, das ich Sie erraten lassen will, junger Mann! Der Baron wird um so weniger Umstände machen, als er um die Abwesenheit der Frau von Lignolle weiß und daher nicht behaupten kann, es sei gefährlich, Ihnen freie Hand zu lassen. Herr von Belcourt wird bleiben, das verspreche ich Ihnen. Ich verpflichte mich sogar, ihn den ganzen morgigen Tag zu behalten. Morgen werde ich es so einrichten, daß er erst um Mitternacht nach Hause kommt. Sorgen Sie dafür, daß Sie jedenfalls vor neun Uhr wieder zurück sind. Sie können das ganz gut. Ich denke, unmittelbar nach dem Diner – und ich habe bereits den Wunsch ausgesprochen, daß man es bald auftragen möge –, sobald Ihr Vater und ich weggefahren sind, wird Agathe kommen, um Sie zu frisieren und anzukleiden. Sie begeben sich dann sogleich in einem Fiaker zu Frau von Armincour; vergessen Sie ihre Adresse nicht …« – »Oh, fürchten Sie nichts!« – »Es wird vielleicht sechs Uhr, bis Sie abfahren können; Sie werden noch früh genug kommen, um eine gute Nacht bei der Gräfin zu verbringen. Morgen früh werden Sie diesem Feste anwohnen an der Seite der Frau von Lignolle, welche ohne Zweifel etwas trübe Augen haben und mehr Lust verspüren wird zu schlafen, als die Honneurs in ihrem Schloß zu machen. Aber es gibt nun mal kein Vergnügen, das nicht den einen oder den anderen Übelstand mit sich brächte. Ich sehe von hier aus, daß ihr blasses, abgemattetes Gesichtchen Ihnen noch interessanter erscheinen wird, aber Geduld! Auch Sie werden Ihrer Strafe nicht entgehen; denn ein Liebhaber wie Faublas hat immer Hunger: Sie werden dennoch dem großen Festmahl entsagen müssen; es tut mir unendlich leid! Schlag zwei Uhr in der Postkutsche … Chevalier, ermangeln Sie wenigstens da nicht! Lassen Sie sich nicht durch die stürmischen Bitten Ihrer kopflosen Freundin bewegen, sich bloßzustellen, mir Unannehmlichkeiten zu bereiten und Ihnen selbst die letzten Hilfsmittel zu entziehen, die Ihnen das Mitleid einer Freundin meines Schlages noch bietet, einer Freundin …«

Mein Vater, der zurückkam, nötigte die Baronin, von etwas anderem zu sprechen. Alles ging so glücklich vor sich, wie Frau von Fonrose es mir angekündigt hatte. Noch vor fünf Uhr war Faublas verkleidet; Schlag fünf Uhr berührte Fräulein von Brumont kaum merkbar mit dem äußersten Rand ihrer Lippen das spitze Kinn der alten Marquise, welche ihr diesen angeblichen Kuß mit einer wahrhaft verzweiflungsvollen Langsamkeit zurückgab und sie dabei mit einem Blick verfolgte, den eine zärtliche Neugier zu beleben schien. Frisch und frank dagegen küßte Fräulein von Brumont ein gewisses schlankes, dünnleibiges, hochaufgeschossenes Mädchen, das auf seinen fünfzehnjährigen Wangen nur die glänzenden Farben der Natur und der Schamhaftigkeit hatte. »Frau Marquise, eine hübsche Person, das!« – »Es ist eine Cousine Ihrer Freundin, Fräulein von Mesanges. Ich habe sie soeben in ihrem Kloster abgeholt, um sie zu diesem Fest mitzunehmen. Da wir gerade vom Fest sprechen – Sie waren also gestern nicht mit der Gräfin in Longchamps?« – »Nein, Madame … Das Fräulein fährt also mit uns? Um so besser!« – »Sie waren nicht in Longchamps?« – »Nein, Madame … Es freut mich sehr, daß das Fräulein mit uns kommt!« – »Ich habe jemand dort gesehen, der viele Ähnlichkeit mit Ihnen hatte«, versetzte die ewige Schwätzerin. – »Wo das, Madame?« – »In Longchamps!« – »Das ist wohl möglich … Eine reizende Person! … Aber sie könnte bereits heiraten!« – »Wir denken auch daran«, versetzte die Alte. – »Und Sie, mein Fräulein?« fragte ich. – »Ich?« antwortete Agnes, die Augen niederschlagend und verlegen ihre Hände weit unter ihrer Brust kreuzend, »ich … ich, ach, dafür habe ich nicht zu sorgen: Man hat mir jedoch gesagt, daß man mir's sagen wolle, und ich habe gebeten, daß man mir's mitteile, wenn es Zeit ist.« – »Ja, ja!« rief die Marquise, »wir werden es Ihnen mitteilen. Sehen Sie, Fräulein von Brumont wird mit Ihnen sprechen … Sie werden am Abend zuvor mit ihr sprechen, nicht wahr? Ich wünschte nicht, daß ihr dasselbe Unglück widerführe wie meiner armen kleinen Nichte. Es könnte ihr wirklich widerfahren!« fügte sie ganz leise hinzu, »sie weiß auch noch gar nichts davon, rein gar nichts! Aber ich beauftrage Sie, das Kind ins klare zu bringen.« – »Mit großem Vergnügen.« – »Jetzt noch nicht; aber wenn der Augenblick gekommen sein wird, ersuche ich Sie, Ihr ganzes Talent dabei zu entwickeln.« – »Die Frau Marquise kann sich auf mich verlassen.« – »Ja, ich glaube wohl, daß ich Sie stets geneigt finden werde, mir solche Dienste zu erweisen. Ich kenne kein gefälligeres Mädchen als Sie.«

Wir reisten ab, und als wir in den Wagen stiegen, konnte ich nicht umhin zu bemerken, daß Fräulein von Mesanges ein schlankes Bein und einen sehr kleinen Fuß hatte.

Und unterwegs konnte ich nicht umhin, zuweilen durch eine verräterische Gaze hindurch etwas von einem sehr hübschen Busen zu sehen. Ich konnte nicht umhin, mir ganz leise zu sagen, daß derjenige ein glücklicher Sterblicher sein werde, welcher diesen aufkeimenden Busen zuerst in Lust aufwallen sehe; aber mit wahrem Verdruß machte ich bald eine andere Entdeckung, nämlich, daß im Gesicht der jungen Person ein gewisses Etwas lag, das weniger pikant war als die liebenswürdige Schamhaftigkeit, alberner als die einfache Offenherzigkeit, ein gewisses Etwas, das mir zu verkünden schien, daß die Liebe, welche gewöhnlich so schnell die Mädchen bildet, dieser Person hier wohl schwerlich etwas Geist beibringen würde.

Im übrigen schien Fräulein von Mesanges, ob nun aus Instinkt oder aus Sympathie, bereits viel Freundschaft für mich zu empfinden, als wir im Schlosse ankamen. Alles schlief, nur eine einzige Kammerfrau wachte noch, um die Frau Marquise und ihre junge Verwandte zu erwarten. Die Gräfin hatte für ihre liebsten Gäste ihr eigenes Gemach bestimmt; die Tante sollte ihr Bett einnehmen, ein anderes hatte sie für ihre Cousine aufschlagen lassen in dem Nebenkabinett, dem Kabinett mit der Glastüre, wohin ich den Leser, wenn er sich erinnern wird, noch mehr als einmal zu führen versprochen habe. Was Fräulein von Brumont betraf, so gab es, da sie nicht erwartet wurde, kein Logis für sie. Kein Zimmer, kein Bett war leer geblieben. Die Marquise empfing alle Jahre zur Zeit dieses Festes ihre ganze Familie bei sich, und diesmal waren, wie es auf dem Lande häufig geschicht, abends noch viele ungeladene Gäste gekommen, die wiederum ihre Freunde mitgebracht hatten. Mein erstes Wort war, man solle die Gräfin wecken. Die alte Marquise wurde beinahe böse: Es sei nicht delikat, zu verlangen, daß man die Ruhe ihres Kindes störe; junge Leute könnten wohl beisammen schlafen und würden gewiß von einer schlechten Nacht nicht sterben. Das Fräulein sah mich mit schmollender Miene an: Es sei recht unartig, daß ich ihre Cousine wecken lassen wolle, und ob es nicht unterhaltender sei, die ganze Nacht zusammen zu plaudern, als wenn jede allein in einem Bette schliefe.

O meine Eleonore! Ich schwöre dir, daß ich trotz der schlimmen Nacht, womit die Tante mich bedrohte, trotz der interessanten Unterhaltung, die deine Cousine mich hoffen ließ, darauf bestand, zu dir zu gehen. Aber die Marquise wurde jetzt ernstlich böse; sie verbot der Kammerfrau durchaus, mir dein Zimmer zu zeigen, und gab ihr sogleich den schrecklichen Befehl, uns alle drei zu entkleiden. Konnte ich, ich frage dich selbst, in den zahlreichen Gängen dieses großen, weitläufigen Schlosses umherwandeln, von Tür zu Tür nach der Gebieterin des Hauses suchen und morgens zwei Uhr die ganze Gesellschaft aufwecken? Bedenke überdies, daß die allzu gewandte Zofe bereits deine Tante ihres ganzen Toilettenkrams entledigt und notwendig bald an mich kommen mußte. Unter welchem Vorwand konnte ich dann ihre höchst gefährlichen Dienste ablehnen? Gib zu, meine Eleonore, gib also gutwillig zu, daß ich den Entschluß fassen mußte, mich in mein Schicksal zu ergeben.

Ich entkleidete mich schnell und lief nach dem Kabinett. Schon hatte ich den Fuß in dem sehr kleinen Bette, worin die Fräulein Mesanges und von Brumont ohne Zweifel viel Mühe gehabt haben würden, sich die ganze Nacht nebeneinander zu behaupten.

Aber, o Himmel! Welcher Donner schleudert mich zur Erde! Die verdammte Alte hatte sich anders besonnen. Offenbar in der Erinnerung an mein bekanntes Talent, alles zu erklären, hat die Ängstliche gefürchtet, ich möchte bei ihrer Agnes einen allzu frühen Gebrauch davon machen. »Nein, nein«, ruft sie mir mit ihrer höckrigen Stimme zu, die mir in diesem Augenblick zwanzigmal rauher erscheint, »wenn ich's mir genau überlege, so müssen Sie bei mir schlafen.« Jeder errät, wie ich mich gegen diesen Vorschlag sträubte; aber ich darf nicht verhehlen, daß das junge Mädchen ebenso empört war wie ich. »Wie, meine gute Cousine, weil Sie fürchten, wir könnten ein wenig geniert sein, wollen Sie sich selbst der Gefahr aussetzen, eine schlechte Nacht zu haben?« – »Fürchte das nicht, meine kleine Mesanges, du weißt, daß ich einen vortrefflichen Schlaf habe; nichts verhindert mich zu schlafen.« – »Wie, Frau Marquise, Sie wollen für mich die außerordentliche Güte haben, zu erlauben, daß ich ... Sie belästige?« – »Ganz und gar nicht, mein Engel, Sie werden mich ganz und gar nicht belästigen. Dieses Bett ist sehr groß, und wir werden vortrefflich darin sein. Wir werden schon sehen.« Gerade das wollte ich nicht sehen. Ich versuchte, meine Vorstellungen von neuem zu beginnen. Ein höchst gebieterisches ›Ich will es haben‹ verschloß mir den Mund.

Und jetzt mußte ich mich noch schneller und schmerzlicher opfern als kurz zuvor. Ich war im Hemd. Wenn Sie nicht auf den ersten Blick bemerken, was mich sehr genierte, wenn ich genötigt bin, Ihnen in ihrer ganzen Ausdehnung die äußerste Verlegenheit zu zeigen, worin ich mich befand, wie soll ich es da anfangen, um die strenge Schamhaftigkeit nicht ein wenig zu verletzen? Verehrter Leser, dem es an Scharfblick fehlt, haben Sie wenigstens Nachsicht mit mir. Wer hätte an meiner Stelle einzig und allein mit seinen beiden Händen, indem er die eine auf seine Brust legte und die andere anderswohin – nun ja, den schwachen Teil –, wo sich etwas zuwenig befand, und zugleich den starken Teil bedecken zu können; wo sich etwas zuviel befand, etwas, das ich in der Nähe des Fräuleins von Mesanges einfach nicht im Zaume zu halten vermochte und das zu verbergen mit jedem Augenblick schwieriger wurde? Fräulein von Brumont konnte also, um den Chevalier Faublas allen Augen zu entziehen, in ihrer mißlichen Lage nichts Besseres tun, als schnellen Gehorsam zu leisten; sie mußte ohne langes Besinnen das schmale Lager eines unerfahrenen Mädchens verlassen, um sich in das große Bett zu werfen, wo sich bald ein zarter Sprößling von sechzig Jahren wollüstig an ihrer Seite dehnen sollte.

Ach, beklagen Sie Faublas, beklagen Sie ihn! Nie hat es eine unangenehmere Lage für ihn gegeben. Ja, in demselben Bette litt ich vor vierzehn Tagen weniger, als ich, unwürdig der Zärtlichkeit zweier Geliebten, unter den Augen meiner Eleonore und der Marquise von B. vor namenloser Schwäche beinahe starb, und heute ist es das Übermaß meiner Kraft, was meine Besorgnisse verursacht und meine Pein. Kann eine sechzigjährige Matrone, aus dem einfachen Grunde, weil sie eine Frau ist, solche verzehrende Feuer in mir entzünden? ... Sind es nicht vielmehr die Reize dieses Kindes, die mich durch einen sehr dünnen Verschlag hindurch ihren versengenden Einfluß empfinden lassen?

»Kommen Sie näher, meine Teure, kommen Sie näher!« sagte meine Genossin zärtlich zu mir. – »Nein, Frau Marquise, nein, ich würde Sie genieren.« – »Sie würden mich nicht genieren, mein Herzchen, ich habe es nie zu warm in meinem Bette.« – »Aber ich, Madame, ich kann die Wärme nicht ertragen.« – »Das finde ich wohl möglich! In Ihrem Alter war ich geradeso ...« – »Ohne Zweifel. Ich habe die Ehre, Ihnen gute Nacht zu wünschen, Frau Marquise.« – »Ich war geradeso; und wenn Herr von Armincour allein schlafen wollte, so tat er mir einen Gefallen damit.« – »Ganz gut, Frau Mar-

quise; ich wünsche Ihnen eine gute Nacht.« – »Er tat mir einen Gefallen, wenn er ging ... wohlverstanden, nachdem er seine Pflicht getan hatte ... und ich muß ihm Gerechtigkeit widerfahren lassen, in
seiner Jugend brauchte man ihn nicht am Ohre zu zupfen. Oh, das
war kein Herr von Lignolle!« – »Ich wünsche Ihnen jetzt noch Glück
dazu ... Ich glaube, daß es spät ist, Frau Marquise?« – »Nicht allzu
spät ... rücken Sie doch näher, meine Kleine, ich höre Sie nicht; kehren Sie mir den Rücken?« – »Ja, weil ich ... weil ich nur auf der linken Seite schlafen kann.« – »Auf der Seite des Herzens! Das ist sonderbar, das muß ja den Blutkreislauf stören.« – »Allerdings, aber die
Gewohnheit ...« – »Die Gewohnheit, mein Engel, Sie haben
recht! ... Sehen Sie, ich habe, seit ich verheiratet bin ... das ist schon
lange her ...« – »Ja.« – »Da habe ich mir angewöhnt, mich so zu legen ... auf den Rücken ... und ich konnte diese Gewohnheit nicht
mehr lassen.« – »Das ist um so besser für Sie, denn die Lage ist
gut ... Frau Marquise, ich habe die Ehre, Ihnen gute Nacht zu wünschen.« – »Sie haben so große Lust zu schlafen?« – »Oh, ich versichere Ihnen ...« – »Wohl, wohl, mein Herzchen, genieren Sie sich
nicht ... es ist Platz genug ... aber, wo steckt sie denn? Ganz auf dem
Rand des Bettes!«

Sie machte eine starke Bewegung: Wenn meine Hand die ihrige
nicht aufgehalten hätte, guter Gott, was würde sie ...

»Ach, Madame, berühren Sie mich nicht, ich springe sonst in die
Höhe.« – »Halt, mein Schätzchen, verlassen Sie das Bett nicht; ich
wollte nur wissen, wo Sie wären. Legen Sie sich doch wieder nieder! ... Aber ganz bequem. Sie sind also kitzlig, mein Liebchen?« –
»Außerordentlich. Gute Nacht, Frau Marquise.« – »Und ich auch.
Ich weiß nicht, ob das nicht wiederum Gewohnheit ist. Meinen
Sie?« – »Ich glaube nicht.« – »Aber, meine Kleine, bleiben Sie doch
nicht ganz auf dem Rande. Sie werden herausfallen!« – »Nein.« –
»Woher dieser Eigensinn? Warum wollen Sie nicht näher rücken? Es
ist mehr Raum da, als nötig ist.« – »Ich kann nichts anrühren! Wenn
ich zufällig bloß Ihre Fingerspitze berührte, so würde es mir Unbeha-
gen verursachen.« – »Aber das ist ja beinahe eine Krankheit! Wie
wollen Sie's anstellen, wenn Sie einmal verheiratet sind?« – »Ich
werde mich nie verheiraten. Ich habe die Ehre, Ihnen gute Nacht zu
wünschen, Frau Marquise.« – »Und wie hätten Sie in diesem Gur-
tenbett bleiben können, an der Seite der kleinen Mesanges?« – »Sie
haben recht, es wäre mir unmöglich gewesen, mich da zu halten.

Das Billet doux

Frau Marquise, ich wünsche Ihnen gute Nacht.« – »Wieviel Uhr mag es wohl sein?« – »Ich weiß es nicht, Madame, aber ich wünsche Ihnen gute Nacht.«

Endlich konnte sich die Schwätzerin entschließen, mich ihrerseits das so lebhaft ersehnte ›Gute Nacht‹ vernehmen zu lassen; über dieses ›Gute Nacht‹ freue dich, Faublas, du warst nicht der einzige, der es wünschte. Sobald die Marquise zu schnarchen anfing (denn man hatte in der Gesellschaft meiner reizenden Bettgenossin auch noch diese kleine Annehmlichkeit, daß sie schnarchte wie ein Mann), sobald sie also zu schnarchen anfing, schien es mir, als käme zu mir mit leiser Stimme der süße Ruf: »Liebe Freundin!« ... Ich glaubte erst an ein Spiel meiner erregten Sinne, hob aber doch den Kopf und lauschte auf das geringste Geräusch. Ein zweites: »Meine liebe Freundin« schlug einen Augenblick darauf liebkosend an mein Ohr. »Meine liebe Freundin, was wollen Sie?« – »Können Sie schlafen?« – »Sie?« – »Nein, ich kann nicht.« – »Ich auch nicht, meine Liebe.« – »Warum das?« – »Warum? ... Weil, meine liebe Freundin, wie Sie soeben ganz richtig sagten, weil es viel unterhaltender wäre, miteinander zu plaudern.« – »Da Sie das glauben, so kommen Sie doch!« – »Von Herzen gern, aber die Marquise ...« – »Meine Cousine? Oh, wenn sie schnarcht, so ist das ein Zeichen, daß sie schläft. Deshalb, liebe Freundin, riskieren Sie nichts, und kommen Sie!« – »Ach, von Herzen gern, meine liebe Freundin, aber Sie sind ja eingeschlossen!« – »Allerdings. Man sperrt mich immer ein. Ich hätte sonst Angst!« – »Und wie soll ich nun hineinkommen?« – »Nun ja, ich habe mich doch nicht selbst eingeschlossen!« – »Ich sage nicht, daß Sie es getan haben.« – »Ich habe es nicht getan, denn ich bemerke durchaus nicht, daß Sie mir Angst machen, Sie, meine liebe Freundin!« – »Meine liebe Freundin, Sie sind sehr gütig; inzwischen stehe ich vor Ihrer Türe und bin etwas leicht gekleidet für ein Gespräch.« – »Ach, darum hat die Marquise mich eingeschlossen.« – »Das hindert nicht, daß ich stark zu frieren anfange.« – »Aber sie hat den Schlüssel in ihre Tasche gesteckt, die Frau Marquise.« – »Was nützt das? Ich habe ihre Tasche nicht.« – »Meine liebe Freundin, Sie können sie tappend finden.« – »Also, meine liebe Freundin, ich will suchen.« – »Ja, meine liebe Freundin, am Fuße ihres Bettes, am zweiten Lehnstuhl links, dort sah ich sie ihre Tasche hinlegen.« – »Und warum sagten Sie das nicht gleich, meine liebe Freundin?«

Ohne den mindesten Lärm zu machen, fand ich Tasche, Lehnstuhl, Schlüssel und Schloß. Ich fand meine gute Freundin, die mich in ihr Bett aufnahm, um zu plaudern; meine Freundin, die mich, um mich zu wärmen, in ihre Arme nahm und mich mit ihrem ganzen Leibe drückte; ach, das liebenswürdige Kind!

Du jedoch, Göttin meiner Geschichte und aller Geschichten der Welt, du, die du es nicht verschmäht hast, meine Feder zu führen, als ich anständig die heiklen Debatten zwischen der Nichte und der Tante, die vielen bedenklichen Fragen der letzteren, die liebreichen Unterweisungen, die an die erstere verschwendet wurden, erzählen mußte, o Klio, würdige Klio, komm und schildere das Erstaunen der Cousine, ihre erste Angst und ihre holden Irrtümer! Komm, schildere auch noch etwas anderes! Komm! Die Erzählung, die ich noch zu geben habe, ist vielleicht überraschender und schwieriger als irgendeine von denen, mit welchen die öffentliche Neugierde zu unterhalten ich mir bisher nicht versagen konnte.

Einige Minuten plauderten wir sehr freundschaftlich, und ich begann, warm zu werden; ein Dritter, der sich in die Unterhaltung mischte, störte sie. Seine plötzliche Ankunft veranlaßte Fräulein von Mesanges zu einem Sprung rückwärts. – »Meine liebe Freundin, was haben Sie denn, das Sie so erschreckt?« – »Aber, Sie haben ja Ihre beiden Hände an meinem Hals, und doch habe ich gespürt … ich habe gespürt, wie wenn Sie mich noch an einer anderen Stelle berührten!« – »Darüber wundern Sie sich? Dies kommt daher, daß ich … heiratsfähig bin … Meine liebe Freundin, was soll ich Ihnen sagen? … Ihnen hat das Ding bis jetzt noch gefehlt, weil Sie noch zu klein waren.« – »Ah! – Da es so sein muß«, sagte Agnes, »so braucht die Frau Marquise mich nicht in Kenntnis zu setzen; eine so große Veränderung wird bei mir nicht eintreten, ohne daß ich es merke. Ja, ich muß lachen, ich glaube, daß man meine gute Freundin Des Rieux zum besten hält.« – »Eine gute Freundin aus Ihrem Kloster?« – »Ja …« – »Mit der Sie bei Nacht plaudern?« – »Wenn man vergißt, mich einzuschließen.« – »Man hält dieses Fräulein zum besten?« – »Sicher! Alle Tage sagt man zu ihr, sie sei ausgebildet; jetzt sehe ich wohl, daß das nicht wahr ist und daß man, weil man noch etwas erwartet, ihre Vermählung unaufhörlich unter verschiedenen Vorwänden hinausschiebt.« – »Wahrscheinlich. Wie alt ist sie denn?« – »Sechzehn.« – »Oh, da ist sie noch zu jung. Ich werde bald achtzehn …« – »Und Sie sind schon lange heiratsfähig?« – »Ein Jahr … ungefähr ein Jahr. Sagen Sie es aber niemand, daß Sie mit diesem Fräulein plaudern!« – »Ich bin nicht so dumm; man würde dafür sorgen, daß wir es nicht mehr könnten.« – »Also werden Sie es auch niemandem erzählen, daß ich mich heute nacht mit Ihnen unterhalten habe?« – »Seien Sie ohne Furcht. Wissen Sie, es gibt etwas, das die Des Rieux und mich sehr quält. Sie können es mir gewiß sagen, meine liebe Freundin. Was ist denn das, ein Mann?« – »Ein Mann? Ich würde alles in der Welt drum geben, es zu wissen, meine liebe Freundin.« – »Ja? Dann beteiligen Sie sich auch an dem Vertrag, welchen die Des Rieux und ich miteinander gemacht haben.« – »Nämlich?« – »Daß diejenige von uns beiden, welche zuerst heiratet, tags darauf zu der anderen kommt und ihr alles erzählen muß.« – »Gut, ich bin dabei.« – »Meine liebe Freundin, Sie umarmen mich beinahe ganz wie die Des Rieux, und ich weiß nicht, es kommt mir vor, als mache mir das mehr Vergnügen.« – »Das kommt daher, weil ich Sie wahrscheinlich mehr liebe als Ihre Freundin.« – »Meine liebe Freundin …« – »Ja?«

Was wollte sie mit meiner Hand machen, deren sie sich auf einmal bemächtigte mit den Worten: »Umarmen Sie mich doch ganz so, wie die Des Rieux mich umarmt, meine liebe Freundin.« – »Meine süße Freundin, nicht ganz so, aber vielleicht ein bißchen besser.«

Obschon ich ihr unaufhörlich versicherte, daß demnächst alles zu Ende sein würde, daß das Schwierigste bereits getan sei, so konnte doch die junge Person nach einigen schwachen, mit großer Mühe erstickten Schreien einen letzten durchdringenden Schrei nicht unterdrücken. Ich werde Ihnen nicht sagen, was ihre Leiden verursachte, aber ich glaube, Ihnen bereits mitgeteilt zu haben, daß Fräulein von Mesanges einen sehr kleinen Fuß besaß.

War es nicht im höchsten Grade schmerzlich, das Schlachtfeld in dem Augenblick verlassen zu müssen, wo der Sieg sich entschied? Aber es mußte sein. Die Marquise erwachte plötzlich aus ihrem ersten Schlaf und bewegte sich, die Worte murmelnd: »Mein Gott! … Mein Gott! … Ach, es ist nur ein Traum!« Alsbald faßte ich meinen Entschluß: Ich verließ das Bett der Ex-Jungfrau und schleppte mich auf den Knien, indem ich mir mit den Händen forthalf, bis an das Bett der Alten. Jetzt begann diese, da sie gänzlich erwacht war, in Wahrheit sehr unruhig über die Ursache des Geräusches zu werden, das sie soeben gehört hatte: »Ach! Ich bin's, Madame.« – »Sie, mein Fräulein? Wo stecken Sie denn?« – »Auf der Erde im Bettgange: Ich bin soeben herausgefallen.« – »Warum wollen Sie auch immer am

Rande liegen!« – »Im Gegenteil, Frau Marquise!« – »Wieso im Gegenteil?« – »Ich bin zu nahe gekommen.« – »Und?« – »Und Madame hat sich im Schlaf bewegt; Madame hat ihr Bein vorgestreckt; ihr Bein hat mich berührt.« – »Ich habe es nicht absichtlich getan, mein liebes Kind, aber jetzt legen Sie sich wieder hin und bleiben Sie in einiger Entfernung.« – »O ja.« – »Meine Kleine, Sie haben mich so plötzlich aufgeweckt ...« – »Zürnen Sie nicht, Frau Marquise, es tut mir unendlich leid.« – »Ich zürne Ihnen nicht, das Unglück ist ja nicht groß: Wir können ein bißchen plaudern.« – »Ich bitte Sie, mich dessen zu entheben; ich fühle mich bereits ganz krank, weil ich sowenig geschlafen habe.« – »Hören Sie wenigstens den Traum, den ich hatte.« – »Gute Nacht, Frau Marquise!« – »Aber ich will Ihnen meinen Traum erzählen!« – »Aber, Madame, Sie werden hernach nicht mehr einschlafen können!« – »O doch, wann ich will! Mein Herzchen, wo nimmt man doch nur all die Dinge her, die man im Traume sieht? Ich träumte, ein Unverschämter heiratete mich mit Gewalt ...« – »Mein Gott, Frau Marquise, welcher Mensch könnte so frech sein?« – »Erraten Sie's!« – »Ich bin es jedenfalls nicht.« – »Nein, Sie konnten es nicht sein, aber offenbar war es Ihr Bruder ...« – »Ich habe gar keinen Bruder.« – »Ich sage nicht, daß Sie einen haben; man träumt nämlich Dinge, die nicht sind ... In meinem Traum war es Ihr Bruder, denn er glich Ihnen zum Verwechseln!« – »Verzeihen Sie mir doch dieses neue Vergehen ...« – »Sie scherzen, mein Engel! Erstens waren Sie nicht daran schuld, und dann ist die Sache gar nicht so arg! ... Aber hören Sie nur, das ist noch nicht alles ...« – »Wie? Der Unverschämte! Er hat am Ende den Mut gehabt, von neuem anzufangen?« – »Nein, ich sah ihn bald darauf mich verlassen, um in dieses Kabinett da zu gehen ...« – »In dieses Kabinett?« – »Und ohne meine Erlaubnis!« – »Ohne Ihre Erlaubnis?« – »Und sich mit der kleinen Mesanges zu verheiraten.« – »Mit der kleinen Mesanges?« – »Die ihn gewähren ließ.« – »Die ihn gewähren ließ?« – »Aber das Merkwürdigste kommt noch. Da das Kind nicht mit dieser Sache vertraut war ...« – »Ja?« – »So hat der Schmerz ...« – »Der Schmerz?« – »Ihr einen Schrei ausgepreßt ...« – »Einen Schrei?« – »Und der hat mich aufgeweckt.«

Man denke sich die Todesangst, die mich quälte. Hatte die Marquise diesen auf die Umstände so vollkommen passenden Traum wirklich gehabt? War es eine verspätete Warnung, welche Hymen, der geborene Feind aller Triumphe der Liebe, der nicht genug wachsamen Duenna zugeschickt hatte, um wenigstens zu verhindern, daß mein Triumph vollkommen wurde? Oder hatte infolge eines noch größeren Unglücks die verwünschte Alte im gleichen Augenblick diesen angeblichen Traum mit bewundernswerter Geistesgegenwart ausdrücklich ersonnen, um mir deutlich zu verstehen zu geben, daß mein Verbrechen entdeckt sei, daß nur eine gänzliche Hingebung es sühnen könne, daß ich mich auf der Stelle der Marter darbieten müsse, die mich in ihren Armen erwarte? Gegen diese letzte Idee empörten sich alle meine Sinne. Gewaltsam rief ich meinen Mut zurück, um mich durch einige geschickte Fragen über die wahren Absichten der Frau von Armincour zu vergewissern.

»Sprechen Sie denn im Ernst?« – »In allem Ernst, mein Herzchen.« – »Wie, Madame, Sie hörten? ...« – »Wahrhaftig! Ich hörte.« – »Sie hatten auch gesagt, Sie hätten gesehen. Wie konnten Sie sehen, ohne Licht?« – »Nun, in meinem Traum war es heller Tag.«

Diese im einfachsten Tone erteilte Antwort gab mir meine Ruhe wieder: »Gute Nacht, Frau Marquise!« – »Also gut, mein Kind, da Sie es durchaus wünschen, gute Nacht!«

Bei diesen Worten schlief meine Bettgenossin wieder ein, und ihr Geschnarche, das kurz vorher noch meine Ohren zerrissen hatte, dünkte mir jetzt lieblicher als die zauberhafteste aller Stimmen, die Stimme Balettis. Es verkündete mir die Rückkehr der Schäferstunde; es war das glückliche Signal, daß ich mich beeilen solle, eine schon sehr weit geförderte, allerliebste, aber unglücklicherweise vor der Vollendung unterbrochene Arbeit wieder aufzunehmen. Da es mich drängte, die letzte Hand ans Werk zu legen, so hob ich mit unendlicher Vorsicht die Decke empor, und schon berührten meine Füße den Boden, als ich auf einmal das günstige Geschnarche nicht mehr vernahm. Eine runzlige Hand, welche mir die Hand Proserpinens zu sein schien, ergriff mich im Genick und hielt mich einige Zeit fest: »Einen Augenblick«, sagte endlich die höllische Alte, »ich gehe mit Ihnen.« Sie ging wirklich mit, aber nur, um die Tür sorgfältig zu verschließen. »Schlafen Sie, mein Fräulein, schlafen Sie«, rief sie der kleinen Mesanges zu. »Gedulden Sie sich, wir werden Sie bald verheiraten.« – »Ach, Frau Marquise«, antwortete meine Freundin mit müder Stimme, »ich bin ja noch nicht heiratsfähig.« – »Ja, ja«, antwortete die andere, sie nachäffend, »Sie kleine Tugend! Sie geben sich das Ansehen, als wüßten Sie nichts davon! Das soll jedoch nicht verhindern, daß man Ordnung schafft, und zwar so bald als möglich. Kommen Sie jetzt, mein Fräulein mit den allerlei Gewohnheiten«, fügte sie hinzu, indem sie mich bei der Hand an ihr Bett führte. »wir wollen doch sehen, ob Sie wirklich nur für die Jungen wachen können.«

Bei diesen furchtbaren Worten, die mir unausweichliche Qualen verkündeten, fühlte ich, daß ein Todesschauer mein Blut gefrieren machte, das mir mit wunderbarer Schnelligkeit nach dem Herzen floß. An allen Gliedern zitternd, ließ ich mich nach dem Schafott schleppen; ich fiel auf dieses Bett, wo mich bereits eine Furie erwartete, um mich mit ihren rächenden Armen zu erdrücken. Ich fiel hinein, ohne Kraft, ohne Bewegung, beinahe ohne Leben.

Einen Augenblick war tiefe Stille; dann fragte mich die ungeduldige Marquise mit ihrer rauhen Stimme, welche sie sanft zu machen sich bemühte, ob ich ihren Traum vergessen habe? Ob ich ihn nur in einem einzigen Punkt zu erfüllen gedenke? Ach, ihr Traum! Ich dachte, daß es unumgänglich war, durch meine edelmütige Aufopferung größeres Übel abzuwenden. Durfte ich, indem ich der Frau von Armincour einen Schimpf antat, den eine Frau niemals verzeiht, Fräulein von Mesanges, die sozusagen auf der Tat ertappt worden, und meine teuere Lignolle, die wahrhaftig ebenfalls kompromittiert war, ihrer gerechten Rache aussetzen? Durfte ich es wagen, mir auf diese Weise die ganze Masse dreier vereinigter Familien auf den Hals zu laden? Also konnte nur noch eine großmütige Anstrengung meine beiden Geliebten und mich selbst retten.

Niemals empfand ich es stärker als in diesem Augenblick, wie sehr ein entschlossener junger Mann, dessen Mut noch dazu von der Notwendigkeit kommandiert wird, auf sich selbst rechnen kann. Nach kurzer Unschlüssigkeit, nach einigen ersten Augenblicken der Niedergeschlagenheit und Angst, unzertrennlicher Zutaten bei dem entsetzlichen Unternehmen, zu dem ich berufen war, fühlte ich mich weniger unfähig, es zu versuchen und vielleicht zu Ende zu führen. »Unglücklicher! Dein Stündchen hat also endlich geschlagen! – – – Auf denn, Faublas, Mut gefaßt! Opfere dich!« So ermutigte ich leise meine noch schwankende Tugend, und um sie zu befestigen, bedurfte ich einer neuen Anstrengung. Endlich aber, da das Schlachtopfer keinen höheren Wunsch mehr kannte, als sich wenigstens grausame Zurüstungen zu ersparen und das schmerzliche Werk womöglich in einem einzigen Augenblick zu vollbringen, endlich stürzte sich das Opfer ergebungsvoll mit einem Mal auf seinen Henker.

»Welche Lebhaftigkeit!« rief die boshafte Alte. »Sachte, mein Herr! Sachte doch! Mein Traum hat gesagt, daß Sie mich mit Gewalt geheiratet haben! Mit Gewalt! Verstehen Sie mich? Nun frage ich Sie, sind Sie geneigt zu großen Verwegenheiten? Haben Sie die bestimmte Absicht, die alte Armincour zu notzüchtigen?« – »Nein, Madame, wahrhaftig nicht! Ich bin zu sehr Ehrenmann, um mir eine solche schändliche Handlung zu erlauben!« – »Dann halten Sie sich doch ruhig an meiner Seite. Ich habe Ihnen eine Bosheit antun können: die Lustigkeit ist jedem Alter eigen, und bei mir verleugnet sie sich nie, sobald es sich nicht um meine Eleonore handelt; aber es hieße den Scherz zu weit treiben, wenn ich annehmen wollte, was Sie die Großmut haben, mir anzubieten. Behalten Sie das für die jungen Damen, denn wenn die Tante Sie beim Wort nähme, so würde die Nichte nicht zufrieden sein.« – »Die Nichte? Sie denken, daß Frau von Lignolle ...« – »Allerdings denke ich das, aber lassen wir die Gräfin für den Augenblick: Wir haben einen dringenderen Gegenstand zu verhandeln. Mein Herr Chevalier, Sie sprachen soeben von einer schändlichen Handlung; aber sehen Sie nicht ein, daß diejenige, deren Sie sich während meines Schlafes schuldig gemacht haben, ganz abscheulich ist?« – »Madame, welcher andere an meinem Platze ...« – »Und warum befinden Sie sich an dem Platze, der Ihnen durchaus nicht zusteht? Warum suchen Sie Verführungen, denen niemand widerstehen könnte? Warum täuschen Sie die Verwandten durch eine trügerische Verkleidung? Mein Herr, ich sehe durchaus keine Entschuldigung für Sie. Aber ich hoffe, Sie besitzen doch einige Mittel, den Schimpf wiedergutzumachen, den Sie soeben in der Person des Fräuleins von Mesanges allen ihren hier versammelten Verwandten angetan haben?« – »Madame ...« – »Sie werden ohne Zweifel dieses Kind heiraten?« – »Madame ...« – »Antworten Sie: Sie wollen?« – »Von Herzen gern ...« – »Ja, ja, er würde die ganze Familie heiraten, er! Die ganze Familie! Und mich auch noch dazu ... ich brauchte ihn nur gewähren zu lassen!« – »Von Herzen gerne, wie ich Ihnen sage, aber ...« – »Hören wir Ihr Aber.« – »Ich kann nicht.« – »Sie sind verheiratet, nicht wahr?« – »Ja, Madame.« – »Die Sache wird also gewiß?« – »Was wird gewiß?« – »Lassen Sie mich in Ruhe, mein Herr Chevalier, ich spreche nur mit mir selber. Sie sehen wohl, daß es etwas Entsetzliches ist, solche junge Person zu verführen, die Sie nicht einmal heiraten können, denn sie ist doch verführt, nicht wahr? Die Sache ist doch fertig?« – »Madame ...« – »Sprechen Sie. Was geschehen ist, ist geschehen und läßt sich nicht mehr abhelfen; aber Sie werden mir wenigstens ganz genau sagen, in welchem Zustande Sie die junge Dame verlassen haben. Ich bin gewiß zu spät für sie erwacht ... aber ich hätte auch, da ich Verdacht hegte, mich nicht dem Schlaf überlassen sollen. Wie konnte ich aber auch glauben, daß die Leutchen, abgesehen von dem Willen, eine ... Dummheit zu begehen, die nötige Gewandtheit, Kühnheit und Zeit haben würden, während ich, die ich für meine Person ganz ruhig sein muß, den Bruder Liederlich in meinem Bette, das kleine Mädchen eingeschlossen und den Schlüssel in meiner Tasche hatte! Nun, mein Herr, gestehen Sie es: die junge Person hat ... die junge Person ist ... Die junge Dame hat ihre Metamorphose vollkommen überstanden?« – »Madame, um Ihnen nichts zu verschweigen, ich halte meinen Triumph für vollständig.« – »Ein schöner Triumph, sehr schwer, wahrhaftig!« – »Sehr schwer, denn das reizende Kind ...« – »Pfui! Er will mir doch nicht gar in seinem Enthusiasmus die ganze Geschichte genau erzählen.« – »Ach, verzeihen Sie, Madame, schwer oder nicht, ich habe so wenig Vergnügen dabei gehabt, daß ich überzeugt bin, es können bei Ihrem Fräulein Cousine keine ernsten Folgen daraus entstehen.« – »Wie meinen Sie das? Erklären Sie sich.« – »Ich meine, daß man keine gute Hoffnung zu fürchten braucht.« – »Schau, schau«, rief sie mit Feuer, »die schöne Gnade, die Sie uns da antun! Aber inzwischen ist die Jungfrauenschaft zum Teufel, mein Herr! Halten Sie das für nichts? Wären Sie damit zufrieden gewesen, wenn man Ihnen ein Mädchen zur Frau gegeben hätte, das schon vollkommen unterrichtet gewesen wäre?« – »Unterrichtet! Sie ist es ja nicht.« – »Was sagt er da?« – »Sie ist es so wenig, daß sie mich noch immer für ein Mädchen hält.« – »Glauben Sie denn, ich sei erst seit gestern auf der Welt, daß Sie mir solche Märchen ...« – »Frau Marquise, werden Sie nicht böse, ich will Ihnen alles erzählen.«

Die gute Anverwandte unterbrach mich jeden Augenblick mit Ausrufen, und als ich nichts mehr zu sagen hatte, rief sie: »Das ist ja höchst außerordentlich und vermindert das Übel ein wenig; ich sage: ein wenig. Ich fordere von Ihnen die tiefste Verschwiegenheit, und ich rechne auf einen Rest von Anstandsgefühl ...« – »Seien Sie versichert, Madame.« – »Sie sehen, daß ich jetzt dieses Kind nicht früh genug verheiraten kann. Das Ding wird nicht schwerhalten, denn sie ist hübsch und hat Geld. Es fehlt ihr nichts ... nichts als das, was Sie ihr soeben genommen haben. Aber man sieht das einem Mädchen nicht am Gesicht an, und das ist wirklich ein großes Glück, denn, unter uns gesagt, manches schöne Fräulein würde sonst nicht an den Mann kommen. Die Kleine wird also so bald als möglich unter die Haube gebracht werden, und da der Zufall es fügen könnte, daß Sie bald in der Welt von dem Tölpel sprechen hören, der im Begriff steht, sie zu heiraten, so lassen Sie sich ja nicht einfallen ...« – »Seien Sie vollkommen ruhig; ich sehe wohl, dieses Abenteuer muß strenge unter uns zweien bleiben.« – »Gut, gut. Ich werde zu der jungen Person nichts sagen, denn was könnte ich ihr auch sagen? Sie ist eine kleine Gans und hat es sich, ohne es zu wissen, einfallen lassen, das große Mädchen zu spielen. Das ist alles. Lassen wir ihr den lächerlichen, aber nützlichen Irrtum. Nur werde ich, damit sie ihn weder mitteilen noch bemerken kann, Sorge tragen, sie in ihrem Kloster warm zu empfehlen, sie selbst sowohl als die gute Freundin, welche sie umarmt. Inzwischen können wir, wenn Sie das für passend finden, ihre Cousine ins Geheimnis ziehen.« – »Ihre Cousine?« – »Ja.« – »Frau von Lignolle? O nein, nein!« – »Sie wünschen das nicht? Es ist wahr, sie ist zu lebhaft, um ganz diskret zu sein. Im übrigen interessiert sie sich um Ihre Aufführung genug ...« – »Ganz und gar nicht.« – »Ganz und gar nicht? Ja, mein Herr, jetzt weiß ich doch, daß die junge Person, die ihr alles erklärte, ein reizender Kavalier ist, und Sie wollen, ich soll mich noch immer zum Narren halten lassen?« – »Madame ...« – »Lassen wir das: Es ist ein sehr delikater Artikel, auf den wir seinerzeit zurückkommen werden. Und nun, mein Herr, wünsche ich Ihnen meinerseits gute Nacht. Ruhen Sie, wenn es Ihnen gut dünkt, aber seien Sie überzeugt, daß ich nicht mehr einschlafen werde.«

Ich machte von der Erlaubnis Gebrauch, denn nach den verschiedenen Aufregungen dieser glücklichen und verhängnisschweren Nacht war mir der Schlaf sehr nötig. Allein man gönnte mir seine Annehmlichkeit nicht lange: Die ersten Strahlen des Tages führten Frau von Lignolle, die sich ihres Hauptschlüssels bediente, um hereinzukommen, in unser Zimmer. Ich wurde von ihren Küssen geweckt: »So bist du also da, meine liebe Brumont? Welch ein Glück! Ich erwartete dich nicht. Soeben erfahre ich's zufällig.«

Sie lief mit sichtlicher Unruhe nach dem Kabinett und blickte durch die Glasscheiben. »Meine Tante, Sie haben meine kleine Cousine ganz alleine da hineingelegt? Sie haben wohl daran getan.« – »Nicht so ganz, meine Nichte.« – »Warum?« – »Weil ich eine ziemlich schlechte Nacht gehabt habe.« – »Und Sie haben sie eingeschlossen? Ah, das ist noch besser!« – »Noch besser? Warum denn?« – »Habe ich gesagt noch besser, meine Tante?« – »Ja, meine Nichte.« – »Dann spreche ich heute ohne Überlegung, denn welche Gefahr? ...« – »Allerdings, in einem Gemach, wo nur Frauenzimmer sind.« – »Nur Frauen, liebe Tante, und in den anstoßenden Zimmern Männer, um sie nötigenfalls zu verteidigen.« – »Ja, das ist's!« – »Warum sind Sie denn erst in der Nacht um zwei gekommen, meine Tante?« – »Weil ich Ihnen dieses liebe Kind da mitbringen wollte, liebe Nichte.« – »Wie gut Sie sind!« – »Nicht wahr?« – »Brumont, warum haben Sie mich denn nicht wecken lassen?« – »Ich bin daran schuld, machen Sie ihr keine Vorwürfe; ich gab es nicht zu, daß man Sie weckte.« – »Sie haben sehr unrecht getan, meine Tante ... Du sagst kein Wort, meine liebe Brumont, du bist traurig? Sieh, ich bin auch recht verstimmt!« – »Warum, meine Nichte?« – »Darum, weil Sie beide gewiß sehr schlecht geschlafen haben.« – »Du hattest also ein Bett für dieses Kind?« – »Sie würden das meinige geteilt haben, meine Tante.« – »Eben das wollte ich nicht, liebe Nichte.« – »Aber Sie würden dann besser geschlafen haben.« – »Ja, aber du?« – »Oh, wir kuscheln recht gut zusammen.« – »Und doch ist sie eine sehr schlechte Bettgenossin.« – »Finden Sie das, liebe Tante?« – »Sie ist die ganze Nacht unruhig! Sie lag unaufhörlich auf mir!« – »Auf Ihnen?« – »Ja, so ziemlich!« – »Nein doch ...« – »Ich stieß sie beständig zurück. Sie machte mir warm! Sie erstickte mich! Sie ...« – »Mein Gott! Aber ...« – »Aber meine liebe Nichte, was beunruhigen Sie sich denn?« – »... Sie ... Sie sind also von ihr belästigt worden?« – »Allerdings. Wenn mir das alle Nacht widerführe! In meinem Alter! ... Aber ein einziges Mal!«

Frau von Lignolle wurde durch den treuherzigen Ton, womit ihre boshafte Tante diese letzten Worte sprach, vollkommen beruhigt. Die arglose Nichte sah nur die lustige Seite an der Sache. »Ach! aber du, Brumont«, rief sie, mich umarmend, »du hast gewiß eine gute Nacht gehabt? Meine Tante hat dich gewiß nicht gehindert zu schlafen? Du bist betrübt, sieh, ich bin es auch, das versichere ich dir. Es tut mir unendlich leid, daß man dir mein Zimmer nicht gezeigt hat. Indessen ... sieh ... gesteh selbst, daß es sehr drollig ist ... dich so zu sehen ... da ... bei ... Verzeih, aber sieh, ich kann mich nicht mehr halten.«

In der Tat schlug sie jetzt ein schallendes Gelächter auf, das sie schon seit einiger Zeit zurückgehalten hatte. Der Ausbruch war so stark und währte so lange, daß die Gräfin zuletzt beinahe ohnmächtig auf das Bett fiel. »Das kopflose Ding lacht so herzlich, daß man ordentlich Lust bekommt, es auch so zu machen«, sagte die Tante und ahmte sie nach oder schien sie sogar zu überbieten. Wie sollte ich mich jetzt erwehren, ihre Lustigkeit zu teilen? Unser fröhliches Trio machte einen solchen Lärm, daß Fräulein von Mesanges darüber erwachte.

Die Gefangene klopfte an ihre Fensterscheiben. »Frau von Lignolle«, sagte die Marquise, »öffne dem Kinde; nimm den Schlüssel aus meiner Tasche.« Die Gräfin bediente sich der Kürze halber ihres Hauptschlüssels. Ohne in das Kabinett zu treten, rief sie ihrer Cousine einen guten Tag zu und setzte sich dann wieder neben mich auf den Rand des Bettes. Die kleine Mesanges kam ebenfalls ans Bett und küßte mich mit den Worten: »Guten Morgen, meine liebe Freundin!« – »Was ist denn das?« rief die Gräfin überrascht und geärgert. »Was sollen diese Vertraulichkeiten bedeuten und der Name, den Sie ihr geben? Wissen Sie, daß ich nicht will, daß man Fräulein von Brumont küßt und daß sie niemandes gute Freundin ist?« – »Ganz recht, meine Nichte«, rief die Marquise, »ganz recht, machen Sie diesem unverschämten Mädel da den Marsch, das will gleich aus der Hand essen.« – »Niemandes gute Freundin?« antwortete jedoch Agnes, die kühner geworden war. »Ah, das wäre doch komisch! Als wenn ich nicht wüßte, daß sie meine gute Freundin ist!« – »Bitte, mein Fräulein, gehen Sie doch gefälligst und ziehen Sie ein Halstuch um, Sie sind ja ganz nackt.« – »Das wird wohl nichts zu sagen haben«, erwiderte die andere, »es sind ja keine Männer hier.« – Die Marquise äffte sie nach: »Nein, es sind keine Männer hier«, und in barschem Tone fügte sie hinzu: »Aber es sind Frauen hier, Frauen, verstehen Sie mich, dumme Gans? Gehen Sie! Aber warten Sie noch ein wenig. Warum haben Sie so trübe Augen? Was haben Sie denn heute nacht getrieben?« – »Was ich getrieben habe? Nichts, denn ich habe nicht einmal geschlafen.« – »Und warum haben Sie nicht geschlafen?« – »Warum? Ich lauschte immer, ob ich Sie nicht schnarchen höre ...« – »Schnarchen! Welcher Ausdruck! ... Sie hören also so gerne schnarchen?« – »Das nicht gerade, aber wenn man ganz allein in einem Bette liegt und sich langweilt, so muß man sich doch an etwas ergötzen können.«

So sprechend, spielte sie mit einer Locke meiner Haare. Auf einmal versetzte ihr die ungeduldige Gräfin einen Schlag auf die Hand, nahm sie dann bei den Schultern, führte sie ins Kabinett zurück und wiederholte ihr den Befehl, ein Halstuch umzulegen. Die Marquise lobte sie: »Ja, mein Kind, gib ihr Lektionen im Anstand … Liebe Frau von Lignolle, tu mir den Gefallen, sie ankleiden zu helfen, damit sie schneller fertig wird und wir sie fortschicken können, denn ich muß mit dir reden.«

Die Gräfin, die höchst ungern auch nur einen Augenblick anderswo als an meiner Seite zubrachte, hatte die Cousine sehr schnell abgefertigt; sie brauchte zur vollständigen Toilette weniger Zeit, als sie sonst nötig hatte, um mir nur einen einzigen Jupon anzulegen. Sie kamen daher beide bald ins Schlafzimmer zurück. Die Marquise lobte die eine wegen ihrer Flinkheit und ersuchte die andere, im Park spazierenzugehen. – »Ach, es ist noch sehr früh zum Spazierengehen!« – »Um so besser! Die Morgenluft wird Sie erfrischen.« – »Ja, aber wenn man spazieren will, muß man gehen …« – »Natürlich!« – »Nun ja, das Gehen tut mir weh.« – »Mein Gott, welch ein verzärteltes Fräulein! Ihre Schuhe drücken Sie.« – »Nein, es sind nicht meine Schuhe. Nicht am Fuße tut es mir weh, sondern …« – »Gehen Sie!« – »Darum geniert es mich offenbar irgendwo, weil …« – »O mein Gott! Dieses langsame Reden bringt mich um«, fiel die Gräfin ein. »Geniert Sie Ihr Korsett?« – »O nein! Nein! Es ist auch nicht mein Korsett.« – »Aber, um Gottes willen, was denn?« – »Ich beginne offenbar … offenbar werde ich jetzt heiratsfähig.« – »Was?« rief die Marquise, »welche Dummheit Sie uns da … Frau von Lignolle, ich bitte dich, schaff doch das unverschämte Ding hinaus, Siehst du denn nicht, daß sie bloß schwatzen und die Zeit totschlagen will?« – »Oh, ich weiß wohl, was ich sage … Immerhin vergessen Sie nicht, obschon es nicht so nötig ist, daß Sie mir versprochen haben, mich zu erinnern …«

Den Rest hörten wir nicht, weil die Gräfin, als sie endlich ihre Cousine im Gange sah, ganz sachte die Türe vor ihrer Nase zumachte.

»Sehr gut, liebe Nichte, schieb auch die Riegel vor, damit uns niemand stören kann … Ja, setz dich hierher, auf den Rand des Bettes; aber sieh mich doch auch zuweilen an, du hast nur Augen für Fräu-

Es ist ein Sohn, Monsieur!

lein von Brumont.« – »Ach, ich muß sie trösten, sie hat Kummer.« –
»Es ist wahr, man hört sie kaum atmen, und sie scheint nicht in ihrer
gewöhnlichen guten Verfassung zu sein.« – »O nein«, sagte Frau von
Lignolle, mich küssend, »sie ist betrübt, weil man sie nicht zu mir geführt hat, sie hat allerdings viel Freundschaft für Sie, meine Tante,
aber da sie mich besser kennt, so wollte ich wetten, daß sie die Nacht
lieber an meiner Seite zugebracht hätte.« – »Mein Gott, Madame,
bilden Sie sich nicht so viel ein. Wenn ich's geduldet hätte ...« –
»Was denn, meine Tante?« – »Ja, meine Nichte, Sie meinen, weil
man nicht mehr ganz so jung und hübsch ist wie Sie ...« –
»Wieso?« – »Nun, mein Gott! Es lag nur an mir.« – »Was Sie da sagen, meine Tante, ist ...« – »Die Wahrheit.« – »Im höchsten Grade
unbegreiflich.« – »So will ich mich also erklären, meine Nichte.« –
»O schnell! Ich bin wie auf glühenden Kohlen.«

»Frau von Lignolle, es würde mir in der Tat höchst verwunderlich,
aber gleichwohl sehr wünschenswert erscheinen, wenn Sie das angebliche Fräulein, das hier liegt, nicht so sehr genau kennen würden.« –
»Das angebliche Fräulein?« – »Meine Nichte, ich erkläre Ihnen und
möchte Ihnen etwas mitteilen können, das Sie überraschen würde;
ich erkläre Ihnen, daß dieses hübsche Mädchen hier ein Mann
ist.« – »Ein Mann? Sind Sie ... sind Sie Ihrer Sache sicher, meine
Tante?« – »Allerdings ... und er selbst ... er kann mich ja Lügen
strafen, wenn ich mich nicht genau an die Wahrheit halte; er selbst
wollte mir vor kaum zwei Stunden Beweise davon geben.« – »Wollte
Ihnen Beweise davon geben? ... Das ist nicht möglich.« – »Wundern
Sie sich nicht allzusehr, liebe Nichte, er glaubte sich dazu verpflichtet.« – »Verpflichtet? Warum?« – »Fragen Sie ihn doch selbst.« –
»Sagen Sie, warum?« rief sie mir äußerst lebhaft zu. »Sprechen Sie,
sprechen Sie endlich, sprechen Sie doch!« – »Sie sehen mich«, antwortete ich ihr, »so verblüfft über alles, was mir widerfährt, daß ich
nicht die Kraft habe, ein Wort zu sagen.« – »Wie, will er mich zwingen, selbst das peinliche Geständnis abzulegen!« versetzte die Marquise. »Liebe Nichte, er glaubte sich verpflichtet, weil ich es verlangte.« – »Sie verlangten es, meine Tante?« – »Beruhigen Sie sich,
ich tat es nur zum Scheine.« – »Nur zum Scheine?« – »Ja, ich sage
Ihnen, ich habe den edelmütigen Mann begnadigt, als ich ihn bereit
sah, sich zu opfern.« – »Er konnte es also!« rief die Gräfin ebenso
überrascht wie betrübt. »Er konnte es! Ja, meine Nichte, ich gestehe,
das ist ein Kompliment, das ich ihm machen muß.« – »Er konnte

es«, wiederholte Frau von Lignolle in einem Ton, der nicht wenig Erstaunen ausdrückte und eine noch tiefere Betrübnis zu erkennen gab. – »Sehen Sie doch«, antwortete ihr die Marquise, »Sie tun da zwei Ausrufungen, die nicht sehr höflich sind.« – »Er konnte es!« – »Ein für allemal, liebe Nichte, willst du mich denn böse machen? ... Verlangen Sie denn, Madame, daß er diese Dinge nur für Sie allein kann?« – »Für mich?«

Frau von Armincour unterbrach sie sehr ernst:

»Eleonore, ich habe Sie immer als außerordentlich offenherzig gekannt, besonders gegen mich. Ehe Sie sich Gewalt antun, Ihrem Charakter untreu zu werden, ehe Sie sich entschließen, eine unwahrscheinliche Lüge gegen mich zu behaupten, hören Sie mich an.

Dieses Fräulein ist ein Mann; ich habe unglücklicherweise mehrere Gründe, nicht daran zu zweifeln. Noch mehr: Ich weiß jetzt seinen wahren Namen, und alles sagt mir, meine Nichte, daß Sie ihn schon seit langer Zeit ebenfalls wissen. Gestern um fünf Uhr ging ich nach Longchamps und sah zu meiner großen Verwunderung, daß Sie, und zwar schon so früh, da waren, während Sie sich noch am Morgen unter dem Vorwand von allerlei Geschäften geweigert hatten, auf den Abend mit mir dahin zu gehen. Sie haben mich nicht einmal bemerkt, Madame, weil Sie Ihre Augen nur für einen Kavalier hatten, der seinerseits Sie beständig ansah. Das hatte mich aufmerksam auf ihn gemacht. Es war Fräulein von Brumont in Männerkleidern, oder wenigstens ein Bruder von ihr, ein Bruder, dessen absolute Ähnlichkeit Ihre Aufmerksamkeit ebenso wie die meinige erregte. Ich blieb natürlich bei dieser Idee, und in meiner vollkommenen Sicherheit dachte ich nicht einmal daran, die Vermutungen weiterzutreiben. Inzwischen kam unmittelbar nach Ihnen in einem noch weit schöneren Wagen eine sehr elegante Dirne, die diesen jungen Mann gleichfalls lorgnettierte und zuweilen auch von ihm lorgnettiert wurde. Offenbar liebte diese Person Sie nicht sehr, und Sie lieben sie ebensowenig, denn sie hat sich eine Unverschämtheit gegen Sie erlaubt, wofür sie tüchtig gestraft wurde. Ich mache Ihnen deshalb mein Kompliment: Ich habe recht herzlich darüber gelacht. Während ich jedoch lache, erhebt sich ein großer Lärm. Alles rennt plötzlich zusammen; jedermann drängt sich nach der oder dem Brumont, dem oder der ich beständig mit den Augen folge, in der Absicht, ihn oder sie zu rufen, um einen Augenblick mit ihr oder ihm zu plaudern. Ganz verblüfft über einen so außerordentlichen Zusammenlauf, frage ich arme Frau aus der Provinz, ob es bei den Pariser Damen Brauch sei, auf solche Art wie verrückt mitten unter den Herren dem ersten besten hübschen Jungen nachzulaufen, der ihnen in den Weg kommt. Meine ganze Umgebung ruft mir zu: ›Nein! nein! Aber dieser da verdient die allgemeine Aufmerksamkeit; es ist ein reizender Kavalier, bereits sehr bekannt durch ein außerordentliches Abenteuer; es ist Fräulein Duportail, es ist der Liebhaber der Frau von B.!‹ Sie können sich mein Erstaunen denken; alsbald öffne ich die Augen, erinnere mich an tausend beunruhigende Umstände, und ohne allzu große Bosheit muß ich mir sagen, daß es sehr wahrscheinlich wird, daß der Liebhaber der Marquise auch der Liebhaber der Gräfin ist. Dennoch darf ich nicht zu rasch und zu leicht über eine Nichte aburteilen, die ich hochachte. Ich werde sie sehen, ich werde sie beobachten, ich werde sie morgen ausfragen, da ich zu ihr morgen ins Gâtinois kommen will. Alle diese Berechnungen sind vergeblich; am ersehnten Tage kommt die gefällige Frau von Fonrose zu mir und vertraut mir in aller Freundschaft den ehrenvollen Auftrag an, Ihnen Ihren Herzensfreund zuzuführen. Hocherfreut über einen für meine geheimen Pläne förderlichen Zufall, sage ich zu, mit dem festen Vorsatz, das Fräulein genau ins Auge zu fassen und die Sache so zu treiben, daß Sie mich nicht zwingen können, die Rolle einer gefälligen Mitwisserin bei Ihnen zu spielen. Ich komme mit dem glücklichen Sterblichen an. Vielleicht glaubte er, da Sie schon schliefen, wenigstens das Bett der kleinen Mesanges zu teilen, aber im Gegenteil: Ich nehme ihn für mich in Beschlag. Im Anfang der Nacht quäle ich ihn; eine Stunde darauf ertappe ich ihn sozusagen auf der Tat; er gesteht mir seinen Namen nicht, um den ich ihn frage, aber er kann sein Geschlecht nicht leugnen. Endlich kommt der Morgen, und damit mir in dieser Beziehung keine Ungewißheit übrigbleibt, entdecke ich vollständig – den Chevalier Faublas!«

Mit diesen Worten ›entdeckte‹ sie mich wirklich; denn mit einem raschen Griff riß sie die Decke weg, warf sie beinahe auf meine Füße hinab und zog sie fast augenblicklich bis an meine Schultern wieder hinauf. Der Augenblick war kurz, aber entscheidend. Der Zufall, der sich gegen mich erklärte, wollte, daß ich so im Bette lag, daß das wesentlichste Beweisstück dem raschen Blicke des Angeklagten, seiner Mitschuldigen und ihres Richters nicht entgehen konnte. »Jetzt, meine Nichte, jetzt hoffe ich, daß Sie keinen Zweifel mehr haben. Ich sage dies für den Fall, daß man möglicherweise glauben könnte, Sie hätten noch einen solchen gehabt. Aber, gestehen Sie«, fuhr sie fort, indem sie mir mit derselben Hand, welche mich soeben beinahe nackt den verworrenen Blicken der Frau von Lignolle ausgesetzt hatte, eine derbe Ohrfeige gab, »gestehen Sie es, daß dieser Chevalier Faublas ein unverschämter kleiner Schlingel sein muß, daß er heute nacht bei der Tante geschlafen hat, aus dem einzigen Grunde, weil er nicht bei der Nichte schlafen konnte.«

»Liebe Tante«, rief die Nichte etwas ärgerlich, »warum denn so stark schlagen? Sie werden ihm weh tun.« – »Ja, weh! Er ist nur zu glücklich! Es ist dies eine Gunst … Frau von Lignolle, jetzt, da Sie es nicht mehr unter dem Vorwande der Unwissenheit ablehnen können, jetzt müssen Sie den Herrn sogleich ersuchen, aufzustehen, müssen ihn aus dem Hause schicken und es ihm für immer verbieten.« – »Ihn aus dem Hause schicken, meine Tante? Also gut: Ich sage Ihnen, er ist mein Liebhaber, den ich anbete.« – »Und Ihr Gemahl, Madame?« – »Mein Gemahl? Er ist es ebenfalls; ich habe keinen anderen als ihn.« – »Aber Nichte! Hat Herr von Lignolle Sie nicht seit etwa fünf Monaten wirklich geheiratet?« – »Geheiratet? Niemals … der da hat es, meine Tante.« – »Wie, er hat auch das erste Mal? …« – »Ja, meine Tante, er.« – »Ah! Der glückliche kleine Schlingel! Welch ein Talent zum Heiraten hat doch dieser Mensch! … Aber Sie sind schwanger, liebe Nichte!« – »Ja, das hat wiederum er getan …« – »Aber …« – »Es gibt kein Aber mehr, er ist es immer gewesen, er wird es immer sein, und nie wird es ein anderer sein.« – »Er allein? Und wie wollen Sie's machen?« – »Wie ich's bereits gemacht habe, meine Tante, mit ihm.« – »Was, dummes Geschwätz! Sehen Sie doch nur!« – »Ich sehe nur ihn!« – »So hören Sie doch wenigstens …« – »Ich höre nur ihn!« – »So lassen Sie sich doch sagen.« – »Ich lasse mir nur von ihm sagen.« – »Gott, liebe Nichte, wollen Sie vielleicht …« – »Ich will nur ihn.« – »Sie wollen mich nicht einen Augenblick sprechen lassen?« – »Ich spreche nur mit ihm.« – »Eleonore, Sie lieben mich also nicht?« – »Ich liebe nur … Ach ja, doch! Ich liebe auch Sie.« – »Dann erlauben Sie mir doch, mich zu erklären. Sag mir, Unglückliche, wie willst du es machen, um deine Schwangerschaft zu verbergen?« – »Ich werde sie eben nicht verbergen.« – »Aber dein Mann wird fragen, wer dir dieses Kind gemacht hat.« – »Ich werde ihm antworten, daß er es gemacht hat.« – »Und wenn er niemals bei dir geschlafen hat, wie kannst du hoffen, daß er es dir glaubt?« – »Nun, ebendeshalb wird er mir es glauben.« – »Wieso ebendeshalb.« – »Allerdings, ebendeshalb.« – »Liebe Nichte, wir verstehen einander nicht. Sie sind so lebhaft, daß man sich unmöglich mit Ihnen verständigen kann.« – »Ich bin lebhaft, und sind Sie es etwa nicht?« – »Allerdings! Wie wäre es bei einer so unüberlegten Person auch anders möglich? Tun Sie mir aber jetzt den Gefallen, und erklären Sie mir, wie man es machen muß, um einen Mann, der seine Frau niemals geheiratet hat, zu überreden, daß er ihr dennoch ein Kind gemacht habe?« – »Ist das nicht zum Verzweifeln? … Ach, meine Tante, tun Sie mir selbst den Gefallen, und erklären Sie mir, warum Sie sich einbilden, daß ich Herrn von Lignolle solch dummes Zeug vordemonstrieren werde?« – »Aber meine Nichte, Sie sagten es ja selbst!« – »Im Gegenteil! Ich rufe Ihnen ja unaufhörlich zu, daß ich ihm erklären werde, daß er mir dieses Kind gemacht hat.« – »Ah, jetzt begreife ich endlich; er, das ist der Chevalier.« – »Natürlich! Wenn ich sagte: er, so ist's er.« – »Meiner Treu, das hätte ich nicht erraten, meine liebe Nichte. Also Sie wollen Ihrem Gemahl ohne weitere Umstände ankündigen, Sie haben ihn zum …« – »Zu dem gemacht, was er zu sein verdient.« – »In einer Beziehung kann ich dir nicht unrecht geben …« – »In allen nur möglichen Beziehungen können Sie es nicht, meine Tante.« – »Oh, das ist etwas anderes. Ich kann Ihre Ausschweifungen durchaus nicht gutheißen, Madame.« – »Meine Ausschweifungen?« – »Laß uns zur Hauptsache zurückkommen. Wenn dein Mann böse wird?« – »So werde ich ihn auslachen.« – »Wenn er dich einsperren lassen wird?« – »Das wird er nicht können.« – »Wer sollte ihn daran hindern?« – »Meine Familie, Sie und er.« – »Deine Familie wird gegen dich sein; ich, ich, oh, ich liebe dich zu sehr, um dir je das geringste Leid anzutun; aber in einer so unglücklichen Angelegenheit werde ich wenigstens gezwungen sein, neutral zu bleiben. Du wirst also nur noch den Chevalier haben.« – »Wenn er mir bleibt, so verlange ich weiter nichts.« – »Ja, er wird dir bleiben … um dich zu verteidigen, aber er wird es nicht können! Und wenn man dich einsperrt? …« – »Nein, nein. Sehen Sie, liebe Tante, ich habe es mir erst heute nacht überlegt; ich habe einen Plan …« – »Das wird ein schöner Plan sein! Aber sprich, sprich!« – »Ich kann nicht, es ist noch nicht Zeit.« – »Dann, meine Nichte, will ich Ihnen jetzt das einzige sagen, das Sie noch tun können.« – »Das wäre?« – »Sie müssen sich so bald als möglich von Herrn von Lignolle heiraten lassen …« – »Das kann nicht sein.« – »Warum?« – »Weil es nicht sein kann. Aber wenn es auch sein könnte, ich möchte es nicht. Jetzt, meine Tante, weiß ich, was das ist. Nie wird Ihre Nichte in den Armen eines Mannes sein.« – »Nie in den Armen eines Mannes! Aber er ...« – »Er, meine Tante?« rief sie mit großer Leidenschaftlichkeit, »er ist kein Mann, er ist mein Liebhaber.« – »Ihr Liebhaber! Fürwahr ein guter Grund, den Sie Ihrem Gemahl geltend machen können!« – »Angenommen, der Grund sei schlecht, so ist doch wenigstens so viel gewiß, daß er besser ist als eine schlechte Handlung. Wäre es nicht schändlich, wäre es nicht eine abscheuliche Treulosigkeit, mit kaltem Blute sich unter zwei Männer zu teilen, um den einen desto bequemer zu verraten und den andern zu behalten, während man ihn in Verzweiflung bringt ... denn ich bin fest überzeugt«, rief sie, mich küssend, »es würde ihn zur Verzweiflung bringen.« – »Wenn Sie indes auf mich hören wollen, Madame, so würden Sie sehen, daß ich Ihnen weder die Ausschweifungen noch die Treulosigkeit rate. Sie haben mich unterbrochen, als ich Ihnen sagen wollte, daß Sie, indem Sie sich von Herrn von Lignolle heiraten lassen, Ihr Benehmen sogleich ändern und diese Intrige abbrechen müssen.« – »Eine Intrige! Pfui doch, meine Tante! Sagen Sie: eine Leidenschaft, welche das Schicksal meines Lebens wird!« – »Welche Ihr Unglück herbeiführen wird, wenn Sie sich nicht in acht nehmen!« – »Es gibt kein Unglück mit ihm, liebe Tante.« – »Es gibt immer Unglück, wo Verbrechen ist, meine Nichte! Höre, Kleine, ich bin eine gute Frau, ich lache gern, aber dies geht mir über den Spaß. Sieh nur, wie viele Gefahren dich umringen.« – »Ich kenne keine Gefahren, wenn es sich um ihn handelt.« – »Und dein Gewissen, Eleonore?« – »Mein Gewissen ist ruhig.« – »Ruhig? Das kann nicht sein. Du hast nie gelogen, aber jetzt lügst du. Höre, Eleonore, ich liebe dich wie mein eigenes Kind, ich habe dich immer angebetet, nur zu sehr vielleicht. Ich habe dich vielleicht verzogen; aber suche dich zu erinnern, wie ich mich in den Hauptsachen immer bemüht habe, dir die besten Grundsätze einzuprägen. Sieh, meine Tochter, du wirst heute das Rosenmädchen bekränzen ...«

»Oh, sprechen Sie mir nicht davon!« rief sie, indem sie sich in die Arme ihrer Tante warf, die Hände derselben ergriff und ihr Gesicht damit bedeckte. »Oh, sprechen Sie mir nicht davon!« Aufs innigste durchdrungen von dem Tone, womit diese Worte gesprochen wurden, sagte ich: »Mir, mir allein dürfen Sie Vorwürfe machen; aber entschuldigen und beklagen Sie die Gräfin, drücken Sie sie nicht zu

Boden.« – »O meine Kinder«, antwortete sie, »wenn ihr mich bloß rühren wollt, so wird euch das nicht schwer werden; man bringt mich zum Weinen, wie man mich zum Lachen bringt: auf der Stelle ... ich bin's zufrieden, laßt uns alle zusammen weinen ... Inzwischen hör mir zu, Nichte: Du erinnerst dich noch des vergangenen Jahres? Um dieselbe Zeit, denselben Tag sagte ich zu dir: ›Eleonore, ich bin sehr zufrieden mit dir; aber bald, meine Tochter, werden andere Zeiten andere Verpflichtungen mit sich führen: Man hat im Leben nicht immer Pflichten, die so angenehm sind wie die Pflicht, die Hilfsbedürftigen zu unterstützen; die Zeit naht, wo du dir vielleicht andere auferlegen wirst, die dir im Anfang verführerisch erscheinen, aber in der Folge peinlicher werden können ...‹«

Bei diesen Worten verließ die Gräfin rasch ihre gedemütigte Haltung und wiederholte in höchst belebtem Tone: »Die dir im Anfange verführerisch erscheinen werden? Man hat mich nicht damit bekannt gemacht; man hat ohne weiteres ein unschuldiges Opferlamm zur Schlachtbank geführt, und es hat Dinge versprochen, die es nicht verstand. Sie, Frau Marquise, die Sie mir hier von Pflicht vorreden, können Sie zu behaupten wagen, daß Sie damals die Ihrige getan haben? Als einige meiner Verwandten, toll von den angeblichen Vorteilen dieser unglückseligen Ehe, Ihnen Herrn von Lignolle vorstellten, da nahmen Sie mich eifrig in Schutz, das weiß ich; ich weiß, daß Ihre Einwilligung Ihnen sozusagen entrissen wurde; aber was nützte Ihr allzu schwacher Widerstand? Mußten Sie ihn nicht durch den meinigen verstärken? Mußten Sie mich nicht auf die Seite nehmen und mir sagen: ›Mein armes Kind! Ich erkläre dir, daß man deine Unerfahrenheit durch glänzende Versprechungen täuscht; willst du des nichtigen Vorteils wegen, einige Monate früher bei Hof vorgestellt zu werden, schon morgen die Gesellschaften, die Theater, die Bälle der Hauptstadt besuchen zu können, willst du deshalb für immer deine kostbare Freiheit, deine einzige wahre Freiheit, die Freiheit deiner Person und deines Herzens, zum Opfer bringen? Befindest du dich bei mir so schlecht? Hast du so große Eile, mich zu verlassen? Sieh, es ist nicht mehr Zeit, deine Tugend auf deine Unwissenheit zu gründen, und da sie dich hintergehen wollen, so muß ich dich aufklären. Wenn ein von Natur lebhaftes Mädchen sich im Frühling beim Anblick der Natur bewegt zeigt, wenn sie bei häufigen Träumereien überrascht wird, geheime Unruhen bekommt, sich über ein Übel beklagt, das sie nicht kennt, so sagt man gewöhnlich, sie bedürfe eines Gatten; aber ich, die ich dich genau kenne, ich, die ich immer gesehen habe, daß du von deiner ganzen Umgebung geliebt wurdest und ihre Anhänglichkeit mit gleicher Anhänglichkeit vergaltest, daß du meine Sorgen um dich mit dankbarem Herzen aufnahmst und mich ebenso innig liebtest wie ich dich, daß du über das Unglück eines Untertanen und sogar über die Leiden eines Fremden weinen konntest, ich glaube, daß du nicht bloß eines Gatten, sondern auch eines Geliebten bedarfst. Dessenungeachtet will man dich durchaus mit Herrn von Lignolle verheiraten. Du zählst noch nicht sechzehn Jahre, er hat schon sein fünfzigstes hinter sich. Deine Jugend wird kaum beginnen, wenn schon sein Herbst zu Ende ist; wie alle alten Lüstlinge wird er kränklich, schwächlich, barsch, zänkisch, eifersüchtig werden, und um dein Unglück voll zu machen, wirst du vielleicht sechsmal im Jahr genötigt sein, seine ekelhaften Umarmungen zu ertragen«, denn meine Tante konnte nicht ahnen, daß mir in meinem Unglück wenigstens der eine Trost bleiben würde, daß mein angeblicher Gemahl niemals fähig wäre, es zu sein …« – »Niemals, sagst du, meine Nichte?« – »Niemals, liebe Tante.« – »Pfui, der garstige Mensch!«

»Sie konnten das nicht ahnen; folglich mußten Sie zu mir sagen: ›Sechsmal im Jahr vielleicht wirst du genötigt sein, seine ekelhaften Umarmungen zu ertragen, und trotzdem, wenn dir ein hübscher, geistreicher, gefühlvoller, von deinen Reizen entzückter, deiner würdiger junger Mann in den Weg kommt, dann wirst du wiederum verpflichtet, ja verpflichtet sein, seine Huldigungen, die dich beschimpfen, sein Bild, das dich verfolgen wird, zurückzustoßen. Um tugendhaft zu bleiben, wirst du beständig gegen die süßen Neigungen deines Herzens und das heiligste der Naturgesetze ankämpfen müssen, oder aber, man wird dir unaufhörlich die furchtbaren Worte ins Ohr schreien: Eide! Pflichten! Verbrechen! Unglück! So wirst du dreißig Jahre und noch länger schmachten können, genötigt zu den grausamen Entbehrungen eines erzwungenen Zölibats und verurteilt zu den noch grausameren Pflichten einer tyrannischen Ehe, und wenn du den Verführungen deiner unüberwindlichen Liebe unterliegst, dann wird man dich noch ganz jung in der Einsamkeit eines Klosters begraben können, um daselbst, belastet von der öffentlichen Verachtung und dem Haß deiner Verwandten, bald zugrunde zu gehen.‹ Wenn Sie so zu mir gesprochen hätten, Frau Marquise, so würde ich gerufen haben: ›Ich will nichts von eurem Herrn von Lignolle! Ich will nichts von ihm! Ich will lieber als Mädchen sterben!‹

Und dann hätte man mich nicht gegen meinen Willen vermählt! Man hätte mich vielleicht getötet, aber man hätte mich nicht an den Altar geführt.« – »Niemals fähig!« wiederholte die Marquise weinend. »O der abscheuliche Mensch! O meine arme Kleine! Was willst du jetzt machen? Es bleibt also kein Mittel übrig! Niemals fähig! ... Das ist freilich ein großer Unterschied. Das verändert viel ... Aber nein, es verändert gar nichts. Mein liebes Kind, du bist nur noch etwas mehr zu beklagen ... Eleonore, du mußt sogleich und für immer dem Chevalier entsagen.« – »Ihm entsagen? Lieber sterben!« – »Ich kann nicht stärker klopfen«, rief die kleine Mesanges, die wir nicht gehört hatten. »Gehen Sie spazieren!« antwortete die ungeduldige Gräfin. – »Aber ich komme ja davon her.« – »So gehen Sie noch einmal.« – »Aber ich bin so müde.« – »So setzen Sie sich auf den Rasen.« – »Aber zum Kuckuck, ich langweile mich so ganz allein.« – »Sind wir da, um dich zu amüsieren?« fragte die Marquise. – »Sie nicht, wenn Sie wollen, meine Cousine, aber meine gute Freundin ...« – »Ihre gute Freundin?« ... – »Verlassen Sie uns.« – »Ach, ich habe schon so lange nicht mehr mit ihr geplaudert.« – »Gehen Sie, mein Fräulein, und erwarten Sie mich im Salon.« – »Ach ja, denn ich höre viele Leute, die aufgestanden sind.« – »Gehen Sie.«

»Viele Leute schon?« versetzte Frau von Armincour. »Da ist es Zeit, daß auch wir aufstehen und daß dieses Fräulein sich ankleide und gehe.« – »Gehe, meine Tante?« – »Gehe. Ja, meine Nichte; oder halten Sie es für möglich, daß sie sich bei diesem Fest zeige?« – »Wer kann sie daran verhindern?« – »Wir! Sind nicht fünfzig Personen hier, die alle gestern in Longchamps waren und sie wiedererkennen würden, wie ich sie wiedererkannt habe?« – »Ach nein!« – »Sagen Sie nicht nein! Die Sache ist so, und wir wären verloren.« – »Was liegt daran? Wenn nur er nicht geht!« – »Wenn ich so räsonieren höre, da stehen mir die Haare zu Berge!« – »Wie, meine Tante, bin ich nicht die Gebieterin im Hause?« – »Überdies, Madame, sind sie verbunden, ihn fortzuschicken; es ist einfach Ihre Pflicht.« – »Meine Pflicht! Bekomme ich dieses Wort wieder einmal zu hören?« – »Vorwärts!« unterbrach die Marquise, indem sie mir die Decke an die Nase warf, »man muß einen Entschluß fassen; denn mit ihr kommt man zu keinem Ende.«

Frau von Armincour legte schnell ein Kamisol sowie einen Unterrock an und rief dabei: »Guter Gott! Wenn ich daran denke! Jedermann würde fragen, wo dieses Fräulein geschlafen habe, jedermann würde erfahren, daß sie da geschlafen hat. Würde man nicht sagen, auch ich habe etwas mit dieser Rotznase zu tun gehabt? Ich wäre für heute die Heldin des Abenteuers ... eines galanten Abenteuers mit sechzig Jahren! Das hieße etwas spät anfangen. Madame, Sie sehen wohl ein, daß es sich weniger darum handelt, mir einen Spott zu ersparen, als Ihren Ruf und Sie selbst zu retten. Er muß gehen ... Nein, meine Nichte, ich werde nicht dulden, daß Sie in meiner Gegenwart seine Kammerfrau machen; ich werde ihn mindestens ebenso schnell und ebenso anständig anziehen, als Sie es tun können. Haben Sie gar keine Angst, ich bin hier bloß der Hund des Gärtners.«

Solange meine Toilette währte, fand ein sehr lebhafter Streit zwischen der Tante, die beharrlich meine Abreise verlangte, und der Nichte statt, die durchaus nichts davon hören wollte.

Inzwischen meldete man der Gräfin, es sei notwendig, daß sie hinuntergehe, um einige letzte Anordnungen bezüglich des Festes zu treffen. »Ich bin sogleich wieder bei dir«, sagte sie zu mir. Einen Augenblick darauf verließ mich auch die Tante, kam jedoch vor der Nichte zurück, obwohl diese nicht lange ausgeblieben war. Es verging ungefähr eine starke Viertelstunde, und ich brauche nicht zu sagen, daß der wieder begonnene Streit immer hitziger wurde, als man die Gräfin von neuem störte. Genötigt, mich abermals zu verlassen, versicherte sie mir wenigstens, sie werde in einer Minute fertig sein. Kaum war sie hinabgegangen, als ihre Tante zu mir sagte: »Mein Herr, ich halte Sie für etwas weniger unvernünftig als die Gräfin. Sie müssen einsehen, wie sehr Ihr Aufenthalt hier meine Nichte kompromittieren kann. Weichen Sie der Notwendigkeit, weichen Sie meinen dringenden Vorstellungen und nötigenfalls meinen Bitten.« Sie zog mich fort und führte mich auf Umwegen, die ich nicht kannte, in eine Art von Schuppen, wo ihr Wagen mich erwartete. Als ich einstieg, führte der Zufall Fräulein von Mesanges bei uns vorüber. »Meine liebe Freundin, Sie gehen?« – »Ach ja, meine liebe Freundin, bitte, empfehlen Sie mich dem Fräulein Des Rieux.« – »Ich werde nicht ermangeln. Aber Sie versicherten mir doch, daß ich bald heiratsfähig werde ...« – »Schweigen Sie, mein Fräulein«, fiel rasch die Marquise ein, »und höre ich je wieder von Ihnen solche ...«

Ich hörte nichts mehr, da der Kutscher, der seine Befehle hatte, blitzschnell wegfuhr. Er führte mich bis nach Fontainebleau, wo ich die Post nahm. Es war kaum vier Uhr abends, als ich in Paris ankam. Frau von Fonrose hatte Wort gehalten. Mein Vater hatte sich noch nicht zu Hause gezeigt; ich benützte die wenigen freien Augenblicke, die ich noch hatte, um meine Damenkleider abzulegen und Rosambert zu besuchen. Ich fand ihn weit besser; er konnte bereits ohne Unterstützung in seinem Zimmer umherspazieren und sogar in seinem Garten mehrere Male auf und ab gehen. Der Graf begann mit bitteren Vorwürfen. Ich stellte ihm vor, daß ich mich jeden Morgen nach seinem Befinden erkundigen ließ. – »Sie hatten aber versprochen, selbst zu kommen.« – »Mein Vater hat mich nicht allein gelassen.« – »Das hat Sie nicht verhindert, andere Ausflüge zu machen. Im übrigen gestehe ich gern, daß die kleine Gräfin den Vorzug verdient.« – »Die kleine Gräfin?« – »Frau von Lignolle, ja. Habe ich Ihnen nicht gesagt, daß künftig jede Dame, welche Sie besitzt, eine öffentliche Berühmtheit erlangen werde? Es freut mich ungemein, daß die Marquise eine ihrer würdige Nebenbuhlerin hat ... denn man sagt, die Gräfin sei anbetungswürdig ... Unglücklicherweise ist sie noch ein Kind, ohne Erfahrung, ohne Kunst, ohne Bosheit. Die Marquise wird sie zermalmen, sobald ... Apropos, ich mache Ihnen mein Kompliment: Sie stehen unendlich gut mit Herrn von B.! Ganz Paris hat ihn am Tage Ihrer Apotheose an Ihrer Seite lachen sehen; und dann macht der vortreffliche Eheherr gegen niemand ein Geheimnis daraus, daß Sie ein allerliebster Junge seien; als meinte er gleichsam, die Sache erscheine noch nicht komisch genug, sagte er zu jedem, der es hören will, ich sei ein schändlicher Mensch. Er ist sehr böse auf mich; man versichert, er sei sehr böse auf mich! Vielleicht bekomme ich abermals ein Duell auf den Hals. Aber wissen Sie etwas davon, Chevalier? Der Marquis hat lange Zeit mit Ihnen gesprochen.« – »Oh, der Marquis hat mir tausenderlei Dinge erzählt.« – »Nun also! So erzählen Sie es mir doch wenigstens, Faublas! Es ist mir ein Bedürfnis zu lachen, und Sie müssen alles versuchen, um einem in der Rekonvaleszenz begriffenen Freunde Freude zu machen.« – »Ich gestehe Ihnen, daß ich weit entfernt bin, Sie auf Kosten der Marquise amüsieren zu wollen, und ich wiederhole Ihnen sogar, Rosambert, daß ich nur ungern von ihr reden höre.« – »Sie haben unrecht, denn ich bin, zumal in diesem Augenblick, ihr begeisterter Anbeter. Wahrhaftig! Ich sagte es eben zu mir selbst, diese Dame muß allen ihren schon so zahlreichen Vorzügen jetzt noch die Klugheit beigesellen. Sind Sie nicht gleich mir erstaunt über die tiefe

337

Berechnung, welche sie gemacht hat, daß ich, wenn ich ihr entrinne, wenigstens nicht ihrem Gemahl soll entrinnen können? Chevalier, Sie werden Zeuge sein.« – »Zeuge?« – »Ja, und zwar so bald als möglich.« – »So bald als möglich? Sie hatten mir doch gesagt, Sie würden nicht wieder nach Compiègne gehen?« – »Zeuge bei meinem Duell mit dem Marquis, Chevalier, seien Sie ruhig! Wir haben ausgemacht, daß ich mich mit der Marquise nicht mehr schlage. Wie könnten Sie mich für so verrückt halten, mich zum zweiten Male auf die wunderliche Grille dieser Dame einzulassen, die sich's in den Kopf gesetzt hat, sie müsse brave junge Leute mit ihren eigenen Waffen angreifen? Sehen Sie, je mehr ich darüber nachdenke, um so deutlicher sehe ich ein, daß man im Interesse der öffentlichen Sicherheit diesen Unfug schon in seinem Anfange steuern muß; das gäbe ein gar zu gefährliches Beispiel. Zum Teufel! Da brauchte sich eine nur zur Tagesheldin machen zu wollen, und alle Liebesangelegenheiten müßten zuletzt mit Pistolenschüssen enden! Denken Sie, welches Gekrache es tagtäglich an den vier Ecken von Paris gäbe.«

Rosambert, der mich lächeln sah, überschüttete mich mit Scherzen und Fragen in betreff der Gegenstände meiner Zärtlichkeit. Ich ließ mich zuletzt gutmütig auf seine Heiterkeit ein, aber seine Neugierde wurde nicht zufriedengestellt.

Mein Vater kam erst zwei Stunden nach mir ins Hôtel zurück. Er gab mir zu verstehen, es tue ihm leid, mich den ganzen Tag allein gelassen zu haben. Ich stellte ihm ehrerbietig vor, er sei allzu gütig, sich seines Sohnes wegen zu genieren. Er fragte mich, wie ich die Nacht zugebracht habe. Um nicht zu lügen, antwortete ich: »Schlecht und gut, mein Vater.« – »Der Schlaf war nicht tief?« fragte er weiter. – »Verzeihen Sie, er war tief, aber oft unterbrochen.« – »Sie haben große Aufregungen empfunden?« – »Große Aufregungen? Ja, mein Vater.« – »Die Träume sind sehr unangenehm gewesen?« – »Oh, sehr unangenehm! Besonders einer, der mich gegen Mitternacht abscheulich gequält hat.« – »Aber am Morgen haben Sie doch wenigstens Ruhe gehabt?« – »Am Morgen ... nein, ich war unruhig am Morgen.« – »Offenbar die Ermüdung?« – »Etwas Ermüdung vielleicht, und dann die Folgen dieses Traumes.« – »Erzählen Sie ihn mir doch.« – »Mein Vater ... es war ... es war eine Frau ...« – »Immer Frauen! Denken Sie an die Ihrige, mein Sohn.« – »Ach! Seit sieben Uhr morgens« – dies war die Stunde, wo ich mich auf den Weg begeben hatte –, »seit sieben Uhr, das versichere ich Ihnen, habe ich

Die zärtliche Mutter

mich beinahe nur mit der Erinnerung an sie beschäftigt. Mein Vater, wann werde ich doch Nachrichten von ihr erhalten?« – »Sie wissen, wie viele Leute ich aufs Land ausgeschickt habe, und binnen vierzehn Tagen gedenke ich selbst mit Ihnen abzureisen.« – »Warum nicht früher?« – »Weil ich«, versetzte er mit verlegener Miene, »nicht fertig bin; überdies müssen wir warten ... bis Sie sich besser erholt haben ... bis die schönen Tage vollständig wiedergekehrt sind.« – »Die schönen Tage! Ach, werden sie fern von Sophie je wiederkehren?«

Während ich so sprach, hoffte ich indes einiges Glück für den folgenden Tag. Der folgende Tag war dieser lebhaft ersehnte Montag, der meine Eleonore und mich auf einige Augenblicke beisammen sehen sollte. Ach! unsere süße Erwartung wurde getäuscht. Frau von Fonrose, die abends meinem Vater einen kurzen Besuch abstattete, fand Gelegenheit, zu mir zu sagen: »Es war nicht möglich, ihre Tante ist heute früh zu ihr gekommen und ist noch da.«

Am Dienstag trat derselbe Fall ein, und Mittwoch hatte ich wenigstens den Trost, ein Billett von Justine zu empfangen. Sie schrieb mir, mit dem Schlüssel, der mir geschickt würde, könne ich das Hoftor und alle Türen eines kleinen neuen Hauses in der Rue du Bac auf der Seite des Pont-Royal öffnen. Der Herr Vicomte ersuche mich, abends gegen sieben Uhr dort zu sein.

Gut! Frau von B. ist also nicht böse auf mich? Seit Freitag hatte ich kein Wort von ihr vernommen; dieses lange Schweigen nach unserem Abenteuer begann mich zu beunruhigen. Faublas, sie ist nicht böse! Sie ist nicht böse, Faublas! Glücklicher junger Mann! Freue dich! Und ich küßte Justinens Billett und tat einen Freudensprung.

»Eine gute Nachricht?« fragte mein Vater, der hereintrat. – »Ah! Darum ... darum sehe ich die schöne Jahreszeit wiederkehren; ich denke, ich werde heute nach Tisch einen Ausgang machen können.« – »Mit mir, ja.« – »Wiederum mit Ihnen, mein Vater?« – »Mein Sohn ...« – »Verzeihen Sie ... aber wollen Sie mich ganz zum Sklaven machen? Wollen Sie mich hindern, sogar einen Freund zu besuchen?« – »Sie wollen keinen Freund besuchen.« – »Den Vicomte, mein Vater.« – »Herrn von Valbrun, das mag sein; aber hernach ...« – »Ich verspreche Ihnen, das Haus der Gräfin nicht zu betreten.« – »Sie geben mir Ihr Ehrenwort darauf?« – »Mein Ehrenwort.« – »Nun wohl, ich zähle darauf.« – Und ich küßte meinem Vater die Hände und tat einen Freudensprung.

Ich war so ungeduldig, zu erfahren, was die Marquise mir zu sagen hätte, daß ich mich vor der festgesetzten Stunde beim Rendezvous einstellte. Ich hatte vollkommen Zeit, das Haus zu mustern, das ich hübsch, bequem und wohl ausgestattet fand. Besonders bemerkte ich zwei kleine Schlafzimmer nebeneinander, zwei Schlafzimmer, die ich noch heute zu sehen meine und die ich in hundert Jahren, wenn ich noch lebte, ebensogut wie heute zu sehen glauben werde.

Herr von Florville erschien bei einbrechender Nacht; er kam in eines der beiden kleinen Zimmer zu mir. Alsbald umfaßte ich seine Knie. »Ja«, sagte die Marquise, »bitten Sie Ihre Freundin um Verzeihung, denn Sie haben sie beleidigt und gezwungen, eine Verwegenheit zu riskieren, welche mich zugrunde richten und Sie bloßstellen konnte.« – »Aber, meine schöne Mama, warum haben Sie mich auch ... warum haben Sie mich ...« – »Ich glaube«, unterbrach sie, »ich glaube, er will mich noch fragen, warum ich Widerstand geleistet habe? Lassen Sie das, mein Herr, lassen Sie das; bedenken Sie, daß Sie, statt Ihre Beleidigung zu erneuern, meine Verzeihung erflehen müssen. Chevalier, ich brauche Ihnen nicht erst zu sagen, warum wir uns hier sehen. Sie begreifen, daß ich nach der schmerzlichen Szene vom Freitag ohne die größte Unklugheit nicht mehr zu Justine gehen konnte.« – »Allerdings, diese Szene ...« – »Chevalier, Sie sagen mir nichts mehr von Sophie!« – »Seit Ihrem letzten Unglück habe ich so selten das Glück gehabt, Sie zu sehen! Ich habe es nur kurze Zeit genossen! Wir hatten so viel ...« – »Allerdings, aber sprechen Sie die Wahrheit: Lieben Sie Ihre reizende Gemahlin nicht ein bißchen weniger?« – »Weniger?« – »Allerdings, sprechen Sie, verbergen Sie mir keines Ihrer Gefühle; Sie haben mir vollständige Aufrichtigkeit versprochen!« – »Weniger? Noch mehr! Frau Marquise, mit jedem Tag mehr! Es scheint, daß die Abwesenheit ...« – »Und Frau von Lignolle?« – »Ach ja, sie ist mir unendlich teuer; und verdient sie es nicht?« – »Ich frage Sie selbst; Sie haben sie doch gesehen, Sie kennen sie besser.« – »Es ist wahr, die Kleine ist sehr hübsch und hat einen recht guten Charakter. Man hatte mich ein wenig über sie getäuscht. Im übrigen bin ich bereits von allen bösen Vorurteilen zurückgekommen ... Gleichwohl, Chevalier, finde ich es sehr merkwürdig, daß Sie Zärtlichkeit, ja sogar Liebe für zwei Frauen gleichzeitig haben ...« – »Sagen Sie für drei, meine schöne Mama.« – »Nein«, rief sie lebhaft, »das ist nicht möglich, rein unmöglich.« – »Ich versichere Ihnen ...« – »Versichern Sie mir nichts.

Man zeichnet täglich eine reizende Gemahlin aus; wenn sie entfernt ist, sehnt man sich zu ihr zurück: Dann kann es sogar geschehen, daß man eine entschiedene Neigung, eine sehr lebhafte Anhänglichkeit für eine ... liebenswürdige Frau empfindet; aber für zwei, das wird mir immer unbegreiflich erscheinen; nein, niemals werde ich begreifen, daß der Liebhaber der Gräfin zu gleicher Zeit der meinige sein kann; niemals werde ich das verstehen, niemals.«

Ich betrachtete sie aufmerksam; sie beobachtete mich: Offenbar ließ sie der verlegene, unentschlossene Ausdruck, den sie an meiner ganzen Person bemerkte, nichts Gutes von meiner Antwort erwarten. Ich sah sie erblassen, und ihre Stimme bebte. »Diese Unterhaltung scheint Sie zu belästigen!« fuhr sie sogleich fort. »Lassen Sie uns von etwas anderem sprechen. Ist es schon hübsch auf dem Lande?« – »Auf dem Lande?« – »Ja, Sie waren Samstag nachts dort ... Und Sie sind am Sonntag zurückgekommen; eine sehr kurze Reise! ... Sagen Sie mir, ich bitte Sie, wie verhält es sich mit einem Fräulein von Mesanges?« – »Von Mesanges?« – »Ist Ihnen dieses Kind nicht auch schon ... unendlich teuer geworden?« – »Unendlich? Aus welchem Grunde?« – »Erstens ist sie ein Frauenzimmer, und das ist für Faublas der beste aller Gründe; und dann wäre es gar nicht erstaunlich gewesen, wenn Sie, nachdem Sie Gelegenheit gefunden haben, mit der alten Armincour und dem Fräulein von Mesanges eine Nacht zuzubringen, nicht der letzteren den Vorzug gegeben hätten. Selbst vorausgesetzt, man hätte Ihnen die Wahl nicht frei gelassen, so weiß ich, daß Sie vollkommen der Mann waren, um, wenn Sie in demselben Gemache schliefen, in aller Stille das große Zimmer der Alten zu verlassen und in das Kabinett der Jungen zu schleichen ... Sie erröten! Sie sprechen kein Wort!« – »Madame ... wenn diese Details wahr wären, wer könnte sie Ihnen mitgeteilt haben?« – »Wenn diese Details wahr wären: Diese Voraussetzung gefällt mir ungemein, Faublas. Versuchen Sie, nicht zu lügen, Ihre Miene und Ihre Haltung, Ihr Schweigen und Ihr Reden, alles enthüllt in Ihnen den schuldbeladenen Menschen! Faublas, ein ganz eigentümlicher Zufall hat mir nur einen Teil dieser Details in die Hände geliefert, aber Sie müssen wissen, daß ich, sooft es mir gestattet ist, ein Eckchen in dem Gemälde zu entdecken, imstande bin, das übrige zu erraten. Ich weiß nicht genau, ob Sie der jungen Person die ganze Nacht weihen oder nur eine Stunde schenken konnten; wie dem aber auch sei, ich bin gewiß, daß Sie Ihre Zeit gut angewendet haben. Ich wundere mich nicht mehr, daß man bereits davon spricht, die Kleine zu verheiraten. Ich begreife, daß dies jetzt in mehreren Beziehungen nötig ist. Im übrigen«, fuhr sie in ernsthaftestem Tone fort, »bin ich weit entfernt, Ihnen zu verübeln, daß Sie mir aus diesem Abenteuer ein Geheimnis machten; in diesem Falle wäre die Indiskretion in Wahrheit eine Schlechtigkeit, deren ich Sie unfähig halte. Ich bin überzeugt, daß Sie über die ganze Sache ein tiefes Stillschweigen beobachten werden; ich bin überzeugt, daß Sie niemandem davon gesprochen haben werden, selbst nicht Herrn von Rosambert.« – »Herrn von ...« – »Kennen Sie ihn nicht?« – »Nur zu gut!« – »Ich glaube, Sie haben ihn erst am Sonntag besucht.« – »Am Sonntag?« – »Oder sollte ich mich im Tag täuschen? War es vielleicht ...«

Ich stürzte mich der Marquise zu Füßen: »O meine edelmütige Freundin! Verzeihen Sie mir.« – »Wenigstens«, fügte sie hinzu, indem sie mir ein Zeichen gab, wieder aufzustehen, »bedenken Sie, daß Sie mir Ihr Ehrenwort gegeben haben, meinem zweiten Duell mit meinem Gegner anzuwohnen.« – »Ihr Gegner will nicht ...« – »Sein Wort halten? Ich werde ihn schon zu zwingen wissen. Faublas, wär's möglich, daß eine Züchtigung Ihnen heute weniger gerecht und weniger wünschenswert erschiene? Ach, sprechen Sie! Ihre Wünsche werden den Erfolg des Kampfes entscheiden. Lieber will ich, zweifeln Sie nicht daran, lieber will ich von der Hand des Grausamen sterben, wenn Sie mir eine Träne weihen, als ihn hinopfern, wenn er eines Bedauerns gewürdigt wird. Sie wissen also nicht, wie ich ihn hasse, den Barbaren? Von ihm rühren all die Leiden her, die ich nicht ertragen kann; die ich nicht ertragen kann«, wiederholte sie weinend. »Vor seinem schändlichen Frevel in Hollriß war ich noch nicht ganz unglücklich, ich hatte nur mein Vermögen und meinen Ruf verloren. Ist es also wahr, Faublas, daß der Schändliche nicht auch Ihnen einen unersetzlichen Verlust, einen untröstlichen Verdruß verursacht hat? Undankbarer!« fuhr sie mit der größten Heftigkeit fort, »mußt du ihn nicht ebenso verabscheuen, wie ich dich liebe?«

Frau von B. entfloh, erschrocken über ihre eigenen Worte. Ich eilte ihr nach; ich war im Begriff, sie zu erreichen, ich war im Begriff ... Sie drehte sich gegen mich um: »Herr Chevalier«, sagte sie zu mir, »wenn Sie es wagen, mich zurückzuhalten, so sehen Sie mich in Ihrem Leben nicht wieder!« Auf ihrem Gesichte lag ein so wahrer Schrecken und in ihrer Haltung etwas so Entschiedenes, daß ich es nicht wagte, ihr den Gehorsam zu verweigern. Sie entwischte mir.

Bei meiner Rückkehr ins Hôtel traf ich Frau von Fonrose, die mich boshaft fragte, wie der Herr Vicomte sich befinde. Im übrigen brachte sie nur unglückliche Nachrichten. Frau von Lignolle, die seit einigen Tagen von einer Menge kleiner Unpäßlichkeiten gequält wurde, welche sämtlich ihre Schwangerschaft verkündeten, fühlte sich heute ernstlich unwohl; es war ihr unmöglich, das Zimmer zu verlassen, und ich konnte sie nicht besuchen, weil Frau von Armincour, die augenscheinlich entschlossen war, nichts zu versäumen, um ihre Nichte von einer gefährlichen Leidenschaft zu heilen, neuerdings erklärt hatte, daß sie erst zu Johannis in ihre Franche-Comté zurückkehren würde. Sie hatte auch Frau von Lignolle um eine Wohnung in ihrem Hôtel ersucht, die ihre Nichte nicht hatte verweigern können. Auf solche Art verflossen etwa vierzehn Tage, während welcher meine Eleonore und ich keinen anderen Trost hatten, als recht oft Jasmin zu La Fleur und La Fleur zu Jasmin zu schicken.

Während dieser unglücklichen zwei Wochen hörte ich nichts von Frau von B. Aus der Provinz kam mir keine Mitteilung zu, die mir Hoffnung machen konnte, daß Sophiens neues Gefängnis bald werde entdeckt werden. So von allen großen Interessen meines Lebens im Stich gelassen, hatte ich nur noch traurige Tage und lange Nächte.

Endlich lud Frau von Fonrose Vater und Sohn gleichzeitig zu einem Diner in ihrem Hôtel ein. Schlag sieben Uhr verließ ich unter irgendeinem Vorwand den Salon der Baronin und ging auf Umwegen nach ihrem Boudoir, dessen Tür mir die Gräfin öffnete. Ach, nach langen Debatten war tags zuvor beschlossen worden, daß ich nur zwanzig Minuten bei meiner Freundin bleiben sollte. Ich überschritt die Erlaubnis bloß um eine Viertelstunde. Ich hatte also kaum die Zeit, sie zu bewundern, sie zu küssen, ihr ein Wort zu sagen, ihr zu sagen, daß sie mir mit jedem Tage teurer werde, daß sie mir jeden Tag hübscher vorkomme. Sie hatte kaum Zeit, mir zu schwören, daß sie während meiner Abwesenheit gar nicht lebe, daß ihre Zärtlichkeit sich nur vergrößert habe, daß ihre Liebe immer zunehmen werde, bis zum letzten Tag ihres Lebens.

Man disputierte im Salon, als ich zurückkam; der Streit hörte auf, als ich erschien. Offenbar hatte die Baronin, die nach einem Mittel suchte, um Herrn von Belcourt so stark zu beschäftigen, daß er meine allzu lange Abwesenheit nicht bemerke, kein besseres gefunden, als einen ernstlichen Streit mit ihm anzufangen. O göttliche Freundschaft! Du wardst dem schwächeren Geschlecht gegeben, um ihm das stärkere betrügen zu helfen, und du würdest beständig das Glück unserer Frauen sichern, wenn du lange Zeit unter ihnen bestehen könntest.

Das glückliche Têta-à-tête, das mir soeben zuteil geworden, flößte mir nun den lebhaftesten Wunsch ein, mir trotz der Verschwörung zwischen Eleonorens Tante und meinem Vater ein weniger kurzes zu verschaffen. Mitten in der folgenden Nacht sann ich darüber nach und entwarf einen kühnen Plan, der am nächsten Morgen von der Baronin gutgeheißen und am Ende desselben Tages vollständig ausgeführt wurde. Beim Erwachen hatte ich mich vorsichtigerweise mit einer starken Migräne versehen. Beim Diner klagte ich noch sehr darüber, und abends verursachte sie mir so heftige Schmerzen, daß Herr von Belcourt mir riet, schlafen zu gehen. Mein Vater entfernte sich bald, als er mich eingeschlummert sah, und sobald er gegangen war, schlief ich nicht mehr. Alsbald wurde, dank meinem verständigen Bedienten, ein geschickter Friseur geheimnisvoll in mein Zimmer eingeführt. Dank meiner Gewandtheit und dank wiederum meiner Kammerfrau Jasmin, kleidete ich sehr leidlich von Kopf zu Fuß Fräulein von Brumont an, die ein sehr unaufmerksamer Schweizer, der außerdem sehr verschwiegen war, nicht ausgehen sah und die ein schlechter Fiaker sogleich zu Frau von Fonrose führte. Es fehlte wenig bis Mitternacht. Wir hatten für gut befunden, nicht früher zur Gräfin zu gehen, weil wir fürchteten, die Marquise möchte sich noch nicht auf ihr Zimmer zurückgezogen haben. Außerdem hatte Frau von Fonrose, die mich zu Herrn von Lignolle begleitete, die Aufmerksamkeit, nicht zu dulden, daß ihre Karosse bis in den Hof des Hôtels fuhr, weil man niemand im Schlaf stören durfte. Bei der Gräfin befanden sich nur noch ihre Frauen und ihr Gemahl; ihre Tante war, wie wir es hofften, schlafen gegangen. »Wie! So spät?« sagte der Graf. »Wir wollten«, antwortete die Baronin, »uns bei Ihnen zu einem Souper einladen, aber wir wurden mit Gewalt anderwärts zurückgehalten. Das Fräulein, das um diese Stunde nicht mehr in ihr Kloster zurückkehren kann, hat das Bett, das ich ihr anbot, nicht angenommen; sie wollte Sie lieber für heute nacht um das Zimmerchen ersuchen, das sie in glücklicheren Zeiten hier bewohnte.« – »Das hat sie gut gemacht!« versetzte der Graf. – »Sehr gut!« rief meine Eleonore, »sie soll mich nur so oft als möglich so angenehm überra-

Der erschöpfte Liebesköcher

schen.« – »Ihr Herr Vater hat Sie also ins Kloster gebracht?« fragte
Herr von Lignolle. – »Ja, mein Herr.« – »Wohin?« – »Verzeihen
Sie, ich darf niemand empfangen.« – »Ich verstehe«, bemerkte er
ganz leise und in geheimnisvollem Tone, »es ist wegen des
Vicomte.« – »Ihnen kann man doch nichts verhehlen.« – »Oh, ich
wußte es wohl, denn die Affektionen der Seele sind mir vollkommen
vertraut. Zu verwundern ist nur, daß ich diesen jungen Mann vergebens in Versailles gesucht habe, kein Mensch kennt ihn dort.« – »Ich
habe Ihnen bereits gesagt«, fiel Frau von Fonrose ein, welche ge-
lauscht hatte, »daß er beim Minister viel gilt, sich aber selten bei
Hofe zeigt.« – »Und ich, ich habe gebeten, daß man in meiner Gegenwart nie mehr von ihm sprechen möge«, rief die Gräfin. – »Apropos«, versetzte der Graf, »ich bin Ihnen recht böse.« – »Warum?« –
»Vor vierzehn Tagen kommen Sie ins Gâtinois zu diesem Feste, und
am anderen Morgen reisen Sie ab, ohne …« – »Man hat Ihnen gewiß gesagt, daß dringende Befehle mich gezwungen hatten, nach Paris zurückzukehren.« – »Und die Scharaden«, fuhr er fort, »wie
steht's mit ihnen?« – »Ziemlich schlecht seit einigen Wochen; doch
habe ich gestern wieder angefangen. Aber so wenig! So wenig!« –
»Um so schlimmer, mein Fräulein, da müssen Sie eben die verlorene
Zeit wieder einholen.« – »Ich bin auf der Stelle bereit, mein
Herr.« – »Sehen Sie, Sie vernachlässigen Ihre Schülerin; nehmen Sie
sich wohl in acht: Man wird böse werden, man wird Sie fortschicken
und dann mich zu Ihrem Ersatzmann wählen.« – »Nein«, rief Frau
von Lignolle lebhaft, »rechnen Sie nicht darauf. Es ist noch nicht
lange her, daß man mir diesen Vorschlag gemacht hat; aber ich habe
mich dagegen erklärt, es wird nie stattfinden.« – »Wieso? Hat das
Fräulein Ihnen diesen seltsamen Vorschlag gemacht?« – »Nein, Gott
sei Dank, nicht!« – »Oh, oh, Madame, es wird vielleicht schon noch
soweit kommen, Sie werden sehen«, fügte er, mich auf die Schulter
klopfend, hinzu, »Sie werden sehen, daß dies auf die Länge ein ermü-
dendes Geschäft ist.« – »Für Sie!« versetzte seine Frau, »aber von
Fräulein von Brumont bin ich überzeugt, daß sie nicht müde
wird.« – »Ganz gewiß nicht, Frau Gräfin, und diese ganze Zeit
machte es mich sehr unglücklich, daß ich nicht kommen und Ihnen
Lektionen erteilen konnte.« – »Nun wohl!« fiel Frau von Fonrose
ein, »so geben Sie ihr die Lektion, ich gehe.« – »Ich halte Sie nicht
zurück«, versetzte ihre Freundin, »denn ich habe Lust zu
schlafen.« – »In diesem -Falle«, sagte Herr von Lignolle, »will ich die

Frau Baronin an ihren Wagen zurückbegleiten und mich dann auf mein Zimmer begeben. Gute Nacht, meine Damen!«

Die Gräfin entließ sogleich ihre Frauen, und sobald wir allein waren, warf sie sich in meine Arme, belohnte meine glückliche List mit hundert Liebkosungen.

O ihr, denen es zuweilen vergönnt war, das Bett einer angebeteten Geliebten zu besteigen und allda eine ganze Nacht für sie zu wachen, ihr habt, wenn ihr einer so großen Gunst wahrhaftig würdig wart, mehr als eine Art entzückender Vergnügungen genossen! Der gemeine Troß der Liebhaber kennt nur die Stunde des Genusses, aber die feiner begabten Liebhaber wissen auch von der Stunde, die diesem folgt: Es ist die Stunde einer holderen Innigkeit, der besser empfundenen Lobpreisungen, der überzeugenderen Beteuerungen, der bezaubernden Bekenntnisse, der zärtlichen Ergießungen, der wonnevollen Tränen und aller Wollüste des Herzens. Da erinnert sich das glückliche Paar mit gleichem Interesse an sein erstes Zusammentreffen, an seine ersten Wünsche, da läßt es seine Gedanken über die Gegenwart hinschweifen, von der es entzückt ist, und erfreut sich über soviel Glück, das ihm trotz so mannigfacher Hindernisse zuteil geworden; da erblickt es in der Zukunft nur eine lange Reihenfolge schöner Tage und gibt sich mit vollständigem Vertrauen den Träumereien der Hoffnung hin.

»Ja«, sagte sie, »ich habe den besten, den herrlichsten aller Pläne entworfen: Wir werden miteinander leben und sterben können. Ich will nur meine notwendigsten Sachen zusammenpacken und bloß meine Juwelen mitnehmen. Dieser Herr von Lignolle soll sich nicht beklagen können, daß er durch uns den mindesten Schaden erlitten habe; wir werden Frankreich verlassen, wir werden uns ansiedeln, wo du nur willst. Jedes Land wird mir schön dünken, wenn du nur bei mir bist. Meine Diamanten sind wenigstens dreißigtausend Taler wert. Wir veräußern sie und kaufen in einer hübschen Gegend ... nicht ein Schloß, auch nicht einmal ein Haus ... sondern nur eine Hütte, Faublas, eine nette kleine Hütte. Sie braucht nur für eine einzige Person Platz zu haben, denn wir werden immer eins sein.« – »Wie du sagst, meine reizende Freundin, wir werden nur eins sein.« – »Wir brauchen nicht zwei Schlafzimmer. Werden wir in zwei Betten liegen, Faublas?« – »O nein, keine zwei Betten.« – »Der Garten wird groß sein, wir werden ihn anbauen lassen ... wir wollen ein hübsches Bauernmädchen an einen armen Bauernburschen, der sie aber sehr liebt, verheiraten … wir werden ihnen unseren Garten geben; sie werden ihn für sich bebauen und uns daraus nehmen lassen, was wir zu unserer Nahrung bedürfen; das wird nicht viel sein: Du und ich essen bloß, um zu leben. Auch gedenke ich, keine Kammerfrau zu haben. Es wäre jemand da, wenn ich zu dir sagen wollte: Ich liebe dich, und das würde mich sehr belästigen. Für meine Toilette brauche ich ja keine fremde Hilfe. Werde ich nicht ganz gut aussehen, wie ich mich anziehen muß, um dir zu gefallen?« – »Ah, du wirst mir auf alle Arten gefallen.« – »Das ist also beschlossen: keine Kammerfrau; aber eine Köchin? Werden wir eine Köchin haben?« – »Das wird sich wohl nicht umgehen lassen.« – »Warum denn nicht? Meinst du, ich verstehe unser Essen nicht zuzubereiten? … Unsere vier Mahlzeiten! Denn wir werden immer Hunger haben. Das wird alles bald fertig sein. Butter, Milch, Eier, Obst, ein Geflügel; ich habe das Pastetenmachen gelernt, und ich werde dir Butterkuchen, Torten und von Zeit zu Zeit ausgezeichnete Creme machen. Oh, ich werde dich gut bewirten, du wirst sehen! Wird Ihnen das nicht besser munden, mein Herr, wenn ich selbst …« – »Freilich! Hundertmal besser!« – »Nun denn«, sagte sie, mich küssend, »wir werden also nur eins sein in der Hütte. Höre, unser Geld, das du anlegen mußt, wird uns mehr als hundert Louisdor eintragen; werden wir da nicht unermeßlich reich sein? Du siehst, unsere Nahrung wird uns beinahe gar nichts kosten, und unser übriger Aufwand wird sich auf sehr wenig beschränken. Ein leichtes Taftkleid für den Sommer und für den Winter ein sauberer Zitz, das ist alles, was ich verlange. Du wirst auch nicht mehr nötig haben, mein Freund, du bedarfst keiner schönen Kleider, um allerliebst zu erscheinen. Wir werden also kaum die Hälfte unseres Einkommens verbrauchen; mit dem Rest können wir noch einigen armen Leuten Gefälligkeiten erweisen. Die Hälfte für uns, das ist schon viel. Fünfzig Louisdor für die Unglücklichen, das ist sehr wenig! Wir wollen sehen; wir werden von allen Dingen alles Überflüssige weglassen und hernach noch an dem Notwendigen zu sparen suchen.« – »Anbetungswürdiges Kind!« – »Kind! Sowenig als du … Mein Plan gefällt dir also, Faublas?« – »Er entzückt mich.« – »Wie freue ich mich meiner Erfindungsgabe! Du wärst auf einen solchen Gedanken nie gekommen … Ich habe dir noch nicht alles gesagt; das Wichtigste bleibt noch übrig.« – »Laß hören.« – »Ich werde niederkommen, ich werde unser Kind säugen.« – »Du wirst es säugen, meine Eleonore?« – »Ich werde es säugen und werde es unterrichten … vor allen Dingen werde ich es lehren, dich von ganzem Herzen zu lieben. Sei ganz ruhig, ich lehre es auch sticken, Klavier spielen ...« – »Und auch noch ausgezeichnete Rahmtörtchen machen, meine Eleonore? Es kann nicht zuviel Talente haben ... He, was hast du denn, meine Freundin, du weinst?« ... – »Allerdings weine ich; du lachst, wenn ich ernsthaft spreche; wenn ich gerührt bin, bist du lustig!« – »Diese Lustigkeit kommt aus meinem Herzen, ich versichere dir ... Eleonore, auch ich will unser Kind erziehen helfen: Ich lehre es lesen ...« – »Ja, es soll in unseren Augen die ganze Liebe lesen, die wir ihm weihen.« – »Schreiben ...« – »Alle Tage, alle Tage soll es dir am Morgen schreiben, daß seine Mutter dich noch inniger liebt als am Abend zuvor.« – »Tanzen ...« – »Es wird auf meinem Schoße herumtanzen«, rief sie ihrerseits lachend. – »Fechten ...« – »Aber, warum denn das? Auf unserem Lande, wo wir nur von guten Leuten umgeben sein werden, die uns lieben, wozu braucht es da die Kunst zu verstehen, jemanden zu töten?« – »Du hast recht, meine Eleonore. Wenn seine Mutter ihm gezeigt haben wird, wie man sich jedermann teuer macht, so wird es wie seine Mutter durch die Liebe jedermanns verteidigt werden.« – »Dies sind meine Pläne, Faublas«, fuhr sie fort, »ich wußte wohl, daß sie deinen Beifall finden würden. Wir werden also den Rest unseres Lebens beieinander zubringen! Wir werden ohne Hindernisse bis zu unserem letzten Seufzer einander anbeten. Frau von Armincour wird nicht mehr kommen und uns mit ihren nutzlosen Vorstellungen quälen; dein Vater wird mich deiner Zärtlichkeit nicht mehr entreißen können.« – »Mein Vater, ich sollte ihn verlassen?« – »Ja, warum denn nicht? Ich würde meine Tante auch verlassen.« – »Meinen Vater, der mich so innig liebt!« – »Meine Tante liebt mich nicht weniger. Im übrigen, wenn sie wirklich die Freundschaft für uns haben, die sie uns zeigen, so wird sie nichts verhindern, zu uns zu kommen. Ich habe gedacht, wir könnten ihnen von unserem Versteck aus unsere unabänderlichen Beschlüsse kundtun; kommen sie, so wird dies unser Glück noch erhöhen, denn wir lassen ihnen dann eine Hütte neben der unsrigen bauen. Widerstehen sie unseren mehrmaligen Bitten, so werden sie es sein, die uns verlassen haben: Wir werden im Schoß der Liebe unsere undankbaren Verwandten vergessen und uns gegenseitig die ganze Welt ersetzen.« – »Ich sollte meinen Vater verlassen und meine ... Schwester!«

O Sophie! Ich nannte dich nicht, aber bereits rächten dich meine Tränen.

»Deine Schwester kann auch kommen; wir verheiraten sie mit einem braven Bauern, mit einem rechtschaffenen Manne, der nicht ihr Vermögen heiratet, sondern ihre Person, und der sie glücklich machen wird. Warum dieses Schweigen, Faublas? Warum diese Tränen?« – »Meine Freundin, du siehst mich durchdrungen von Erkenntlichkeit. So viele Beweise deiner Liebe würden die meinige erhöhen, wenn sie sich erhöhen ließe; aber bei näherer Betrachtung bin ich geneigt, mir selbst zu gestehen und es dir zu erklären: Dieser Plan ist schlechterdings unausführbar.« – »Unausführbar? Und der Grund?« – »Es gibt ihrer unglücklicherweise mehrere.« – »Ich kenne einen davon, Undankbarer! Deine Liebe zu Sophie?« – »Ich spreche nicht von meiner Frau … Du denkst also nicht an die Menge der Unglücklichen, die deine Wohltätigkeit aufrechterhält, deren einzige Stütze dein Vermögen ist?« – »Wird mein Vermögen ihnen bleiben, wenn ich aus Verzweiflung gestorben sein werde?« – »Du denkst nicht an das Aufsehen, das deine Flucht erregen wird? Man wird ein allgemeines Zetergeschrei erheben, jedermann würde deine Opfer Wahnsinn, deine Leidenschaften Ausschweifungen nennen. Willst du dein Andenken in deiner Familie verabscheut und in deinem Vaterlande entehrt hinterlassen?« – »Was liegt mir daran! Bin ich doch nicht ganz unentschuldbar! Was liegt mir an dem Urteile einer Welt, die mich nicht kennt, und an dem ungerechten Haß meiner Verwandten, die mich geopfert haben!« – »Hoffst du, daß Frau von Armincour sich jemals entschließen werde, ihrer durch die öffentliche Stimme verurteilten Nichte in ein fremdes Land zu folgen?« – »Was liegt mir auch daran? Was liegt mir an meiner Tante, wenn es sich um meinen Geliebten handelt? Grausamer! Willst du denn, daß ich die Zeit zurückwünsche, wo ich nur meine Tante liebte?« – »Endlich, da ich dir doch alles sagen muß, bedenke, daß wir beide als Kinder, als Untertanen, als verheiratete Leute, du sowenig wie ich, der dreifachen Macht unserer Familien, des Königs und des Gesetzes uns nicht entziehen können. Gegen diese vereinigten Gewalten, meine Eleonore, bietet die Erde nicht eine einzige Zufluchtsstätte für zwei Liebende.« – »Ich werde doch eine finden. Laß uns nur abreisen, wir wollen uns gehörig vermummen, unsere Namen verändern und uns im elendesten Dorf verstecken. Man wird uns dort nicht suchen, und wenn man doch kommt, so werden wir gegen unsere Verfolger ein letztes Mittel haben: Wir werden uns töten!« – »Uns töten!« – »Ja, zusammen leben oder sterben! Und ich will, daß du mich entführst, und du wirst mich entführen!« – »Wir werden uns töten, Eleonore! Und unser Kind? Unser Kind? ...« – »Er hat recht« rief sie verzweiflungsvoll, »du hast recht! Was also tun?« – »Ich weiß nur ein einziges Mittel, ein ebenso grausames als notwendiges Mittel ... meine Freundin, meine allzu unglückliche Freundin. Erinnerst du dich dessen, was deine Tante dir neulich vorschlug?« – »Und auch Sie, Faublas, auch Sie geben mir diesen schrecklichen Rat? Mein Geliebter fordert mich auf, mich in die Arme eines anderen Mannes zu werfen!« – »Eleonore, dieses Opfer scheint mir nicht minder peinlich als dir, ja, es ist schrecklich.« – »Schrecklicher als der Tod!« – »Eleonore! Und unser Kind!«

Sie konnte vor Schluchzen nicht antworten. Mir schien der Augenblick gekommen, ihr eindringlich die vielen Gründe auseinanderzusetzen, die sie überzeugen und bestimmen mußten. »Das mag alles sein«, sagte sie endlich; »aber wie willst du's anstellen, damit Herr von Lignolle jemals kann? ...« – »Liebe Freundin, du hast ihm nur einen Augenblick zu dieser Probe vergönnt; vielleicht, wenn du ihm eine ganze Nacht schenktest ...« – »Eine ganze Nacht! Ein Jahrhundert der Folterqualen! ... Und wie das erstemal werde ich zu ihm sagen müssen, daß ich es haben wolle?« – »Nein, Gott bewahre! Deine häufigen Migränen, deine Übelkeiten und andere Unpäßlichkeiten müssen Herrn von Lignolle schon jetzt einigermaßen beunruhigen. Wenn du dir's einfallen ließest, nach sechsmonatigem Schweigen ihm solche Befehle zu erteilen, so könnte dein Gemahl einen furchtbaren Argwohn fassen. Wir haben kein anderes Mittel, als daß wir uns an einen gewandten, gefälligen, verschwiegenen Arzt wenden, einen Arzt, der eine angebliche Krankheit untersucht und dir das ... Heiraten verordnet.« – »Wo diesen Mann finden?« – »Überall. Unsere Doktoren sind Ehrenmänner, gewöhnt, Familiengeheimnisse zu bewahren, den häuslichen Frieden aufrechtzuerhalten und ...« – »Das heißt, ich soll mich also einem fremden Menschen anvertrauen?« – »Einem fremden Menschen? ... Ich sehe wirklich diese Notwendigkeit nicht ein. Ein Freund kann ... Sieh, ich nehme es auf mich, dir den Arzt zu bringen. Deine Tränen fließen von neuem, Eleonore! Ach, wie das deinige, so ist auch mein Herz zerrissen ...« – »Ich werde mich aufopfern«, sagte sie schluchzend, »und ich werde ihm weniger lieb werden. Ich werde nicht mehr seine Frau, ich werde nur noch seine Geliebte sein.«

Es gelang mir, ihre Unruhe zu beschwichtigen; aber ich machte vergebliche Anstrengungen, um sie über das Unglück zu trösten, das sie bedrohte. Sie weinte bis morgens vier Uhr in meinen Armen. Da ich sie dann verlassen mußte, so beschlossen wir, daß ich übermorgen den Arzt herbeibringen und daß in der Nacht das schmerzliche Opfer vollbracht werden sollte.

Inzwischen hatte ich tags zuvor, gänzlich mit dem Wunsche beschäftigt, sie zu sehen, zwar an alle Mittel gedacht, um in ihr Zimmer zu gelangen, dagegen die Mittel zum Hinauskommen vergessen. »Meine Freundin, ich denke etwas spät daran, wie mache ich's, um heimzukommen?« – »Ach, du willst gehen, mein Freund?« – »Ja, aber ich habe nur Frauenkleider. Ein sehr geputztes Mädchen, das morgens vier Uhr ganz allein in den Straßen umherläuft, wird höchst verdächtig erscheinen; die Wache wird mich verhaften, und ich habe ganz und gar keine Lust, nach Saint-Martin zurückzukehren.« – »Oh, ist es weiter nichts als das?« antwortete sie; »warte, ich will aufstehen. Wir wecken La Fleur; er soll in aller Stille das Kabriolett anspannen; ich führe dich in Begleitung meines Bedienten selbst bis an dein Haus zurück. Am Morgen werde ich Herrn von Lignolle sagen, du habest unbedingt vor Tagesanbruch in dein Kloster zurückkehren müssen.«

Gesagt, getan. La Fleur, der uns gänzlich ergeben zu sein schien, bediente uns mit großem Eifer. Frau von Lignolle verließ mich erst in dem Augenblick, wo mein getreuer Jasmin auf das verabredete Zeichen herbeigelaufen kam und mir das Hôtel öffnete. Ich warf mich in mein Bett; es schlug zehn Uhr, als Herr von Belcourt mich weckte. Er fragte mich, ob ich eine gute Nacht gehabt habe. – »Vollkommen gut, mein Vater.« – »Und die Migräne?« – »Die Migräne? Ach ja! die Migräne ... macht mir noch einen dumpfen Schmerz, aber das macht nichts. Könnte ich nur mit mehrtägigem Leiden zuweilen solche Nächte erkaufen wie die letzte!«

Während ich noch sprach, führte mein Glück Herrn von Rosambert zu mir. Mein Vater, der den Grafen seit dem unglücklichen Duell an der Porte Maillot nicht mehr gesehen hatte, überhäufte ihn mit Höflichkeiten. Endlich ging der Baron aber doch in seine Wohnung hinunter. Als Rosambert mit mir allein blieb, begann er seine Klage von neuem: »Sie hatten mir Ihr Ehrenwort gegeben, und dennoch sind wiederum vierzehn Tage verflossen.« – »Sie sehen doch, mein Vater verläßt mich nicht. Ich könnte allerdings zu Ihnen kommen, aber mit ihm.« – »Das würde mir wenigstens das Vergnügen ver-

schaffen, Sie zu sehen.« – »Hören Sie, Rosambert, keine Komplimente! Gestehen Sie selbst, daß ein Besuch vom Baron Sie nicht sonderlich amüsieren würde. Herr von Belcourt ist sehr liebenswürdig,
aber er ist mein Vater. Sie lieben die Gesellschaft von jungen Leuten.« – »Ich ziehe sie allerdings vor. Chevalier, wissen Sie eine große
Neuigkeit? Sie erinnern sich wahrscheinlich einer sehr gefälligen
Gräfin, die sich das erste Mal, als ich Sie auf den Ball führte, meiner
bemächtigte, um Sie der Frau von B. ungestört zu überliefern.« –
»Gewiß erinnere ich mich ihrer; sie ist ganz hübsch.« – »Sagen Sie
mir das nicht, niemand weiß das besser als ich. Diese Gräfin war seit
langer Zeit die vertraute Freundin der Marquise: Man versichert, die
beiden Damen hätten ein gleiches Interesse, sich zu schonen; trotzdem haben sie sich überworfen. Ihr Bruch macht großes Aufsehen in
der Gesellschaft; man spricht sehr verschieden davon. Dieser Tage,
als ich der Marquise von Rosambert meinen ersten Besuch machte,
traf ich die liebenswürdige Gräfin bei ihr, und sie war unendlich
freundlich gegen mich: Ich konnte leicht sehen, daß sie sich durch
meine Allianz verstärken wollte.« – »Ah! Lassen wir das … Rosambert, Sie kommen mir gelegen. Ich wollte Ihnen eben schreiben und
Sie um einen wichtigen Dienst ersuchen.«

Ich erzählte ihm alle meine Abenteuer mit Frau von Lignolle, nur
diejenigen ausgenommen, bei welchen Frau von B. beteiligt war. Ich
sprach viel von der Tante und von der Nichte, hütete mich aber
wohl, ein einziges Wort von der Cousine zu sagen. Meine auf solche
Art verstümmelte Erzählung lieferte ihm noch immer einen unerschöpflichen Stoff zu Späßen, und als er seiner Heiterkeit genug Luft
gemacht hatte, sagte er zu mir: »Ich fühle mich bereits stark genug,
um hübsche Patientinnen zu besuchen. Überdies wäre es unmöglich,
einen so lustigen Auftrag abzulehnen, wie derjenige, womit Fräulein
von Brumont mich beehrt. Morgen wird sie mich bei der Gräfin bereit finden, ihrem Vertrauen zu entsprechen; morgen wird sie mir
Gerechtigkeit widerfahren lassen, zuzugestehen, daß der gewandteste
Doktor keine bessere Medizin hätte verschreiben können, um dem
impotenten Herrn von Lignolle die Ehre der Vaterschaft zu sichern.«

Einen Augenblick nach Rosamberts Weggang kam die Baronin zu
uns. Mit nicht geringem Erstaunen hörte ich sie also zu Herrn von
Belcourt sprechen: »Herr von Lignolle hat seine Frau nicht geheiratet, das ist eine Tatsache, die jedermann weiß; trotzdem ist seine Frau

schwanger; Sie wissen das, Herr Baron, denn sie selbst hat Sie mit diesem Geständnisse überrascht und würde unverzüglich mit derselben Offenherzigkeit auch ihren Gemahl damit erfreut haben, wenn Frau von Armincour sich nicht widersetzt hätte. Jetzt handelt es sich darum, die Unbesonnene zu retten, die man beklagen muß. Es gibt zu diesem Zweck nur ein einziges Mittel, nämlich, wenn man dafür sorgt, daß der unglückliche Gemahl seine Ehe vollziehe, was nicht so leicht ist; aber noch schwerer wird es vielleicht sein, sie zu bestimmen, daß sie es duldet. Meines Erachtens ist in der ganzen Welt nur der Vater ihres Kindes imstande, die unglückliche Mutter zu diesem Entschlusse zu bringen, zu welchem Mut gehört, wie jedermann einsehen wird, der den Liebhaber und den Gemahl kennt. Ein Arzt muß gewonnen werden und den ehelichen Ausspruch tun. Derselbe wird dem Gemahl verkündet, und die Tante wird für schleunige Vollziehung Sorge tragen. Alles ist auf morgen bereit. Alles wird fehlschlagen, wenn Fräulein von Brumont nicht kommt. Erlauben Sie deshalb, Herr Baron, daß ich morgen früh Ihren Sohn verkleidet von hier abhole, um ihn zu Frau von Lignolle zu führen. Fräulein von Brumont wird den Tag dort zubringen, ich werde sie am Abend zurückbringen. Am folgenden Tag jedoch wird sie noch einmal auf einen Augenblick kommen müssen. Die unglückliche Kleine wird eines tröstenden Blickes ihrer Freundin wohl bedürfen. Übermorgen wird Ihr Sohn, ich gebe Ihnen mein Wort darauf, wieder mit Ihnen dinieren.«

Herr von Belcourt blieb ernst und schwieg einige Zeit. »Madame«, sagte er endlich, »versprechen Sie mir, diesen jungen Mann keinen Augenblick zu verlassen?« Sie versprach es. Er wandte sich an mich: »Legen Sie noch zweimal die Kleider des Fräulein von Brumont an; aber bedenken Sie, daß Sie dieselben dann für immer ablegen müssen!«

Frau von Fonrose hatte sich kaum seit einer Viertelstunde von uns verabschiedet, als Herr von Belcourt einen Brief von der Post erhielt. Beim Durchlesen nahm der Baron eine düstere Miene an, gab sogar einige Zeichen von Ungeduld und rief mehrere Male: »In der Tat, das kommt mir sehr wahrscheinlich vor.« – »Eine unangenehme Nachricht, mein Vater?« – »Höchst unangenehm!« – »Es handelt sich nicht um Sophie?« – »Um Sophie? ... Ganz und gar nicht.« – »Auch nicht um meine Schwester?« – »Auch nicht um Ihre Schwester ... Leben Sie wohl, schlafen Sie diese Nacht gut, obschon die

letzte Nacht gut gewesen ist ... Und legen Sie morgen diese Verkleidung noch einmal an und auch übermorgen früh, ich habe es
erlaubt ... aber es muß das letzte Mal sein ... das letzte Mal, verstehen Sie mich wohl.«

Am folgenden Morgen begab ich mich mit der Baronin zu Frau
von Lignolle. Mein Arzt ließ nicht lange auf sich warten. Niemand
würde den Freund des Chevaliers Faublas in seinem neuen Kostüme
erkannt haben. Er war nicht mehr dieser elegante junge Herr, frech,
witzsprühend, voll von Feuer, Anmut und Liebenswürdigkeit; er war
aber ein hübscher Doktor, galant, honigsüß, beinahe scharmant, wie
sie alle sind. Er ging gerade auf meine Eleonore zu.

»Das ist die Patientin! Man braucht sie mir nicht zu zeigen. Was
mag das für eine Krankheit sein? Wo wird sie ihren Sitz haben? Auf
einem Gesichte, in Augen wie diese da! Aber wir wollen sie schon
vertreiben ... Kennt der Herr Graf das neue Stück? Es taugt nicht
viel. Ich habe es nicht gesehen, ich habe keine freie Minute; die
Masse der Patienten! Im übrigen finde ich das ganz natürlich, man
wird es müde, sich von anderen ins Grab befördern zu lassen.
Schöne Dame, erlauben Sie den Puls. Ah, die hübsche Hand, die
allerliebste Hand!« Er küßte sie. – »Was machen Sie?« sagte die
Gräfin lachend. – »Ja«, antwortete er, »ich weiß wohl, daß die andern ihn befühlen, ich, ich höre ihn; durch diese so feine Haut
könnte ich ihn sogar bemerken.«

Die Marquise von Armincour: Er ist lustig, der Doktor. (Leise zu
Faublas.) Empfangen Sie meinen Dank: Sie haben ohne Zweifel
meine Nichte veranlaßt, sich zu der einzigen Maßregel zu entschließen, welche sie retten kann. Fügen Sie dieser Wohltat noch die einzige bei, daß Sie sie nicht mehr sehen wollen, und dann werde ich
trotz Ihrer vielen Vergehungen sagen, Sie seien ein Ehrenmann.

Rosambert: Man spricht von Krieg; der Kaiser hat Eroberungspläne im Kopf. Wenn ich der Großtürke wäre, so würde ich fünfhun-
derttausend Mann zusammenziehen, über den Donaustrom mar-
schieren ... Er ist aufgeregt, schöne Dame.

Die Gräfin lachend: Wer? Der Großherr oder der Donaustrom?

Rosambert: Ausgezeichnet! Wir werden Sie kurieren, Sie lachen
gerne. Ihr Puls, schöne Dame; es ist da etwas, was ihn zu schnell gehen macht ... ich würde Wien belagern ... Madame klagt über Herzweh, glaube ich?

Die Gräfin: Sie täuschen sich, Doktor. Ich habe wohl Herzschmerzen, aber ich klage nicht darüber.

Rosambert: Gleichwohl müssen Sie sich in acht nehmen! Man darf mit dem Herzen nicht scherzen! Es ist der edle Teil ... Sie sehen wohl ein, wenn ich es belagerte, so geschähe es nicht, ohne es zu nehmen; und wenn ich es genommen hätte, so würde ich schnurstracks den Weg nach St. Petersburg einschlagen, um dieser ehrgeizigen Kaiserin einen Besuch abzustatten ... Ist der Schlaf gut?

Fräulein von Brumont: Doktor, die Ehrgeizigen schlafen nicht gut.

Rosambert: Oh, ich spreche von Madame.

Die Gräfin, beständig lachend: Seit einiger Zeit schlafe ich schlecht ... (Sie nahm eine ernste und zärtliche Miene an, warf mir dann einen schnellen, aber bedeutsamen Blick zu.) Ich habe gleichwohl immer nur einen Ehrgeiz gehabt, nämlich die Ärzte zu entbehren.

Rosambert: In der Tat, schöne Dame, ich gebe zu, daß es das beste wäre, sie entbehren zu können; aber man muß der Notwendigkeit nachgeben, wenn sie drängt ... Nach dem Feldzuge würde ich zurückkommen, um mich in meinem Serail zu erholen ... aber ich wollte Französinnen in meinem Serail haben ... und Sie, Herr Graf?

Herr von Lignolle: Ich auch.

Rosambert: Ja, das muß man gestehen, es gibt nichts Liebenswürdigeres als Französinnen. Ich sehe hier welche, die allerliebst sind. Und Sie, mein Herr, Sie besitzen eine, die tausend andere aufwiegt; aber denken Sie, welche Wonne es wäre, wenn Sie noch zwei- oder dreihundert hätten wie diese hier, ohne viele andere zu rechnen, welche Sie aus Italien, Spanien, England, Golconda, Kaschmir, Afrika, Amerika, kurz aus allen Teilen der Welt kommen ließen.

Die Baronin lachend: Gott, Doktor, welch ein Sultan wären Sie!

Die Gräfin zu ihrem Gemahl: Ich glaube, so viele Damen würden Sie nur in Verlegenheit bringen.

Rosambert: Eine kleine Anwandlung eifersüchtiger Laune. Werden Sie nicht böse auf mich. Ich erteile dem Herrn Grafen ja nicht im Ernste diesen Rat. (Zu Herrn von Lignolle.) Machen Sie ihr viel Bewegung?

Herr von Lignolle: Bewegung? Sie macht sich zuviel, sie tötet sich!

Rosambert: Die jungen Frauen lieben das, und sie haben recht. Es ist selten, daß es ihnen schlecht bekommt ... Hat Madame Appetit?

Die Gräfin: Ich hatte wohl, aber ich verliere ihn.

Rosambert: Sie verlieren ihn? Sie schlafen nicht? ... Schöne Dame, ist Ihre Seele von irgendeinem geheimen Leiden affiziert?

Herr von Lignolle: Doktor, Sie verstehen sich auf die Affektionen der Seele?

Rosambert: Wie kein anderer.

Herr von Lignolle: Das ist leicht gesagt. Aber lassen Sie sehen, erlauben Sie, daß ich Ihr tiefes Wissen etwas auf die Probe stelle. Befindet sich meine Seele in ihrer gewöhnlichen Verfassung?

Rosambert: Ihre Seele? Glauben Sie, ich sehe nicht ganz gut, daß in diesem Augenblick Sie etwas belästigt?

Herr von Lignolle: Und das wäre?

Rosambert unwillig: Sie treiben mich dazu! Ich will alles sagen: Was Ihre Seele belästigt, das ist vor allem der Zustand von Madame, weil, wenn die Krankheit ernsthaft würde und Ihre Gemahlin daran stürbe, Sie genötigt wären, ihr Vermögen herauszugeben.

Herr von Lignolle selbstbewußt: Herr Doktor, Sie nehmen sich viel heraus.

Rosambert lebhaft: Sie sind selbst schuld daran, Herr Graf. Warum behandeln Sie die Gelehrten nicht mit der Rücksicht und der Hochachtung, die sie verdienen? ... Was Ihre Seele ferner quält, das ist die Komposition eines Geisteswerkes, das nicht so rasch gedeiht, wie Sie es wünschen; denn ich halte mich nicht an Ihr Gewand, welches mir sagt, daß Sie ein Mann des Degens sind: Ich blicke auf Ihre Seele. Sie spiegelt sich ab in Ihrer Haltung ... in Ihren Augen, und ich sehe, daß Sie mit Erfolg die Literatur pflegen.

Herr von Lignolle erfreut: Sie sehen sehr gut; Sie sind ein sehr gescheiter Mann ... es ist wahr, ich bin jetzt sehr geplagt von einer Scharade.

Rosambert: Wie, sollte ich das Glück haben, mit diesem Herrn von Lignolle zu sprechen, der die Zeitungen mit seinen Versen füllt, der den ›Mercure‹ mit seinen kleinen Meisterwerken nährt?

Herr von Lignolle entzückt: Meisterwerken? Sie sind allzu gütig ... Im übrigen bin ich der Herr von Lignolle, von dem Sie sprechen.

Rosambert: Ach, mein Herr, verzeihen Sie mir den unehrerbietigen Ton ...

Unerwarteter Besuch

Herr von Lignolle: Sie spotten! Verzeihen Sie selbst; denn ich gestehe, daß es in der Tat schwer ist, die Erkenntnis der Seele weiterzutreiben.

Rosambert: Ich habe mir sagen lassen, daß sich die Frau Gräfin ebenfalls mit Scharaden befasse.

Die Gräfin: Ja, ich habe eine gemacht.

Rosambert: Sehr gut, schöne Dame, fahren Sie darin fort, das wird Sie zerstreuen. Beunruhigen Sie sich nicht wegen Ihrer Krankheit, sie wird nichts zu sagen haben: Es ist nur ein wenig Fülle. Ja, es ist eine Fülle vorhanden, aber woher kommt das?

Er nahm seinen Kopf in die Hände und schien lange Zeit nachzudenken. Sodann betrachtete er die Gräfin mit der größten Aufmerksamkeit. »Auf Ehre«, rief er zuletzt, »ich begreife es selbst nicht mehr! Das ist eine Mädchenkrankheit, und doch ist diese hübsche Person die Frau Gräfin. (Zu Herrn von Lignolle, ganz leise, aber sehr deutlich, so daß wir kein Wort verloren.) Sagen Sie, Sie vernachlässigen doch Ihre reizende Frau nicht sehr? (Wir konnten die Antwort des Grafen nicht hören, aber Rosambert fuhr fort.) Das muß wohl sein, denn es ist da Fülle, verstehen Sie, Verstopfung, vollständige Vollsäftigkeit. Wenn Sie nicht bald Ordnung schaffen, wird unfehlbar die Gelbsucht kommen, und nach der Gelbsucht ... meiner Treu! Wie ich sagte, Sie würden das Vermögen herausgeben müssen, nehmen Sie sich wohl in acht.«

Herr von Lignolle mit zitternder Stimme: Ich versichere, es ist nicht das Vermögen ...

Rosambert zur Gräfin: Wie lange sind Sie verheiratet, Gräfin?

Die Gräfin: Acht Monate, Doktor.

Rosambert: Aber da sollten Sie ja nahe daran sein, niederzukommen! Herr Graf, schnell der Gräfin ein Kind! Ein Kind noch heute abend, oder ich stehe nicht mehr für die Folgen.

Herr von Lignolle: Doktor, bemerken Sie ...

Die Marquise von Armincour: Keine Bemerkungen. Ein Kind!

Die Baronin in liebkosendem Tone: Ein Kind dieser Kleinen – was kann Ihnen das kosten!

Herr von Lignolle: Aber ...

Rosambert in freundschaftlichem Tone: Da gibt's kein Aber! Ein Kind!

Die Marquise von Armincour weinend: Ach, Herr Doktor, Sie verordnen ihm vielleicht das Unmögliche.

Rosambert auf die Gräfin zeigend: Das Unmögliche? Sollte etwa Madame nicht wollen?

Die Gräfin mit Tränen in den Augen: Ich ... ich ...

Fräulein von Brumont, sich der Gräfin zu Füßen werfend: (Ganz leise.) Eleonore, denke an mich, denke an unser Kind! (Laut.) Wenn Sie die Zärtlichkeit Ihrer Tante sowie die Liebe von mir und anderen Freundinnen einigermaßen vergelten wollen, so sagen Sie, daß Sie es wollen.

Die Gräfin hob ihre Augen zum Himmel empor, blickte dann auf mich nieder, ließ hierauf ihre Hand in die meinige fallen und sprach mit einem tiefen Seufzer das verhängnisvolle »Ich will ein Kind haben.«

Rosambert zu Herrn von Lignolle: Sie will es. Und was haben Sie zu sagen?

Frau von Armincour schluchzend: Daß er nicht kann, der Verräter!

Rosambert: Daß er nicht kann? Das wird man mich niemals glauben machen. Ein Widerwille ist nicht wahrscheinlich, denn diese Dame ist allerliebst! ... Physische Schwäche ist es auch nicht, denn Sie sind noch ganz jung. Wie alt mögen Sie sein? Sechzig?

Herr von Lignolle, etwas verdrießlich: Nicht älter als fünfzig, mein Herr.

Rosambert: Da sehen Sie! Aber, wenn Sie auch die doppelte Zahl hätten, so sind das Reize, die einen Hundertjährigen erwecken müssen.

Die Baronin: Ja, Doktor, aber erlauben Sie mir ein Zitat:
Man sagt, ein Mann von Geist, gewandt in tausend Sachen,
kann alles, nur nicht seinesgleichen machen.

Rosambert: Die Herren von Geist, das mag sein; aber ein Mann von Genie! Ein Mann wie der Herr Graf ist den anderen in allen Stücken überlegen. Warten Sie aber ein wenig, es ist möglich, daß wir alle recht haben, und ich werde es Ihnen beweisen. Leute, welche dichten, zwingen das Blut und die Säfte beständig nach dem Kopf zu; folglich strömen alle Geister dem Gehirn zu. Unglücklicherweise kräftigt sich das Gehirn, das unaufhörlich geübt wird, nur auf Kosten der anderen Teile, welche erschlaffen. Sehen Sie zum Beispiel, der linke Arm, dessen Sie sich weit weniger bedienen als des rechten, ist er nicht auch der schwächere, und zwar in bedeutendem Grade? Nun wohl, das ist es eben. Der Kopf eines Gelehrten ist sein rechter

Arm; bei ihm ist alles übrige links. Das ist zwar recht gut für den Ruhm, aber sehr schlimm für die Liebe.

Frau von Armincour: Ich kümmere mich nicht viel um den Ruhm! Habe ich meine Nichte darum verheiratet, daß man ihr Ruhm mache?

Rosambert: Ja, das sagen alle Damen. Aber trösten Sie sich: Es gibt ein Mittel dagegen; ich, der ich zu Ihnen spreche, ich habe in einem ähnlichen Falle eine wunderbare Kur gemacht; es war dies für eine Akademie in der Provinz. Ja, eine ganze Akademie war in bedeutendem Grade von dem Übel begriffen, an dem der Herr Graf zu leiden scheint. Man sah in dieser kleinen Stadt nur lange und gelbe Frauengesichter. Die Damen in der Provinz, die in diesem Artikel keinen Scherz verstehen, schmachteten nicht hin, ohne sich zu beklagen, sie schrien über die Literatur; sie schrien laut auf: Oh, es war ein Höllenlärm! Ihr guter Stern wollte, daß ich in das Land kam: Man erkannte mich, ich wurde berufen. Ich sah sogleich, daß man nur das Gleichgewicht zwischen den Säften und dem Laufe des Blutes wiederherstellen müsse, damit alles von selbst in seinen natürlichen Zustand zurückkehre. Ich braute für meine gelehrten Herren, die wieder Männer werden wollten, einen vortrefflichen, wunderbaren Trank, einen Trank, sage ich Ihnen, oh, einen Trank! Der Erfolg war fabelhaft. Gleich am anderen Tag hatten die Schreierinnen wieder ganz frische Gesichtchen. Das Allermerkwürdigste aber an dem Abenteuer war, daß neun Monate darauf, am gleichen Tag, beinahe zur gleichen Stunde, alle meine Akademikerinnen eine wie die andere einen starken, vollkommen gesunden Jungen gebaren, einen Jungen! Denn die Väter hatten unglaubliches Feuer dabei entwickelt ... Ich muß noch immer lachen, wenn ich an den lustigen Umstand denke, der dabei vorkam. Denken Sie sich, dieser Niederkunftstag, welchen die Damen unter sich verabredet zu haben schienen, war gerade ein Versammlungstag. Jeder Eheherr verlor sein Sitzungshonorar. Das machte den Häuptern der Literatur viel Verdruß, in der ganzen Stadt aber ergötzte man sich sehr darüber. Herr Graf, ich will sogleich nach Hause gehen, um Ihnen einen solchen Trank zusammenzubrauen; nur glaube ich, daß Sie, da Sie mehr Genie besitzen als diese Herren, auch kränker sein müssen; darum werde ich die Dosen verdoppeln. Heute abend werde ich Ihnen den vaterschaftlichen Trank schicken; verschlucken Sie ihn auf einen Zug, und ich bürge dafür, Madame wird heute nacht die Folgen davon spüren. Morgen früh werden Fräulein von Brumont und ich kommen und die Wirkung des Mittels bewundern. In leiserem Tone: Versäumen Sie es ja nicht, das Ding hat Eile. Es wäre wahrhaft schade, diese junge Dame zu begraben ... und ihr Vermögen herauszugeben ... Ich verlasse Sie, ganz Paris erwartet mich. Guten Morgen, mein Herr! Ihr Diener, meine Damen!

Als er ging, fiel mir ein Stein vom Herzen, denn ich sah den Doktor immer mehr ins Feuer geraten, und ich fürchtete, er möchte den Scherz bereits zu weit getrieben haben. Die zufriedene Miene des Herrn von Lignolle und sein zuversichtlicher Ton beruhigten mich wieder. Ungerührt durch die stürmischen Vorwürfe der Frau von Armincour, gab er ihr die hochmütige Antwort: »Ist es meine Schuld, wenn die Liebe und der Ruhm sich nicht vertragen? Haben Sie den Doktor nicht gehört? Er ist ein sehr geschickter Mann, das versichere ich Ihnen, und da er es auf sich nimmt, das Gleichgewicht wiederherzustellen, so werde ich auf den Abend schon sehen.« Er entfernte sich mit großer Selbstsicherheit.

Sobald er gegangen war, schlug die Baronin, die nicht mehr an sich halten konnte, ein schallendes Gelächter auf. »Wo haben Sie denn diesen wahrhaft liebenswürdigen Arzt aufgetrieben?« fragte sie mich. »In der Tat«, fiel die Gräfin ein, die zu gleicher Zeit lachte und weinte, »er ist sehr amüsant, Ihr Freund, sehr amüsant! Er hat die Möglichkeit gefunden, einen der peinlichsten Augenblicke meines Lebens zu erheitern.« – »Und was er sagt, ist vollkommen verständig«, rief Frau von Armincour, »vollkommen verständig! Wie heißt der allerliebste Junge?« – »Rosambert.« – »Der Graf von Rosambert?« sagte die Baronin, »der unglückliche Liebhaber der Frau von B.! Ich habe sehr vorteilhaft von ihm sprechen hören; er scheint mir seines Rufes würdig zu sein.« – »Der Graf von Rosambert!« wiederholte die Marquise, »aber dies ist ja doch der Name ... er ist's, derselbe, den man mir bezeichnet hat ... er ist Ihr vertrauter Freund?« – »Ja, Madame.« – »Das freut mich sehr; dieser junge Mann trägt sein Empfehlungsschreiben im Gesicht. Er scheint mir kein Herr von Lignolle zu sein.«

Bald darauf fragte mich Frau von Armincour höflich, ob ich nicht gehe. Die Gräfin erklärte sogleich, sie verlange, daß ich den ganzen Tag bei ihr bleibe; sie versicherte sogar, ich dürfe sie erst im entscheidenden Augenblick verlassen, und wenn man sie zwinge, mich eher wegzuschicken, so werde Herr von Lignolle ihr Zimmer nicht betreten. »Wieder eine Unklugheit!« rief die Marquise. »Madame, ich wiederhole Ihnen, daß es Zeit ist, dem ganzen Ding ein Ende zu machen; man beginnt überall zu plaudern; es müssen sehr üble Gerüchte über Sie verbreitet sein, denn man hat sich seit mehreren Tagen schon in meiner Gegenwart schlechte Witze über ein Fräulein von Brumont erlaubt, für welches Sie, wie man sagt, die lebhafteste Freundschaft hätten; wie könnte auch Ihr Geheimnis, ein Geheimnis von solcher Art, das schon seit allzu langer Zeit so vielen Personen anvertraut ist, gut bewahrt bleiben? Liebe Nichte, ich bitte Sie dringend, lassen Sie sich künftig durch meine Ratschläge leiten. Wenn Sie es nicht aus Liebe zu mir tun, so tun Sie es aus Liebe zu sich selbst. Liebe Nichte, richten Sie sich nicht zugrunde, beharren Sie nicht darauf, heute …« – »Meine Tante, ich verlange, daß sie bis zum Abend bleibe und daß sie morgen zeitig komme und mich zu trösten versuche.« – »Sie verlangen, daß sie bleibe? Da muß ich wohl meine Einwilligung geben; Sie werden aber wohl erlauben, daß ich Sie nicht verlasse?« – »Ach! Sie könnten uns ohne alle Gefahr verlassen, Sie könnten es heute und morgen … derselbe Tag, das schwöre ich Ihnen, wird nicht eine häßliche Teilung sehen.«

Obschon die Marquise uns wirklich nicht verließ, fand meine Eleonore doch Gelegenheit, mir zu sagen: »Meine Tante weiß nicht, daß du neulich die Nacht hier zugebracht hast; ich habe Herrn von Lignolle ersucht, ihr nichts davon zu sagen; ich tat es unter dem Vorwand, daß Frau von Armincour bei ihrer natürlichen Schwatzhaftigkeit es vielleicht jemandem sagen könnte, der es möglicherweise deinem Vater hinterbringen und dir dadurch großen Verdruß bereiten würde. Du siehst also, mein lieber Freund, daß wir noch mehr als eine glückliche Nacht miteinander werden haben können … aber das wird weder morgen geschehen noch selbst … Oh, ich könnte nicht so plötzlich aus den Armen eines solchen Menschen in die Arme meines Geliebten gleiten.«

Der Tag war traurig, er schien uns aber nichtsdestoweniger allzu kurz. Man ermangelte nicht, das verhängnisvolle Getränk zu bringen. Der Graf bemächtigte sich desselben anfangs mit Gier; aber sobald er es gekostet hatte, sahen wir ihn eine furchtbare Grimasse schneiden; zuletzt stellte er das Gefäß zurück auf den Kamin, glücklicherweise beinahe leer, und Frau von Armincour konnte ihn nicht bestimmen, den kleinen Rest vollends auszutrinken.

Der schreckliche Augenblick kam. Die Gräfin legte sich ins Bett, als es zwölf Uhr geschlagen hatte. Ich sah sie ihr Kissen mit ihren Tränen benetzen; ich sah sie verstohlenerweise die Stelle küssen, wo mein Kopf zwei Nächte zuvor geruht hatte. Meine teuere Eleonore! Welch ein Lebewohl ließ mich ihre Stimme vernehmen und mit welchem Blick begleitete sie es! Es zerschnitt mir die Seele. Dieser klägliche Ton und dieser schmerzliche Blick schienen mir gleich stark das schaudervolle Opfer vorzuwerfen, welches bald gebracht werden sollte. Meine teuere Eleonore! Sie war blaß, und sie zitterte wie ein verurteilter Verbrecher. Ist sie es wirklich, diese Frau, die vor sechs Monaten in so entschiedenem Tone zu ihrem Manne sagte: Ich will es haben – Amor! Oh, allmächtiger Amor! Welche Herrschaft übst du doch über unsere Geister und Herzen!

Verzweiflungsvoll ging ich nach Hause. Herr von Belcourt bemühte sich vergebens, seine innige Teilnahme an meinem neuen Kummer zu verhehlen. Welch eine Nacht verbrachte ich! Verzeih indes, meine Sophie, verzeih, du warst es nicht allein, die mir diesmal meine peinvolle Schlaflosigkeit verursachte, aber du doch wiederum, ebensosehr wie deine unglückliche Nebenbuhlerin, meine lebhafte Sehnsucht und mein zärtliches Mitgefühl erwecken; aber du warst, wenigstens als ich aufstand, der Gegenstand meines ersten Kummers.

»Mein Vater, Sie haben mir gesagt, daß wir in vierzehn Tagen ausgehen würden, um meine Frau zu suchen. Es sind mehr als vierzehn Tage verflossen.« – »Ich habe«, antwortete er mit sichtlicher Verlegenheit, »unumgängliche Geschäfte vorher ins reine zu bringen: Ich glaube nicht, daß es jetzt noch lange anstehen kann ... gedulde dich noch einige Tage.« – »Leben Sie wohl, mein Vater!« – »Wohin gehen Sie denn so früh?« – »Ich will mich ankleiden, um zur Baronin und von da zur Gräfin zu gehen ... Sie haben es mir erlaubt ... ich werde sicherlich zum Diner zurückkommen.«

Wir suchten Rosambert nicht auf: Er hatte uns seine Stunde gesagt, und wir alle waren so pünktlich, daß wir bei der Ankunft im Hôtel des Herrn von Lignolle den Wagen des Doktors im Hofe sahen. Es war eine gemietete und für die Umstände gut gewählte Karosse: große Fußtritte à la Française, ein schmaler und langer Kasten, eine Art gotische Berline, das halbe Vermögen eines Doktors. Wir trafen Rosambert, als er eben gravitätisch die Treppe hinanstieg. Frau von Armincour öffnete uns mit Tränen in den Augen das

Schlafzimmer ihrer Nichte. Ihre Nichte jedoch stürzte sich mit allen Zeichen der Zufriedenheit in meine Arme. Überrascht fragte ich sie sehr trocken um die Ursache so freudiger Aufwallung. »Wünsche mir Glück«, rief sie, »freue dich, dieser Herr von Lignolle … er hat sich immer noch nicht verändert … und ich, ich bin noch immer nicht seine Frau … Deine Eleonore gehört nur dir.«

In demselben Augenblick trat Herr von Lignolle ein, der ohne Zweifel den Doktor hatte kommen hören, und ohne die mindeste Beschämung zu verraten, redete er Rosambert an: »Doktor, das Gleichgewicht hat sich nicht wiederhergestellt, was sagen Sie dazu?« – »Ich sage, daß die Schuld nicht an meinem Mittel liegt, sondern daß Sie ein Genie sind, das seinesgleichen selten findet.« – »Glücklicherweise!« rief die Tante. – »Ein inkurables Genie«, fuhr Rosambert fort, »ein Genie, dessen Kopf immer Verwunderung erregen, das aber im übrigen sein ganzes Leben lang impotent bleiben wird.« – »Vielleicht hätte ich wohl daran getan, diese hier nicht darin zu lassen«, versetzte der Graf, auf die Flasche deutend. – »Allerdings, Sie hätten wohlgetan; aber gleichviel: Was Sie getrunken haben, hätte für vier gewöhnliche Gelehrte ausgereicht, und, ich kann meine Patienten nicht hintergehen, da dies Ihnen nichts gemacht hat, so werden Sie sich nie, ja niemals von Ihrem Übel erholen.« – »Wie! Sie glauben, daß der Lauf …«

Der Graf wurde unterbrochen durch die plötzliche Ankunft seines Bruders, des Schiffskapitäns Vicomte von Lignolle. Der ungeduldige Seemann stürzte ins Zimmer seiner Schwägerin, ohne zu warten, bis man ihn angemeldet hatte. Er war sechs Fuß fünf Zoll hoch, verhältnismäßig dick und stark, eine Art von Herkules; im übrigen schwarze Haare, großen Schnurrbart, langen Degen, das wildeste Gesicht von der Welt, alle Gebärden eines Grenadiers; die ganze Haltung eines Gurgelabschneiders.

Der Kapitän: Guten Tag, Bruder; guten Tag alle miteinander!

Herr von Lignolle mit bekümmerter Miene: Guten Tag, mein Freund … (Zu Rosambert.) Sie glauben, daß der Lauf des Blutes und der Säfte unabänderlich festgelegt sei?

Der Kapitän: Wer ist krank hier?

Rosambert: Ihre Frau Schwägerin.

Der Kapitän: Sie ist krank, diese Frau da? Vielleicht um so besser. Beim Donner, wir wollen sehen!

Die Baronin, ganz leise zu Fräulein von Brumont, welche soeben dem Vicomte einen drohenden Blick zugeworfen hat: Ich glaube, Ihnen schon hie und da von diesem lümmelhaften Kerl erzählt zu haben; seine Ankunft dahier scheint mir nichts Gutes zu verheißen. Vor allen Dingen Geduld und Mäßigung!

Rosambert: Auch Ihr Herr Bruder ist nicht ganz, wie er sein sollte.

Der Kapitän: Was hast du denn?

Herr von Lignolle: Ich habe ... ich habe kein Gleichgewicht.

Der Kapitän: Beim Donner! Du willst scherzen, glaube ich? Ich sehe dich fest auf deine Beine gepfropft, und du hältst dich so gerade wie ich.

Rosambert: Es handelt sich nicht um ein solches Gleichgewicht; das ist das Gleichgewicht, das alle Leute haben. Was dem Herrn Grafen fehlt, ist das richtige Verhältnis der Affektionen des Körpers ...

Herr von Lignolle: Und der Affektionen der Seele; das ist's.

Der Kapitän: O die Affektionen der Seele! Ich hatte mich schon gewundert, daß du mir nicht bereits den Kopf damit vollgeschwatzt hast ... (Zu Rosambert.) Hören Sie einmal, mein lieber Herr: Es ist vielleicht ganz schön, was Sie da sagen; aber fünfhundert Teufel sollen mich holen, wenn ich ein Wort davon verstehe!

Rosambert: Und doch ist die Sache ganz klar. Im übrigen will ich sie Ihnen noch näher auseinandersetzen: Der Körper der Frau ist krank, weil der Geist des Mannes sich zu wohl befindet. Ich habe für die Gesundheit von Madame verordnet, daß sie ein Kind bekomme.

Der Kapitän: Daß sie ein Kind bekomme? Apropos, Bruder, weißt du auch, daß man sagt, deine Frau bedürfe dazu deiner nicht?

Fräulein von Brumont: Welch ein unverschämtes Apropos! ... Wissen Sie auch, Sie Kapitän, daß, wenn alle Marineoffiziere Ihnen glichen, sie sehr garstige Herren wären.

Der Kapitän: Mein kleines Fräulein, sollten Sie vielleicht einen Bruder haben?

Fräulein von Brumont: Und wenn ich einen hätte?

Der Kapitän: Und wenn Sie dreißig hätten, so würde ich einen um den anderen ersuchen, hinter das Kartäuser-Kloster zu kommen.

Fräulein von Brumont: Kapitän, ich glaube trotz Ihrer bärbeißigen

Miene, daß der erste, der dahin käme, allen andern den Weg ersparen könnte.

Der Kapitän mit Verachtung: Sie sind sehr glücklich, daß Sie bloß
ein Frauenzimmer sind.

Der Ton, womit er diese Worte sprach, beruhigte mich vollständig
über den höchst zweideutigen Sinn seiner früheren Fragen. Ich
wollte mit Wärme antworten, als die Baronin, die unaufhörlich über
mich wachte, ganz leise zu mir sagte: »Um Gottes willen, mäßigen
Sie sich! Bedenken Sie, daß es sich um die Rettung Ihrer Eleonore
handelt.« Inzwischen hatte Frau von Lignolle mit ihrer bekannten
Lebhaftigkeit ihrem unverschämten Schwager soeben bedeutet, wenn
er fortfahre, sich so unehrerbietig gegen sie zu benehmen, so werde
sie ihn sogleich zum Hause hinauswerfen lassen. Rosambert zum Kapitän: Wer immer die impertinente Äußerung gegen Sie getan hat,
welche Sie soeben von sich gaben, der hat gelogen; ich verstehe mich
auf die Sache, und ich werde es auf Verlangen gleich schriftlich geben, daß die Frau Gräfin im Gegenteil zu diesem Zwecke ihres Mannes sehr bedarf. Unglücklicherweise bedarf der Herr von Lignolle
ganz und gar nicht seiner Frau! Ganz und gar nicht! Er ist so konstituiert, daß in seiner ganzen Persönlichkeit der Geist ein großes Über-
gewicht über die Materie hat.

Der Kapitän: Ja! Er ist nicht ganz dumm, mein Bruder! Er dichtet.

Rosambert: Ganz richtig! Aber mit dem Geiste kann man seiner
Frau kein Kind machen. Ich hatte also in dieser Hinsicht den Geist
zwingen wollen, seine Operationen ein wenig einzustellen, damit er
nicht mehr den Körper hindere, die seinigen zuweilen zu verrichten.

Herr von Lignolle lachend zum Kapitän: Es ist ihm nicht gelungen. Du beschäftigst dich doch mit Chemie; schau einmal das Ding
da an; ich habe alles getrunken, was in der Flasche fehlt.

Der Kapitän, nachdem er das Gefäß hin und her bewegt und
einen Tropfen der Flüssigkeit auf seine Zunge genommen hat: Teufel! Wer ist der verdammte Esel, der dir dieses Pferdegetränk gebraut
hat?

Herr von Lignolle: Es ist kein Esel, es ist der Doktor.

Rosambert, mit einem Kompliment gegen den Kapitän: Es ist der
Doktor, Herr Kritikus! Der beste Beweis, der Trank war nicht zu
stark. Es ist eine Tatsache, daß er nicht gewirkt hat.

Der Kapitän: Teufel! Ein Kanthariden-Absud! Das stärkste Aphrodisiakum! Und in einer Dosis ... Wenn ich den fünfundzwanzigsten Teil davon nehmen würde, so wäre ich fünfundzwanzig Nächte hindurch wie ein Rasender. Man könnte damit meine ganze Schiffsmannschaft in Wut bringen.

Frau von Armincour weinend: Und doch hat es nicht gewirkt.

Der Kapitän: Nicht gewirkt ...? Aus welchem Teig hat denn unsere liebe Mutter dich geknetet? In unseren Adern fließt wenigstens nicht das gleiche Blut! Nein, es ist nicht das gleiche Blut! Es ist wahr, ich bin der Jüngere, und zwar um manches Jahr, ohne Komplimente, aber zu allen Zeiten, man muß gestehen ...

Herr von Lignolle, sich die Hände reibend: Und doch ist nur mein Genie daran schuld!

Der Kapitän: Das ist mir ein angenehmes Genie! Ich bin sehr froh, daß du es ganz allein für dich genommen hast, denn in dieser Beziehung hast du seit deiner ersten Jugend Genie gehabt. Zu allen Zeiten, das wollte ich eben sagen, zu allen Zeiten hat sich mein lieber ältester Bruder gegen das schöne Geschlecht als ein sehr unbedeutender Herr erwiesen.

Frau von Armincour, beständig weinend, aber zornig zum Kapitän: Da Sie das wußten, warum haben Sie denn geduldet, daß er eine Frau nahm?

Der Kapitän: Aber warum sollte ich ihn hindern, eine vorteilhafte Heirat zu machen?

Frau von Armincour wütend: Die schreckliche Rechnung! (Zum Grafen von Lignolle) Verdammter Schöngeist! Ich wollte, deine Frau machte dich so oft zum Hahnrei, so viel Haare sie auf dem Kopf hat.

Der Kapitän: Ja, ja, man sagt, sie habe Lust dazu bekommen. Aber ich will es ihr schon vertreiben, ich: Ich bin eigens deswegen hierhergekommen.

Frau von Armincour zum Kapitän: Und du, Herr Eisenfresser, ich wünsche, daß jemand (einen Blick auf Fräulein von Brumont werfend) von meiner Bekanntschaft dir so viele Degenstöße durch den Leib rennt, als meine Nichte hunderttausend Franken Rente hat.

Der Kapitän höhnisch: Dieser Jemand von Ihrer Bekanntschaft, sagen Sie mir doch seinen Namen, gute Frau.

Frau von Armincour: Gute Frau! Sein Name! ... Sein Name! ... Geh, geh, du wirst ihn vielleicht nur zu bald erfahren.

Brief oder Schokolade?

Der Kapitän: Teufel! Das werden wir sehen! Im übrigen, mein Bruder, seien Sie wohl auf Ihrer Hut. Lesen Sie diese Stelle eines Briefes, den ich bei meiner Rückkehr in den Hafen von Brest gefunden habe: ›Du hattest mir gesagt, dein Bruder könne niemals seine Ehe vollziehen.‹ Ich erinnere mich nicht, dies gesagt zu haben, aber es ist gleich, fahren wir fort: ›Wie kommt es denn, daß deine Schwägerin schwanger ist?‹ Ist sie es?

Rosambert: Nein.

Der Kapitän: Dann ist's gut, beim Teufel! ... (Zu seinem Bruder.) Dieser Brief ist unterzeichnet: Saint-Leon. Einer meiner Freunde, du weißt's ja. Kochend vor Zorn nehme ich die Post, komme an, steige bei Saint-Leon ab. Saint-Leon sagt, er habe mir nicht geschrieben. Ich zeige ihm dieses Papier. Er beweist mir, daß es nicht seine Hand ist, daß man sie bloß hat nachahmen wollen.

Die Baronin leise zu Fräulein von Brumont: Ich fürchte sehr, dahinter steckt eine Schändlichkeit Ihrer Marquise ... (Zum Kapitän.) Lassen Sie den Brief sehen ... (Ihn zurückgebend.) Wenn Sie ein vernünftiger Mann sind, so frage ich Sie, welchen Glauben die Anschuldigungen eines Fälschers verdienen?

Der Kapitän: Schon gut! Schon gut! Ich will gern glauben, daß es nicht ganz wahr ist, aber wo Rauch ist, da ist immer auch Feuer. Ich gedenke, einige Tage hierzubleiben, und ich soll nur einmal einen Zierbengel ihr nahekommen sehen! Millionen Donnerwetter sollen mich erschlagen, wenn ich ihr nicht beide Ohren des Herrleins in die Tasche lege.

Fräulein von Brumont: Herr Kapitän, Ihr Name ist bis zu mir gedrungen; Sie haben ihn unglücklicherweise zu berühmt gemacht. Ein allzeit lechzender Tiger, saugen Sie das Blut Ihrer Brüder, wenn Sie den Durst, der Sie quält, nicht an den Engländern löschen können. Frankreich hat, man weiß es wohl, keinen berüchtigteren Duellanten als Sie. Glauben Sie indes, daß es noch immer einige tapfere junge Leute im Reiche gibt, die, wenn sie auch nicht gleich Ihnen aus dem ewigen Morden ein Gewerbe machen, dennoch nicht minder fähig sind, Ihnen die Spitze zu bieten und vielleicht Sie zu züchtigen. Wäre ich an der Stelle der Gräfin, so würde ich es wenigstens versuchen. Noch heute abend würde ich gerade infolge Ihrer Drohung einen Liebhaber annehmen und ihn öffentlich anerkennen. Ich würde mir ein Vergnügen daraus machen, unter diesen jungen Leuten einen auszuwählen, der vielleicht der schwächste ist ...

Rosambert mit Begeisterung: Nein! Den jüngsten, aber den furcht-
barsten! Einen hübschen Jungen von außerordentlicher Gewandtheit, von erstaunlicher Kraft, von seltener Unerschrockenheit. Und
ich, Frau Gräfin, ich würde gerne mein Leben verlieren, wenn dieser
Ihnen hingegen die Ohren des Kapitäns nach Hause brächte, im
Falle Sie dieselben wünschen sollten.

Die Baronin rasch: Ja. Aber Sie würden sie nicht von ihm verlangen, sondern würden sich für die Drohungen eines Raufboldes nur
mit der Verachtung rächen, welche sie verdienten.

Der Kapitän: Was frage ich danach, ob ein paar Schwätzerinnen
mich verachten! Inzwischen werde ich einfach hierbleiben.

Die Gräfin: Hier bei mir? Daraus wird nichts!

Der Kapitän: Wie, Bruder, ich werde nicht bei dir wohnen?

Die Gräfin: Ganz gewiß nicht, denn ich werde es einfach nicht
dulden!

Der Kapitän: Du antwortest nicht, Bruder? Du bringst sie nicht
zum Schweigen? Also, du läßt dich von einer Frau beherrschen! Ich
möchte an deiner Stelle nur vierundzwanzig Stunden der Mann einer
solchen Keiferin sein, ich wollte ihr schon den Kopf zurechtsetzen,
ich! (Zur Gräfin.) Seien Sie nur nicht böse! Man wird nicht gegen
Ihren Willen dableiben; aber man wird sich in derselben Straße ein-
quartieren, und verlassen Sie sich darauf, daß ich Sie überwachen
werde, Prinzessin, verlassen Sie sich darauf, daß es nicht meine
Schuld sein wird, wenn es Ihnen gelingt, ein liederliches Frauchen zu
werden.

Bei dieser letzten Beschimpfung des Kapitäns wurde die Gräfin wütend und warf ihm statt aller Antwort einen Leuchter, den sie bei der
Hand hatte, an den Kopf. Ich sah den Augenblick, wo der Brutale
ihr Schlag für Schlag zurückgeben werde. Mit der linken Hand hielt
ich seinen bereits emporgehobenen Arm auf, mit der Rechten aber
faßte ich den Riesen am Kragen und versetzte ihm einen so derben
Stoß, daß er bis ans Ende des Zimmers zurücktaumelte und einen
Haltepunkt an einem Fenster suchte, das er zertrümmerte. Hätte der
Balkon den Kapitän nicht aufgehalten, er wäre auf die Straße hinab-
gestürzt. »Gut, meine liebe Brumont! Gut!« rief Frau von Armincour, »man muß ihn umbringen! Bringen wir ihn um, diesen großen
Schurken, der mein Kind beschimpft und es schlagen will.« Ich bedurfte der Aufforderung der Marquise nicht, denn ich war so außer

mir, daß ich, als ich auf einem Lehnstuhl den Degen des Herrn von Lignolle bemerkte, welchen er am Abend zuvor beim Auskleiden im Zimmer seiner Frau zurückgelassen hatte, darauf losstürzte, um ihn zu ergreifen. Rosambert, der bei dieser skandalösen Szene allein einige Kaltblütigkeit bewahrte, lief auf mich zu: »Unglücklicher«, sagte er zu mir, »wenn Sie ihn ziehen, so werden Sie sich verraten.«

Inzwischen sah mich der Kapitän, auf den Trümmern des Fensters sitzend, mit verblüffter Miene an, betrachtete sich selbst voll Überraschung, schlug ein plumpes Gelächter an und sagte: »Ist es wirklich diese Rotznase da, die mich auf den ersten Schlag bis hierher geschleudert hat? Hat sie eiserne Arme, oder bin ich nur noch ein Strohmann? Teufel! So ist's, wenn man sich unversehens packen läßt! Ein Kind kann einen da aus dem Felde schlagen! ... Aber dieser Degen, den sie gegen mich ziehen wollte! Was hätte ich denn zu meiner Verteidigung nehmen sollen, mein Fräulein? Eine Nadel?« Endlich glaubte er, sich aufrichten zu müssen. »Leben Sie wohl, meine reizenden Damen; leb wohl, mein armer Bruder; leben Sie wohl, meine liebenswürdige kleine Schwägerin, ich werde Ihres guten Empfanges eingedenk bleiben. Aber ich gehe nicht weit, und ich werde Ihre Aufführung wohl im Auge behalten. Lassen Sie mich nur machen!« Damit ging er.

»Mein Herr, ich muß Sie bewundern!« sagte jetzt Frau von Lignolle zu ihrem Gemahl. »Ihre Ruhe macht mir viel Spaß! Sie hätten mich also umbringen lassen wollen, ohne sich nur von der Stelle zu rühren!« Er antwortete ihr mit befangener Miene: »Ja, ja ... was wünschen Sie? Ach, ich bitte um Verzeihung: Mein Körper war da, mein Geist war anderswo ... ich denke über den Plan zu einem neuen Gedichte nach; es wird acht Verse haben. Ich werde vielleicht bis auf zwölf gehen ... und da der Doktor versichert, daß das Gleichgewicht sich nicht wiederherstellen läßt, so will ich die Lobsprüche rechtfertigen, die er meinem ... Genie, wie er sich ausdrückt, spendet; ich will, daß dieses Werk ein kleines Meisterwerk werde, wie er die andern nennt; und ich verlasse Sie, um unablässig daran zu arbeiten.«

Als er gegangen war, verloren wir einige Minuten damit, daß wir uns schweigend ansahen. Verblüfft über die Gegenwart und unruhig über die Zukunft, überlegte jeder schweigend, was zu tun sei. Frau von Fonrose öffnete zuerst den Mund, um uns große Vorsicht anzuempfehlen. Die Marquise rief, der Chevalier dürfe ihre Nichte nie wiedersehen. Ihre Nichte beteuerte, sie wolle lieber sterben als mir entsagen, ich versicherte durch einen Blick voll Liebe meine Eleonore meiner unerschütterlichen Standhaftigkeit und schwor, ihr grober Schwager solle bald für die unverschämten Äußerungen, die er sich erlaubt, und für die Unruhe, die er uns zu bereiten wage, Rede stehen. »Das ist«, sagte Rosambert, »ein sehr schlechter Entschluß. Sie müssen, mein Freund, im Interesse aller Ihren Groll gegen den Vicomte geheimhalten. Sie haben nichts zu tun, als die Ereignisse abzuwarten. Madame wird, wenn sie ihren Zustand nicht mehr verbergen kann, ihrem Gemahl denselben eingestehen; dieser wird wie so viele andere die Sache auf die leichte Achsel nehmen und das Kind anerkennen. Der Kapitän wird allerdings schreien, das gebe ich zu, aber dann werden Sie hervortreten, Faublas. Sie werden diesem Seebären, der keine Lebensart kennt, zwei Worte sagen, und, ich kenne Sie, damit wird alles zu Ende sein.«

Nachdem die ganze Gesellschaft Rosamberts Rat als unendlich weise anerkannt, dankte mir Frau von Armincour schluchzend, daß ich ihre Nichte verteidigt habe, bat mich flehentlich, sie immer verteidigen zu wollen, und befahl mir zu gehen und nie wiederzukommen. »Arme Kinder!« fügte sie hinzu, als sie uns ebenfalls weinen sah, »euer Kummer zerreißt mir das Herz, aber es muß sein, es muß sein! Ach, Herr von Rosambert, warum ist dieser hier nicht ihr Gemahl?« – »Komm heute abend«, flüsterte ganz leise meine Eleonore, »um Mitternacht … wir haben einander tausend Dinge zu sagen … komm!« – »Ja, meine reizende Freundin, ja.« – »Komm früh, denn die Marquise muß zur Verlobung einer Verwandten gehen und wird nicht zum Souper kommen.«

Trotz ihrer Tante hatte sie sich in meine Arme geworfen, hielt mich an ihren Busen gepreßt, machte mir tausend Liebkosungen und küßte sogar mit Entzücken meine Federn, meinen Gürtel und meinen Rock, gleich als hätte sie Abschied von den Kleidern genommen, gleich als hätte sie geahnt, daß sie Fräulein von Brumont nie wiedersehen würde.

Es gelang nur mit Mühe, uns zu trennen. »Ach, Frau Baronin, bleiben Sie wenigstens einige Zeit bei ihr, und suchen Sie sie zu trösten.« – »Gern«, antwortete sie, »Herr von Rosambert hat seinen Wagen; er mag Sie nach Hause begleiten; in einer Stunde treffe ich Sie bei dem Baron.«

»Sie ist wirklich sehr zu beklagen«, sagte der Graf zu mir, »denn sie scheint eine sehr innige Neigung für Sie zu haben.« – »Rosambert, glauben Sie, daß ich Sie nicht liebe?« – »Welche Frage! Ich weiß wohl, daß Sie sie alle lieben.« – »Oh, diese da liebe ich von ganzem Herzen! Ich gebe ihr den Vorzug.« – »Vor Sophie?« – »Vor Sophie! ... Nein, nein, vor Sophie nicht.« – »Vor Frau von B.?« – »Ja, mein Freund.« – »Um so besser!« rief er, »um so besser für mich! Das rächt mich; aber um so schlimmer für dieses liebenswürdige Kind, denn ganz gewiß kommt daher der Haß, den die Marquise gegen sie hegt.« – »Haß?« – »Allerdings. Glauben Sie, daß jemand anders diesen pseudonymen Brief an den Vicomte geschrieben haben könnte?« – »Wirklich, Rosambert, halten Sie sie für fähig, eine ...« – »Lieber Freund, Sie mißtrauen dieser Dame nicht, wie sie es verdient.« – »Lieber Freund, Sie mißtrauen ihr allzusehr ... Im übrigen bitte ich mir den Gefallen aus, daß wir von etwas anderem sprechen.« – »Gern; ich will Ihnen jetzt eine Nachricht mitteilen, worüber Sie sich freuen und verwundern werden: Ich heirate morgen.« – »Und Sie wollen, daß ich mich über diese Nachricht verwundern soll? Sie sind vollkommen wiederhergestellt; es ist also klar, daß Sie alle Tage heiraten werden.« – »Glauben Sie nicht, daß ich scherze, ich heirate in allem Ernste.« – »In allem Ernste?« – »Ja, in allem Ernste und am Altar.« – »Nicht möglich! Man hat doch nie davon reden gehört.« – »Trotzdem ist die Sache schon mehr als vierzehn Tage im Gange. Ich mußte mein Ehrenwort geben, keinem Menschen ohne Unterschied etwas davon zu sagen. Die nächsten Verwandten, welche von seiten der zahlreichen übrigen Familie Widerspruch fürchteten, haben das tiefste Stillschweigen verlangt, haben sogar die Dispensation von dem Aufgebote erkauft. Auch meine Mutter empfahl mir Schweigen; sie fürchtete, diese vorteilhafte Ehe könnte mir durch irgendeine Indiskretion entgehen.« – »Ich kann mich von meiner Überraschung nicht erholen! Wie! Rosambert hat sich mit dreiundzwanzig Jahren entschließen können ...« – »Ich mußte wohl. Fürs erste hat die Gräfin, Sie wissen ja, die Vertraute der Frau von B. ...« – »Ja.« – »Sie hat diese Sache mit einem Eifer betrieben ... Mit welchem Vorwande sie auch das ungemeine Interesse verdecken mochte, das sie dabei zeigte, so habe ich mich doch über ihre wahren Gründe nicht getäuscht; ich konnte leicht sehen, daß sie es nicht sowohl tat, um mir einen Gefallen zu erweisen, als um ihre ehemalige Freundin damit zu ärgern, und in diesem Artikel, das gestehe ich, konnte sie nicht wohl mehr guten Willen haben als ich. Überdies hat die Marquise mich bestürmt ...« – »Die Marquise?« – »Sobald man von einer Marquise spricht, glaubt er, es sei die seinige. Nein, Chevalier, diese da ist nicht in Sie vernarrt; es ist die Marquise von Rosambert. Die Marquise hat mich gebeten, bestürmt, beschworen, sie hat sogar geweint. Man widersteht der Bitte einer Mutter nicht. Ich habe mich also erweichen lassen: Heute abend unterzeichne ich den Vertrag, morgen heirate ich ein hübsches Mädchen und zwanzigtausend Taler Rente.« – »Hübsch?« – »Ja, hübsch; das Gesicht allerdings etwas albern und so unschuldig ... es ist zum Totlachen!« – »Wie alt?« – »Nicht ganz fünfzehn. Ich habe mich mit ihrer vollständigen Erziehung zu befassen.« – »Ihr Name?« – »Den werden Sie übermorgen erfahren. Hören Sie, kommen Sie übermorgen in der Frühe zu mir. Ich lade Sie ohne weiteres zu einem Frühstück beim Lever der Neuvermählten. Lieben Sie die Gesichter vom folgenden Morgen? Lieben Sie es, eine ganz neue Frau zu sehen, in ihrem Gang etwas geniert, die Augen trübe, das Gesicht noch ganz voll von Verwunderung? Sie lachen?« – »Ja, Sie erinnern mich da an jemand.« – »Sie haben recht. Ich bin in der Tat zum Verwundern. Ich quäle mich, Ihnen da etwas vorzumalen, das Sie besser kennen als ich. Sind Ihnen diese Gesichter vom anderen Morgen nicht etwas ganz Vertrautes? Haben Sie nicht die reizende Lignolle und die schöne Sophie gesehen? Und, was weiß ich, vielleicht auch noch andere, von denen er mir nichts gesagt hat! ... Aber, gleichviel, Chevalier, Sie können da eine neue Art von Vergnügen genießen, interessante Beobachtungen machen, sich selbst Rechenschaft geben über Ihre Empfindungen, in der Nähe einer frisch vermählten Frau, deren geheime kleine Schmerzen und reizende Verlegenheit diesmal nicht Faublas verursacht haben wird.« – »Das sind Einfälle eines echten Wüstlings, mein lieber Rosambert.« – »Seien Sie doch kein Kind, versagen Sie sich diesen Spaß nicht ... Werde ich nicht auch meine Genüsse dabei haben? Werde ich nicht noch trunken sein von dem Glück, um das jemand mich beneiden wird? ... Sehr vergebens mich beneiden wird? ... Ich kenne die kleinen Unannehmlichkeiten der Ehe und kenne die unvermeidlichste von allen, zumal wenn man die Ehre hat, der vertraute Freund des Chevaliers von Faublas zu sein; aber diesmal, Herr Sieger, gratulieren Sie sich nicht im voraus zu einer neuen Eroberung. Ich gedenke, und ich sage Ihnen dies mit Zuversicht, ich gedenke, die allgemeine Brüderschaft nicht zu vermehren.« – »Da gibt es also abermals eine

Ausnahme, und zwar ist es Rosambert, Rosambert, der schon am Tage vor der Hochzeit die Sprache der Ehemänner führt. Er darf jedoch nicht vergessen, wie oft die blinde Starrköpfigkeit dieser Herren ihm Stoff zu seinen Spöttereien liefern mußte. Im allgemeinen stimmen alle darin überein, es gebe keinen, der es nicht sei, aber im einzelnen kommt jeder her und behauptet, er sei es nicht! Also auch Sie, Rosambert, auch Sie!« – »Faublas, hören Sie mich an, und sagen Sie selbst, ob ich nicht einige Gründe habe, ein anderes Schicksal zu erwarten. Wenn ein alter Hagestolz, übersättigt von Vergnügungen, erschöpft von früheren Eroberungen, überdrüssig der Welt, die er langweilt, und der Frauen, die nichts mehr von ihm wissen wollen; wenn so ein alter Hagestolz, der übrigens durch die Erfahrungen der vergangenen Zeit und der Gegenwart aufgeklärt sein könnte, gleichwohl es wagt, seinem Jahrhundert und der Zukunft zugleich Trotz zu bieten; wenn er dadurch, daß er eine junge Frau heiratet und alle auf die unverschämteste Art herausfordert, ihn zu dem zu machen, wozu er so viele andere gemacht hat, so schreit dies nach Rache: In diesem Falle muß die Masse der Unverheirateten sich versammeln und sich zur Züchtigung des Prahlers verschwören. Aber ich, der ich kaum meinen Frühling beginne, der ich in der Welt gesucht bin und von den Frauen gehätschelt werde, ich, der ich der meinigen durchaus keinerlei Art von Vergnügungen versagen werde ...« – »Genug, Rosambert, vollenden Sie nicht, ich bitte Sie, Sie überraschen mich zu sehr. Die Ehe muß gewaltige Blendwerke haben, um auf solche Art das beste Urteil zu verdunkeln. Ich erkenne Sie nicht mehr! Wahrhaftig, wenn ich nicht soviel Kummer hätte, ich würde über die Sache lachen.« – »Wirklich? Da muß ich mich wohl in acht nehmen, denn Sie jagen mir da ein wahres Entsetzen ein ... Also gut, ich bin bereits resigniert. Ich fasse meinen Entschluß im voraus als ein Mann von Lebensart und verspreche, daß man, mag da kommen, was will, immer den alten in mir finden soll ... Ja, wenn die junge Dame eine Herzensangelegenheit hat, so wird sie es schrecklich ungeschickt anstellen müssen, damit ich es bemerke, das versichere ich Ihnen. Ich glaube, daß man seine Sünden nicht besser sühnen kann, Chevalier, ja, man kann nicht besser anfangen! Genieren Sie sich also ganz und gar nicht!« – »Ich, Rosambert? Möge jedermann so gewissenhaft wie Faublas Ihre glücklichen Bande respektieren! Diese Grundsätze, die ich soeben wiederholte, sind die Ihrigen, denn ich habe niemals ähnliche gehabt; ich habe niemals verführt, sondern bin immer nur hingerissen worden. Die Marquise war meine erste Neigung, Sophie ist meine einzige Leidenschaft, Frau von Lignolle wird meine letzte Liebe sein.« – »Möge Gott Sie hören und davor bewahren!«

Rosambert hatte zu Hause zu tun, und ich begleitete ihn daher in sein Hôtel, wo wir ungefähr zwei Stunden verplauderten. Die Zeit schien mir nicht lange, denn der Graf erlaubte mir, unaufhörlich von meiner Eleonore zu sprechen. Endlich fuhr man mich nach Hause zurück. Frau von Fonrose kam aus dem Zimmer meines Vaters, als ich eben eintrat. Der Baron schien sehr aufgeregt, die Baronin war blaß und zitterte ... »Nun denn«, rief sie mit schlecht verhehltem Ärger, »wir wollen trachten, daß die Verzweiflung über diesen Verlust uns nicht um den Verstand bringt ... Sind Sie endlich da, schönes Fräulein! Reichen Sie mir die Hand bis an meinen Wagen ... Chevalier, wenn Sie Ihre grausame Marquise bald sehen, so sagen Sie ihr, daß ich sie zugrunde richten werde, und müßte ich mit ihr zugrunde gehen.«

Als ich meine Damenkleider abgelegt hatte, setzten wir uns, Herr von Belcourt und ich, zu Tisch, obschon der eine sowenig Appetit hatte wie der andere. »Mein Vater, Sie essen ja nicht?« – »Mein Sohn, ich bin krank vor Unruhe und Verdruß ... aber auch Sie rühren ja gar nichts an.« – »Ich habe meine Migräne.« – »Ihre Migräne! Ich rate Ihnen, darauf zu verzichten, denn sie wird Ihnen diesmal nicht zum Ziele helfen. Mein Sohn, lesen Sie den letzten Absatz dieses Briefes, den ich dieser Tage durch die Post erhalten habe:

›Man glaubt Sie auch benachrichtigen zu müssen, daß Fräulein von Brumont die letzte Nacht bei Frau von Lignolle zugebracht und daß wiederum die Baronin von Fonrose sie dahin gebracht hat.‹

»Ein anonymes Schreiben, mein Vater!« – »Sehr richtig, mein Sohn, aber werden Sie den Inhalt zu leugnen wagen? ... Mein Lieber, Sie werden heute abend nicht mehr ausgehen; und Frau von Fonrose«, fügte er mit sehr erregter Stimme hinzu, »Frau von Fonrose wird mein Vertrauen nicht mehr mißbrauchen; sie wird mich nicht mehr verraten, die undankbare Baronin! Mein Freund, ich bin ein Mensch und folglich dem Irrtume ausgesetzt, verirre mich zuweilen; aber sobald ich den Abgrund bemerke, trete ich zurück und schlage eine andere Richtung ein. Mein Sohn«, fuhr er fort, indem er meine Hände in die seinigen nahm, »wollen Sie mich bloß in meinen Schwachheiten nachahmen? Hatte ich Ihnen nicht gesagt, daß Sie dieses so unglückliche und so reizende Kind zugrunde richten wür-

den?« – »Wen? Sophie?« – »Nein, Frau von Lignolle. Frau von Lignolle! Da sie schwanger ist, da nunmehr ihr Mann nicht glauben
kann ... Was soll man tun, um sie zu retten?« – »Oh, sprechen Sie
nicht von ihr! Seit diesem Morgen suche ich zitternd nach einem
Mittel, sie dem Unglück zu entreißen, das sie bedroht. Vergebens
quäle ich mich. Ich bin in Verzweiflung!« – »Ihr Schwager ist angekommen. Sie haben bereits eine furchtbare Szene miteinander gehabt. Kennen Sie den Kapitän?« – »Vom Hören, mein Vater.« –
»Wissen Sie, daß sein Ruf schrecklich ist?« – »Schrecklich, ich weiß
es.« – »Wissen Sie, daß der Vicomte von Lignolle schon manchen
Strauß mit den Engländern ausgefochten hat?« – »Ich will es glauben.« – »Wissen Sie, daß dieser Mann sich vielleicht zweihundert-
mal geschlagen hat?« – »Um so schlimmer für ihn.« – »Daß er niemals verwundet worden ist?« – »Ohne Zweifel ist er aber nicht
unverwundbar.« – »Daß er manchen Familienvater zur Verzweiflung
gebracht hat ...« – »Herr Baron, was liegt Ihnen daran?« – »Daß
sein unglückseliger Degen junge Leute von größten Hoffnungen
weggemäht hat?« – »Ach, mein Vater, es bedarf vielleicht nur eines
unbekannten jungen Mannes, um sie alle zu rächen.« – »Mein Sohn,
der Kapitän muß notwendig bald erfahren, daß Fräulein von Brumont der Geliebte der Frau von Lignolle ist. Ich gestehe, daß er
schwerer entdecken wird, daß Fräulein von Brumont der Chevalier
Faublas ist, indes scheint alles darauf hinzudeuten, daß er es früh
oder spät doch erfahren wird. Was werden Sie dann tun?« – »Was
der Brauch ist. Aber, Herr Baron, erlauben Sie mir, es zu sagen, das
ist eine seltsame ...« – »Gott bewahre mich«, rief er, »Gott bewahre
mich, daß ich deinen jugendlichen Mut beleidigen wollte! Ich gestehe dir sogar«, fügte er mit einem Kusse hinzu, »daß die stolze Ein-
fachheit deiner Antworten mir unendliche Freude gemacht hat. Auch
ich bin zuweilen stolz, aber auf meinen Sohn; in meinen Sohn habe
ich meinen ganzen Stolz gesetzt. Du weißt nicht, welche Wonne es
mir war, wenn ich dich, einen kaum heranwachsenden Jüngling, in
allen Übungen die andern übertreffen sah; wenn du bald ein unge-
stümes Pferd, das die berühmtesten Stallmeister nur mit Zittern bestiegen, schaumbedeckt und todmüde zurückbrachtest; bald mit der
Flinte, dem Bogen oder der Pistole auf den ersten Schuß den Vogel
trafest, den alle Schützen gefehlt hatten; bald bei einem öffentlichen
Assaut, vor einer zahlreichen, fortwährend erstaunten Jugend die besten Fechter des neuangekommenen Regiments besiegtest oder ent-

waffnetest. Damals erkannte jedermann dem Chevalier Faublas den Waffenpreis zu und wünschte mir Glück, ihn zum Sohne zu haben. Allein, das gestand ich mir ganz leise mit einer Art von Ungeduld und Bekümmernis, die wahre Weihe konnte deine Überlegenheit nur dann erhalten, wenn ein immerhin mißliches Ereignis dich genötigt hätte, eine letzte nur zu oft unglückliche Probe zu bestehen, eine Probe, zu deren Erfolg die Gewandtheit ohne den Mut nicht hilft. Du hast diese Probe nur zu bald bestanden; und ich darf wohl sagen, du hast sie mehr als gut bestanden. Hätte ihn sein Zorn weniger geblendet, so hätte Herr von B., der als Fechter einigen Ruf genießt, an der Porte Maillot dich bewundern können, als du mit erstaunlicher Gewandtheit, mit unzerstörbarer Kaltblütigkeit das feindliche Schwert bewältigtest, gleich als handelte es sich noch immer um einige Florettstöße, und bei diesem sowohl in bezug auf Gewandtheit als auf Kraft ungleich gewordenen Kampf ebensoviel Tapferkeit als Großmut zeigtest. Damals erkannte ich wirklich, daß Faublas, da er ebenso unerschrocken als gewandt war, niemals einen Sieger finden würde. Überrascht, in einem jungen Manne von sechzehn Jahren ein ungewöhnliches Talent mit einer noch selteneren Tugend gepaart zu sehen, erinnerte sich damals dein glücklicher Vater, auf dem Gipfel seiner Freude, daß er keinem Fremden das Geschäft anvertraut hatte, deine Erziehung zu leiten, und er konnte nicht ohne eine Regung von Stolz sein Werk betrachten. Damals machte ich mir auch Vorwürfe, daß ich das Ereignis abgewartet hatte, um dem würdigsten der Söhne Gerechtigkeit widerfahren zu lassen, und du, Faublas, verzeih mir mein anfängliches Mißtrauen. Sieh, wenn es ein Verbrechen ist, nicht zum voraus an die Tugenden geglaubt zu haben, die mir noch nicht bewiesen waren, so bin ich dafür bestraft; schau, ich wurde früher weniger von der Furcht gequält, daß sie dir fehlen möchten, als mich jetzt die Gewißheit peinigt, daß du sie im höchsten Grade besitzest. Ja, mein Freund, das Übermaß deines Mutes und deiner Großherzigkeit verursacht mir heute meine lebhaftesten Besorgnisse. Erlaube mir, dich um mehrere Vergünstigungen zu bitten.« – »Vergünstigungen?« – »Ich ersuche dich, deinem Feinde nicht entgegenzugehen, sondern ihn zu erwarten; wenn er dich aufsucht, nun wohl, dann wirst du deine Pflicht tun. Auch bitte ich dich dringend, den Kampf nur unter der ausdrücklichen Bedingung anzunehmen, daß jeder von euch einen Zeugen mitbringen kann. Ich will dein zweites Duell sehen, das gefährlicher ist als das erste; ich will dich durch meine Gegenwart nötigen, als Sieger zurückzukehren. Faublas, hüte dich wohl, gegen den Vicomte von Lignolle die großmütige Schonung zu zeigen, womit du den Marquis von B. behandelt hast. Es fehlte wenig – nie werde ich es vergessen –, so hätte deine Großmut mich meinen Sohn gekostet. Bei dem Vicomte würdest du nicht mit einer leichten Ritze davonkommen, der Kapitän hat niemals andere als tödliche Stöße geführt, und ich wiederhole dir's, dieser Mensch ist ein Duellant von Profession. Wäre seine Tapferkeit nicht schon anderwärts dem Staate nützlich gewesen, so hätte er schon längst seinen Kopf auf dem Schafott verloren. Seine Existenz ist ein Beweis für die unglückliche Nichtachtung des weisesten unserer Gesetze. Faublas, wenn der Augenblick gekommen sein wird, ihm gegenüberzustehen, dann denke, ich beschwöre dich, an deinen Vater, an deine Schwester, an Sophie, an Frau von Lignolle; wenn es nötig ist, dann mußt du zu deiner eigenen Sicherheit, zum allgemeinen Wohl, zur späten Genugtuung von hundert Familien das Opfer töten, dessen Blut der Himmel von dir fordert. Du weißt es: Derjenige muß den Tod empfangen, der sich ein schreckliches Vergnügen daraus macht, ihn zu geben. Stoße ohne Mitleid zu, reinige die Erde von einem Ungeheuer, und deine Jugend wird bereits nicht mehr nutzlos gewesen sein für die Ruhe der Menschen. Aber«, rief Herr von Belcourt, »da kommt mir ein wahrhaft beunruhigender Gedanke. Seit allzu langer Zeit haben Reisen, Krankheiten, unglückliche Erlebnisse verschiedener Art dich gezwungen, deine Übungen gänzlich zu vernachlässigen. Schon sieben Monate, mehr als sieben Monate hast du kein Florett mehr in die Hand genommen. Mein Gott! Wenn du etwas verloren hättest von der erstaunlichen Flinkigkeit, die man bewunderte und die man hauptsächlich durch die Gewohnheit erhält! Wenn du deinen so sicheren Blick, deine so raschen Bewegungen nicht mehr hättest! Mein Gott! Wenn du nur ein Fechter zweiten Ranges wärst! Versuchen wir es miteinander, versuchen wir es sogleich ... Du hast keinen Hunger! Ich auch nicht. Wo sind deine Florette? Ah! Ich bitte dich, gib her! ... Wäre es auch nur, um mich zu beruhigen! Ich bitte dich, mein Freund, gib schnell her! Gut! ... Ich bedauere sehr, dem Angriff keinen solchen Widerstand entgegensetzen zu können, aber ich werde mich wenigstens so gut verteidigen, als es mir möglich ist ... Ich stehe bereit, komm ... Nicht so, mein Sohn, so meine ich es nicht! Du schonst mich! Faublas, ich befehle Ihnen, alle Ihre Kräfte zu entwickeln!« – »Sie wollen es, mein Vater? Gut!«

Binnen zwei Minuten parierte er zwanzig Stöße und bekam dreißig. »Gut!« rief er, »vollkommen gut! Noch besser als früher; wahrhaftig, ich glaube es. Ja! Noch mehr Geschmeidigkeit, Kraft und Ge-
schwindigkeit! Es ist der Blitz, es ist der Wetterstrahl! Nie«, fügte er
hinzu, indem er mehrere Male mit der Hand über die Brust fuhr,
»nie hast du mir so starke Stöße versetzt. Stöße, die mir so weh ...
nein, die mir so wohl taten! Tue mir jetzt noch einen anderen Gefallen. Nimm deine Pistolen, geh in den Garten und schieß einige Vögel. Ich bitte dich dringend darum!« – Ich gehorchte, er rief mich zurück. – »Ich kann mich nicht zu sehr beeilen, dir eine Nachricht
mitzuteilen, die dich mit Freude erfüllen muß. Auf den Samstag werden wir alle ohne weiteres Zögern abreisen, um deine Sophie zu suchen.« – »Sophie? Am Samstag? Allerdings ist das eine Nachricht,
die mich entzückt!« – »Geh in den Garten, mein Freund, geh!«

Ich ging hinab, nicht um glückliche Vögel in ihren Liebesgeschäften zu stören, sondern um an die eigenen zu denken. ›Am Samstag
reisen wir ab; wir werden Sophie suchen und finden; welch ein
Glück! ... Aber was soll aus Frau von Lignolle werden? Meine Eleonore verlassen! Jetzt verlassen! In fünf Tagen! Unglücklicher!‹

Ich stürzte ins Zimmer meines Vaters: »Denken Sie nicht daran!
Ich sollte ebenso treulos als feig Paris verlassen, während der Kapitän mich aufsucht? Ich sollte die Mutter meines Kindes verlassen in
dem Augenblick, wo ihre Feinde sich zusammenscharen? Denken Sie
nicht daran, Herr Baron, ich beteuere Ihnen, daß das nicht geschehen wird.«

Mein Vater war so verblüfft, daß er nicht antworten konnte. Ich
wartete nicht ab, bis er sich von seiner ersten Überraschung erholt
hatte und erklären würde, sondern eilte auf mein Zimmer und verschloß mich, um zu schreiben.

›Meine liebe Eleonore, meine einzige Freundin, ich bin in Verzweiflung: Wir werden uns heute abend nicht sehen. Mein Vater weiß alles; Deine Tante muß besser unterrichtet sein, als Du glaubst, sie allein kann Herrn von Belcourt die unglückselige Meldung gemacht
haben, die uns heute einer glücklichen Nacht beraubt. Ach! Ist es
denn wahr, daß alle Welt sich gegen zwei Liebende vereinigt! Ist es
denn wahr, daß alle Welt sich zu Deinem Verderben verschworen hat
und mich in der teuersten Hälfte meiner selbst anzugreifen wagt? Sei
indes ruhig, sei ruhig, Faublas bleibt dir, Faublas betet Dich an; Dein

Nur keine Angst, liebe Freundin!

Geliebter wird, mag geschehen, was da will, lieber sterben, als Dich im Stiche zu lassen.‹

›Meine schöne Mama!
Sollte ich Sie durch irgendeine neue Unbesonnenheit beleidigt haben? Es sind achtzehn tödliche Tage verflossen, seit ich des Glückes beraubt bin, Sie zu sehen. Ach, verzeihen Sie mir, wenn ich schuldig bin, und wenn es nicht so ist, so haben Sie die Gewogenheit, Ihr Unrecht einzusehen und es wiedergutzumachen: Geben Sie mir auf morgen ein Rendezvous. Meine schöne Mama, Sie haben mir Rat, Freundschaft, Hilfe, Schutz versprochen – das alles begehre ich jetzt. Mein Vater will mich in fünf Tagen mit sich nehmen, um Sophie aufzusuchen, und ich muß heute diese Reise, die noch vor kurzer Zeit den Gegenstand meiner teuersten Wünsche ausmachte, mehr fürchten als den Tod. Sie, meine schöne Mama, die Sie für alles ein Mittel wissen, können Sie nicht auch hier Rat schaffen? Ich bitte Sie dringend, mich unter so mißlichen Umständen nicht mir selbst zu überlassen. Ich bitte Sie dringend, mir morgen Ihre Ratschläge nicht vorzuenthalten, und ich verspreche, mein Benehmen darnach einzurichten.
Ich bin mit der lebhaftesten Erkenntlichkeit, der zärtlichsten Freundschaft, der tiefsten Ehrfurcht Ihr   Faublas.‹

»Jasmin, geh schnell zu La Fleur und zu Frau von Montdesir. Zieh Zivilkleider an, gebrauche die gewöhnlichen Vorsichtsmaßregeln und sieh dich wohl um, ob dir auf deinen Gängen niemand nachgeht.« – »Gnädiger Herr«, sagte er bei seiner Rückkehr, »Frau von Montdesir ...« – »Frau von Montdesir! Frau von Montdesir! La Fleur zuerst!« – – »Da verlangen Sie also, daß ich mit dem Ende anfange? Gnädiger Herr, ich bringe keine Antwort von La Fleur. Ich hatte ihm eben Ihr Billett zugestellt, als er zu mir sagt: Jasmin, hast du gerne Prügel? Das gerade nicht, antwortete ich. Nun wohl, mein lieber Freund, versetzte er, siehst du in dem Café da, gegenüber unserem Hôtel, diesen himmellangen Offizier? Er schaut gefährlich drein, entgegnete ich. Nun wohl, mein Freund, versetzte er wiederum, ich glaube, daß er dich mit seinem gefährlichen Auge bemerkt hat. Rette dich schnell, wenn du nicht meine Gebieterin und deinen Rücken in Gefahr bringen willst. Darauf, gnädiger Herr, habe ich nichts geantwortet, sondern ohne es mir zweimal sagen zu lassen, den Weg unter die Füße genommen, und jetzt bin ich da.« – »So daß ich also dank deiner Tapferkeit gar keine Nachricht von Frau von Lignolle habe.« – »Gnädiger Herr, ich hätte Ihnen ebensowenig melden können, wenn dieser große Teufel mir das Kreuz eingeschlagen hätte.« – »Du mußt trotzdem noch einmal hingehen.« – »Ja, auf den Abend; vielleicht wird dieser Riese dann nicht mehr dasein.« – »Und Frau von Montdesir?« – »Sie hat mir aufgetragen, Ihnen zu melden, daß es sie sehr verdrieße, nicht mehr mit Ihrem Besuch beehrt zu werden. Im übrigen wolle sie Ihr Billett, das man schon seit einigen Tagen erwarte, sogleich wegschicken, und morgen früh würden Sie die Antwort erhalten.«

Die Antwort kam wirklich zeitig: Sie war nicht von der Hand der Frau von Montdesir.

›Ja, ich werde diese Abreise verhindern – aber hatte ich nicht recht, wenn ich sagte, daß Ihre Sophie Ihnen weniger teuer sei? Immerhin: Da Sie den Wunsch äußern, so werden wir uns heute abend um sieben Uhr an dem bewußten Ort treffen können.‹

Ich rief meinen Bedienten: »Jasmin, nimm dein Herz in beide Hände! Gestern abend hättest du, wenn du es nicht versäumt hättest, La Fleur noch einmal treffen können: Geh also diesen Morgen hin und sieh, ob der Kapitän noch immer auf seinem Posten ist.«

Er war bereits da. Mein guter Jasmin, der, gestachelt durch meine Vorwürfe, sich etwas weiter vorgewagt hatte als gestern, war dem verfolgenden Riesen nur noch durch schleunige Flucht entgangen. Ich sah jetzt ein, daß mein Auftrag nicht ausgeführt werden würde, wenn ich meinem Bedienten nicht gewaltigen Mut beibringen könnte. Ich ließ daher dem unermüdlichen Kurier ein tüchtiges Mahl vorsetzen, und mit neuem Mut ausgerüstet, ging er entschlossen auf seine neue Botschaft aus, die noch unglücklicher war als alle andern. Mein armer Jasmin kam lendenlahm zurück. – »Diesmal, gnädiger Herr, bin ich in den Hof hineingekommen, aber der große Teufel ist sogleich über mich hergefallen. Er schrie: Zu wem willst du? Ich antwortete: Zu Ihnen nicht, mein Herr. Er schrie: Du darfst nicht hinein, zu wem willst du? Ich antwortete aus vollem Halse: Warum wollen Sie mir den Eintritt verwehren? Sind Sie der Schweizer? Er schrie … nein, er schrie nicht mehr, sondern er gab mir augenblicklich einen solchen Faustschlag an den Kopf, daß ich den Himmel für eine Baßgeige ansah. Und dann habe ich geschrien, und ich habe wohl daran getan, denn wenn mich nicht La Fleur und alle seine Kameraden aus den Klauen des brutalen Kerls gerissen und an die Tür gebracht hätten, so wäre ich, glaube ich, nicht mehr aus dem Hof gekommen.«

»Welche Wut und welche Unverschämtheit!« – »Gnädiger Herr«, unterbrach mich Jasmin, »ich habe mich nicht geniert, ihm zu erklären, daß mein Herr mit dieser Behandlung gar nicht zufrieden sein würde.« – »Was hat er geantwortet?« – »Gnädiger Herr, ich habe geantwortet, er hat bloß geschrien; er hat noch ärger auf mich losgeschlagen und geschrien: Dein Herr? Wie heißt dein Herr? Sein Name!« – »Du hast ihn verschwiegen?« – »Ja, gnädiger Herr, und wenn er mich auf der Stelle umgebracht hätte!« – »Nun wohl, ich will ihm selbst ihn sagen!« – »Gut!« rief Jasmin, der mich meinen Degen nehmen sah, »geben Sie ihm eins in die Seite, wie diesem kleinen Herrn von B., der sich so böse gebärdete.«

Ich stürzte auf die Treppe hinaus: Aber glücklicherweise befand sich Herr von Belcourt auf meinem Wege und hielt mich auf. »Faublas, wohin eilen Sie mit diesem Degen?« – »Dieser Mensch wagt es, meinen Bedienten anzuhalten und zu schlagen!« – »Also, mein Sohn«, antwortete er mit großer Kaltblütigkeit, »also zeigen Sie größeren Eifer, Ihren Bedienten zu rächen als Ihre Geliebte? Um eine Beleidigung zurückzuweisen, die nur ihn allein betrifft, will also der Geliebte der Frau von Lignolle in aller Eile sie verraten und zugrunde richten?«

So richtige Vorstellungen beschwichtigten mich alsbald. Ich rief Jasmin und gab ihm meinen Degen zurück. Der Baron, welcher sah, daß ich ausgehen wollte, sagte zu mir: »Nein, nein, mein Freund, wir bedürfen beide der Zerstreuung: Wir können uns keine angenehmere verschaffen als die Gesellschaft Ihrer Schwester. Ich lasse soeben Adelaide holen; ich will sie bis Freitag abend hierbehalten.« – »Warum nicht länger?« – »Wir reisen am Samstag ab.«

Bei dieser Antwort beobachtete mich Herr von Belcourt. Da die Stunde herannahte, wo ich erfahren sollte, was Frau von B. zu tun gedachte, um meine Abreise zu verhindern, so beschloß ich, der Erklärung auszuweichen, welche der Baron suchte. Ich antwortete bloß daher: »Am Samstag ... ja, am Samstag ... Leben Sie wohl, mein Vater.« – »Bleiben Sie doch, Ihre Schwester kommt in einer Viertelstunde.« – »Ich muß ausgehen!« – »Mein Sohn, ich will nicht, daß Sie ausgehen.« – »Vater, es muß durchaus sein.« – »Ich will nicht, daß Sie ausgehen, sage ich Ihnen.« – »Ich versichere Ihnen, daß das unumgänglichste Geschäft ...« – »Mein Sohn, wollen Sie mir den Gehorsam verweigern?« – »Vater, wenn ich doch nicht anders kann!« – »Ich verstehe Sie, mein Herr, ich werde also Gewalt brauchen müssen.« Mit diesen Worten verließ er mein Zimmer und schloß mich ein.

»Sie wollen Gewalt brauchen! Und ich List!« Ich öffnete das Fenster, es war nur ein Stockwerk, ich sprang hinaus. Die Erschütterung war heftig, aber dessenungeachtet lief ich mit der Schnelligkeit eines Wiesels über den Hof und kam, da ich beständig lief, bald bei Frau von Fonrose an.

»Unglücklicher«, sagte sie, »was wollen Sie hier machen? Heute früh hat mir der Kapitän im Vertrauen seinen schrecklichen Besuch abgestattet. Er hat mich in dem höflichen Tone, den Sie an ihm kennen, gefragt, wie es sich mit einem gewissen Fräulein von Brumont verhalte, deren fleißige Besuche bei Frau von Lignolle der Welt soviel Stoff zu Scherzen geben. Nicht ohne Mühe gelang es mir, diesem entsetzlichen Schwager begreiflich zu machen, daß die Aufführung seiner jungen Schwägerin mich nichts angehe, daß ich dem Herrn Kapitän durchaus keine Rechenschaft über meine Handlungen schulde und daß er mich sehr verbinden würde, wenn er gefälligst mein Haus nie wieder betreten wollte.« – »Und meine Eleonore, haben Sie sie gesehen?« – »Im Gegenteil, ich habe soeben zu ihr geschickt und ihr empfohlen, daß sie äußerst vorsichtig sein und ganz besonders nicht hierherkommen möge. Zu meinem größten Bedauern wollte ich eben auch Ihnen dieselbe Mahnung zugehen lassen. Und ich will es Ihnen nur sagen, ich halte Sie auch in diesem Augenblick nicht auf; denn ich gestehe Ihnen, mir bangt sehr vor einer neuen Grobheit des Flibustiers, der uns so ungeschickt über den Hals gekommen ist ... Chevalier, Sie gehen jetzt nicht ins Hôtel zurück?« – »Nein.« – »Warum?« – »Ich hätte Sie ersucht ... einen Augenblick! Bleiben Sie noch einen Augenblick!«

Sie klingelte einem Bedienten und gab ihm geheime Befehle. Ich achtete damals kaum auf diesen fatalen Umstand, an den ich mich seither oft erinnert habe.

»Ich wollte Sie«, versetzte sie, »ersuchen, doch Sie können diesen Auftrag ebensogut auf den Abend ausrichten; ich wollte Sie ersuchen, dem Herrn Baron tausend verbindliche Dinge von mir zu sagen, denn obschon wir uns überworfen haben ...« – »Gänzlich?« – »Für immer. Und doch ist nur Ihre perfide Frau von B. an all unserem damaligen Verdrusse schuld!« – »Sie glauben, die Marquise sei

imstande gewesen, diesen Brief an meinen Vater zu schreiben?« –
»Und noch dazu das Billett an den Vicomte von Lignolle!« – »Unmöglich! Ich kann nicht …« – »Wie Sie wollen, mein Herr«, antwortete sie sehr trocken. »Was mich betrifft, so erlauben Sie, daß ich
nicht daran zweifle und mich danach benehme.« – »Adieu, Frau Baronin!« – »Ohne Adieu, Herr Chevalier!«

Versetzte mich die kritische Lage, worin wir uns alle befanden, in
unbegründete Beängstigung? Als ich aus dem Hôtel Fonrose nach
dem kleinen Haus in der Rue du Bac ging, schien es mir, als folge
mir jemand nach.

Der Vicomte ließ nicht lange auf sich warten: »Schöne Mama, Sie
haben den Frack von Saint-Cloud angezogen? Ich erkenne ihn immer …« – »Mit einigem Vergnügen?« unterbrach sie. – »Mit Entzükken. Er erinnert mich beständig …« – »An Dinge, an die wir nicht
denken dürfen.« – »Ach, an Dinge, die ich in meinem Leben nicht
vergessen werde! Warum berauben Sie mich denn seit mehr als vierzehn Tagen so grausam …« – »Ich wartete, bis Sie endlich schreiben
würden. Ich will nicht ganz überlästig werden.« – »Überlästig! Können Sie jemals …« – »Was weiß ich? Ich sehe Sie dermaßen von der
Gräfin in Anspruch genommen! Frau von Lignolle hat soviel Geist!
So viele Reize!« – »Es ist wahr …« – »Sie müssen die Gesellschaft
aller andern Frauen sehr unschmackhaft finden …« – »Ich finde tausend Wonnen in der Gesellschaft der liebenswürdigsten von allen.« – »Ja, der liebenswürdigsten nach Sophie, nach der Gräfin?
Chevalier, ich will Ihnen etwas sagen, lassen wir die Komplimente …
erzählen Sie mir vielmehr, was Sie bekümmert!«

Die Marquise hörte mich beständig mit der größten Aufmerksamkeit, aber zuweilen trauriger und unruhiger Miene an; nichtsdestoweniger konnte ich, als ich die lange Geschichte meiner Beängstigungen zu Ende brachte, nicht umhin, zu ihr zu sagen: »Was mich
vollends zur Verzweiflung bringt, man wagt es, Sie als Verfasserin
dieser beiden abscheulichen Briefe zu bezeichnen.« – »Man wagt es?
Und wer denn? Herr von Rosambert? Frau von Fonrose? Meine zwei
erbittertsten Feinde!« – »Und wenn es Ihre Freunde wären, so würde
ich es ihnen nicht glauben! … Meine schöne Mama, wie wollen wir
meine Abreise verhindern?« – »Ich kann mir«, antwortete sie in be-
fangenem Tone, »ich kann mir unaufhörlich nur wiederholen, Sophie muß Ihnen weniger teuer sein.« – »Weniger teuer! Ich versichere Ihnen, Sie haben unrecht; aber mein Aufenthalt in Paris wird

unumgänglich notwendig; die Ehre wie die Liebe gebieten ihn mir.« – »Wie, die Liebe zu Frau von Lignolle, ja.« – »Meine schöne Mama, wie wollen Sie meine Abreise verhindern?« – »Faublas, es muß Ihnen von Versailles ein Paket zukommen, dessen Inhalt Ihnen hoffentlich Freude machen und das die Absichten des Herrn von Belcourt vermutlich verändern wird. Sollte jedoch Ihr Vater hartnäckig darauf bestehen, so melden Sie mir es sogleich.« – »Dieses Paket ist …?« – »Morgen früh werden Sie es empfangen; ich lasse Ihnen Ihre neugierige Ungeduld bis morgen früh.« – »Und Sie versichern mir nicht, daß dieses erste Mittel, womit Sie mir helfen wollen, unfehlbar sein müsse?… Wie, Mama? Sie hören mich nicht mehr, Sie denken an etwas ganz anderes.« – »Ja«, rief sie, »Sie müssen die Gräfin sehr lieben.« – »Ach! sehr!« – »Mehr, als Sie mich lieben … als Sie mich liebten, wollte ich sagen.« – »… Ich weiß nicht … ich kann nicht…« – »Gestehen Sie es, mehr! Ihr Zögern, Ihre Verlegenheit beweisen es zur Genüge. Mehr!« wiederholte sie traurig. – »Es ist wahr, meine Eleonore hat sich Rechte auf meine Zärtlichkeit erworben, die keine andere … Aber ich betrübe Sie, meine schöne Mama.« – »Ganz und gar nicht, warum … warum sollte ich mich darüber wundern, daß Sie Ihre Geliebte Ihrer Freundin vorziehen? Vollenden Sie doch, wie hat sie sich auf Ihre Zärtlichkeit Rechte erworben, die keine andere …« – »Sie ist schwanger.« – »Grausamer Mensch!« rief sie mit unendlicher Lebhaftigkeit, »ist es meine Schuld, wenn …«

Frau von B. sprach nicht aus. Sie verhinderte mich, ihr zu Füßen zu fallen, und um meine Antwort nicht hören zu müssen, legte sie ihre Hand, die ich wenigstens küßte, auf meinen Mund. Endlich erhob sich die Marquise, deren Blicke zärtlich wurden und deren Farbe sich belebte, um zu gehen. – »Sie wollen mich bereits verlassen?« – »Ich bin dazu genötigt«, antwortete sie, sich meinen Liebkosungen entziehend, »ich bin dazu genötigt, meine Augenblicke sind gezählt; ich habe diese ganze Zeit viel zu tun. Leben Sie wohl, Chevalier.« – »Da Sie mir verbieten, Sie zurückzuhalten, so leben Sie wohl, meine schöne Mama.«

Als sie am Fuße der Treppe war, rief sie mit Tränen in den Augen: »Der Undankbare fragt mich nicht einmal, an welchem Tage er kommen darf, um mir zu danken!« – »Ach, verzeihen Sie, ich war beschäftigt …« – »Mit etwas ganz anderem, ohne Zweifel.« – »Mit etwas ganz anderem, ja! Aber dennoch mit Ihnen. Welchen Tag, meine schöne Mama? Welchen Tag?« – »Wir haben heute Dienstag ... also am Freitag, ja, am Freitag werde ich Ihnen einen Augenblick widmen können.« – »Immer zur selben Stunde?« – »Vielleicht etwas später. Bei dunkler Nacht wird es am klügsten sein.«

Ich verließ das Haus erst eine Viertelstunde nach dem Vicomte, und dennoch glaubte ich wiederum in geringer Entfernung von mir den unbequemen Argus zu erkennen, der mich bereits etwas beunruhigt hatte. Was meinen ganzen Argwohn bestätigte, war der Umstand, daß der ungeschickte oder ängstliche Spion schnell eine andere Richtung einschlug, sobald er sah, daß ich mich gegen ihn umkehrte. Ich ging nach Hause zurück in der festen Überzeugung, daß der Kapitän bald kommen und mir seinen Besuch abstatten würde.

»Ist's möglich«, sagte der Baron zu mir, »daß Sie einen Beinbruch riskieren? ...« – »Mein Vater, ich hätte mein Leben riskiert, warum treiben Sie mich zu den äußersten Maßregeln, welche unheilvoll werden können! Ich muß es Ihnen sagen, der Tod ist mir in diesem Augenblicke wünschenswerter als Sklaverei. Ehe ich jedoch in Ihre Gewalt zurückkehre, erkläre ich Ihnen aufs bestimmteste, daß ein Angriff auf meine Freiheit einem Angriffe auf mein Leben gleichkommt! Tausend Gefahren umringen mein unglückliches Leben, aber noch mehr umringen ein unglückliches schwaches Kind, die Frau, die aller meiner Neigung am würdigsten ist! Und Sie, ihr grausamster Feind, Sie wollen ihr ihren einzigen Trost, ihre einzige Stütze rauben? Sie wollen, indem Sie mich zur vollständigsten Unbeweglichkeit zwingen, die Gräfin verteidigungslos ihren Verfolgern überliefern und mich nötigen, zuzusehen, wie sie ungehindert ihr Verderben vorbereiten! Wenn dies noch immer Ihre Absicht ist, wenn Ihnen noch ein Mittel übrigbleibt, mich in mein Zimmer einzuschließen und mich zum Dableiben zu nötigen, so kündige ich Ihnen an, daß der Kapitän mich bald hier aufsuchen wird. Ich erkläre Ihnen, daß dann, und ich schwöre das bei meiner Schwester, bei Ihnen, bei Sophie, bei allem, was mir in der Welt das Teuerste und Heiligste ist, ich schwöre, daß keine Rücksicht mehr mich bestimmen können wird, gegen den Vicomte ein Leben zu verteidigen, das infolge Ihrer Tyrannei für Frau von Lignolle nutzlos und für ihren Geliebten hassenswert geworden sein wird. Entscheiden Sie jetzt über mein Schicksal, es liegt in Ihren Händen.«

»Er würde tun, wie er sagt!« rief meine Schwester; »wenn es sich um eine Frau handelt, so kennt er uns nicht mehr. Aber er könnte keinen größeren Fehler begehen, als wenn er sich töten ließe. Schließen Sie ihn deshalb nicht ein, mein Vater, ach, ich bitte Sie, schließen Sie ihn nicht ein.«

Während Adelaide so zu ihm sprach, ließ der Baron nur auf mir seine schmerzlichen Blicke verweilen. Ach! und ich sah die Augen meines Vaters sich mit Tränen füllen; meine Schwester küßte bereits die Hände des Herrn von Belcourt, zu dessen Füßen ich mich jetzt stürzte.

Herr von Belcourt verbarg sein Gesicht in beide Hände. »Mein Sohn«, sagte er endlich, »versprechen Sie mir, nie wieder zur Gräfin zu gehen ...« – »Unmöglich, mein Vater!« – »Noch zur Baronin, noch zum Kapitän.« – »Es sei! Weder zur Baronin noch zum Kapitän, darauf gebe ich mein Wort, und möge ich nie Ihren Namen führen, wenn ich es nicht halte! Weder zur Baronin noch zum Kapitän: Das ist alles, was ich Ihnen versprechen kann.« Mein Vater antwortete mir nicht; aber von diesem Augenblicke an erhielt ich meine vollständige Freiheit wieder.

Unmittelbar nach dem Souper ging ich auf mein Zimmer und rief Jasmin: »Gib mir einen runden Hut, meinen Mantel, einen Degen.« – »Gut, gnädiger Herr. Ich sehe, daß Sie trotz der Meinung des Herrn Baron meiner Meinung sind. Sie glauben, daß man sich so bald als möglich diesen großen Teufel vom Halse schaffen muß, der eine so schwere Faust führt, und Sie haben recht! Ihr Herr Vater würde ebenso sprechen wie ich, wenn er wie ich erfahren ...« – »Schweig, Jasmin ... ich gehe nicht zum Kapitän.« – »Gnädiger Herr, dürfte ich ohne allzu große Neugierde ...« – »Ich will selbst versuchen, ob ich La Fleur sprechen kann. Geh nicht zu Bett, erwarte mich.« – »Wie, gnädiger Herr, Sie nehmen mich nicht mit?« – »Du bist ein Hasenfuß! Sieh, ich könnte dem großen Teufel begegnen, und dann hättest du Angst.« – »In der Gesellschaft meines Herrn? Oh, gewiß nicht. In Ihrer Gesellschaft würde ich mit einer ganzen Kneipe Streit anfangen. Und sehen Sie, der große Teufel hat vielleicht auch einen Bedienten. Gnädiger Herr, wahrhaftig, ich übernehme es, den Lakaien durchzuprügeln, währen Sie den Herrn umbringen.« – »Schön! Diese Entschlossenheit gefällt mir und bestimmt mich; ich nehme dich mit. Was machst du denn da, Jasmin? Nimmst du gewöhnlich einen Stock mit, wenn du mit mir kommst?« – »Ich denke, wenn der Bediente ebenfalls einen Degen

hätte, so hätte ich kein leichtes Spiel.« – »Laß deinen Stock zurück,
Jasmin, oder bleib lieber da.« – »Ich will lieber Sie begleiten und
bloß meine Arme mitnehmen.«

Dieser gute Wille meines Bedienten kam mir sehr zustatten, wie
man sogleich sehen wird. Wir waren eben aus dem Hôtel getreten,
und da ich große Eile hatte, so lief ich stark, ohne um mich zu blik-
ken. Kaum waren wir in die Rue Saint-Honoré gekommen, als eine
Dame Jasmin anhielt und um den Weg nach der Place Vendôme
fragte. Beim Tone einer geliebten Stimme drehte ich mich um:
»Große Götter! Wär's möglich ... Ja, sie ist's. Es ist die Gräfin!« –
»Welch ein Glück! Er ist's! Ich wollte zu dir gehen, Faublas.« –
»Meine Eleonore, ich wollte zu dir gehen.« – »Da, nimm mir schnell
das Ding ab«, sagte sie, indem sie mir ein Kästchen gab; »es ist mein
Juwelenschrein. Ich nahm ihn mit und wollte zu dir gehen, damit wir
sogleich abreisen.« – »Abreisen? Wohin?« – »Wohin du willst.« –
»Wieso? Wohin ich will?« – »Natürlich! Nach Spanien, nach England, nach Italien, nach China, nach Japan, in irgendeine Wüste;
wohin du willst, sag ich dir.« – »Ich habe zur Ausführung dieses
kühnen Planes noch keine Vorbereitungen getroffen.« – »Was ist
denn nötig?« – »Liebe Freundin, wir können einen so hochwichti-
gen Gegenstand nicht hier besprechen. Du wolltest zu mir gehen;
komm, laß uns noch einige glückliche Stunden genießen.« – »Indes ...« – »Wie? Kommt es dich hart an, mir eine glückliche Nacht
zu schenken?« – »Im Gegenteil, es macht mir großes Vergnügen!
Aber ich glaube, du tätest besser, mich auf der Stelle zu entführen.« – »Jasmin, geh schnell zum Schweizer, verlange ihm den
Schlüssel zur kleinen Gartentüre ab und öffne uns. Es darf uns niemand hineingehen sehen; du gibst dem Schweizer zwei Louisdor für
das Geheimnis.« – »Gnädiger Herr, ich bin nicht so reich.« – »Du
versprichst sie ihm in meinem Namen.« – »Oh, dann ist's, als ob er
sie schon hätte!« – »Jasmin, ich verspreche dir ebensoviel, aber
lauf!«

Bald wurde uns die geheime Tür geöffnet, und ungesehen kamen
wir auf mein Zimmer. »Wie froh bin ich!« rief die Gräfin, indem sie
Besitz von meinem Zimmer nahm, »wie froh bin ich! Heute bin ich
in Wahrheit deine Frau! Wie gut wären wir hier! Aber in der Hütte
werden wir noch besser sein ... Faublas, du mußt mich entführen, du
mußt es durchaus tun! Komm, laß dir jetzt die Ereignisse des Tages
erzählen. Der Kapitän ist schon am Morgen gekommen und hat mir

eine schreckliche Szene gemacht. Er hat sogleich Herrn von Lignolle erklärt, daß ich schwanger sei und daß Fräulein von Brumont nur ein verkleideter Mann sein könne. Er hat geschworen, er werde den Unverschämten, der sich erfreche, seine Schwägerin zu lieben (er hat nicht lieben gesagt) und der die Verwegenheit gehabt habe, sich an ihm zu vergreifen, sogleich ausmitteln und ins Schattenreich befördern. (Ich berichte dir seine eigenen Ausdrücke.)« – »Was hat dein Mann dazu gesagt?« – »Mein Mann? Warum nennst du ihn denn meinen Mann? Du weißt ja, daß er es nicht ist!« – »Herr von Lignolle?« – »Er sah ganz und gar nicht vergnügt aus.« – »Und du, was hast du geantwortet?« – »Ich habe geantwortet: Wenn Fräulein von Brumont möglicherweise ein Mann sein könnte, so müßte ich nur meinem glücklichen Stern dafür danken; und wenn ich jemals einen Freund gefunden hätte, der mir ein Kind gemacht, so würde mein angeblicher Mann es wohl verdienen. Meine Tante hat gerufen: Sie hat recht! Meine Tante hat meine Partei ergriffen!« – »Ich glaube es.« – »Als die zwei Brüder fortgingen, hat die Marquise sehr geweint; sie wollte mich durchaus in ihre Franche-Comté mitnehmen. Sieh, wie teuer du mir bist, ich habe ihren Vorschlag beständig verworfen. Faublas, ich will lieber, daß du mich entführst ... Inzwischen hatte der garstige Mensch sich in einem Café aufgestellt ...« – »Ich weiß es.« – »Ich habe nicht zu dir geschickt, denn ich will nicht, daß du dich mit dem Kapitän schlagen sollst. Ich verzeihe ihm seine Beleidigungen, ich vergesse sie, ich vergesse die ganze Welt, wenn nur du mich entführst. Ich wollte eben wenigstens der Frau von Fonrose ein paar Worte schreiben, als sie mir sagen ließ ...« – »Ich weiß es.« – »Siehst du, das ist auch eine garstige Frau, die Baronin! Sie hat uns Vorschub geleistet, solange unsere Liebe, welche für sie bloß eine Intrige, ein bißchen lustiger als eine andere war, ihr einigen Stoff, sich zu ergötzen, darbot; jetzt, da sich nur noch Gefahren zeigen, läßt sie uns im Stich. Aber was liegt auch daran! Da du mir bleibst und wenn du mich nur entführst ... Endlich ist die Nacht gekommen. Ich habe schnell soupiert und meine Tante auf ihr Zimmer zurückgeschickt. Meine Frauen haben mir, wie gewöhnlich, ins Bett geholfen, aber sobald sie mein Zimmer verließen, habe ich mich schnell angezogen und bin deine kleine Treppe hinab in den Hof und von da an das Hoftor gegangen. La Fleur hat, wie wenn ich ihm soeben einen Auftrag erteilt hätte, verlangt, daß man öffnen solle, ich bin hinausgeschlüpft und habe dich auf der Straße getroffen, meiner

Der beste Accord

Entführung steht kein Hindernis mehr entgegen.« – »Im Gegenteil, es zeigen sich von allen Seiten Hindernisse. Wir brauchen einen Wagen, eine Verkleidung, Waffen, einen Postschein, einen Paß.« – »Ach, mein Gott! So werde ich also heute nacht nicht entführt? ... Dann höre: Wir können beide bis zum Tagesanbruch hier bleiben; dann verbirgst du mich in einem Speicher dieses Hôtels; du hast den ganzen Tag, um die nötigen Vorbereitungen zu treffen, und morgen gegen Mitternacht wollen wir endlich abreisen.« – »Unmöglich, meine Freundin!« – »Unmöglich? Und warum?« – »Du bedenkst nicht, daß wir durch jede Übereilung uns der Gefahr aussetzen, es mißlingen zu sehen.« – »Mein Gott, ich finde immer die Mittel; er dagegen sieht immer nur die Hindernisse! ...«– »Du kannst deine Schwangerschaft wenigstens noch drei Monate lang verbergen und leugnen.« – »Und warum das Glück, das wir erlangen können, noch um drei Monate aufschieben?« – »Du, die du ein so gutes Herz hast, meine Eleonore, könntest du ohne die äußerste Notwendigkeit, könntest du ein Glück wünschen, das die zärtlichste Schwester, den besten der Väter in Verzweiflung stürzen würde?« – »Ach, er will mich nicht entführen!« – »Liebe Freundin, ich schwöre dir, daß alle diese Rücksichten mich nicht mehr aufhalten werden, sobald der Augenblick gekommen ist, sie dir zu opfern, ich schwöre dir, daß ich dann, und müßte ich selbst zugrunde gehen, weder mein Kind noch seine Mutter, die ich anbete, im Stiche lassen werde. Aber erlaube, daß ich so spät als möglich die verlasse, welche am würdigsten sind, meine Liebe mit dir zu teilen. Erlaube, daß ich, wenn ich sie verlasse, um dir zu folgen, wenigstens das tröstliche Bewußtsein mitnehmen kann, ihnen nicht absichtlich den größten Kummer bereitet zu haben.«

Die Gräfin vergoß bittere Tränen, als sie sich wiederum genötigt sah, ihrer liebsten Hoffnung zu entsagen. Ihr Schmerz war so lebhaft, daß ich anfangs an der Möglichkeit verzweifelte, ihn zu beschwichtigen. Aber was vermögen nicht die Liebkosungen eines Geliebten! Diese Nacht währte wie die letzte, welche die Liebe uns geschenkt hatte, nur einen Augenblick. »Bereits will der Tag anbrechen!« sagte Frau von Lignolle zu mir, »und ich frage dich jetzt, wie ich es anfangen will, um nach Hause zurückzukommen.« Die Frage setzte mich in große Verlegenheit. »Meine Eleonore, wir wollen uns schnell ankleiden. Trotz der wohlweisen Ratschläge der Frau von Fonrose will ich dich an ihr Haus begleiten; ich werde mich wohl hüten, mit dir hineinzugehen; die Baronin wird glauben, du seiest nur deswegen so früh gekommen, weil du mit ihr von mir sprechen wollest. Du wirst dir wirklich eine sanfte Gewalt antun, um ihr von deinem Geliebten zu erzählen, und was sie auch sagen mag, so wirst du ihr treulich Gesellschaft leisten, bis dein Kabriolett gekommmen ist.« – »Mein Kabriolett? Wer wird es mir bringen?« – »La Fleur, den ich in Kenntnis setzen werde.« – »Und wenn der Kapitän bereits auf seinem Posten ist?« – »Beeilen wir uns; er wird bei den ersten Strahlen der Morgenröte gewiß noch nicht dasein. Übrigens habe ich, wenn er da ist, meinen Degen. Was willst du, meine reizende Freundin? Es gibt kein anderes Mittel … aber wann und wie werde ich dich wiedersehen? Eleonore, ich will nicht, daß du dich auf eine solche Art noch einmal bei Nacht der größten Gefahr aussetzt. Allein! Zu Fuß! Ich will das nicht! … Meine Freundin, wäre es nicht hundertmal passender, vernünftiger und ungefährlicher, wenn ich zu dir käme? Kann ich nicht zuweilen um Mitternacht zu dir gelangen?« – Frau von Lignolle küßte mich: »Ja, komm! Ich kann es einrichten. In der nächsten Nacht jedoch nicht, meine Maßregeln möchten noch nicht getroffen sein … Damit wir nichts dem Zufall anheimstellen, so komm am Freitag zwischen elf und zwölf Uhr.«

Inzwischen begann der Tag zu grauen. Wir stiegen geräuschlos hinab und gingen durch das kleine Gartentor. Ich sah die Gräfin zur Baronin hineingehen und eilte zu Herrn von Lignolle, um La Fleur zu wecken, der in einer Viertelstunde wegfahren sollte. Ich kam ins Hôtel zurück, ohne daß mir etwas Unangenehmes zugestoßen wäre. Morgens acht Uhr erhielt ich folgenden Brief:

›Herr Chevalier!
Seit langer Zeit suchte ich nach einer Gelegenheit, mein Unrecht gegen Sie und den Herrn Baron wiedergutzumachen; mit Vergnügen habe ich die erste ergriffen, die sich darbot. Ich ersuche Sie, Ihrem Herrn Vater das zu versichern. Im übrigen glaube ich, daß der König für das Regiment keine bessere Akquisition machen konnte als einen jungen Mann Ihres Schlages, denn soviel ist gewiß, daß Sie die allerhoffnungsvollste Physiognomie von der Welt haben.

Ich habe die Ehre zu sein usw.   Marquis von B.‹

Einen Augenblick darauf trat Herr von Belcourt in mein Zimmer; er hielt mehrere Papiere in der Hand, und ich sah die größte Freude sich auf seinem Gesichte spiegeln.

»Soeben empfange ich das aus Versailles!« rief er, mich umarmend: »Hier ist Ihr Patent als Kapitän des Dragoner-Regiments, das gegenwärtig in Nancy liegt, und hier ist der Befehl, auf den 1. Mai, also in vierzehn Tagen, einzutreffen. Faublas! Ich habe Ihnen mehr als einmal den unentschuldbaren Müßiggang vorgeworfen, der Ihre Talente nutzlos mache, und ich war entschlossen, endlich selbst die nötigen Schritte zu tun, um Ihnen den einzigen Stand zu verschaffen, der für Sie paßte. Ich bin hocherfreut, daß Sie mir zuvorgekommen sind. Ihr glücklicher Stern gewährt Ihnen schon anfangs, was meine dringlichen Gesuche sicherlich nicht so schnell erreicht haben würden: einen bereits höheren Grad und die Aussicht auf ein sicheres Avancement. Leider muß ich fürchten, daß Sie in dieser Gunst des Schicksals noch einen anderen Gegenstand der Freude finden könnten: Der Plan zu unserer Reise wird dadurch über den Haufen geworfen, Ihr Aufenthalt in der Hauptstadt verlängert sich um eine ganze Woche. Aber wenn es wahr ist, daß Sie sich darüber freuen, so bedenken Sie, daß nichts Sie der Pflicht entbinden wird, den Befehlen des Ministers zu gehorchen und binnen vierzehn Tagen bei dem Regimente einzutreffen; dann werde ich Paris verlassen und allein dahin gehen, wohin wir zusammen gehen müßten ...« – »Welche Güte, mein Vater, und welche Erkenntlichkeit! ...« – »Ich verspreche Ihnen, Sophie ebenso eifrig zu suchen, wie Sie es nur selbst hätten tun können.« – »Und Sie werden sie finden, mein Vater, Sie werden sie finden!« – »Infolge dieses Ereignisses hier wage ich wenigstens, es zu hoffen. Ich zweifle nicht, Faublas, daß Sie sich beeilen werden, die Gunst des Königs zu rechtfertigen; ich zweifle nicht, daß er mit Auszeichnung die ehrenvolle Stelle ausfüllen wird, die ihm anvertraut worden ist. Man muß glauben, daß Herr Duportail in seinem Versteck diese glückliche Veränderung erfahren, viele andere daraus folgern und daß er dann seine Tochter dem ihrer würdigen Gemahl nicht mehr vorenthalten wird.« – »Oh, mein Vater, welche Ermutigung geben Sie mir!« – »Adelaide ist bereits aufgestanden, Faublas; sie wird in meinem Zimmer frühstücken; ich wollte dich eben rufen lassen. Ich habe nicht die Indiskretion gehabt, deiner Schwester diese Papiere zu zeigen; es ist nicht mehr als billig, daß du selbst ihr diese gute Nachricht mitteilst. Komm, mein Freund, laß uns zusammen hinabgehen.«

Ich empfing eben Adelaidens Glückwünsche, als mein Bedienter mit verstörter Miene eintrat und mir meldete, daß jemand nach mir frage. »Wer, Jasmin?« fragte ich. – »Gnädiger Herr, er ist's.« – »Wer? Er?« – »Der große Teufel.« – »Der große Teufel?« wiederholte Herr von Belcourt, indem er Jasmin ansah. »Was ist das für ein Ausdruck? Faublas, von wem will er denn sprechen?« – »Mein Vater ... ich ... ich will ihn empfangen.« – »Warum so geheimnisvoll? ... Mein Gott ... ist es vielleicht der Kapitän? ... Nein, Faublas, bleiben Sie, er mag hereinkommen. Jasmin, sage dem Vicomte, er möge sich gefälligst zu mir herein bemühen.«

Der Kapitän trat ein. »Ich sehe ihrer zwei«, rief er mit einem bösen Lächeln; »welche ist Fräulein von Brumont?« Ich zeigte auf meine Schwester und antwortete: »Kapitän, diese hier würde Sie vorgestern nicht auf den Balkon der Gräfin gesetzt haben.« Inzwischen neigte sich Adelaide ans Ohr des Barons, um leise zu ihm zu sagen: »Wie häßlich er ist, dieser große Herr! Er macht mir angst!« – »Verlaß uns, meine Tochter«, antwortete er ihr, »geh, mach einen Spaziergang im Garten.«

Als meine Schwester weggegangen war, begann der Kapitän, der mich fortwährend unverschämt angesehen hatte, von neuem: »Das also ist der Chevalier Faublas, von welchem man soviel spricht? Wie kann sich das einen Namen in den Waffen gemacht haben? Das sieht ja aus, als ob er kaum einen Atem hätte? Wenn das etwas mehr als ein schwächliches Weibsbild ist, so ist es doch immer noch kaum die Hälfte von einem Manne.« – »Kapitän, setzen Sie sich doch, Sie können mich dann mit mehr Muße betrachten.« – »Donnerwetter, du willst spotten, glaube ich? Kennst du mich nicht? Weißt du nicht, daß der Vicomte von Lignolle niemals das einfältige Gespött und die impertinenten Mienen von deinesgleichen geduldet hat? Weißt du nicht, daß er ohne Mühe berühmtere Leute, als du bist, und namentlich auch Leute von etwas furchtbarerem Ansehen als du zu Boden gestreckt hat?« – »Endlich hat er alles gesagt! Kapitän, ist es der Brauch bei Helden Ihres Schlages, daß sie den Feind einzuschüchtern suchen, den sie nicht überwinden zu können fürchten? Ich freue mich sehr, Ihnen mitzuteilen, daß dieses vortreffliche Mittel Ihnen bei mir nicht sehr förderlich sein dürfte.« – »Teufel!« rief der Vicomte, außer sich vor Zorn. Allein er tat sich doch einige Gewalt an, nahm mich bei der Hand und sagte: »Hör, da es möglich war, daß sich unter dem Himmelsgewölbe ein junger Tor fand, der in seiner Verwegenheit so weit ging, einen Bruder zu entehren, den ich liebe, ja sogar sich an mir selbst zu vergreifen und mich ins Gesicht zu be-

schimpfen, so ist es mir lieber, daß du es bist als ein anderer. Nur all-
zuoft seit zwei oder drei Jahren hat man mich mit deinem Namen belästigt. Wisse, daß ich in bezug auf Gewandtheit und Stärke in der
ganzen Welt nur einen einzigen Mann anerkenne, der sich mit mir
vergleichen ließe, und was diesen betrifft, so glaube ich, daß kein
Meister es wagt, seine Überlegenheit anzufechten. Ich werde niemals
erlauben, daß ein anderer Ruf dem meinigen gleichkomme. Ich gedachte eigens einmal nach Paris zu kommen, um dir das zu sagen...« – »Danken Sie also dem Zufall, der mich scheinbar zu
Ihrem Beleidiger machte und Ihnen dadurch die Infamie eines Du-
ells erspart, dessen einzige Veranlassung Ihre unmenschliche Be-
gierde nach einem falschen Ruhm gewesen wäre.« – »Teufel! Ich bin
sehr ungeduldig zu erfahren, wie du es machen willst, um die Kühnheit deiner Reden aufrechtzuerhalten. Je mehr ich dich ansehe, um
so weniger kann ich mich überzeugen, daß du deines Rufes würdig
bist.« – »So lassen Sie uns also zur Sache kommen, Kapitän! Sie verlangen die Beweise, nicht wahr?« – »Allerdings! Aber sag mir, möch-
test du dich nicht zufällig rühmen können, den Vicomte von Lignolle
gefordert zu haben?« – »Warum sollte ich mich dessen rühmen?
Welche Ehre könnte mir daraus erwachsen? Habe ich übrigens je ein
Handwerk daraus gemacht, Leute zu fordern?« – »Ich habe nämlich
geschworen, das sage ich dir, daß ich bei jedem Duelle selbst der For-
derer sein wolle.« – »Ich habe niemals einen anderen Schwur getan,
als daß ich niemals ein Duell ablehnen wolle.« – »Gut, gut! Wähle
die Waffen!« – »Sie sind mir alle gleich.« – »Der Degen also! Der
Degen! Ich sehe meinen Gegner gern in der Nähe.« – »Ich werde bemüht sein, mich nicht fern von Ihnen zu halten, Kapitän!« – »Das
wollen wir sehen, mein kleines Herrchen. Der Ort?« – »Ist mir ziemlich gleichgültig: Die Porte Maillot indes, wenn Sie wollen.« – »Die
Porte Maillot sei es! Aber diesmal wirst du nicht den Marquis von B.
da finden.« – »Vielleicht.« – »Der Tag und die Stunde?« – »Heute
und auf der Stelle.« – »Da«, rief er, mich auf die Schulter klopfend,
»da hast du ein vernünftiges Wort gesagt! Laß uns gehen.« – »Kapitän, haben Sie Ihren Wagen?« – »Nein, ich gehe immer zu Fuß.« –
»Sie werden sich jedoch entschließen müssen, einen Platz im Wagen
des Barons anzunehmen.« – »Warum das?« – »Weil wir einen Ihrer
Freunde abholen.« – »Meiner Freunde?« – »Ja, ich meinerseits
nehme einen Zeugen mit.« – »Einen Zeugen? Wo ist er?« –
»Hier.« – »Dein Vater?« – »Ja.« – »Er mag kommen, wenn er Lust

hat, aber er zähle nicht auf mein Mitleid.« – »Herr Vicomte«, antwortete der Baron mit großer Kaltblütigkeit, »je mehr ich Sie anhöre, um so mehr gewinne ich die Überzeugung, daß Sie das meinige nicht verdienen.« – »Kapitän, haben Sie es gehört?« – »Nun ja! Er hat was geredet.« – »Nun ja!« rief ich, indem ich meinerseits seine Hand ergriff und stark drückte, »es ist dein Todesurteil, das er soeben ausgesprochen hat. Gehen wir!« – »Gehen wir«, wiederholte mein Vater, »und ich sehe, daß wir bald zurückkommen werden.«

Wir gingen erst zu Herrn von St-Leon, einem Kameraden des Kapitäns, gleichfalls Marineoffizier, ebenso umgänglich und höflich, als sein Freund es nicht war. Dieser ehrenwerte Edelmann behandelte meinen Vater mit den größten Rücksichten, überhäufte mich mit zahllosen Höflichkeiten, desavouierte so ziemlich die groben Ausfälle, Prahlereien und Flüche, die Herr von Lignolle unaufhörlich ausstieß. Mehrere Male wagte er sogar einige versöhnende Worte; aber man sieht wohl ein, daß jede Vermittlung zwischen mir und dem Vicomte fortan nutzlos war. Mit dem festen Entschluß, lieber zugrunde zu gehen als zurückzutreten, kamen wir beide an der Porte Maillot an.

Wir waren soeben ausgestiegen; schon hatte mein Gegner die Hand an seinem Degen; schon war der meinige gezogen. Auf einmal stürzten sich mehrere Reiter, die uns seit einigen Minuten im stärksten Galopp verfolgten, über den Kapitän her und umringten ihn mit dem Ruf: »Im Namen des Königs!« Einer von ihnen sagte zu ihm: »Herr Vicomte, der König und unsere Herren Marschälle von Frankreich befehlen Ihnen, mir Ihren Degen zu übergeben, und ich muß Sie bis auf neue Order überallhin begleiten.« Der Kapitän wurde wütend, doch wagte er keinen Widerstand zu leisten. »Dir gibt man keinen Wächter, dir!« rief er mir zu, als er seinen Degen abgab, »man rechnet auf deine Ordnungsliebe. Du hast übrigens sehr behutsame Freunde. Danke ihrer Wachsamkeit, sie wird dir auf einige Tage das Leben fristen, aber nur auf einige Tage. Versteh wohl, was ich dir sage.«

Ich fuhr mit meinem Vater nach Hause zurück, und da wir an Rosamberts Hôtel vorbeikamen, so erinnerte ich mich jetzt erst, daß dieser Tag für meinen glücklichen Freund der Tag nach der Hochzeit war und daß ich mit ihm und der neuen Gräfin frühstücken sollte. Ich verließ den Baron und ließ mich bei dem Grafen melden.

Er empfing mich in seinem Salon. »Rosambert, ich komme, um Ihnen Glück zu wünschen und Ihrer Einladung Folge zu leisten.« – »Verzeihen Sie«, antwortete er, »Sie werden nur mit mir frühstücken. Die Gräfin ist müde, sie ruht.« – »Ich verstehe, Sie sind mit Ihrer Nacht zufrieden?« – »Ja ... ja, zufrieden.« – »Mein Freund, dieses Lachen ist erzwungen; Ihre Heiterkeit scheint mir nicht natürlich. Was stört wohl ...« – »Eine abscheuliche Geschichte ... an der Ihre Marquise schuld ist. Ich wollte jetzt darauf wetten!« – »Was denn?« – »Ich erhalte im Augenblick Befehl einzurücken.« – »Einzurücken? Ich auch.« – »Wieso? Sie auch?« – »Mein Freund, ich bin Dragonerkapitän.« – »Kapitän! Ah! Empfangen Sie mein Kompliment. Umarmen wir uns! Ihr Regiment wird keinen jüngeren, braveren und hübscheren Offizier haben ... Entschließt sich endlich doch die Marquise, etwas für Sie zu tun? Habe ich's Ihnen nicht schon lange gesagt, daß man bei allem Verdienst nur durch die Frauen vorankommt!« – »Ich bewundere Sie! Wer hat Ihnen gesagt, daß Frau von B. es sei? ...« – »Ich gestehe, daß es noch lustiger wäre, wenn ihr Gemahl die Sache besorgt hätte! Also Kapitän in einem Reiterregiment!« fuhr der Graf fort, »das ist kein schlechter Anfang! Oh, Sie werden es weit bringen! Frau von B. trägt Sie empor! Aber wie kommt es, daß die Marquise den Mut gehabt hat, sich selbst Ihrem Avancement zu opfern! Den Mut, Faublas in eine Garnison zu verweisen. Wo liegt Ihr Regiment, Faublas?« – »In Nancy.« – »In Nancy? ... Warten Sie doch ... Sollte ich mich täuschen? ... Nein, nein ... ah, jetzt wundere ich mich nicht mehr.« – »Was denn?« – »Dieses ›was denn‹ ist vortrefflich! Wissen Sie etwa nicht, was ich sagen will?« – »Ich habe wirklich keine Ahnung davon.« – »Faublas, das ist ungeschickte Geheimnistuerei, die mehr schadet als nützt. Wie verlangen Sie, daß ich das nicht wissen soll?« – »Was denn?« – »Daß Frau von B. ganz nahe bei der Hauptstadt Lothringens ein sehr schönes Landgut besitzt, welches sie schon lange nicht mehr besucht hat.« – »Ah! Ah!« – »Sie gedenkt ohne Zweifel die ganze schöne Saison dort zu verbringen, und solange es Ihnen gefallen wird, werden Sie von Ihrem Oberst kleine Urlaube auf vierundzwanzig Stunden erhalten. Die Marquise ist somit auf dem Gipfel ihrer Wünsche, sie kann Sie ganz nach Gefallen haben und braucht keine Konkurrenz mehr zu fürchten. Sie hat wirklich das beste Mittel gefunden, um Sie zu gleicher Zeit zu verhindern, Sophie aufzusuchen und Frau von Lignolle beizustehen.« – »Mich verhindern, meiner Eleonore beizu-

stehen?« – »Allerdings, denn Sie haben soeben Befehl erhalten, einzurücken?« – »Erst auf den 1. Mai.« – »Nun wohl, also in vierzehn
Tagen!« – »Ich gewinne dabei eine ganze Woche, da mein Vater
mich nächsten Samstag hatte mitnehmen wollen.« – »Der große Vorteil! Welche Veränderung kann denn eine Woche bringen?« – »Was
weiß ich? Es geschehen in kürzerer Zeit so viele Dinge.« – »Faublas,
das nenne ich mit Gewalt seine Lage nicht sehen wollen.« – »Schweigen Sie, mein Freund! Schweigen Sie! Rauben Sie mir die Illusion
nicht, die mich aufrechterhält!« – »Wird etwa Frau von Lignolle weniger unglücklich sein, wenn Sie sie acht Tage später verlassen haben
werden?« – »Rosambert! Müssen Sie mir den Abgrund zeigen, wenn
ich an seinem Rande wandle?« – »Wird sie der Rache ihrer Feinde
weniger ausgesetzt sein? Den brutalen Wutausbrüchen des Kapitäns?« – »Er ist diesen Morgen gekommen. Wir waren auf dem
Punkte, uns zu schlagen, als auf einmal eine Wache vom Marschalls-
gerichte ankam.« – »Eine Wache? Für ihn? Und Sie haben keine erhalten?« – »Nein.« – »Ich glaube es; das hätte Sie in Ihren Gängen
belästigt; es wäre Ihnen nicht mehr möglich gewesen, die Marquise
zu besuchen.« – »Die Marquise? Wenn man Sie hört, Rosambert, so
sollte man glauben, es geschehe in der ganzen Welt nichts ohne die
Marquise ...« – »Mein Freund, ich sehe Frau von B. alles um sich
her aufwühlen: Vor acht Tagen beginnen böse Gerüchte über Fräulein von Brumont sich zu verbreiten. Ungefähr um dieselbe Zeit geht
ein fataler Brief an den Kapitän ab ...« – »Ist's möglich!« – »Gestern
erfahre ich aus guter Quelle den Bruch des Herrn von Belcourt mit
der Baronin; heute erhalten Sie das Patent, und ich, ich muß infolge
der Rückwirkung abreisen, ohne wie Sie eine Gnadenfrist von vierzehn Tagen zu erhalten! Ich muß am 21. dieses Monats beim Regimente sein, ich muß übermorgen, am Freitag, meine Abschiedsbesu-
che machen! Aber was ist der Zweck dabei? Denn sie tut nichts ohne
Absicht, die heimtückische Person. Wenn mir nicht gestattet ist, alles
zu erraten, so begreife ich wenigstens, daß die Marquise, die große
Schläge im Schilde führt, aber von unserer Versöhnung weiß und
sich's nicht verhehlen kann, daß derjenige Mensch in der Welt, der
sie am besten kennt, auch am geeignetsten sein muß, Ihnen mit seiner Börse, mit seinen Ratschlägen, und sogar, wenn es nötig wäre,
mit seinem Arme zu dienen, daß die Marquise so bald als möglich
denjenigen ihrer Feinde beseitigen zu müssen glaubt, welchen sie als
den gefährlichsten betrachtet, weil er der beste Freund ist. Im übrigen

ist Ihre Frau von B. ein Weib in der vollen Bedeutung des Wortes. Nachdem sie die Leute zu Boden geschlagen hat, grollt sie ihnen noch immer und«, fuhr er fort, indem er mit der Hand über seine Stirn fuhr, »noch in der neuesten Zeit ... vor Ankunft dieses militärischen Befehls, der mich verbannt, habe ich zu bemerken geglaubt, daß der Pistolenschuß, womit sie mich gütigst bedacht hat, sie nicht verhindern würde, mir von Zeit zu Zeit etliche kleine Bosheiten anderer Art anzutun.« – »Wieso?« – »Ja. Ich bin seit gestern abend nicht aus meinem Hause gekommen; nun wohl! Ich wollte darauf wetten, daß sich die Marquise sehr aufrichtig mit Frau von *** versöhnt hat, mit dieser ewig dienstfertigen Gräfin ... die meine glückliche Vermählung so eifrig betrieb.« – »Auf Ehre, mein Freund, ich begreife nicht, was Sie da sagen.« – »Um so besser ... ich liebe es einigermaßen, wenn ich schon indiskret bin, wenigstens sehr dunkel zu bleiben. Sie gehen, mein Freund? Ich gebe mir keine Mühe, Sie zurückzuhalten, denn ich gestehe, es ist mir ein Bedürfnis, einen Augenblick allein zu sein.« – »Sie haben Verdruß?« – »Ein wenig.« – »Ist es der Befehl zur Abreise?« – »Dies und etwas anderes.« – »Was ich nicht wissen darf?« – »Oder was nicht der Mühe wert ist, mitgeteilt zu werden.« – »Nun?« – »Ach, eine Kleinigkeit! ... Nichts! Weniger als nichts. Man hat mir es indes hundertmal gesagt, und ich habe es nicht glauben wollen, es ist schwer zu verhindern, daß selbst die schönste Laune einen Augenblick getrübt wird. Was wollen Sie? Es ist eine kleine Wolke, die man vorüberziehen lassen muß.« – »Rosambert, Sie sprechen wie ein Orakel; ich werde zurückkommen, wenn Sie verständlicher sein werden. Leben Sie wohl!« – »Leben Sie wohl, Faublas.« – »Übrigens werden Sie wenigstens die Güte haben, der Neuvermählten meine Komplimente zu melden und mein Bedauern.« – »Ja ... Ja ... Sie sollen Sie auf den Abend sehen, ich werde sie zu Ihnen bringen.« – »Wie gedankenlos ich bin! Fast wäre ich gegangen, ohne auch nur nach ihrem Namen zu fragen.« – »Von Mesanges«, antwortete er. – »Von Mesanges!« rief ich. – »Nun wohl, was gibt es da zu verwundern?« – »Nichts!« – »Der Name hat Sie frappiert?« – »Frappiert ... Ich habe in meiner Provinz einen Bruder dieses Fräuleins gekannt.« – »Sie hat keinen Bruder.« – »Dann war es vielleicht ein Vetter. Leben Sie wohl, mein Freund!« – »Nein, nein, Chevalier! Hören Sie doch: Wenn Sie diesen Vetter gekannt haben, sollten Sie nicht auch zufällig die Cousine gekannt haben?« – »Gott bewahre! Warum?« – »Ach wegen ... wegen nichts. Hören Sie, Faublas, Sie müssen Nachsicht haben, ich bin heute schrecklich dumm.«

Ich eilte hinweg, damit Rosambert nicht die allzu große Heiterkeit sehen konnte, die auf meinem Gesichte dem allzu großen Staunen Platz machte.

Mein Vater erwartete mich mit Ungeduld. Als ich in sein Zimmer trat, hörte ich, wie er zu meiner teuern Adelaide sagte: »Unglückliches Kind! Wenn es sich so verhielte, würdest du mich dann so ruhig sehen? Kommen Sie doch schnell!« rief er mir zu, sobald er mich erblickt hatte; »Ihre Schwester ist trostlos; sie behauptet, es sei Ihnen ein Unglück zugestoßen, und ich wollte es ihr verhehlen.« – »O mein Bruder«, rief sie, »ich wäre gestorben, wenn Sie nicht zurückgekommen wären. Aber wann wird der Zeitpunkt eintreten, wo Sie sich nur noch für Sophie schlagen werden?« – »Apropos«, unterbrach sie der Baron, »ich habe an diese Frage immer nur gedacht, wenn Sie nicht bei der Hand waren. Ich bitte Sie, was ist aus dem Brief des Herrn Duportail geworden?« – »Mein Vater, ich hatte ihn zu mir genommen, aber ich habe ihn in Montargis verloren, an dem Abend, wo ich krank wurde. Ohne Zweifel hat ihn Frau von Lignolle gefunden, aber ich habe es nicht gewagt, mit ihr davon zu sprechen; ich wundere mich bloß darüber, daß sie mir nie etwas davon gesagt hat.«

Am Abend desselben Tages brachte Rosambert seine Frau zu uns. Schon am anderen Ende des Zimmers blieb die Frau Gräfin, da sie meine Schwester erkannte, die sie noch nie gesehen hatte, ganz überrascht stehen. »Treten Sie doch vor«, sagte ihr Gemahl zu ihr, »was hält Sie an dieser Türe zurück?« – »Ach Gott«, antwortete sie, indem sie fortwährend meine Schwester ansah, »es kommt mir vor, das sei sie.« – »Wer?« – »Ei der Tausend, ein Fräulein, das ich für meine gute Freundin hielt.« – »Sie kennen das Fräulein?«

Während dieses kurzen Zwiegespräches fragte ich mich, was ich tun sollte, damit die junge Frau sich nicht gänzlich verriete. Wenn ich mich einen Augenblick entfernte, so gab ich meine Schwester den gefährlichen Fragen, den notwendige Verlegenheiten herbeiführenden Vorwürfen der Gräfin preis, der ich ohnehin bald einen neuen Gegenstand des Erstaunens liefern mußte, da ich nicht umhin konnte, in kurzer Zeit wieder im Salon zu erscheinen. Ich mußte mich also im Gegenteil beeilen, mich der Frau von Rosambert bemerklich zu machen, um sie auf solche Art an die notwendigen Auf-

Die Frucht heimlicher Liebe

klärungen, die klugen Mahnungen zu erinnern, welche Frau von Armincour am Vorabend der Vermählung dem unschuldigen Fräulein von Mesanges wahrscheinlich gegeben hatte. Dies tat ich dann. Ich warf mich ihr entgegen und begrüßte sie ehrerbietig.

Die Gräfin tat jetzt einen Schrei, ließ ihre Arme sinken, fiel beinahe in Ohnmacht und war genötigt, sich an die Türe anzulehnen. Jedoch ließ sie unaufhörlich ihre Blicke bald auf mich, bald auf meine Schwester schweifen; ich sah wohl, daß sie sich immer noch nicht klarmachen konnte, wer von uns beiden ihre gute Freundin sei. »Das nenne ich einmal«, sagte Rosambert, »eine wahre Erkennungsszene! Sehr eigentümlich! Im höchsten Grade theatralisch! Aber mir scheint, daß ich bei dieser übrigens vollkommen amüsanten Szene nicht die schönste Rolle spiele.« – Auf der anderen Seite sagte mein Vater ganz leise: »Wiederum Verwechslungen! Wieder ein galantes Abenteuer, ich wollte wetten.« – »Sie kennen also das Fräulein?« fragte der Graf, indem er meine Schwester seiner Frau zeigte. Diese ließ sich unglücklicherweise beigeben, schlau sein zu wollen, und antwortete: »Ach, mein Gott, nein, nein, ich kenne das Fräulein von Brumont gar nicht!« – »Von Brumont?« wiederholte Rosambert; »verdammt sei doch der höllische Genius, der Sie ihren Namen erraten läßt! Also«, fuhr er fort, sich auf die Stirne schlagend, »es ist also durchaus kein Zweifel mehr vorhanden! Ich bin bereits, was man einen Ehemann nennt! Ein wahrhaftiger Ehemann! Ich bin es! Ich war es sogar schon vor der Hochzeit! Das Wie werde ich vielleicht gelegentlich erfahren ...« – Mein Vater neigte sich ans Ohr des Grafen, um ihm Mäßigung zu empfehlen: »Bedenken Sie«, sagte er zu ihm, »daß meine Tochter da ist.« – »Sie haben recht, und ich gestehe es, es ist unverzeihlich, daß ich wegen einer Kleinigkeit so großen Lärm mache. Aber man mag doch noch so vorbereitet sein, so empfängt man den Streich nicht, ohne ein wenig zu schreien. Ich erbitte mir bloß einen Augenblick, um mich zu erholen, Sie werden mich sogleich vollkommen ruhig sehen ... Allein Sie müssen gestehen, daß dieser junge Mann sich rühmen kann, den allerbösartigsten Stern zu haben, für ihn ganz und gar nicht übel, aber so Unglück bringend für jeden, der ihm nahe kommt. Es scheint im Himmel geschrieben zu sein, daß kein einziger seiner Freunde, auch nicht ein einziger, ihm entrinnen kann.« Er konnte nicht umhin, das arme Weibchen noch einmal zu fragen: »Madame, Sie haben das Fräulein nirgends gesehen?« – »Nirgends, o mein Gott, nein, auch nicht einmal bei meiner Cousine von Lignolle.« – »Ah! ... Welche Wut, auch noch zu fragen, während man ... während man seiner Sache so gewiß ist ... Sehr gut! Frau Gräfin, sehr gut! Das übrige wird mir der Chevalier selbst sagen.«

Bei diesen Worten schien der Graf seinen Entschluß zu fassen. Wir hatten uns alle gesetzt, und die Unterhaltung drehte sich um gleichgültige Dinge. Inzwischen sah mich die Neuvermählte, die wenig sprach, viel an; sie tat es mit einer Miene, welche zu verkünden schien, daß sie, wenn sie auch über die Art, wie ich sie in ihren Irrtümern erhalten und ihre Unwissenheit benützt hatte, noch ein wenig unzufrieden und verwundert sei, keineswegs die Absicht hege, ihre Überraschung und ihren Groll gegen mich ewig zu bewahren. Eher Rosambert tat sich während dieser Zeit ungeheuere Gewalt an, um seine Unruhe über die beständige Aufmerksamkeit, womit er seine Frau mich beehren sah, zu verbergen; und als endlich die Gräfin zu lachen anfing, so fragte er sie, warum? – »Gott, ich lache, weil er lacht.« – »Er! Er! Madame, und warum lacht denn er?« – »Nun, er lacht vielleicht, weil ... aber ich kann Ihnen das nicht sagen ... ich weiß nicht, warum er lacht.« – Vergebens wollte der Graf ein Zeichen der Ungeduld zurückhalten, vergebens suchte er einen tiefen Seufzer zu ersticken, und da Rosambert seine Eigenliebe dareinsetzte, seinen kleinen Verdruß über das ihm widerfahrene Mißgeschick sich nicht anmerken zu lassen, so glaube ich, daß es für ihn Zeit war zu gehen. »Leben Sie wohl«, sagte er zu mir, und ohne Groll, »wird man Sie morgen abend zu Hause treffen?« – »Ja, mein Freund.« – »Sie können auf meinen Besuch rechnen.« – »Werde ich mit Ihnen kommen?« fragte seine Frau. – »Was machen Sie da für eine Frage?« antwortete er in ziemlich barschem Tone. »Sie können es halten, wie Sie wollen. Aber ich bemerke Ihnen, daß die jungen Frauen nicht so ohne weiteres bei jungen Herren Besuche machen.«

Inzwischen wollte die Gräfin die Treppe hinabgehen; ich reichte ihr meine Hand. »Das freut mich sehr!« sagte sie, die meinige drückend; »aber ich bin dennoch recht böse auf Sie! Sie haben mich schön angeführt!« – »Still! Still!« rief Rosambert, »Madame, man sagt solche Dinge nicht in Gesellschaft, und namentlich nicht vor dem Gemahl.«

Sie gingen. Am folgenden Abend um sechs Uhr kam der Graf zu mir, aber er brachte die Gräfin nicht mit. Übrigens trat er mit schallendem Gelächter in mein Zimmer: »Das ist alles sehr lustig!« rief er, »unendlich lustig!« – »Was?« – »Was die Gräfin mir erzählt hat.« – »Sie haben Frau von Lignolle gesehen?« – »O nein, meine Frau: Sie hat mir alles erzählt, sage ich Ihnen, und vor ihr habe ich des Anstands wegen meine ernste Miene behauptet. Jetzt, da ich bei Ihnen bin, erlauben Sie mir zu lachen. Sie sind für die komischen Abenteuer geboren.« – »Rosambert, wenn Sie wollen, daß ich Ihnen antworte, so erklären Sie sich.« – »Ah, diesmal bin ich klar; aber wenn Sie mich dazu nötigen, so werde ich es noch mehr sein.« – »Wie Ihnen beliebt.« – »Ja? Nun wohl, so hören Sie: Meine Frau hat mir gesagt, daß sie, bevor sie meine Frau geworden, Ihre Frau gewesen sei ...« – »Das ist nicht wahr!« – »Wie! Sie leugnen die Tatsache? Sie?« – Ich unterbrach ihn lebhaft: »Herr Graf, ein Wort, wenn ich bitten darf. Bevor Sie Ihre hinterlistigen Mitteilungen fortsetzen, hören Sie mich wohl an: Alle Ihre Fragen über einen so kitzligen Gegenstand wären, auf welche Art Sie dieselben auch immer riskieren möchten, sie wären, sage ich, gänzlich nutzlos. Ist das Faktum falsch, so bin ich kein so abscheulicher Geck, um Ihre Frau desselben anzuklagen; ist es wahr, so bin ich nicht so einfältig indiskret, um es ihrem Gemahl zu gestehen.« – »Aber man bittet Sie, weder zu gestehen noch zu leugnen; man ersucht Sie bloß zu hören. Frau von Rosambert hat mir erzählt, daß Sie das Glück gehabt haben, bei der alten Armincour zu schlafen; daß Sie in dieser Nacht das Bett der Marquise verlassen haben, um in dem Bett von Fräulein von Mesanges zu schlafen, welche bald aufgehört habe, ein Fräulein zu sein, aber ohne es zu wissen, daß Sie, nachdem Sie sich als sehr galanter Mann gegen sie benommen, sie dennoch in der Überzeugung gelassen haben, daß Sie ein Mädchen seien. Chevalier, gestehen Sie doch, daß die junge Person, wenn sie mir ein Märchen aufgebunden hat, deren recht hübsche zu erfinden weiß, und erlauben Sie, daß ich darüber lache.« – »Rosambert, ich verwehre es ganz und gar nicht, sondern ich bin sogar bereit, mit Ihnen darüber zu lachen.« – »Dennoch«, fuhr er fort in einem etwas ernsthafteren Tone, »ich habe eine Frage an Sie zu stellen: mit den gebührenden Rücksichten ... Vorausgesetzt ... es ist eine Voraussetzung, Sie verstehen mich wohl? ... Vorausgesetzt, das Abenteuer wäre Ihnen zugestoßen, würden Sie es dann der Frau von B. erzählt haben?« – »Niemals.« – »Das denke ich auch. Wer mag es ihr also gesagt haben? Denn meine Vermählung ist, ich darf nicht mehr daran zweifeln, eine Guttat der Mar-

quise, und wie ich Ihnen gestern früh anvertraute, weil die Entdek-
kungen der vorhergehenden Nacht es mich hatten ahnen lassen, diese
gefällige Gräfin von ***, die mir gänzlich ergeben schien, handelte
nur im Interesse der Frau von B. Im selben Augenblick, wo ich, gänzlich übertölpelt von ihrer Kriegslist, die Jungfrauschaft des Fräuleins
von Mesanges mit einem reichen Wittum ausstattete, erklärten die
beiden kriegführenden Mächte öffentlich, ihr Bruch sei bloß zum
Schein veranstaltet gewesen, und Herr von Rosambert habe die
Kriegskosten zu bezahlen. Im übrigen muß ich anerkennen, die Marquise ist in ihrer Rache wirklich edelmütig. Als sie mich beinahe zum
Krüppel schoß, setzte sie sich derselben Gefahr aus, und jetzt, da sie
mir ein schon ziemlich zur Frau vorgerücktes Mädchen als Fräulein
geben läßt, ist sie wenigstens darauf bedacht, die Pille zu vergolden:
Sie fügt zu meinem Troste zwanzigtausend Taler Rente bei. Chevalier, wenn Sie meine edelmütige Freundin sehen, so danken Sie ihr in
meinem Namen. Sagen Sie ihr, daß ich das kleine Unglück, durch
eine einfältige Heirat unter den großen Haufen gekommen zu sein,
im Anfange wohl nicht ganz gleichgültig aufgenommen habe, aber
fügen Sie hinzu, daß meine Schwäche nur einen Augenblick gedau-
ert habe und daß ich jetzt mein Schicksal mit großer Fassung ertrage.
Besonders ermangeln Sie nicht, der Marquise zu versichern, daß ich
trotz meines eigenen Unglücks mehr als je den Kitzel verspüre, mich
über die unglücklichen Ehemänner lustig zu machen ... Faublas,
kommen Sie mit mir?« – »Wohin? Ich sehe Sie in großer Uniform!
Wie! Machen Sie schon Hochzeitsbesuche?« – »Nein, Abschiedsbe-
suche, da ich morgen abreisen muß.« – »Und Sie wünschen, daß ich
Sie begleite?« – »Ich soupiere im Faubourg St-Honoré; wir wollen in
die Champs-Élysées gehen und ein bißchen promenieren, plaudern.« – »Ich bin's zufrieden; aber nur von Frau von Lignolle.« –
»Sehr gern. Sie sehen in mir fortan einen Ehemann wie hunderttausend andere. Aber ich halte es noch immer mit den jungen Leuten
gegen die Ehemänner ... Faublas, da fällt mir eben etwas ein; glauben Sie ja nicht, ich wolle Sie mitnehmen, Sie etwa an einem Gange
zu verhindern, zu welchem Sie die Liebe rufen könnte.« –
»Wieso?« – »Ja, wenn Sie vielleicht eine ganz neue Eroberung hätten, ein Rendezvous bei einer jungen Dame, die ihres neuen Gemahls schon überdrüssig ist, so genieren Sie sich durchaus nicht!« –
»Eigentlich, Rosambert, wenn Sie das wirklich für möglich hielten,
würden Sie dann in so leichtfertigem Tone davon sprechen?« – »Auf

Ehre, ich glaube es. Das Unglück hat meine Kräfte gestählt, und ich fühle mich zu allem fähig.«

»Ich glaube also, daß der unglücklichen Gräfin nichts anderes übrigbleibt, als sich in den Schoß der Familie zurückzuziehen und auf Trennung zu klagen, wenn Herr von Lignolle sie quält.« Als Rosambert so zu mir sprach, war es beinahe Nacht, und wir befanden uns so ziemlich gegenüber dem Hause des Herrn von Beaujon. Herr von B. trat aus dem benachbarten Hause. Sobald er mich sah, kam er auf mich zu. Als er Rosambert erblickte, drehte er sich um. Der sagte zu mir: »Er weicht uns auch aus; gehen wir ihm nach, und lassen wir eine schöne Gelegenheit, einen angenehmen Augenblick zu erleben, nicht ungenützt.« Vergebens bemühte ich mich, Rosambert zurückzuhalten: Sein unglückliches Schicksal zog ihn.

»Herr Marquis, Sie fliehen uns?« – »Es ist wahr, daß ich Sie wenigstens nicht suche«, antwortete er in einem sehr trockenen Tone. – »In der Tat haben mir viele Leute versichert, daß Sie einen lebhaften Groll gegen mich haben. Ich gestehe Ihnen, daß ich sehr neugierig und ungeduldig bin, die Gründe zu erfahren ...« – »Glauben Sie, daß ich mich genieren werde, sie Ihnen zu sagen? ... Guten Tag, Herr Chevalier«, fuhr er fort, indem er mir die Hand reichte, »Sie bekamen gestern von Versailles?« – »Ja, sein Patent«, fiel Rosambert ein, »er hat es bekommen.« – »Ich habe es bekommen, Herr Marquis, und ich bin Ihnen ungemein verbunden für diesen Beweis Ihres ...« – Der Graf unterbrach jetzt auch mich: »Faublas, der Herr Marquis hat es für Sie verlangt?« – »Ja, ich. Was gibt es darüber zu lachen?« – »Wie, sollte nicht auch die Marquise ihrerseits ein wenig darum nachgesucht haben?« – »Warum nicht? Die Marquise ist eine vortreffliche Frau, stets bereit, jedermann gefällig zu sein, jedermann, nur Sie ausgenommen!« – »Der Grund wird mir immer unerklärlich bleiben.« – »Der Grund, Herr Graf, wenn man sich für so ungemein liebenswürdig hält, daß man keiner Frau begegnen kann, die widerstände, und wenn man dennoch eine rechtschaffene Frau trifft, die tugendhaft, voll Liebe zu ihrem Gemahl ...« – »Verzeihen Sie, ich kenne so viele Frauen dieses Schlages, daß ich nicht weiß, von welcher Sie sprechen wollen.« – »Von der meinigen, mein Herr.« – »Von der Ihrigen?« – »Ja, wenn man auf sie stößt, dann scheitert man ...« – »Man scheitert ... Allerdings.« – »Darum muß man sich gedulden.« – »Sie haben gut reden, mein Herr, Sie, der niemals scheitert.« – »Keine schlechten Witze, Herr Graf; ich weiß wohl, Sie waren glücklicher als ich bei einem Fräulein ...« – »Einem Fräulein? Ach ja, bei Fräulein Duportail.« – »Duportail oder nicht Duportail. Lachen Sie immerhin! Aber ich habe wenigstens keine Niederträchtigkeit begangen, um mich zu rächen.« – »Ach! Schonen Sie mich. Im übrigen: Was nennen Sie eine Niederträchtigkeit?« – »Das, was Sie meiner Frau getan haben, mein Herr.« – »Was habe ich denn Ihrer Frau getan? Wir wollen sehen, ob Sie es wissen.« – »Ob ich es weiß! Am Tage, nachdem Fräulein Faublas im Bett der Marquise geschlafen hatte ...« – »Fräulein Faublas? Sind Sie dessen gewiß?«

Ich sagte ganz leise zu Rosambert: »Mein Freund, nehmen Sie sich in acht, daß Ihre Lustigkeit Sie nicht zu weit führt, und kompromittieren Sie wenigstens, ich bitte Sie, Frau von B. nicht.« Der Marquis fuhr inzwischen fort: »Am folgenden Tag brachten Sie, um sich zu rächen, den Bruder in den Kleidern der Schwester zu meiner Frau.« – »Sehen Sie, wie boshaft ich bin!« rief der Graf lachend, »welche Spitzbüberei ich gegen die Marquise ausgeheckt habe! Das sind allerdings so meine Streiche!« – »Ich glaube«, fiel Herr von B., der sich sichtlich immer mehr ärgerte, mit großer Heftigkeit ein, »ich glaube, Sie wagen es noch, sich über mich lustig zu machen! Herr Graf, nicht zufrieden mit dieser ersten Schändlichkeit ...« – »Ja, wenn ich einmal in Zug komme ...« – »Hatten Sie noch die schwarze Bosheit ...« – »Teufel! Das Ding wird ernsthaft!« – »O sehr ernsthaft, und wer zuletzt lacht, lacht am besten, Herr von Rosambert, denn ich liebe die höhnischen Mienen nicht, das sage ich Ihnen.« – »Und ich liebe die drohenden Mienen nicht, Herr Marquis. Aber lassen Sie zuerst hören: Die schwarze Bosheit.« – »Ja! die schwarze Bosheit, von der Anwesenheit des verkleideten jungen Mannes Anlaß zu nehmen, um meiner Frau in meiner Gegenwart die impertinenteste und schrecklichste Szene zu machen.« – »Oh! Jetzt erkenne ich's an, ich bin ein Unseliger! Ein wahrer Dämon! Ein Wüstling!« – »Lachen Sie, lachen Sie immerhin, mein Herr! Aber da Sie diese Erklärung verlangt haben und da Sie, statt Ihre Schuld einzugestehen, das Maß nur noch voller machen, so vernehmen Sie, was ich von Ihrem Verhalten gegen die Marquise denke: Ich glaube, daß es eines Ehrenmannes unwürdig ist, und auf der Stelle«, fügte er hinzu, die Hand auf seinen Degen legend, »auf der Stelle werden Sie mir Rede stehen.« – »Wahrhaftig! Das ist noch das Komischste von allem, und obschon sich viele Leute darüber wundern können, so gestehe ich dennoch, daß ich es erwartete.«

»Aber meine Herren!« rief ich, »was wollen Sie tun? Ich kann diesen Kampf nicht dulden, Herr Marquis. Und Sie? Rosambert, der Sie solche Händel verabscheuen, ist's möglich, daß Sie in Ihrer Lustigkeit ...«

»Immer«, rief Herr von B., »immer habe ich in seiner Physiognomie gesehen, daß er ein schlechter Spaßmacher ist!« – »Ein schlechter? Sie beleidigen mich?« – »Aber ich hätte nicht geglaubt, daß er ein so ruchloser Mensch ist!« – »Das klingt schon etwas nobler.« – »Ich muß ihm eine tüchtige Lektion geben, die ihn bessert.« – »Er ist höchst erzürnt, höchst erzürnt! Ich erkenne Sie nicht mehr, Herr Marquis! Ich, ich sah auf Ihrem Gesichte immer ... ausgenommen jedoch an einem gewissen Morgen, wo Sie an der Porte Maillot den Chevalier, den Baron, den Grafen und alle Welt umbringen wollten ... ausgenommen an diesem Morgen sah ich auf Ihrem Gesichte immer, daß Sie der sanfteste und beste aller Menschen sind.«

Bei diesen Worten, die im spöttischsten Tone gesprochen wurden, zog Herr von B., außer sich vor Zorn, den Degen. Gewarnt durch eine unglückselige Ahnung, konnte ich mich einer tiefen Rührung nicht erwehren beim Anblick dieses feindlichen Stahles, dieses Rächerstahles, der sich in einem Augenblick mit Rosamberts Blut und bald darauf mit einem köstlicheren Blute färben sollte.

Ich warf mich auf Rosambert: »Herr Marquis, bitte beruhigen Sie sich! Graf, Sie werden sich nicht schlagen! Ich dulde nicht, daß Sie sich schlagen!« – »Faublas, lassen Sie mich doch tun; es tut mir allerdings leid, daß ich dazu genötigt bin, aber die Sache war unvermeidlich. Es wird dies wenigstens kein Duell sein, sondern bloß ein Renkontre, und jedenfalls habe ich von dem Herrn Marquis unendlich viel mehr lustige Dinge erfahren.« – »Wenn du dich nicht sogleich in Position setzest«, rief Herr von B. außer sich, »so erkläre ich dich überall für einen Feigling, und inzwischen zerschlage ich dir das Gesicht!« – »Ich zerschlage dir das Gesicht«, wiederholte Rosambert und begann zu lachen. »Es wäre schade! Man würde dann in meinen Zügen die boshaften Streiche nicht mehr sehen, welche ich mir gegen diese Dame erlaubt habe, die so rechtschaffen, so tugendhaft ist, so voll von Liebe zu ihrem Gemahl, nicht wahr, so sagten Sie doch, Herr Marquis?«

Rosambert tat jetzt, um sich aus meinen Armen loszumachen, unter beständigem Lachen einige Schritte zurück, und sofort kam er mit dem Degen in der Hand auf Herrn von B. zu.

Sie kämpften mehrere Minuten. Ach! Wieviel Unglück würde mir die Niederlage des Marquis erspart haben! Der Graf war es, der unterlag: »Der Himmel ist also gerecht!« rief Herr von B.

»Mögen auf diese Art alle die zugrunde gehen, die mich beschimpfen!« – »Alle die, die eine betrügerische Physiognomie haben! Ich werde«, fügte er hinzu, »so schnell als möglich die nötige Hilfe herschicken, bleiben Sie bei ihm. Sehen Sie doch, was ein Gesicht ist! Wie das seinige sich schon verändert hat!«

Er entfernte sich. Der Graf, der auf der Erde lag, gab mir ein Zeichen, mich zu bücken und ihn anzuhören, und sagte mit sehr schwacher Stimme zu mir: »Mein Freund, ich bin sehr schwer verwundet, ich glaube nicht, daß ich diesmal davonkomme. Fanblas, versichern Sie wenigstens Frau von B., daß ich nicht gestorben bin, ohne aufrichtige Reue zu empfinden über mein grausames Benehmen gegen sie ... ja grausamer, als Sie denken ... Fanblas, es ist nur allzu wahr, daß ...« Rosambert konnte nicht vollenden, er verlor das Bewußtsein.

Ich bemühte mich, mit Hilfe mehrerer durch das Geräusch des Kampfes herbeigeeilter Personen das Blut meines unglücklichen Freundes zu stillen, als die Chirurgen kamen. Man schaffte ihn schnell nach Hause. Welch ein Anblick für seine junge Frau! Die Wunde wurde untersucht; wir erhielten von den Ärzten nur die Antwort: »Man kann nichts sagen, bevor der dritte Verband abgenommen ist.«

Den Kopf voll von unheimlichen Bildern, kam ich nach Hause zurück. »Mein Vater, er ist im Sterben!« – »Wer?« – »Herr von Rosambert; der Marquis hat ihm soeben einen schrecklichen Degenstich versetzt.« – »Der Marquis?« antwortete der Herr Baron, »schlimm! schlimm! Es wird die allgemeine Aufmerksamkeit auf Sie zurücklenken.« – »Oh, mein Bruder«, sagte Adelaide, ihre grausam richtige Bemerkung durch zärtliche Liebkosungen versüßend, »mein Bruder! Ich weiß nicht genau, wie Sie sich aufführen; aber ich sehe seit einiger Zeit, daß Ihnen nichts als Unglück zustößt.«

Wie lang wurde mir die Nacht, die auf diesen trübseligen Abend folgte: Ich erwachte mit beklommenem Herzen, mit Schweiß bedeckt, und um die entsetzlichen Traumbilder zu beseitigen, versuchte ich, alle meine Gedanken auf den beglückten Tag zu werfen, der für mich anbrechen sollte, auf diesen mit so vieler Ungeduld erwarteten Freitag, der mir einige süße Augenblicke in der Gesellschaft des Vicomte von Florville und die lebhaftesten Vergnügungen in den Armen meiner Eleonore bieten sollte. Aber vergebens bemühte ich mich, eine von den düstersten Ahnungen ergriffene Einbildung zu heilen, sie stieß jede tröstende Idee zurück: Meine Seele war von tiefer Trauer erfüllt. Ach! Er kam wirklich zu früh, dieser Freitag, der mir nur Glück zu verheißen schien! Er kam wirklich zu früh, dieser schreckliche Tag, auf welchen ein noch schrecklicherer folgte! Schon am Morgen ging ich zu Rosambert; er hatte eine sehr schlechte Nacht gehabt. Nachmittags besuchte ich ihn wieder: Man hatte soeben den ersten Verband abgenommen, und man wagte noch nicht zu versichern, daß die Wunde nicht tödlich sein würde.

Abends sieben Uhr verließ ich Rosambert, um nach der Rue du Bac zu eilen. Ich sah da nicht den Vicomte von Florville; Frau von B. war es, die ich traf, Frau von B., wie in den Tagen von Longchamps im vollen Glanz ihres Putzes: Wie schön war sie!

Hingerissen vom ersten Entzücken meiner Bewunderung, fiel ich ihr zu Füßen, und die Marquise, die mich mit weniger Stolz als Vergnügen, mit süßerer Trunkenheit als die ist, die ihren Grund bloß in der Eigenliebe hat, zu betrachten schien – die Marquise beeilte sich nicht, mich aufzurichten.

»Meine schöne Mama, ist es nicht sehr unvorsichtig von Ihnen, daß Sie in einem so auffallenden Kostüm kommen?« – »Sollte ich lieber nicht kommen?« antwortete sie. »Ich komme in meinem Wagen von Versailles her, Desprez allein hat mich begleitet; überdies war es Nacht, und ich bin nicht durch die Rue du Bac gegangen.« – »Es gibt also eine geheime Türe?« – »Ja, mein Freund.«

»Meine schöne Mama, erlauben Sie mir, Sie meiner ganzen Erkenntlichkeit zu versichern. Die Papiere, die Sie mir versprochen hatten ...« – »Haben sie die gewünschte Wirkung hervorgebracht?« – »Ja, mein Vater denkt nicht mehr daran, mit mir zu reisen; dennoch beunruhigt mich, ich gestehe es, noch eines, nämlich, daß ich genötigt bin, Paris so schnell zu verlassen. Wäre es nicht möglich, einige Tage Aufschub zu erhalten?« – »Im Gegenteil, ich fürchte sehr, Sie werden unverzüglich den Befehl bekommen, noch schneller abzureisen. Man spricht von Krieg; die meisten Offiziere sind bereits eingerückt; nur mit großer Mühe habe ich diesen zweiwöchigen Aufschub für Sie erhalten.« – »Mein Gott! Was soll ich denn tun, um ...« – Sie unterbrach mich lebhaft: »Sie sagen mir nichts von dem unglücklichen Ereignisse von gestern abend?« – »Mama, finden Sie es in der

Tat unglücklich?« – »Können Sie noch fragen? Durfte Rosambert von der Hand des Herrn von B. sterben? Ich werde also ungestraft den Schimpf seiner Verleumdungen und die Schmach seiner Umarmungen erduldet haben? Es wird mir also nicht vergönnt sein, ihm in meiner Gegenwart mit dem Bekenntnis seiner letzten Reue das Geständnis aller seiner Lügen zu entreißen! Das Schicksal hat also abermals meinen Mut und meine Hoffnungen verraten!« – »Klagen Sie das Schicksal nicht an. Ihr Mut wurde durch den Erfolg des Kampfes bei Compiègne belohnt, und bei dem gestrigen Zusammentreffen sind alle Ihre Hoffnungen in Erfüllung gegangen.« – »In Erfüllung gegangen?« – »Vernehmen Sie, was der Graf unmittelbar vor seiner Ohnmacht zu mir sagte: Faublas, versichern Sie wenigstens Frau von B., daß ich nicht gestorben bin, ohne aufrichtige Reue zu empfinden über mein ganz grausames Benehmen gegen sie ... ja grausamer, als Sie dachten ... Faublas, es ist nur allzu wahr, daß ...« – »Daß?« – »Der Graf hat nicht die Kraft gehabt zu vollenden.« – »Aber Sie, Faublas, wie haben Sie dieses unfreiwillige Halbgeständnis gedeutet?« – »Der Sinn scheint mir nicht zweideutig. Ich glaube, daß er mir gestehen wollte, er habe niemals Ihre Person besessen ... Ihre Person – Ihre Liebe meine ich.« – »Sie glauben also, daß er Ihnen gestern die Wahrheit gesagt hat?« – »Ich versichere Ihnen, Mama, daß es mir schmerzlich wäre, diese Überzeugung nicht zu haben.« – Sie führte meine Hand an ihr Herz: »Faublas, seit sechs Monaten ist dies der einzige freudige Augenblick, der mir vergönnt wurde – lassen Sie diese Tränen fließen. Seit so langer Zeit sind die, die ich vergieße, so bitter; diese hier sind voll von süßer Wonne! Ach! Faublas, wieviel größer noch wäre mein Glück, wenn es mir vergönnt gewesen wäre, mit eigener Hand im Blute meines Feindes den erlittenen Schimpf abzuwaschen und mich auf diese Art vor deinen eigenen Augen vollständig wieder zu Ehren zu bringen! Aber was liegt mir an meiner Rache! Bin ich nicht fortan vollkommen gerechtfertigt? Schuldest du mir nicht deine ganze Hochachtung und selbst eine ebenso große Zärtlichkeit ...« Berauscht von ihren Liebkosungen, bedeckte ich sie mit den meinigen. »Nun«, rief sie, sich ganz hingebend, »mag endlich die Liebe, die unüberwindliche Liebe den Sieg behalten! Seit zwei Monaten setze ich allen Widerstand entgegen, dessen eine Sterbliche fähig ist. Sie hat mir zwanzigmal mein Geheimnis entrissen; mag sie jetzt über meine Entschlüsse triumphieren; mag sie mir mit dem angebeteten Geliebten einige Augenblicke überschwenglichen Glückes zurückgeben! Und müßte ich sie wiederum mit mehreren Jahrhunderten von Folterqualen bezahlen; müßte ich sogar in meinen Armen einen Undankbaren Sophie rufen und nach Frau von Lignolle schmachten hören; müßte ich sogar eines Tages mit meinem Leben dafür büßen! – –

Mehr sagte sie nicht; ich hatte sie soeben auf ein Bett der Wonne getragen, wo unsere Seelen verschmolzen.

Da wurde die Tür des Zimmers, wo wir uns befanden, plötzlich geöffnet: »Glauben Sie es jetzt?« sagte Frau von Fonrose zu Herrn von B.

Dieser, der an seinem Unglücke nicht mehr zweifelte, stürzte sich mit dem Degen in der Faust auf einen unbewaffneten Menschen, welcher überdies, da er in der größten Unordnung überrascht worden, durchaus nicht imstande war, sich zu verteidigen. Die allzu rasche Marquise, meine zu edelmütige Geliebte, warf sich dem drohenden Stahl entgegen. Der Marquis stieß zu ... große Götter! Frau von B. widerstand jedoch anfangs dem heftigen Stoße; sie zog blitzschnell zwei geladene Pistolen aus der Tasche und streckte die Baronin nieder. Dann sagte sie zu ihrem Gemahl: »Sie haben soeben mein Leben angetastet, jetzt liegt das Ihrige in meiner Hand; ich will meinen Tod, der bald erfolgen muß, nicht rächen; aber«, fügte sie an mich sich lehnend hinzu, »ich erkläre Ihnen, daß ich entschlossen bin, ihn gegen jedermann zu retten.«

Obschon ich große Anstrengungen machte, um sie zurückzuhalten, so sank sie doch auf ihre Knie, stützte sich auf ihre rechte Hand und reichte mir die Pistole, die sie noch in der linken hielt: »Hier Faublas! ... Und Sie, Herr von B., wenn Sie einen Schritt gegen ihn tun, so mag er Sie damit ... zurückhalten.« Kaum hatte sie das gesagt, so sank sie in meine Arme zurück und verlor das Bewußtsein.

Der Marquis dachte nicht mehr daran, mein Leben zu bedrohen; bereits war sein unglücklicher Degen seinen Händen entglitten. »Unglücklicher!« rief er mit allen Zeichen der Verzweiflung, »was habe ich getan? Wohin gehen, wohin fliehen? Wo mich vor mir selbst verbergen? Verlaßt sie nicht, ihr anderen; reicht ihr alle Hilfe! Mein Gott! Wie soll ich von hier wegkommen!«

Er war so verwirrt, daß er wirklich große Mühe hatte, die Türe zu finden.

Inzwischen stieß Frau von Fonrose, deren untere Kinnlade ganz zerschmettert war, ein entsetzliches Geschrei aus. Es liefen eine

Menge Leute herbei, die ich nicht kannte und kaum sah. Mehrere Wundärzte kamen. Die Baronin wurde sogleich nach Hause gebracht; aber bei der unglücklichen Marquise konnte man den Transport nicht wagen. Wir nahmen sie zu viert und trugen sie sterbend auf dasselbe Bett, wo einige Minuten zuvor ... O Götter! Rächende Götter! Wenn das Gerechtigkeit ist, so ist sie grausam!

Die tiefe Wunde war in der linken Brust, in der Nähe des Herzens. Frau von B. überlebte vielleicht die Nacht nicht. Man legte ihr den ersten Verband an. Da erwachte sie aus ihrer langen Ohnmacht. »Faublas«, sagte sie, »wo ist Faublas?« – »Madame«, rief ein Arzt, »sprechen Sie nicht.« – »Und müßte ich auf der Stelle sterben, so muß ich mit ihm sprechen.« Und mit erlöschender Stimme stammelte sie: »Mein Freund! Sie werden wiederkommen, Sie werden nicht dulden, daß gleichgültige Leute mir die Augen zudrücken; Sie werden meine letzten Bekenntnisse und meine letzten Seufzer empfangen. Aber verlassen Sie mich auf einige Minuten, eilen Sie. Der Haftbefehl wird ohne Zweifel sogleich von Versailles ankommen. Eilen Sie, retten Sie die unglückliche Gräfin, wenn es noch Zeit ist.«

Ich stürzte sogleich fort; ich gehe nicht, ich fliege über die Straße. Meine Eleonore, sie wollte man einsperren! Zuerst müßte man mir das Leben nehmen! Aber wenn der barbarische Befehl bereits vollzogen ist? Es ist geschehen, keine Hilfe, keine Hoffnung mehr! Ich komme ins Hôtel der Frau von Lignolle. Ohne vor der Loge des Schweizers zu verweilen, rufe ich: »La Fleur!« Ich gehe schnell vorbei, schreite über den Hof, eile auf die geheime Treppe, klopfe an die kleine Türe des Fräuleins von Brumont. Man öffnet. Welches Glück: die Gräfin! Ein Freudenschrei entfährt mir, sie antwortet mit einem Freudenschrei: »Schon jetzt?« – »Meine Eleonore, ich zitterte, es möchte zu spät sein. Komm!« – »Wohin?« – »Komm mit mir. Deine Freiheit ist bedroht. Was suchst du?« – »Meine Diamanten!« – »Sie sind bei mir, du hast sie nicht mit nach Hause genommen.« – »Die Tante.« – »Wo ist sie?« – »Im Salon.« – »Sage ihr schnell adieu ... doch nein ... Frau von Armincour würde dich mit sich nehmen wollen, und du mußt mit mir kommen. Übrigens könnte die Ängstlichkeit der Marquise uns verraten. Es ist besser, sie weiß einige Zeit lang nichts von dem, was aus dir geworden ist. Aber komm schnell, wir haben keinen Augenblick zu verlieren.«

Wir stiegen geräuschlos hinab. Begünstigt durch die Nacht,

Ich bekomme ein Kind

schleicht die Gräfin bis an das Hoftor. Hier klopfe ich, nachdem ich zur Vorsicht meinen Hut über die Augen herabgedrückt, an die Fenster des Schweizers: »Ich habe soeben mit La Fleur gesprochen, öffnen Sie.« Der Bediente, der mit seinem Kartenspiel beschäftigt ist, gehorcht mechanisch. Frau von Lignolle ist auf der Straße; ich stürze mich ihr nach. Meine Eleonore reicht mir den Arm und beschleunigt ihren Schritt so sehr als möglich. Wir wagen kein Wort zu sagen. Alles, was uns begegnet, versetzt uns in tödliche Angst; auf solche Weise gelangen wir, von tausend Ängsten gequält, immer aber durch die süßeste Hoffnung aufrechterhalten, nach der Place Vendôme. Wir betraten das Hôtel durch die Gartentüre, und da wir uns sogleich auf die geheime Treppe warfen, so konnte uns niemand bemerken außer Jasmin.

Mein Bedienter brachte Lichter. »Guter Gott!« sagte Frau von Lignolle, »ich habe Blut an den Händen! ... Faublas, die Ihrigen sind voll davon!« Ich konnte einen Schrei des Entsetzens beinahe nicht zurückhalten; dann brach ich plötzlich in Tränen aus: »Dieses Blut, es ist das Blut einer Liebenden! In welch einem Augenblick vereinigst du deine Geschicke mit den meinigen! Eleonore, meine teuere Eleonore, wache über dich! Ich bin von der Rache des Himmels umringt; überall um mich her trifft oder bedroht der Tod die meinem Herzen teuersten Wesen. Wache über dich! Dieses Blut, es ist das Blut einer Liebenden.«

»Faublas! Du machst mich starr vor Entsetzen!« – »Meine Freundin, dieses Blut, es ist das Blut einer Liebenden. Die Marquise ...« – »Hat sich erdolcht?« – »Nein, ihr Gemahl.« – »Ha, der Grausame!« – »Sterbend hat sie ihre Kräfte gesammelt, um mich vor der Gefahr zu warnen, welcher du ausgesetzt warst.« – »Wie danke ich ihr!« – »Um mich anzuflehen, daß ich bald zurückkehren und ihre letzten Seufzer empfangen möge.« – »Die arme Frau! Du mußt hineilen, ich gehe mit dir.« – »Unmöglich! So viele Leute, die dich bedrohen, es sind so viele Leute bei ihr.« – »So gehe allein und tröste ihre letzten Augenblicke.« – »Aber ich bleibe nicht lange bei ihr ...« – »Faublas, sage ihr, daß mein Haß erloschen sei ... daß ich tief betrübt sei über ihr Unglück ... und daß ich bloß wünsche ... aber komm recht bald zurück, laß mich nicht hier.« – »Bald, so bald als möglich. Jasmin, da es möglich sein könnte, daß mein Vater zu mir heraufkommen wollte, so führe Frau von Lignolle in das innere Appartement, ins Boudoir. Herr von Belcourt darf sie nicht entdekken, niemand darf sie sehen! ... Jasmin, ich vertraue dir die Frau Gräfin an, ich empfehle sie dir, du mußt mir für sie haften, und bedenke, daß es sich um mein Leben handelt.«

Es ist nur ein Schritt von der Place Vendôme in die Rue du Bac; ich brauchte daher nur einen Augenblick, um zur Marquise zurückzukehren.

Ein Mann und mehrere Frauen umstanden ihr Bett. »Jedermann hinaus!« sagte sie, als sie mich hereinkommen sah. Der Arzt stellte ihr vor, daß sie nicht sprechen solle. »Eine letzte Unterredung mit ihm«, antwortete sie, »hernach können Sie mich behandeln, wie Sie wollen. Man lasse uns allein.«

»Ist sie gerettet, mein Freund?« – »Sie ist bei mir.« – »Behalten Sie sie nicht lange. Im übrigen ist Desprez soeben mit meinen geheimen Instruktionen nach Versailles gereist: solange mir ein Atem bleibt, fürchten Sie nichts für die Gräfin.«

Frau von B. beobachtete einige Zeit Stillschweigen. Dann heftete sie ihre tränenvollen Augen auf mich, und nachdem sie mir ein Zeichen gegeben, meine Hand in die ihrige zu legen, sagte sie: »Nun, Faublas, bewundern Sie nicht mein trauriges Schicksal? Früher, in diesem Dorfe Hollriß, haben Sie mich auf einem Bett der Schande gesehen; heute erblicken Sie mich auf dem Totenbette, und das grausamste Unglück hat heute wie damals alle meine Pläne in dem zu ihrer Vollziehung festgesetzten Augenblicke über den Haufen geworfen. Auch jetzt, wie damals, will ich Ihnen meine ganze Seele enthüllen, und wenn Sie mich gehört haben, wenn Sie mich vollständig kennen, wenn Sie besonders meine flüchtigen Vergnügungen und meine dauernden Qualen, meine ersten Schwachheiten und meine letzten Kämpfe, meine guten Entschlüsse und meine verdammungswerten Absichten, endlich meine Verirrungen und ihre Bestrafung, wenn Sie alles verglichen haben werden, Faublas, dann werden Sie, ich zweifle nicht daran, zu behaupten wagen, daß Ihre Geliebte, nachdem sie immer mehr unglücklich als strafwürdig gelebt hat, auch in ihrem Tode nicht sowohl Tadel als Mitleid verdiene. Warum soll ich hier an das Glück der ersten Zeit unserer Verbindung erinnern? Es ist wahr, daß deine Geliebte damals einige schöne Tage hatte, aber wie schnell wurden sie vergiftet durch lebhafte Besorgnisse, wie rasch folgte ihnen deine Unbeständigkeit und mein gänzliches Unglück! Ach! Wer möchte dieselben Genüsse um denselben Preis bezahlen? Wer? Ich! Faublas, ich, die ich mich am Rande des

Todes noch immer von dem Feuer versengt fühle, das mich unaufhörlich verzehrte! Aber ich wäre offenbar in der ganzen Welt die einzige. Sieh, ich habe deine wachsende Liebe für Sophie, die verhängnisschwere Zeit ihrer Entführung, den noch unseligeren Tag, wo ich meinen Geliebten mit meiner Nebenbuhlerin am Fuße des Altars erblickte, und die Schauer jener Nacht nicht vergessen, wo dein treuloser Freund durch das niederträchtigste Bubenstück meine Herabwürdigung vollendete und mein wahres Unglück anfing. Faublas, ich schwör dir's in meiner letzten Stunde, und ich rufe den Gott, der mich hört, zum Zeugen an: Rosambert hat den Tod verdient. Rosambert hatte mich, bevor er mich in deinen Augen beschimpfte, auf schändliche Weise verleumdet. Es ist wahr, daß ich ihm, verführt durch einige glänzende Eigenschaften, mehr Aufmerksamkeit als anderen schenkte. Er hatte große Hoffnungen fassen können; ich habe Ursache, zu glauben, daß der Erfolg sie niemals gerechtfertigt haben würde. Ich will dir hier, Faublas, nicht von meinen Grundsätzen, von meiner Keuschheit, von meiner Sittsamkeit, noch von all den Tugenden vorreden, zu denen man klüglicherweise mein Geschlecht verurteilt hat – ich habe bei dir nicht einmal den Schein desselben bewahrt. Ich sah dich, du rissest mich hin, ich versenkte mich in alle Verirrungen der Liebe.

Ja, durch ein Verbrechen hat Rosambert in Luxemburg meine Pläne über den Haufen geworfen. Meine Pläne konnten, ich weiß es, frevelhaft sein, aber sie gehörten wenigstens nicht zu denjenigen, auf welche eine Liebende nicht ohne Edelherzigkeit und Mut, eine alltägliche, von einer mittelmäßigen Flamme für einen gewöhnlichen Menschen entbrannte Liebende hätte kommen können. Rosambert warf sie alle über den Haufen. Es schien mir, als ob ich fortan eine der Selbstverachtung anheimgefallene Frau sei, und so schwur ich, Sie hörten es, ich schwur, nur noch für meine Rache und für Ihr Weiterkommen zu leben.

Fürs erste mußte ich Sie aus einem Gefängnisse ziehen, wo Sie nicht vier Monate geschmachtet haben würden, wenn mir nicht meine vereinigten Feinde auf tausenderlei Arten meine Schritte durchkreuzt hätten. Endlich war Herr von ***, der durch meine Bemühungen zu dem hervorragenden Posten erhoben wurde, den er gegenwärtig einnimmt, trotzdem dankbar genug, an Ihre Befreiung eine Bedingung zu knüpfen, welche sie beinahe unmöglich machte. Beurteilen Sie, ob das verlangte Opfer mir peinlich war! Es handelte sich darum, Sie der Welt zurückzugeben, und ich schwankte mehrere Tage. Mein Freund, ich wiederhole es Ihnen, ich will hier weder meine Tugend noch die Tugend der Frauen überhaupt rühmen. Welcher Unterschied jedoch zwischen den Grundsätzen, den Neigungen, den Leidenschaften der beiden Geschlechter, und wie entfernt bist du von der Liebe, die ich dir weihe! Du besonders, Faublas, der du dich unter mehrere Geliebte teilen und noch im Besitze des ersten besten Gegenstandes, welchen der Zufall dir überliefert, Vergnügen finden kannst! Ach, wie hat dagegen Frau von B., die sich schon so unglücklich fühlte, daß sie sich zu ihrer vollständigen Rechtfertigung gezwungen sah, die Rechte eines Gatten anzuerkennen und mit ihm peinliche Pflichten zu erfüllen, einen tödlichen Schmerz empfunden an dem unglücklichen Tag, wo sie sich, um dich zu retten, den zügellosen Begierden eines Liebhabers ohne Zartgefühl, den grausamen Zärtlichkeiten eines gleichgültigen Menschen preisgeben mußte. Ja, mein Freund, ja, Herr von *** hat mich besessen! Nur in meiner letzten Stunde durfte ich dir ein solches Geständnis ablegen, und doch mußt du unter so vielen Beweisen meiner grenzenlosen Liebe diese schmachvolle Hingebung als den größten betrachten.

Du wurdest frei. Ich wagte es, dich wiederzusehen, ich wagte es! Dies war mein erster Fehler – er bereitete meine letzten Verirrungen und mein Ende vor.

Eine viermonatige Abwesenheit hatte mich scheinbar von einer unseligen Liebe geheilt, wenigstens dachte ich so, als ich Sie zu Frau von Montdesir rief; wenigstens fühlte ich mich bei unserer ersten Zusammenkunft in weit geringerem Grade als sonst durch deine Gegenwart bewegt; ich sprach mit dir von Justine ohne Ärger, von der Gräfin ohne Bitterkeit, von Sophie ohne Unruhe, ohne Zorn, ohne eine eifersüchtige Regung. Ich verkündete dir in der Aufrichtigkeit meines Herzens lobenswerte Entschlüsse, an deren Unwandelbarkeit ich glaubte. Endlich verließ ich dich, indem ich mir gleichsam Glück wünschte, nur noch Freundschaft für dich zu haben. Ich Törin! Wie täuschte ich mich! Das schlecht erloschene Feuer glomm unter der Asche fort, ein Funke konnte entspringen und den Brand von neuem anfachen.

Erinnern Sie sich des Tages, als ich unmittelbar vor meiner Reise nach Compiègne Ihnen Lebewohl sagte. Bis dahin hatte ich bei meinen Vorbereitungen zur Züchtigung Rosamberts nur den Wunsch nach Rache empfunden; Sie lehrten mich die Furcht vor dem Tode kennen. Der plötzliche Gedanke, daß wir möglicherweise bald getrennt werden könnten, und zwar für immer, machte mich starr vor Entsetzen. Auf einmal erschien es mir weniger wünschenswert, meine Rache an einem Feind zu vollziehen, aber ich empfand auch größere Ungeduld, in den Augen meines Geliebten wieder vollständig zu Ehren gebracht zu werden. Die neuen Beängstigungen aber, die Verwirrung meiner Sinne, die Verwirrung meines Herzens, alles sagte mir deutlich, daß ich, indem ich Rosamberts Leben bedrohe, hauptsächlich darauf bedacht sein müsse, mein eigenes Leben zu verteidigen; daß es sich jetzt weniger darum handle zu triumphieren, als nicht zu sterben; daß ich mich vor allen Dingen bemühen müsse, zu leben, zu leben, um dich anzubeten!

Wie hätte ich mich noch über meine wahren Absichten täuschen können, da mir sogar in Compiègne im Augenblick der Trunkenheit, die meinem Sieg folgte, vor der Gräfin und Ihnen mein Geheimnis entfuhr! Und doch geschah es ohne reife Überlegung und infolge eines Instinkts der neuerwachenden Eifersucht, wenn ich Ihnen, als ich Sie im Begriff sah, meine gefährlichste Nebenbuhlerin aufzusuchen, den Rat erteilte, mit Frau von Lignolle nach Paris zurückzukehren. Ohne mir Rechenschaft über meine Gefühle abzulegen, erkannte ich damals durch eine Menge widerstreitender Ideen hindurch nur so viel deutlich, daß ich mich im höchsten Grade getäuscht hatte, als ich mich verpflichtete, Ihnen Ihre Sophie wiederzugeben und ruhig zuzusehen, wie Sie Ihre Zärtlichkeit an sie verschwendeten. Ich sah ein, daß eine Frau, wenn sie auch das mutige Beispiel gänzlicher Selbstverleugnung gegeben hatte, sich doch nicht schmeicheln dürfte, den noch heroischeren Anstrengungen einer unbedingten Aufopferung gewachsen zu sein. Ich sah ein, daß eine Liebende, wenn sie auch imstande war, ihrem eigenen Glück zu entsagen, doch nicht die Kraft haben konnte, das Glück anderer zu dulden. Ich sah es ein, ich war empört darüber, ich schauderte. Endlich aber beschloß ich, ohne daß ich es übrigens wagte, für die Zukunft einen bestimmten Plan zu entwerfen, vorläufig wenigstens die Wiedervereinigung zu verzögern, deren Gedanke allein meine geheime Verzweiflung ausmachte.

Alsbald wurde Desprez von Compiègne nach Fromonville geschickt, um Herrn Duportail von Ihrer bevorstehenden Ankunft zu benachrichtigen und Ihnen allenthalben Hindernisse zu bereiten, im Falle die Gräfin Ihnen gestatten würde, auf die Verfolgung Ihrer Ge-

mahlin auszugehen ... Faublas! Ich sehe Sie erblassen und zittern! ...
O du, den ich allzusehr geliebt habe, hasse mich jetzt nicht! Der Ur-
heber meiner Verirrungen verweigere ihnen nicht einige Nachsicht.
Ach, glaube mir, allzu glücklich ist die gefühlvolle Frau, welcher die
günstige Liebe keine verdammenswerten Schritte zur Pflicht macht,
die niemals nötig gehabt hat, einen Undankbaren zu verraten oder
Nebenbuhlerinnen zu verfolgen, und die ein erster Schritt nach dem
Abgrund nicht sogleich in seine schrecklichsten Tiefen hinabzog!

Wenn du dir eine Vorstellung machen könntest von den Qualen,
die ich in jenem Wirtshaus zu Montargis oder gar erst auf dem
Schlosse Gâtinois, jenem unglückseligen Schlosse der Gräfin, ausgestanden habe! Unbegreiflicher Mensch! Wie kannst du so große Unbeständigkeit und so große Innigkeit des Gefühls, solche Sanftmut
und solche Unmenschlichkeit in dir vereinigen! Im Fieberwahnsinn
sprachst du den Namen deiner Eleonore ebensooft aus wie den meinigen! Du Grausamer! Und in deinen lichten Augenblicken vertrau-
test du mir, mir die ganze Liebe, in welcher du für sie entbranntest!
Es war also noch nicht genug, daß ich, für das Leben meines Geliebten zitternd, ihn in einem verabscheuten Hause finden mußte und
zusehen mußte, wie eine andere Frau ihm die Pflege angedeihen ließ,
die ich so gern allein besorgt haben würde; ich mußte auch noch aus
dem eigenen Munde eines Ungetreuen ... Aber lassen wir diese
furchtbaren Erinnerungen! Wer hätte mir aber gesagt, wer hätte mir
damals gesagt, daß ich nicht vor Schmerz sterben würde, weil ich zu
vielen anderen, nicht minder unerträglichen Prüfungen aufbewahrt
war, weil alle Schrecknisse meines Schicksals sich erfüllen mußten!

Faublas, hier ist meine Brieftasche, suchen Sie darin das unselige
Schreiben, das meine fatalsten Entschließungen beschleunigte. Nehmen Sie Ihren Brief, den Brief Ihres Schwiegervaters zurück, nehmen
Sie ihn zurück: Ich kenne ihn ganz genau und bedarf seiner nicht
mehr. Welch ein Brief! Großer Gott! Wie werde ich darin behandelt!
Welche Verbrechen wagt man mir unterzuschieben, während ich
nicht von fern daran gedacht hatte! Welche Zukunft kündigt man
mir an! Welch entsetzliche Zukunft, die ich noch nicht verdient
hatte! Fräulein von Pontis wird einen trivialen Liebhaber und die öffentliche Verachtung mit Frau von B. teilen. – Ach Duportail, du
kennst sie sehr schlecht, diese Marquise von B., die du in deiner Wut
anklagst! Sie tat nie etwas halb, weder in der Leidenschaft noch in
der Großmut! Nicht um Faublas zu teilen, suchte sie ihn so schnell in

Luxemburg auf; nicht um ihm Sophien streitig zu machen, erlaubte sie ihm später, sie aufzusuchen! Und doch ist dein Haß der Lohn für die Opfer, die sie bereits gebracht hat, und zum Dank für die peinlichen Kämpfe, die sie noch tagtäglich besteht, verheißest du ihr neben der öffentlichen Verachtung unvermeidliches Unglück. Geh, ich wußte es, daß deine Tochter und du mich verabscheuten; daß die Menschen streng nach dem äußeren Schein verurteilen und sich von ihren Urteilssprüchen nicht abbringen lassen; daß das Schicksal, unbeugsam gleich ihnen, seine Sprüche nicht zurücknimmt und daß ein großes Unglück nur zu oft die Bürgschaft eines noch größeren Unglückes ist – ich wußte es. Aber du selbst versicherst, daß euere gemeinschaftlichen Verfolgungen nicht aufhören werden. Nun wohl, da ich mich nicht dagegen wehren kann, so werde ich sie rechtfertigen! Duportail, ich bin es müde, mir nur Entbehrungen ohne Entschädigung aufzuerlegen, ich bin es müde, mich für Undankbare zu opfern. Da ich nichts mehr hoffen darf, da mir nichts mehr zu verlieren übrigbleibt, so will ich wenigstens einigen Genuß aus meiner Unehre ziehen, die deine Freude ausmacht: Ich will, daß die Liebe zurückkehre, um mein Leben zu verkürzen, dessen Ende du forderst. Du wirst sehen, ob sie die Frau ist, die sich herbeiläßt, einen Geliebten zu teilen. So, Faublas, schwur ich in meiner Verzweiflung, daß Sophie Ihnen nicht zurückgegeben werden und daß auch Frau von Lignolle die Qualen kennenlernen sollte, welche ich seit allzu langer Zeit ausstand.

Genötigt, Sie nach Paris zurückkehren zu lassen, mußte ich Sie so bald als möglich wiederum entfernen, damit nicht ein für meine neuen Pläne verderblicher Zufall Sie entdecken ließe, daß Ihr Schwiegervater von neuem nach der Hauptstadt gekommen war, um ein Asyl zu suchen ...« – »Wie! meine Sophie« – »Unterbrich mich nicht! Das glühende Fieber, das mich noch am Leben erhält, könnte auf einmal erlöschen, und ich hätte nicht mehr die Kraft, mit dir zu sprechen. Unterbrechen Sie mich nicht, suchen Sie vor allem Ihre grausame Freude zu verbergen; haben Sie Mitleid mit meinem Zustand.

Herr Duportail floh mit Ihrer Gemahlin und zwei fremden Damen, die ich nicht kenne, von Fromonville. Desprez beauftragte einen meiner Leute, in Puy-la-Lande zu bleiben und dafür zu sorgen, daß sie keine Pferde vorfänden. Er selbst verfolgte unaufhörlich Ihren Schwiegervater. Dieser ließ die zwei unbekannten Damen in einiger Entfernung von Montargis auf derselben Straße weiterreisen, stieg mit seiner Tochter aus, warf sich auf einen Querweg, nahm in Dormans von neuem die Post und schlug über Meaux den Weg nach Paris ein. In Bondy verlor man seine Spur. Ihr Schwiegervater ist sicherlich in Paris, aber ich weiß nicht, wie er das undurchdringliche Versteck finden konnte, worin er seit länger als einem Monat allen meinen Nachforschungen entgeht.

Allein es hätte nur eines unvorhergesehenen Zufalls bedurft, um Ihnen das zu entdecken, was ich vergeblich suchte; ich mußte mich also beeilen, Ihnen einen Stand zu geben, der Sie zwang, Paris zu verlassen und in einer entfernten Provinz zu bleiben, wo ich mir schmeichelte, Ihnen Ihre Verbannung bald angenehm zu machen: Ich machte Sie zum Kapitän im Regimente.

Frau von Fonrose, die sich unglücklicherweise zwischen der Gräfin und dem Baron befand, konnte meine Pläne doppelt durchkreuzen. Es wurde mir nicht schwer, ihren Bruch mit Frau von Lignolle einzuleiten und Herrn von Belcourt zu veranlassen, daß er seine schändliche Geliebte aufgab.

Ich hegte noch immer Rachepläne gegen meinen grausamsten Verfolger; ich verzweifelte nicht an der Möglichkeit, ihn binnen wenigen Tagen zu einem neuen Duell mit mir zu zwingen, und wenn ich wie das erste Mal nur einen unsicheren Schuß tat, wenn Rosambert dem Tode entging, so konnte ich ihm wenigstens das Geständnis seiner Lügen entreißen, auf solche Art Ihre ganze Achtung neu gewinnen und in meinen eigenen Augen wieder einigen Wert erhalten. Gleichwohl schien es mir, da Ihr Freund sicherlich der Frau von B. die Schändlichkeiten nicht verzieh, deren er sich gegen sie schuldig gemacht hatte, unumgänglich notwendig, diesen treulosen Ratgeber zu entfernen; ich sorgte dafür, daß er Fräulein von Mesanges zur Gemahlin und um dieselbe Zeit den Befehl erhielt, bei seinem Regimente einzurücken.

Eine furchtbare Feindin blieb noch; es war diese Frau von Lignolle, die ich sehr geliebt haben würde, wenn Sie sie mir nicht zur Nebenbuhlerin gegeben hätten. La Fleur, der an mich verkauft war, der Verräter La Fleur brachte mir täglich Berichte, die meine Unruhe unaufhörlich vergrößerten. Es wurde dringend nötig, zwischen Sie und die Gräfin unübersteigliche Hindernisse zu stellen; ich ließ den Kapitän kommen, er beeilte sich, in Versailles einen Haftbefehl nachzusuchen, den er alsbald erhielt; Frau von Lignolle sollte verhaftet werden.

Faublas, warum diese so lebhafte Aufregung? Warum diese plötzliche Blässe? Sie beschuldigen mich, gegen Ihre Eleonore grausam gewesen zu sein? Warten Sie, mein Freund, wenn Sie mich voreilig beurteilen, so werden Sie mich allzu streng beurteilen. Morgen erhält der Kapitän Befehl, nach Brest zurückzukehren und sich wieder einzuschiffen; die Gräfin verlor ihre Freiheit nur auf einige Tage. Man hätte ihr bald das Landgut, das ihre Tante in der Franche-Comté besitzt, als Gefängnis angewiesen. Ich versichere Ihnen, nichts wäre verabsäumt worden, um das unglückliche Kind gegen den Groll ihrer beiden Familien zu schützen. Aber nach dem Lärm, den ihre Verhaftung machen mußte, konnten Sie sie nicht noch einmal wiedersehen, und ich hatte mir überdies mehrere Mittel vorbehalten, Sie daran zu verhindern.

Endlich wären Sie nach Nancy gereist, in der Umgebung dieser Stadt sollten wir uns wiedertreffen. Ach, ich Unglückselige! Während ich dir mein Leben zu weihen hoffte, erwartete mich der Tod! Es ist also geschehen. Ich sehe mein Grab, ich muß mit sechsundzwanzig Jahren ...«

Sie vollendete nicht, sondern verfiel in eine äußerste Schwäche.

Der Arzt eilte auf mein Rufen herbei; er bat mich dringend, wegzugehen, wenn ich nicht, wiederholte er mehrere Male, den verhängnisvollen Augenblick beschleunigen wolle.

Als ich nach Hause kam, rief Frau von Lignolle: »Sie sind so lange ausgeblieben? Ist sie tot?« – »Nein, meine Freundin.« – »Nicht? Das tut mir leid.« – »Wieso?« – »Ja, ich habe anfangs nicht daran gedacht. Ihr Gemahl hat sie getötet, weil er sie auf einer Untreue überrascht hat, die Sie mit ihr gegen mich begangen haben.«

Ich hatte viele Mühe, die Gräfin zu beruhigen. Endlich kehrte das Mitleid, das sie dem Unglück der Frau von B. schuldete, in ihr Herz zurück, und da ihre eigene kritische Lage ihre ganze Aufmerksamkeit erheischte, so sannen wir auf die Mittel, das Unheil abzuwehren, das uns bedrohte. Eine glückliche Nacht war uns noch vergönnt, in welcher meine Eleonore, während sie nicht aufhörte, mir ihre Zärtlichkeit zu beweisen, mir fortwährend von ihrer Entführung sprach, die unumgänglich nötig wurde. Wir kamen überein, daß ich am folgenden Tag alle erforderlichen Vorbereitungen treffen und daß die kommende Nacht unsere Flucht sehen sollte. Immer voll der besten Zuversicht, glaubte sich Frau von Lignolle bereits fern von ihrem Vaterlande, ich aber, an dessen Herz ein tiefer Kummer nagte, dessen Geist noch von geheimer Unschlüssigkeit gequält wurde, ich sah nur mit Zittern auf die zweifelhafte Zukunft, ich wagte es nicht, meine Blicke auf der allzu gewissen Gegenwart ruhen zu lassen.

Endlich tagte es. Ein schreckliches Schauspiel, ein düsteres Vorzeichen sollte den unglücklichsten meiner Tage beginnen. Als ich zur Marquise kam, waren ihre Augen wirr, und in sehr kurzem Tone sagte sie: »Ja, das ist mein Grab, aber dieses andere, für wen bestimmt ihr es? Wo ist Faublas?« rief sie mehrere Male, indem sie mich fragend ansah, »eilet, meldet ihm, daß meine Feinde ihn ermorden wollen ... daß der Marquis und der Kapitän ... der Kapitän ... er naht ... er schleppt, ach, arme Kleine! Komm doch, Faublas! Schnell! Was machst du? Wer hält dich auf? Komm ihr doch zu Hilfe! ... Es ist nicht mehr Zeit, es ist geschehen! ... Götter! Große Götter! Für sie haben sie dieses Grab neben dem meinigen gegraben.«

Frau von B. hatte in ihrer heftigen Aufregung die Kraft sich zu setzen gefunden, und als man herbeieilte, sie in eine andere Lage zu bringen, sank sie zurück. »So hat sie die ganze Nacht zugebracht!« sagte der Arzt zu mir. »Mein Herr, ich darf Ihnen nicht verbergen: Es ist unmöglich, daß sie lange Zeit widersteht.«

Ich ging zu Rosambert: Er gab einige Hoffnung, aber ich konnte nicht die Erlaubnis erhalten, mit ihm zu sprechen.

Ich lief in ganz Paris umher, um mir die vielen zur Entführung der Frau von Lignolle notwendigen Dinge zu verschaffen, und ich weiß nicht, welche schmerzliche Ahnung mir sagte, daß sie eine nur zu lange Reise machen würde. Während ich alles für unsere gemeinsame Reise in Bereitschaft setzte, schien es mir, als werde ich von einem peinlichen Traume gequält, der bald endigen müsse, aber eine geheime Stimme rief mir zu, das Erwachen werde schrecklich sein.

Als ich ins Hôtel zurückkam, fand ich, daß Frau von Armincour mich bei meinem Vater erwartete: Sie fragte mich, was ich aus ihrer Nichte gemacht habe. Eleonore und ich hatten den Besuch und die Fragen der Marquise vorgesehen. Wir waren wegen der Antwort, die ich ihr zu geben hätte, übereingekommen. »Ihre Nichte, Madame, ist in Begleitung eines Freundes, dessen Mut und Treue ich kenne, abgereist. Sie hat in der Schweiz ein Asyl gesucht. Sie hat dieses Land vorgezogen, weil es von der Franche-Comté nicht zu weit entfernt ist.« – »Sie ist gerettet!« rief die Marquise, mich umarmend. »Ach, wieviel Dank schulde ich Ihnen! Sie ist nach der Schweiz gereist! Ich eile ihr nach ... meine teuere Nichte! ... Wie haben Sie es gemacht, um sie ihren Feinden zu entreißen? Niemand hat Sie im Hôtel erscheinen sehen! Niemand hat Sie hinausgehen sehen, und doch hatte ich noch eine Viertelstunde vorher mit ihr gesprochen, als man kam, um sie zu verhaften ... Sie ist gerettet! Aber tausend Gefahren bedrohen sie noch! Was wird fern von ihren Verwandten und, wenn ich doch alles sagen muß, fern von dem, den sie abgöttisch liebt, aus ihr werden? Ach, junger Mann, Sie haben mein Kind in einen Abgrund von Elend gestürzt!«

Ich eilte in den vierten Stock hinauf zu Frau von Lignolle, welche den ganzen Tag im Stübchen meines Bedienten verborgen bleiben sollte: »Meine teuere Eleonore, ich habe alles vorbereitet, nichts scheint unsere Flucht mehr hindern zu können; halte dich Schlag zwölf Uhr in der Nacht bereit.« – »Halte dich bereit!« wiederholte sie. »Zu allen Zeiten und überall, aber heute besonders und in diesem Zimmer, was habe ich da anderes zu tun, als dich mit meiner Ungeduld zu erwarten, von der du keinen Begriff hast? Halte dich bereit! Faublas! Warum sprichst du denn zu mir, ohne zu bedenken, was du sagst? Warum diese stets bekümmerte Miene? Warum dieses so traurige Gesicht, während der glückliche Augenblick herannaht, der uns vereinigen wollte, um uns nicht mehr zu trennen, während es gewiß ist, daß wir fortan beisammen leben und sterben können?« – »Meine Freundin, Frau von Armincour, war eben da ...« – »Ich weiß es. Ich habe sie vom Fenster aus gesehen.« – »Frau von Armincour reist auf der Stelle nach der Schweiz; sie glaubt nach ihrer Nichte dort anzukommen, sie wird einige Stunden vor uns da sein. Deine Tante wird da sein!« – »Mein Vater und meine Schwester werden nicht da sein!« – »Laß einen Brief für Herrn von Belcourt zurück.« – »Allerdings, daran habe ich wohl gedacht: einen Brief ... aber was ist ein Brief? ... Meine Eleonore, der Baron erwartet mich. Ich kann nicht umhin, bei Tisch zu erscheinen; ich werde so bald als möglich weggehen und wieder heraufkommen, um womöglich mit dir zu dinieren.« – »Ja, geh, Faublas, und komm schnell wieder. Solange ich dich sehe, bin ich ruhig; sobald du nicht mehr da bist, sterbe ich vor Ungeduld.« Sie küßte mich; und ich ging hinab.

Herr von Belcourt sah, daß ich alle Speisen zurückwies; er hörte, daß ich nur einsilbig antwortete; er zog die Hand, die er mir soeben gereicht hatte, tränenfeucht zurück: »Du hast deinen Vater und deine Schwester nicht verlassen, um deiner Geliebten zu folgen«, sagte er endlich; »dein Vater und deine Schwester werden dich dafür belohnen, sie werden dir in deinem Unglücke die zärtlichsten Tröstungen angedeihen lassen, und auf solche Art geteilt, werden deine Leiden dich nicht zu Boden drücken. Mein Sohn, von Ihnen habe ich erfahren, daß vorgestern Herr von Rosambert unter dem Degen des Herrn Marquis von B. erlegen ist; aber die öffentliche Stimme meldet mir soeben, daß der Marquis seither, bei einem anderen Zusammentreffen, an einem teuereren Feinde eine noch schrecklichere Rache geübt habe. Mein Sohn, früh oder spät müssen alle Gegenstände unserer unerlaubten Neigungen zugrunde gehen oder auf unglückliche Weise uns entrissen werden; aber können Sie nicht ein dauerndes Glück hoffen, Sie, dem der Himmel, bis er Ihnen die anbetungswürdige Gemahlin wiedergibt, die Sie aufs innigste liebt, gute Verwandte läßt, die Ihnen mit der größten Zärtlichkeit zugetan sind?«

Der Baron sprach noch, als man ihm einen Brief zustellte. »Gütiger Gott!« rief er, nachdem er ihn gelesen, »du erbarmst dich seiner bereits! Da, mein Freund, lies, lies selbst!«

›Endlich hat die Marquise den Lohn für ihre Verbrechen erhalten, und die beklagenswerte Gräfin ist fortan für Ihren Sohn verloren. Ihr Sohn ist jetzt, ich will es glauben, unglücklicher, als er es jemals verschuldet hat, und die Lehren des Mißgeschicks müssen ihn für immer gebessert haben. Sagen Sie ihm, daß ich ihm in zwei Stunden seine Gemahlin zurückbringen und daß ich, wenn er vollkommen würdig ist, sie wiederzufinden, den Tag der Wiedervereinigung unserer Kinder beständig zu den schönsten meines Lebens zählen werde.   Graf Lovzinski‹

Meine erste Regung war freudiges Entzücken. Welch ein unverhofftes Glück! Aber bei einiger Überlegung erkannte ich die Gefahren und Verlegenheit meiner neuen Stellung. »Wie denn, Bruder, was haben Sie?« – »Nichts, liebe Schwester.« – »Was hast du?« – »Sie fragen mich noch, Vater? Frau von B. liegt in den letzten Zügen, tausend Gefahren umringen noch immer Frau von Lignolle – und Sie fragen mich noch, was meine Freude stört? Allerdings bete ich meine Gemahlin an, aber in welch einem Augenblick wird sie mir wiedergeschenkt! Sie wissen nur den geringsten Teil. Sie kennen nicht die Hälfte meiner Bekümmernisse, die auf meinem Herzen lasten! Vater, ich bedarf der Ruhe. Ich bitte Sie aufs innigste, und auch Sie, meine teure Adelaide, lassen Sie mich allein, gänzlich allein, bis zur Ankunft meiner Sophie.« – »Wohin gehst du?« – »Zu Jasmin ... Um ihn zu rufen ... Nein, auf mein Zimmer ... Ich gehe in den Garten ... Folgen Sie mir nicht, ich beschwöre Sie!«

Sophie kommt in zwei Stunden zurück, und ich reise heute nacht mit Frau von Lignolle ab. Ich reise ab, während endlich in den Armen meiner Gattin die Liebe mir den Lohn bereitet ... Undankbarer Geliebter Eleonorens! Welchen Wunsch wage ich für Sophie zu haben ... Ach! Ich weiß wohl, welche von diesen beiden Frauen ich vorziehe, beide so bezaubernd, aber wer wird mir sagen, von welcher ich am zärtlichsten geliebt werde?

Und doch muß ich heute, um das Glück der einen zu sichern, die andere in Verzweiflung stürzen. Sophie in Verzweiflung stürzen? Gehe lieber hundertmal Frau von Lignolle zugrunde! Ach, was sage ich da!

Wenn ich Frau von Lignolle nicht entführe, so ist sie verloren; verfolgt von der Familie ihres Gemahls, entehrt in ihrer eigenen Familie, mit ewiger Gefangenschaft bedroht, hat sie auf der ganzen Welt niemand mehr als den, für welchen ihre Zärtlichkeit alles geopfert hat.

Sophie hat bis jetzt die Abwesenheit ertragen, weil unsere Trennung nicht mein Verbrechen war, aber wenn ich, sogar am Tag ihrer Ankunft, mit einer Nebenbuhlerin die Flucht ergreife, dann wird meine verlassene Frau ... Wenn Sophie im Stich gelassen wird von mir, so stirbt sie vor Kummer!

Was also tun? Nichts als mich durch einen schleunigen Tod meinen entsetzlichen Beklommenheiten entziehen! Nichts, als durch ein Verbrechen ein Leben endigen, welches bereits ... Wenn ich mich töte, so überlebt mich keine von beiden.

Unglücklicher! Unterwirf dich deinem Schicksal; es legt dir das Gesetz auf, zu leben und unter zwei beinahe gleich teueren und geheiligten Wesen ein Opfer auszuwählen.

Das also ist die Frucht meiner Verirrungen! Gewissensbisse! Große Götter! Und warum? Ihr habt mir das liebevollste Herz und die lebhaftesten Sinne gegeben, ihr habt gewollt, daß ich zu gleicher Zeit mehrere Frauen treffe, die geschaffen waren, den Sinnen zu gefallen und die Seele zu entzücken: Ich habe sie alle zusammen angebetet ... noch weniger angebetet, als sie es verdienten – das ist alles! Wenn mir je ein Unrecht zur Last fällt, so liegt die Schuld an euch; wenn ich jetzt allzu grausam gestraft werde, wird dann die Schuld vollständig jener anderen unglücklichen Frau beizumessen sein, welche ihr von ihrer unglücklichen Liebe nicht zu heilen vermochtet? O Frau von B., wieviel Jammer hast du über mich gebracht!

Wenn ich meine Eleonore nicht entführe, so ist sie verloren; meine Sophie stirbt vor Kummer, wenn ich sie verlasse. Welcher Mensch wäre an meiner Stelle so fest oder barbarisch genug, um sich noch entscheiden zu können?

»Gnädiger Herr!« unterbrach mein Bedienter, den ich nicht hatte herankommen sehen, »Madame, die Sie vom Fenster aus bemerkt, wundert sich, daß Sie sie allein in meinem Zimmer lassen, um Ihrerseits allein im Garten spazierenzugehen.« – »Madame? Ich bin nicht zu Hause. Ich will niemand mehr sehen, besonders keine Frauen mehr!« – »Mein gnädiger Herr, es ist die Frau Gräfin.« – »Oh, also nicht Madame! Nun, was will sie, meine Eleonore?« – »Daß Sie sie nicht verlassen sollen.« – »Sage ihr, daß ich eben darüber nachdenke.« – »Aber sie bittet Sie, sogleich hinaufzukommen.« – »Führe mich.« – »Führen?« wiederholte er, »ich glaubte, Sie wüßten den Weg! O mein teurer Herr, wie bedaure ich den Zustand, worin ich Sie sehe!« – »Es sind nicht lauter Rosen! Was willst du? Jasmin, mein Stündlein ist gekommen ... mein Freund, bald wirst du sagen hören ...« – »Was denn, gnädiger Herr?« – »Was?« – »Vollenden Sie doch.« – »Ich weiß nicht mehr, was ich sagte.« – »Bald wirst du sagen hören ...« – »Ja, richtig, daß meine Frau zurückkommt; sage der Gräfin nichts davon.« – »Seien Sie auf Ihrer Hut! Sehen Sie, da kommen Herr von Belcourt und Fräulein Adelaide.« – »Geh zu Frau von Lignolle zurück. Ich folge dir.«

Ich ging auf meinen Vater zu: »Ich bitte Sie aufs inständigste, lassen Sie mich ungestört nachdenken und weinen, überlassen Sie mich allein meinem Schmerz! Seien Sie ruhig, ich werde nicht aus dem Hôtel gehen, und Sie werden mich wiedersehen, sobald Sophie erscheint.«

»Ich muß dich also suchen lassen!« sagte Eleonore. – »Meine Freundin, glaubst du, deine Tante sei bereits abgereist?« – »Warum diese Frage?« – »Ich dachte ... Frau von Armincour hätte dich mitnehmen können.« – »Mich mitnehmen? Mit dir?« – »Mit mir? Vielleicht hätte sie nicht gewollt.« – »Nun also!« – »Nun, ich wäre euch nachgereist.« – »Wie! Wir wären nicht zusammen abgereist!« – »Meine Freundin, wenn das unmöglich würde?« – »Wer könnte es verhindern? Sie selbst sagten mir vor kaum einer Stunde ...« – »Vor einer Stunde, da wußte ich nicht ... Wie hätte ich es ahnen können?« – »Was?« – »Nichts, meine Eleonore; ich spreche ohne Überlegung ... wir werden Schlag zwölf Uhr Paris verlassen.«

Ich konnte meine Tränen nicht zurückhalten, und als sie mich fragte, warum ich weine, wiederholte ich ihr die wahrhaft grausame Frage: »Glaubst du, deine Tante sei schon abgereist?« – »Was liegt mir an meiner Tante?« rief sie. »Habe ich darum mein Vermögen und meinen Ruhm geopfert, um mit Frau von Armincour davonzugehen? Habe ich mich nicht Ihretwegen allen Arten von Unglück ausgesetzt? Aber je mehr der entscheidende Augenblick naht, um so unschlüssiger sehe ich Sie werden. Ihr Vater ist es nicht allein, der Ihre Bedenklichkeit verursacht, der Tod der Frau von B. ist es nicht allein, der Ihnen Tränen entreißt. Undankbarer! Sie schaudern vor dem Gedanken, sich in eine Einsamkeit zu begeben, wohin Sophie nicht dringen könnte!« – »Wohin Sophie nicht dringen könnte?« – »Erinnern Sie sich, daß ich über meine Flucht nachgedacht habe, bevor sie nötig wurde. Überlegen Sie wohl, daß nicht die Verzweiflung meiner gegenwärtigen Lage es ist, was mich nötigt, im Auslande Zuflucht zu suchen. Wenn Sie also, um mit mir zu kommen, keinen anderen Grund haben als den Wunsch, mich der Rache meiner Familie zu entziehen, so können Sie bleiben. Ich erkläre Ihnen, daß ich noch mehrere Mittel gegen meine Feinde besitze.« – »Mehrere Mittel?« – »Ja, aber nötigen Sie mich nicht, sie anzuwenden. Wenn Sie bereits die Mutter nicht mehr lieben, so haben Sie Mitleid mit dem Kinde! Nötigen Sie mich nicht, sie anzuwenden«, fuhr sie fort, indem sie sich vor meine Füße stürzte. »Ich habe mir allzulange mit der Hoffnung geschmeichelt, dir mein ganzes Leben zu weihen, es wäre mir zu schrecklich, es sogleich zu beendigen und dich der Unmenschlichkeit anklagen zu müssen.«

Diese letzten Worte der Frau von Lignolle vollendeten meine Verzweiflung. Ich weiß nicht, ob die Antworten, die ich ihr gab, ihre Beängstigungen verscheuchen oder bestärken mußten; aber so viel erinnere ich mich, daß sie im ganzen Verlauf dieses langen Nachmittags eine ebenso traurige, ebenso bekümmerte Miene hatte wie ich. Je näher der Abend rückte, um so heftiger wurden meine schmerzliche Ungeduld und meine geheimen Kämpfe. Mein Körper wie mein Geist befanden sich in der gewaltsamsten Aufregung. Ich ging beständig von dem Zimmer meines Vaters nach dem Stübchen meines

Bedienten hin und her, fragte alle, die mir begegneten, nach der Zeit und sah unaufhörlich nach meiner Uhr. Bald fand ich die Zeit unendlich kurz, bald klagte ich über ihre maßlose Langsamkeit.

Endlich, als der Tag sich neigte, fuhr ein Wagen in den Hof des Hôtels: »Verzeih, meine Eleonore, es ist ein Besuch, den ich notwendig empfangen muß; ich bin im Augenblick wieder bei dir.« – »Ein Besuch?« rief sie. Mehr hörte ich nicht; ich stürzte die Treppe hinunter in den Gang; Jasmin erwartete da meine Befehle. »Geh schnell zurück, laß sie nicht aus deinem Zimmer gehen.«

Ich eilte blitzschnell hinab; ich traf in dem Hausflur die schönste der Frauen, noch schöner geworden seit sieben Moanten. Sie warf sich in meine Arme: »Oh, mein Vielgeliebter! ... Hätte man mir nicht beständig diesen glücklichen Tag versprochen, nie hätte ich die Qualen der Abwesenheit überstehen können.« Mein Schwiegervater umarmte mich: »Warum ist mir nicht schon früher vergönnt worden, Sophiens und Ihr Glück zu begründen!« Adelaide, die vor Freude außer sich war, machte mir die Liebkosungen ihrer guten Freundin streitig, und mein Vater vergoß Tränen, als er Herrn Duportail an seine Brust drückte.

Wir begaben uns alle ins Gemach des Herrn von Belcourt. Ich werde die Entzückungen Sophiens, die Entzückungen ihres Geliebten, das unsägliche Vergnügen meiner Schwester und unserer glücklichen Väter nicht schildern; nur so viel, daß eine ganze Stunde wie ein Augenblick dahinfloß. Ach! Eine ganze Stunde hindurch war die unglückliche Frau von Lignolle ganz vergessen.

»Ich täuschte mich nicht! Ich hörte schreien?!« sagte der Baron. – »Schreien, mein Vater? Guter Gott! ... Ah! ... Es ist Jasmin, der sich den Spaß macht, eine Frauenstimme nachzuäffen ... ich verlasse Sie auf eine Minute.«

Ich traf die Gräfin in einem entsetzlichen Anfall von Zorn. »Kommen Sie endlich? Bin ich Ihre Gefangene? Ihr unverschämter Bedienter erfrecht sich, mich mit Gewalt zurückzuhalten.« Während sie so gegen mich eiferte, sagte Jasmin seinerseits zu mir: »Gnädiger Herr, sie wollte sich in den Hof hinabwerfen, darum habe ich dieses Zimmer verbarrikadiert.« – »Sie haben alle Zeit gehabt, Ihren Besuch zu empfangen«, versetzte Frau von Lignolle; »ich hoffe, daß Sie mich nicht mehr verlassen werden.« – »Man erwartet mich zum Souper.« – »Es ist zu früh! Überdies werden Sie heute nicht soupieren.

Wann reisen wir ab?« – »Liebe Freundin, ich bitte dich um einen Tag.« – »Einen Tag! Der Treulose!«

Sie eilte auf die Türe zu, ich hielt sie zurück.

»Lassen Sie mich«, rief sie, »ich will hinabgehen.« – »Hinabgehen, um dich zugrunde zu richten!« – »Ich will hinab! Ich will mit ihr sprechen! Ich will ihr sagen, daß ich Ihre Frau bin!« – »Wie?« – »Treuloser ... ich habe sie aus dem Wagen steigen sehen! Ich habe sie erkannt an ihrer Taille, an ihrem Haar. Ich habe sie erkannt, diese Dame von Fromonville! Ach! Wie unglücklich bin ich! Ach! Wie schön sie ist! Und der Grausame verlangt einen Tag von mir. Ich soll dableiben ... in einem Speicher seines Hôtels ... Ich soll dableiben, verzehrt von Unruhe, Verdruß und Eifersucht ... während er mit ihr das Zimmer einnimmt, wo er in der letzten Nacht ... Undankbarer! Ich soll dableiben, während er in den Armen einer Nebenbuhlerin ... einen Tag! Nicht einmal eine Stunde! Hör, Faublas«, fuhr sie mit der größten Heftigkeit fort, »liebst du mich?« – »Mehr als mein Leben, das schwöre ich dir.« – »So rette mich. Ich sage dir, daß kein Augenblick zu verlieren ist, daß du nicht zwei Mittel hast, mich zu retten. Die Nacht ist bereits finster; Wir wollen hinabgehen, uns in einen Fiaker werfen, auf die nächste Barriere bis an den nächsten Gasthof fahren, dorthin kann Jasmin uns den Postwagen bringen.« – »Meine Eleonore ...« – »Ja oder nein!« – »Meine Eleonore!« – »Ja oder nein!« wiederholte sie. – »Bedenke, daß es für den Augenblick unmöglich ist ...«– »Unmöglich! Da sieh her, Treuloser, und erinnere dich, daß du mir den Tod gegeben hast!«

Sie hielt in der rechten Hand eine kurze Schere verborgen, mit der sie auf sich zustieß. Obschon ich ihren Arm etwas zu spät aufgehalten hatte, wurde doch die Gewalt des Stoßes etwas verringert; doch floß das Blut bald reichlich, und die Gräfin fiel in Ohnmacht. »Himmel! Geh, Jasmin, hol den ersten Wundarzt! Lauf! Bring ihn durch die kleine Gartentür herein! Lauf!«

Bis er zurückkam, suchte ich der Frau von Lignolle soviel als möglich Beistand zu leisten. Welche Freude folgte auf meine Todesangst, als ich sah, daß ich, indem ich den Arm der Gräfin aufhielt, sehr glücklich den Stoß abgelenkt hatte; das doppelte Eisen war, statt in die Brust einzudringen, über die Oberfläche hingeglitten, wo ich nur eine einzige Wunde erblickte. Dessenungeachtet konnte ich diese nicht verbinden, ohne meine Tränen mit dem kostbaren Blute zu vermischen, das noch immer floß.

Ich war soeben fertig geworden, als der Baron selbst rief: »Faublas, kommen Sie nicht?« – »Sogleich, mein Vater.«

Wie konnte ich meine Eleonore im Stich lassen, die noch nicht zur Besinnung gekommen war! Ich blieb bei ihr und rief sie hundertmal vergebens.

Endlich jedoch begann sie einige Lebenszeichen von sich zu geben, als der Baron zum zweitenmal in der größten Ungeduld rief: »Kommen Sie nicht herab!« – »Einen Augenblick, Vater! Einen Augenblick!«

Denken Sie sich mein Entsetzen, als ich hörte, daß Herr von Belcourt, statt in seine Räume zurückzugehen, nach Jasmins Zimmer heraufkam! »Was kann er doch«, rief der Baron, »seit dem Diner beständig bei seinem Bedienten zu tun haben?« Ich hatte nur noch Zeit, mich der unglückseligen Schere zu bemächtigen, die Türe hinter mir zuzuziehen und mich meinem Vater entgegenzuwerfen. Um eine wahrscheinliche Entschuldigung zu haben, stellte ich ihm vor, daß ich trotz der Rückkehr Sophiens zuweilen das Bedürfnis empfinde, allein zu sein.

Wir kehrten zurück. »Er hat geweint!« rief meine Frau. Sie sagte ganz leise zu mir: »Ist es das Andenken an Frau von B., was Ihnen diese Tränen kostet? Ich verzeihe Ihnen, sie hat ein unglückliches Ende genommen! ... O mein Vielgeliebter, ich werde mich bemühen, Ihnen alles zu ersetzen, was Sie verloren haben, und ich werde Sie so sehr lieben, daß Sie künftig keine andere mehr lieben können.« Mein Vater, Herr Duportail und meine Schwester vereinigten sich mit Sophie, um ihre grausamen Tröstungen an mich zu verschwenden: Ich wollte mich ihnen entziehen, alle hielten mich zurück. Endlich siegte die Ungeduld über jede andere Rücksicht. Ich warf mich nach der Tür mit dem Ruf: »Lassen Sie mich, lassen Sie mich allein!«

Ich stürzte hinauf, ich finde im Gange des vierten Stockes einen Wundarzt, der mich mit meinem Bedienten erwartete. Ich stecke den Schlüssel in das Schloß, die Türe öffnet sich von selbst: »Wie?« – »Ich hatte sie doch verschlossen!« – »Es ist wahr«, antwortete Jasmin, »das Schloß hält nicht gut.« – Wir treten in das Zimmer, Frau von Lignolle war nicht mehr da. Ein Dolchstich hätte mir weniger wehe getan. Guter Gott! Was ist aus ihr geworden? Wohin mag sie gegangen sein?

Ich stürze hinaus, ich begegne mitten auf der Treppe meiner Schwester, meiner Frau, ihrem und meinem Vater; ich eile mitten

Das wahre Glück

durch sie hindurch, ich entwische ihnen. »Wohin läuft er von mir weg?« rief Sophie. – »Ich will sie wiederfinden, will sie retten oder mit ihr zugrunde gehen!«

»Ja, mein Herr«, antwortete mir der Schweizer, »es sind vielleicht zehn Minuten, daß sie hinausgegangen ist. Ich glaubte, es sei eine Frau, welche Madame mitgebracht hat.«

»Ja, mein Herr«, antwortete mir eine gute Frau, die sich soeben in ein Hoftor unter der Place Vendôme geflüchtet hatte, »ich habe kaum noch mit dem armen Kinde gesprochen! Sie sah schrecklich aufgeregt aus; sie wollte meinen Schirm nicht nehmen: Nein, nein, sagte sie zu mir, ich brauche Wasser, ich brenne! Ich sah sie durch die Passage des Feuillans nach den Tuilerien eilen; die arme Kleine wird sehr naß sein.«

Was meinen Schrecken wirklich verdoppeln mußte, war die Tatsache, daß bei diesem schrecklichen Wetter sich niemand auf die Straße gewagt haben würde; den ganzen Tag über war es sehr heiß gewesen, und nun hatte sich vor kurzem der Südwind erhoben; er trieb dichte Wolken zusammen, die von mehreren Donnerschlägen zerrissen wurden und aus deren Schoße sich Hagel und Regen stromweise entluden.

Ich stürze in die Passage, ich frage die Kellner auf der Terrasse des Café des Feuillants: Sie hat den Weg nach dem Pont-Tournant eingeschlagen. Ich laufe dorthin, ich treffe einen Invaliden, der Schildwache steht; sie ist zweimal um das Bassin herumgegangen und dann die große Terrasse hinangestiegen. Ich fliege dorthin, ich komme zu dem Schweizer an der Porte-Royale: »Wenden Sie sich an die Schildwache auf der Brücke.«

In diesem Augenblick ... ich glaube es noch zu hören, und die Feder entsinkt meinen Händen ... in diesem Augenblick schlug es auf dem Theatinerturme neun Uhr.

»Schildwache! Eine hübsche junge Frau im weißen Kleide, den Kopf mit einem Tüchlein umwunden?« – »Sie ist da!« antwortete er mir kalt. Der Unmensch streckte den Arm aus und zeigte auf den Fluß. »Wie da?« – »Allerdings! Sie hat sich soeben hineingestürzt; sie ist es, die man sucht.« – »Unseliger! Warum hast du sie nicht zurückgehalten?« Und ohne die Antwort des Barbaren abzuwarten, stürze ich mich der unglücklichen Gräfin nach.

Im Anfange widerstehe ich kaum der wütenden Welle, die sich halb öffnet und brausend mich fortreißt. Endlich habe ich meine

Kräfte wieder gesammelt, und in den Fluten, die mich umdrängen, suche ich aufs Geratewohl, was diese Schiffsleute auch suchen. Auf einmal leuchtet der Blitz, fällt und trifft das Wasser. Bei dem trübseligen Scheine, welchen er über dem Abgrund verbreitet, habe ich etwas erkannt, was sich bloß zeigte, um wieder zu verschwinden. Alsbald tauche ich, fasse bei den Haaren und bringe ans Ufer... Welchen Gegenstand bringe ich! Welchen Gegenstand des ewigen Mitleids! Das also ist meine Geliebte! ... ich wende die Augen ab, ich sinke neben ihr nieder, glücklich, mit dem Gefühl meines Daseins auch das Gefühl meiner Leiden zu verlieren.

Die Grausamen haben mich soeben ins Leben zurückgebracht, fragen mich, wohin man diese Frau bringen müsse, fragen mich nach ihrer Wohnung und ihrem Namen. »Was liegt euch daran?« – Man antwortet mir, man müsse sie untersuchen, es sei vielleicht noch möglich, sie zu retten. – »Sie zu retten! Mein ganzes Vermögen würde nicht genügen, einen solchen Dienst zu bezahlen! Schnell Place Vendôme ... doch nein, ... Rue du Bac; es ist näher zur Rue du Bac.«

Frau von Lignolle wurde in das Schlafzimmer neben dem Stübchen gebracht, wo Frau von B. noch atmete. Die Marquise hatte sogar ihr volles Bewußtsein wiedererlangt. Sie erkannte meine Stimme. Man ersuchte mich in ihrem Namen auf das dringendste, an ihr Bett zu kommen. »Warum dieser Lärm?« fragte sie mit beinahe erloschener Stimme. Ich wollte eben entworten, als ich den Grafen von Lignolle nebst zwei Unbekannten eintreten sah: »Das ist er!« rief er, auf mich deutend, ihnen zu, worauf einer dieser Herren sogleich auf mich zutrat und zu mir sagte: »Ich verhafte Sie im Namen des Königs!«

Die Marquise hörte diese Worte, und neu belebt durch das Übermaß des Schmerzes, rief sie: »Wie? Ich habe die Augen noch nicht geschlossen, und schon triumphieren meine Feinde! Und schon vergißt mich der undankbare Herr von ***. Ach Faublas! Mein Untergang wird also den deinigen nach sich gezogen haben!« – »Ja, Barbarin!« versetzte ich in einem Anfall von Verzweiflung, »und das Unglück, wegen dessen du mich beklagst, ist noch nicht das geringste, das deine unselige Leidenschaft über mich gebracht hat. Ein Opfer deiner Wut, liegt Frau von Lignolle da im Sterben! Ach, warum bin ich nicht selbst gestorben an dem Tage, wo ich dich kennenlernte! Oder vielmehr, warum hat der gerechte Himmel dich nicht schon damals ...« Sie unterbrach mich: »Unbarmherzige Götter! Ihr müßt zufrieden sein! Eure Rache ist vollendet! Ich sterbe mit den Verwünschungen von Faublas!«

Sie sank auf ihr Bett zurück; sie starb.

Und als ich wieder in das andere Zimmer ging, wo die Ärzte Frau von Lignolle umgaben, sagte einer von ihnen: »Warum sie vor aller Welt entkleiden? Warum unnötigerweise den Anstand verletzen? Es bleibt kein Mittel mehr, sie ist tot.«

Ich verlor zum zweiten Mal das Bewußtsein. Damals erst war es eine große Unmenschlichkeit, mich ins Leben zurückzurufen. Ja, meine Sophie, wenn ich jetzt, auf die Gefahr hin, durch einen schnellen Tod von dir getrennt zu werden, auch nur eine Stunde in den Zustand zurückversinken müßte, worin ich mehrere Wochen verblieb, wenn ich das wüßte, o meine Sophie! Beurteilen Sie selbst, was ich gelitten habe! Ich würde es vorziehen, dich zu verlassen und zu sterben.

Der Baron Faublas an den Grafen von Lovzinski

›Den 3. Mai 1785

Ich bin hocherfreut, mein Freund, daß Ihr König, gerecht in seiner Milde, Sie in Ihr Vaterland zurückgerufen und die Gewogenheit hat, Ihnen nebst seinem Schutz Ihre Ämter und Güter zurückzuerstatten. Aber in welch einem Augenblick haben Sie mich verlassen! Wenn Ihre und meine Tochter mir nicht geblieben wären, hätte ich meinem Kummer erliegen müssen.

Ich habe Ihnen geschrieben, daß man ihn zehn Tage auf dem Schlosse in Vincennes behalten, dann aber auf meine Bitten in eine Irrenanstalt zu Picpus gebracht hatte. Endlich erbarmte man sich vollständig des unglücklichsten der Väter; man erlaubte mir, meinen Sohn zurückzunehmen und zu Hause zu pflegen. Ich habe ihn soeben abgeholt. In welchem Zustande habe ich ihn getroffen, große Götter! Beinahe nackt, mit Ketten belastet, den Körper zerschunden, die Hände zerrissen, das Gesicht blutig; und es war kein Geschrei, was er ausstieß, sondern ein Geheul, ein entsetzliches Geheul.

Er hat weder seinen Vater noch meine Adelaide noch selbst Sophie wiedererkannt. Sein Wahnsinn ist vollständig und schrecklich; er hat nur schauerliche Bilder vor den Augen; er spricht nur von Mördern und Gräbern.

Das also ist die Frucht meiner strafbaren Schwäche!

Jeden Augenblick erwarte ich einen für Krankheiten dieser Art berühmten Arzt aus London. Man sagt, niemand werde meinen Sohn heilen, wenn der Doktor Willis ihn nicht kuriere. Möge er doch kommen, möge er mir Faublas zurückgeben und dafür alles hinnehmen, was ich besitze.

Mein Sohn wird wenigstens nicht mehr gekettet sein. Ich habe ein Zimmer, wo sechs Männer ihn Tag und Nacht bewachen werden, auspolstern lassen. Sechs Männer werden vielleicht nicht genügen. Soeben noch sah ich ihn in einem Anfall von Wut die silberne Platte, die sein Mittagessen enthielt, gleich zerbrechlichen Glases zwischen seinen Händen zermalmen. Ich sah ihn seine verblüfften Wächter nach allen Ecken seines Zimmers schleppen. Wenn dieser schauerliche Wahnsinn noch einige Tage anhält, so ist es um meinen Sohn und um mich geschehen.

Erst vorgestern sind Ihre liebenswürdigen Schwestern von Briarc zurückgekommen und haben in meinem Hôtel eine Wohnung neben ihrer Nichte bezogen – ihrer Nichte! Was soll ich Ihnen von ihrem Schmerz sagen! Er gleicht dem meinigen.

Leben Sie wohl, mein Freund, beendigen Sie Ihre Geschäfte und kommen Sie bald zurück.‹

Derselbe an denselben

›4. Mai 1785, Mitternacht

Willis ist letzte Nacht gekommen; er hat mit den Wächtern den ganzen Morgen bei seinem Patienten zugebracht. Um zwei Uhr hat er mir gesagt, man werde meinen Sohn zur Ader lassen; hernach aber müsse man ihn, um seine erste Probe bestehen zu lassen, unbedingt fesseln. Der Ünglückliche ist also von neuem in Ketten geschlagen worden, und infolge einer maßlosen Vorsicht, deren vollständige Zweckmäßigkeit die Tat bewiesen hat, verlangte Willis, daß die Wächter des Kranken in einiger Entfernung von ihm in seinem Zimmer bleiben sollten. Abends sechs Uhr, als alles bereit war, trat Sophie zuerst ein. Er hat sie mehrere Male lang starr angesehen, ohne ein Wort zu sprechen, aber sein Gesicht wurde allmählich ruhiger, und sein Auge sänftigte sich immer mehr. ›Endlich sind Sie da!‹ sagte er. ›ich sehe Sie wieder! Sie sind mir wieder geschenkt! Meine allzu edelmütige Freundin, kommen Sie näher.‹

Entzückt lief Sophie mit offenen Armen auf ihn zu. ›Hüten Sie sich wohl!‹ rief der Doktor, und mein Sohn antwortete sogleich: ›Hüten Sie sich wohl! Ja, meine liebe Mama, hüten Sie sich wohl! Der grausame Marquis erwartet nur diesen Augenblick, um Sie zu töten. Da sind Sie ja aber! Welch ein Glück! Ich glaubte Sie tot. Die tiefe Wunde war in der linken Brust, nahe beim Herzen.‹

Hierauf trat Adelaide, an allen Gliedern zitternd, zu ihrer Freundin. Sie haben sich gegenseitig aufrecht erhalten.

›Bist du da, Kleine!‹ rief er in sehr freundlichem Tone, ›du besuchst mich mit deiner Gebieterin! ... Sprich, Justine, sprich mit mir; du, die ich immer so heiter sah, warum erscheinst du mir so traurig? Aber es ist Fräulein von Brumont, glaube ich! Ja, es ist ein Schatten, der mich erschreckt!‹ Sogleich sagte Willis zu meiner Tochter: ›Treten Sie zurück.‹ Der aufmerksame Kranke wiederholte: ›Ja, ja, treten Sie zurück ... und auch Sie ... Frau Marquise ... Die Unglücksstunde naht. Die Baronin weiß, daß Sie hier sind; Ihr grausamer Gemahl, ich bin ohne Waffen, er könnte Sie ermorden! Meine allzu edelmütige Freundin! Treten Sie zurück! ... Aber einen Augenblick, gib mir vor allen Dingen meine Eleonore zurück, Treulose; wo nicht, so werde ich dich mit meinen eigenen Händen zerreißen.‹

Sophie ergriff die Flucht; ich trat näher. Sobald er mich sah, rief er mit entsetzlicher Stimme: ›Der Kapitän! Du kommst bis hierher, um deine Schwester zu zerreißen und zu erwürgen! Wart!‹ Bei diesen Worten nahm er einen so furchtbaren Anlauf, daß die Kette zerbrach. Hätte ich mich nicht sogleich seiner Wut entzogen, hätten seine Wächter ihn nicht verhindert, daß der Unglückliche seinen Vater tötete.

Sophie, Adelaide und ich, wir lauschten im Nebenzimmer. Er schien wieder einige Ruhe zu gewinnen; aber am Ende des Tages gab er Zeichen einer heftigen Aufregung, die fortwährend zunahm, je düsterer die Nacht wurde. Endlich sprach er in einem Tone, der uns vor Angst und Schauer erbeben machte, deutlich die Worte aus: ›Die Winde sind entfesselt! Der Himmel scheint in Flammen zu stehen! Die Woge braust! Welch ein Donner! ... Neun Uhr ... sie ist da!‹

Da er sich hinausstürzen wollte, hielten seine Wächter ihn zurück. ›Warum mich aufhalten? Seht ihr sie nicht, wie sie über den Wellen wieder erscheint? Schurken! Wollt ihr, daß Mutter und Kind zugrunde gehen! Und auch Sie, mein Vater, meine Schwester, Sophie, auch Sie, Sie hindern mich, ihr zu Hilfe zu eilen! Sie befehlen ihren Tod! Alle Welt vereinigt sich gegen sie. Nun wohl! Ich werde sie aller Welt zum Trotz retten.‹

Sieben Männer genügten kaum, ihn zurückzuhalten; er kämpfte sich eine starke Viertelstunde lang in ihren Armen ab, und als das hitzige Fieber, das ihm diese wunderbaren Kräfte gab, ihn auf einmal verlassen hatte, sank er beinahe bewegungslos zusammen. Jetzt schläft er, aber welch ein Schlaf! Man sieht nur zu gut, daß schreckliche Träume ihn quälen. Mein teurer Sohn! Leben Sie wohl, mein Freund!‹

Derselbe an denselben

›6. Mai 1785, abends 10 Uhr
Ich habe im Dorfe Dugny, in der Nähe von Bourget, drei Stunden von Paris, ein Haus gefunden, das mir für die Absichten von Willis geeignet scheint. Es ist von einem großen englischen Garten umgeben, welchen ein ziemlich breiter, aber nicht tiefer Bach durchfließt. In dieser Wohnung des Kummers und der Sehnsucht scheint im Anfang alles geeignet, traurige Erinnerungen hervorzurufen, aber trotzdem müssen die Schönheit des Ortes, sein ruhiges Ansehen und die reine Luft, die man da atmet, schnell die gewaltsamen Leidenschaften entfernen und die Seele zu einer sanften Schwermut stimmen; hier haben wir uns heute früh alle zusammen angesiedelt.

Am Abend, wie gewöhnlich bei Sonnenuntergang, glaubt mein Sohn das entsetzliche Gewitter zu sehen und die verhängnisvolle Uhr schlagen zu hören. Wie gewöhnlich wiederholte er die furchtbaren Worte: ›Neun Uhr, sie ist da!‹ Bereits bürdete der Unglückliche in einem Anfall von Wut uns den Tod dieser Frau auf, weil wir ihn verhinderten, ihr zu Hilfe zu kommen, als Sophie, die sich in einem Nebenzimmer versteckt hielt und die alle Befehle des Doktors aufs genaueste auffaßte, aus vollem Halse rief: ›Warum ihn aufhalten? Man öffne alle Türen! Er sei frei!‹

Alsbald stürzte er sich hinaus, stieg blitzschnell hinab, und als er auf einmal den Bach bemerkte, warf er sich sogleich hinein. Wir folgten ihm in einiger Entfernung, und ich selbst hielt mich bereit, hineinzuspringen, wenn irgendein neues Unglück ihn bedrohen sollte. Er schwamm ungefähr zwanzig Minuten lang fortwährend in der Umgebung der Brücke, von welcher er sich herabgeworfen hatte. Endlich kam er seufzend ans Ufer zurück. Er vertiefte sich in das dunkelste Gebüsch, er bewahrte lange das düsterste Schweigen, dann sagte er auf einmal: ›Wenn du nicht zurückkommst, so will ich dir hier ein Grab machen.‹ Hierauf schien er zu lauschen, und gleich, als wiederholte er bloß, was jemand ihm zu sagen gewagt hatte, rief er:

›Sie ist tot! Ach, warum es mir sogleich melden?‹ Er fiel in Ohnmacht; wir trugen ihn in sein Zimmer zurück.

Leben Sie wohl, mein Freund! Wann kommen Sie zurück?

Nachschrift. Ich vergaß eine Neuigkeit. Ehe ich Paris verließ, habe ich erfahren, daß Frau von Montdesir soeben nach Saint-Martin gebracht worden sei: Herr von B. hat in seinem gerechten Zorn dies veranlaßt.‹

Derselbe an denselben

›9. Mai 1785, morgens 6 Uhr

Lassen Sie uns hoffen, mein Freund; es sind bereits einige glückliche Änderungen eingetreten. Morgens bei Tagesanbruch ist er selbst in sein Zimmer zurückgekehrt. Den Tag über hat er einige Stunden geschlafen. Abends bei Sonnenuntergang hat er kein Gewitter gesehen, aber mit einem Anflug von Aufregung sagte er: ›O barmherziger Gott! Solltest du mich denn heute vergessen? Der Augenblick naht, komm mir zu Hilfe! Befreie mich von meinen Feinden!‹ Seine Frau rief sogleich: ›Er sei frei!‹ Er gab einige Zeichen von Freude, stieg ohne große Hast hinab und schlug den Weg nach dem Flusse ein. Aber mitten auf der Brücke blieb er stehen, ließ einen traurigen Blick über das Wasser hinschweifen und sagte mit einem tiefen Seufzer: ›So ruhig und doch so grausam! Ach!‹

Er verbrachte die Nacht im Freien, und gleich als flöhe er das Licht, kehrte er mit Tagesanbruch in sein Zimmer zurück.‹

Derselbe an denselben

›15. Mai 1785

Willis scheint in dem, was am meisten not tat, vollkommen seinen Zweck erreicht zu haben. Seit sechs Tagen ist der schreckliche Traum nicht wiedergekehrt. Der Wahnsinn ist noch immer vollständig vorhanden, aber die Raserei ist gänzlich vorüber, und wenn ich auch nicht hoffen darf, daß mein Sohn wieder zur Vernunft kommt, so bin ich wenigstens schon jetzt gewiß, daß wir seinen Tod nicht zu beweinen haben werden.

Die Erinnerung an den Marquis von B. und den Kapitän quält ihn nur selten, und wenn er von ihnen spricht, so geschieht es nicht mehr mit derselben Wut. Auch sein Gedächtnis scheint wiederzukehren, aber nur für alles, was eine direkte Beziehung zur Marquise und namentlich zur Gräfin hat. Er spricht niemals von seinem Vater oder seiner Schwester, zuweilen jedoch kommt der Name Sophiens auf seine Lippen. Leben Sie wohl, mein Freund!

NS. Herr von Rosambert wird von seiner Wunde genesen; aber beim Tod der Frau von B. müssen schwere Anklagen gegen ihren ersten Liebhaber erhoben worden sein. Er hat neuerdings seine Ämter bei Hofe verloren, und man versichert, die Offiziere seines Korps werden erklären, daß sie nicht mehr mit ihm dienen wollen.‹

Derselbe an denselben

›16. Mai 1785, abends neun Uhr

Oh, mein Freund, wünschen Sie mir Glück; Ihre Tochter, Ihre anbetungswürdige Tochter hat uns alle gerettet.

Heute abend ruft sie: ›Er sei frei!‹ Dann entwischt sie plötzlich, stürzt sich fort, kommt vor ihrem Gemahl in dem Wäldchen an und verwehrt ihm den Eintritt. ›Was suchen Sie hier?‹ sagte sie zu ihm. Ohne sie anzusehen, antwortete er: ›Ich suche ein Grab.‹ Und Ihre Tochter, Ihre bezaubernde Tochter, erwidert im zärtlichsten Tone, in einem Tone, der die gefühlloseste Seele erregen mußte: ›Warum ein Grab suchen, mein Vielgeliebter? Deine Sophie ist nicht tot!‹ Er ruft: ›Das ist die hilfreiche Stimme!‹ Dann erhebt er die Augen auf sie: ›Sophie! Götter! Meine Sophie!‹ Er sinkt bewußtlos in ihre Arme, sie hält ihn aufrecht; wir wollen ihn wegtragen, Willis kommt hinzu: ›Nein, die Liebe hat in glücklicher Verwegenheit die Kur begonnen, möge die Liebe sie vollenden und die Natur ihr zu Hilfe kommen. Lassen wir alle Mienen zugleich gegen den bereits mächtig erregten jungen Mann spielen. Sie, sein Vater, bleiben Sie da; Sie, seine Schwester, treten Sie hinzu; möge er beim Erwachen die seinem Herzen teuersten Gegenstände um sich her finden!‹

Faublas öffnet die Augen. ›Sophie, meine Sophie!‹ ruft er. ›Mein Vater! ... Adelaide! ... Woher kommen Sie denn? ... Wo sind wir? ... Ich habe einen schrecklichen Traum gehabt, der mir mehrere Jahrhunderte zu dauern schien. Ein Traum? Ach, meine Eleonore! Ach, Frau von B.!‹

Seine Gattin drückte ihn an ihre Brust, bedeckte ihn mit Küssen und wiederholte: ›Mein Vielgeliebter! Deine Sophie ist nicht gestorben.‹ – ›Sophie! Sophie!‹ rief er, ›wird mir mehr wiedergegeben, als ich verloren habe. Sophie! Ach, wieviel habe ich verschuldet! ... Und auch Sie alle, verzeihen Sie mir meinen Undank und den Kummer, den ich Ihnen bereitet habe.‹

Der Chevalier Faublas an den Vicomte von Lignolle

›6. Juli 1785

Der Baron hat mir soeben erst Ihr Billett mitgeteilt, das ich seit langer Zeit wünschte, Kapitän. Frau von Lignolle, welche Sie durch Ihre Wut zugrunde gerichtet haben, ist noch nicht gerächt; die Zeit erscheint mir lang.

Im übrigen würde ich, wenn Ihre Herausforderung nur plumpe Beleidigungen und impertinente Prahlereien enthielte, darüber nicht erstaunt sein; aber ich kann die Raffiniertheit Ihrer Barbarei nicht genug bewundern: Sie verlangen, daß am selben Tag und in demselben Augenblick Vater und Sohn sich mit den beiden Brüdern schlagen! Sie verlangen es! Seien Sie zufrieden. Der Baron und der Chevalier Faublas werden sich den vierzehnten dieses Monats nach Kehl begeben, wo sie bis zum sechzehnten den Grafen und den Vicomte erwarten werden. Auf Wiedersehen!‹

Derselbe an den Marquis von B.

›6. Juli 1785

Herr Marquis!

Der Herr Baron hat mir soeben Ihr Billett zugestellt, welches beantworten zu müssen ich unendlich bedaure. Wenn Sie es durchaus verlangen, so werde ich am siebzehnten dieses Monats in Kehl sein und mich bis zum zwanzigsten dort aufhalten; aber ich wünsche aufs innigste, daß Sie sich begnügen, hier die Versicherungen meines lebhaften Bedauerns zu finden, und daß Sie Paris nicht verlassen.

Ich habe die Ehre zu sein‹ usw.

Der Chevalier Faublas an den Grafen von Lovzinski

›Kehl, den 14. Juli, morgens 10 Uhr

Mein sehr teurer Schwiegervater!

Kann man mich genug beklagen? Alle die, die ich liebe, wollen in falsch verstandener Großmut ihr Leben opfern, um das meinige zu retten, gleich als ob unter zwei Liebenden oder zwei Freunden nicht derjenige Teil der unglücklichere wäre, der den anderen überlebt!

Heute früh kommen die beiden Brüder an. Der Graf von Lignolle äußert bei meinem Anblick einigen Zorn; aber er erblaßt, seine Stimme bebt, und aus seiner ganzen Haltung ersehe ich ohne Mühe, daß der Graf, von seinem Bruder zu einem Akt der Tapferkeit gezwungen, weit lieber keine Erklärung mit mir zu haben wünschte.

Auf den Arm Sophiens und seiner Schwester gestützt, geht er langsam ins Haus zurück.

Wir haben ihn zu Bett gebracht; er ist sogleich in einen tiefen Schlummer versunken.

Ihre anbetungswürdige Tochter hat uns alle gerettet.‹

Derselbe an denselben

›18. Mai 1785, abends 11 Uhr

Er hat achtunddreißig Stunden ohne Unterbrechung geschlafen, und seitdem er wacht, tut er nichts, was nicht von Vernunft und Gefühl zeugt. Es ist wahr, daß wir ihn von Zeit zu Zeit schmerzlichen Erinnerungen sich hingeben sehen; aber ein Blick von seiner Frau verscheucht seinen Kummer.

Heute abend ist er im kritischen Augenblick in den Garten hinabgestiegen, und ohne den Bach anzusehen, langsam überallhin spaziert, wohin der Zufall ihn zu führen schien.

Die lieben Kinder sind miteinander zurückgekommen. Jetzt ist Faublas so tief eingeschlafen, als wenn er die letzte Nacht hindurch gewacht hätte. Leben Sie wohl, mein Freund; kommen Sie doch bald zurück, um unsere Freude zu teilen.

NS. Die Baronin von Fonrose ist, sagt man, ganz unkenntlich. Man versichert, sie wolle sich, untröstlich über die Verunstaltung ihres Gesichtes, für immer auf einem alten Schlosse in Vivarais begraben. Diese Frau hat mir viel Leid zugefügt.‹

Derselbe an denselben

›18. Juni 1785, morgens 10 Uhr

Er hat seine Kräfte wiedergewonnen; aber er ist noch immer nachdenklich und schwermütig.

Jetzt, da es gewiß scheint, daß der bedenkliche Vorfall keine gefährlichen Folgen haben wird, darf ich Ihnen nicht mehr verschweigen, daß mein Sohn uns vorige Woche einmal in schreckliche Unruhe versetzt hat. Es war den ganzen Tag über sehr warm gewesen, bei Sonnenuntergang brach ein Gewitter aus. Faublas zeigte sich, sobald er das Brausen der Winde hörte, sehr aufgeregt; er konnte das Gewölke nicht ohne Schauder ansehen: Beim ersten Donnerschlag stürzte er sich plötzlich ins Wasser, kam aber sogleich ans Ufer zurück, rief uns alle herbei und weinte sehr.

Die darauffolgende Nacht war ruhig, und am anderen Morgen

hätten Sie, wenn Sie meinen Sohn ansahen, nie geglaubt, daß er tags zuvor einen so heftigen Anfall gehabt habe.

Willis hat mir erklärt, Faublas würde vielleicht in seinem ganzen Leben einen Donnerschlag nicht ohne Erregung hören können. Ganz besonders hat er mir empfohlen, meinem Sohne nie die Rückkehr nach Paris zu gestatten, weil es möglich wäre, daß er beim Anblick des Pont-Royal von neuem in den schrecklichen Zustand verfiele, aus welchem wir ihn soeben gezogen haben.

Nicht nach Paris! Wo werden wir aber sonst unsere Wohnung nehmen? In meiner Provinz oder vielleicht in Warschau? Der Vorschlag, den Sie mir in Ihrem letzten Schreiben machten, mein Freund, verdient trotzdem, ernstlich überlegt zu werden. Inzwischen, bis ich mich entschließe, empfangen Sie, mein teurer Lovzinski, meine besten Glückwünsche dazu, daß Ihnen endlich Ihr Name, Ihre Güter, Ihre Ämter zurückgegeben sind. Boleslaw und ihre Schwestern schwimmen in Wonne; sie sprechen unaufhörlich davon, zu Ihnen zurückzureisen. Ich sehe wohl ein, daß ich, wenn ich mit meiner Adelaide in Frankreich bleiben will, auf meinen Sohn verzichten muß, denn niemals würden Sie sich entschließen, von Lodoiskas Tochter getrennt zu leben. Ich sehe wohl ein, daß meine Adelaide bei ihrem Geist, ihrem Vermögen und ihrer Schönheit überall Gelegenheit finden wird, eine vorteilhafte Partie zu machen, aber in Frankreich einen alten Namen zurücklassen? Mich vom Grab meiner Väter zu entfernen? Ich fordere Bedenkzeit von Ihnen. Vorgestern habe ich, ohne es zu wollen, meinem unglücklichen Sohne großen Kummer bereitet. Sie erinnern sich vielleicht des kostbaren Kästchens, welches Jasmin am Tage der furchtbaren Katastrophe in der Wohnung von Faublas uns zugestellt hat. Der ebenso verschwiegene als getreue Bediente wollte mir niemals sagen, woher diese Diamanten kämen: Vorgestern habe ich sie meinem Sohne gezeigt; da sah ich ihn alsbald in Tränen ausbrechen. Es war der Juwelenschrein der Gräfin von Lignolle, seiner Eleonore. Er hat jedes Juwel in dem Kästchen, eines um das andere, geküßt; dann rief er mit großer Exaltation: ›Jasmin! Bring das sogleich dem Grafen von Lignolle; sag ihm, daß ich den am wenigsten reichen, aber kostbaren Ring behalten habe; sag ihm in meinem Namen, daß der Kapitän ein Feigling sei, wenn er nicht komme, um den Ehering seiner angeblichen Schwägerin von mir zurückzufordern.‹ Vielleicht war dies der Augenblick, meinem Sohne die unverschämte und barbarische Herausforderung des Vicomte zu

zeigen; aber ich scheute mich, diesem jungen Manne, desse[n] [Ungestüm] ich kenne, auf einmal zuviel Aufregung zu verursache[n].

Soeben erfahren wir, daß die Marquise von Armincour[t in der] Franche-Comté gefährlich erkrankt sei. Ich fürchte sehr, de[r Kum]mer möchte sie töten. Die arme Frau! Sie betete ihre Nichte a[n und] die Kleine verdiente es in der Tat! Ich werde mich wohl hüte[n, Fau]blas von den Gefahren der Tante zu erzählen; er macht sich [Vor]würfe genug über das Unglück der Nichte.

Gestern ist Willis nach London zurückgereist; er wollte nich[t es] nehmen; ich habe ihn genötigt, mir seine Brieftasche anzuvertra[uen,] in welche ich in Kassenscheinen fünf Jahre von meinen Einkün[ften] legte. Dies ist eine Gelegenheit, bei der man bedauert, nicht zehn[mal] reicher zu sein. Reisen Sie glücklich, Willis! Nehmen Sie die Segn[un]gen einer Familie mit, und verdienen Sie sich dereinst die Segnung[en] eines ganzen Volkes.

Auch Ihre Tochter hat nunmehr ihren Lohn empfangen: Ihr G[e]liebter und Gatte sind ihr heute nacht wiedergegeben worden. Un[se]sere glücklichen Kinder sind noch im Bette. Leben Sie wohl, mei[n] Freund!‹

Derselbe an denselben

›26. Juni, abends 4 Uhr

Ich nehme Ihre Vorschläge an, mein Freund, und bin beinahe dazu genötigt. Heute in aller Frühe hat man meinem Sohne einen Kabinettsbefehl zugestellt, dahin lautend, daß er binnen vierundzwanzig Stunden seine Reise ins Ausland anzutreten habe. Ich komme eben von Versailles; ich habe meine Freunde und auch die Minister gesprochen. Es scheint, daß die Verbannung meines Sohnes auf lange, unbestimmte Zeit beschlossen ist.

Ich habe immerhin um vierzehn Tage Aufschub zu unseren nötigen Vorbereitungen gebeten; sie sind mir nur unter der ausdrücklichen Bedingung bewilligt worden, daß der Chevalier während dieser Zeit das Haus nicht verlasse.

Noch vierzehn Tage, mein Freund, dann reisen wir alle zusammen ab, dann kommen wir so bald als möglich zu Ihnen und bleiben für immer bei Ihnen.

Leben Sie wohl! Ich sage Ihnen nichts von der Ungeduld Ihrer Tochter. Dorliska schreibt Ihnen mit jedem Kurier.‹

Der Kapitän wirft mir einen grimmigen Blick zu und sagt in ebenso drohendem als spöttischem Ton: ›Ich bin es, der die Ehre haben wird, dich ins Schattenreich zu befördern; er wird sich mit deinem Vater schlagen. Im übrigen verkünde ich euch beiden, daß unser Kampf ein Kampf auf Leben und Tod ist. Also‹, fuhr er mit einem Blick auf den Herrn von Belcourt fort, ›wehe dem, der nur einen Weichling oder einen Narren zum Sekundanten hat! Chevalier, ich erkläre dir, daß ich, sobald ich dich getötet habe, meinem Bruder helfen werde, diesem Herrn da den Garaus zu machen.‹ Er zeigte auf meinen Vater.

Mein Vater und ich lassen Ihre Schwestern, Adelaide und Sophie, unter dem Schutze Boleslaws zurück und fahren mit unseren beiden Gegnern weg. Kaum sind wir außerhalb der Wälle, so steigen wir ab.

Ich ziehe meinen Degen: ›Meine Eleonore, empfange das Blut, das jetzt fließen wird!‹ Der Kapitän ruft: ›Warum verlangst du nicht auch, daß man euch in ein und dasselbe Grab verschließe?‹ Er stürzt auf mich zu; wir beginnen einen wütenden Kampf, der sich lange Zeit vollkommen gleich hält.

Herr von Belcourt hatte inzwischen einige Minuten über den Grafen einen leichten Sieg erfochten; aber zu ehrenhaft, um gegen den Kapitän die schreckliche Bedingung zu erfüllen, welche der Kapitän doch selbst gestellt hatte, bleibt mein Vater ein unbeweglicher Zuschauer meiner größer gewordenen Anstrengungen. Endlich wird der Vicomte getroffen; aber mein Degen gerät auf eine Rippe und zerbricht. Mein Gegner, der mich beinahe wehrlos sieht, glaubt, mich mit seinen Stößen niederstrecken zu können; glücklicherweise führt er sie nur noch mit einem geschwächten Arm, und ich kann sie noch mit dem Stumpf, der mir bleibt, parieren. Mein Vater jedoch, mein zu großmütiger Vater, wirft sich, entsetzt über die Ungleichheit des Kampfes, zwischen uns: ›Da nimm!‹ ruft er, indem er mir seinen Degen gibt, ›du wirst dich seiner besser bedienen als ich.‹ Ach! Während er mit mir spricht, bietet er dem Vicomte schutzlos seine Seite dar. Der Unhold stößt zu! Er wollte von neuem zustoßen, als ich ihn mit dem bereits vom Blute seines Bruders geröteten Degen bedrohe und dadurch zwinge, sich einzig mit seiner Verteidigung zu beschäftigen … Der Schuft! Ich habe ihn gestraft! Er hat sich im Staube gewälzt, während der Baron, die Augen zum Himmel erhoben, sich noch auf seiner rechten Hand und auf den Knien erhielt. Der

Schuft! Er ist gestorben! Aber vor seinem letzten Seufzer hat er noch sehen müssen, daß der Sohn unverwundet dem Vater schleunigste Hilfe leistete.

Herr von Belcourt indes ist in Gefahr! Liebe, unglückselige Liebe, wieviel Unheil ... Der Kurier geht ab ... Ach! Beklagen Sie mich, beklagen Sie Ihre Kinder. Sie alle lieben Sie, sie sind alle in tiefen Schmerz versenkt.

Ich bin mit Ehrerbietung   Faublas‹

Derselbe an denselben

›17. Juli 1785, morgens 10 Uhr

Mein sehr teurer Schwiegervater!

Sophie schreibt Ihnen regelmäßig jeden Morgen; Sie wissen, daß die Wunde des Barons nicht so gefährlich ist, wie man anfangs geglaubt hatte; daß wir in zwei oder drei Wochen unsere Reise wieder antreten können und daß wir uns glücklich schätzen müssen, mit dem bitteren Mißvergnügen davonzukommen, uns einige Wochen später bei Ihnen einzufinden. Vernehmen Sie indes das angenehme Ereignis von heute.

Sophie, Adelaide und ich hatten die Nacht bei dem Baron zugebracht; meine Schwester und meine Frau waren, gleich ermüdet, schlafen gegangen. Ich wartete, um Sophie zu folgen, bis eine meiner Tanten mich zu den Häupten des geliebten Patienten ablösen würde, den wir keinen Augenblick fremder Pflege überlassen möchten. Es war höchstens sieben Uhr morgens. Auf einmal setzte mich mein Bedienter durch die Nachricht in Staunen, daß jemand unter vier Augen mit mir zu sprechen verlange. Mit Recht unruhig, ruft der Baron mir zu: ›Befehlen Sie ihm, mir die Wahrheit zu sagen. Es ist der Marquis?‹ – ›Jasmin, ich verbiete dir zu lügen; ist's der Marquis?‹ – ›Gnädiger Herr, er ist es nicht, der nach Ihnen fragt; aber er läßt Ihnen sagen, daß er Sie hinter dem Wall erwarte.‹ – ›Faublas!‹ ruft Herr von Belcourt, ›Sie haben gegen Herrn von B. viel verschuldet; aber ich brauche Ihnen nur ein Wort zu sagen: Wenn Sie in einer Viertelstunde nicht zurück sind, so sterbe ich noch vor Abend.‹ – ›In einer Viertelstunde sollen Sie mich wiedersehen.‹ Ich küsse ihn und gehe weg.

Bald habe ich meinen Gegner getroffen: ›Herr Marquis, ich wagte zu hoffen, daß Sie nicht kommen würden.‹ Er blickt mich mit düsterer Miene an, und ohne mich einer Antwort zu würdigen, legte er sich in die Positur. Ich stoße einen Schrei aus: ›Dieser Degen! Er ist derselbe? ...‹ – ›Ja!‹ sagte er und zitterte. Sogleich ziehe ich den meinigen und stürze mich auf ihn, ohne einen anderen Wunsch, als ihn zu entwaffnen. Nach einigen Minuten habe ich das Glück, den unseligen Degen zehn Schritte weit wegfliegen zu sehen. Ich stürze auf ihn los, ergreife ihn, komme zu dem Marquis zurück und sage: ›Erlauben Sie mir, diesen Degen zu behalten, nehmen Sie den meinigen mit, und empfangen Sie von neuem die Versicherung...‹ Er unterbrach mich: ›Ach! Muß ich ihm zum zweitenmal das Leben verdanken!‹ – Mit diesen Worten schwingt er sich wieder auf das Pferd und verschwindet.‹

Der Vicomte von Valbrun an den Chevalier Faublas
›Paris, den 15. Oktober 1786
Schon allzu lange haben Sie uns verlassen, mein lieber Chevalier, aber muß sich dem Bedauern über Ihren Verlust auch noch das Mißvergnügen über Ihre Gleichgültigkeit zugesellen? Haben Sie denn mit Ihrer Abreise aus Frankreich alle Ihre Freunde vergessen? Warum bewahren Sie auch das tiefste Stillschweigen gegen einen Mann, der Ihnen niemals Grund zu einer Klage gegeben hat? Machen Sie Ihr Unrecht gegen mich wieder gut, und wenn Sie nicht wollen, daß ich Sie der Undankbarkeit beschuldige, so geben Sie mir mit dem ersten Kurier so ausführlich als möglich Nachricht von Ihnen und Ihrer Familie.

Die Marquise von Armincour lebt, von untröstlichem Kummer verzehrt, zurückgezogener als je in ihrer Franche-Comté. Die Baronin von Fonrose, die schrecklich häßlich geworden ist, kommt nicht mehr von ihrem alten Schlosse in Vivarais. Der Graf von Rosambert hat sich gleichfalls genötigt gesehen, sich von der Welt zurückzuziehen; die Gräfin ist am Ende des achten Monats ihrer Ehe niedergekommen. Herr von Rosambert, den bei all seinem Unglück seine Heiterkeit nicht verläßt, versichert lustig gegen jeden, der es hören will, der kleine Junge seiner Frau habe viel Ähnlichkeit mit Fräulein von Brumont; er würde, sagt er, die ganze Welt dafür geben, wenn Herr von B., der sich so gut auf Physiognomien verstehe, das Gesicht dieses Kindes untersuchen könnte, und Herr von Lignolle, dem keine Affektion der Seele entgehe, der Frau von Rosambert den Puls befühle, sobald man es wage, in ihrer Gegenwart von dem Chevalier Faublas zu sprechen. La Fleur, welcher die Unglückliche bediente, deren Namen ich Ihnen nicht schreiben werde, war Kammerdiener des verwitweten Mannes geworden; aber er hat sich beigehen lassen, seinen Herrn zu bestehlen, der ihn, da er die Diebe nicht liebt, den Händen der Justiz übergab. Der Elende hat sich am Tore des Hôtels Lignolle erhängt. Justine ist vor vier Monaten aus einer öffentlichen Anstalt gekommen, deren etwas strenge Diät sie nicht verschönt hat; das arme Kind ist, da es nichts Besseres tun konnte, Köchin und Faktotum bei einer Madame Leblanc geworden, der Frau eines Arztes im Faubourg Saint-Marceau. Man versichert im Quartier, die Gebieterin und die Dienerin magnetisieren auf gemeinsame Rechnung in der Stadt. Der Graf von Lignolle, den Ihr Herr Vater nicht gefährlich verwundet hatte, genießt noch immer mehr Fülle des Genies als der Gesundheit. Trotzdem haben Spötter das Gerücht ausgesprengt, der Herr Graf habe sich's im letzten Frühjahr beigehen lassen, den Rest der Flasche des Doktors Rosambert auszutrinken und infolgedessen vierundzwanzig Stunden lang den Wunsch verspürt, sich wieder zu verheiraten, jedoch habe er in dieser kurzen Zeit keine Frau finden können, die unglücklich genug gewesen wäre, ihn zu wollen. Im übrigen müssen Sie wissen, daß seine Scharaden nach wie vor die Freude Europas sind. Der Marquis von B. befindet sich wohl; er ist noch immer, wie er selbst sagt, ein ganz guter Teufel: Doch gerät er in Wut, wenn er eine Physiognomie sieht, welche der Ihrigen gleicht. Übrigens ist er mit der seinigen vollkommen zufrieden und sehnt sich sogar zuweilen nach der Physiognomie seiner Frau zurück.

Leben Sie wohl, mein lieber Chevalier; ich erwarte Ihre Antwort mit Ungeduld.‹

Der Chevalier Faublas an den Vicomte von Valbrun
›Warschau, den 28. Okt. 1786
Ich bin Ihnen, mein lieber Vicomte, unendlich verbunden für Ihre Mitteilungen, und da Sie den verbindlichen Wunsch aussprachen, genau zu erfahren, was aus mir geworden ist, so beeile ich mich, es Ihnen mitzuteilen.

Seit fünfzehn Monaten bewohnt unsere Familie in Warschau den Palast des Grafen Lovzinski. Fünfzehn Monate sind wie ein Tag verflossen. Mein Schwiegervater steht bei dem Monarchen in der höchsten Gunst; mein Vater, der beste der Väter, befindet sich auf dem höchsten Gipfel der Freude und lebt glücklicher in dem Glück seiner Kinder als in seinem eigenen. Unsere Adelaide hat sich vor kurzem mit dem Woiwoden vermählt, einem jungen Herrn, dessen glänzendstes Lob ich in den Worten zusammenfasse: Er scheint mir ihrer würdig zu sein. Ich selbst bin Vater; vor nicht ganz vier Monaten hat mich Sophie mit dem hübschesten Jungen von der Welt beschenkt. Meine Sophie, die erste Zierde des Hofes von Warschau, wird mit jedem Tag anbetungswürdiger. Ich genieße im Schoße der Ehe ein Glück, das ich in meinen Verirrungen nie gekannt habe.

Beneiden Sie mein Los, und sagen Sie trotzdem, daß es für glühende und mit starkem Gefühl begabte Menschen, die in ihrer ersten Jugend den Stürmen der Leidenschaften preisgegeben waren, nie mehr ein vollkommenes Glück auf Erden gibt.‹

ANMERKUNGEN

22 *Saint-Martin:* Gemeint ist das Polizeigefängnis an der
Rue Saint-Martin, in das die Prostituierten von Paris
eingeliefert wurden, um an jedem letzten Freitag des
Monats in die Salpêtrière, das Hôpital général, über-
führt zu werden.

35 *Scharade:* frz., Wort- oder Silbenrätsel.

40 *Lever:* frz., Zeremoniell der Morgenaufwartung bei
einem Fürsten.

45 *»Ja, ich gestehe es … und ich glaube mich keineswegs sicher in
meinem Hause«:* Louvet legt dem Grafen Zitate aus dem
Werk ›Die Religion als einzige Grundlage des Glücks
und der wahren Philosophie‹ der Madame de Genlis
(1746–1830) in den Mund. Dieses Buch war wie der
erste Teil des ›Faublas‹ 1787 erschienen und richtete
sich gegen die Philosophie der Aufklärung.
›Philosophisches Wörterbuch‹: von Voltaire, erschienen
1764.
›Abhandlung über den Ursprung der Ungleichheit …‹:
Gemeint ist der ›Discours sur l'inégalité parmi les
hommes‹ (1755), die zweite größere Schrift von Jean-
Jacques Rousseau, die erste soziale Anklage des Philosophen, in der er das Eigentum als Ursache der sozialen
Ungleichheit erklärt.
»Wie vielen Unglücklichen … welche Philosophen sind«: Vgl.
Anm. S. 45,1.

61 *vedeva quattro piedi groppati …:* ital., ich sah vier Beine
beieinander … Ihre Stellung, an der es nichts zu zweifeln gab, ließ erkennen, daß Lignolle die Vergebung

seiner Schuld erhielt oder zumindest auf dem besten Wege war, sie zu erhalten.

130 *Mont-de-Piété:* das Leih- und Pfandhaus von Paris.

133 *Phaethon:* ein zweirädriger, sehr leichter und meist offener Wagen.

146 *Berline:* viersitziger Reisewagen mit zurückschlagbarem Verdeck.

181 *Flibustier:* frz., Freibeuter.

225 *Enquête:* frz., Untersuchung.
en petit comité: frz., im kleinen Kreis.

238 *sollizitieren:* frz., bittstellen.

260 *haranguieren:* frz., eine feierliche Ansprache halten.

263 *Longchamps:* im 18. Jh. berühmte Promenade der vornehmen Welt, westlich von Paris gelegen.
Bois: Gemeint ist der Bois de Boulogne.

265 *Wisky:* leichter und hoher zweirädriger Wagen, mit einem Pferd bespannt.

277 *Suffren:* Pierre André Suffren (1726–1788), französischer Seemann, der sich durch seinen Kampf gegen die Engländer auszeichnete, Komtur des Malteserordens.

284 *Gâtinois:* alte Landschaft in Frankreich, zur Île-de-France gehörig, mit der Hauptstadt Nemours.

345 *Franche-Comté:* die Freigrafschaft Burgund, ehemalige französische Provinz.

351 *Zitz:* seit dem 18. Jh. Bezeichnung für maschinell hergestellte bedruckte Kattunstoffe.

383 *Assaut:* frz., Angriff.

Verzeichnis der Abbildungen

Delignon (1755–1804) nach Jean-Michel Moreau le Jeune (1741–1814)

147   *Qu'en dit l'abbé.* Stich von Nicolas de Launay (1739–1792) nach Nikolaus Lafrensen (1737–1808)

159   *Le pari gagné.* Stich von Camligue nach Jean-Michel Moreau le Jeune (1741–1814)

173   *Le soir.* Stich von Emmanuel de Ghendt (um 1749–1815) nach Pierre-Antoine Baudouin (1723–1769)

185   *Le lever.* Stich von Antoine-Louis Romanet (1748–1781) nach Sigmund Freudenberger (1745–1801)

197   *La rencontre au Bois de Boulogne.* Stich von Heinrich Guttenberg (1749–1818) nach Jean-Michel Moreau le Jeune (1741–1814)

211   *L'épouse indiscrète.* Stich von Nicolas de Launay (1739–1792) nach Pierre-Antoine Baudouin (1723–1769)

221   *Les précautions.* Stich von Pietro Antonio Martini (1739–1800) nach Jean-Michel Moreau le Jeune (1741–1814)

233   *Les adieux.* Stich von Robert de Launay (1754–1814) nach Jean-Michel Moreau le Jeune (1741–1814)

245   *La course des chevaux.* Stich von Heinrich Guttenberg (1749–1818) nach Jean-Michel Moreau le Jeune (1741–1814)

267   *Le petit jour.* Stich von Nicolas de Launay (1739–1792) nach Sigmund Freudenberger (1745–1801)

279   *Les mœurs du temps.* Stich von François-Robert Ingouf le Jeune (1747–1812) nach Sigmund Freudenberger

297   *Le boudoir.* Stich von Pierre Malœuvre (1740–1803) nach Sigmund Freudenberger (1745–1801)

311   *Le billet doux.* Stich von Nicolas de Launay (1739–1792) nach Nikolaus Lafrensen (1737–1808)

325   *C'est un fils, Monsieur.* Stich von Jean-Charles Baquoy (1721–1777) nach Jean-Michel Moreau le Jeune (1741–1814)

339   *La bonne mère.* Stich von Nicolas de Launay (1739–1792) nach Jean-Honoré Fragonard (1732–1806)

INHALT

Auf den Arm Sophiens und seiner Schwester gestützt, geht er langsam ins Haus zurück.

Wir haben ihn zu Bett gebracht; er ist sogleich in einen tiefen Schlummer versunken.

Ihre anbetungswürdige Tochter hat uns alle gerettet.‹

Derselbe an denselben

›18. Mai 1785, abends 11 Uhr

Er hat achtunddreißig Stunden ohne Unterbrechung geschlafen, und seitdem er wacht, tut er nichts, was nicht von Vernunft und Gefühl zeugt. Es ist wahr, daß wir ihn von Zeit zu Zeit schmerzlichen Erinnerungen sich hingeben sehen; aber ein Blick von seiner Frau verscheucht seinen Kummer.

Heute abend ist er im kritischen Augenblick in den Garten hinabgestiegen, und ohne den Bach anzusehen, langsam überallhin spaziert, wohin der Zufall ihn zu führen schien.

Die lieben Kinder sind miteinander zurückgekommen. Jetzt ist Faublas so tief eingeschlafen, als wenn er die letzte Nacht hindurch gewacht hätte. Leben Sie wohl, mein Freund; kommen Sie doch bald zurück, um unsere Freude zu teilen.

NS. Die Baronin von Fonrose ist, sagt man, ganz unkenntlich. Man versichert, sie wolle sich, untröstlich über die Verunstaltung ihres Gesichtes, für immer auf einem alten Schlosse in Vivarais begraben. Diese Frau hat mir viel Leid zugefügt.‹

Derselbe an denselben

›18. Juni 1785, morgens 10 Uhr

Er hat seine Kräfte wiedergewonnen; aber er ist noch immer nachdenklich und schwermütig.

Jetzt, da es gewiß scheint, daß der bedenkliche Vorfall keine gefährlichen Folgen haben wird, darf ich Ihnen nicht mehr verschweigen, daß mein Sohn uns vorige Woche einmal in schreckliche Unruhe versetzt hat. Es war den ganzen Tag über sehr warm gewesen, bei Sonnenuntergang brach ein Gewitter aus. Faublas zeigte sich, sobald er das Brausen der Winde hörte, sehr aufgeregt; er konnte das Gewölke nicht ohne Schauder ansehen: Beim ersten Donnerschlag stürzte er sich plötzlich ins Wasser, kam aber sogleich ans Ufer zurück, rief uns alle herbei und weinte sehr.

Die darauffolgende Nacht war ruhig, und am anderen Morgen

hätten Sie, wenn Sie meinen Sohn ansahen, nie geglaubt, daß er tags zuvor einen so heftigen Anfall gehabt habe.

Willis hat mir erklärt, Faublas würde vielleicht in seinem ganzen Leben einen Donnerschlag nicht ohne Erregung hören können. Ganz besonders hat er mir empfohlen, meinem Sohne nie die Rückkehr nach Paris zu gestatten, weil es möglich wäre, daß er beim Anblick des Pont-Royal von neuem in den schrecklichen Zustand verfiele, aus welchem wir ihn soeben gezogen haben.

Nicht nach Paris! Wo werden wir aber sonst unsere Wohnung nehmen? In meiner Provinz oder vielleicht in Warschau? Der Vorschlag, den Sie mir in Ihrem letzten Schreiben machten, mein Freund, verdient trotzdem, ernstlich überlegt zu werden. Inzwischen, bis ich mich entschließe, empfangen Sie, mein teurer Lovzinski, meine besten Glückwünsche dazu, daß Ihnen endlich Ihr Name, Ihre Güter, Ihre Ämter zurückgegeben sind. Boleslaw und ihre Schwestern schwimmen in Wonne; sie sprechen unaufhörlich davon, zu Ihnen zurückzureisen. Ich sehe wohl ein, daß ich, wenn ich mit meiner Adelaide in Frankreich bleiben will, auf meinen Sohn verzichten muß, denn niemals würden Sie sich entschließen, von Lodoiskas Tochter getrennt zu leben. Ich sehe wohl ein, daß meine Adelaide bei ihrem Geist, ihrem Vermögen und ihrer Schönheit überall Gelegenheit finden wird, eine vorteilhafte Partie zu machen, aber in Frankreich einen alten Namen zurücklassen? Mich vom Grab meiner Väter zu entfernen? Ich fordere Bedenkzeit von Ihnen. Vorgestern habe ich, ohne es zu wollen, meinem unglücklichen Sohne großen Kummer bereitet. Sie erinnern sich vielleicht des kostbaren Kästchens, welches Jasmin am Tage der furchtbaren Katastrophe in der Wohnung von Faublas uns zugestellt hat. Der ebenso verschwiegene als getreue Bediente wollte mir niemals sagen, woher diese Diamanten kämen: Vorgestern habe ich sie meinem Sohne gezeigt; da sah ich ihn alsbald in Tränen ausbrechen. Es war der Juwelenschrein der Gräfin von Lignolle, seiner Eleonore. Er hat jedes Juwel in dem Kästchen, eines um das andere, geküßt; dann rief er mit großer Exaltation: ›Jasmin! Bring das sogleich dem Grafen von Lignolle; sag ihm, daß ich den am wenigsten reichen, aber kostbaren Ring behalten habe; sag ihm in meinem Namen, daß der Kapitän ein Feigling sei, wenn er nicht komme, um den Ehering seiner angeblichen Schwägerin von mir zurückzufordern.‹ Vielleicht war dies der Augenblick, meinem Sohne die unverschämte und barbarische Herausforderung des Vicomte zu

zeigen; aber ich scheute mich, diesem jungen Manne, dess‹
stüm ich kenne, auf einmal zuviel Aufregung zu verursache

Soeben erfahren wir, daß die Marquise von Armincou‹
Franche-Comté gefährlich erkrankt sei. Ich fürchte sehr, de
mer möchte sie töten. Die arme Frau! Sie betete ihre Nichte ‹
die Kleine verdiente es in der Tat! Ich werde mich wohl hüte‹
blas von den Gefahren der Tante zu erzählen; er macht sic‹
würfe genug über das Unglück der Nichte.

Gestern ist Willis nach London zurückgereist; er wollte nich‹
nehmen; ich habe ihn genötigt, mir seine Brieftasche anzuvertra
in welche ich in Kassenscheinen fünf Jahre von meinen Einkün
legte. Dies ist eine Gelegenheit, bei der man bedauert, nicht zehn‹
reicher zu sein. Reisen Sie glücklich, Willis! Nehmen Sie die Segn‹
gen einer Familie mit, und verdienen Sie sich dereinst die Segnung
eines ganzen Volkes.

Auch Ihre Tochter hat nunmehr ihren Lohn empfangen: Ihr G‹
liebter und Gatte sind ihr heute nacht wiedergegeben worden. Un
sere glücklichen Kinder sind noch im Bette. Leben Sie wohl, mei‹
Freund!‹

Derselbe an denselben

›26. Juni, abends 4 Uhr

Ich nehme Ihre Vorschläge an, mein Freund, und bin beinahe dazu
genötigt. Heute in aller Frühe hat man meinem Sohne einen Kabinettsbefehl zugestellt, dahin lautend, daß er binnen vierundzwanzig
Stunden seine Reise ins Ausland anzutreten habe. Ich komme eben
von Versailles; ich habe meine Freunde und auch die Minister gesprochen. Es scheint, daß die Verbannung meines Sohnes auf lange,
unbestimmte Zeit beschlossen ist.

Ich habe immerhin um vierzehn Tage Aufschub zu unseren nötigen Vorbereitungen gebeten; sie sind mir nur unter der ausdrücklichen Bedingung bewilligt worden, daß der Chevalier während dieser
Zeit das Haus nicht verlasse.

Noch vierzehn Tage, mein Freund, dann reisen wir alle zusammen
ab, dann kommen wir so bald als möglich zu Ihnen und bleiben für
immer bei Ihnen.

Leben Sie wohl! Ich sage Ihnen nichts von der Ungeduld Ihrer
Tochter. Dorliska schreibt Ihnen mit jedem Kurier.‹

Der Chevalier Faublas an den Vicomte von Lignolle

>6. Juli 1785

Der Baron hat mir soeben erst Ihr Billett mitgeteilt, das ich seit langer Zeit wünschte, Kapitän. Frau von Lignolle, welche Sie durch Ihre Wut zugrunde gerichtet haben, ist noch nicht gerächt; die Zeit erscheint mir lang.

Im übrigen würde ich, wenn Ihre Herausforderung nur plumpe Beleidigungen und impertinente Prahlereien enthielte, darüber nicht erstaunt sein; aber ich kann die Raffiniertheit Ihrer Barbarei nicht genug bewundern: Sie verlangen, daß am selben Tag und in demselben Augenblick Vater und Sohn sich mit den beiden Brüdern schlagen! Sie verlangen es! Seien Sie zufrieden. Der Baron und der Chevalier Faublas werden sich den vierzehnten dieses Monats nach Kehl begeben, wo sie bis zum sechzehnten den Grafen und den Vicomte erwarten werden. Auf Wiedersehen!<

Derselbe an den Marquis von B.

>6. Juli 1785

Herr Marquis!

Der Herr Baron hat mir soeben Ihr Billett zugestellt, welches beantworten zu müssen ich unendlich bedaure. Wenn Sie es durchaus verlangen, so werde ich am siebzehnten dieses Monats in Kehl sein und mich bis zum zwanzigsten dort aufhalten; aber ich wünsche aufs innigste, daß Sie sich begnügen, hier die Versicherungen meines lebhaften Bedauerns zu finden, und daß Sie Paris nicht verlassen.

Ich habe die Ehre zu sein< usw.

Der Chevalier Faublas an den Grafen von Lovzinski

>Kehl, den 14. Juli, morgens 10 Uhr

Mein sehr teurer Schwiegervater!

Kann man mich genug beklagen? Alle die, die ich liebe, wollen in falsch verstandener Großmut ihr Leben opfern, um das meinige zu retten, gleich als ob unter zwei Liebenden oder zwei Freunden nicht derjenige Teil der unglücklichere wäre, der den anderen überlebt!

Heute früh kommen die beiden Brüder an. Der Graf von Lignolle äußert bei meinem Anblick einigen Zorn; aber er erblaßt, seine Stimme bebt, und aus seiner ganzen Haltung ersehe ich ohne Mühe, daß der Graf, von seinem Bruder zu einem Akt der Tapferkeit gezwungen, weit lieber keine Erklärung mit mir zu haben wünschte.

Der Kapitän wirft mir einen grimmigen Blick zu und sagt in ebenso drohendem als spöttischem Ton: ›Ich bin es, der die Ehre haben wird, dich ins Schattenreich zu befördern; er wird sich mit deinem Vater schlagen. Im übrigen verkünde ich euch beiden, daß unser Kampf ein Kampf auf Leben und Tod ist. Also‹, fuhr er mit einem Blick auf den Herrn von Belcourt fort, ›wehe dem, der nur einen Weichling oder einen Narren zum Sekundanten hat! Chevalier, ich erkläre dir, daß ich, sobald ich dich getötet habe, meinem Bruder helfen werde, diesem Herrn da den Garaus zu machen.‹ Er zeigte auf meinen Vater.

Mein Vater und ich lassen Ihre Schwestern, Adelaide und Sophie, unter dem Schutze Boleslaws zurück und fahren mit unseren beiden Gegnern weg. Kaum sind wir außerhalb der Wälle, so steigen wir ab.

Ich ziehe meinen Degen: ›Meine Eleonore, empfange das Blut, das jetzt fließen wird!‹ Der Kapitän ruft: ›Warum verlangst du nicht auch, daß man euch in ein und dasselbe Grab verschließe?‹ Er stürzt auf mich zu; wir beginnen einen wütenden Kampf, der sich lange Zeit vollkommen gleich hält.

Herr von Belcourt hatte inzwischen einige Minuten über den Grafen einen leichten Sieg erfochten; aber zu ehrenhaft, um gegen den Kapitän die schreckliche Bedingung zu erfüllen, welche der Kapitän doch selbst gestellt hatte, bleibt mein Vater ein unbeweglicher Zuschauer meiner größer gewordenen Anstrengungen. Endlich wird der Vicomte getroffen; aber mein Degen gerät auf eine Rippe und zerbricht. Mein Gegner, der mich beinahe wehrlos sieht, glaubt, mich mit seinen Stößen niederstrecken zu können; glücklicherweise führt er sie nur noch mit einem geschwächten Arm, und ich kann sie noch mit dem Stumpf, der mir bleibt, parieren. Mein Vater jedoch, mein zu großmütiger Vater, wirft sich, entsetzt über die Ungleichheit des Kampfes, zwischen uns: ›Da nimm!‹ ruft er, indem er mir seinen Degen gibt, ›du wirst dich seiner besser bedienen als ich.‹ Ach! Während er mit mir spricht, bietet er dem Vicomte schutzlos seine Seite dar. Der Unhold stößt zu! Er wollte von neuem zustoßen, als ich ihn mit dem bereits vom Blute seines Bruders geröteten Degen bedrohe und dadurch zwinge, sich einzig mit seiner Verteidigung zu beschäftigen ... Der Schuft! Ich habe ihn gestraft! Er hat sich im Staube gewälzt, während der Baron, die Augen zum Himmel erhoben, sich noch auf seiner rechten Hand und auf den Knien erhielt. Der

Schuft! Er ist gestorben! Aber vor seinem letzten Seufzer hat er noch sehen müssen, daß der Sohn unverwundet dem Vater schleunigste Hilfe leistete.

Herr von Belcourt indes ist in Gefahr! Liebe, unglückselige Liebe, wieviel Unheil ... Der Kurier geht ab ... Ach! Beklagen Sie mich, beklagen Sie Ihre Kinder. Sie alle lieben Sie, sie sind alle in tiefen Schmerz versenkt.

Ich bin mit Ehrerbietung   Faublas‹

Derselbe an denselben

›17. Juli 1785, morgens 10 Uhr

Mein sehr teurer Schwiegervater!

Sophie schreibt Ihnen regelmäßig jeden Morgen; Sie wissen, daß die Wunde des Barons nicht so gefährlich ist, wie man anfangs geglaubt hatte; daß wir in zwei oder drei Wochen unsere Reise wieder antreten können und daß wir uns glücklich schätzen müssen, mit dem bitteren Mißvergnügen davonzukommen, uns einige Wochen später bei Ihnen einzufinden. Vernehmen Sie indes das angenehme Ereignis von heute.

Sophie, Adelaide und ich hatten die Nacht bei dem Baron zugebracht; meine Schwester und meine Frau waren, gleich ermüdet, schlafen gegangen. Ich wartete, um Sophie zu folgen, bis eine meiner Tanten mich zu den Häupten des geliebten Patienten ablösen würde, den wir keinen Augenblick fremder Pflege überlassen möchten. Es war höchstens sieben Uhr morgens. Auf einmal setzte mich mein Bedienter durch die Nachricht in Staunen, daß jemand unter vier Augen mit mir zu sprechen verlange. Mit Recht unruhig, ruft der Baron mir zu: ›Befehlen Sie ihm, mir die Wahrheit zu sagen. Es ist der Marquis?‹ – ›Jasmin, ich verbiete dir zu lügen; ist's der Marquis?‹ – ›Gnädiger Herr, er ist es nicht, der nach Ihnen fragt; aber er läßt Ihnen sagen, daß er Sie hinter dem Wall erwarte.‹ – ›Faublas!‹ ruft Herr von Belcourt, ›Sie haben gegen Herrn von B. viel verschuldet; aber ich brauche Ihnen nur ein Wort zu sagen: Wenn Sie in einer Viertelstunde nicht zurück sind, so sterbe ich noch vor Abend.‹ – ›In einer Viertelstunde sollen Sie mich wiedersehen.‹ Ich küsse ihn und gehe weg.

Bald habe ich meinen Gegner getroffen: ›Herr Marquis, ich wagte zu hoffen, daß Sie nicht kommen würden.‹ Er blickt mich mit düsterer Miene an, und ohne mich einer Antwort zu würdigen, legte er sich in die Positur. Ich stoße einen Schrei aus: ›Dieser Degen! Er ist derselbe? …‹ – ›Ja!‹ sagte er und zitterte. Sogleich ziehe ich den meinigen und stürze mich auf ihn, ohne einen anderen Wunsch, als ihn zu entwaffnen. Nach einigen Minuten habe ich das Glück, den unseligen Degen zehn Schritte weit wegfliegen zu sehen. Ich stürze auf ihn los, ergreife ihn, komme zu dem Marquis zurück und sage: ›Erlauben Sie mir, diesen Degen zu behalten, nehmen Sie den meinigen mit, und empfangen Sie von neuem die Versicherung …‹ Er unterbrach mich: ›Ach! Muß ich ihm zum zweitenmal das Leben verdanken!‹ – Mit diesen Worten schwingt er sich wieder auf das Pferd und verschwindet.‹

Der Vicomte von Valbrun an den Chevalier Faublas
›Paris, den 15. Oktober 1786
Schon allzu lange haben Sie uns verlassen, mein lieber Chevalier, aber muß sich dem Bedauern über Ihren Verlust auch noch das Mißvergnügen über Ihre Gleichgültigkeit zugesellen? Haben Sie denn mit Ihrer Abreise aus Frankreich alle Ihre Freunde vergessen? Warum bewahren Sie auch das tiefste Stillschweigen gegen einen Mann, der Ihnen niemals Grund zu einer Klage gegeben hat? Machen Sie Ihr Unrecht gegen mich wieder gut, und wenn Sie nicht wollen, daß ich Sie der Undankbarkeit beschuldige, so geben Sie mir mit dem ersten Kurier so ausführlich als möglich Nachricht von Ihnen und Ihrer Familie.

Die Marquise von Armincour lebt, von untröstlichem Kummer verzehrt, zurückgezogener als je in ihrer Franche-Comté. Die Baronin von Fonrose, die schrecklich häßlich geworden ist, kommt nicht mehr von ihrem alten Schlosse in Vivarais. Der Graf von Rosambert hat sich gleichfalls genötigt gesehen, sich von der Welt zurückzuziehen; die Gräfin ist am Ende des achten Monats ihrer Ehe niedergekommen. Herr von Rosambert, den bei all seinem Unglück seine Heiterkeit nicht verläßt, versichert lustig gegen jeden, der es hören will, der kleine Junge seiner Frau habe viel Ähnlichkeit mit Fräulein von Brumont; er würde, sagt er, die ganze Welt dafür geben, wenn Herr von B., der sich so gut auf Physiognomien verstehe, das Gesicht dieses Kindes untersuchen könnte, und Herr von Lignolle, dem keine Affektion der Seele entgehe, der Frau von Rosambert den Puls befühle, sobald man es wage, in ihrer Gegenwart von dem Chevalier Faublas zu sprechen. La Fleur, welcher die Unglückliche bediente, deren Namen ich Ihnen nicht schreiben werde, war Kammerdiener des verwitweten Mannes geworden; aber er hat sich beigehen lassen, seinen Herrn zu bestehlen, der ihn, da er die Diebe nicht liebt, den Händen der Justiz übergab. Der Elende hat sich am Tore des Hôtels Lignolle erhängt. Justine ist vor vier Monaten aus einer öffentlichen Anstalt gekommen, deren etwas strenge Diät sie nicht verschönt hat; das arme Kind ist, da es nichts Besseres tun konnte, Köchin und Faktotum bei einer Madame Leblanc geworden, der Frau eines Arztes im Faubourg Saint-Marceau. Man versichert im Quartier, die Gebieterin und die Dienerin magnetisieren auf gemeinsame Rechnung in der Stadt. Der Graf von Lignolle, den Ihr Herr Vater nicht gefährlich verwundet hatte, genießt noch immer mehr Fülle des Genies als der Gesundheit. Trotzdem haben Spötter das Gerücht ausgesprengt, der Herr Graf habe sich's im letzten Frühjahr beigehen lassen, den Rest der Flasche des Doktors Rosambert auszutrinken und infolgedessen vierundzwanzig Stunden lang den Wunsch verspürt, sich wieder zu verheiraten, jedoch habe er in dieser kurzen Zeit keine Frau finden können, die unglücklich genug gewesen wäre, ihn zu wollen. Im übrigen müssen Sie wissen, daß seine Scharaden nach wie vor die Freude Europas sind. Der Marquis von B. befindet sich wohl; er ist noch immer, wie er selbst sagt, ein ganz guter Teufel: Doch gerät er in Wut, wenn er eine Physiognomie sieht, welche der Ihrigen gleicht. Übrigens ist er mit der seinigen vollkommen zufrieden und sehnt sich sogar zuweilen nach der Physiognomie seiner Frau zurück.

Leben Sie wohl, mein lieber Chevalier; ich erwarte Ihre Antwort mit Ungeduld.‹

Der Chevalier Faublas an den Vicomte von Valbrun

›Warschau, den 28. Okt. 1786

Ich bin Ihnen, mein lieber Vicomte, unendlich verbunden für Ihre Mitteilungen, und da Sie den verbindlichen Wunsch aussprachen, genau zu erfahren, was aus mir geworden ist, so beeile ich mich, es Ihnen mitzuteilen.

Seit fünfzehn Monaten bewohnt unsere Familie in Warschau den Palast des Grafen Lovzinski. Fünfzehn Monate sind wie ein Tag verflossen. Mein Schwiegervater steht bei dem Monarchen in der höchsten Gunst; mein Vater, der beste der Väter, befindet sich auf dem höchsten Gipfel der Freude und lebt glücklicher in dem Glück seiner Kinder als in seinem eigenen. Unsere Adelaide hat sich vor kurzem mit dem Woiwoden vermählt, einem jungen Herrn, dessen glänzendstes Lob ich in den Worten zusammenfasse: Er scheint mir ihrer würdig zu sein. Ich selbst bin Vater; vor nicht ganz vier Monaten hat mich Sophie mit dem hübschesten Jungen von der Welt beschenkt. Meine Sophie, die erste Zierde des Hofes von Warschau, wird mit jedem Tag anbetungswürdiger. Ich genieße im Schoße der Ehe ein Glück, das ich in meinen Verirrungen nie gekannt habe.

Beneiden Sie mein Los, und sagen Sie trotzdem, daß es für glühende und mit starkem Gefühl begabte Menschen, die in ihrer ersten Jugend den Stürmen der Leidenschaften preisgegeben waren, nie mehr ein vollkommenes Glück auf Erden gibt.‹

22 *Saint-Martin:* Gemeint ist das Polizeigefängnis an der
Rue Saint-Martin, in das die Prostituierten von Paris
eingeliefert wurden, um an jedem letzten Freitag des
Monats in die Salpêtrière, das Hôpital général, über-
führt zu werden.

35 *Scharade:* frz., Wort- oder Silbenrätsel.

40 *Lever:* frz., Zeremoniell der Morgenaufwartung bei
einem Fürsten.

45 *»Ja, ich gestehe es... und ich glaube mich keineswegs sicher in*
meinem Hause«: Louvet legt dem Grafen Zitate aus dem
Werk ›Die Religion als einzige Grundlage des Glücks
und der wahren Philosophie‹ der Madame de Genlis
(1746–1830) in den Mund. Dieses Buch war wie der
erste Teil des ›Faublas‹ 1787 erschienen und richtete
sich gegen die Philosophie der Aufklärung.
›Philosophisches Wörterbuch‹: von Voltaire, erschienen
1764.
›Abhandlung über den Ursprung der Ungleichheit ...‹:
Gemeint ist der ›Discours sur l'inégalité parmi les
hommes‹ (1755), die zweite größere Schrift von Jean-
Jacques Rousseau, die erste soziale Anklage des Philosophen, in der er das Eigentum als Ursache der sozialen
Ungleichheit erklärt.
»Wie vielen Unglücklichen... welche Philosophen sind«: Vgl.
Anm. S. 45,1.

61 *vedeva quattro piedi groppati ...:* ital., ich sah vier Beine
beieinander ... Ihre Stellung, an der es nichts zu zweifeln gab, ließ erkennen, daß Lignolle die Vergebung

seiner Schuld erhielt oder zumindest auf dem besten Wege war, sie zu erhalten.

130 *Mont-de-Piété:* das Leih- und Pfandhaus von Paris.

133 *Phaethon:* ein zweirädriger, sehr leichter und meist offener Wagen.

146 *Berline:* viersitziger Reisewagen mit zurückschlagbarem Verdeck.

181 *Flibustier:* frz., Freibeuter.

225 *Enquête:* frz., Untersuchung.
en petit comité: frz., im kleinen Kreis.

238 *sollizitieren:* frz., bittstellen.

260 *haranguieren:* frz., eine feierliche Ansprache halten.

263 *Longchamps:* im 18. Jh. berühmte Promenade der vornehmen Welt, westlich von Paris gelegen.
Bois: Gemeint ist der Bois de Boulogne.

265 *Wisky:* leichter und hoher zweirädriger Wagen, mit einem Pferd bespannt.

277 *Suffren:* Pierre André Suffren (1726–1788), französischer Seemann, der sich durch seinen Kampf gegen die Engländer auszeichnete, Komtur des Malteserordens.

284 *Gâtinois:* alte Landschaft in Frankreich, zur Île-de-France gehörig, mit der Hauptstadt Nemours.

345 *Franche-Comté:* die Freigrafschaft Burgund, ehemalige französische Provinz.

351 *Zitz:* seit dem 18. Jh. Bezeichnung für maschinell hergestellte bedruckte Kattunstoffe.

383 *Assaut:* frz., Angriff.

Verzeichnis der Abbildungen

468

INHALT